青铜重器系列之二

听漏

刘醒龙 著

长江出版传媒
长江文艺出版社

图书在版编目（CIP）数据

听漏 / 刘醒龙著. -- 武汉 ：长江文艺出版社，2024.7
ISBN 978-7-5702-3508-7

Ⅰ.①听… Ⅱ.①刘… Ⅲ.①长篇小说－中国－当代 Ⅳ.①I247.5

中国国家版本馆 CIP 数据核字(2024)第 062429 号

听漏
TING LOU

策划人：尹志勇

责任编辑：刘兰青　谈骁	责任校对：毛季慧
封面设计：柒拾叁号	责任印制：邱 莉　王光兴

出版：长江出版传媒　长江文艺出版社
地址：武汉市雄楚大街 268 号　　邮编：430070
发行：长江文艺出版社
http://www.cjlap.com
印刷：湖北新华印务有限公司

开本：640 毫米×970 毫米	1/16	印张：32.25
版次：2024 年 7 月第 1 版		2024 年 7 月第 1 次印刷
字数：463 千字		

定价：52.00 元

版权所有，盗版必究（举报电话：027—87679308　87679310）
（图书出现印装问题，本社负责调换）

目录

壹	001
贰	018
叁	040
肆	058
伍	071
陆	091
柒	109
捌	119
玖	123
拾	142

拾壹 …………………………………………… 156

拾贰 …………………………………………… 172

拾叁 …………………………………………… 186

拾肆 …………………………………………… 198

拾伍 …………………………………………… 221

拾陆 …………………………………………… 237

拾柒 …………………………………………… 245

拾捌 …………………………………………… 267

拾玖 …………………………………………… 283

贰拾 …………………………………………… 302

贰壹 …………………………………………… 317

贰贰 …………………………………………… 324

贰叁 …………………………………………… 345

贰肆 …………………………………………… 368

贰伍 …………………………………………… 386

贰陆 …………………………………………… 407

贰柒 …………………………………………… 426

贰捌 …………………………………………… 446

贰玖 …………………………………………… 463

叁拾 …………………………………………… 483

壹

香水浓缩一万倍后就会变得臭不可闻。

臭气淡化一万倍后也有可能清香扑鼻。

在嗓子眼附近折腾多时的这两句话,将马跃之憋得满脸通红,最终还是没有突破口舌防线,继续留置在自己心里。

上午的会照例无聊透顶,六楼会议室的门牌依旧写着"楚馆秦楼"。满满一屋人没有一个不是无精打采,在讲话位置上发声的董文贝也不例外,他说"这个文件很长,有整整二十页"时,抬了一下头。董文贝念完类似考古报告导语部分的文件开头,临时插进自己的一段话,表明这是郑雄郑会长在他们那种层级的培训活动中传达的内部参考文稿,特地从北京捎回来让大家提前学习,虽然各位开会学习从来不做笔记,但还是要强调——不要记录,也不要外传。说完这些,董文贝又抬了一下头,接下来的一个半小时里,再也没有抬眼看一看别处。读出文件的最后一个字,董文贝补上一句"我读完了",这才第三次抬头,用一种陌生的眼光打量眼前的每一个人。董文贝补的这句"我读完了",极像平时亲自读文件的郑雄。郑雄这么做、这么说时,会少用一个字,直截了当地说"读完了"。董文贝说"我读完了"和郑雄说"读完了"都相当于别人说"散会"。

无精打采的人们走出"楚馆秦楼",穿过走廊,直到进了卫生间才活跃起来。

"董书记今天的表现大有进步,读完二十页文稿,只抬了两下头!"

这种共识是那些人在卫生间里达成的。大家称为董书记的董文贝,职务是楚学院的代理书记。

楚学院有种传统,称呼本单位的负责人一般都不带官衔,只是很简单地依据年龄称为老谁和小谁。董文贝因为代理书记的时间有点长,大家有替他打抱不平的意思,突然之间整个楚学院全都改口叫董书记。恰逢上级巡视组进驻,那些人也跟着这么叫。据说,在巡视组的楚学院需要整改的项目初稿中,原本有尽早配齐领导班子一说。最终没有形成相应文字,是有人指出,楚学院书记一职如何确定,不是楚学院自己能够整改的,硬要这么说那就是僭越了。楚学院的配置有院长一职,早年间由泰斗级的周老先生出任院长,周老先生去世后,由曾本之接任,曾本之年事渐高,年年放话要辞职。在一套班子、两块牌子的楚学院和青铜重器学会,先前的周老先生和曾先生是集院长和会长于一身,没什么问题。在楚学院和青铜重器学会,继周老先生和曾先生之后,马先生马跃之的学术地位无人能及,偏偏马跃之不知怎么弄的,多年不碰青铜重器,甚至在任何场合里说话,都不带青铜二字,活生生让"老省长"钻了空子,将郑雄推上正厅级青铜重器学会会长的宝座。郑雄当上青铜重器学会会长后,还想仿效周老先生和曾先生,将院长之职也弄到手。如此一来,时任楚学院书记的郑雄,就将这栋楼内的主要职务一肩挑。郑雄想从事实上超越周老先生和曾先生的私念没有如愿,还将书记一职弄丢了。于是问题就来了:假如由楚学界所公认的位居曾本之一人之下的马跃之当院长,则在学术地位上贬为郑雄之下,行政上降成郑雄的下级，这种荒唐的人事安排，在别的单位就曾出现过，后果是好好一处清水衙门，立即变得狼奔豕突、鸡飞狗跳。好在这一回不知是谁突然清醒了些，没有让这种情形再发生，也就形成了楚学院只有书记没有院长的局面。至于董文贝代书记为何代了这么长时间，背后的原因可能也在于此。

董文贝专心读文件极少抬头扫视的习惯，马跃之也发现了。换个角度去看，这也是董文贝代理书记太久内心委屈的表露，或许他也不愿意别人将自己当成郑雄的代言人什么的。

之前会上略显不堪的模样好像全是内急造成的，走出卫生间的众人一个个恢复了常态，表情不再死板，走起路来，步伐散漫而轻盈。

"都宣布大半年了，要换会议室的门牌，怎么每次来开会，还是'楚馆秦楼'？"

说话的是以往号称专门研究楚史的吴秋水。楚史研究与田野考古不太一样，前者很容易被不懂行的人形容成自说自话，后者因为有充满底气的器物摆在面前，容易受到显而易见的崇拜。也是由于此种情形，越是被当成自说自话，说话的人越喜欢逞口舌之快。田野考古则相反，只要将挖出来的石器、玉器、漆器和青铜器往那里一摆，就拥有此时无声胜有声的天然优势。

"这效率已经很不错了。你们信不信，如果今天将董书记改为邓书记，明天一早就能将'楚馆秦楼'改成'六七八九'！"

"你从哪里弄来的'六七八九'，什么意思？"

"连这个都不晓得？从二〇〇三年起，每年高考固定在六月的七、八、九这三天。连起来念就是六七八九，顺风顺水、顺心顺意、一顺百顺、大吉大利！"

"你想多了！高考时间'六七八九'的谐音是'录取吧——就'！"

"反正我会坚决建议将'楚馆秦楼'改为'六七八九'。"

"楚学院的事就那样，真的动手换门牌，一定是用'六七八九'去换'楚囚对泣'。"

"不可能！绝对不可能！'楚囚对泣'在二楼，六字开头的门牌号怎么说也得放在六楼。"

"这么说,二楼最顺的门牌号只能是二三四五,这里面哪个号吉利?说你二你能高兴吗?暗指小三你开心吗?'死'和'吾'就更不用说了,这么换来,还不如不换,至少'楚囚对泣'还有点忠烈古风。"

"你们打个赌吧,谁赢谁扫厕所一星期。"

"赢家吃亏,输家得利——这是从竹筒墓里挖出来的道理?"

"你见过竹筒墓了?竹筒墓是什么道理?"

"就是白骨精三打孙悟空、垂杨柳倒拔鲁智深的道理。"

"如果'六七八九'真的很好,只怕会换给'楚越之急'!"

吴秋水最后这句话一出口,走廊上顿时安静了。

大家你一句我一句说过的话,楚学院的人全都明白。二十世纪八十年代初期,楚学院办公楼启用时,一是要显示与同在这一带的文联、报社、社科院和出版社的办公楼有所不同,二是被那个时期社会整体的浪漫气质感染,经过民主投票,大家一致同意,办公室一律不编号码,而用带楚字的成语制成门牌挂在各自门上。那一阵,楚学院各个办公室不同凡响的门牌引发一系列新闻。最有意味的一条新闻说:"楚学院在工作中独辟蹊径,用门牌号这种常见的方式宣传楚文化,用带楚字的成语数量横扫春秋五霸中的其余四霸、战国七雄中另外六雄,可谓举重若轻。"新闻还列举相关统计数据,在传统文化的古典文本中,源于楚地而且直接带上楚字的成语典故之多,位于春秋五霸、战国七雄之首。曾经有一段时间,外面来的人很好奇,问这样编门牌号是谁的主意。用不着谁教谁,大家不约而同地回应说,不存在谁先提议、谁后提议,是当年在这楼内办公的人一起想出来的。这两年一些人不再有当年的忌讳了。郑雄当上正厅级青铜重器学会会长后不久,也是在六楼会议室开会,也不知怎的忽然提及"楚馆秦楼"的来历,似乎有感而发,说了一句,论奇思妙想,我们这些人都不如郝嘉。自此以后,楼上楼下谁都敢实话实说,只要有人问起,就会直截了当地回答一句,还有谁,郝嘉呗。遇到不清楚郝嘉是谁的人,还会迅速补充说,就是咱们这里的后起之秀郝文章的父亲,当年从六楼"楚璧隋珍"窗口跳下去的那位。

楚学院楼内的门牌，从挂起来的那天起，每隔一阵就会被某个话题选中，不是成为主流舆论，就是变为茶余饭后的私人话题。比如二楼的"楚囚对泣"，当初由研究楚史的几位找来一堆带有"楚"的四字成语，放在那里任由大家挑选。那时节，楚学院的书记对郝嘉、曾本之和马跃之等人有种发自内心的尊重，凡事从无自个优先的道理，非要等到最后一人才出手，还由衷地说这是最好的选择。为人做事一向高调的郝嘉则当仁不让地选了"楚璧隋珍"，随后曾本之选了"楚弓楚得"，马跃之选了"楚才晋用"，其他"楚云湘雨""楚歌四面""楚水吴山""众楚一齐""楚乙越凫""织楚成门""楚楚可人""楚腰纤细"和"楚珠秦女"等都被人选走后，与"楚"有关的成语就剩下"楚天云雨""楚馆秦楼""朝秦暮楚""楚毒备至"和"楚囚对泣"，等待挑选的也只剩下书记办公室和会议室。经过分明是开玩笑的举手表决，在一片哄笑声中，意指娱乐场所的"楚馆秦楼"成了会议室的门牌。书记这时候名义上还有四选一的机会，实际上是二选一，弄到最后变成了没得选的一选一。因为书记办公室绝对不能选意指男女欢爱的"楚天云雨""楚毒备至"，剩下来的"朝秦暮楚"和"楚囚对泣"，相对而言"朝秦暮楚"似乎更好一些。别的人都要书记选择"朝秦暮楚"，偏偏郝嘉站出来鼓动书记选择"楚囚对泣"。作为楚学院历任书记的办公室，去年巡视组进驻时，曾将"楚囚对泣"大肆表扬几回，还将成语出处"当共勠力王室，克复神州，何至作楚囚相对"的原文，用现代汉语释读出来，大会小会反复强调，要忠于祖国，为民族复兴出力，困难越大越不能只是相互抱头痛哭。

有人说，如果真要换门牌，肯定会将"六七八九"换给"楚越之急"，暗指这间办公室的主人是郑雄。余下的话用不着说破，大家心知肚明，所以谁也不肯开口接话。研究楚史的吴秋水之前在荆州的长江大学当副教授，调到楚学院的时间有点晚，没赶上给各间办公室命名，无法在象征楚学研究高地的六楼坐一把交椅。比吴秋水整整晚十年来楚学院的郑雄后发先至，将周老先生去世后腾出来的"楚越之急"门钥匙弄到手。当时郑雄刚娶了曾本之的女儿曾小安，这个原因还在其次，关键是在六楼办公的几位初步形成一种共识，楚学院要想在学界长久保持一言九鼎的位置，必须在青铜重器考古研究方向继续作为，所以才有不是决定的决定，将郑雄当成重点中的重点来培养。想不到事情的发展脱离预设的轨道，郑雄不再是曾本之的女婿，却占到青铜重器学会会长的位子。曾本之当会长时，不过是空口说白话的所谓泰斗级专家，郑雄一上任就被红头文件确定为正厅长级。

刚刚率队完成秋家垄两周贵族墓地抢救性发掘，取得重大考古成果，学术地位如日中天的曾本之，突然表达坚决退休的意愿。

楚学院人人心里都明白，曾本之如此决定，与郑雄官至正厅级，充其量也只有半毛钱的关系。毕竟青铜重器学会会长升为正厅级的过程，起始于秋家垄两周贵族墓抢救性发掘之前。出了楚学院大门，凡是对此有所了解的人都说，曾本之是用如此方式表达强烈异议，特别是与楚学院只有咫尺之遥的省报大楼和文联作协大楼内那些以传播故事为职业，并将官场与职场当成键盘热点和鼠标焦点的人，不只是用口口相传的方式编造出不同版本的离奇故事，更有人在一个星期内写出一本以盗墓和考古为噱头的穿越文字，实际上写文化人的宫斗，影射楚学院内何等苟且。

成也萧何，败也萧何。这话是相对楚汉相争之际，被萧何月下追回来的韩信而言。

成也秋家垄，败也秋家垄。眼下的曾本之被外界如此类推，只不过稍稍换个说辞。

秋家垄两周贵族墓地考古成果，不仅仅是曾本之一个人的成败，还关系到整个楚学院的荣辱。所以，当那些不知内情的人用官场职场的污水泼向其中人事，楚学院的人不约而同地选择貌似默认的沉默，哪怕牺牲掉曾本之的一世英名，也要避免出现更大的舆论风暴，毕竟秋家垄两周贵族墓地的发现者是几个盗墓贼。从某种意义上讲，楚学院是因应一九六六年在秋家垄发现九鼎七簋而成立的。此后几十年，竟然对地下还有一座与九鼎七簋同为两周时期的贵族大墓不得而知。这种能从根本上摧毁楚学院的奇耻大辱，使人不寒而栗。

基于这一点，在楚学院内部，有一种藏于多数人内心，没有说出来的观点：曾本之在这个时候退休，是最合适、最高明的选择。在互联网时代，万一秋家垄那伙盗墓贼在舆论上实现反转，对曾本之的打击将是毁灭性的。那伙人先于楚学界和青铜重器学界发现并实施第一次盗掘。相隔两年，同一伙人在同一地点实施第二次盗掘，因为太贪婪、太拙劣被当作抢劫手机的小混混后才露出马脚。不管作何解释，楚学院和曾本之本人都是无法接受的。

　　这种观点，吴秋水曾在马跃之面前说起。吴秋水认为，作为楚学院的一号台柱，曾本之获得过那么多荣誉，在高光时刻一走了之，确实太明智了。董文贝也曾试探着流露出这种意思，但被马跃之的严肃表情堵了回去。

　　散会的人在走廊上说的话越多，马跃之心里越孤单。

　　曾本之在时，开会和散会都要等着马跃之，肩并肩走进去，肩并肩走出来。反过来也一样，曾本之不来，马跃之肯定也要在走廊上等待着。他俩不吭声，别的人连大气也不敢出一声。就算曾本之要退休，他马跃之还在呀，怎么可以像今天这样被视为无物？

　　正是在这种背景下，马跃之脑子里突然冒出两句话。

　　马跃之努力控制着自己，没有冲着众人说："香水浓缩一万倍后就会变得臭不可闻。臭气淡化一万倍后也有可能清香扑鼻。"他从"楚才晋用"的门牌下进到自己的办公室，拿出笔墨纸砚，用整个楚学院只有曾本之和自己能够认全的甲骨文，潇潇洒洒地写下这三十二个字。

　　淡淡的墨香飘散开来，马跃之长吸了几口气，随手拿起手机，找出曾本之的号码。这也是多年养成的习惯，内事不决问夫人柳琴，外事不决问同事曾本之。马跃之的手指都碰到手机屏幕了，近处地铁工地上的打桩机突然来了几个大动作，六楼的地板轻轻颤动几下，使得马跃之顺势将手指缩了回来。

　　马跃之正在犹豫不决，有人顺着走廊走过来。

　　自从曾本之自我宣布退休，"楚弓楚得"的门就没有打开过。郑雄被提拔为正厅级之初，跟着现在已不敢露面的"老省长"，在东湖宾馆里面弄了一栋房子办公。那几间办公室虽然还在,"老省长"不去,郑雄当然就自觉地回到楚学院六楼的"楚越之急"办公。又因依着惯例去北京学习,紧邻"楚弓楚得"的"楚越之急",门锁又快生锈了。马跃之意识到来人的目的后,提前将目光对准门口。

片刻后,办公室的鲁丰领着门卫许师傅,一前一后走到屋子中央。

鲁丰说:"许师傅收到一封信,可能是马先生的。"

许师傅接着说:"我不认识信封上的字,让鲁丰看,他说是马先生的。"

鲁丰说:"我也只认识一个马字,楚学院只有马先生姓马,所以就直接上六楼来了。"

许师傅说:"不晓得送信人是谁,也不晓得是什么时候送来的。有可能是昨天夜里,从窗口扔进来时飘到桌子下面,刚才用电蚊拍打苍蝇时才发现。"

马跃之没把这些话当回事。这些年,一些"自学成才"的"文物鉴定大师"用各种方式毛遂自荐,点名道姓与马跃之商榷的人不在少数。他从许师傅手里接过信,见到信封上的甲骨文,依然不觉得很特别。

马跃之拆开信封,读过所写内容,才暗暗吃惊。

马跃之重新看了看信封,鲁丰认出的那个马字是对的,几个字连起来却不是马跃之的名字,而是"马上告之"。内文很简洁,所写内容很重大,如果属实,的确需要马上告之。同样用甲骨文写的几十个字,清清楚楚地表示,楚学院与博物馆旁边的地铁站工程,出现漏水迹象,应当及早处置,防患于未然。

挂名在办公室的鲁丰,来楚学院的时间不长,之前在工人文化宫,专门负责职工拔河比赛,也不知通过什么关系调换的单位。只要有机会就往马跃之身边蹭,口口声声说自己年轻,要好好学业务,没有说过五次,至少也说过四次,希望马跃之发个话,让自己去那说了两年要成立的综合研究所,实际上是瞄着那子虚乌有的所长之职。每次表达过自己的意思后,还要补上几句,声称自己是山东人,说话鲁莽,不到之处请马先生原谅。对这种人,马跃之连无聊二字都不想用在其身上。

最近一阵,鲁丰不知是不是瞄上了楚学院纪检员的空缺,主动包办了寄给楚学院的来历不明信件的分送工作。马跃之刚说完,鲁丰拿过那封信就往外跑,要去二楼的"楚囚对泣"向董书记汇报。

站在原地不动的门卫许师傅讪讪地说:"六楼的'楚弓楚得'和'楚璧隋珍'我都进去过,马先生的'楚才晋用',还是头一回进来。"

马跃之略加回忆后说:"不会吧,上个月你就来送过一封鸡毛信!"

许师傅说:"马先生记性真好,当时你正要锁门,就在门口,你拆信时鸡毛掉在地上,还不让我替你捡,你自己捡起来看了一眼,马上断定是洪山鸡的鸡毛。当时我还好奇,洪山区位于武汉市中心,早就不让养鸡了,哪来的洪山鸡。之后看书才明白,洪山鸡的出产地不是武汉的洪山,是出土了曾侯乙尊盘和编钟的随州大洪山,当地人叫三黄鸡,是非常难得的名鸡。"

马跃之一下子笑起来:"想不到许师傅这么有心。"

许师傅也笑了,他说:"我是有心,而且还有意向马先生求一幅墨宝。"

接下来许师傅还说,自己在楚学院看了三十年大门,当年就看出楚学院是郝嘉、曾本之和马跃之三足鼎立,郝嘉跳楼前几天,主动送了一幅墨宝给自己。前几年,自己又找机会向曾本之求得一幅墨宝。如果再能求得马跃之的墨宝,一起作为传家之宝,就是再给楚学院看三十年大门也值了。

马跃之心里一怔,眼睛不由自主地瞪大了许多:"真的?假的?"

许师傅回答说:"是真的,但我从没与人说过。这么多年,马先生是第一个!"

事情过去这么多年,马跃之才得知郝嘉跳楼之前曾主动给一个普通人写了一幅书法,当着许师傅的面,马跃之没时间多想,他看了看刚刚写出来的那两句话,用手试试墨迹较浓处,见已经干了,就在题款处补了一个印,再折叠好装入信封,随手递给许师傅。许师傅接过去,正要说些感激的话,被马跃之用手势拦住了。

马跃之说:"郝嘉给你的书法,写了什么内容?"

许师傅说:"郝先生不让我说,让我藏起来,五十年后再说。"

马跃之不好勉强,就要许师傅将捡到这封信的来龙去脉再说一遍。

许师傅认真地想了想,实在没有什么好补充的,一转念说起另一件事。

楚学院大门正对着博物馆,大门北侧是公交车站,从早到晚,在门口经过的人多得像蚂蚁,之前从没有过看上几眼就让许师傅记在心里忘不掉的人和事。说来奇怪,前不久,突然见一个人行为举止很不一般,看上一眼就忘不掉。别人从楚学院门前路过,要么从南到北,要么从北到南,这个人接连来了好几次,每一次都要在楚学院门口来回走上两三遍。

马跃之说:"我们这地方靠近东湖,只要人来哪个不想散散步!"

许师傅说:"人家不是来散步的,那形影动静老是让人联想到郝文章。"

马跃之说:"怎么又和郝文章扯上了?"

许师傅说:"当年郝文章子承父业来楚学院报到时,也是这样来来回回走了好几趟,才进大门到我手里登记的。"

马跃之说:"你这话里有话哟,是不是以为楚学院还有一个人要跳楼?"

许师傅连忙说:"我是一个粗人,不会说话,马先生千万不要误会,我本来的意思是说,那人与来楚学院继承父亲遗志的郝文章有得一比,就像是楚学院的人。"

马跃之说:"许师傅也学会如何做学问了,说的每个字都在拐弯抹角。我这么翻译一下,你听听有没有误解,你说话的本意是,这个喜欢在楚学院门口走来走去的人,就像当初的郝文章,站在楚学院门口的那样满是恋父情结。更确切地说,郝文章有个在楚学院做学问的父亲,这个人的父亲也有可能在楚学院做学问。"

这番连珠炮般的话语将许师傅逼急了。

许师傅声音颤抖地说:"马先生,我可没有这种想法!"

马跃之毫不放松地说:"你认为这个人与楚学院的哪一位长相相像?"

许师傅像是吓着了:"马先生千万不要再说话,马先生若是再说这样的话,这幅墨宝我也不敢要了!"

马跃之似笑非笑地长出一口气,摆摆手,示意不会再说。

许师傅拿起那幅书法转身离开,连电梯都不等,直接从楼梯间下去了。

许师傅刚走,鲁丰就领着董文贝进来了。董文贝请马跃之将那封信上的每个字重新辨认一遍,确认无误后,董文贝拿起手机向远在北京的郑雄做了汇报。郑雄觉得兹事体大,要董文贝将手机空出来,等着相关单位的回话。五分钟后,董文贝的手机就响了。对方来头很硬,要董文贝将甲骨文写的信附上释读文字,火速传真过去,并且再三强调,要尽可能缩小知情范围,避免引起众人的恐慌。董书记只能再请马跃之代劳。

马跃之一笔一画将释读文字写出来。

董文贝看也不看就让鲁丰发了传真。

十分钟后,地铁站工地上的人开始撤离。与此同时,东湖路南北两头,以及与东湖路十字交叉的黄鹏路东西两端,分别被突然出现的高大水马拦得严严实实,车辆行人一律往最近的中北路绕行。刚刚还是车水马龙的东湖侧畔,突然寂静下来。落在撤离人群后面的一个人背着一块老大的画板。马跃之认得那人,每次经过横穿东湖路的地下通道时,都能看见那人在地下通道深处埋头画画。那人走得比较慢,从肢体语言来看,显然是对这种突如其来的强制撤离表示不满。地铁站工地周边的人刚撤离完,博物馆那边又热闹起来,所有在家休息的人,全都急匆匆地赶来上班。

马跃之站在窗边,看着外面的情形,明白那"马上告之"的漏水信息已被确认。地铁站工地上的撤离行动是要保证工人的人身安全,在家休息的博物馆人员,逆向而行,肯定是接到通知赶过来强化对馆藏文物的保护。

这时,董文贝再次接到电话,对方要马跃之在办公室候着,马上有人来进行相关调查。楚学院六楼格外安静,董文贝的手机没有开免提,马跃之仍然听见对方想尽早见面的意思。董文贝没有同意，他再三解释像马跃之这样的顶级专家都有日积月累养成的生活节奏，不怕熬夜，就怕打扰午休。坚持到最后，对方只好让步。

听着董文贝说话，马跃之心里别有一种滋味。

下午三点，午休时间刚结束，董文贝和鲁丰一前一后，领着一男两女三个陌生人敲门进来。

身材较丰满的女人被称为邹主任，是地铁公司的。令人更养眼一些的女人叫梅玉帛，董书记恭敬地称之为梅常委，男人被称为蒉处长。听到介绍说这两个人是纪委的，马跃之心里有些异样，好在听梅玉帛说话后，就迅速消解了，特别是握手的时候，似乎有一种熟悉的温柔通过短暂的接触，灌注到心底。梅玉帛是那种只看一眼很容易忘掉，如果再看一眼，就必会看第三眼，并且牢牢记在心里的女人。身为纪委常委，与人对视时，眼神中有股冷冰冰的严肃，同时又有一种无邪的洁净。梅玉帛主动说，这次上门来拜访马先生，是他们工作上的改进，对一些有可能升级的问题苗头，提前同步介入。梅玉帛还说，本来只安排蒉处长来，因为是头一次试行，自己才跟着来看看实际效果，并积累一些经验。

马跃之联想到梅玉帛的名字，喉头动了两下，还是没有将这话说出来。

梅玉帛主动说："马先生是不是觉得我们这么做，有点像化干戈为玉帛？"

梅玉帛说话的样子很妩媚。马跃之只好承认说："你这名字与你的工作放在一起很有意思。"

说了几句闲话，几个人就转入正题。皮肤发黑的邹主任因为长期戴安全帽，额头上有一道肉眼可见的印痕。反而是身为男人的蒉处长额头白嫩得完全一致。代表地铁公司的邹主任极少说话，询问的内容大都出自蒉处长之口。

马跃之能说的只有那些甲骨文。

"马上告之"的"马"字，作为象形文字的样子一说就明白；"马上告之"的"上"字，也很容易，甲骨文的写法，下面一长横，表示基础线，上面加一短横,称之为上。"告之"二字要说清楚,得多费一些口舌,但也不是有难度的事情。

"楚学院东七十米,地表往下约十米处漏水,子时如滴,丑时如丝,寅时如线,烽火示警,莫戏诸侯。"

一口气说清楚全文三十七个字,马跃之就无话可说了。

大约是在长期工作中形成的条件反射,翦处长一看出现冷场的局面,马上改变询问方式,用刺激性问题诱使对方做出应激反应。

"甲骨文的释读是不是存在某个人独断专行的巨大争议?"

"这是考古工作的特殊性,若不然,武昌这边各种院士就有几十个,怎么不去问他们,非要来请教马先生?"

不等马跃之回应,董文贝抢先开口。

翦处长又说:"话语权太大的人,容易指鹿为马啊!"

董文贝指了指那信封说:"没有马先生坐镇,这'马上告之'真有可能被弄成'鹿上告之'!"

听董文贝说话,马跃之心里浮起另一种疑惑,身为书记,如此处处维护自己,看上去都是小事,一件件都很贴心,与以往相比,着实有些反常。

也是由于这种疑惑,马跃之没有顺着董文贝的话往下说,反而替翦处长开脱。

"楚学界的事,争议越大学术性越强。曾侯乙墓发掘时,周老先生抛出一句,曾随本是一家,曾国就是随国,随国也是曾国,惹起多大的争议啊!后来逐渐被大家所接受,不过,这种风平浪静也是暂时的,说不定哪一天,从什么地方挖出一件器物来,又会掀起狂风巨浪。"

马跃之和董文贝一前一后说话,很像一个人唱白脸,一个人唱红脸。

翦处长也很知趣,不再班门弄斧,将话题转到临时停工的地铁站工地险情本身。这个不知从哪里冒出来让"马上告之"的漏水点相当精准,而且极其隐蔽,如果再晚几个小时,有可能酿成重大事故。由于"马上告之",经过紧急处置,天黑之前,地上地下就会恢复正常。

接下来的问题，算不上很正式，却是马跃之真正关心的。

蒟处长请马跃之在专业范围内判断一下，能写一手好甲骨文，是专业人员，还是业余爱好者，或者是介于专业与业余之间的人。

马跃之将"马上告之"的原件又看了一遍。

马跃之首先将介于专业与业余之间的人排除掉，特别是最常见的所谓甲骨文书法家，这些人是借甲骨文之名炒作那些商业化的书法产品，与真正的甲骨文相比连不伦不类都说不上，说是画虎不成反类犬都是抬高身价。专业人员也不可能，干这一行的主要职责是对甲骨文见多识广之后的精准辨认，真正动手写起来反而纸生笔涩技不如人。当然，纯业余的更不可能。信中呈现的甲骨文，有一种与刀笔近似的立体感，这一点是从印刷出版的甲骨文书籍中学不来的，必须与甲骨文实物长时间接触，才能将那种沧桑自然的感觉自然而然地融合到一起。

说到后面，马跃之才明确表示，在他视野内，有一个人能够做到，可惜这个人只见过八十年代初的北京地铁，从北京回来不久，就因故去世了。

马跃之抖开自己设计的包袱，让屋子里的其他人十分失望。

到这一步，马跃之才说，如果再看得仔细一些，就会发现，这些字是比照相关的甲骨文文字一笔一笔临摹下来的。当然，这种可以乱真的临摹不是一般人能够做到的。

接下来，董文贝提了一个问题，他首先声明，这个问题是郑雄要问的，自己只是替领导传话。从董文贝嘴里说出来的问题算不上存心刁难，从一楼到六楼，楚学院的人或许都想这么问：发现地铁站工地有漏水险情，应当用简单快捷的方法报告给有关单位。对方偏偏选择用武汉三镇没几个人能看懂的甲骨文写信，又拐弯抹角送到楚学院门房，再由侥幸认识一个马字的鲁丰歪打正着地将"马上告之"看成是马跃之，让大家都相信这不是恶作剧，才按组织纪律逐级上报——这中间只要一个环节有耽搁，就会错失最佳抢险时机，酿成大祸。很显然，对方是存心这么做，同时也有把握不会出现差错，如此机关算尽的目的是什么？

马跃之毫不犹豫地说："人家就想看看楚学院的人是不是只会吃

干饭。"

大约是觉察到自己说话语气太冲,马跃之换上正常语气补充说:"这事的来龙去脉门卫许师傅应当最清楚。"

一直没有作声的梅玉帛摇着头表示,许师傅除了在地上发现这封信,并马上交到办公室,再也无话可说。

听完这话,马跃之不由得暗暗佩服许师傅。在门卫那间小屋一待就是三十年,看人看事的眼神有独到之处在其次,关键不是如何做到看到了就是看到了,没看到就是没看到,更要有看见了等于没看见,没看见可以像看见了的功夫。马跃之有种直觉,许师傅显然没有将那个天生就像是楚学院的人说出来,否则眼前这四位就不会如此迷惑。

一想到此,马跃之便强行打断自己的思路。

为了不让自己继续往下想,马跃之主动发问。

马跃之所问的问题也是当事人都想了解的,为何地铁工地上那么多专业监控设备,都没有发现如此重大隐患。

地铁公司的邹主任回答说,再精密的仪器也不如有特殊才能的人。

董文贝再次插话,先称赞邹主任的话有道理,然后才说马先生就是一个有特殊才能的人,有些考古工作中的难题,马先生凭肉眼去看,得出来的结论,比专业仪器还准确。

马跃之不想听这些,就问这场事故会不会影响马路那边的博物馆。

地铁公司的邹主任回答得很肯定,如果漏水点晚发现二十四小时,结果就很难预料,以目前的情况来看,比较好处理。

又说了几句闲话,三位来访者便起身告辞。马跃之将五个人送到电梯口,总共只走了几十步路,话题就变成办公室的门牌。为了将六楼的门牌都看一遍,还让已经到达的电梯空跑一趟。

重新站到电梯口时,梅玉帛对马跃之说:"八十年代初,人人都很浪漫,别看会议室门上挂着'楚馆秦楼',脑子里却干净得没有半点邪念。"

马跃之回应说:"八十年代的事,你这种年纪只能从书里读到一些。"

梅玉帛笑着说:"楚学院没有经历楚国的事,楚国的书又少,就只有研究青铜重器了！"

马跃之平静地说："当然，那也是两周重器。"

梅玉帛变了个有点坏坏的笑模样说："马先生果然会守住底线。"

鲁丰明显是在献媚地说："是我刚刚与梅常委说，马先生绝对不会说青铜二字。"

马跃之皱了一下眉头，不等电梯来，就朝梅玉帛他们摆了一下手，转身回到"楚才晋用"，将门关上后，独自站到窗前，盯着马路对面的博物馆沉思起来。

临近下班时，柳琴打来电话才将他惊动。

柳琴从曾小安那里得知，博物馆临时通知，有重要接待任务，让大家都去上班。后来才弄清楚，是这边地铁站工地出现漏水现象，万一险情变得不可控，就要对正在展出的重要文物进行紧急避险处理。这会儿博物馆又得到通知，漏水的问题已经解决了。马跃之拿着手机与柳琴说话，窗外之前进行交通管制的东湖路和黄鹂路已经恢复常态，马路上黑压压的全是汽车，旁边的步道全是自行车和电动车。柳琴责怪马跃之发生这么大的事，一点自我保护的意识也没有，应当赶紧离开楚学院，回到家里来。

马跃之不想与柳琴说这些，有意将话题岔开。

"再好的香水经过高度浓缩也会变得臭不可闻，这话是你说给我听的，对吗？"

"臭老马，你就是这样的臭臭！"

手机里传来柳琴柔柔的笑声。

马跃之也跟着手机那边的柳琴笑了。

马跃之答应柳琴挂断电话就下班回家，挂断柳琴的电话后，之前来不及拨打的曾本之的号码自动弹出来，马跃之动一动手指，几声铃响后，传来曾本之那熟悉的声音。

"你是哪一位？"

"我是马跃之。"

"小马呀，这时候打电话，是不是又要请恋爱假？"

"别开玩笑了。地铁工地有个小事故,没有影响你们小区吧?"

"你们想坐地铁呀,我同意,这次干脆从北京站坐到公主坟,将地铁瘾过足了再回武汉。你和郝嘉,还有京山县文化馆的秋风,一起去,一起回……"

正说得起劲,手机那边有人忍不住笑起来,刚刚还是曾本之的声音也随之变成郝文章的说话声。

"对不起,好久没见到马先生,就和马先生开了个玩笑!曾先生刚刚又睡着了,见是马先生的电话,我就替他接了。曾先生最近总在念叨,特别是一到星期六,他就开始惦记小马,说小马在盘龙城遗址发掘现场等了快两年,每个星期六都要他请假回东湖,同柳琴谈一天恋爱。曾先生特别担心小马不肯请假回东湖这边来,不希望小马将这一次的恋爱谈砸了。"

马跃之不愿意同晚一辈的郝文章开玩笑,就问郝文章最近在忙些什么。郝文章回答说,同先前一样,继续开着养蜂汽车,同曾小安一起在山水之间度蜜月。马跃之当然不会相信,他回应说,如果郝文章和谁一起布一个大局,下一盘大棋,却想瞒着他,他知道找谁算总账。

郝文章笑了笑,听声音有点嬉皮。接下来,郝文章认真地说自己的养蜂汽车已经停在京山县的湫坝镇。

听到这个地名,马跃之心里轻轻抖动了一下。

这天晚上,马跃之临睡之前与柳琴说起这事。柳琴也明白,郝文章在电话里说的小马就是马跃之。四十年前,不仅曾本之将马跃之叫作小马,马跃之将曾本之叫作小曾,柳琴也是如此以小曾和小马相称呼的。四十年后,再听到小曾小马的叫法,虽然都是转述,谁听见了谁就会叹息一声。

在郝文章的模仿中,曾本之说的地铁与马跃之所说的地铁,二者之间相隔三十多年。当年他们去北京,一行四人中,除了曾本之,另外三人都是第一次坐地铁。如果郝文章模仿的是真事,曾本之真的将过去时当成现在时,在这种返老还童的趣话背后,恐怕真如楚学院暗地里传言的那样:一个叫阿尔茨海默的怪影在青铜重器上空飘荡。

贰

上个星期一,博物馆地铁站工地上的漏水没有达到定性为事故的黄线。

离地铁站工地稍远一些的报社大楼,即便地铁站真的发生大事故,也不会受影响。报社的办公区与生活区原来只有两道门,一道开在东湖路上,一道开在黄鹂路上。地铁站工地出了那点事后,那些满地找新闻的人听到风声就当成下雨,当即在全封闭的围墙上新开一道门,通过夹在东湖路与中北路之间的东亭小路直通中北路,暂时不从东湖路和黄鹂路上进出。更加离谱的是文联作协的人,文联作协大楼离地铁工地整整一站路,得知地铁站工地有漏水现象,男女老少的日常行为上全都正常,偏偏生出一个自称是超性别的不男不女的人,一口气写了七篇号称"七问"的文字,斥责官员好大喜功、专家违背科学、工人贪图小利、媒体装聋作哑、公众愚昧无知、社会精神麻木,甚至说到用甲骨文写的"马上告之",指其是装神弄鬼,瞎眼猫碰上死老鼠,烂鼻孔嗅到臭猪头,这番血雨腥风的谩骂,直到有人针对其行为回敬了将伪科学当科学、工人出身却忘本鄙视工人、惯于将媒体当作自家宠物等"七答",才戛然而止。

与地铁站工地挨得最近的博物馆,这天正好照例闭馆休息,负责值守以及后来闻信赶来的全是博物馆内部的人。大家聚在一起,听闻危险苗头已被清除,既没有人庆幸,也没有人抱怨,安安静静地说散就散,言谈举止、心理情绪清清爽爽,如同那难得奏响一回的曾侯乙编钟,余音还在绕梁,给人的感觉像是已宁静八百年了。

这件事也印证了一句话,考古这行,情感的温度,不能高于青铜重器。

依据这个道理,有人进一步说,在这一点上,马跃之完全有资格与不是青铜重器、胜似青铜重器的曾本之媲美。

在楚学院,曾本之突然宣布退休。楚学界和青铜重器学界泰斗退位,少了一言九鼎的权威,人心难免浮动。说得好听点叫浮想联翩,说难听些,无非是人人心中本来就有,时机一到便会冒个泡、张个扬的底色暴露。不仅青铜重器的嫡出与庶出有人传说,那些两条腿走路的人,谁谁是嫡出,谁谁是庶出,也有所议论。

在楚学界,青铜重器的嫡庶之分,集中在曾侯乙大墓出土的九鼎八簋与秋家垄出土的九鼎七簋身上。说起来,道理很简单,两周时期,自周幽王东迁洛阳,史称东周起,只要坐在王侯位置上,哪怕长着牛头马面,顶配的列鼎是不能少的,为了区分嫡与庶,甚至正脉与僭越,在人死失去威风后,从簋的数量上做点手脚,并不是什么难题。

至于谁谁是嫡?谁谁是庶?只有曾本之和马跃之有资格成为大家的谈资。

人有一种天性,自己的财富越多越好,别人的故事越多越好。自己没有故事不要紧,别人若是没有故事,自己的生活就缺乏趣味。相反,能将别人的故事拿来说一说,心冷的时候觉得暖和一些,心热的时候觉得凉爽一些,吃东西时味道淡了等于加点盐,味道咸了等于添点白汤,甚至还能够创造一些形而上的东西。

被谈得最多的青铜重器是一九六六年在秋家垄出土的九鼎七簋。

被议论得最多的相关人员是九鼎七簋出土近五十年后的马跃之。

没别的原因,也就是任何人都会犯的小毛病,凡是嫡出的,出正门,上正厅,走正路,凡事都会清清白白,有点花边也早被清理得干干净净。相比之下,庶出的大都一塌糊涂,一时贪欢,几场苟合,本以为只是开朵花,到头来却结成一只果,弄得个生生死死,哭哭啼啼,从生到养,没有哪一样不是遮遮掩掩、越遮越掩,故事越多。以研究青铜重器扬名于世的楚学院,在互联网上号称青铜家族,马跃之作为研究古丝绸兼漆器等杂项的著名学者,身在青铜家族中,确实有点像庶出。

马跃之隐隐约约听到有此一说,就以为是郑雄在捣"以牙还牙,以眼还眼"之鬼。郑雄被前岳父曾本之扫地出门时,马跃之曾经以嫡出变为庶出的说法挖苦过。从本意上分析,马跃之当时并不想挖苦郑雄,只是嫡庶之说,放在当时的语境中,就连入职楚学院之前代表南京大学出战大学生辩论赛的首席辩手万乙,代表武汉大学与万乙对战且不分高下的曾小安,两位以一当十的诡辩奇才,也想不出除了挖苦讽刺还有别的可能。

白露节气这天,在博物馆内设的大楚青铜馆,马跃之意外遇见在他心里已升级为"比庶出还要庶出"的郑雄。

在马跃之看来,这场单向的偶遇不应该出现。

之所以称为单向偶遇,是指马跃之见到郑雄,郑雄没有看见马跃之。

本来嘛,出现这种情形与马跃之没有关系,也与马跃之一向不用正眼看郑雄无关,更与郑雄当上正厅级青铜重器学会会长、按照规定去北京学习深造半年、其间难得回武汉一次无关。

时逢白露,养成与白露节气相关的某种习惯的马跃之,苦思冥想,可以将万乙、曾小安等许多本不相干的人,与这个习惯联系起来,也绝对沾不上郑雄的边。一场小小的意外,不足以令马跃之将遇见郑雄的事上升到感觉异常的程度。否则,就是那青铜铸造的鬼魂,既没有心,也没有脑,才将博物馆里遇见一个不想遇见的人,与白露节气或者寒露节气,更或者天降甘露、玉露、花露、香露的天气,想象成某种瓜葛。

越是没有瓜葛的地方,藤蔓的生长越是神出鬼没。

接下来事情的变化,才是马跃之很在乎的那种意外。

楚学院与博物馆是同一天开建的,从第一辆汽车开过来起,两座大院就被一条马路隔开。中间的这条马路有时候叫作迎宾大道,有时候又被叫作武汉大道,这些都是来博物馆参观者的叫法。楚学院的人过街到博物馆,博物馆的人过街到楚学院,东边的人过街搭车去水果湖方向,西边的人过街搭车去汉口方向,眼里看到和嘴里说的从来只有东湖路。楚学院的人要去博物馆,都会到临近窗口看上一眼。马跃之也不例外,他往窗外看了看,至于看到什么并不重要,关键是发个信号,告诉自己开始下楼穿过地下通道去东湖路的另一边。

博物馆不是军事单位,开馆闭馆时间却被要求全国统一,加上安保人员格外多,还都是经过职业化训练的年轻人。博物馆里的安保人员,坐有坐相,站有站姿,让博物馆显得不是军事化也似军事化。下午四点半,安保人员就拦着不再让参观者进入,半小时后的五点整,参观人员必须一个不剩地全部清场,安保人员执行力之坚强,相比奉命打扫战场的军队,也是有过之而无不及。

上个周一,地铁站工地漏水等一连串事情冒出来之前,马跃之正在写书法,心里就在计划,白露节气这天,博物馆闭馆前,各种值班人员正要交接又还没有交接之际,独自一人悄悄地去博物馆二楼专设的大楚青铜馆待一会儿。

这种半是观察、半是潜伏的设想与做法,丝毫不是心血来潮。

往前数二十年,大楚青铜馆只是博物馆陈列计划中的文字图表,参与设计的马跃之脑子里就有了对白露节气这一天中的这个时间段的规划。往前多数一倍,四十年前,堆放在博物馆库房里的青铜器物,足以诱使春秋五霸和战国七雄的任何一方,发动一场掠夺冷兵器时代战略资源的战争。那时候,堆成一座小山的青铜器物,还没有凝结为设立大楚青铜馆的念头。但在马跃之等人的内心,轻松方便观察这些青铜重器的场所,已将打成死结,挂在心尖尖上。终于有了大楚青铜馆后,不知不觉中，马跃之发现自己只有二〇〇三年和二〇〇九年两次白露节气没有按时到馆，原因是博物馆系统规定每个周一闭馆休整。这两个年份的白露节气正逢周一，按照规章制度，马跃之无法进到大楚青铜馆里面。

这种不惜错过任何事情的怪癖行为，属于个人秘密。

马跃之没有向任何人做过任何透露，包括最亲近的爱人和同事。

眼前又是白露节气。下午四点，马跃之透过"楚才晋用"的窗口看了一眼一年到头总是挤满花花绿绿人群的博物馆，随后下楼，沿着熟得不能再熟的路径，走进横穿东湖路的地下通道。

在地下通道深处，那位将自己装扮成流浪者的画家，还在画着某种平常人看不明白的东西。马跃之照例停下脚步，站在旁边看两三分钟。流浪画家手里的这幅画，前几次路过时已经在画。这一次马跃之终于看明白，画面上那股明亮的气息来自地下通道一侧的阳光夕照。马跃之刚刚觉得自己看出点门道了，流浪画家忽然拿起一把小巧好看的铜铲，将堆积为"阳光夕照"的颜色铲得干干净净。马跃之记起地铁站工地出现漏水现象那天，流浪画家撤离时心有不甘的样子，肯定是错过了十年不遇的比命根子还重要的光影，越想找回来，越是错得离谱，这才将恨恨的心情发泄在小铜铲上。

马跃之冲着流浪画家点点头。

流浪画家也冲着马跃之点点头。

出地下通道就是博物馆。马跃之绕过东湖路上的正门，从博物馆人员专用的位于黄鹂路上的侧门进去，穿过几道不同的门，在每道门前，他都要向那些口称"马先生"的人点头示意。偶尔有人想多说点什么，马跃之总能提前察觉，抬起手来指指前方。在别人看来，这是示意赶着去有事或者有人在等着。这么做是要使得对方望而却步，不再打扰自己。他需要更加专注，将自己身上可以感知外部事物的听觉、视觉、嗅觉、触觉、味觉，甚至是来无影去无踪的第六感觉，一点也不浪费地用在接下来的时间段。

将院门走完后，下一段路程完全暴露在院子中间的小广场上，只要是外来者谁也无法例外,夏天得忍受毫无理性的烈日,冬天要承受寒风不请自来的暴虐。由于到了白露节气,虽然天气还不是最舒适,与江汉路,还有楚河汉街等闹市中心的热岛相比,东湖这一带,已开始令人神往了。

就是这段路程,马跃之碰上据说是暑期以来最大一支参观团队,同时也再次表明,自己在楚学院楼上往这边看的那一眼,只是习惯性动作,连走马观花的标准都没有达到。载着这个团队的十几台编有统一序号的大型客车,就停在博物馆侧门外的黄鹂路上,那么显眼的目标,自己在楚学院楼上居然视而不见。

马跃之在光秃秃的小广场上,碰见那些大型客车载来的参观团队,马上联想到田野考古的重要性,任何找不到现场、没见过实物的推论,都是青铜重器学界的天敌,这也是他年年白露节气必须来此守候的心理支撑。

与此同时,马跃之还碰见几只湖鸥。

白色的湖鸥在小广场以及正在小广场上缓缓挪动的人群上方飞来飞去。许多人拿起手机对着湖鸥拍照,使得本来就很庞大的团队挪动得更慢,也显得更安静。马跃之很好奇这些人怎么能够如此百分之百地遵守公共场所不得大声喧哗的规定。

"小玉老师!"

不远处传来一声轻唤。

马跃之心里一动,循着声音看过去,一个教师模样的中年女子,正朝一个也是教师模样的年轻女子挥着手。马跃之的脑子猛地转过弯来,明白他们是一所特殊教育学校的学生。这些看上去与常人没什么不同的少男少女,只会用手势说话,必须发生争吵了,要吼要叫,全都是用自己的眼神和手指。

为了不惊扰这些从宁静世界来的孩子,马跃之走得格外缓慢。

一只湖鸥不知发现什么,想要落在马跃之的肩头上。湖鸥连续试了三次,第一次翅膀收得太晚,第二次两只爪子没有踩到合适地方,第三次由于又有一只湖鸥来抢地盘,双方都没有抢到先机,在马跃之眼前悬停片刻，恰似相逢一笑，拍了拍翅膀，一起并肩离去，飞过宽大厚重的博物馆屋顶，那边就是辽阔如海的东湖。

一个无法言语的学生将手机拍到的画面拿给马跃之看，并用手语示意添加微信，好将照片发给他。

马跃之很开心。

照片上的马跃之显得更开心。

被叫作小玉老师的年轻女子走过来，用手比画告诉想加微信的学生，不可以有这种不文明的举止。马跃之心里一动，差点要年轻的女老师加自己的微信。一群有听说障碍的学生围过来，伸出许许多多的手指纷纷比画。被叫作小玉老师的年轻女子也用自己的十指轻盈灵动地与他们交谈。

不知为何，马跃之觉得这个场面有些凄美，赶紧转身离开，径直走到大楚青铜馆。

刚刚被特殊教育学校几百双顾盼生辉的眉眼看过的青铜重器，比平时显得更安静。对这一切烂熟于心的马跃之走过去看了一遍，返回来又看了一遍，确信没有任何变化后，才停下来，像安保人员那样站在射灯灯光几乎照不到的暗地里。

凡是入选大楚青铜馆的器物，都是史所罕见的奇迹。像耳熟能详的曾侯乙编钟、曾侯乙尊盘、越王勾践剑等，最不可思议的是两套完整的九鼎。普通的博物馆有一两件青铜鼎就了不得，好一点的博物馆，将东西南北不同地点出土的青铜鼎摆在一起，凑成九鼎，凛凛威风是有了，看上去总觉得很牵强。大楚青铜馆西边摆着一溜九只西周时期的青铜鼎，东边摆着一溜九只东周时期的青铜鼎。这个主意是马跃之出的，当初布展时，设计了几个方案，其中有周老先生的，也有曾本之的，还有郑雄的，讨论起来都不如意，周老先生于是提议，听听马跃之的意见。马跃之已经很久不碰青铜重器了，周老先生开口的事，必须作为例外。很快，马跃之就提出东周的九鼎放在东边，西周的九鼎放在西边。周老先生一只手指着马跃之，一只手拍打着桌面，笑了好一阵才领着众人向马跃之鼓掌。布展完毕后，西边的西周九鼎因为只有七只簋，叫作九鼎七簋；东边的东周九鼎有八只簋，为了区别，被叫作九鼎八簋。与某些墓穴陪葬的东拼西凑不成体系的九鼎不同，这两套完整的列鼎和列簋，从大到小，按照一定的递减比例制作，无论是作为礼器的礼仪之美，还是作为威权的仪式之美，都令人叹为观止。

西边的西周九鼎，不知是少了排头的最大的簋，还是少了队尾的最小的簋，缺少这只八号簋，总显得有些美中不足。

不注意的人永远不会注意，注意的人一下子就会注意到。九鼎八簋一带的灯光特别适合照相，九鼎七簋一带的灯光，肉眼看去似乎差不多，到了照片上再看，十分之九的人会挪到九鼎八簋那边重新拍照。这种布展方式，也是马跃之提出来的。马跃之主张用灯光的差异将九鼎八簋和九鼎七簋作视觉性区分，不露声色地引导观众注意那些最完美的青铜重器。身为评委会主任的曾本之带头说好，其他评委没有不说好的。正式展览后，参观者果然将焦点集中在九鼎八簋上。马跃之这么设计，是从完美角度来考虑，没有想到，自己的这一提议，多年之后变成了关于青铜重器嫡庶故事的一部分。

在历史面前，青铜列鼎配列簋，最能体现王者之气。

在辉煌的朝代，青铜鼎簋会让这种辉煌更加灿烂。

在衰竭的王朝，青铜鼎簋会将这种衰竭衬托得更加残败。

那些描述性的词语文字、著作文章，只要与鼎簋沾边，立刻变得气象万千。来大楚青铜馆参观的人们，最喜欢与九鼎八簋合影的最好理由也是这个。

有句行话说，有鼎无簋，山高缺水。

说来也奇怪，一只鼎单独摆放，无论是超级大，如安阳博物馆的大方鼎、台北博物馆的毛公鼎，还是每个博物馆都有展出的玲珑小鼎，给人的感觉都是大度安然。一旦有几只鼎光秃秃地排列一起，数目越多，越使人心存惶惑。这时候，就需要有相当数量的簋与之匹配，如九鼎八簋、七鼎六簋、五鼎四簋和三鼎两簋，如此一来，不仅百看不厌，还会越看越有看头，人还没有离开，就想着下次有机会一定要再来看看。

如此又被说成，有鼎有簋，山河雄伟。

没有人时，马跃之也喜欢看一看那套完美无缺的九鼎八簋。

只要有人进来，马跃之的全部目光与心绪就会牢牢系在少一只簋的九鼎七簋上。

下午四点半，来博物馆参观的人基本上只出不进，参观人数每分钟都在减少，无人相伴的青铜重器，使人更加容易发思古之幽情。

那些犹在眼前的事情，马跃之只是记起来了，顾不上认真去想。

一个穿白色长裙的女子在九鼎八簋前摆出飞翔的姿势。

这种姿势让马跃之想起在博物馆小广场上遇见的湖鸥。

东湖面积很大，水底食物丰富，湖鸥极少与人亲近，只要有人稍微靠近一些，在岸边盘旋的湖鸥们立即挪向湖中心。多年前，一只湖鸥曾经从窗口主动靠近正在开会的曾本之，已是难得一见。这一次湖鸥更加破天荒，在人潮如涌的小广场上选中马跃之，一而再，再而三，要与他做个伴，这种不是暗示，胜似暗示的细节，换了谁都会多留意几分。

大楚青铜馆是铁打的营盘，来来往往的参观者是那流水的兵。初来乍到的人，对什么都觉得新鲜，以为自己的一举一动都是一场缩小版的开天辟地。根本不会去想历史深处的那些东西，更不明白，天底下的博物馆，从国家级到县市级，其要表达的意义只有一个：不变的青铜重器，不变的芸芸众生。

一年一度白露白，年年的这个节气来大楚青铜馆，马跃之看到的景象都差不多。青铜重器是变不了的，一年年的参观者换了一批又一批，不同批次的人，在青铜重器面前的言谈举止没什么两样，女人爱大惊小怪，男人会故作深沉，年纪大的人常常叹气，小孩子到哪里都少不了淘气。越王勾践剑被国家博物馆借展的那个白露节气，那么多人走过空空如也的展柜，也没有留下非同寻常的动静。

马跃之总在习惯中来，在习惯中去，想自己所想，盼自己所盼。

此时此刻，七男一女八个人出现在大楚青铜馆门前。

那种迎来送往的特殊骚动，调高了对马跃之内心习惯的刺激。

隔着门可以听见一串清脆的高跟鞋磕碰声，接下来是男声女声参差不齐地称呼郑会长，随后才是郑雄客气不足、官气有余的声音。郑雄在马跃之视线之外，介绍某个人说，这是他们的"班长"，又指着所有人，说是"班长"的士兵、班上的同学，最后请前来迎接的那几个人，该做什么就做什么去，留下女讲解员就可以了。

听到这话，站在天御兽青铜尊后面的马跃之下意识看了一下时间，不多不少正好四点三十分。先前就在馆内的工作人员全都认识郑雄，不仅认识，还都明白郑雄若不示意，谁也不可以上前套近乎。从进馆开始，郑雄就滔滔不绝地为跟在身后的七个人作讲解，不去搭理唯一留下来作陪的那位女讲解员。

站得不远不近，被单独放置的天御兽青铜尊挡住的马跃之，或许真的没有被郑雄他们发现。一直跟在身后，等待郑雄发出召唤的女讲解员，直到郑雄他们离开大楚青铜馆，才发现站在天御兽青铜尊展柜后面的马跃之，禁不住略带惊讶地轻叫一声。

与主动倾听的那些人不同，马跃之将现场声响全听进去了。

从那些叽叽喳喳的言语中得知，眼前的八个人，利用周末专程从北京来到武汉，进行考古工作调研。这种事马跃之有过亲身经历，某个周末，他去荆门市一处建设工地进行文物勘查，与同住在水果湖张家湾小区的几个人吃过一顿晚餐。半年之后，马跃之受邀去纪委鉴定被查没收缴的古玩字画，才听人透露，对方那顿饭的报账名目竟然写着"接待著名考古专家马跃之一行"。纪委五室本打算按规定函询马跃之，但有人发话，说这么眉毛胡须一把抓，表面上会伤知识分子的心，本质上是伤害执政者的形象。不知是平常在各自岗位上颐指气使惯了，敢决断、敢拍板的大将风度使然，还是此番学习收获海量真经，连郑雄在内的八个人，个个底气十足，一呼一吸都有可能引起曾侯乙编钟的共鸣。为此，郑雄将手指比在嘴唇边逐个提醒，所表达的意思不是不让同学们过于气宇轩昂从而影响别的参观者，而是要表达出对青铜重器的起码敬畏。只有那位貌不惊人的男子例外，想说就说，想笑就笑，想打断郑雄的话时，一点也不犹豫，张口就来，郑雄也从不做任何阻拦。

马跃之心里好奇，想弄清楚这个人的真实身份。

连郑雄在内的七个学员，分别拥有"邓厅""周局""田市""陈院"

等一听就明白当下出身的简称。还有一位叫"毕主"的,马跃之愣了一下很快也明白,无非是主席、主任或者主委的别称。唯独那位"班长",对他的称呼,从头到尾,除了"班长",还是"班长"!这一点,八人当中被叫作"姜部"的唯一女性也不例外。马跃之一辈子专心做学问,但不是两耳不闻窗外事,人间烟火滋味还是知道的。这位大家嘴里的"班长",要么是在纪委任职,要么是在组织部当差,而且还是中字头的,只有这两处的人,才会让这帮自命不凡的同学如此乖巧服帖。

马跃之略有放松,有片刻时间没注意到这八个人的动静。只是隐约记得,好像有人说过,青铜重器的流行,原本是要体现当时的主流文化春秋大义,郑雄似乎还背诵了一段古文。马跃之回过神来,那位"陈院"正有点玩世不恭地将这段古文做简要的释读:南宋枢密院编修胡铨,死后追封为忠简公,生前曾上书请斩秦桧,遭到流放,秦桧死后才被朝廷召回,北归途中经过湖南湘潭,竟然迷恋上妓女黎倩,将急着回去复职,帮助皇帝整顿朝纲的大义全都忘在脑后。汉武帝手下的中郎将苏武,出使匈奴,被扣在贝加尔湖畔十九年,饿时吞毡,渴了饮雪,仍保持对汉朝的忠诚,却娶了一个在当地放牛放羊的女子。

郑雄看了"班长"一眼。

"班长"在专心看那位"姜部"。

"姜部"反过来笑盈盈地看着郑雄。

郑雄不去评价"陈院"的诠释如何,将话题拉回来,说:"那个据说长得很丑的胡妇,还替苏武生了一个儿子,名叫通国!"

苏武与牧羊女结婚生子的掌故,当初在楚学院内部,是郑雄率先从古籍中淘出来的。事实归事实,大家还是觉得,古人的私事,不宜著书立说、大做文章,所以,这事就像现代人的隐私,能不提,就不提。特别是曾本之,郑雄第二次提及苏武与胡妇生了一个儿子的典故时,就十分严肃地警告他,不可以再说第三遍。惹得郑雄在马跃之面前发牢骚,曾先生是不是有过如此私情,才如此忌惮?事实证明,郑雄并没有将曾本之的警告当回事。

此时此刻,郑雄不肯被人抢了风头,又把古人的隐私说出来。

"不可以，不可以这么说，这样说话是心理阴暗的表现。"

叫"姜部"的女人用一种吴侬软语的调调冲着郑雄说。

"你这么说，人家一定要去纪委，告你三天三夜的刁状！"

"姜部"说这句话时，并没有看"班长"。

听"姜部"说话的那些人也在看着郑雄。

马跃之肚子里的看家本领起作用了。考古这行也就是通过实物证明加上典籍研究，阐明包含在各种资料中的因果关系，提取存在于古代社会历史发展过程中的规律。将这种方法用在眼前的小事上，马跃之提取到其中规律是，那个叫"姜部"的女人提到令人敬畏的"纪委"，如果"班长"是在纪委任职，"姜部"会不由自主地将目光投向"班长"，那些有心起哄的学员也会自然而然地跟着这么做。这种下意识的小动作，是社会心理的自然表达，特别是在无关紧要随机发生的小事情上，人的神经很放松时更是如此。大家都没有在"纪委"一词突然出现时，表现出对"班长"的关注，就只有另一种可能——环绕在"班长"身上的浅浅的神秘气氛，符合组织部门给人的印象。

无人搭理，也不需要人搭理的马跃之心里生出一些负面情绪。

由郑雄诵读这些典故，是对历史的小小嘲讽。可悲的是，摆在面前成系列的青铜重器，像是被说服，不由自主地晃了几下。实际上，这是映在防护玻璃上的影子在动，是听到此话的人在点头示意。

马跃之不会忘记，郑雄曾经是曾本之的女婿，哪怕不太合格，最终被踢出家门，能入曾家内室，做了多少年的东床快婿，也还是有真学问的。

回荡着那段古文的大楚青铜馆，不算马跃之和郑雄，以及工作人员，一共十四个人。有一半的人在主动倾听，其余七个人，又有三位被动地不想听也听了。剩下两对男女，只顾站在一长溜九鼎八簋前面，隔着厚厚的防护玻璃，忸怩作态地拍照打卡，身上能动的部位全都忙个不停，除了相机快门的咔嚓声，加上反复提醒要点一下美颜键的莺声燕语，任何其他声音都不会听。

胡铨和苏武的经历，就像某个活人的往事，在马跃之脑子里飘飘荡荡，感觉时好时坏。

再次回过神来的马跃之听见郑雄正在谈论九鼎八簋。

大楚青铜馆正厅，陈列着两套鼎簋。一套是与曾侯乙编钟、曾侯乙尊盘陪葬于同一墓室，也是迄今为止，在同一时间、同一地点出土的完美无缺的九鼎八簋。另一套则是马跃之目不转睛紧紧盯着的九鼎七簋。九鼎七簋的出土地点叫秋家垄，属京山县湫坝镇，离九鼎八簋的出土地擂鼓墩只有五十几公里。二者都在历史地理上著名的随枣走廊一带。身为周天子分封的诸侯，如果不论岁月先后，九鼎七簋的主人，早晨乘马车出发，傍晚就能听着曾侯乙家的编钟乐歌，用曾侯乙家的爵斝觚觯，觥筹交错，欢娱痛饮。同样，九鼎八簋的主人，太阳出山时从擂鼓墩出发，太阳下山之前就能到达秋家垄，与拥有"金道锡行"经营执照的曾伯桼家商议贩运一批青铜重器。实际上，九鼎七簋在秋家垄重见天日比九鼎八簋在擂鼓墩再现人间的时间要早十多年，秋家垄九鼎七簋的主人也比擂鼓墩九鼎八簋的主人高几辈。令人景仰千年的九鼎之尊，自夏末商初兴起，要么止于汉代末期，要么止于唐朝初年，往后再也没有人见过真容。威风八面、仪态万方的九鼎，是从书中读到的，从画中看到的，从诗词戏曲中听到的。在秋家垄石破天惊的发现之前，九鼎只是可望而不可即的传说。秋家垄九鼎七簋的横空出世，让千年之后的世人大开眼界。若不是十年后在不远处的擂鼓墩发掘出九鼎八簋，秋家垄九鼎七簋足以应付后人的欣赏欲。也是由于有了擂鼓墩九鼎八簋，大家才开始研究为何秋家垄这里的九鼎只配了七只簋？

在马跃之听来，这些话也就是掉一掉书袋子。

这种人云亦云的话，楚学院的门卫许师傅都能够说个八九不离十。

郑雄领着"班长"，抑或是"班长"领着郑雄，和六位气宇轩昂的同学，看了看九鼎八簋，又看了看九鼎七簋。

其间，大概是手机有动静了，郑雄伸手掏出来看了一眼，小声说自己正有事。对方显然不肯罢休，郑雄又不便强行挂断，只得勉勉强强答应着。

"班长"有意在九鼎七簋面前停下来。

"哇，班长好有王者风范！"

唯一的女同学"姜部"轻轻一叫，其他同学纷纷拿出手机，横七竖八地拍起照来。

"班长"摆了几个姿势，表情有微笑，也有搞笑。

时间不长，"班长"往旁一闪，将位置让给"姜部"。

"是不是还应该来个凤者风范？"

"班长"话音刚落，几个同学就连连叫好。

那叫"姜部"的女人也不客气，往前走了几步，转过身来，略一扬下巴，显出男人最喜欢的那种风韵。

一伙人正在嘻嘻哈哈地打造凤者风范，听完电话的郑雄快步返回。

"打住！打住！"

"不要在这里照！"

"那边才是照相的地方！"

郑雄有点夸张地连叫三声。

还是"陈院"的反应最快，他要郑雄别装神弄鬼，欺负大家不懂青铜重器。

郑雄一脸无辜地表示，真的是这样，来馆里参观的人凡是请讲解员，一般都会私下提醒对方，不要在九鼎七簋这边照相。说着话，郑雄想起来，伸手将女讲解员招到身边。女讲解员很乖巧地说，馆里的讲解员确实有默契，客人们要照相，只会带去九鼎八簋那边，那边的灯光好些，地面上也标着适合照相的位置。女讲解员说，这些都是先前带自己的老讲解员传下来的，她当讲解部的负责人后，也就这么与新来的讲解员说了，至于背后的原因，当讲解员的就不清楚了。

"陈院"还是不相信："要是真有什么忌讳，怎么不去杀只狗，用狗血在这上面浇一圈？"

"班长"也认真起来："你们几个往后是要抱团取暖的，有话都当面说清楚！"

郑雄看了一下四周，又将女讲解员支到一边，这才开口说话。

"那边的九鼎八簋是嫡出的，正统的，照的相吉祥。"

"这边的九鼎七簋是庶出的,僭越的,意义不太好!"

"当然,这是对有理想抱负,追求远大前程的人而言!"

郑雄将一段话分三次说,显然是为了照顾大家情绪。

"班长"要郑雄拿出实证来,不然空口无凭,就是封建迷信。

郑雄慢悠悠地讲了一个故事。

一九六六年,九鼎七簋一出土,就从秋家垄运到省博物馆。当时,男女老少都在参加红卫兵运动,没人搭理这种腐朽年代的滥货。后来不搞运动了,经济上又陷入困境,没有像样的房间做展厅,依旧只能存放在库房里。直到那年一个岛国的王子来访问,点名要看中国古代的传国重器。这才将九鼎七簋搬到那位王子下榻的东湖宾馆,在大厅里摆放三天。这位王子很高兴,与九鼎七簋照了不少合影。没想到乐极生悲,回家的飞机刚落地,迎接他的却是老国王的一纸御令,意气风发的王子,一下子成了"废太子"。"废太子"本来就是庶出,加上生母王妃失宠,国王早有废庶立嫡的想法,"废太子"在东湖闹着要看九鼎七簋的消息传回国内后,国王就以"废太子"有僭越篡位的不轨之心,堂而皇之地将王后的儿子立为"太子"。当初,晓得这事的人本来就极少,加上全世界的信息极不通畅,所以外面的人一点音讯也不了解。不久之后,一位外国王子也来看武汉,游东湖。如法炮制的小王子,同样对九鼎七簋顶礼膜拜,结果比前一个王子更惨,回国的飞机倒是落地了,在回王宫的路上,同父异母的弟弟突然暗下杀手,小王子连人带座驾被炸上了天。

郑雄说话的口气,如同身临其境,将现实中的嫡与庶说得格外明白。

马跃之更明白,故事的真实版本并非如此。

不过,郑雄虚构得很巧妙,连马跃之这样的人听了,心里都有些震撼,何况其他人。

也是信则有、不信则无的规律起作用。展厅的灯光本来就暗,郑雄的话一出口,展厅的气氛为之一变。

刚刚体现过王者风范的"班长"连忙发话:"重要的事情说三遍,

你再给大家说说,九鼎八簋是怎么回事,不要怕啰唆!"

在"班长"面前,郑雄对这种青铜重器的常识不敢有丝毫敷衍,他很认真地说:"按周朝礼仪,天子用九鼎八簋,诸侯七鼎六簋,大夫五鼎四簋,元士三鼎两簋,谁也不敢僭越,不然就是杀头之罪。"

郑雄说得过于认真,不小心留下破绽,被"陈院"抓住了:"那用三鼎两簋的人,用一用五鼎四簋,就算是僭越,最重的惩罚也不过是罢其官爵,没收礼器,还不至于掉脑袋。"

之前输过一局的"陈院"以为扳回一分,不料郑雄又说:"古人说,僭越其礼,必觊觎其位。喝酒吃饭,坐了不该坐的位子,拿了不该拿的酒杯,确实有僭越之嫌,真的以僭越问罪也太可笑了,到不了僭越这个层面。僭越这个词太沉重,与觊觎配套的,针对的是天下仅有的大位!"

"班长"这时又开口了:"这是郑会长的地盘,大家还是放虚心点!别以为读过几本盗墓小说,就自我提拔为考古专家。"

"班长"话题一转,又问郑雄:"像你这帮同学,放在周天子时期,可用几鼎几簋?"

郑雄笑一笑说:"也就享受元士的三鼎两簋待遇吧!"

一旁的"陈院"再次插话:"那可不一定啊,如果是礼崩乐坏的东周,只要财政情况好,别说五鼎四簋,就是用十鼎九簋也没有人管得了。"

郑雄意识到"陈院"是在找回面子,连忙含笑点头。

"班长"没有搭理这小儿科的机锋,指着九鼎八簋说:"我们去那边补照一张相,算不上僭越吧?"

一群人昂首阔步走向九鼎八簋,没有留意"姜部"站在原地没动。

马跃之也没有发现,他的注意力全部放在郑雄身上。

走在最前面的"班长"回过头来对身后郑雄说了一句什么。

郑雄马上转过身,找到"陈院",亲昵地拍了一下对方的肩膀,特别真心实意地表示,到底是学历史的,看问题更加全面,更有大局观,不像单纯学考古,喜欢钻牛角尖。从"陈院"的表情来看,郑雄的这番表白,还没有完全奏效。

从九鼎七簋走向九鼎八簋，也就二三十步的距离。"班长"没有急于站到适合照相的位置上，他只走了十几步，便停下来若有所思地再次向郑雄求证，青铜重器是不是真有嫡出与庶出之分。

一旁的马跃之听得不太完整，但还是能够判断，"班长"的疑问，郑雄的回答，都没有问题，站得住脚。

在青铜重器学界，经由发掘出土，有遗址可供考证的器物，是比作嫡出的。那些找不到最初出土地点，但被赋予亦真亦假种种传奇故事，听上去人情味十足的器物，在学术体系上等同于庶出，不到万不得已不会拿出来派用场。放在十年前，对于那些没有发掘现场的青铜器物，不要说曾本之，就是多年不碰青铜重器的马跃之，也从不听信那离奇古怪的发现过程，没有第一现场就去察看第二现场，第二现场也没有就去察看第三现场。这两年，大家都说马跃之的性格变宽容了，愿意听别人讲故事，偶尔还能将别人讲的故事，用冷嘲热讽的语气说上几句。马跃之自己的解释是，国家博物馆都能接受天下第一离奇的"作册般鼋"，区区马某又算老几，犯得着与半个青铜重器学界较劲吗？

接下来，马跃之差点笑场了。

马跃之没料郑雄在这个时节提起"作册般鼋"。

郑雄甚至也不用完整的名称，同样将作册般青铜鼋称为"作册般鼋"。

郑雄在"班长"他们面前用"作册般鼋"称呼作册般青铜鼋，幸好那些人没有听明白，异口同声地反问一句，将马跃之喉咙迸发出来的那点气息淹没得干干净净，他才得以继续隐身。郑雄张口就来，将国家博物馆的特级文物作册般青铜鼋称为"作册般鼋"，足见他在马跃之视野之外的场合上已经说过多次，才如此习惯成自然。

郑雄还向"班长"他们解释，"作册般鼋"的叫法是楚学双雄这一位对那一位的别样致敬，是真正的高风亮节。郑雄说，一般单位都是一山容不下二虎，楚学院的马先生为了让楚学院跳出这种人事陷阱，主动放弃社会影响力较大的青铜重器研究，转而专攻杂项，为了显示自己的决心，从此不再在语言文字中提及青铜二字。"陈院"对郑雄的说法表示怀疑，在他看来，这么做的真正目的，是自行其是，另立山头。

尽管被"陈院"质疑,"高风亮节"四字还是让马跃之心里不由自主地哆嗦一下。

就像开口称"作册般甗"那样,郑雄请"陈院"给大家介绍口称"作册般甗"的作册般青铜甗,也很流利自然。郑雄的理由是,他同楚学院的人一样,习惯将作册般青铜甗称为"作册般甗",内部人这么说没事,在外面这么说,让别人不好懂。

学历史的"陈院"口才十分了得,作册般青铜甗的来龙去脉很复杂,"陈院"三两句话就点破了,说是河南安阳的一个退休老人,在战国时期六国会盟的洹水河边钓鱼,洹水河有差不多二百公里长,细微的鱼钩和钓线连忽略不计都不够资格,退休老人随手甩一钓竿,偏偏就将三斤多重的一只青铜甗挂住,手到擒来地钓将起来。更奇妙的是那青铜甗背上插着四支箭,还配有铭文,说明商纣王曾经与名叫作册般的手下一起将四支箭射在一只大甗的背上,纣王一高兴,就将大甗赏给了作册般。为了纪念纣王的恩典,作册般用纣王的赏赐,铸造了这只青铜甗。

"这哪里是考古,是在给'三言二拍'写续篇!"

"班长"虽然这么说,对故事本身还是挺满意的。

"班长"都满意了,其余同学自然只会更加满意。

如此一来"陈院"已将先前那点不愉快完全放弃了。

郑雄顺着"班长"的话回应说:"这种事既当不得真,也不能不当真。就说震惊世界的元谋人牙齿化石,修建成昆铁路的两位地质工程师,迟不拉尿,早不拉尿,刚好那个时间、那个地点,一泡尿拉出去,将地面上的浮土冲掉,露出两颗牙齿化石。这么蹊跷的事,一般人哪敢相信?贾兰坡贾先生就敢相信,所以,大家才称他为泰斗。"

"班长"忽然板着脸说:"青铜重器就是按有没有故事来区分嫡庶吗?"

不等郑雄他们开口,"班长"又说:"我想到一个问题,你们分析一下,这几年为什么知识界突然盛行嫡庶之分?"

"班长"的话表面上是说给所有学员,仔细一想,真正针对的只有郑雄与"陈院"二人。马跃之已经判断出来,"陈院"肯定是某个学术单位的院长。"班长"周围的人果然将目光齐齐地对准郑雄和"陈院"。

郑雄与"陈院"相互看了一阵，确信"陈院"不想说话，郑雄才开口，并努力让自己的语气显得平淡无奇。

"那些说话不能算话的人，为了显得说话是算话的，才另辟蹊径，说这个是嫡出，说那个是庶出。"

"班长"一边琢磨一边走向九鼎八簋，摆好姿势照相时，仍在若有所思。

"班长"照完相，忽然轻轻一笑："有道理！好像是有道理！"

过程中，"班长"像是说服了自己，开始放声大笑："所以，我们才不远万里走到一起来！"

"凤者风范！凤者风范呢？""班长"高兴地举头四望，"再来照一个凤者风范的标准像啊！"

别的人还没有反应过来，被天御兽青铜尊挡着严严实实的马跃之顺势一扫目光，发现那位一直跟在"班长"后面的"姜部"，独自落在九鼎七簋这边，如同一尊摆得不是地方的青铜人像，怔怔地站着不动。

大约是受到跟着"班长"喊"凤者风范"的惊扰，"姜部"突然扬起手臂。

马跃之心里一惊，他捂着自己的嘴，不使叫出声来。那只看上去纤细白嫩的手臂，捎带着玉指纤纤、手背酥软的巴掌，重重地拍在九鼎七簋的防护玻璃上。随着手掌、手臂与防护玻璃碰撞后的一声脆响，专门用来保护青铜重器的报警系统发出凄厉迅猛的警报声。

郑雄脸色唰地一下全白了。

刹那间，不知从哪里冲出那么多安保人员。

几乎是同一时间里，安保人员的手机和对讲机轮番响起——附近的派出所，管片的公安分局，直管的市公安局，以及省公安厅和文物局的电话一个接一个地打进来。

郑雄用最快的速度镇定下来，冲着大家说，这位女士低血糖犯了，不小心将头磕在防护玻璃上。"姜部"真的有点低血糖，郑雄说话时，她从坤包里取出一颗巧克力，放进嘴里。

安保人员不认识低血糖症发作的"姜部"，也不认识深不可测的

"班长"，但没有不认识郑雄的。为首的安保队长上前看了几眼，左手挥一下，右手挥一下，黑压压的一群安保人员，立刻像乌云散尽那样不见了。

大楚青铜馆重新安静下来。

"班长"走到"姜部"身边，小声耳语几句。

一束射灯灯光恰到好处地照着"姜部"浑圆的肩头，将挂在面颊上的一道泪痕反衬得更清楚。

"班长"还在说些什么。

"姜部"突然低声咆哮起来。

"庶出！庶出！你老娘才是庶出！"

"班长"的脸色有些不太好看。

郑雄一看，马上接过"姜部"的话说："齐姜本来就是正统的呀，姜子牙分封才有齐国，可惜后来发生了因田氏代齐的大事变！"

郑雄此话一出，"班长"马上望向"田市"："原来是你在欺侮'姜部'，夺走了人家传了几百年的九鼎呀！"

"姜部"将"班长"看了一眼，又看了一眼，终于笑了笑。

"班长"顺势问郑雄，这两年总在说，曾国和随国本是一家，这是要否定《史记》的大事，是不是真的经得起历史检验？这与齐国的变局完全不同，姜齐变为田齐，史料非常完整，事事都令人信服。以司马迁的学术态度，其笔下只有随，没有曾，想要让人用楚学院几个人的说法来否定司马迁，搞不好就会让人笑掉大牙。

郑雄一笑，有点谄媚地说："研究青铜重器，就是看历史不顺眼，而与今人过不去。"

"姜部"说："这意思是说，你只负责改变历史！"

"班长"马上接过话题说："'姜部''田市'，你们就负责改变未来嘛！"

"班长"此话一出，在场的所有人都叫起好来。

郑雄跟着叫完好后，似有所指地说："九鼎七簋实际上也是九鼎八簋，只不过八号簋暂时还没找到。只要找到八号簋，这套青铜重器的地位想不成为天下第一都难。"

"班长"说:"领导在不同场合几次说,考古工作要大胆推进,小心求证。你们还不赶快找,想挖哪座墓,将发掘报告往上送就是。"

"姜部"也跟着说:"是呀,是呀,这么重要的事,你不做,难道要让给别人去做?"

郑雄说:"这事呀,总听说有点线索,又总摸不着门道!"

一旁的"陈院"说:"不是有位曾本之曾先生——"

郑雄一摆手打断"陈院"的话:"那是过去时了,楚学院的大旗现在得靠马跃之马先生来扛!"

郑雄忽然不说话了,只见他低下头,隔着防护玻璃凑近九鼎七簋的七号簋。别人都不明白郑雄要干什么,只见他死死盯着七号簋。时间不长,郑雄终于直起身子,一伸手招来一直待在旁边的女讲解员。

郑雄指着防护玻璃里的七号簋,问女讲解员发现什么没有。

女讲解员犹豫地摇了摇头。

郑雄又将近处的安保人员叫过来看。

安保人员说自己是近视眼,今天忘了戴隐形眼镜。

郑雄正要再叫人,先前犹犹豫豫不敢表态的女讲解员说起话来,她觉得七号簋的底座上有点灰一样的东西。

郑雄正色说:"这不是灰,是铜锈,是从七号簋上掉下来的铜锈。"

说着话,郑雄变得严厉起来:"给你们馆长带个信,下班之前就办好送检手续,送到楚学院,请曾先生——不,曾先生退休了,就不要麻烦人家。请马先生吧,让马先生亲自出手好好检查一下!"

大概是想自我表现一下,女讲解员说:"马先生好像从不过问青铜重器!要不还是请曾先生主持?"

郑雄的脸色不太好看了。他有意放慢脚步,待"班长"带着别人出门后,才折转身来瞪着讲解员。

"给七号簋做检查,必须是马先生!"

"好的,我负责将郑厅的话带到!"

女讲解员不仅没有一点胆怯,脸上居然还带着笑意。

郑雄他们终于离开了大楚青铜馆。

马跃之迫不及待地走到七号簋前面，仔细看了看，真的有针尖大小的几粒铜锈散落在七号簋的底座上。到了这个时候，马跃之才觉得郑雄临走时说的话，像曾侯乙编钟出土后头一回敲出低音炮那样的震响。须知呀须知，在楚学院，这个郑雄，以往只有一个曾先生，对马跃之，这一次叫了马老师，下一次必定称之为老马！这一次叫了老马，下一次才会称为马老师！有很多次，曾本之在前面称马跃之为马先生，别人都跟着称马先生，轮到郑雄时，依然只以马老师相称。

下午五点整，博物馆正式闭馆。

马跃之不得不走出天御兽青铜尊背后的阴影。

女讲解员吃惊地叫了一声："马先生！您也在这儿？"

马跃之记得去年这个时节，他俩也在这里见过面。女讲解员一心只惦记着那位失态的女人，急不可待地想从马跃之这里得到答案。

"嫡与庶真有那么重要吗？"

"九鼎八簋和九鼎七簋的事不是这么简单。"

马跃之随口说一句。女讲解员用一种出人意料的爽快回应。

"以我的浅薄见识来分析，那个女人看着很光鲜，大家也很抬举她，实际上还没有得到想要的名分，所以她才听不得别人说什么庶出。用我妈的口头禅说，这就叫病人听不得隔壁的哭！"

马跃之扭头就走，这种时候，就算身边说话的人是柳琴，也会嫌弃她不该扰乱自己的思路。

离开大楚青铜馆。

再次路过小广场。

空中没有湖鸥。

地上没有湖鸥。

身旁也没有湖鸥。

马跃之这才重新记起自己来大楚青铜馆的真正目的，他叹息一声，千丈大堤，毁于蚁穴，多少年来形成的专注，居然被自己丢在一旁了。

一转念，他想到另一种可能。

也许这是大象无形呢？

叁

　　从博物馆出来，马跃之没有直接回楚学院，而是向右转身上了黄鹂路，信步往东湖方向走。马跃之原本打算顺着东湖公园大门前用花木盆景摆成的转盘转一圈，便沿路返回，不料刚到东湖公园大门，天上忽然下起小雨，不得不与一群人挤在相忘湖茶吧门前避雨。

　　茶吧之前的店名叫相忘江湖，柳琴和曾小安头一回来喝茶，二人闲聊说，喝茶就是喝茶，还江什么湖，哪来那么多的江湖，搞不好就像前面的店，开张不到一年就得关门。她俩说的也是实际情况，之前这个位置接连开过几家围绕餐饮打转的小店，从没有撑过一年的。不过她俩都喜欢相忘二字，现在的人心里搁的东西太多，到了东湖边，还恋着人仰马翻的江湖，自己都能将自己累死。她俩只顾说话，没想到被女老板听见了。换了别人，听到好建议，马上出面表示千恩万谢。这家的女老板不一样，柳琴和曾小安结过账，要出门时，才让服务员递上一张纸条，请她俩下周这个时间务必再来。熬不住内心的好奇，她俩真的准时又去了,只见门前的店名已换成"相忘湖"。女老板亲自出面,请她俩坐在前次的位置,还说,往后只要她俩来,这个位置便非她俩莫属。女老板真的在茶几上放了一个小摆件,上面写了几句向宾客致歉的话,意思但凡她俩来了,请务必让座,并附上让座的优惠内容。

这些年,马跃之断断续续来过相忘湖茶吧十几次,说不上喜欢,也说不上不喜欢,这十几次中,有一次是郑雄奉命召集楚学院和博物馆相关人员来这里茶叙,其余的都是柳琴安排的。柳琴和曾小安喜欢这地方,每个星期来一次不可能,每个月来一次是必需的。柳琴每次打电话预约,只说和朋友几点钟到,临湖拐角位置一定会留给她。

半敞开的露台上坐着几对青年男女,临湖的拐角位置,坐着一个男人。近处的那对情侣,看中了那个位置,小声商量要服务员帮他俩调换一下,那么好的风景台位,一个人占着太浪费了。服务员替他俩传过话后,又将那人的话带回来。

那人将自己的话写在茶吧提供的便笺上:我心里装着一个人!

想要换位置的女人念出这句话。马跃之听后,忍不住看了那人一眼,一不小心,正好遇上那人看过来的目光。

马跃之觉得自己不应当听别人说话,连忙向那道在湖水中漂泊的翠绿堤岸看去。

过了一会儿,马跃之从远处收回目光,一不小心再次遇上那道目光。

这一次是对方主动找过来的,马跃之想躲也躲不开。

那人主动看过来的目光,没有敌意,没有嫉恨,没有鄙视,可以说,所有令人不快的神色都没有包含,马跃之心里偏偏生出明显不适。

就像不久前在大楚青铜馆,马跃之并不想听郑雄一行人言语嬉笑,处在那种场面又没办法不听。眼下也是如此,自己之所以面向露台,并不是窥探喜欢泡吧的年轻人的私密生活,只是想看看远处的湖面上,有没有湖鸥飞过来,悬停在露台拐角那个位置上。那一次,曾本之坐在那个位置上,就曾遇到过如此模样的湖鸥。

马跃之转身面向马路,让自己只专注于这场小雨。

小雨总共下了二十分钟。

小雨下到第十分钟时，有人撑着一顶印有曾侯乙尊盘图案的雨伞走进东湖公园大门。

去年，青铜重器学会在武汉开年会，正逢梅雨季节，一向不问俗务的曾本之，难得开一次口，让会务组向博物馆文创产品部订制一百把这种样式的伞。曾本之说，去年与马跃之一起坐火车去成都开年会时，人家发了一把伞，上面印着三星堆太阳神鸟，既有纪念意义，又是流动的广告宣传牌。青铜重器学会在成都开年会，是三星堆遗址被国务院公布为重点文物保护单位的第三年，也就是一九九〇年。马跃之只当曾本之记错时间了，就与曾本之说笑，若以去年论，成都年会已经是二十几个去年了。曾本之怔了怔，拍拍脑袋，说自己是不是患上阿尔茨海默病了。马跃之赶紧说，自己有毛病，坐不了飞机，曾先生陪自己坐火车的事是真的，伞的事也是真的。

依照曾本之的提议制作的一百把武汉年会纪念伞，只发给参会人员，一把也没有外流。正在躲雨的马跃之以伞寻人，加上被雨伞挡住上半身的那人有点罗圈腿，以为就是住在附近喜欢到东湖里面走一走的曾本之。马跃之好久没见到曾本之了，心里念头一起，便情不自禁地走进雨幕，悄悄跟在后面。

那把伞一直在马跃之眼前，小雨不再下了，也没收起来，晃晃悠悠地沿着东湖岸线，来到老鼠尾。马跃之站在先月亭这边，无法确定自己要不要主动上前，与停在老鼠尾尽头的撑伞人打招呼。正在犹豫，一阵湖风吹来，那伞猛地一歪，露出一只硕大的光头，曾本之却是皓首白发。

马跃之独自苦笑了一下，索性进到先月亭小坐。

有一阵子，马跃之想起地铁站工地有漏水迹象的那天下午，郝文章在电话里说，曾先生在家人面前老爱将马跃之称为小马，再与去年青铜重器学会武汉年会上，曾先生将二十年前的成都年会说成是去年召开的情形联系到一起，便不由自主地往阿尔茨海默病方向想象。郝文章还说，曾本之在不该睡觉的时候睡着了。如此这般还不算什么，更加不堪的是他还有事没事提醒马跃之请假去和柳琴谈恋爱。这样的时空错乱,绝对是生命旅途上极为可怕的苗头。

小雨彻底停歇下来,整个城市又是阳光灿烂。

隔着半湖水,太阳将湖那边茂密的树林染得像落霞一样灿烂。东湖上仅有的一艘豪华游轮则被灿烂的落霞篡改成某座殿宇的一部分,烘托着树林深处那所曾经摆设过九鼎七簋的房子。

四点半在大楚青铜馆,郑雄对"班长"他们讲的两位王子与九鼎七簋的故事,只有九鼎七簋与暂时摆放九鼎七簋的房子是真的。当然,故事的结果也是真的,作为过程的两位王子却是子虚乌有。这倒不是说两周时期的规制还在起作用,王子不可以享受国王的待遇,而是世界各地的老国王们,不希望年轻气盛的王子,受到蛊惑力极强的大字报运动的影响,也跟着起来造反。宁肯由老国王亲自动步跑一跑东方外交,也不让王子们单飞来此,学习如何推翻"旧世界"。

那时,只有博物馆,没有楚学院。博物馆没有般配的馆舍,秋家垄出土的九鼎七簋,只在报纸和电台的新闻中公开谈了一天,便偃旗息鼓,放进不见天日的库房里。这一点也是真的,不是现编现讲的故事。从考古的角度去看,所有传说都是有来由的,不是无缘无故的凭空捏造,只是由于某些不能以真相示人的原因,人们才会摇动三寸不烂之舌,将事情的本来面目进行乔装打扮,如此就有了可供言说的传奇。楚学院的人不相信九鼎七簋与两位王子的传奇,倒不是故事本身经不起考古一样的考究,而是因为像禁忌一样不可言说的秘密展出,正是得益于那一次九鼎七簋的秘密展出,楚学院才得以成立。

郑雄在一帮同学面前所指要见九鼎七簋的其实另有其人。

秘密展出多年以后,郑雄入职楚学院,在见面会上,他信誓旦旦地表示,自己从小就对青铜重器感兴趣,小时候学写字,首先写毛主席,第二写华主席,第三写鼎簋,自己的名字很晚才开始学写。郑雄即将成为曾本之的女婿、曾小安的丈夫、郝文章的情敌之际,曾本之特意请马跃之去郑雄老家一带进行田野考古调查。曾本之一句多余的话也没有说,马跃之心里像高中学生听小学老师讲乘法口诀一样明白。田野考古调查结束后,马跃之也像无意中提起来,说郑雄老家确实有点特别,村口的一块大青石上，刻着光绪年间一位秀才写的两个斗大的字，一个是鼎，一个是簋。马跃之还防着后人造假，特地找出民国年间的县志对照，上面也有明确的记载。由此可见，郑雄当初说的话，应当有七八分可信度。东湖这所房舍里发生的事，即便在信息高度发达的今天，有所了解的人仍然极少。就算早早受到鼎簋的熏陶，一点家学也没有的郑雄，小小年纪断断不可能知道九鼎七簋的古今真相，除非他是百年一遇的考古天才。

九鼎七簋出土第十年的春天，博物馆突然接到一项举办内部青铜重器展览的紧急任务，别的器物都不要，只要九鼎七簋。传达紧急任务的人还硬性规定，负责此项任务的博物馆，知情人数不得超过九人，也不能少于九人。博物馆之外，不做具体事情的水果湖大院里的知情人数也是不多不少刚好九位。在博物馆的九人名单上排在最后一位的马跃之，与当时就已经排在第二位的曾本之，当然懂得九九之数的文化含义。在研究方案的内部会议上，见大家久无良策，作为周老先生新近挑选的助手，年方十六，只有当记录员资格的马跃之，便写了一个纸条递给曾本之。曾本之看了一眼，又递给当时牵头管这事在专业能力上排第一位的周老先生。周老先生当场拍板，就这么报方案，在东湖宾馆里面安排一个展厅。方案报到水果湖大院的九个人那里，九人中的牵头人在报告书上画了一个圈，并写上：就近设展。

这四个用红笔写的字，其意义不是"就"博物馆之"近"，而是"就"观看九鼎七簋的那位下榻的房舍之"近"，九鼎七簋这才破天荒在博物馆之外的一所房子里摆放三天。

当年文物管理不太规范，若晚三年五载，天王老子也不可能如此行事。当年之事尽管做得有些出格，见过其情其景的周老先生在私下说过，想要体现九鼎气象，必须这样做，不过想这么做的人，必须先掂量一下自身的分量够不够，自己的功德配不配。后来在博物馆正式展出，多少人在九鼎面前故作姿态，比如郑雄领来的几个人，将王者风范、凤者风范叫得越响亮，越显得与这些青铜重器的不匹配。当年的九人小组，从曾本之到马跃之的八个人，只有干活的份，相关九鼎七簋的一切布置到位后,就奉命待在邻近的一所房子里,只能隔着窗户看见车辆的进进出出,连人影都没机会扫上一眼。进到那所房子里近身相伴的机会,全由周老先生代表了。周老先生也有遗憾,在这事还有很多新鲜劲时,周老先生经常说,可惜只有七只簋,如果是八只簋,就完美无缺了。

事情过去,依然是博物馆的这九个人去撤展。

这也是有要求的,九个人布展,九个人撤展。

"这件事可能不该这么做,搞不好会有副作用!"

大家正在忙碌时,不知是谁小声嘀咕一句。

一开始,大家还以为是指撤展方法,人人只顾琢磨自己的动作与姿态。稍后才明白这话的真实意思,再想确认这话是谁说的,问到谁时,谁就矢口否认。那时,论学问与资历,周老先生毫无争议地排在第一位。一般人心里都有数,只有这位周老先生才能说出这样的话。也是这个原因,在场的八个人相互问了一遍,谁也不去问周老先生。还有一件事,由周老先生代表九人小组侍奉的是不是大家私下猜测的那个人,同样是谁也没有向周老先生问一问。这一点,倒是有严格的规定,比如,不让看的不要看,不能问的不要问,不许说的不要说等。周老先生确实做到了守口如瓶,必须说时,只说九鼎七簋的进进出出,观看九鼎七簋的人的时隐时现,从不说一个字。

"考古这行,只能改变历史,无法改变未来!"

"无法改变未来,只能改变历史的只有考古。"

后面的一句话,没有一点疑问,也是周老先生说的。

曾老生说了一遍紧接着改变顺序又说了第二遍。

话可以这么说,现实中的改变也有目共睹。此前周老先生多次提出成立学术性更强的楚学院,一直没有人回应。九鼎七簋临时展出后不久,突然有人发话,同意周老先生的建议。此后的速度如同发射卫星,才过半年,楚学院的招牌就堂而皇之地挂了出来。

二人终于回过神来,回想当初周老先生没有说完的那些话。

"九鼎七簋比九鼎八簋少的这一只簋,一定要研究透,如果弄不清楚,不如就这么糊里糊涂地堆在库房里,否则,就有可能——"

从库房里出来，二人叫上郝嘉，一同去见周老先生，希望周老先生亲口证实，那次"就近布展"就是之前猜测的那个人。

周老先生终于松了口，答应待到临终之时一定会告诉他们。

几年后，在漱坝的一处原野上，周老先生主动提起这件事，一边说先前的承诺继续有效，一边又说就怕自己死得太突然，来不及告诉他们。

周老先生严肃而庄重地吩咐三人，千万不要因为从擂鼓墩大墓中挖出一套完整的九鼎八簋，就忽视了秋家垄九鼎七簋的重要性。完整的九鼎八簋虽然成了两周时期的文化符号，不完整的九鼎七簋才是两周时期政治文化的集大成者。这时候，周老先生带着郝嘉、曾本之和马跃之，刚刚完成包含秋家垄在内的漱坝一带的田野考古调查。在漱坝及秋家垄，周老先生就要求他们用也许不存在的八号簋去研究八号簋，换句话说，也可以用作为器物的八号簋并不存在的立场，来研究九鼎七簋。

周老先生后面的这些话太重要了，马跃之他们没有将前面的戏言当回事。

接下来更加吊诡的事情发生时，让他们惊掉了下巴。

一语成谶——这个词，有些人喜欢用作口头禅，放屁打嗝，都要联想一下。反而是马跃之和曾本之这些天天与历史遗骸、命运碎片打交道的人，早已从个人词典中删掉这个词。通常情况下，一语成谶用来表示的某种戏谑的不吉利的东西，是预言，更是凶兆。在一语成谶的现象背后，还有被当事人忽略的某种反噬作用。

一九八〇年年底，那场举世瞩目的法律公审后不久，老伴吩咐周老先生早起去菜场买一斤鸡蛋。周老先生挑的鸡蛋都是比较大的，九个就有一斤。一般鸡蛋十个一斤，周老先生担心被人玩了巧，还专门去复秤处复过秤。付了钱，周老先生拎着九个鸡蛋往回走。从中华路开来两辆十四路公交车，前车被后车超过，被超过的前车猛冲猛打想反超回归自己的位置，由后车变为前车的那辆车不知为何较上劲，前面用车头别，后面用车尾甩，一不小心，将正在马路边上行走的周老先生撞倒在地。

周老先生手里的九个鸡蛋,一个也没摔坏,还是九个圆溜溜的鸡蛋,人却一动不动地死了。

老伴赶到现场来,抱着周老先生的头哭诉。

"我说了一百遍,叫你不要逞能乱说话,那些话,说得越准越不是你的本事,那是有东西在借你的口舌,用你的喉咙,利用完了,就要灭你的口呀!"

老伴说话的意思,正是一语成谶的反噬作用。

人间俗语,句句都是前人用性命从魔鬼那里换来的大实话。一般人说的话,如果太灵验,会给自己招来灾祸。正如周老先生之于九鼎七簋,一语成谶之于周老先生。这种活生生的验证再验证的关系,一环接一环,环环是因,环环是果。

在外面秘展三天的九鼎七簋,回到博物馆库房不久,随州擂鼓墩的九鼎八簋就出土了。

从这时起,就有人在不祥之物与九鼎七簋之间画等号。

在楚学院,以曾本之为代表的一些人坚持认为,不可以这么假设下去,否则,就会陷入历史唯心主义,什么妖魔鬼怪都会跑出来兴风作乱。就此,曾本之说:"再将擂鼓墩九鼎八簋在人家客厅里摆放三天,甚至三十天、三百天,历史的车轮可以倒转回去吗?"话可以正说,却禁不住人们用歪心思乱想,否则,想看九鼎七簋到博物馆库房里看看就行,为什么非要劳师动众,搬到别处,纵然无法还原历史,也要摆出历史感来?

这些年来,楚学院内,不断有人借周老先生的话,提议开展九鼎七簋课题研究,最后都不了了之。研究九鼎七簋,势必要将重点放在世间全无的八号簋上,到头来,要么会弄出半部盗墓小说,要么弄成历史虚无,这些都是楚学院上上下下不愿意看到的。

马跃之在先月亭坐下不到三分钟,一个拉二胡的男人也在亭子里坐了下来。在先月亭上,假如二胡拉得好,湖鸥都会飞过来倾听。不知为何,二胡琴声一起,东湖之上就冒出一股杀气腾腾的动静,惹得周边随风摇曳的花草树木跟着冒出一股戾气。

"不就是拉一拉二胡吗,干什么来着,值得如此吗?"

马跃之暗暗地说,他实在受不了这种折磨,起身离开,换到临水的一处木椅上重新坐下。

隔了几阵风,几层浪,二胡的声音勉强听得下去。

一群湖鸥在对岸的豪华邮轮上盘旋。

独对东湖,马跃之需要首先理清的思绪便是这些湖鸥。

下午从楚学院出来,到博物馆的短短路途上,马跃之碰上停在路边的十几辆大客车。一般情况下,只要停在那一带的大型客车超过五台,博物馆外面就会闹得鸡犬不宁。幸好任何烈度的吵闹都不会带进博物馆展厅,这一点与美术馆等其他类别的场馆迥然不同。说起来图书馆最安静,这种安静并不是人人天生就懂,而是坚持不懈教化得来的效果。博物馆从来没有在这方面的着力,甚至用不着在显眼位置摆上禁止喧哗的标志,人都认为博物馆的安宁是出土文物特有的阴气使然。这话不无道理,在没有博物馆的乡下,哪一处墓地不是阴森森的,祭奠的鲜花越多,越显得死气沉沉。特殊教育学校的学生虽然很多,也会打打闹闹,动作很夸张,却像一群影子那样闹不出动静来。以马跃之的身体,站在那些正在发育的孩子当中,好比鹤立鸡群。

湖鸥飞来,找上这样的制高点落脚,是自然选择,还有刻意为之?

东湖一带湖鸥很多,一年四季都有,有人说湖鸥是候鸟,有人说湖鸥是留鸟。说候鸟的理由是,秋季东湖这里的湖鸥是从北方飞来的,原先在东湖的湖鸥则飞去更南的南方。反之一样,春季东湖这里的湖鸥是从南方飞回来的,原先在东湖的湖鸥则飞回更北的北方。说是留鸟的理由很简单,如果是候鸟,鸟的数量难免会多一阵,少一阵。东湖的湖鸥,月月如此,天天如此,一年四季数量都是一样的,换作候鸟,肯定会有空档期,除非湖鸥是一支纪律严明的军队,或者是一群由电脑控制的电子鸟,才能在辽阔的东湖之上实现无缝交接。

有一阵,楚学院和博物馆都想设计一款雕塑,安放在自家的院子里。这个设想引起一位老领导的兴趣。退休生活的第一天,也是被人称为老领导的第一天,老领导就让郑雄将楚学院和博物馆的人拢到一起,到东湖边的相忘湖茶吧就雕塑问题进行叙谈。老领导也是用心良苦,有意选择让人觉得轻松活泼的地方,为的是营造一种礼贤下士的气氛。两家单位的人坐到一起,还以为好事将至。想不到老领导早就替他们想好方案了——复制一只曾侯乙编钟的钟,挂在院子中间。在场各位,不用说学问高深,差一点的也够格称为达古通今。闻听此言,大家久不出声。幸亏有个曾本之,老领导一直在看他,还是女婿的郑雄也在看他。这也是所谓人中泰斗的用处之一:每到关键时候,为使他人安之若素,出头露脸与自命不凡的某人斗智、斗勇、斗法和斗嘴。不需要谁来点将,大家都知道,这个态只有曾本之来表。

"我记得归元寺院子里也有一口大钟!"

曾本之坐的正是女主人平时为柳琴和曾小安预留的那个位置,栏杆下面就是东湖碧波。正值武汉一年当中最宜人的秋天,满街都是女子的长裙,顺风一吹,脚下的街道都能飘起来。东湖这里,水飘上了天,天飘落入水,常说的水天一色,也不过如此。曾本之说着一句能顶一万句的话时,一只湖鸥在栏杆外飘飘如飞。湖鸥在所有人的眼前悬停一会,收起翅膀,轻轻落在栏杆上。曾本之的话比那只轻轻落在栏杆上的湖鸥更轻。白色的湖鸥在栏杆上小憩一阵,随后一展双翅,滑落到栏杆下面,过了片刻,又随风现身,修长的翅膀一动也不动,凭空飘荡在栏杆上方,望着曾本之的背影,久久不肯离去。

露台上的人都看见了。

湖鸥在声声呢喃,长长的脖子已伸进露台。

曾本之端坐着动也不动,不肯扭头看一眼。

实际时间肯定比较短,在场的人觉得很长。

湖鸥终于飞走后,露台上的人一齐啊了一声。

此情此景,让马跃之突然想到,九鼎七簋在对岸那所房子里摆放时,成群结队的湖鸥像仙鹤一样绕着房子盘旋,终日不散。不同时空的两种情境搅在一起,让马跃之心里涌出一句话。

"归元寺也是国保单位!"

楚学界的行话,将国家重点文物保护单位简称为国保单位。有一次，某位官员听说博物馆是国保单位，便很认真地问，与国安局有没有关系？当时还健在的周老先生煞有介事地想了想，又用询问的眼光看着曾本之和马跃之，才用一种异乎寻常的语气回应说：

"当然有——就像湖鸥与湖藕的关系。"

那时，楚学院还没有流行用"鼻屎"骂人。这种以鄙视为内涵的骂人方法，是周老先生去世十年后才出现并迅速流行开来的。楚学界和青铜重器学界偶尔有人提及这事，免不了还用"鼻屎"追骂一番。

周老先生因车祸去世，曾本之的重要性随之就显露出来。曾本之这句"我记得归元寺院子里也有一口大钟"，流传范围和引用频率，不亚于周老先生信口说的那句"湖鸥与湖藕的关系"。很多时候，出于反讽的需要，当一个人反唇相讥地说"我记得归元寺院子里也有一口大钟"，马上就会有人跟着补刀说，很显然这就是"湖鸥与湖藕的关系"。反过来，引用周老先生的话在前，再用曾本之的话进行补刀在后，也是楚学院的流行语系。说起来，这些都是小事，细细思量，这种语录现象，无论是在学界还是在民间，都是个人影响力的间接标志。在楚学界和青铜重器学界，曾本之的影响力如日中天，上上下下、里里外外、或明或暗都在说，给曾本之评个院士，成为名副其实的泰斗，就可以永不退休了。

马跃之补的这句"归元寺也是国保单位"，原本意在消解别人的执念，不要太在意曾本之话里的反讽，丝毫没有与曾本之暗中较劲的意思。

现场效果正好相反。俗话说：看破不说破，说破没法过！曾本之说话是绵里藏针，讥讽对方外行。马跃之没开口时，大家还可以装聋作哑。马跃之一开口，在场的人心态就变了。年纪大的人还懂得掩饰，那些没来得及用千年古物上的包浆圆润自己的年轻人，忍不住露出一脸的嫌弃。带着一肚子热情前来茶叙的老领导轻轻咳了两声，露台上立即出现一位年轻男子。这位谁也不曾注意的秘书模样的男子走过去耳语几句，转身再与郑雄耳语几句，两家单位的楚鼎青铜雕塑的梦想，在主持人郑雄宣布茶叙结束那一刻，追随湖鸥翩翩去远。

马跃之双眼的辨识能力很强,在一定范围内甚至超过电脑扫描。这种超强能力主要表现在速度上。一大堆令人眼花缭乱的古丝绸图案,用电脑识别,要经过好几道程序,前前后后摆布好,至少要三天才能出结果。用马跃之超强的眼力看上三分钟,最多半小时,马跃之就会下结论,指出其中的相同与差异,还能指出这部分与那部分、这这部分和那那部分的相互关系。最令人生畏的还是这种第一时间判断的准确性,传说达到了百分之百。对此,楚学院的人不置可否,毕竟马跃之还是出过一次差错,尽管是相关人员弄错了样品,有原因的错也是错。至于出土的玉器,特别是玉琮,从石器时代的良渚文化到铁器时代的汉唐盛世,只要是像模像样的遗址就一定少不了,数量庞大,形状都差不多,时间上纵贯几千年,地域上遍布几千里,马跃之即便不在遗址现场,只要见到实物,就能一针见血地将其说死,不给自己留一点余地。事实也证明,的确没有留点余地的必要,马跃之说什么样,最终鉴定结果就是什么样子。

曾本之说的那句话与马跃之说的那句话,其中差别在哪里?

曾本之在表达意志,马跃之在描绘真相。两句话的差别,便是两个人的差别。

凭借安静的东湖,度过这一年一度既习惯又不太习惯的日子,马跃之随之而来想要弄清楚的问题就是曾本之为何突然退休。

出现在小广场上的湖鸥,让马跃之真正多想了,当然,也许是想多了。多想了与想多了,对别人是两回事,在马跃之看来是一回事。曾本之如果不退休,那就万事皆休。问题在于曾本之事前一点风声不露,突然以一种前所未有的方式摊开底牌。于公,是有意不给楚学院留退路;于私,是有意不给自己留后路。只剩下何时将楚学院的工资,改为人社局的养老金,时间上还有一些弹性。

楚学院一楼大厅,分为前后两部分,中间砌着一道三级台阶,每级台阶各高十二厘米。这种别出心裁的设计,也是那时还是副省长的老领导提出来的,意思是学术追求要不断升级。后来实际演变成对周老先生、曾本之和马跃之三位的象征。在年龄上,周老先生比曾本之大十二岁,曾本之比马跃之大十二岁,如此巧合,没有故事也生出故事来。

周老先生至死也没有办退休手续,大家都以为曾本之要如法炮制。去年的今日,离曾本之石破天惊地宣布自己决意退休还有整整一个月,两个人在一起谈论这一年可能入选"国内考古十大发现"的青铜器物。当着曾本之的面,马跃之再次将国家博物馆的作册般青铜鼋称之为"作册般鼋"。一年之后的白露节气,马跃之在大楚青铜馆听到郑雄口称"作册般鼋",内心不无惊讶。这种说法,既往是他发明的,他自己也是唯一使用者。为此,曾本之只要亲耳听见,必定会当面数落马跃之。说是数落,那话也不算过分。时间一长,彼此间就形成了规律,马跃之一说"作册般鼋",曾本之就会说马跃之心事太重。

有一次,马跃之又说起"作册般鼋"。

"你这个人心事太重!"

"像是蒙着一层铜锈!"

曾本之说过前面的话,又加上后面这一句。

因为内心的一个小小诺言,在楚学院工作几十年的马跃之,作为楚学界和青铜重器学界人人皆知的资深人士,在自己的口头语言与书面文字中从不使用青铜二字,这也太不可理喻了。

在多数时候,曾本之对此表示理解,甚至还在一些场合上替他圆场,说毛主席指挥千军万马打了那么多胜仗,自己从没有摸过枪。私下里,曾本之偶尔也有微词,比如说"你这个人心事太重",是褒是贬,只有他俩心知肚明。至于"蒙着一层铜锈",这句话中的铜锈显然是指青铜的铜锈,这一点谁都明白。将两句话连起来,只怕曾本之也不明白自己在说什么。很多时候,青铜铜锈是鉴定真伪器物时,肉眼能见的特征中最方便快捷的。在特定时刻里,人所说的话,完全出于某种直觉,其中意义,需要日后出现的客观事实才能正确解读。马跃之作为倾听者,肯定明白曾本之最想说的意思。之所以没有点破,是因为马跃之认为自己不可能如此,若是点破了,反而会弄成此地无银三百两,无的变成有的。

曾本之宣布退休决定之前,以马跃之的机敏,若说没有一点察觉也不符合事实。可惜所谓察觉都是事后推断,是马跃之根据回忆参悟出来的。

马跃之冥顽不化地坚持说"两周重器"和"作册般甗"等,曾本之照例以牙还牙回说马跃之心事太重。所有这些如同照着固定的剧本出演,然而,马跃之偏偏忽略后面"像是蒙着一层青铜铜锈"这句的意味。

马跃之后来也想到了,自己没有注意到这句话,是因为太注意另外一些话了。话说回来,就算自己注意到,并且完全察觉到曾本之的意图,也于事无补。

马跃之手里有一本残缺不全的《楚湫时地记》,是曾本之带队对秋家垄两周贵族墓地进行抢救性发掘期间,自己在徐东路上的古玩市场偶尔淘到的。那书实在太破烂了,想要修补到可以阅读,得花费很大的精力。加上之前还有一本关于甲骨文的旧书修补到一半了,必须一口气干完。虽然暂时还顾不上这本《楚湫时地记》,马跃之还是将第一页勉强整理出来,发现上面有"湫坝"二字。刚好曾本之有事临时从秋家垄回楚学院,马跃之赶紧来"楚弓楚得",原本是想说说《楚湫时地记》。二人刚刚见面,曾本之说的一句话,让马跃之打消了这个念头。

"曾小安要我多背书,说是可以预防老年痴呆!"

说着,曾本之就摇头晃脑地背诵一段古文。

古来烈丈夫、奇男子,往往流连歌楼妓馆中,而矩步规行者,反以庸庸败检。其故何哉?盖有至情,而后有至性;情既不至,则其性已亡。

背完之后,曾本之罕见地露出一丝孩子般的羞涩,问马跃之自己有没有背错课文。

不等马跃之评判对错,曾本之又说话了。

"一个好男人能做到至情至性才是真好。"

曾本之自己就是用至情至性来做人做事。

几天后,白露节气如期而至。曾本之在楚学院大门外高高的台阶上碰见马跃之,他漫不经心地说,有个多年不见的学生在香港拍卖会上拍了两张乾隆年间的丈二宣纸,要他下午四点三十分去翠柳街上的省文联,给那老宣纸开笔。曾本之一边邀请马跃之同去,一边又自我否定。

"白露节的露水,马跃之的心事,一个比一个重,一天比一天重,有事也放不下,没事也放不下,左脚想去,右脚却抬不起来,右脚想去,左脚抬不起来,不敢跳出自己给自己画的圈圈。白露时节的露水和春分时节的露水,有多大不同呢,事情的轻重,关键在于心结的轻重。"

"这么厚的一层青铜铜锈!"这话接连重复到第三遍时,曾本之的语气为之一变,并加上一句,"还有这么多的青铜范沙啊!"

一个月后,曾本之完成秋家垄两周贵族墓地抢救性发掘任务回到武汉,就将退休声明张贴在楚学院一楼大厅正壁上。

在退休声明旁边,竖着一幅精心设计的易拉宝,上面书写与描绘的是近期秋家垄两周贵族墓地抢救性发掘的几项重要成果,文辞之中,暗含一些被盗墓贼抢得先手的惭愧。

在退休声明中,曾本之至情至性地说,自己不再陪伴楚学院一众男女楚楚动人了。

楚学院的人都明白,此处所讲的楚楚动人,不是什么好话,更接近于自我揶揄。办公室的鲁丰,能力有限,又急于上进,冒冒失失地谴责省内的某家报纸,不应当在报道秋家垄大墓发现始末的长篇报道中,对几位协助楚学院有关专家发现这座在楚学研究上具有划时代意义大墓的盗墓贼表示"感谢",哪怕将反讽的感谢加了双引号,仍然极不合适。鲁丰越是说得激烈,一些人越是觉得,盗墓贼先于楚学院的专家发现秋家垄大墓,盗了第一次没被发现,觉得意犹未尽,想着梅开二度,又来盗第二次才被发现,如此胆大妄为,对曾本之造成了不可承受的打击,无可奈何之下,只得主动退休。

曾本之的退休声明引发的动静,在楚学院是震动,在曾本之家里是地震。

柳琴从曾小安那里得知,曾本之的妻子安静火气最大。安静怒不可遏地指责曾本之不应该这么做,个人的事,除了贴讣告,其他一切都不可以这么做。而这么做的后果,弄不好会毁掉自己的清誉,被大家当成骨子里还是大字报运动那一套。安静要去楚学院替曾本之撕下那张纸。曾小安和郝文章,在家门口拦住他们。曾小安也反对曾本之张贴退休声明,理由同样是憎恶与九鼎七簋出土同时出现的那场大字报满天飞的运动。曾小安和郝文章反对曾本之贴,也反对安静撕。曾本之觉得很冤枉,平心而论,自己这么做,完全是听从内心,自然而然的行为,为了好好工作,当年自己不是也写了决心书贴在那里吗?曾本之家中地震,可以同真地震媲美。曾本之家里,安静大吼大叫,曾小安不依不饶,郝文章加油添醋,如同拖泥带水、欲罢还休的余震,强一阵,弱一阵,高一阵,低一阵,整整闹了一天一夜。

忽然间,不知是谁打电话到曾家。

柳琴说,安静接听了一会儿,放下电话,怔怔地看着家里的人。刹那间,仿佛地震波过去了,该倒塌的物体全倒塌了,余下来的是那种极端的寂静。安静再开口时判若两人,不仅不再计较曾本之公开张贴的退休声明,还体贴温柔地夸奖曾本之,深明大义,高风亮节,知所进退,主动让贤,见好就收。

曾小安没有告诉柳琴是谁给安静打的电话。因为安静没有告知曾小安打电话的人是谁,也没有说那通电话的内容。柳琴将这一切告诉马跃之,她认为曾家人看似每逢大事有静气,然而,真的到了伤心处,人都无法免俗的本来面目就暴露出来了。曾本之不退休,社会上都将他当作不是院士的院士,一旦退休,就成了比普通人士还要普通的人士。

柳琴的说法,令马跃之颇为不满。

于是,马跃之就说那个电话是他打的。

柳琴不能不相信,她问马跃之在电话里说了些什么。

马跃之表示,其实什么也没说,人家公开表示退休意愿,自己必须问候一下,免得被当成人还没走茶就凉了。见接电话的人是安静,他就说笑,要安静多多留意退休老人的生活,否则过不了几天,就会患老年痴呆。马跃之似乎有意不用标准的阿尔茨海默病,而使用更加形象的老年痴呆的说法。说者无心，听者有意，电话那边安静或许将他的话当了真，情绪才急转直下，说了一大堆好听话。

柳琴带回来的话，马跃之也没有放在心上。他在心里翻来覆去地想，曾本之为何如此行事？以他俩多年来的良好关系，事先打个招呼，是必需的，除非曾本之另有想法。马跃之太想听到曾本之对这事的具体说法，电话打到曾家后，正经话还憋在肚子里，就没办法再往下说，因为安静将电话挂断了。

如果曾本之真的将秋家垄两周贵族墓地的前世今生，当成自己考古人生中的奇耻大辱，趁着这个话题还没有被互联网上的键盘侠发现，没来得及将楚学研究泰斗弄得灰头灰脸，抢先一步归隐山林，一退了之，一休了之，倒还可以理解。然而，楚学界的现实真相就是这样，无论大小人等，不管学问高低，谁个不是被后浪拍倒在沙滩上？且不说当年轰动世界的"马踏飞燕"中的飞燕，后来被证明为应当是中华文化中吉祥之物龙雀；也不说三星堆的那些神秘文化符号，一度被认为是源自比西域更远的西方，后来也被证明中原地区的二里头一带才是最重要的源头；单就这名声不堪的盗墓贼来说，对考古事业源远流长的贡献，要远远大于考古行当中的许多人，因为早在三千年前盗墓贼就存在了，考古专业的出现不过百把年，可以说，没有先前的盗墓就没有后来的考古，这一点早已是楚学界的共识。都是拿洛阳铲的人，真要与盗墓贼过不去，本质上也是与自己过不去。这些道理曾本之与年轻的同行说过无数次。干了一辈子考古的曾本之，不可能在这种时候变成另一个人，钻进想不通的牛角尖里。

马跃之试图将突然声明退休的行为归于曾本之自己所说做人要至情至性，这样一来，东湖边的这次冥想就可以告一段落。加上之前对湖鸥的重新认识，这个白露节气就算安安稳稳度过了。从大的方面看，这种不尽如人意的安稳，相比在心里纠缠多年的那个秘密，能够小有收获，又有什么不可以呢？在擂鼓墩九鼎八簋显身之前，普天之下，唯有秋家垄九鼎七簋，谁个不曾为之欢呼呢？再说，考古的终极目标是文化，盗墓的唯一目的是利益，这种分野越到后来越是天壤有别、高下分明,只要自己不往心里去,又何必将芝麻当成西瓜。

湖对岸的豪华邮轮还在那儿,一大群湖鸥却不见了。马跃之目光一扫,才发现湖鸥们已飞来近处。还没等到心中浮起那种预感,一只湖鸥已飞临头顶,一对尖尖的羽翼,像是飘在铜笛旋律上面,对着马跃之轻轻摇晃。

马跃之心情大好,他想,都这样了,就不要强迫自己去分析是同一只湖鸥,还是分别为两只、三只或者多只湖鸥。湖鸥飞来了,像对待曾本之那样,飘飘扬扬地飞在自己身边,能如此,就是好!至于曾本之退休之事,马跃之也要自己别纠结,人生好比撞死周老先生的十四路公交车,这么多年,一直是从汉阳门下的中华路站开出,早前的终点是博物馆站,后来向前延伸一站到了东湖,博物馆站变成倒数第二站。人这一生,又好比从中华路上了十四路公交车,一站一站地到了博物馆,再往前是东湖,任谁都得下车。

身后的先月亭里,不知何时,二胡声消失了。

取而代之的是几声既熟悉又陌生的呼唤。

"小玉老师!"

"小玉老师!"

马跃之朝着呼唤声传来的方向看过去,两个女孩站在先月亭下,冲着刚刚在博物馆院内见过的那位女老师打招呼。被叫作小玉老师的女孩经过马跃之身边时,似乎也认出来,礼貌地笑了笑。

马跃之忍不住问:"你是姓玉吗?"

女孩摇摇头说:"我叫小玉,不是姓玉。"

女孩清风一样飘过后,马跃之也下意识地摇了摇头。

突然,马跃之的手机响起来。

万乙在呼叫,市水务局给马先生发来一份传真。

心情刚好一点的马跃之下意识地长叹一声。

这恼人的白露节气啊!

肆

从东湖公园出来，马跃之一只脚踏上那辆由女司机驾驶的十四路公交车。

一个五十多岁的矮胖女人抢上一步，硬是同他一道挤进车门，用老年卡在读卡机上刷了一下，车内立即响起"优惠卡，免费"的电子语音。矮胖女人紧贴着马跃之刷老年卡，并不是想利用马跃之打掩护，她继续抢着向前，一屁股坐在唯一的空位上。女司机嘴里不干不净地嘟哝，显然对矮胖女人心有不满。矮胖女人一脸无辜地表白，她去社区医院替已经八十多岁的家家拿药，家家老得出不了门，如果替家家做事不刷家家的老年卡，这老年卡就是一张废塑片，老人家的福利就会被公交公司的人贪了吞了。所以，她刷家家的老年卡是天经地义的。

马跃之向上跨了一步，拿出早已准备好的两枚硬币，喂进投币口，发出一声熟悉的音响。听到女司机还在嘟哝，马跃之又往里面投了两枚硬币。先上车的人将目光齐齐地投过来，像是听到一首经典老歌。

马跃之本可以用手机支付,他的手指对手机上的各种支付功能毫不陌生,他只是喜欢听这种听了多少年的硬币掉入铁皮柜中的叮当声。楚学院的人都知道曾本之有到东湖老鼠尾独坐的习惯,也都知道马跃之有一个人乘坐六十四路双层公交车在武昌和汉口之间转圈的习惯。马跃之的办公桌抽屉里有许多硬币,这后一个习惯是前一个习惯派生出来的。偶尔有同事需要硬币时,就会敲门进来,当面用十元微信红包换十枚硬币。

投完币,马跃之径直往十四路公交车的后门走。

女司机这时打开车内广播,自顾自地说:"刚才这位先生好大方,连投了两次硬币!武汉人还是大方的多,将别人当苕货毕竟是少数个别的咘!"矮胖女人明白女司机的话有所指,脸上的横肉挂不住了,大声叫嚷起来:"我家里有一台宝马叉3!我就是不开车!我就是要替九十岁的家家免费坐公交车!我就是不许那些贪官污吏贪污老百姓的福利!"矮胖女人闹得越凶,车上的其他人坐得越端正,男女老少全部摆出一副决不会被人带到沟里去的模样。

马跃之在公交车上走。

公交车在马路上走。

东湖公园到楚学院只有一站。很短的路程,线路有些复杂,先要顺着黄鹂路在东湖路东边的一个小转盘转小半个圈,再从地下钻过东湖路,又在东湖路西边的一个小转盘转大半个圈,掉转车身,右转上东湖路行驶几十米,就到了楚学院。

马跃之走到公交车后门,公交车也到了楚学院门前的博物馆站。

车门附近发出一股气流声,马跃之在等气动门慢慢打开时,又有人从斜刺里抢先一步跳下车去。马跃之索性站着不动,让心急腿快的人先走,在心里说,这是何苦哩,风风火火地抢这几秒钟,回头站在街边玩手机游戏,少说也要十几分钟。实际上,等的时间连十秒钟都不到,就轮到他了。

马跃之正要下车,忽然觉得有一道目光在紧紧盯着自己。他以为是用老年卡乘公交车的矮胖女人,这种人绝对不会感谢别人替其补交乘车费，相反，还认为这是一种公开羞辱。马跃之自然不会搭理此类不是挑衅的挑衅。之所以补投两枚硬币，既不是对这种人的好心，也不是对这种人的好意，而是为了安抚开公交车的女司机，让她不要带着坏心情在车水马龙的马路上驾驶庞大的公交车。

马跃之不紧不慢地从十四路公交车上下来，走上十几步后，猛然想起——不对！这目光之前在相忘湖茶吧就见到过。

十四路公交车正在驶离，马跃之朝着那张贴在车窗玻璃上的脸迅速看去。

大概是猝不及防，那张脸也从车窗玻璃上迅速挪开了。

这一瞬，足够马跃之确认了！

马跃之在相忘湖茶吧门前等雨停时，拥有这张脸和这道目光的这一位，就坐在柳琴与曾小安喜欢坐的位置，也是曾本之引来湖鸥在头顶盘旋所坐过的位置上，有意无意地盯着自己。

马跃之一步也不曾停下，继续朝着楚学院大门走。

一个穿白色长裙的年轻女子迎着马跃之灿烂地笑了笑，还将白嫩的小巴掌竖在胸前，朝他摆了几摆。

马跃之没有搭理，只顾想贴在公交车窗玻璃上的那张脸和目光。人活了大半辈子，无缘无故地盯着别人看，无缘无故地被别人盯着看，都不是正经人做的正经事。路过楚学院门卫室，门卫许师傅钻出来站在门口格外热情地说，今天没有他的信。许师傅的这种热情，也算是那天得到马跃之书法的一种回报。马跃之先到二楼办公室，见到那份传真，得知内容，略微想了想，再请办公室的人将自己的意思回复了，转身上楼，进到"楚才晋用"室，坐下来，将出门前就泡好的那杯茶捧在手里，美滋滋地喝上两口，正要再喝第三口，脑子里像是来了电，不由自主地重新浮现出那张脸和那道目光。马跃之放下茶杯，起身走到窗边，看着马路对面的博物馆，让内心真正平静下来，这才明明白白地责备自己，为何如此在意这张普通得不能再普通的脸。

再次坐下来，马跃之正在手机上写字，万乙出现在门口。

马跃之放下手机说："我正要给你发微信！"

万乙站在屋当中回答:"水务局的人也真敢开口,点名要马先生去挖掘现场。汉口用自来水的历史也就一百年,让门卫许师傅去都能对付。"

万乙所说全是传真上的意思。

水务局要对汉口老城区的自来水管线进行改造,鉴于上半年双方在文物保护上的良好合作,请楚学院派马跃之亲临现场进行指导。水务局用的是红头文件,十分正式,又在专家二字上画一个圈,再画一道线引到旁边的空白处,写上"请马跃之先生大驾光临"字样。

马跃之没有觉得不妥,水务局敢于点名,也是由于他曾自告奋勇。

"这也是我自己揽的事。"

马跃之说的是实情。

五月底,马跃之在六十四路双层公交车上见到一张本地报纸躺在空荡荡的座椅上。行至长江大桥,一阵大风吹得报纸腾空而起,毫不客气地扑到他的脸上。马跃之扯下报纸后,当然不能随手丢到车窗外,正在思量如何处置,一转眼发现报纸上有条新闻:

昨天,位于汉口中山大道六渡桥一段长约二百米的供水管退出运行。与普通管道不同的是,这段管道建于清朝光绪三十四年(一九〇八年),宣统元年(一九〇九年)通水,运行至今已一百多年。此次为配合地铁六号线六渡桥站建设,这一段旧供水管道将进行迁改。

看完新闻,马跃之便就近下车,去了开挖现场,正要找人询问,忽然听见曾本之的说话声。马跃之看了看,果然在刚刚挖出来的深沟里发现了曾本之。曾本之恰好也看到了马跃之,不待他转身离开,便大声招呼,说自己正要打电话,请马跃之过来一起商量出一个意见。

马跃之只好上前与大家见面。曾本之说,自己有点纠结,这些送出武汉三镇第一杯自来水的老水管,是不是值得送博物馆收藏?马跃之马上表示肯定值得收藏,一九〇九年九月汉口的自来水管第一次通水时，城里的老百姓都不敢喝那种用氯气消过毒后有股异味的自来水，纷纷传说喝自来水肠和肚子就会烂出一串窟窿。自来水公司的人不得不站在江汉路一带的街边上，当众喝自来水给老百姓看，让大家放下心来改喝自来水，不再从长江和汉江里挑水喝。马跃之还出主意，直径超过半米粗、每根长度在十来米的自来水管不方便陈列在室内，可以摆成城市雕塑的模样，放在室外供人参观。

曾本之听后连连叫好，还当场提了一个建议。马跃之没有料到，这是曾本之最后一次公开露面。提建议的曾本之当时没有任何异常，提完这个建议后不久，曾本之就变得深居简出，见不着人，也听不到声音，随之而来的是身体可能出了毛病的某些猜疑。曾本之当时的提议是，老汉口地底下不定埋着有价值的现代文物，日后再开挖时，一定要请马跃之到现场盯着。

万乙说："没想到他们还真的记着那话。"

马跃之说："干我们这一行，能被人惦记一次，足以大笑三天。"

万乙说："这也不是绝对的，有些惦记可不是好事。"

"还有这事？说来听听！"话刚出口，马跃之就明白过来，"我说这话的意思不包括盗墓贼！"

万乙笑起来，转过话题说："下午四点半，郑雄带着几个从北京来的人专门到大楚青铜馆参观。"

马跃之心里一怔："你也去博物馆了？"

"我是听来的。"见马跃之露出欲知详情的神态，万乙继续说，"沙璐和同事下午到博物馆出任务，要求穿便衣，不许穿警服。刚开始还以为是郑雄有能耐，在北京傍上大人物了，那些人到了以后，支队长才给了准确信息，要他们重点看护其中的一个女人。"

马跃之记起那个在九鼎七簋面前咬牙切齿，被叫作"姜部"的女人。

"这种任务，沙璐轮上几次了。电话口头通知派活。"

"难怪！"马跃之记起在九鼎八簋面前穿着白色长裙翩翩起舞，以及在楚学院门前碰到的穿着白色长裙的年轻女子，"刚才在大门口，一个美女莫名其妙冲着我笑，还以为自己越老越有魅力，原来是你的女朋友！"

万乙说:"下任务后,她顺便来办公室坐了一会儿!"

马跃之指了指自己的脸:"只是坐一会儿吗?你去照镜子看看这儿!"

万乙脸一红,拿出一张面巾纸,赶紧擦几下,一边擦一边看上面有没有唇膏的颜色。擦了几下,面巾纸还是干干净净的。

万乙忽然明白过来:"沙璐出任务,没有用唇膏!"

马跃之本想笑,发出来的却是一声轻叹:"考古这行,都是未老先衰,有什么好事,都要抓紧时间做。"

万乙一本正经地说:"我们这一代人,没有你们年轻时浪漫,务实得很,不会空耗光阴。"

马跃之也将情绪回归正常:"迟老早老都是一个老,只要能做事就行。"

二人接下来将明天去水务局的事商定好,也就是什么时候出发,是一起走,还是分头行,一起走时坐什么车,分头行时坐什么车。一起走时,在哪里会合上车。分头行时在哪里下车会合。万乙想让楚学院派车,理由不说也很清楚。马跃之的资历摆在那里,他要用车,那是必须优先安排的。马跃之不想用公务车,他愿意坐六十四路双层公交车。万乙努力相劝,名誉和地位本来就像彩霞一样,虚不是虚,实不是实,打破脑袋都摸不着,再一谦让,别说彩霞,就是升起彩霞的山也变得没边际了。

万乙说:"曾先生去翠柳街找文化厅办事,楚学院都要派专车接送。"

马跃之有点不高兴了:"这话太没谱了,曾先生的事我还不晓得,他这辈子上了五十年的班,前二十五年去文化厅办事,后二十五年是文化厅来找他办事。再说文化厅从紫阳路搬到翠柳街才几年?"

万乙说:"曾先生出门公干,都要保障用车!办公室刚才通知我明天随你一起去水务局现场,也是这么说的!曾先生退休了,不保障马先生,还能保障谁呢?"

马跃之说:"这话说到此为止,以后不要再说了。"

尽管万乙有点小情绪,马跃之还是决定乘六十四路双层公交车。

离开楚学院回家的这段路，马跃之向来是步行。从出楚学院大门，到张家湾小区自家楼下，不用看计数器，准准九千步，正负误差不超过五十。

有人曾写文章，描写今年春节期间的廉政新风，文中内容大多是某某虽然做了好事，仍拒收表示感激之情的红包。唯独写郑雄登门给前辈专家拜年的文字不一样，说郑雄可以申报公务用车，他却冒着冻雨由楚学院步行一万步至张家湾小区，令被探视的专家深受感动。自从被曾家扫地出门，郑雄因公也不方便再去曾家，就与董文贝作了分工，看望曾本之的事由董文贝负责，郑雄负责上马跃之家，而且楚学院或青铜重器学会住在张家湾小区的人，也只有马跃之。据说是吴秋水干的，报纸出来后，将这些文字剪下来，贴在"楚越之急"门口，用红笔圈出来，并另写一句话："今年春节武汉三镇普遍是冬日暖阳，请回答，有哪种冻雨只落在一个人的头顶上。"马跃之看这句话时，郑雄和别的人都在看他。马跃之伸手撕下那块剪报，走到卫生间，扔进抽水马桶，转身回"楚才晋用"。

马跃之如同往常那样走完九千步回到家中，柳琴穿着薄薄的睡衣迎上来，温柔地拥抱了一下。柳琴早上开香槟色越野车出门，说是去江夏看看几处养蜂场。马跃之将脸颊埋到妻子的头发里，果然闻到淡淡的一丝蜂蜜香。

二〇〇六年，马跃之与曾本之一道去荆州共同主持熊家冢车马坑发掘，六个月没有回家。在主冢南侧探测到殉葬墓近百座，发掘了三十余座，出土上千物件，大多是玉石、水晶、玛瑙等，只有少量青铜器，曾本之便提前返回武汉。

因为有专车接送，曾本之顺便去秋家垄看了看。从熊家冢到秋家垄再到武汉，不绕点道是不可能的，真正计算起来，也不会超过一百公里。这一点，也是曾本之的习惯，只要有合适的车辆，凡是出武汉往西北方向行驶，总是要想办法节省点时间，绕道到秋家垄停一停。楚学院人人都对秋家垄只出土九鼎七簋心有不甘，曾本之又是最突出的，私下里总在断言，秋家垄的地底下一定藏着某种惊天秘密，作为考古人，找不到这个秘密，内心就踏实不下来。曾本之喜欢说天道酬勤，付出的东西迟早会有回报。有时又挺无奈地表示，恐怕还得等到某个考古方面的天才横空出世，九鼎七簋的奥秘才能破解。

那天是白露节气，曾本之从秋家垴打电话到熊家冢。在电话里，曾本之不提是否发现五花土，也没有说是不是找到青膏泥，只说自己这会儿正站在小玉老师的墓碑前，小玉老师墓上的杂草不知被谁全拔了，带出来的泥土还是新的，应该就是这天上午的事。曾本之原计划将墓碑上刻着的"小玉老师之墓"六个字用红色油漆勾画一下，这事也被别人干了，上面的红油漆还没干，之字上的红油漆还是糊状的。曾本之说，来秋家垴的路上，忽然想起刚认识那一阵，小玉老师正如痴如醉地读一部名叫《呼兰河传》的小说，就在书店里买了一本新版的书，一页一页地烧给小玉老师。曾本之说，他一边烧一边想着小玉老师读书时的模样，椭圆形的脸，眼睛里哪怕生气了也还含着柔情，因为快要做新娘子了，那种柔情如四月春风格外了得。

关于曾本之经常去秋家垴，还有一种极为私密的说法。曾本之在打到熊家冢的电话里主动问，自己有事没事往秋家垴跑，难道马跃之不会怀疑别的什么吗？马跃之回答说，这有什么好怀疑的，就当替当年考古队的所有人祭奠一下小玉老师。

留在熊家冢的马跃之，整整半年，都在等着丝绸出现，不敢离开一步。丝绸的柔美没见着，倒是见证了那座一百几十米长、二十几米宽的特大型车马坑里，排列着三十多座小型车马坑。仅在一号车马阵中，就埋葬着四十三乘车，一百六十四匹马，"天子驾六"级别的马车就有三乘。重现史籍所载楚国带甲百万，车千乘，骑万匹之强盛。一百八十天后，马跃之终于可以回家，才发现作为男人的强大荒废了百分之九十以上。

从那时起，大多数时候，与柳琴的轻轻相拥，就成了夫妻恩爱的最高境界。作为女人，柳琴免不了叹息，考古这行，墓里来，坟里去，看的，闻的，摸的，捧的，哪一样不是早已轮回几十次的死人用过的东西，太多太重的阴气，在身体里日积月累，最猛的男神也会弄得一筹莫展，一败涂地。这一点，马跃之无法对任何人说。慢慢地，夫妻俩每天傍晚回家的拥抱，不再是例行公事。马跃之由衷地热爱，柳琴也是如此，无论马跃之身上的装束如何,她都要换上睡衣,再和丈夫拥抱。马跃之将脸颊埋进她的头发里,她也将自己的脸颊埋进马跃之的胸脯,彼此静静地享受几分钟,这才相互松开双臂,略事收拾后,一个人去点蜡烛,另一个人去关电灯,开始二人世界里的烛光晚餐。没有孩子的他俩,日子过得一点也不比别人差。

餐桌边,烛光幽暗,使得二人都有向对方倾诉的欲望。

开始是柳琴说。在这个家里,一向如此。这是和睦家庭的首要条件,关上大门,回到二人世界,女人必须享用绝对的说话优先权。哪怕男人胸膛里有火山要爆发,也得等女人先将舌尖上的唾沫星吐纳干净。

柳琴说话的内容主要围绕着曾小安和郝文章。

这对小夫妻,越来越喜欢驾驶养蜂汽车在原野上过日子。郝文章离奇地蹲了几年监狱,出来也快两年了,物质上该弥补的都弥补得差不多,心理上该调节的都调节得差不多,也该回楚学院正正规规地搞专业做学问了。然而,不单单郝文章不肯当朝九晚五的上班族,曾小安博士毕业后,进入博士后工作站,反正是做研究、写论文,这些事情在养蜂汽车上也能做,她也想跟着小蜜蜂,待在希望的田野上,不愿意回学校。最近,他俩将从前养的蜂蜜产量高、更能适应环境的三十箱意蜂,全部换成蜂蜜产量低、又很难养的中蜂,说是要试着利用中蜂的特殊习性,训练和培养它们寻找有青铜重器的两周贵族墓地遗址。

柳琴说话时,马跃之不时插上一两句话,说他们的养蜂汽车已经开到湫坝了,还断定他俩没有丢下安身立命的事。

柳琴马上说:"安身立命的什么事?"

马跃之说:"还能是什么,研究两周重器呀!"

马跃之看着柳琴眼睛露出略带狡黠的柔情,明知是在逗自己,仍然坚持这么说。

果然,柳琴开心不已,她说:"我也要看看,两周重器什么时候变回青铜。"

柳琴如此说来,是有缘故的。这种说法涉及马跃之与曾本之的关系,同时也关系到马跃之的学术地位。

柳琴说完了，马跃之才开始说。

从早餐后离家，到下午四点多钟离开楚学院，这段时间里，有几个小时，都是对着用高倍数相机拍摄下来的几幅古丝绸照片冥想，在别人眼里，这叫发痴发呆或者走火入魔，没什么好说的。博物馆那一小会，也不能多说。那个叫"姜部"的女人，为了说说笑笑中的嫡与庶，便失态地拍打九鼎七簋防护玻璃，更不能与柳琴说一个字。女人上一眼看去还是好好的，下一眼再看就可能梨花带雨。女人越是不在意，男人越是不能随意。柳琴的身体无法怀孩子，是嫡是庶，可以与她毫无关联，但也可以生死相连。马跃之简单讲了讲在博物馆遇见郑雄带人参观大楚青铜馆，他认为郑雄还是有些真本事，居然一眼看出九鼎七簋的七号簋在掉铜锈。接下来说了说湖鸥，但也是三言两语带过。马跃之将对柳琴倾诉的重点，放在相忘湖茶吧与十四路公交车上见到的那道目光上。这话说开后，他还追加了一个判断，觉得这目光有些似曾相识。

男人说话时，哪怕到了如怨如慕、如泣如诉的境地，依然可以守住心机不外露。女人与男人大不一样，女人想到什么话必须在第一时间里说出来，否则，就会憋得耳热腮烧，冲着不相干的人发无名火。针对郑雄发现青铜铜锈，柳琴插话说，如果一点魅力也没有，曾小安怎么会让他在一张床上睡这些年。对湖鸥在马跃之头上盘旋，柳琴插话说，湖鸥若是仙女变的就美死马跃之了，至少往后可以坐着湖鸥的翅膀上下班，免了许多挤公交车之苦。前面这些插话，马跃之没有回应，也没法回应。当初以为自己与水果湖的美人柳琴相恋已经是天恩赏赐、独占花魁，再没有半点别的非分之想。曾小安与郑雄的奇特婚姻，湖鸥是不是仙女，在马跃之心里都经不起两个回合的思想。马跃之在相忘湖茶吧和十四路公交车上遇到的那道目光太不一样了。

柳琴没有听完整就插话说："若是哪个美女盯着看，心眼上还可以多长一朵小桃花！这种事不值得大惊小怪！"

马跃之说："就因为一个大男人盯着一个老男人，才奇了怪了！"

柳琴说："话可以这么细说，事情却经不起细想。你们打交道的人，不是楚国的，就是周朝的，说话比之乎者也还难懂。好不容易懂得一些，又来些春秋大义，宁要气节，不要性命，宁要鼎簋，不要城池。要不是有我这个大活人陪你吃，陪你喝，天晓得你是青铜做的，还是血肉做的！"

烛光摇曳，柳琴目光妩媚。

不知多少次了，马跃之暗暗恨着心如止水的自己，只好继续说："我敢打赌，这个人还会盯上你家先生！"

柳琴说："只要不是青铜雕像，尽管来盯！"

马跃之说："此话怎讲？"

柳琴说："若是被青铜雕像缠住了，你家夫人岂不是要将曾先生当作情敌！"

马跃之明白柳琴这话又是指自己将青铜说成是两周重器。关于这一点，别人都认为习惯成自然，他自己最清楚，这既不是习惯，更不是自然，首先是一种生命法则，是将退后一步作为前进的最好改变。这种改变发生在与柳琴确定恋爱关系之前，连柳琴都没有机会察觉，别人就更不用说了。

晚餐后，烛光将灭之际，马跃之轻轻拥抱着柳琴，贴着她的脸说："除了时光，谁也没有资格做你的情敌！"

烛光熄了，电灯亮了。

柳琴站在亮堂堂的屋子中央，脸上露出女人在恋爱时才有的柔美光泽。

毫无疑问，柳琴对目前的生活相当满意。这也使得马跃之能够踏踏实实地钻进书房，从一只专用抽屉里取出那本被他视若珍宝，前不久才亲手修补好的《殷虚书契考释》，仔细琢磨起来。

柳琴在客厅里继续追一部什么剧，开始时还笑了几声，时间不长，就有抽泣声传来。马跃之起身时顺手抽出两片面巾纸，走到客厅，递给泪流满面的柳琴。柳琴不好意思地接过去，连连挥手要他走开，不让他看自己这种模样。马跃之一个字没说，转身去了一趟卫生间，这才回到书房。这样的来来往往也是马跃之和柳琴之间多年不变的习惯。

重新坐下后，马跃之放下《殷虚书契考释》，戴上做精细工作用的白手套，从书柜里取出一只小匣子，打开后，里面正是那本破烂不堪的线装旧书《楚湫时地记》。虽然叫作书,因为霉烂破损和虫蛀,已经无法翻阅。马跃之从卫生间里拿来柳琴做美容用的手持蒸汽机,将高温蒸汽喷在旧书上,小心翼翼地将封面摊平,用棉签配合极薄的竹签,将夹页挑开,取出里面衬页,再将裁剪出来的同样尺寸的宣纸替换进去。这只是较大的动作,为了完成这个动作,还必须完成无数个比双面绣还要精细的小动作。因为每张夹页上都有上百个虫眼与别的原因发生的残破,其中还有部分破损,作为旧书的整体还能勉强维持在原位,一旦分离出单张夹页,就成了碎纸屑,稍不小心,就会造成无可挽回的丢失。对于书籍来说,这样的丢失,会因相关文字无法辨认,导致相关内容无法释读。

多年来,在旧货市场或者私人藏品中时隐时现,从未见诸典籍的奇书,以明朝为最多。清朝人吴敬梓的长篇小说《儒林外史》,描写明朝成化到万历年间一众读书人的生活,其中木版印刷的故事写了不少。那时节,木版印刷兴起,官方还没来得及出台管制措施,只要有钱,什么样的书都能印出来。奇书其实就是闲书,后人偶尔得到,阅读起来,既当不得真,也不能不当真。

一般专门修补旧书的技工会将要修补的旧书,逐页完全拆开,平铺在宽大的工作台面上。马跃之没有这么做,首先是时间上不允许,如此大张旗鼓地摆开阵势,就得一气呵成地干完;其次家里条件不允许,就算有宽大的工作台面,屋子里也摆不开;最重要的还是已经成为碎片的某些纸屑,一次性摊开时,有可能丢失或者错位。马跃之的做法很笨,但很可靠。《楚湫时地记》刚到手里,马跃之曾经修补过第一页。这会儿,马跃之要修补《楚湫时地记》的第二页,他将第二页拆开时,不能碰属于第三页的任何东西,哪怕是蛀虫留下的粪便。经过修补所获得的信息,必须百分之百属于第二页。

马跃之费了九牛二虎之力,才将第二页修补好。

接续先前修补的,已经有两页了。"湫坝"一词再次出现,让马跃之庆幸不已。加上之前在第一页上发现的"湫坝"二字,可以确凿无疑地认定,刻印于明朝万历年间的闲书《楚湫时地记》,不会是无缘无故凑巧提到湫坝，这让马跃之心里生出几分期待。

秋家垄是湫坝地界内的一片山野，这时候突然从《楚湫时地记》里冒出来，一定含有天时地利人和的因素。

"往后不管有没有事，每天都要争取修补好一页。"

马跃之十分罕有地一边设问，一边对自己下命令。

下半夜两点时，柳琴轻唤一声："该下课陪夫人睡觉了！"

马跃之依依不舍地收好《楚湫时地记》，站起来，进到卫生间。

洗过澡的马跃之躺在床上。柳琴还记着马跃之递面巾纸的事，拉过他的手臂枕在脖子后面，含情脉脉地表示，自己对那个剧并不怎么感动，可就是管不住眼泪自动往外流。马跃之很想说，因为她的日子过得太惬意了，才自己给自己找了点小苦难来感受一下。这话到了嘴边，却说不出来。女人内心的苦与甜，男人永远弄不明白。本来好好的，若有男人说女人太幸福了，连五秒钟都不要，女人就有可能哭成泪人儿。马跃之说，柳琴的两行眼泪流得非常及时，连他都被触动了，回到书房，心里一动，就从那本旧书上发现一条线索。柳琴娇媚地回应，想不到女人眼泪还有激发男人灵感的功能。马跃之认起真来，他说，女人流眼泪，男人就会紧张，人一紧张肾上腺素就会升高，脑神经也变得空前活跃，那些想不通的问题，就有可能一下子想通了。

与柳琴说了一会儿话，马跃之有了一丝睡意。

在要醒不醒、将睡未睡的临界点上，马跃之轻轻叹了一口气。

马跃之一向睡得很深，第二天早上醒来，他只看了一眼被窗帘阻隔的晨光，就被柳琴察觉了。柳琴问他夜里是不是在做梦。马跃之的记忆里一点梦的痕迹也没有。柳琴坚持说，那你为何老是轻声叹气，还念念有词地说什么九鼎七簋。马跃之想起来，自己确实叹过气，但不是在梦里，而是睡着之前。

这些只是马跃之夜里轻声叹气的结果。

如此叹气的原因是马跃之心里浮现一些对曾本之的埋怨。

因为这种埋怨，马跃之才放任青铜重器中的极品九鼎七簋在心中翻腾。

伍

　　白露节气刚过，无遮无掩的水务局输水管线改造工地上，绵绵不绝的热浪带给人的感觉，与城市热岛中心效应叠加在一起，不亚于总在四十摄氏度高温线附近徘徊的盛夏。经常参加田野考古的马跃之和万乙还忍受得了，只是苦了整天待在空调房的卢副主任。

　　卢副主任名叫卢小材，是水务局特意安排的专职陪同。卢小材反复提醒，马先生年纪不小了，这样拼命工作，万一出什么事，上面追责事小，对楚学界造成的损失事大。离输水管线改造工地不到二百米就有一家茶吧，卢小材说说这话的目的是请马跃之去那里喝喝茶，不时来工地看看，只要不耽误事就行。卢小材再三强调，这是水务局陆少林副局长特意吩咐的。

　　陆少林陆副局长就是在发给楚学院的传真上画个圈并写上陆字的那位。

　　初次见面时，卢小材自我介绍说："我姓卢！"

马跃之听成了姓陆,他说:"你就是在传真上画圈圈,圈住的那个陆呀!"

卢小材连忙对姓卢与姓陆的不同人和不同职务做了解释。

马跃之继续开玩笑:"原来你是卢俊义的卢,画圈圈的是出卖林冲的陆谦的陆。"

卢小材神色紧张地回应:"我与卢俊义各姓各人的姓,可不敢这么攀比。"

卢小材只顾落实陆副局长的指示,一有机会就劝马跃之和万乙到茶吧休息一下。卢小材每次相劝,马跃之只是笑而不答。

倒是万乙一下子冒出两句话。

"考古之事,没挖到真东西之前,干起活来与建筑工地上的那些人没什么两样。"

"考古之事,没排除假东西之前,做的事情与街上捡破烂的那些人没什么两样。"

万乙指着工地上满身泥水的那些人,说别看自己博士毕业,到了考古发掘现场,该拿锹就拿锹,需要铲就用铲,需要用舌头去舔地上的泥土时一定不会用指头去抠,需要用牙齿去嚼时一定不会用屁股去蹭。万乙还有一个更加直接的证明,凡是头一回去考古发掘现场的人,无论新闻采访,还是调查研究,从未有人一眼就将考古专家与临时请来干粗活的人分得一清二楚。对此种说法,卢小材基本认可,同时也有所保留。两天前,卢小材因为被陆少林副局长叫去说话,要他好好照顾楚学院的两位老师,比约定时间晚二十分钟才到工地。徘徊之际,卢小材没有认出万乙,也没有认出曾经见过一面的马跃之,但也没有将他俩当成工人,以为是工地上新来的项目经理。又过了十分钟,卢小材拿起手机与万乙联系,想问问他们到哪里了,没想到站在泥水沟里接听电话的人就是万乙。

万乙的第二句话,也是脱口而出。

挖掘机挖开硬化地面的混凝土与石材,继续向下开挖。一旁的工人不时上前从铲斗倒在两侧的泥土中捡出杂物,堆放在一起,让马跃之和万乙过目。经他俩确认是垃圾的,才能堆成渣土堆,稍后一起用翻斗车运走。过程中,出现一样铁器,万乙左看右看都不认识,又不敢轻易表态,他用眼角瞄着旁边,希望从马跃之的面部表情中得到答案。马跃之有意测试他,站在那里就是不吭声。万乙只好拿着那件铁器请教,马跃之示意他扔掉,说别看它埋得很深,却是乡下还在使用的犁铧残片。城里生城里长的万乙,从没见过犁铧,差点当它是汉唐时期的铁制兵器。就这样万乙说了那第二句话。

万乙说第一句话和第二句话时,心里想着另一件事。

水务局发传真到楚学院那天傍晚,万乙从"楚才晋用"出来,顾不上乘车,实际上也用不着乘车,一路小跑地进到与楚学院相隔一站路的十亩地小区,在一单元门内,他甚至不愿等待正从三十层慢慢下降的电梯,顺着楼梯一口气爬上十楼,掏出那枚在口袋里捏出汗来的钥匙,努力控制住因为突如其来的惊喜而表现出来的哆嗦,将钥匙对准锁孔后用力拧了两圈。推开房门,半个小时前,在楚学院六楼的"楚乙越鬼"内,与沙璐相拥时就闻过的女人香扑面而来。沙璐执行完博物馆的任务,顺便来楚学院看看万乙。沙璐离开后,万乙去"楚才晋用"与马跃之说话,无意中发现衣袋里多了一把钥匙。万乙甚至不用掏出来看,就明白是沙璐在热吻时塞给自己的。沙璐与万乙重逢并答应嫁给万乙后,父母有愧于当初不该逼迫沙璐嫁给市里组织部门当处长的三婚老男人,就依照女儿的要求,全款买下这套看得见东湖湖景的公寓作为女儿再婚的婚房。从买房到装修,万乙从未进过此门。沙璐只对百思不得其解的万乙说过一次,她想做万乙真正的新娘。万乙给几位同学当过伴郎,从未见过如此温馨动人的新房。打开房门的那一瞬间,竟然激动得手足无措,最后硬是在地板上来回打了十几个滚,心情才平复下来。万乙独自在屋子待到晚上十点,终于听到有人在外面轻轻地敲门。之后的一切像梦境一样,下午还是身着便服的沙璐,像新娘一样出现在门口。万乙轻轻地抱起沙璐,沙璐紧紧地搂着万乙。从黄昏开始的这个夜晚,宛如婚礼的最后高潮。此前的热恋,二人之间所有的亲密,都是为着这个夜晚。到这一步,万乙才体会到沙璐之前所说要做他的真正新娘的用意的美妙。一个再婚的女人，用几年的时间让自己回到面对男人的陌生状态，并将这种早已不是天然却无限接近天然的羞羞答答奉献出来。男人和女人一旦进入到彼此生命之中，许多平时不方便说出来的话，也会自然而然地顺口说了出来。

二人疲倦之后说了许多先前不曾说过的甜蜜话。

沙璐说："再好的女人，如果没有男人爱，也是一堆垃圾。"

万乙说："不对，正好相反！没有女人爱的男人才是垃圾。"

"才不是这样的，男人就像你们从古墓里挖来的青铜重器。哪怕过了几千年，没有任何使用价值了，也还是青铜重器。"沙璐搂着万乙的脖子，一转话题又说，"不过你们这些搞考古的人，没排除假东西之前，做的事情与街上捡破烂的那些人没什么两样。"

万乙说："你这话比我们以前听到的难听话还要难听！"

沙璐说："人家怎么说？"

万乙说："人家说，明明是在挖人祖坟，怎么变成伟大的考古事业？"

沙璐说："你们挖坟与别人挖坟不一样。你们挖曾侯乙，挖熊家冢，曾熊两姓有哪个人跳出来自讨没趣？说句你不要生气的大实话，没挖到真东西之前，你们干的活，与建筑工地上的那些人没什么两样。"

万乙说："冲着你对考古的了解，不嫁给我，太浪费人才了！"

万乙到水务局输水管线改造工地的头两天，将这话藏得紧紧地，到了第三天才在不经意间说出来。

马跃之不清楚这话的来历，以为万乙真正进入了考古的行行道道。

学术地位非常高的楚学院，也难免有很俗气的风气。一个人仅靠学术成就还不能成为人人服气的共主，必须有什么口碑能在电梯间和卫生间流传。比如"湖鸥与湖藕的关系"，"我记得归元寺里也有一口大钟"，一直在电梯间和卫生间里被人引用，对拉大旗作虎皮的所谓学问，以及德不配位的人事进行挖苦。对电梯间和卫生间的征服，让周老先生和曾本之先后成为老少咸宜的共主。

万乙说的这两句话，在电梯间流传的可能性比较大，离在卫生间流传的品质，还有明显的距离。

沙璐说过的话，还不止这些。

一些关键的话，沙璐开口说之前先提醒万乙不可以告诉别人。

沙璐说的别人就包括当事人马跃之。

白露节气那天下午，沙璐执行保障任务，与同事一道扮作参观者提前进到大楚青铜馆。马跃之和郑雄他们见到那些在九鼎八簋前面拍照的男女，有一对是假扮的，其中就有沙璐。与高中同学万乙重逢后，沙璐申请到博物馆当了一段时间的志愿者，乔装打扮起来比那些青铜重器的参观者更像参观者。郑雄他们如何议论"嫡庶"，如何因为"嫡庶"惹得那个叫"姜部"的女人发起无名怒火，沙璐在一旁听得清清楚楚。

沙璐听来的种种谈话内容中，郑雄发现九鼎七簋的七号簋掉了些许铜锈，要讲解员捎信，将七号簋送到楚学院，让马跃之负责检查一事，最让万乙感兴趣。同时，郑雄如此吩咐，也令万乙心生莫大疑团。郑雄对楚学院可以说是百分之百了解，马跃之专职研究丝绸漆器等杂项，研究青铜重器的领头人非曾本之莫属，如此专业分工，连水务局陆少林副局长都知道。从诸多方面来考虑，曾本之声明退休，也还有其他人选可供选择，包括这两年楚学院各位都愿意自我牺牲点什么也要对其补偿的郝文章，还有这两年从纯粹楚史转变为尝试结合田野考古的吴秋水，都是可以的。何况九鼎七簋出土多年，该研究的全都研究过，不该研究的也有过剑走偏锋的尝试，为何单单点马跃之的名？依照沙璐的形容，这话是郑雄不假思索，脱口而出的，好像从不知道马跃之这么多年说话发声都不用青铜二字。

万乙在水务局输水管线改造工地上暗暗思索了三天。

第四天，万乙依然无法不去想这个问题。

虽然想不通，万乙也不能在马跃之面前露出沙璐的马脚，之前说沙璐在省博物馆出任务就是最大限度。

这是沙璐要求的。沙璐脱下警服，换上便装，同样是为了对所执行的公务进行保密，如果随随便便地说出去，就是双重违纪。其实，有没有这些规矩，万乙都不可能往外说。从沙璐那里得知郑雄要安排马跃之检测九鼎七簋的七号簋,万乙就告诫自己必须与别的人一样,表现出对此事的闻所未闻。万乙对自己说这些话,绝对不是心血来潮,更像是某种深思熟虑的秘密策划,而对此秘密策划的决定,发自内心深处比较阴暗的那一部分。

无论想得通和想不通,万乙都有一种预感。郑雄让马跃之负责检测七号簋,不可能是信口开河,哪里说,哪里丢。说不定郑雄也像沙璐那样早就发现马跃之,故意这么说话,为随后的某种谋划做情感的铺垫。

这天上午,天空也像万乙的心事,乌云密布。

凉风一吹,工人们干活的速度不知不觉地快起来,出土的杂物也跟着多起来。临近十二点,工地上发出一阵欢呼,万乙从挖掘机的铲斗里找出一只青铜镜,接下来又发现半截青铜剑和一块疑似从青铜鼎上掉下来的鼎耳。

武汉三镇除了龟山、蛇山等带山字的地方,其余多数地段,最早都是云梦大泽,后来成了四面八方洪水的泛滥区,再后来又成了长江和汉水的漫滩,之后才慢慢变成了既不通长江也不连汉水的湿地,凡是平坦处变成陆地的时间都不长。这些年,有不少文章研究分析武汉为何没有成为封建王朝的都城,其内容的幼稚无知,连楚学院门卫许师傅都懒得一驳。往回数几百年,武汉三镇一带,稍好些的地方还是湿地,差一点的则是大大小小的湖底。以年代顺序排列,汉口地势最低,成为城区的时间最晚,但发展得最快。水务局这处工地,早年间肯定是云梦泽的湖底,后来成为半干半湿的湖区,再后来被当成垃圾填埋场。汉口城区不断膨胀后,楼房林立的街区越来越多,这一带又变成了进城讨生活的人群聚集区。那些远道而来的外地人,擅长捡破烂,更擅长从破烂中发现宝物。一九三八年,这一带刚有点规模,就遇上日本侵略军合围武汉,天上飞机炸,地上大炮轰,数不清的炸弹将这一带夷为平地。一九五四年的那场大水,汉水大堤决了口,这一带又成了泽国。洪水退去之后,原来的地面淤积起丈多深的泥土。灾难过后,那些带着外地口音的汉口人,都在废墟上一点点地重新盖起房屋。马跃之和万乙发现的零星的青铜器物,正是当年来不及处理,就被埋进地下的所谓宝物。

一行人守了几天,终于有所收获,理所当然地要庆祝一番。

中午吃盒饭时,卢小材自掏腰包,买了一箱啤酒,犒劳众人。

当着众人的面,卢小材打电话向陆少林副局长报喜,说是马先生已经鉴定过,这面青铜镜有可能填补考古空白,还说马先生向水务局有关领导致谢,因为领导的水平高,眼界不一样,将文物保护工作做在文物出土之前,回头要作为重要经验在全省推广。

放下手机,卢小材若无其事地望着众人。

万乙忍不住说:"办公室主任就是这么当的?"

卢小材说:"我哪里说得不对吗?"

万乙说:"我和马先生在一起时间比你多多了,你听到马先生说的这些好话,我怎么一句也没听到?"

卢小材说:"你这叫不识庐山真面目,只缘身在此山中。马先生的话对你们内行人可能像大风过耳,对我这外行人却是润物无声。马先生说过,任何出土文物都会填补该件文物出土之前的空白,那这青铜镜自然也会填补属于它的考古空白,这个道理不错吧?再有,不仅马先生,万博士你说得更多了,最好的文物保护要放在文物出土之前,请二位来到施工现场难道不是将文物保护工作做在出土之前?"

万乙愣了愣才回答:"是的。这话马先生说过,我也说过。"

卢小材笑起来了:"有共识吧!社会上的事,要从本质上看才行。那些血口喷人的咒语,有哪一句是当面骂出来的?那些邪门歪道的丑行,哪一样是彻底暴露时才干的?所谓真相,说起来,丁是丁,卯是卯,深究起来,也是不三不四的平均值三点五而已。"

马跃之举起一次性纸杯,对万乙说:"万博士服气了吗?"

万乙说:"三人之内,必有我师——佩服佩服!"

喝完卢小材买来的啤酒,马跃之和万乙顾不上休息,又忙碌起来。

卢小材这时接到一个电话,之后口称陆副局长来了,就跑到入口处迎接。

不一会儿,陆少林带着两个看上去有点来头的人出现在工地上。

万乙一看来人，顿时变了脸色，嘴里不由自主地骂道："鼻屎！"

听到万乙将楚学院的院骂用在这地方，马跃之好奇地问："又没人招惹你，是不是脑子被驴踢了？"

"真的是被驴踢了！"万乙用武汉方言小声说，武汉方言中的余和驴，发的是同一个音，"旁边那个长得像腊肠狗的男人是沙璐的前夫老余！"

马跃之看了一眼说："你们又没有玩过三角恋，吃哪门子醋！"

万乙说："我不是吃醋。好好的一棵白菜被猪拱了，男人都会恨之入骨！"

马跃之不由自主地笑起来："这么说也对，年轻时我也这么恨过。"

听到笑声，陆少林走近了些，将马跃之和万乙介绍给那两个人，说是省里来的考古专家，回过头来，又介绍那两个人。一个是市里组织部门的钱副部长，被称作钱部长，另一个是沙璐的前夫，被称作余处长，特地来基层搞调查研究。马跃之差一点像万乙那样说出什么来。被称作钱部长的那位，与马跃之一样，也是大家开玩笑所说的养蜂协会的家属。之前马跃之在本地的电视新闻中见过多次，有两三次，妻子柳琴指着屏幕说，靠边边上的这个人是发展部杨华华的老公。杨华华是养蜂协会发展部主任，与柳琴关系不错。还有几次是马跃之自己通过新闻图像中席位卡上的姓名见到的，因为只是副部长，没有资格单独上新闻，也不能以单幅人像出现在屏幕上，每次现形时，不是排在屏幕的最右边，就是排在屏幕的最左边。

无论是作为万乙前情敌的余处长，还是同为妻子供职单位家属的钱副部长，都不太愿意接触面前的所谓专家，二人用他们习惯的哼哼声当作表示。好在他们察言观色见风使舵的本领不同凡响，当发现马跃之的不卑不亢更有杀伤力，又主动伸出手来。马跃之也不客气，握过手后才摊开手上的泥土让他们看，说自己这一阵老坐办公室，很少参加过田野考古，忘了手上的脏。

陆少林赶紧带上那两个人继续搞他们的调研。

三言两语说过，钱副部长就建议大家停工，理由是白天施工对市内交通影响太大。

沙璐的前夫老余担心陆少林领悟不够,在一旁补充说,钱部长的指示太及时了,现在全市上下都在抓经济命脉,交通不畅,命脉就会堵塞。况且此处工地旁边就是十三街坊,那一带老城区是武汉的脸面,白天施工,难免会将市容弄得蓬头垢面,不如改在晚上进行。

钱副部长提议的施工时间为交通压力解除后的晚八点。

工地上的人都不关心钱副部长是干什么的,只关心如此改变对自己工作与生活的影响。说到对生活的影响时,一个工头模样的人不卑不亢地说,大家放心回去休息,上夜班没什么不好,怕只怕上两个夜班,又要改回来上白班。

工地上的人说走就走了。

马跃之和万乙这时正在作最终判定,那块略有残缺的青铜是不是从青铜鼎上掉下来的鼎耳,没有搭理一旁冲着青铜镜指指点点的陆少林他们。

陆少林问这青铜镜是什么年代的。

卢小材代为回答,说是西汉时期。

陆少林又问那半截青铜剑的情况。

还是卢小材代为回答说,可能是两周的。

钱副部长难得主动一回,开口就问:"什么?两周前做的?"

卢小材连忙解释说:"不是两周前,是两周时期。"

钱副部长蔑视地说:"两周就能当成一个时期,是小人国吧!"

钱副部长以为自己抓到所谓专家的破绽了,有点得寸进尺:"山中方七日,世上几千年。两周就是两个几千年,确实值得考考古。"

卢小材正在琢磨如何回答合适。

万乙头也不抬地说:"你的历史课是体育老师教的吧?"

"两周的——是不是西周和东周的?"沙璐的前夫老余将目光从一个穿得很清凉的女子身上挪回来,替钱副部长解嘲,"上中学时只学过西周东周,没有学两周的!"

钱副部长不肯罢休:"我晓得,西周东周以前的都叫先秦,什么时候改的,有没有相关文件?"

万乙想也不想就说:"这个事确实值得考考古,弄清楚哪朝皇帝下文件搞先秦调查,哪朝天子下文件进行两周研究!"

这时,马跃之也来上一句:"考古的事就交给我们这些只长硬骨头,不长上进心的人吧!"

陆少林赶紧接过话题:"课堂知识要与实践结合才行。这样吧,局里今天下午有个例会,正好请二位专家去科普一下!"

也不等马跃之和万乙回应,陆少林就领着那两个人离开了。

万乙冲着几个人的背影说:"这些人,替小人国选太监倒是挺合适!"

万乙说这话时嘴张得很大,发出来的声音却很小。原因是他想大声说话的企图被马跃之制止了,可要说的话已到了嘴边,不得已只能用细小的声音说出来。

马跃之一上来就看那位钱副部长不顺眼,但他还是拦着不让万乙说那句能消消气的话。放眼看过去,之前不知停在哪里的两台轿车驶过来,临时停在街边。用十分钟时间完成下基层调查研究的任务后,组织部门的那两个人钻进自己的车里,陆少林站在旁边挥手送过别,也钻进自己的车里。眼前的陆少林有点与众不同,将腰板挺得直直的,原地站着挥一挥手,就将钱副部长等人送走了,让马跃之心里有种舒坦的感觉。

送走陆少林,卢小材一溜小跑着回来,拦住仍在盘点各种杂物的马跃之和万乙,要他俩收拾一下,局里的会两点半开始,早点去,先到休息室喝喝茶。见他俩面带疑虑,卢小材又说,别看陆少林是副职,说起话来比正职管用。

万乙看着马跃之问:"我们去吗?"

马跃之说:"去,干吗不去!"

万乙说:"好吧,保护文物,人人有责!"

从工地到水务局车程半个小时,万乙手里拿着青铜鼎耳,看了一会儿就睡着了。沙璐将婚房钥匙交给万乙后,连续几天,一到夜里,二人就如胶似漆。这会儿，万乙终于扛不住了，在车上睡得极香，连沙璐发来信息的手机嘟嘟声都没听见。

马跃之看着万乙手里的鼎耳，其形状很像万乙那微微发黑的眼窝。

马跃之下意识地想起自己新婚时节也曾如此过。当初周老先生曾经开玩笑，将眼窝发黑、上眼皮困得往下掉的眼睛称为帝王眼，反之，眼袋浮肿、眼珠大而无神的称为太监眼。柳琴后来说过多次，别的女人一年流产几次，照样能做母亲，自己一辈子只流一次产，就失去做母亲的资格。柳琴说话的意思，在马跃之听来更像是后悔，当初在夫妻之事上不该由着性子来。

卢小材招来的公务车进到水务局院内时，一只宠物狗蹿出来，司机猛踩了一脚刹车，跟着宠物狗后面的女人极为不满地冲着司机瞪了几眼。

万乙惊醒后，还没说上话，先一步下车的卢小材替他们打开车门，极其热情地引着马跃之和万乙，进到楼内的一间会客室，又亲自沏上茶。

马跃之拿起那只相当精致的茶杯呷了两下，随口说道："这茶不错！"

卢小材马上说："这茶和茶具都是陆副局长私人的，一年当中用不了几回，只有他认为的贵客才拿出来。"

说完这些，卢小材看了看马跃之的反应。

马跃之说："茶虽不错，可就是价钱太贵了，这种级别的黄金芽，至少要六千元一斤。看来陆少林是个雅人啊！一般有钱人都爱玩紫砂壶，实际上，像这样的白瓷更难得。用白瓷沏茶，水质好不好，茶叶是不是上品，不用喝到嘴里，一眼就能看出来。更重要的是，白瓷还能倒过来鉴别喝茶之人。那些暴富的人谁心里没有几个鬼？怀着鬼胎的人，手指一碰白瓷就会暴露心迹。"

听马跃之这么说，万乙故做害怕状，将伸向茶杯的手缩了回去。

"可惜我没资格用这茶杯喝茶，不然，就请马先生当面鉴别一下。"

见卢小材认真地表示，马跃之大笑起来。

"几句玩笑话，当不得真。"

说着话，门外的走廊里传来阵阵脚步声。第一个人小声问，"今天学习什么，又是读文件吗？"第二个人回应说，"刚刚通知，请考古专家来讲考古！"第三个人接着说，"帮陆副局长开会，比较值得！"万乙看了看手表，差三分钟就是两点半。不待万乙开口，卢小材主动说，陆副局长先要发表半个小时的讲话，等陆副局长讲完话，再请马先生和万乙进行文物知识讲座。卢小材转身打开旁边的一扇门，请他俩进到里屋看看。

穿过那扇门，迎面摆着几只陈列柜，柜子里放着各式各样的旧物。

卢小材介绍说，这是局里的收藏室，各种藏品是陆副局长和水务局这两年积攒的，请马先生帮忙鉴别一下。

走在前面的马跃之刚好被跟在身后的卢小材挡住退路。落在最后的万乙悄悄地说，卢小材是干办公室工作的天才，只要马跃之还在前面，自己就只有跟上去的一条路可以走。万乙说这话时，卢小材正将两只鼓鼓囊囊的信封塞到万乙的双肩包里，还贴着万乙的耳朵说些请他俩放心，这是正儿八经的开支，来水务局开讲座的人都会给劳务费。

二人在后面拉拉扯扯。马跃之见柜子里也有一只青铜鼎耳，将左手往身后一伸，万乙明白这是索要刚刚在工地上发现的那只鼎耳。趁着万乙转念去双肩包里取鼎耳，卢小材顺势将信封塞进双肩包。马跃之伸着手，却没有接鼎耳，示意万乙放到陈列柜上，与先前的鼎耳比较一下。

"这些东西，是水务局的？还是陆少林的？"

"既是水务局的，也是陆副局长的。"

屋子里很安静，对万乙的问题，卢小材回答得含含糊糊。万乙盯着卢小材，要他再说一遍。

卢小材只好解释，这些东西里三分之二是各处工地收上来的，三分之一是陆少林凭个人爱好获得的。卢小材有点替自己开脱地说，这门有两把锁，表面上自己管着一把锁，另一把锁由陆少林管，实际上，陆少林有两把锁的钥匙，陆少林随时都可以进这屋子，自己只有一把钥匙，只能开一把锁。这一次，陆少林特地将另一把钥匙交出来，自己才能独自开这扇门。

马跃之什么也没说,便走向另一只陈列柜,那里面摆着一只尾部有些残缺的玉猪龙。

跟着身后的万乙将马跃之看过的鼎耳看上几眼,扭过头来发问。

万乙说:"这上面的标签是什么意思——发现者:听漏工曾听长?"

卢小材说:"博物馆里的展品不也是在一旁写着发现者谁谁谁吗?"

万乙说:"前三个字我懂,我不懂后面的六个字——听漏工曾听长!"

卢小材说:"听漏工是我们这里的一个技术工种,曾听长是这个技工的名字。"

"曾听长!曾厅长?"

万乙重复了两遍后不禁笑起来:"你们都是这么天天叫他曾厅长吗?"

卢小材说:"人家名字取得好,又叫得顺口,反正又不让他享受厅长待遇,冲着一个听漏工叫厅长,大家都挺开心的!"

万乙说:"好好好!等我有了儿子,就取名叫万岁——"

万乙正在自鸣得意,忽然被马跃之狠狠瞪了一眼。

万乙想不出自己错在哪里,心里还有点不高兴。

马跃之将几只陈列柜看了一圈,转身再次看着万乙。

万乙回过神来,明白马跃之这是要自己开口问话,就对卢小材说:"这柜子里几样好点的青铜器都是听漏工发现的啊?!"

见马跃之对自己的话表示满意,万乙继续问:"什么叫听漏工?听漏工具体干些什么事?"

"说起来,去年年底以前,水务局还没有听漏工的概念。今年春节过后,陆副局长来单位上班,在车上听一个电台节目介绍,上海市自来水公司有十几个听漏工,这些听漏工用独特的工作方式,为石库门里的居民用水提供保障。这些年,十三街坊等老城区一带供水管网总是漏水,多的时候,那里的人一天要打十几次市长热线,水务局上上下下一直很头疼。陆副局长一听到新闻，就安排我带队去上海考察，然后千方百计，将在那里当听漏工的曾听长作为特殊人才挖了回来。曾听长上班后的第一个月，老城区居民的投诉就少了百分之五十，第二个月少了百分之九十。"

卢小材本想歇口气，经不住万乙的催促，只好继续往下说。

"上海称为石库门，武汉叫作里弄街坊，集中在十三街坊一带，那些老房子，墙内竖着、地下横着的水管都在百年以上。前几个月，马先生叫我们送到博物馆的主水管，是埋在大街上的。从主水管分叉到里弄街坊的大大小小的水管，经过上百年的锈蚀，难免漏水。那些里弄街坊又窄又长，如今又都成了重点保护的历史建筑，里面住的全是人精一样的老武汉人。地上的管道漏水还好办，难办的是埋在地下的管道，不挖开地面就不清楚漏水点在哪里，一挖开地面，就等于断了大家的必经之路。万不得已，非要开挖，机器开不进去，完全靠人力，只挖半条里弄还算运气好，运气不好，从这一头挖到那一头，才找到漏水点。累死累活事小，被骂得狗血淋头也算是轻的，最难受的是自己与自己怄气，骂自己为什么要从这一头开始而不从那一头开始，如果从那一头开始，不就是一锹下去就能解决问题了吗——"

话刚说到这里，走廊上出现一种不同寻常的动静。

听上去似乎有一群人在走动，却没有一个人说话。

卢小材紧走几步，刚到门口，便变得像是木头人，一动也不敢动。

万乙经历的事情少，忍不住小声问马跃之："是不是要出什么事啊？"

马跃之不动声色地说："还能有什么事——大水冲垮水务局，楚王搞臭楚学院！"

那群人肯定进了走廊另一头的会议室。

之前隐约传来陆少林副局长的讲话声突然中断了。

片刻后，另一种更加清朗的声音嗡嗡响了起来。

一般单位的会议室都是如此，在里面说话，声音偏小时，走廊上还能听得清楚。声音若是比较洪亮，传到走廊上反而只剩下嗡嗡的噪声。

终于,站在门口的卢小材回头说了一句话。

"纪委的人来了!"

话音刚落,走廊里又有动静了。

一串踉踉跄跄的行走声音格外刺耳。

脚步声越来越近,卢小材反背在身后的手抖动得越来越明显。

那群人从门前经过时,有人用一种于心不甘的声音说:"相信组织会还我的清白!我一直在研究春秋战国如何礼崩乐坏,我晓得做人做事的分寸,我明白水务局有人在捣鬼,如果我是那样的坏人,我死后就用竹筒墓倒埋倒葬,三千年见不到天日!"

听到"用竹筒墓倒埋倒葬,三千年见不到天日"这句话,马跃之微微一怔。

万乙也听到这句话了,但他更关注的是说这话的声音:"这不是陆少林吗?"万乙想与马跃之对一下眼色,看了几次也只看到马跃之的一只耳朵和半个鼻子。

走廊上的脚步声还没完全消失,一种全新的脚步声出现了。

卢小材仿佛清醒过来,转身坐在会客间的沙发上。

"他们要来贴封条了。"

听此一说,马跃之赶紧掏出手机,将陈列柜中凡是贴有"发现者:听漏工曾听长"标签的器物一一拍照下来。

马跃之正在分秒必争,两个穿着深色西装的男人和一个穿着同样颜色西装的女人走了进来。走在最前面的男人正要说什么,跟在后面的女人抢先开口,冲着马跃之叫马先生。万乙觉得女人有话要说,女人果然和颜悦色地请马跃之将想拍的照片拍完。还特地告诉一起来的男人,马跃之是楚学院顶级的考古专家,等马跃之拍照完了,他们再开始工作。

时间不长,马跃之就拍照完毕。

女人这才让手下的人学着马跃之的模样,将屋子里的各种器物一一拍照。

别人都在忙,女人也没有闲着,发现有自己感兴趣的器物就会亲自动手,细细看过,然后精心摆好位置,让别人拍照。

一般情况下,女人兴趣很浓时也一声不吭。

只有一次例外,女人拿起一件青铜残片,放到眼前。

"了不得!"

女人不由自主地叫出声来。

声音极轻,像是不想让人听见。

马跃之心里一震,如同在楚学院六楼"楚才晋用"内苦思冥想之际,一只湖鸥飞来窗台上的一声鸣叫;又像那种醍醐灌顶的通透感,由头顶穿过心脏直达涌泉。很多年没有听见女人这么说话,猛地又听见了,内心深处的颤抖,远远超过刚才听到"用竹筒墓倒埋倒葬,三千年见不到天日"时的反应。

那块青铜残片,马跃之也注意过,上面有一个很像现代人写的"豕"字去掉上面一横的残缺图形。当然,两周时期的"豕"字不是这样写的。两周时期的青铜残片上,这种残缺不全的图形时有发现,说成是某种符号的局部,或者某个文字的局部,都是有可能的。

面对青铜残片,女人一声"了不得"将马跃之记忆中的残片激活了,不得不用手抚摸一下额头,才使自己的心潮平静下来。

女人与同行的纪委同事,退回到会客室,将那扇门拉上锁好,拿出事先准备好的两张封条,左右交叉地贴在上面。

作为旁观者的马跃之,几个人一进到小会议室,他就认出来,领头的女人叫梅玉帛,那被人称为蒯二巡的男人,前次地铁站工地漏水,跟随梅玉帛到楚学院了解相关情况时,还是处长。当时的蒯处长只穿着普通的T恤衫,这一次换成了近乎制服的西装,满身肃穆,令人生畏。与蒯二巡冷若冰霜的模样相反,贴完封条后,梅玉帛对着马跃之莞尔一笑,用十分悦耳的声音重新叫一声马先生,还问马先生记得自己吗。马跃之勉强将地铁站工地漏水那次见面的情形回忆了一下。梅玉帛听后,笑得更好看了,接着又说,算上这一次自己和马先生已经见过三次面了。去年五一节之前,纪委对一批查没玉器进行估价,请马先生到场担任专家。梅玉帛如同哀怨般轻叹一声,说马先生当时的架子好大啊!

紧接着又替马跃之开脱,说那种场合就是让人端起架子的,不端起架子反而不对,只是没想到机缘巧合,又在执行公务时碰上了。马跃之记得这事,当时到楚学院请他的是与柳琴在同一家美容店做头发的女人,若不是这点奇妙的关系,他才不会参与这事。到了现场,马跃之也只提供真与伪的判断,在他看来,抛开了文化价值,只用金钱来衡量,这些从千年朽骨上取下来的东西,与一般砂石没有区别。梅玉帛说自己当时特别好奇,想弄清楚,被中南路上一家文物商店经理评估为一亿人民币的那块鸡血石,是不是真的值这个价。针对梅玉帛的询问,马跃之当时说,这些年公开报道的那些贪腐案,从没有提及谁受过这样的重贿,可见这定价的事,与本案无关的人,说了也是白说,不说才是没有白说。

"不说才是没有白说,马先生的话太深奥了!"回忆起最初的见面,梅玉帛俏丽一笑说,"不是还有讲座吗,大家都在会议室等着哩!"

"陆副局长——"卢小材一向说习惯了,话一出口,便马上收住,"之前安排的事,还能行吗?"

"怎么不行,陆副局长暂时还只是请去谈话。"梅玉帛依然笑着说,"就是大家平时说的'喝茶'。"

梅玉帛还要封陆少林的办公室。临出门时,她对马跃之说,下次有查没的古董需要鉴定,再请马跃之到场指教。

梅玉帛怕马跃之忘了自己的名字。

"我的姓名很古典。"

"第一个字是梅。"

"第二个字是玉。"

"第三个字是帛。"

梅玉帛一字一顿地再次对马跃之说了自己的姓名。

马跃之犹豫一下,还是开口问梅玉帛,被他们带走的陆少林是哪儿的人。马跃之担心梅玉帛生出别的疑心,就将听到陆少林在走廊上大声说"用竹筒墓倒埋倒葬",这种风俗只有随枣走廊一带的老人们才会说。梅玉帛笑着表示,这话她不方便说,但卢小材应当知道。一旁的卢小材连忙说,陆少林是安徽寿县人,但在京山县长大的。马跃之点点头说，这就对了，京山县位于随枣走廊最西边。

接下来的讲座效果出奇地好，满满一屋子全是水务局的人，从头到尾，既没有人上卫生间，也没有人玩手机。据卢小材后来说，除了被纪委带走的陆少林，水务局的领导班子全到齐了。讲座的事是陆少林策划要搞的，以往局长从不到场，其他副局长即便来了，也只是点个卯，讲座开始十分钟，就借故离开，不再返回。此时此刻，正副局长一齐露面，说不清楚是自证清白，还是被震慑到了，不得不变乖一些。马跃之俨然成了一句顶一万句的大人物，谁不到场，谁就会与自己的命运擦肩而过。

倒是马跃之老是走神，讲座的结束语从嘴里吐出来，就已经忘了倒数第二句话说的是什么。一段时间过后，马跃之再次遇上梅玉帛。二人互相添加了对方的联络方式，梅玉帛的微信昵称就叫"化干戈为玉帛"。她一边在手机上操作，一边赞美马跃之，从手机短信转到使用微信，完全跟上了年轻人的节奏。马跃之喜欢听她这么说话，差一点就对她说了实话，告诉她包括微信在内的流行生活方式，都是夫人柳琴逼出来的。梅玉帛还记得马跃之当时的讲座内容，她和同事用封条封好陆少林的办公室，特意来会议室听了十分钟，梅玉帛随手记下马跃之讲越王勾践剑时提到的一首古诗：家国兴亡自有时，时人何苦咎西施！西施若解亡吴国，越国亡来又是谁？若不是听了马跃之的讲座，这辈子或许就没有机会了解，越王勾践与吴王夫差是一样货色，都败在骄奢淫逸上，闯王李自成更是越王勾践千年之后的轮回。马跃之这才相信，自己的确在讲座上说过梅玉帛记下来的这些话。

马跃之没有记住自己的讲座内容，是因为太想记住一张照片。

会议室后墙上挂着各个部门不同行当的责任人照片，马跃之看得很清楚，靠右手边"应急响应"一栏，最下角的一张照片下写着六个黑体字：听漏工曾听长。他像鉴识古丝绸那样一眼就认出来，照片上的听漏工曾听长，那眼神在相忘湖茶吧狠狠地盯过自己，在十四路公交车上再次狠狠盯过自己。

马跃之一边参加讲座，一边发微信问卢小材，曾听长来听讲座没有。

卢小材也用微信回复说，局里有不成文的规定，听漏工的工作性质特殊，凡是对听力有影响的活动，可以不参加。

因为陆少林被纪委带走，水务局有些人心惶惶。讲座结束后，马跃之和万乙直接去旁边的公交车站。按马跃之的习惯，二人选择一辆六十四路双层公交车。由于这趟车是经过长江大桥和长江二桥，在武昌和汉口来回转圈，不少人将其当作最便宜的观光车。加上临近下班时间，车上的人很多，马跃之想去上层，万乙趁着公交车行驶时的晃动，在前面替他开路。

六十四路双层公交驶过江汉一桥，往长江大桥全力加速之际，万乙好不容易挤到楼梯口。一辆白色宝马叉3猛地变道越过白实线插到公交车前面，驾驶公交车的女司机猝不及防，一脚急刹踩下去，高大的车身猛地摇晃了几下，险些撞上桥头的护栏。公交车女司机气急败坏地骂了一句武汉三镇男女老少都曾脱口而出的脏话。仿佛这一句不解恨，女司机又来上一个长句子："你个老女人，以为开着叉3就能冒充鸡见鸡啄、狗见狗舔、熊见熊抱、马见马骑的货！"半个车厢的乘客哄笑起来。白色宝马叉3的驾驶人大概听到公交车上的笑声，放下车窗探出身子，想看个究竟。马跃之看了一眼，正是那个曾拿着家家的老年卡，搭乘十四路公交车，还大言不惭地说自己家有宝马叉3，脸上长着横肉的老女人。公交车重新起步时，由愤怒到开心的女司机，脚上还带着踩急刹的惯性，将油门踩得太重。万乙抬腿踏上楼梯的那一瞬间，赶上公交车再次摇晃，他一只脚踏空，虽然人没有完全倒下，牙齿不知磕在什么硬物上，当场断了两颗，嘴唇也差一点磕穿了。

若是身上其他地方伤着了，还可以大喊大叫，万乙伤在嘴上，只能双手捂着嘴呜呜地哀叫。长江大桥上管得太严，就算是公交车司机，只要不是发生严重事故，能不停车时绝对不能停车。马跃之替万乙叫了几声停车，叫声远远没有达到惨绝人寰的标准。六十四路双层公交车驶过长江大桥，在黄鹤楼站停下来。万乙捂着嘴从后门下车，本想绕到前门再上车，与女司机理论。女司机似乎察觉他的意图，一松刹车，再一脚油门，开着车径直往阅马场站驶去。

一同下车的马跃之，拦住要打报警电话的万乙。

马跃之说："要怪只能怪你自己。"

万乙捂着嘴呜呜地表示不同意。

马跃之说："你这么快就不记得在水务局收藏室说的话？"

万乙仍旧捂着嘴，一边呜呜叫，一边摇着头。

马跃之继续问："那个听漏工名叫曾听长，你说生了儿子叫什么来着？"

万乙停下来不再呜呜叫了，满脸的痛苦表情之上，又冒出一些惊讶。

马跃之叹了一声："天底下姓万的人多着哩，谁敢取名叫万岁？你这叫犯上，而且不是一般的犯上，是犯了上上之上。"

马跃之这一说，万乙只好自认倒霉，抬手拦住一辆出租车，往中南医院看牙科。

马跃之独自一人回家时，满脑子只剩下听漏工。

毫无疑问，曾听长是武汉三镇独一无二的听漏工。

同样道理，曾听长也是除上海以外，其他地方有史以来独一无二的听漏工。

曾听长是一个彻头彻尾的陌生人，这一点是毫无疑问的。

愁绝。

郁痛。

积愤。

暗恨。

一个彻头彻尾的陌生人，为何要用令人难以释怀的目光盯着自己呢？在找到答案之前，马跃之对自己内心关于白露节气的预感是满意的。那么多白露节气全部白白度过，马跃之仍然相信，只此一回，别无他店。

果然还是白露节气，让苦苦探索多年的秘密偶尔露峥嵘。

陆

天亮之前,一弯下弦月出现在远处的高楼旁。

纷繁复杂的汉口城区,像是一个患上失眠症的漂亮女人,在大部分时间里呈现出美丽的烦恼。好不容易安静两三个小时,失眠都能睡着,正常人岂不是睡得更香,那种没有烦恼的美丽,在大多数人的生活里难得一见。被要求夜里施工的工人们,忙了一个通宵,脸色都不太好看。最近的早餐点开始营业后,负责实施此项工程的项目经理老邓,按人数买了十几碗蛋酒给大家提神。

在工地上守了一整夜的马跃之也有份。

昨天下午五点,万乙给马跃之发微信,表示不能陪他到工地上值夜班,磕断的两颗牙齿连累半个脑袋都疼,加量吃了几颗芬必得,疼痛缓解了,又变得只想睡觉。项目经理老邓要马跃之转告万乙,让不是老婆的女人抱着头揉几把,牙就不疼,也不想睡觉了。明知是玩笑话,马跃之也不可能转告,就连让沙璐多点关怀的话也说不出口,只说夜里本来就没有打他的米,让他好好休养两天,多吃流食,别碰生姜辣椒海鲜和牛羊肉等发物。万乙发来一个"谢主隆恩"的微信图标,接着写了较长的一段话,建议马先生不要为水务局那处工地劳神费力,挖出来的那点东西,放在哪个穷县的博物馆,还可以当个事。像马先生这种量级的专家,哪怕走错路顺便到工地上看一眼,都是学术浪费。

"能理解,我也年轻过。"

马跃之回复一句,片刻后,又补上一句。

"凡事半途而废,废掉的是人,而不是事。"

夜里万乙不来属意料之中,卢小材也不来则令人颇感意外。与昨天下午离开水务局的不闻不问不同,卢小材从惊愕中回过神来,主动给马跃之打过电话,约好八点整工地上见。晚上八点,马跃之准时到达工地,左等右等,都不见卢小材来。过了两个小时,马跃之忍不住打了几通电话,还发了几条微信,卢小材那边电话通了没人接听,微信发过去也不见回复。项目经理老邓用自己的手机试着联系卢小材,同样没有任何效果。在老邓看来,一般单位的办公室主任,都是眼观六路、耳听八方的角色,陆少林一倒,对口给陆少林搞服务的卢小材,不赶紧重新站队才怪。马跃之是陆少林请来的,当然需要重新排列。

马跃之心里装着很多事,压根不会这么想。

年满五十五岁后,这是马跃之头一回熬通宵。

得益于田野考古过程中各种条件的改善,哪怕是去年秋家垄两周贵族墓地被第二次盗掘后十万火急的抢救性发掘,也用不着昼夜不眠。从前可不是这样,只要是抢救性发掘,没有不是急如星火的,既要防范诡计多端的盗墓贼,还要提防口口声声说是祖坟的当地人明火执仗抢夺所谓自家藏宝,更要与突如其来的恶劣天气争个先手。但凡发掘对象是王侯一级的坟墓,动土的头一天必定要下一场透雨,这种伪科学在整个楚学界,从没有例外,一次次的实证,反而让人相信伪科学也是哲学范畴里的科学。虽然如此,大家还是要与这种属于伪科学的反科学现象争一争先手。近二十年,情况好很多,只要动手发掘,头顶上的雨阳篷,四周的防护栅栏,加上应建尽建的活动板房,天灾人祸都不怎么怕。偶尔挑灯夜战,一般都是因为某种人为因素,有意让埋在地下的某个器物,依着预期重见天日。

去年元月,一伙盗墓贼在秋家垄挖出了后来闻名遐迩的两周贵族墓地,随之而来的抢救性发掘持续到下半年。曾本之的七十寿辰将至,同行们一时兴起,连续干了两个通宵,刚好在生日这天,挖出一套五鼎四簋。从周老先生带队开始,到曾先生接班继续,在秋家垄一带找了三十多年也没找到的两周贵族墓地,却被一伙盗贼轻而易举地盗挖出来,曾本之内心那种无以言表的羞愧,没有大哭几场已是很难得了。五鼎四簋的出土,终于让曾本之开心地笑了大半天。这件事的始作俑者是终于出任正厅级青铜重器学会会长,却总是惶惶不可终日的郑雄。在郑雄的带领下,一群欣喜若狂的年轻人,抱着刚刚发掘出来的五鼎四簋,佯作装满美酒佳肴,亦真亦假地给曾本之拜了七十大寿。曾本之七十大寿当天出土五鼎四簋,最终成为田野考古诸多传奇的一种。

马跃之接过项目经理老邓递来的蛋酒,冲着天边的下弦月比画一下,独自一饮而尽。

所谓项目经理,实际上就是包工头,若不是机灵鬼,绝对混不了土建工程的江湖。老邓一见马跃之的样子就说:"今天是不是你的生日?喂喂喂,大家都过来给马先生敬酒,祝马先生生日快乐!"

不等马跃之回答,老邓就将工人们叫拢来,冲着马跃之将各自碗里的蛋酒一口气喝了个精光。

马跃之只好承认,大家猜得很对,今天是自己的生日。

凌晨五点,水务局供水主管改造工地上的生日酒会,持续时间不到两分钟。

工人们散去后,剩下项目经理老邓陪着马跃之。

也不知怎么提起来的,老邓说:"昨天上午的天像是要下雨,陆少林一被带走,天上的乌云,忽然散得干干净净。"

马跃之要笑不笑地说:"那种云怎么会下雨,是你心里的乌云太重吧!"

老邓装出一副悲伤的样子:"我们只晓得卖苦力,乌云也好,白云也好,全都沾不上边。"

马跃之说:"那你凭良心说说,陆少林该不该抓?"

老邓说:"这话如果是别人问,我肯定说不该抓。"

马跃之说:"你能不能说明白点,工程上的事我太不懂了。"

老邓说:"你是文化人,只要一点拨就懂了。不管在什么时候,我都会说陆少林的好话。我越是替陆少林抱不平,别人就越是愿意将工程交给我来做。天下乌鸦一般黑,就不要去想自己会不会遇上一只白乌鸦。"

马跃之说:"那好,我再问你,陆少林该不该抓?"

老邓说:"怎么不该?抓一遍还不行,应当抓两遍、三遍才公平。"

马跃之说:"陆少林有那么厉害吗,看不出来呀?"

老邓说:"你要是看得出来,这工程不就交给你来承包了!说实话,现在搞工程,哪有不送钱的。这会儿应当说是前天了——前天在这工地上发现的青铜镜,你以为真是挖掘机挖出来的?实不相瞒,那是我趁你们不注意,亲手扔到挖掘机的铲斗里。"

马跃之说:"青铜镜这事,陆少林到底怎么同你说的?"

老邓说:"他什么也没说,但什么都说了。"

马跃之说:"你不是在编故事吧?"

老邓说:"你不要以为人人都是二哈,编个寂寞的故事,就将主人的家给拆了!人家看似闲聊,说现在假做的青铜镜太多了,一千元就能买一只,弄得真货也只能卖出白菜价。像我这种粗人,人家干吗要说这种事,这时候就必须心领神会。青铜镜的真货什么时候便宜过,要拎着钱袋子才买得到手。然后预先埋在工地上,找一个恰到好处的时机,当着一些不相干的人的面,用挖掘机挖出来,之后放进人家的收藏室就顺理成章了。"

马跃之说:"这么说,你也不地道,挖了大坑诱使别人往里跳。"

老邓说:"搞土木工程的,本来就是不分黑白,只分浅灰与深灰。"

马跃之忍不住骂了一声:"鼻屎!"

老邓没听懂,反问他在说什么。

马跃之赶紧岔开话题:"那些鼎耳什么的,也是你布的局吗?"

老邓说:"这个倒不是,是真的从地下挖出来的。"

马跃之很想将楚学院骂人的话再骂几遍,想一想,觉得没有用,还会伤到自尊。就准备天亮之后,打电话给卢小材,明确表示,不再参与水务局的任何事务。天真的亮了,马跃之又改变主意,陆少林被抓后,水务局的人并没有邀请他夜里来工地上观察,参不参与的事无从谈起。于是他又想打电话给万乙,通过万乙找一找沙璐。但是找沙璐谈什么,马跃之一时间想不起来,便也作罢了。马跃之还想打电话给梅玉帛,请纪委特许,打开水务局的收藏室,仔细看看包括新发现的青铜镜等藏品。这个电话仍旧没有打成,马跃之只是想想而已,还不至于真的改变一向不去触碰青铜重器的行为。

六点钟一到,工人们将清理过的马路还给交警。

工人们离开时,清一色骑着电动自行车。

只有马跃之上了头一班的六十四路双层公交车。开车的是一名年轻的女司机,马跃之还没来得及想什么,就听到有人在叫马先生。他将扶手抓稳了才注意观看,原来是白露节气那天在博物馆遇见的女讲解员。顺着女讲解员的询问,马跃之如实回答自己一大早乘这趟公交车的缘由。马跃之并没有问什么,女讲解员主动说,她一年三百六十天,天天乘这趟车到博物馆上班。马跃之正要往二层去,女讲解员善解人意地劝告,马先生一夜没睡觉,二层车身摇晃幅度大,对身体不好。马跃之一听,就停下来不去了。

说着话,六十四路双层公交车开过几站,车上的人很快多起来。

女讲解员挨着马跃之坐在女司机后面的座位上。

有一阵,马跃之很想问一问,九鼎七簋的七号簋情况如何,郑雄让她捎的话,捎给他们馆长没有?马跃之后来为自己没有开这个口自我称赞了一下,天下之事,凡是背后听见的,能不能当真可以另说,却真的不能当个事。双层公交车行驶途中摇摆幅度比较大,女讲解员对那些不经意的肢体接触并不防范,只要有机会说话,就会大大方方地主动开口。既然女讲解员不愿提这事,其中必有不甚方便之处。话到嘴边留半句，逢人且说三分话。以自己的身份，断断不可尝试那些与身份不相符的举动。

马跃之上午要在家里补一觉，不去楚学院。

六十四路双层公交车摇摇晃晃地行驶到水果湖。

马跃之起身下车时，女讲解员忽然说了一句："马先生，生日快乐！"

马跃之随口说了声谢谢，等到六十四路双层公交车轰轰隆隆地走远了，他才惊讶起来：对方怎么知道自己的生日。在步行回家的路上，马跃之做了一件同样让自己惊讶的事情，他一边走一边在手机上打开博物馆官方网站，在讲解员预约的窗口里，找到刚刚祝自己生日快乐的女讲解员照片，照片下面有她的姓名：王蔗。

就在这时，马跃之的手机响了一声。

是柳琴问他下班没有，人在哪里，还有多久到家。

马跃之迅速回答，离马夫人家还有一个箭步的距离。

十分钟后，马跃之推开家门，看见餐桌上摆着一大碗热气腾腾的长寿面。

到这一刻，马跃之也不去想秋家垴五鼎四簋的事了，夫妻二人接下来的亲密足够他们幸福到老。吃过长寿面，柳琴将家里的窗帘全部拉上，催着马跃之上床，俯在耳边说了声生日快乐，就赶着去上班。

马跃之一觉睡到午后一点，刚睁开眼睛，手机的定时开机声就响了。这也是马跃之过人的本领之一，只要他想好几点钟睡醒，一定会准时醒来，精确度堪比闹钟。手机一开，短信和微信就一声接一声响个不停，都是祝生日快乐的。其中大部分是柳琴以他的名义办理过相关业务的金融机构与各种公司发来的，熟人当中，或者说是马跃之最看重的楚学院同事，只有曾家的前后两任女婿分别来过微信。

郝文章出狱后，但凡节庆寿诞，从未忘记马跃之。郑雄从入职楚学院到升职文化厅，再到青铜重器学会高就，向来是有一次，没一次，给人的感觉是偶然记起来了，便给人"快乐"一下，若是不记得，就当没这个人，也没这个事。不过，郝文章和郑雄也有相似的地方，那就是落款方式一模一样，都在祝贺语后面写上自己现在哪里。这一次，郑雄写的是某年某月某日于北京海淀，郝文章写的是某年某月某日于京山湫坝。

天下皆知的北京海淀，马跃之兴趣不大。外面知之甚少的京山湫坝，却是楚学院所有人心尖上的那块肉，对马跃之来说也不例外。郝文章和曾小安将养蜂汽车开到那里，也在暗示着楚学院田野考古潜在的主攻方向。

有两个人的生日祝福是马跃之没想到的。

一个是梅玉帛，以她的工作性质，弄到马跃之的手机号太容易了，梅玉帛在发来生日快乐短信的同时，还要求加一下马跃之的微信。

另一个是陆少林。马跃之起床后还是决定去一下楚学院，与其说是心里有种预感，不如说是他希望有一束意想不到的鲜花，摆在"楚才晋用"的写字台上，等着他去欣赏。进门那一刻，猛地见到鲜花时还挺开心，让他吓了一跳的是放置在鲜花丛中的小卡片上的文字：

"水务局陆少林谨向马先生致以九鼎八簋般的生日祝福！"

冷静下来后，马跃之再次拨打卢小材的手机。

铃声响到五十五秒时，卢小材终于接电话了。

听到远处传来的一声"你好"，马跃之毫不客气地问："陆少林是不是回来了？"

卢小材显得格外紧张地反问："马先生，这话从何说起？"

马跃之说："有人往我办公室送了生日鲜花，卡片上留的姓名是陆少林。"

电话那边的卢小材如释重负地说："你不说，我倒忘了。生日鲜花没错，是前几天陆少林要我上花店预订的。卡片上的文字也是陆少林亲自构思的。当时我还不会写簋字。陆少林限我三十分钟内学会，我只用了三十秒，用百度一搜'九鼎八'，后面的'簋'就自动跳出来了。"

听此一说，马跃之也松了一口气。

与电话那边的卢小材不一样，马跃之松的这口气，看上去与陆少林相关，实际上连一毛钱的关系也没有。在内心深处，马跃之为之不安的是"致以九鼎八簋般的生日祝福"中的"九鼎八簋"，他一度认为这句话与"听漏工曾听长"有关。当马跃之确信这句话源于陆少林的构思，与写在水务局收藏室里的青铜残片标签上的"听漏工曾听长"无关,又不免暗暗失望。在内心深处,马跃之巴不得这是听漏工曾听长的原话。这样一来,关于白露节气的神秘预感,有可能化为某种事实,该面对的就坦然面对,该凭良心处理的就凭良心处理,再也用不着一到白露节气就寝食难安。

马跃之反客为主,在电话里再次发问:"昨天夜里,你的人影都没有到工地上晃一下,这可不像卢副主任的风格啊!"

卢小材连连道歉:"临时有点急事,弄得人机分离。回头再找机会好好陪陪马先生。"

马跃之说:"机会多得很,今晚就可以,哪怕上半夜去一去也可以。万乙在公交车上磕掉了两颗牙,还要休养两天。万一工地上挖出有价值的东西,水务局没个人在场,往后你们自己的介绍文字也不好写啊!"

卢小材说:"我全力争取。只要有丁点可能,也一定来工地陪你。跟着马先生多学点考古知识,犯不了错误。"

说到这里,马跃之突然来了一句神鬼莫测的话:"刚进官场的年轻人,可以将《东周列国志》多读几遍,读得越多,懂得越多。以我的感觉来判断,这一次可能是要陆少林说清楚一些事,事情只要说得清楚,就有可能官复原职,继续当你们的副局长。另外,你们收藏的那些东西,让我有点隐隐约约的头绪,你可以通过局纪检组向上面反映一下,能不能给个特殊政策,将贴封条的门打开,我再对着实物研究一下,研究完了,再将封条重新贴上去。"

正说着,马跃之突然感到不对劲。他看了看手机,不知说哪一句话时,对方已将手机挂断了。

马跃之差点说出鼻屎二字,幸好一个昵称"没齿难忘"的人发来微信。

"我与沙璐商量好了,不管生的是儿子,还是女儿,都取名叫万穗!"

马跃之将对方的微信头像点开,果然是万乙。一般人换微信头像,是要防范他人盗了头像去捣欺瞒诈骗的鬼。万乙什么也没说,就将头像改了。别人不清楚,马跃之心里明白得很,从开玩笑说给儿子取名叫万岁,到认认真真地打算给未来的孩子取名万穗,其用意不言而喻。

马跃之回复了"实在"二字。

刚刚发出,他又点了撤回,加上一字,改为三个字:"实在好!"

多一个字,就多出一层意思。既肯定如此实在才好,又夸这种名字太好了。从万岁到万穗,还有表示敬畏的第三种意思。

进了楚学院的门,愚钝没事,偏执没事,率性没事,慵懒没事,心眼多没事,死心眼也没事,那喜欢逞口舌之快,习惯说话带脏字的人,很容易就惹上些莫名其妙的破事。比如万乙,就因为戏称为儿子取名叫万岁,路上遇着一点点意外,全公交车的人都没事,单单他的两颗牙齿磕掉了。

一切来自地下的器物,哪一样不是千百年前先人的最爱,人都死了还要带在身边陪伴,当作精神寄托。何况在那种年头,制作这些器物的人,一定是这方面的大师、泰斗,放在今天一样也能混个院士头衔,一样地给个博士生导师、评个二级教授还嫌待遇不到位。一个人如果用自个时代的眼光去看石器时代,用咀嚼山珍海味的牙齿去品鉴原始社会的茹毛饮血,一定是当今地球上最没出息的笨蛋。在楚学院,在整个青铜重器学界,杀人放火,拦路打劫,强抢民女,都没有人管——真的发生那样的事只有司法才管得了,然而,谁要是将某个青铜器物用一只手拎着,那就犯了大事。楚学院第三任书记自称在巴黎读了三年书,有两年半时间泡在罗浮宫,上任之后,一天到晚,不是大会讨论,就是小会研究,恨不得二十四小时都在替别人洗脑,要纠正楚学院的研究方向,硬说所谓楚学不是"学",是从古埃及经过中亚再经过河西走廊传习而来的一种"术"。还具体指以欧洲失蜡法为代表的青铜铸造工艺,才是青铜文明中的主流,东方世界的范铸法只不过是对失蜡法笨拙的模仿。那一阵社会风气太好了,上上下下无不崇尚学术自由,只要是人脑子想出来的东西,都可以拿到桌面上说,那些猪脑想出来的东西,假借人脑进行表达,也不成其为问题,最多变成笑谈。虽然大多数人不同意这种观点,包括周老先生在内,大家都觉得这些都是正常的学术问题,甚至还用鲶鱼效应对其人进行肯定。导致其人最终不得不落荒而逃的原因,是他为了表示对传统楚学的轻蔑,故意用一只手去拎各种青铜器物。真正惹恼周老先生的是其人用一只手拿起那把声名显赫的越王勾践剑,接着还用两只手颠来倒去。周老先生当场说了三个字:你不配。第三天上午,就有一纸红头文件将其免职。时至今日,双手捧起青铜器物,一直被楚学院奉为必须像条件反射那样做出来的经典操作姿势,哪怕小到一枚蚁鼻钱,也断断不可以用一只手去应付。从来没有人说过这种姿势的意义,楚学院所有人都明白,唯有如此,才能捧起先祖的灵魂,才能触摸先祖的精神。

马跃之年轻时也曾有过教训。九鼎七簋从库房里搬出来,在东湖岸边一处独栋小楼里摆放结束,重新搬回库房时,马跃之的右手被同事的一杯茶水烫破皮。在他之前,有年长的同事,上完厕所没有洗手,直接触摸过青铜重器。当天傍晚,同事下班回家,半路上自行车链条掉了。那个年代,上海产的凤凰牌、永久牌,天津产的飞鸽牌等口碑极好的自行车,也会掉链子的,就连刚开始学骑车的中学生,也知道如何处置。同事停下来将掉下来的链条挂在脚踏的大齿轮上,像往常一样转上半圈,也不知怎么弄的,恰好将上厕所常用的那两只手指卷进去,弄成了手指骨折。男同事们当然明白是怎么回事,从此,上完厕所一定要洗手,就成了楚学院的禁忌之一。搬动九鼎七簋那天午休时分,马跃之陪一个他不喜欢的女孩在东湖边的树林里散步,女孩忽然拉着他的手按在自己的胸脯上,要马跃之做她的新郎。马跃之好不容易抽回自己的手,找个借口离开了。下午两点去搬运九鼎七簋,事情办完,大家坐在一起喝口热茶,有同事怕失眠,不敢喝茶,伸手推挡时,一不小心,将一杯刚刚泡好的滚烫茶水倒在马跃之的手背上。

当然,这种近乎禁忌的事情,都是在电梯间和卫生间有口无心地说一说,针对那些从未听说这些的新人,在说过后还会补上一句,这是没有科学依据的东西,千万不要当真。马跃之手上的疤痕还在,用滚烫开水烫伤马跃之的同事也还在,什么时候必须洗手,什么时候必须把持好男女之事的分寸，如此习惯还在，一茬茬的新人没有不当真的。

这一天，往马跃之手机上发信息的人，以万乙为最多。

万乙提到沙璐从交警支队调到机动支队才三个月就升职为警长了。陆少林被带去纪委的那天，沙璐就在供水管道改造工地一带待命，之前是担心由于施工导致交通堵塞，带来治安上的连锁反应，方便就近出警进行处置。这两天的情况变了，那一带的居民对夜间施工非常不满，一边投诉，一边串联，如果施工时间不改回到白天，就由八十岁以上的老人上街，搞点动静出来。

五楼的几个同事，得知马跃之亲自在水务局工地上熬夜值守，以为发现有价值的线索，陆续上到六楼来串门。马跃之确实没有什么好说的，那块让梅玉帛轻轻说了一声"了不得"的青铜残片，有值得一说的地方，马跃之又不愿意说。好在有陆少林被纪委的人从会议现场带走的新闻，可以说给大家听。楚学院的人哪里经历过这样的事，那些将贪官污吏从会场上带走的故事，都是从电视上见到的，如同盗版或者翻拍。马跃之亲眼所见的才是原版和正版，令大家更有兴趣，在一起说话的内容也更宽泛，可就是没有人注意到放在写字台上的那束鲜花，自然也就没有人想起来今天是马跃之的生日。

大家谈兴正浓时，马跃之忽然问："这两天有曾先生的消息不？"

几个人中领头的吴秋水说："马先生问我们，我们正要问你哩！曾先生只是声明，还没办退休手续，就不搭理我们，有点让人纳闷。"

其他的人也附和说："或者你领个头，找个理由去曾先生家骚扰一下！"

马跃之真的拿起手机，开始打电话。屋子里的人都不作声。

手机里的嘟嘟声响到第七下时，终于传来一声："你好！"

所有人都听清楚了，是曾本之的声音。

马跃之冲着手机也说了声："你好！"

没想到手机里的声音变成了女声。

"是马先生呀，曾先生正要给你打电话，祝你生日快乐！你一定还在上班，干吗这么认真呀！过了今天，到明年就吃六十岁的饭了，多在家待着,让柳琴陪陪你,你也陪陪柳琴,这样的日子才是好日子,别的什么,都是花架子,到头来不过一场空。文章和小安两口子,给你送蛋糕没有。他俩在曾先生面前保证过,一定不会忘记,你要是还没收到,就再等一等,千万别自己跑去买,也不要让柳琴去买,蛋糕这东西,年轻人吃多少都没关系,到了这个年纪,还是少吃,只要意思到了就行。好了,我不多说,曾先生在做研究。我只要多说几句话,他就嫌我更年期太长,从四十五到六十五,还没过完。"

说话的女人正是安静,真的像更年期的女人,一口气说了许多,也不管对方想不想听,是不是还有话要说,自己的话一说完,就在那边下线了。

到这一步,大家不再关心曾本之了,纷纷开口祝马先生生日快乐。还冲着那束鲜花连连抱歉,一年又一年,越是想着不要忘了马先生的生日,越是忘得一干二净,见到鲜花也没有感觉。正说着,柳琴来电话,郝文章和曾小安订制的生日蛋糕送到家门口了,柳琴自己还在开会,让他赶快回家接着。马跃之也不愿在办公室待了,他不想听那些完全是顺水人情的好言好语,将卢小材代陆少林送的鲜花留在办公室,空着手往楚学院外面走。

马跃之在小区门口拿到生日蛋糕,回家后一直等到七点半,还不见柳琴的人影。这也是事先有所预料的,养蜂协会刚换了会长,新来的一把手,总要将开头三把火烧得旺旺的,像柳琴这样不上不下的中层,就得例行公事地陪着走好过场,柳琴正是担心赶不回来吃晚饭,这才一大早就煮好长寿面伺候马跃之吃过。等不回柳琴,马跃之就不等了,他将刚刚提上楼的十二寸大蛋糕,重新拎下楼,上了一辆六十四路公交车,径直去往水务局供水管线改造工地。

十二寸大蛋糕受到自称工人阶级的那些人的热烈欢迎,与曾本之过生日时挖出五鼎四簋的沸腾场面相比,这些朴实无华的普通笑脸,让马跃之感到不同寻常的快乐。吃完生日蛋糕,工人们转身忙自己的事。马跃之也将注意力全部集中在工地上,甚至明知是一把旧菜刀,也要认认真真地察看好几遍。

从到工地的那一刻起，马跃之就在等待卢小材，为此，还特地留了一块生日蛋糕。白露已过，秋分在前，长江沿线著名火炉的武汉，临近半夜了，仍然像个蒸笼，眼看蛋糕表层的奶油，就要化成奶汁，马跃之只好将其递给那个正在数落自个，没吃蛋糕还不饿，吃了蛋糕反而更饿的年轻人。

半夜一点，中途不知去了哪里的项目经理老邓，重新出现在工地上。

一见面老邓就说："昨天早上的那些话，就当我没说。"

马跃之说："是不是免费请大家喝蛋酒的话不算话了？"

老邓说："马先生别激我，就是关于陆副局长的那些……我这人熬不得通宵，耽误一点瞌睡就会睁着眼睛说梦话。"

马跃之说："你不是打麻将可以三天三夜不下场吗？"

老邓说："打麻将熬通宵没事，其他的都不行。"

马跃之说："邓经理是不是打听到内幕消息了？"

老邓说："这种事，没有内幕消息还有点希望，内幕消息越多，越死得快！那都是办案的人有意放出来的风声，是钓鱼的鱼钩，是套狗的狗绳，是坑爹的泥坑！不过卢小材也被叫走了可是真的。"

马跃之说："不会吧，下午三四点，我还打电话和他说事。"

老邓说："这我就搞不懂，反正他被叫去了。"

马跃之说："搞不懂就不搞，来搞你搞得懂的吧！"

老邓的脸上露出一丝诡秘的笑意，伸手下意识地摸了一下双肩包。

马跃之心里有数，故意说："邓经理是不是动了恻隐之心，见我这把年纪跟着你们守通宵，又在想办法让地里迸出稀罕之物来？"

这时，老邓也放开了："这个项目就搞两样小东西。"

老邓挺了挺胸，做出一副坦荡的样子继续说："人家出不出事是人家的事，我得按道上的规矩来做。"

话说到这个地步，马跃之觉得不能再深入下去了，他不想因此落下一个阴谋共犯的嫌疑。马跃之赶紧闭上眼睛，事实上他也真的需要打个盹。差不多半个小时，马跃之坐在一块石材上，一动也不动。不远处就是人休息机器不能休息的挖掘机，巨大的轰鸣声震得地面微微颤抖。

恍惚中，马跃之心里闪出一个念头：陆少林还没有被纪委带走时，在水务局会客室，卢小材介绍听漏工曾听长不是从上海来到武汉，而是回到武汉。这说明叫曾听长的听漏工是武汉或者是湖北本地人。一想到此，马跃之的上眼皮就变成橡皮，叭地一下弹起来，无法抵挡的睡意顿时消失得干干净净。完全清醒的马跃之反倒迟疑起来，担心自己记忆不准，没有听清楚卢小材的原话。

马跃之拿起手机，摁出的联系人却是万乙的。

马跃之问，是否记得卢小材介绍听漏工时说的话？

马跃之又问，听漏工曾听长是不是从上海回到武汉？

马跃之再三问，回话你这个夜猫子难道睡着了？

深更半夜，为了一点小事，肯定不能找卢小材，马跃之以为万乙是自己人什么时候说话都可以，结果也吃了一个闭门羹，他一连发了三条微信，万乙那里没有一点动静。

这时候，老邓在挖掘机那边大叫起来。

马跃之懒得搭理，以为老邓在按设计的套路假戏真做。

叫了几遍，马跃之都没有动。老邓急了，捧着一只满是泥土的青铜残片跑过来，嘴里直嚷嚷，要马跃之看看，是不是真挖到宝贝了。趁别人还没走近，老邓用极低的声音告诉马跃之，之前与他说的东西没来得及埋下去，还在双肩包里，这东西真的是从地下挖出来的。

老邓因为着急，脸色变得绯红，将手里捧着的青铜残片送到马跃之眼前，再三再四地说，真是从地下挖出来的。

马跃之还是不愿动手。

老邓自己将那青铜残片上的泥土抠掉一些。

马跃之心里轻轻一震，他看得很清楚，这块残片是某个青铜器物的一部分，在已经抹掉泥土的地方，显示出来的痕迹很像某种图文。马跃之示意老邓将青铜残片放在地上，用手里的竹签轻轻拨动时，内心不由自主地抽搐一下。

这些年，知道马跃之不肯触碰青铜器物的人越来越多，私下里难免出现异议,不相信马跃之独自一人时,仍然守得住自己给自己订下的清规戒律。马跃之不一样,他太了解自己的内心,别的事或许会出现例外,唯独针对青铜器物的自我约定,比世上最毒的毒誓更让人必须信守。眼下,用竹签触碰老邓发现的青铜残片,绝对是自己接触青铜器物最亲密的一次。

在老邓的配合下,马跃之用竹签一点点地剔掉青铜残片弧形内壁的泥土。像老邓这样的人,一生当中难得碰上这么个机会,心急火燎地扒去表面的附着物,想看清楚自己发现的是什么东西。受过专业训练,再加上多年田野考古经验的人才会先看青铜器物的内壁,比青铜器物本身更重要的文字总是出现在内壁上。同样是剔去附着青铜残片上的泥土,老邓的每一个动作都是从泥瓦匠那里学来的,马跃之用竹签挑那泥土的样子,宛如情到深处一举一动自然天成。

泥土一点点被清除。青铜残片上痕迹再清楚不过了。

"是文字吗?"

"不是文字也是图形!"

马跃之在心里惊呼两声,手上一哆嗦,竹签差一点将青铜残片挑落到旁边土坑里。

就在这时,半空中响起一个女人晴天霹雳的吼叫声。

"这深更半夜吵死人的事,难道就没有人管吗?"

话音未落,半空中掉下一只矿泉水瓶,砸在挖掘机上!

仿佛是得到某种信号,一个接一个的矿泉水瓶,从近处高楼的窗户里纷纷扔下来。男男女女的叫骂声各不相同,意思全都一样,水务局深夜施工,不是惠民,而是扰民。工地上的人既不能对骂,也不敢对战,只顾得上抱头鼠窜。老邓已经跑开了,见马跃之腿脚有些慢,回转身拉一把时,一只装着厨房垃圾的垃圾袋正好掉在头上。老邓气得抓起一块砖头,又不知往哪里扔,只好用一句比垃圾袋还脏的话作为发泄。

头顶上的矿泉水瓶还没有扔完,工地旁边就出现几个摇摇晃晃的老人。

马跃之想起万乙说过的话,就对老邓说:"情况不对,你们快撤吧！"

老邓心里有数，将人和机器、工具等拢到一起，关掉工地上的电闸。

"这些老街坊是在演戏给政府看，不会用身上的老骨头同我们较劲。"

老邓的话立即得到验证，摇摇晃晃的老人们似乎总也走不完通往工地上的那段路，直到载着警察的警车驶来，这些老人才像模像样地冲着施工方和警方激烈表现一番。

三方碰面，彼此都有默契，各自演好自身角色。

说好要来的第四方终究没有来到现场，他们通过本地社区发下话来，说是再吵也不能吵市民，再闹也不能闹市民，要用科学的智慧的方法，在既不影响市民休息，也不影响市民出行的前提下，即日起将施工时间改回到白天。

老邓与几个小头头模样的工人商量，让大部分人先回住处休息，自己带几个人留在工地照看，等正式通知下来，再正式调整施工时间。

这一次，马跃之没有与任何人打招呼，不声不响地上了一辆出租车。

跑夜班的出租车司机都爱与乘客聊天。马跃之坐在后排，出租车司机先后换了十几种话题，试着与他说话。马跃之闭着眼睛，一个字也不肯回应。半小时后，他才开口说："到了，靠边停车吧！"

马跃之下车的位置在八一路上，离自己家所在的张家湾小区隔着两条街。下了出租车，马跃之独自在夜风中不紧不慢地走着。凌晨三点前后，街道上再也见不着其他步行的人。马跃之不太明白自己为何如此，当然，他也不需要明白自己为何如此，正如这两天在工地上熬夜，到了这种年纪，如此经历，有一次，少一次，既是理由，也不是理由。两条街的距离，走起来也就十几分钟。到了家门口，马跃之趁掏钥匙的空隙，略站一会儿，长吁两口气，这才打开门，放自己进屋。

柳琴还没睡，正贴着面膜，斜躺在沙发上追剧。

马跃之提前回家，让她表现出大姑娘那样的惊喜。

到底是多年的夫妻，柳琴马上发现马跃之情绪有点不对劲，忙问是不是发生意外。马跃之就将深更半夜水务局工地被人闹得停了工的事说了一遍。柳琴不相信这种事会让马跃之心情不爽。马跃之又说，可能是这些时联系不上曾先生，有些担心。柳琴说，她从曾小安嘴里听说过，七十多岁的人，就要像七十多岁的模样，那些将七十岁过得像五六十岁或者八九十岁的人都不正常。曾先生的样子不多不少，正好像七十多岁，一切都很正常。

说话时，柳琴顺便说了自己明天去京山调研养蜂产业，当天去当天回，不知道能否和曾小安见上一面。

马跃之洗过澡，柳琴也关了电视机。

柳琴正要说晚安，马跃之的手机响了。

是水务局工地的项目经理老邓打来的。

老邓问："马先生，我发现的那个青铜残片在你手里吧？"

马跃之说："楼上一扔矿泉水瓶，我都弄糊涂了，难道你没有拿回去吗？"

老邓说："肯定没有往回拿，所以才问你。"

马跃之说："是不是掉在工地上了，如果你觉得有用，就再找一找。"

马跃之放下手机，柳琴问是怎么回事。马跃之就将工地上发现一块青铜残片的过程说了一遍。马跃之像是困了，尽量少说话，省略了青铜残片上还有某种字符的情形。

柳琴说："难怪有人说，研究青铜重器，就是看历史不顺眼，与今人过不去。"

马跃之说："这话是从哪里听到的？"

柳琴说："发展部的杨华华杨主任不知跑到楚学院干什么，在电梯里听人说的。她觉得很有意思，就用微信发给我，让我转给你看看。"

这时，柳琴已经关了夜灯，没有发现马跃之的神情变化。

隔了一会儿，马跃之才说："也巧，前几天我碰见杨华华的老公了。"

柳琴说："你俩是风马牛不相及，怎么有这样的缘分？"

马跃之说:"我们在水务局的工地上捡垃圾,人家来看我们捡垃圾,这也叫缘分吧!"

柳琴说:"到底是养蜂协会的家属,比蜜蜂采蜜还会选点。修自来水管的工地,是最好的下基层打卡点,又苦又累又脏的样子一点不缺,有挡板隔着,离老百姓很近,但用不着担心老百姓围上来找麻烦。"

马跃之说:"想不到这么单纯的家庭主妇,将政治看得这么通透。"

柳琴说:"这都是杨华华教的,凡事不能身在此山中,那样就看不太明白。所以,在家给官员当老婆,在外面担负一点核心单位看不上眼的工作,再复杂的政治也能看清楚其中的弯弯绕。"

马跃之说:"你是不是觉得考古专业也是这样的?"

柳琴:"亲爱的老马,你也太可爱了!"

柳琴翻过身来,紧紧吻住了马跃之,不让他再说话。

柒

在深夜的工地上,马跃之发出灵魂三问,要万乙回答有没有听清楚,听漏工曾听长是从上海回到武汉,还是从上海调到武汉?万乙坐在副驾驶座位上,拿着手机,看完微信内容,抬起头来,透过车窗,正好看见马跃之的身影,在灯光中摇晃。

沙璐手里握着方向盘,听到万乙的手机响,一定要看看如此深夜有谁还想与万乙聊天。万乙本没有什么秘密,就是不喜欢被人窥探。二人在车内弄出点不愉快后,万乙才表示,女人天性如此,男人不得不服。沙璐将手机拿了过去,还要补上一句,男人对女人的臣服表现越早,越能体现雄性荷尔蒙的强大。

自从磕断了两颗牙齿,万乙老要吃止痛药。

沙璐见万乙脸也不肿,嘴也没歪,就要锻炼他的意志,不准吃任何止痛药。这个星期正好轮到沙璐便装巡夜,就带万乙出来分散一下注意力,同时也是很好的陪伴与掩护。便装巡夜是机动大队最受欢迎的工作，穿什么服装，去什么地方，原则上由巡夜人员自行决定。用内部的玩笑话说，可以合法合规地监视自己的情敌，跟踪自己的情人。城市太大，发展过快，有些地方，如果不出警，外面的人一般都不会去，万一出现警情，往往因为对环境不熟延误战机。这项工作安排的本意是让大家清除诸如此类的警务死角，熟悉一切皆有可能的警务环境。

因为巡夜的随机性，沙璐就依照万乙的提议在水务局的工地一带打转。

坐在沙璐的红色轿车上，微信被单向禁止，只准收，不准发，电话则是打进打出双向禁止。万乙不明白，开私家车干吗比开警车还自律。沙璐引用郑雄在大楚青铜馆说过的话，说万乙果然是看历史不顺眼与今人过不去的书呆子，若是警车，反而好办多了。沙璐的话有点暧昧，眼光中带有几丝挑逗。万乙马上将手伸进沙璐的怀里，嘴里回应说，这可是沙璐自己提出来的。沙璐很开心，一边推开万乙，一边追问，她说什么了，还说她什么也没说，是万乙自己心里胡思乱想。

沙璐不让万乙胡思乱想，自己却说："你这样子像是刚从周朝转世，从没娶过老婆！"

万乙笑起来："你这话是从哪里学来的，是不是觉得要嫁给考古学家了，偷偷看了什么书？"

沙璐呸了一声："还不是在博物馆执行任务时听来的，人家说得有鼻子有眼，周朝有一批人，因为一种奇怪的葬俗，用竹筒墓倒埋倒葬，三千年后才能转世投胎，还说，这些年是这批人转世投胎的高峰期。"

万乙夸张地说："这么重要的秘密，怎么我不晓得，你却晓得？"

"所以，娶我做老婆，不吃亏吧！"沙璐得意地说，"你这个周朝来的书呆子，这几天太疯狂，要是我中彩了，你打算怎么办？"

万乙半秒钟也没停顿："这有什么难办的，上民政局将法律许可证办了。"

沙璐说："你这样子根本就没有做好当父亲的心理准备！"

万乙说："小瞧人了不是？干考古这行与当警察办案差不多！"

接下来万乙说了差不多的理由，沙璐当警察后遇到的那些杀人放火盗窃打抢的案件,哪一样会事先打招呼,让新老警察全都预备妥当了才开始行动?考古这行,难就难在发掘,合法合规打报告要求的一般都不批准,无法无天的盗墓贼趁着风高夜黑想干了就下手,等到有人打110报警,再通知到楚学院,每一次都叫抢救性发掘。新婚夫妻还没想好什么时候要孩子,偏偏有不听话的小蝌蚪偷偷钻进子宫孕育生长,这些理念都是大同小异,警察侦破突发案件,考古人员从被盗的楚墓中发掘出青铜重器,年轻的小夫妻突然怀上孩子,这些都可以称为中彩。万乙说完自己最不缺心理准备的理由后,又说了一个让沙璐听着脸红的理由,中学同学时,自己暗恋沙璐,就想象过与沙璐生孩子的情形。已经离过一次婚又准备再结婚的沙璐羞得直拍方向盘,说自己幸亏还是成了万乙的女人,否则不知要吃多大的暗亏。

万乙趁机要挟说:"你让我给马先生回个微信,我就不再说这些。"

沙璐将右手挥了一下,做了个随你便的手势。

万乙拿起手机,点开微信,又停下不动。

这下子轮到沙璐要挟了:"是不是觉得不方便,我代你回复吧,就说万博士正陪着一个女警官,在暗中盯着马先生您哩!"

万乙说:"明明是个小警察,哪来的警官!"

沙璐说:"这叫自尊自重,少见多怪,水务局还有自称是厅长的哩!"

万乙心里一怔,马上追问:"水务局的什么厅长?"

沙璐妩媚地说:"水务局的一个技工,姓曾,名叫听长,连起来叫,就成了曾厅长!若不是亲眼所见,都不敢相信,有这么取名字的人。"

沙璐能从普通交警调到机动大队当刑警,与在监狱管理局当副局长的叔叔沙海无关,至于是不是与在组织部门当处长的前夫老余有关就难说了。与前夫老余离婚之前,老余的情妇就表示过,非常讨厌沙璐站在老余上班的大院门前伸手比画的样子。机关里其他人却认为沙璐是一道美丽的风景线,还想推举沙璐为最美市民。后来,机动大队从全市警务单位挑人,要选几个女的,其中有一个必须是交警。市里真正在马路上值班的女交警就那么些人,沙璐自认为非她莫属,果然是非她莫属。

到机动大队后第一次自由巡查，沙璐以"情敌"作为目标选项，她在十三街坊前夫老余的新家附近转了才十分钟，什么也没见着，就接到通知去支持也是自由巡查的一位同事。

第二次自由巡查，沙璐作了与第一次完全相同的选择，她在十三街坊附近待到半夜时分，发现在汉阳区当副职的某某人从车上下来。前夫老余的新家在十三街坊中的第六条小街上，也叫六小街。沙璐一估摸就跟了上去，某某人从进入老余的新家到离开，前后不到五分钟。之后的两个小时，每隔十几分钟，就有一个类似的人进出一次，其中有一个女人，其余的都是男人。

沙璐是过来人，与前夫老余的那段婚姻，她借各种理由实施同城分居，在不太多的同居日子里，少不了也有人模人样的人深夜进门做些鬼头鬼脑的事，为了不使将来有事发生时承担连带责任，离婚之时，沙璐特意在协议书上写明，自己甘愿净身出户，还按照在一起的天数，倒付几百元电费、水费和餐饮费。前夫老余第四次结婚，这些人悄悄找上门来的目的谁都明白。

从交警到刑警，沙璐到底还是新手，只顾盯着前夫老余新家看，没注意附近出现一个不同寻常的男人。深夜两点，又有人走到老余新家的门前。老余也真来劲，这种时辰还没睡，像是还在门后等着，那人一到，门就开了。也是夜太深了，那人双脚站在门槛外，将一只纸包交给老余，面对面说了几句话，便默契地转身离开。那人在沙璐的目光中走上一小段距离后，突然冲着一个角落压低嗓门吼了一声。从昏暗的角落里应声站起一个人。刚刚上前夫老余新家做了某种亏心事的人以为对方是在盯梢，逼着对方交出手机，要将拍摄到的内容一一删掉。对方一点也没反抗，拿出手机递了上来。

沙璐见状赶紧拉开车门，快步上前，亮出证件，将手机拿到手里，翻看一阵，存放在相册里的照片，除了大楚青铜馆里的几件青铜重器，所拍摄的几乎全是破烂的东西。沙璐追问几句。那人一声不吭地用手指了指挂在脖子上的胸牌。上面有清清楚楚的两行大字——水务局供水管线巡查,巡查时间:每日零点至六点。胸牌背面写的内容更详细:请勿直接与巡查技工交流,如有疑虑请拨打水务局二十四小时值班电话。

沙璐果真打电话到水务局值班室,对方慢条斯理地解释,水务局经常接到此类电话,大家有疑问也很正常,夜间管线巡查技工又称听漏工,工作性质与众不同,全国各地不到二十人,本市只此一位。

值班人员要沙璐转告,如果涉及个人隐私,请当事人放心,听漏工除了将听出来的漏水点告诉别人,其余一切不会流露丁点,这是听漏工的行规。

曾经的怨恨让沙璐说话跑了题,本来在说闻所未闻的名叫曾听长的听漏工,这时候变成了对前夫老余他们的抨击。

"一个衣冠楚楚的大男人,深更半夜串别人家的门,是头猪也猜得出来,要干的好事还是坏事!真的是个人友谊,人家结十次婚,你能送十次礼金?"

沙璐一不小心泄露了与前夫老余结婚时那人也是如此登门的秘密。

对此,万乙也没有什么好计较的,只是更想听沙璐说听漏工曾听长。

万乙打断沙璐的话:"我们商量给未来的孩子取名叫万穗,起因就是这个听漏工,听人说他名叫厅长,我随口说等我生了儿子取名叫万岁。没想到就犯着了什么,将牙齿磕断了两颗。说起来听漏工像是与我有缘,我连听漏工是什么样都还没见过!"

沙璐说:"是人还能长成横鼻子竖眼睛?"

万乙说:"难道就没有与众不同的地方?"

沙璐说:"别的确实看不到区别,就是手里拿着一根铁棒,走几步就将铁棒杵在地上,再用耳朵贴着铁棒,有的地方听十来分钟,有的地方要听半小时以上。"

万乙说:"就这么简单?"

沙璐说:"你想要怎么复杂?让他耳朵里长出一根量子雷达天线,

听听地球那边与你脚板对脚板的科尔多瓦探戈舞曲？"

沙璐说话时脸上露出不同寻常的温情。

上中学时，班主任想让万乙带一带学习成绩中等偏下的沙璐，二人当了一阵同桌。那次考地理，有一道选择题，问地球另一边与武汉对应的城市是美国的新奥尔良，还是阿根廷的科尔多瓦。万乙用眼角扫了一下沙璐，见她填的是新奥尔良，他故意用笔在桌子上点了点，见沙璐没有意识到，他又用极低的声音嘟哝一句，西的对面应当是东。那次考试，班上大部分同学都选择了同处于西半球的新奥尔良，只有万乙和沙璐答对了。没过多久，班主任又将他俩的座位调开了。因为万乙不仅没有将沙璐的成绩带上来，反而是沙璐将万乙的成绩拉了下去。

"就一根铁棒，这算哪一路的独门绝技？"万乙自言自语地说，突然心血来潮，"你能弄清楚听漏工今晚在哪里吗？"

沙璐轻轻一笑，意思是这事太容易办了！她拿起电话，直接拨打水务局值班热线，说是自家一带水压太低，三楼以上一滴水也没有，赶快将他们的宝贝听漏工派来查一下。沙璐报出前夫老余新家所在十三街坊中六小街的住址后，值班员回答说，听漏工正在十三街坊一带，让她耐心等一等。

万乙顾不上还在工地的马跃之，催着沙璐快去那一带巡查。

时间不长，在与沙璐前夫老余新家相隔不远的十三街坊某处，出现一个身着"水务"黄马甲的男人。沙璐小心翼翼地开着车，正要驶进武汉三镇难得一见的还留着青石路面的十三街坊，身着"水务"黄马甲的男人忽然在十三街坊的七小街巷口放下一块告示牌，上面写着一个大的"静"字，在"静"字的四角写有"水务巡查"四个字。沙璐将红色轿车的油门电门全关了，坐在车内看着身着"水务"黄马甲的男人走进街坊深处。

夜已经非常深了，老旧的十三街坊显得更加安静。

被万乙和沙璐反复惦记着的听漏工曾听长，在十三街坊正中位置的七小街来回走了一遍。

与中学考试时一样，沙璐还是糊里糊涂时，万乙心里就有了解题的方案。

万乙看了几下听漏工曾听长的动作，就判断出对方的基本操作规程，是用通常说的排除法。先将那根金属棒的一头放在七小街总长度的黄金分割线上，另一头贴着耳边，听听地下的漏水声音。因为按照科学原理，如果七小街的自来水管漏水，又有办法听到漏水声音，那么无论漏水点在这条水管的什么地方，黄金分割线所在位置都可以听到。探明七小街的自来水管确实漏水后，听漏工就去黄金分割线分割出来的远端，将那根金属棒一头放在地面上，另一头还是贴在耳边听一听。如果有漏水声，就在黄金分割线分割得较长的这一段，进行第二次黄金分割，继续按先前的方法进行操作。如果没有听到漏水声音，那就表明漏水点在黄金分割较短的那一段。就用不着再查较长的这一段，只需检查较短的那一段。接下来听漏工的操作都是诸如此类，三下五除二，很快就能找到漏水点。

沙璐凑过来吻了万乙一下："还是万博士的脑子管用！"

万乙不无得意地说："用脑子的事有我，你只管貌美如花！"

沙璐说："你还真的嫌我笨呀！那你还不去归元寺磕七七四十九天的头，让你家万穗生下来后脑子像你，容颜像我！"

万乙说："真笨的是我，若是真聪明，早几年将你娶了，该有多好。我再说句笨话，一个有权有势有关系的家伙，将花烛洞房安在十三街坊，若说是怀念花楼街的昔日景象，这种老男人又不够老，若说是惦记民众乐园的风流倜傥，多养几个外室就行没有必要结四次婚！"

沙璐说："人家是今生今世玩够了，想回到前生前世，这一次在十三街坊娶一个民国小姐，下一次就该到十三陵娶一个清朝格格。"

万乙说："我觉得正好相反，人家是想躲避些什么。"

沙璐说："这你就不晓得了，要躲也不能往这里躲。这几年往这里搬的人，嘴里成天说要过俭朴生活，是因为奢侈生活过腻了，郊区的大别墅也觉得不过瘾，才想玩一轮大隐隐于市。就说这位独一无二的会听漏的曾听长，武汉三镇哪一家不喝自来水，哪一处老旧街坊不漏水，凭什么总在十三街坊一带打转转。说个小细节，那些新搬来的住户登记的手机信息,都是'1390'打头的。"

万乙说:"有些人恋旧,不愿换号。'1390'打头的手机号多花不了几个钱。"

沙璐说:"那我再说两个细节——你看外墙上挂着空调机,新搬来的住户用的都是奢侈品牌。你再看窗户,用的全是防窥防爆的高档玻璃。"

"索性再让你见识第三个细节,你数一下——共有几辆'笨蛋',几辆'傻叉',宾利就不数了,只有一辆。"沙璐越说越来劲,伸手指向近处街边的停车位。万乙没有反应过来,问沙璐"笨蛋"和"傻叉"是什么车。沙璐说万乙只会读书,不会生活,"笨蛋"就是带奔字的车,"傻叉"就是说话带叉的车。说完沙璐又接着说之前的话,"这些车从早到晚,都在这一带停着,十三街坊里的主人要用车,只比住大别墅多费一个电话的事,那些司机都在附近的咖啡厅和茶馆里等着哩!"

万乙忽然一指七小街深处:"听漏工是不是出事了?"

沙璐说:"好像没什么特别的呀,能出什么事!"

万乙说:"都有二十分钟了,他还在那里一动不动。"

沙璐轻轻一笑说:"你是担心他不按你说的黄金分割法去做吧!"

说着话,蹲在七小街中间的听漏工曾听长终于站起来了,才走十几步,便又蹲在地上,有种东西在他的耳边闪了几下,那是一辆过路的轿车将大灯灯光照进七小街,恰好射在正在倾听的铁棒上的反光。

白露节气才过去几天,长江之滨的武汉三镇,虽然没有列进新三大火炉,夜深之后气温依然很高,满城的空调机几乎都在开着,没有开着的,要么家里没人,要么就是坏了还没来得及修理。万乙和沙璐在车内闷坐了两个小时,换了别人连两分钟都等不住,哪怕天塌下来,也要发动汽车,打开车载空调。万乙经常参加田野考古,沙璐三个月前还是站马路的交通警察,都有较好的高温耐受力。两小时过后,万乙有些坐不住了,嘴里却嫌听漏工曾听长做起事来没有一点科学精神,放着效力高出许多倍的黄金分割法不用,宁肯用愚蠢至极的方法一寸一寸地往前探索。沙璐也有些坐不住了,开始嫌弃那些停在收费停车位上的豪车,是不是想一整夜都不熄火,有钱人不怕长时间怠速会损伤发动机,至少也要考虑一下,太多汽车尾气对城市环境的污染。说归说,掌控油门和方向盘的沙璐仍旧要装出车上无人的样子,这是机动大队内部侦查条例规定的。好在听漏工曾听长在七小街这里检查的时间没有超过三小时,在依次检查到第五个点时,就找到了漏水点。

听漏工曾听长找到漏水点后,从随身工具包里拿出一瓶喷漆,在地面上喷出一个白色的圆圈。又拿出手机,拍了几张照片,再拍一个小视频,发给派活给他的人。听漏工曾听长转身骑上电动车,经过万乙和沙璐藏身的红色轿车旁,驶向与七小街相隔不远,沙璐前夫新家所在的六小街,想必是沙璐打水务局值班电话的效果。

沙璐迫不及待地发动红色轿车并打开空调。

万乙比沙璐还急迫,打开车窗,抢着吸了几口车外的新鲜空气。

车内很快凉爽下来,沙璐开红色轿车绕着十三街坊转了一圈,回到水务局工地附近,那里只剩下项目经理老邓和两个值守的工人。沙璐再次停下车,打开手机,在内部微信群中见到一些信息,水务局工地上刚刚有一些市民对夜晚安排施工不满,好在处置及时,没有酿成事件。经过协调,各方同意即日起改为白天施工。

万乙准备下车去找老邓问问马跃之的情况。

沙璐提醒万乙,这么做是不是有点幼稚,有点冲动。

万乙便改变主意打算天亮后,再以刚刚睡醒为理由回复马跃之。

沙璐这么说话只是试探万乙对自己的感情,见万乙表现如此之好,她一高兴便不由自主地向万乙透露,刚才开车绕着十三街坊转圈,不是随意而为,也不是例行公事,她想再试一试是否会再次碰上郑雄的私家车。

沙璐当交警时,按照万乙的吩咐,曾经往郑雄的车上贴了几次违停告知单,对那副车牌号记得很清楚。来机动大队后,第一次出任务巡检,正好见到郑雄的那辆私家车满是灰尘,停在沙璐前夫老余新家所在的六小街巷口。

沙璐据此判断,郑雄有可能也在六小街安了一个窝。

万乙对此事的兴趣停留在八卦上，按照人生常态进行分析，郑雄在文化厅虽然不分管剧团什么的，想搭上某个角儿只要多打几个电话就办得到。这地方夜里静如山谷，白天却是网红打卡的热点，狭窄的街面上美女如云，再多几个招之即来、挥之即去的红粉知己，也不会引人注目。沙璐有些不屑，认为这么看郑雄，也是不公平的。

捌

夜里隔着车窗望见马跃之,却没有接听马跃之的电话。

天亮之后,情况发生反转,变成万乙无法联系上马跃之。

上午八点,万乙就起床做家务,断牙带来的疼痛几乎没有了,心情好到可以替沙璐擦皮鞋和洗小内衣。九点一到,万乙佯装刚刚睡醒见到许多未接来电,便马上给马跃之回电话。手机铃声在不紧不慢地响,万乙心里在默默复述那些早就想好的托词。一段时间过去,对方的手机铃声自动中断了。重新拨打后,情况还是如此。第三次尝试时,手机里传来对方已关机的电脑语音。万乙心想马跃之是不是生气了?这个念头一起,万乙免不了进一步想象,昨天夜里沙璐的红色轿车就停在工地旁边,自己坐在沙璐的车子里,既不肯接听电话,也不肯回复信息,是不是被马跃之发现了?果真如此,实在太不堪了!

幸好上午十点水务局的卢小材来电话,也是怎么也找不着马跃之。

卢小材提供了一个不太可靠的信息,说这个信息不太可靠,是因为卢小材自己是水务局办公室副主任,还要转弯抹角地问楚学院的人,马跃之这会儿是不是正在水务局?话说到这里也还无关紧要,关键是万乙觉得这事有点不对头,将电话打过去,准备反问一下,卢小材的手机也关机了。

犹豫一阵,万乙决定去楚学院看看。

万乙从十亩地小区走到楚学院,进电梯时,万乙没有发现电梯里已经有几个人,硬挤了进去。那几个人一直在说着什么,也没有嫌万乙太莽撞。

电梯启动后,被挤在角落里的鲁丰忽然冒出一句话。

"这也是看历史不顺眼,与今人过不去!"

万乙心里一怔,这才注意到身边的人都是行政人员。难怪不嫌电梯挤,他们都在二楼办公,从一楼到二楼也就五秒钟,这些人却像必须享受的福利待遇一样,宁肯等电梯,也不爬楼梯。大凡楚学院这样的专业单位,做行政工作的人非常抱团,凡事都会自动聚到一起,划清与专业人员的界线。专业人员说的话,行政人员一般不爱听。行政上的那些套话专业人员也姑妄听之。青铜重器研究就是看历史不顺眼,与今人过不去,这话是郑雄在大楚青铜馆说的,沙璐在现场听见了,觉得挺有意思,就告诉了万乙。万乙还没来得及在同事之间提及,楚学院的这些行政人员是从哪里听到的呢?万乙到底还是搞专业的,对这些俗事想得不深不透,事实上,楚学院内最流行的那些话,发明人是搞专业的,但都是行政人员先说起来,再流行到搞专业的人中间。

搞专业研究的人,坐的时间过久,肾都不强壮,往卫生间跑的次数多,时间也略长。几个人在卫生间碰上了,说几句打趣的话,消解一下不大不小的尴尬,正在扩散的那些话往往成了最好的话题。周老先生说湖鸥与湖藕的关系,曾本之说归元寺院子里也有一口大钟,还有那句著名的骂人脏话鼻屎,都是由行政人员先在电梯里说来说去,专业人员后在卫生间里彼此取笑,两相接力后推广到整个楚学院。

那几个人可能是去"楚馆秦楼",大家都在六楼下电梯。

走在最后的鲁丰对万乙说:"马先生早上来办公室晃了一下,就不知去了哪里,纪委的人找也找不着,你要是见着了,与他说一声。"

万乙下意识地反问:"纪委的人找他?"

鲁丰神秘一笑说:"可能是请他去评鉴哪位厅官收藏的宝贝——我不晓得,也说不准!"

几天没来"楚乙越凫"上班,万乙一开门就闻到屋子里有一种东湖一带房屋内特有的气味。万乙去卫生间清洗了一下几天没用的茶杯,稍后有人来上卫生间,顺便提醒他"楚乙越凫"里有手机在响。万乙回屋一看来电显示是柳琴,赶紧抹了一下接听键,还没听到对方的声音,就乖巧地说了一声师母好。

柳琴是因为找不着马跃之,才打电话问万乙。

万乙如实回答,说自己也一直没有联系上马先生。

柳琴本没有什么事,只是想提醒一下马跃之,早餐给他做了火腿肠,午餐就不要吃猪肉,可以吃点鱼肉或者牛肉。如果只是打电话不接,柳琴也不会满世界找人打听。柳琴担心的是,一向二十四小时不关手机的马跃之,整个上午都是关机状态。

万乙想起陆少林被纪委带走的情形。

柳琴也说起纪委,她觉得马跃之可能又去纪委鉴定那些用于贿赂的字画古玩。纪委请马跃之也不是头一回,前次就是这样,说让去就得马上去,接到通知就得切断所有通信联络方式。柳琴找马跃之完全是出于生活习惯,说完想说的话,就主动挂断电话。

万乙还没来得及放下手机,又有电话打进来。

打电话的人是水务局工地的项目经理老邓。

老邓在那边大声告诉万乙,工地上的施工时间又改回白天了,问万乙怎么不来现场勘察,这两天说不定有更多惊喜。老邓又问马跃之为何也不来工地。老邓说,整整一个上午自己都在昨晚发现那块青铜残片的地方寻找,新土旧土翻了三四遍,就是找不见。老邓还要万乙转告马跃之,一定会找回这块青铜残片,自己看东西是外行,看人还算内行。文物市场上的高手,越是发现好东西时表情越是淡漠,马跃之手拿青铜残片的样子,就像在文物市场上捡漏的高手。既然青铜残片非比寻常,不将这找回来就太可惜了。"

　　万乙不相信马先生会亲手拿着青铜残片,认为老邓在胡说八道,都懒得追问昨晚发现什么样的青铜残片。老邓不得不承认,是自己说话太急了,马先生当时的确没有亲手触摸,是将青铜残片放在地上,用竹签剔除上面的泥土。

　　老邓的电话挂断才五分钟,先是连着三个电话打来,然后是鲁丰和董文贝找上门来,全是打听马跃之的行踪,还都说事情比较紧急,要请马跃之去一趟枣阳郭家庙两周遗址发掘现场。董文贝还要万乙也做好一同出发的准备。

　　董文贝走后,万乙让自己转身朝向窗户,对着不远处的东湖冥想。

　　这时,第四个电话打进来。

　　打电话的吴秋水不像其他人那样急不可耐,他慢吞吞地说:"今天绝对是楚学院的大日子,郭家庙两周遗址发掘现场,一下子挖出两只有铭文的青铜鼎,行器的主人都姓曾,一个叫曾子泽,一个叫曾子寿。楚学的编年史,半天时间就补上两个缺。"

　　万乙说:"吴老师第一次当领队,就有这么重要的发现,确实是个大日子。"

　　电话那边的吴秋水还没来得及接上话,万乙又说:"若是邀请马先生去你那里,难度可不是一般大啊!"

　　吴秋水说:"为什么,马先生没空,还是不给面子?"

　　万乙说:"你忘了,马先生他不碰青铜重器!"

　　吴秋水说:"青铜重器越来越像通俗小说,没挖出来时,大家都不清楚,只要挖出来了,门卫许师傅都能看出道道来。请马先生来,不是看青铜重器,是借他的一双慧眼,看一看刚刚挖出来、让人摸不着头脑的东西。"

　　万乙说:"遇到稀奇之物了,请马先生那是必须的。"

　　吴秋水说:"了不起的万博士,你快点想一想,哪里可以找到马先生?"

　　万乙像之前那样千篇一律地回答:"马先生肯定没有丢,只是还需要一点时间找一找。"

玖

有一种口碑，楚学院最好找的人不是门房里的许师傅，而是曾本之和马跃之。只要没有外出，每天上午，夏季八点，冬季八点半，都能准时在楚学院门前的台阶上见到他俩。有时曾本之在前，马跃之在后。有时马跃之走到台阶最上层，曾本之刚走到最下面的那级台阶。不管谁在前，走完台阶，都会停下来转身等着后面的那位赶上来，再一齐走进办公楼内。这已经成为楚学院的一种标志，如果有人说，曾本之和马跃之不知去哪里了，怎么也找不着。人们就会怀疑对方并非真的要找曾本之和马跃之，只不过借口找这二位，心里想着的是其他人和其他事。

这一次，万乙要回复马跃之却找不到马跃之，鲁丰要转达纪委有人电话找马跃之同样找不到马跃之，以往找不着马跃之就找柳琴反而变成了柳琴四处找马跃之，几件事串起来确实显得太一反常态了。

楚学院办公室的鲁丰，最有可能发现马跃之身在何处。纪委的人打电话找马跃之，是由于马跃之破天荒主动联系只有一面之交的梅玉帛，提出一项纯属专业的请求，得到允许后，相关人员打电话只是例行公事，了解事情是否落实。接电话的鲁丰对楚学院纪委员一职充满期待，赶紧唯唯诺诺，不敢多吭一声，从而错过了只需多说一句话，就有机会获得的答案。又因为被一地鸡毛的行政工作弄得身心俱疲，考古专业的大小事情，轻易入不了心，也入不了耳，因此，从专业角度来看，鲁丰又是最不可能发现马跃之身在何处的人。作为楚学院杂项考古的头号专家，马跃之这些时天天去哪里、做什么事，在鲁丰的意识里，远不如每天上午十分钟行政例会上的鸡毛琐事重要。这些年楚学院最引人注目的"曾国与随国本是一家"的学术意义，也要排在办公室的两张桌是并在一起还是分开摆放的思考之后。所以，有人找马跃之，鲁丰帮忙找过了，至于找着了或没找着，那都不是事。

所有想找马跃之的人都说找不到马跃之。

这也难怪，想找马跃之的人，自然了解马跃之的身份与价值，哪怕将人脑换成猪头，也不会有反智的想象——马跃之正将自己反锁在水务局的小小收藏室里！

水务局供水管线改造工地凌晨三点被紧急叫停，马跃之心事重重地回到家里，上床后又被项目经理老邓的电话惊扰一番，之前发微信给万乙也不见回复，还有柳琴从同事嘴里听来的郑雄关于青铜重器研究的那些话，如此等等，一时间无法入睡，脑子里想起许多往事。

天底下的人全都一样，只要夜里睡不着觉，必定是受到烦心事的搅扰。那种说欣喜过度而失眠的人，根源不在于欣喜，而是过了特定的那个度，就像钞票太多钱包装不下掉在马路上，惹人烦恼的不是钱太多，而是钱包太小。

马跃之平时极喜欢听柳琴熟睡后发出的柔美的呼吸声，将其形容为自己专有的催眠曲。这一次，无论他如何努力去听这催眠曲也没用，甚至还出现反效果，不得不伸手推了推柳琴，让她换个睡姿，不再发出那种呼吸声。眼看天就要亮了，马跃之也是烦躁到极致了，恨恨地对自己说，睡不着就起床，继续修补破烂不堪的《楚湫时地记》吧！马跃之说到做到,悄悄进到书房,按照修补古籍的程序,一道一道,一点一点,专心致志地修补好一页后,回到床上,已是凌晨四点,不一会儿就像柳琴那样美美地睡着了。

"主任收拾好了吗?"

马跃之猛地一惊,人还没有完全清醒,话就脱口而出。

"谁?你们要收拾谁?"

"我们养蜂协会的会花,发展部杨主任呀!昨晚与你说过,今天我们一起去京山调研!"

一脸狐疑的柳琴一边向马跃之解释,一边对着手机,让对方过十分钟下楼,自己开车来接。马跃之明白自己听岔了,便笑着说以为柳琴也成了女汉子,要收拾主任。柳琴也不多说话,让马跃之接着再睡,自己急着出门。京山离武汉不算太远,想要当天往返,仍得早些驾车出城,避开上下班车流高峰才能做得到。

柳琴出门的声音消失后,马跃之才觉得有点不对。

"出个早出晚归的差,干吗要拎着大箱子呢?"

自言自语的话,说过也就说过。马跃之迅速翻身下床,脸也不洗,牙也没刷,直奔书房,拉开抽屉,拿起昨晚回家后放进去的青铜残片,进到卫生间,将上面黏着的泥土尽量用手掰掉。余下的泥土,用水冲洗一下就能弄得好。马跃之没有这么做,他将柳琴刚刚吹过头发的电吹风接上电,七弄八弄地摆好位置,对着那东西一点一点地吹。巴掌大的东西,十几分钟就被热风吹得透干。马跃之顾不上找别的刷子,随手拿起一支牙刷,将剩下来的泥土刷得干干净净。

毫无疑问,青铜残片最终显现的模样,完全符合马跃之的预判。

夜里,项目经理老邓在工地上发现后捧给马跃之,后来又找马跃之讨要,马跃之推说自己记不清楚的正是这块青铜残片。

经过清理,青铜残片上的图形,变成深深铭刻在马跃之心里的大半个"田"字形。之所以是大半个"田"字形,而不是大半个"田"字,因为青铜残片上的"田",缺了右边的一竖,而说成是一竖,也是为了方便理解与叙述。残缺的大半个"田",四周并不工整,两竖都向左下偏出,三横向右下倾斜。如果就此单独判断，可以认定为符号，算不得文字。问题是这大半个"田"，是与青铜残片同在。与这块青铜残片分离的另外的青铜残片上，大概率会有残留的不一样的图形——那会是什么样子呢？

马跃之的内心深处浮现出盛行于两周时期楚地的文字，那些文字的字体呈方形，结构紧密，平缓流畅，笔画匀称，平入顺出，宛如云楚大泽，虽无波汹浪涌，自有遒劲挺拔之势。一九九三年，在沙洋郭店遗址发掘一号墓时，马跃之将手伸进浑浊的棺材头厢泥水里，本以为此处早被盗墓贼扫荡一空，只是象征性地捞几把，想不到一只写满文字的楚简晃晃悠悠地浮出水面，而这正是震惊世界的郭店楚简的发端。得此研学机缘，青年时期的马跃之就对楚简了然于心，经过许多年的修炼，现如今更加不在话下。

"青铜残片上的大半个'田'，会不会是楚简上写过的什么字的一部分？"

马跃之用尽全身力气不让自己天马行空胡乱猜想，还是有思想的碎片偶尔冒出来，顽强地指向水务局收藏室内的另一块青铜残片。

马跃之赶紧将青铜残片放到桌面上，从纸巾盒里抽出几张纸巾将其严严实实地包裹起来。

白露已过，秋分即将到来。

柳琴临出门时，特地打开窗户，换了一屋子从东湖湖面上吹来的好得不能再好的空气。心如乱麻的马跃之却感觉不到，仅仅项目经理老邓打电话来询问青铜残片、自己没说真话这一点，就已经弄得他压力巨大透不过气来。柳琴做好的早餐摆在餐桌上，马跃之肚子饿得咕咕响，两只脚不停地在家里胡乱走动，好不容易坐下来动一动筷子，又马上站起来，下楼去楚学院。

出了单元门，马跃之正要往公交车站方向走，一辆黑色轿车在身边停下来。

从徐徐打开的车窗里露出梅玉帛俊秀的面容："马先生是去上班吧，我正好可以载你一程。"

马跃之连连说:"不用,坐公交车很方便!"

梅玉帛不由分说,拉开车门,硬是将马跃之请到车里。一路上,马跃之都不记得自己回应了些什么话,只记得为了让自己方便过马路,梅玉帛特意将车开到辅道上,停在紧挨着公交车站的地下通道入口旁,惹得一辆想靠站的公交车司机猛按了三声喇叭,相当于挨了那句三个字的骂。

因为搭了梅玉帛的顺风车,马跃之比平时提前二十分钟,进到楚学院。

从一楼启动的电梯在二楼停下后上来一位清洁工。见到马跃之,对方怯生生地点了一下头,嘴唇动了几下像是有话要说。马跃之不想让对方难堪就主动说了句问候的话。清洁工果然就将要说的话说了出来。原来清洁工在电梯里听人说,做学问的人都是看历史不顺眼,与今人过不去,就将这话与上高中的孩子说了,孩子马上将这话写进作文里,老师看后打算将这篇作文作为范文给全校的学生看,但要孩子将这句话的出处写出来。清洁工觉得这样的话只有马跃之才说得出来,这才打定主意找机会当面求证一下。马跃之表示这不是自己的话。见清洁工很失望,马跃之心中不忍,就说这话可能是郑雄说的。清洁工不肯相信,电梯到达六楼后,马跃之走出电梯间,还听到清洁工在身后小声嘟哝,狗嘴里吐不出象牙,找不到出处,成不了范文,又不影响高考。

电梯门关上了,后面的话,马跃之没有听见。

自己明明亲耳听见郑雄说这两句话,清洁工却不相信,马跃之觉得必须多想一些。如果没有遇事多一些想法,那就不是马跃之。从楚学院一楼到六楼,有一两句语录被众口流传,才是人所景仰的对象。所以,马跃之想到周老先生的名言"湖鸥与湖藕的关系";又想到曾本之的名言"我记得归元寺里也有一口大钟"。

马跃之一会儿心如乱麻,一会儿心潮澎湃。

出了电梯,马跃之直接去卫生间,卫生间里没有其他人,自然听不到任何说话声。

转过身来,马跃之左手掏出钥匙打开"楚才晋用"的门,右手就拿出手机给刚刚见过面的梅玉帛打电话。马跃之直截了当地说,自己想研究一下存放在水务局的那些出土器物。梅玉帛同样直截了当地回答,对于马先生这样的学术权威,纪委工作的有关规定也是可以变通的。梅玉帛要马先生到楚学院门口等着,十分钟后有车来接,送他去水务局。

十分钟后,梅玉帛再次驾车停在马跃之身边。

梅玉帛正要去水务局,继续办水务局副局长陆少林的案子。

梅玉帛说,如果马先生早十分钟与她说这事,可以不用在黄鹂路上转两个圈,她直接载着马先生去水务局。

余下的事,非常简单。到了水务局,梅玉帛亲手将那扇小门上的封条撕下来,亲手开了锁,放马跃之进屋,让他放开手脚进行研究。当然,也还有限制条件:为了避免节外生枝,这扇小门必须从外面反锁,到时候再由梅玉帛亲手打开。

前次由卢小材领着进这间屋子,马跃之只顾看各处摆放的物件,不曾留心里面还有一张单人沙发、一个小茶几、一台小冰箱和一个小卫生间,一个人待在里面,只要愿意,三天三夜不出门也不会出什么问题。

马跃之坐在单人沙发上,一眼看过去,各种物件无一遗漏。

说是来研究这些东西,马跃之进屋后,将陈列架上的所有藏品挨个看了一遍,花在每个物件上的时间都差不多;仅仅用时间花费多少来判断,似乎并没有什么重点。马跃之上了一次卫生间,然后又将所有藏品看了一遍,其余时间就坐到沙发上发呆。或者说,马跃之心里早就有了目标,因为太犹豫了,还没有做好准备,才呆呆地没有行动。

收藏间摆放着五只陈列柜,马跃之前次来时,就将应当留在脑子里的东西,全都记住了。

第一只柜子里摆放的是瓷器,那两只青瓷小碗是清末景德镇某个民窑专门为花街柳巷的从业者烧制的,他甚至不用打开碗盖就能说出碗内有女人裸浴绘图。其余的坛坛罐罐都是常见之物,不值得记,也不值得说。角落里的那块瓷片,是真正的元青花,可惜是残片中的残片,连上面的花纹都无法判断是花的局部,还是纹的片断,只能说是比没有强。

第二只柜子里摆放的是玉器。陆少林若是能将这只柜子摆满哪怕一层隔板,梅玉帛就不会轻易让马跃之进这屋子了。中间那道隔板上放着仅有的五个摆件,三个是玩石头的老手从腾格里沙漠中捡回来的石头。这些石头在沙漠地表翻滚腾挪,风吹沙磨,历经数万年所形成的包浆,比真正的美玉还要动人心魄,其珍贵程度超过依靠人工打磨的玉——不过价值上还是差得远远的,毕竟普通石头永远是普通石头,像满肚子糟糠的人,披上最时髦的外衣也不比垃圾强多少。另外两个,一个是残缺不全的玉猪龙,如果是完整的,仅此一样,陆少林就得吃上十几年的牢饭。玉猪龙缺失的是龙身,空有完整的龙头和龙尾,残废到这种程度,只能说聊胜于无。与玉猪龙摆在一起的是一只玉蝉,如果这也是真的,两样加在一起,又被查明是私人藏品,陆少林就得在牢里待到退休年纪了。幸好这玉蝉是半真半假的,因为玉蝉本身是真的。商周时期,玉蝉有两种用途,一种是作为葬玉放置在死者口内,一种是作为饰物佩戴。陆副局长收藏的这只玉蝉,假就假在玉蝉头部的那只小孔。从商周到汉唐,作为葬玉的玉蝉头部是完整的,头部有小孔的玉蝉当然就是方便穿上金丝银线用来佩戴的。那个年代的古人,用一根细小的研磨棒慢慢地加工,一个小孔需要一年半载才磨出来,小孔内部的弯弯曲曲一般人看不见,两端小孔的大小不同却是分得出来的。眼前的玉蝉小孔太直,孔径太均匀,只有现代人的机器才做得出来。这样做假的目的无非是一个字:钱。玩得起这类物件的人,最讲究大吉大利。没有小孔的玉蝉是从死人嘴里拿出来的,白送人家也不会要。有了小孔就大不一样,可以说成是皇亲国戚、达官贵人活生生地天天戴在身上的物件,信口开出一个天价,也还有穷得只剩下钱的那种人找上门来接货。在马跃之这样的行家看来,在真物件上做假,如同《红楼梦》里说的,"假作真时真亦假"了。

余下的三只柜子里全是青铜器物。

前次来这屋里,马跃之第一眼看见的是一只鼎耳。再次来这屋里,马跃之的目光直接跳过这只鼎耳。只要是楚学院的人,都会像马跃之那样,一眼看过了,绝对不会再看第二眼。面前的这只鼎耳是笔直的,如此造型百分之百不是从楚鼎上掉落下来的。在楚学院的人看来，楚鼎才是两周时期整个东方世界，乃至青铜文化为标志的同一阶段人类社会最有艺术气质的器物。那种用最不起眼的弧度，在鼎身中部做成一段束腰，再配上一对稍稍有些弧形宛若向外飘飞的鼎耳，构建出楚鼎独特气韵的那些弧线，具备了人性中不能缺少的漫不经心的自由和自然天成的约束。同为钟鸣鼎食时重要礼器的秦鼎，楚国人就瞧不上眼。问鼎中原的楚庄王，只关心周朝国之重器的鼎的大小。北方的周朝与大秦制造的青铜鼎，如果没有那对鼎耳，在艺术气质上也还说得过去，丑就丑在那对鼎耳，直愣愣地竖在膀大腰圆的鼎身之上，若放置在世上所有长着耳朵的东西行列里，唯有猪八戒比其更丑。对楚学院的人来说，在昔日楚地的核心区域出现一只秦鼎鼎耳，在文化上了无意义，在学术上也一无是处。充其量只能通过鼎耳上面的白色附着物说明在不算太久的过去，曾经有过一次苟且的交易，让埋藏在北方碱性土壤中的青铜碎片，来到不知何故被抛弃的南方酸性土壤里，其携带的碱性尘埃与酸性泥土发生中和后，形成肉眼可见的白色粉末。

至于那把青铜剑，马跃之愿意多看几眼。青铜剑大体还算完整，这得益于青铜剑只是完成铸造、下一步锻打磨制等步骤没来得及实施的毛坯。这种俗称还没开刃的青铜剑坯，常常引出田野考古的重大发现，其意义甚至超过大楚青铜馆里的那把越王勾践剑。这种说法毫不夸张。越王勾践剑当然是铸剑工艺的巅峰，喜欢凑热闹的人，对标千古风流人物，听好故事，过足眼瘾，到大楚青铜馆里看上五分钟就够了。田野考古是要找出古人如何制造青铜剑的实证，因此找到这种毛坯剑，就有可能找到制造毛坯剑的作坊；找到了制造毛坯剑的作坊，就有可能找到制造工具和材料；依据工具和材料，就有可能推算出制造规模，了解那个时间段里，这一方水土养了一方什么样的人。黄州当地就是通过一把青铜剑坯的偶然发现，发掘出几十把青铜剑坯，之后共发掘出捆成一堆又一堆的几百把青铜剑坯，最后发现一处青铜器物制造作坊。这还没有完。经过进一步发掘，又找到将满是孔雀绿的铜矿石冶炼成青铜的熔炉——只用一个月的时间，就推翻了千百年来青铜冶炼不过长江江北的流行论断。

而体积最大的器物是一只青铜鼎。器物形体基本完整，鼎身的蟠虺纹与两周时期工艺特性相符合。仅从外部来看，此青铜鼎与大楚青铜馆里的彼青铜鼎，仿佛有得一比。马跃之对此青铜鼎看不上眼，在于此青铜鼎不过是当年某地某人的假做。马跃之将此物称为假做，而不愿称为做假，因为人家本来就是这么做，也是这么用的。多少年来，以各种方式出土的青铜鼎，哪一只不是来自帝王将相们的墓冢？那些还没有重见天日的青铜鼎，仅仅是纪南城遗址一带数不清的封土堆下，保守一点估算也会是数以千计。后来者一致认为，青铜鼎是最能代表至高无上权力的器物，舍此再无其他。在青铜鼎面前，凡能想象到的霸气伟力都能体会到，凡能想象到的显赫尊贵都能感受到，凡能想象到的稳定安宁都能享受到，凡能想象到的大美大爱都能滋润到——尽管其拥有者无一不是位高权重，又如何能禁止天下有心之人梦几回、想几番？

陆少林不知从哪里弄来的这只青铜鼎，正是这些梦想者用开不了花的痴心结出来的假果。如同时下一些人家办理丧事，从口袋里掏出一张百元大钞，就可以在坟头摆上纸扎的名车、纸扎的华府，附带一大群纸扎的后宫嫔妃和一大堆纸扎的金砖银锭，让生前只当过家长的死者，在黄土之下安享纸醉金迷的生活。陆少林收藏的这只青铜鼎，鼎耳是直的，就算是在楚野地域上挖出来的也算不得楚鼎，甚至都不可以称之为鼎。真的鼎，不管是楚鼎还是秦鼎，鼎壁非常厚实，用不着细看，放在哪里，哪里就会散发出一种祥瑞气氛。眼前的青铜鼎，附近建筑工地上的打桩机每敲打一下，就会跟着窗玻璃一起微微颤抖一下，原因在于其鼎壁薄得像是铁皮做的。八百年的楚国，用自身的哀荣见证两周列国的兴衰。守着神州华夏最古老最庞大的铜绿山，占尽青铜资源之先，将一座纪南城建设得万里之外的异族都来朝拜。作为那个时代战略资源的青铜，别名吉金，绝非等闲人家消费得起。那些家境殷实的人家死了长辈，想图个吉利，于是就有了此种偷工减料专门用于殡仪的假做的青铜器物。如果将京山秋家垄发现的九鼎七簋和随州擂鼓墩发现的九鼎八簋中的青铜鼎比作航空母舰，假做的鼎壁薄得像铁皮的青铜鼎,就是正月十五花灯节上民间艺人们挎在腰间摇来晃去的采莲船。

　　假做的青铜鼎常见于县级博物馆,以及越来越多的民间收藏。为此,马跃之和曾本之,还有郝文章的父亲郝嘉当初私下议论过两次。曾本之将此类青铜鼎当作怀有僭越之意的伪器,不主张专门保护,更不可以作为正规文物公开展出。郝嘉的想法却截然不同,此类青铜器的工艺水平与贵族老爷们用的三鼎、五鼎、七鼎等列鼎差不多,只是青铜材料用得太少;至于使用者是不是有僭越之嫌,也不能一棍子打死。郝嘉的意思很明显,古往今来,凡是有理想有抱负的志士,无一不是怀有僭越之心,如果人人个个都不可以有丁点的僭越行为,天下就会变成伪君子的天下,世界就会成为阿谀小人的世界。马跃之在这番争论中,不是完全中立,他引用古人以不僭不贼为做人标准,用直译方式说古人将僭越与做贼同等对待,可见其态度是略偏向曾本之的。有一次,三人约好一起去看望周老先生,又提起这个话题。出乎曾本之和马跃之的意料,周老先生竟然主张顺其自然,地方上主张收藏那就收藏,那是长江后浪推前浪;地方上不愿意收藏的就不收藏,那是后浪死在沙滩上。让地方上保有一块文化自留地,未来的历史才会丰富多彩。从周老先生家里出来,郝嘉不无得意地说,僭越之心,古已有之;僭越之意,人皆有之。此番见面不久,鹤发童颜的周老先生就在车祸中死去。又过一阵,郝嘉从楚学院楼上一跃而下。

　　一般人都认为,郝嘉如此纵身一跃,成了楚学院诸多事情的转折点。比如,那以后马跃之公开转向杂项研究,在言语之中也公开表示不再使用"青铜"二字。在此之前,马跃之对这两点只是默认。

　　"我还没有这么高大上!"

　　"你们就不能允许我有点私心杂念吗?"

　　如果必须回应,马跃之通常只有两句话。

　　"高大上的东西真的很高大上吗?"

　　"私心杂念的东西真的是私心杂念吗?"

　　后两句话,马跃之并不常说。

　　马跃之将屋子里余下的青铜器物一件一件地看过。屋子很小,东西也不多,看了一遍,再看第二遍,也不怎么费时费事。过程中,不时在心里对自己说这两句话。马跃之来水务局这间小屋子,确实带着与高大上相反的私心杂念而来。

看第一遍时,马跃之还习惯地受某种道义上的约束。

第二遍再看,已完完全全按着所谓私心杂念的性质行事。

马跃之全身上下显出一种罕有的自由自在。

很多年了,马跃之第一次如此放肆地盯着这些名为青铜的器物。

如此放肆给马跃之带来一种灵魂出窍、随心所欲、天马行空的气质。

薄得像用一张铁皮假做的青铜鼎,直接让自己将目光跳将过去的鼎耳,加上几十个大大小小的青铜碎片,这些在考古价值与学术向度上没有多少可取之处的器物,被马跃之内心深处升腾起来的那种深情所笼罩,两只模糊的眼睛似乎还有一些湿润。

这些年,楚学院上上下下都在自觉地将杂项研究权威的名头安在马跃之身上,马跃之似乎很心安理得。身为楚学院古丝绸织物、漆器及其他杂项的权威,马跃之向来不在公开场合言及青铜重器,虽然没有与曾本之分庭抗礼的意思,在别人眼里,也还有各自占山为王的意味。否则,就不会表现得那样决绝——在任何考古现场都不去碰一碰青铜器物,在任何公开言论中也绝对不提"青铜"二字。

楚学院档案室的一位女士,出于兴趣,利用手里掌握的资料,私下检索后发现,马跃之早在入职的第五年就开始回避"青铜"。准确地说,是一九八一年九月上旬,那一阵,马跃之正参与三峡大坝坝址所在地的地下文物的抢救性发掘。九月上旬的头几天,马跃之亲笔撰写的发掘日志上还写了许多遍"青铜"。九月上旬最后一篇发掘日志,马跃之只写了三分之一,剩下的三分之二是别人写的,从字迹来看,别人接续处正好是"青铜"二字。就是说,马跃之并非从一开始就患有"青铜过敏症",应当是工作几年以后才出现此种问题。为此,有人搞笑悬赏,声称谁有本事让马跃之公开说出"青铜"二字,自己负责清洁楚学院的一至六楼的全部卫生间,说一次清洁一个星期,说两次清洁两个星期,如此类推，决不食言。那一阵，楚学院关于青铜重器的大会小会格外多，一些原本三两句话就能说清楚的事情，也要开个会，还一定请马跃之到场并发言。轮到马跃之开口说话时，楚学院上上下下的人都会竖起耳朵听，结果都是乘兴而来败兴而归。某次马跃之呼唤某个实习生，旁边的人一时兴奋，听成了"青铜学"，大声嚷嚷要别人兑现清洁卫生间的诺言。等到弄明白不是"青铜学"，而是"秦同学"后，楚学院上上下下欢乐了好几天。

一个人成天泡在楚学院，要做到对"青铜"的坚壁清野和六亲不认，比登天还要难。马跃之不是七仙女，也成不了嫦娥。只因为几十年研究古丝绸卓有建树，人们才说他是七仙女家的御用裁缝，是广寒宫中的绣花男神，手握天宫秘籍，知道哪朵云彩里有通向银河彼岸的后门；别人眼里的登天之路，就像他家楼下的花间小径，闭着眼睛也能走过许多弯弯绕绕。久久坚持，必有奇迹。马跃之能做到如此决绝，是用了简单得不能再简单的方法。做研究做到马跃之这个份上，本来就很少直接用"青铜"二字，要说的话，往往有明确指向，像青铜后母戊鼎、青铜四羊方尊、青铜莲鹤方壶、青铜大立人像这些赫赫有名的，以及在外名气不大、本地却总喜欢提及的天御兽青铜尊等器物，都是有名称的，将青铜的概念去掉，也不会出现差错。凡是必须提及的普通青铜器物，马跃之就用"两周时期的"作为替代。比如将青铜鼎说成是"两周时期的鼎"，青铜簋说成是"两周时期的簋"。对于某些不容易这么替代的"青铜"一说，马跃之别出心裁地借用"两周重器"来表达，比如说"两周重器研究"等。时间一长，马跃之说顺口了，别人也听顺耳了，"两周时期的鼎""两周时期的簋""两周重器研究"等等。

独自待在水务局收藏室里，马跃之扪心自问，自己对青铜重器，敬而远之的成分只占三分之一，余下三分之二是望而生畏，或者说是望而生痛。这些年，马跃之从不以正式身份去博物馆看青铜器物展。在考古发掘现场，只要有青铜重器出土，马跃之便扭头走得远远的。在考古界相当有分量的青铜重器学会的学术活动，在外地举办时，马跃之仅去过宁波，还是曾本之以私人名义再三邀请，表面上是事关青铜重器的两种制造工艺的论争，背后里还有关于曾侯乙尊盘真伪的探寻，他才答应给曾本之做个伴，纯粹当听众，不说一句话。以个人身份私下去大楚青铜馆，马跃之也只是细心察看参观青铜重器的人有没有不同寻常，否则，九鼎七簋的七号簋掉落的铜锈，就一定是由他来发现，根本轮不到郑雄。

将青铜称为"两周重器"是自己对痛苦的回避，有意避开任何青铜重器是不让人所不知的痛苦加倍。在楚学界和青铜重器学界，这样做的后果，好比爱文学的人，只读当下时兴的那些长短句，不去读屈原和杜甫；好比当船长的人，只在城中湖里开游艇，没到大海中驾驶轮船。马跃之对自己的所作所为，以及相应的后果，没有哪一样不明白。同时，也只有马跃之才明白，这种做法的真正缘由。

换上楚学院任何一个人，水务局这间小屋根本不值得一来。

马跃之不仅来了，还越看越觉得心潮澎湃。别人不知道也就不可能记得，他自己是永远也忘记不了，一九八一年的九月，三峡大坝坝址所在地的中堡岛上，面对雄险的西陵峡，自己三分悲哀、七分悲痛的决定。人生无戏言，从此远离青铜！那一时刻的决定，没有一丝一毫的敬而远之，有的只是悲而远之和痛而远之！远去的那些人和事全都历历在目，当初自己做出的那个决定，依旧吊在嗓子眼上，只要稍微多想一想就觉得令人窒息。

马跃之坐在此前只有陆少林坐过的单人沙发上，小小的一间屋子，更容易使人的思绪突破种种壁垒，去向一切希望抵达的地方。

从那只鼎耳开始，第一遍看过去，马跃之还像这些年来偶尔遇上青铜器物那样，努力回避不成，只好勉为其难地对付着扫上几眼。第二遍再看时，马跃之内心深处那些藏而不露的东西开始起作用了，如同既往见到一些有着不同凡响的青铜器物，趁着他人不太注意，甚至可以说是自欺欺人，还想趁着自己不注意，用眼角的余光长长地看上一会儿。屋子就那么大，东西就那么多，前两遍看过，若不看第三遍还能干什么呢？唯一的房门被梅玉帛亲手从外面上了锁，离约定开门的时间还有整整一个小时，一而再、再而三，是马跃之的不二选择。

第三遍的第一眼依然落在那只青铜鼎耳上。

青铜还是半小时前的那些青铜，屋子还是半小时前的那个屋子，马跃之的目光刚落在上面，眼前忽然闪出一派辉煌。马跃之十分熟悉这种辉煌，这种辉煌曾被他看成属于人类的这个星球上最美丽动人的景象。

马跃之的楚学研究生涯算不上顺利，至少在刚起步时，走了一小段弯路。当然，这话是别人说的，马跃之自觉并非如此。

那些年，接连不断的政治运动拖累了国民经济，弄得青铜修复站的工作格外繁重。一年到头只有正月初一放一天假，剩下三百六十四或者三百六十五个日子里，天天都在仿制青铜器物，卖给外国友人，挣回一些宝贵的外汇。所以，但凡分配到这条线上的大学生，一律先到青铜修复站当工人，少则一两年，多则三五年，才有机会去对口的考古工作岗位。马跃之能够由青铜修复站的普通工人，摇身一变，成为专业的考古工作者，则得益于周老先生的赏识。

马跃之不是大学生，在父亲的影响下，下乡当知青时，自学了考古专业的大学课程，然后回城顶替父亲参加工作。在青铜修复站上了十一个月的班，就小有名气。那些从地下挖出来的带盖的青铜器物，因长期锈蚀，盖子与器物主体已经连在一起，通常情况下，只能用毛刷和牙签，一点点地剔除中间的青铜铜锈。偶尔碰上锈蚀得格外牢固的，要么暂时搁置，要么用硬一点的东西强行撬动——如此一来，就会冒着弄坏器物的重大风险。也不知马跃之是如何开窍的，满打满算也就十个月的时间，便发明了一整套既能方便揭开青铜器物的盖子，又不会对器物本身产生任何伤害的方法。一时间，只要有打不开的青铜盖子，便拿来找马跃之。表面上，大家都说这是好事情，暗地里那些有大学学历的同行却不服气。加上马跃之又不肯将自己配制除锈粉的方法公开，暗潮涌动之下，站长便将只有高中学历的马跃之调到青铜修复站的铸造小组，当一个只有名义的副组长。

在青铜修复站的第十五个月，有天中午，马跃之照例一次次地拿起盛满炽烈的青铜熔液、重量超过三十斤的坩埚，小心翼翼地浇注到一溜十个范铸模型里。完成此道繁重而危险的工序，放下相关工具，其余的人抢着跑到车间门外，脱下从头到脚的各种防护衣物，拿起一只大号瓷缸，从写有"铸铜专用"字样的茶水桶里舀起一瓷缸酸梅汤，坐到那台直接在小型电动机上安装叶片的电风扇前面，像拼命工作那样拼命放松自己。同样疲劳到极点的马跃之，舀上一瓷缸酸梅汤，转身回到车间，蹲在范铸模型旁，一边喝，一边盯着从范土深处透出来的青铜火焰出神。一个头发花白的男人走过来，也像马跃之那样目不转睛地盯着青铜火焰。二人有一句没一句地说着话。头发花白的男人说，干这种活要一口气喝下三瓷缸酸梅汤才拉得出来尿。马跃之回答说，他的尿泡比别人的大，三瓷缸还不够，要喝四瓷缸才能拉尿。马跃之很快就喝光了大号瓷缸里的酸梅汤，起身再去车间门外舀满瓷缸，回来继续观看青铜火焰。如此重复，直到真的喝完四瓷缸酸梅汤，才去了一趟厕所。再回来时，头发花白的男人已经走了。听别人说头发花白的男人是楚学界鼎鼎大名的周老先生，马跃之有几分不相信。几天后，青铜修复站站长亲自下到车间，将一纸文件递给马跃之，上面要调他去给周老先生当助手。

后来听曾本之说，周老先生要马跃之来做助手，是因为别的工人喝三瓷缸酸梅汤就要上厕所，他喝了四瓷缸酸梅汤才上厕所——说明他工作时付出的比别人多，出的汗比别人多。那些年的工农兵大学生，基础本来就差，上大学后又没有好好学习，是好是差没得选，那就选工作态度。周老先生以为马跃之也是工农兵大学生，后来才知道马跃之是高中生。

马跃之低头看了看手表，离与梅玉帛约好的时间还有二十分钟。

再过十九分钟，马跃之就要利用梅玉帛来之前的最后一分钟做完一件事。

为了做这件事，他才找上梅玉帛，一个人悄悄来到这间小屋。马跃之想了好几种借口，只有一种是自己的真心话：这间小屋里没有那些屏蔽万千青铜气象上专门用于展览的灯光，而是从窗口透进来的自然光照耀着这些不起眼的青铜器物，让人看着舒坦。梅玉帛什么也没问，就带着马跃之来了。这也使得马跃之临时改变计划，将做这件事的时间,从进屋的那一刻,改为即将离开这间小屋的那一分钟。

十九分钟一到,马跃之将手伸进口袋,掏出早上出家门时用面巾纸包好的青铜残片,毫不犹豫地放到已经放着几块青铜残片的五号柜的隔板上;又从另一只口袋里掏出一张纸条,按照先前那些青铜残片的样子,放置在刚刚放下的青铜残片前面。马跃之从进这间屋子起,就在设想如何做好这件事。真的动起手来,连半分钟时间都不要,只用了二十几秒。

还剩下三十几秒时,马跃之忍不住将刚刚放下的青铜残片用右手拿起来,再用左手拿起那块曾经让梅玉帛轻轻叫了一声"了不得"的青铜残片。两块青铜残片合到一起时,竟然完全吻合,仿佛自然天成,更似与生俱来。

彼此包容,没有丁点排斥的两块青铜残片,拿在马跃之手里,他再次听到"了不得"的轻轻叫声。

梅玉帛只叫了一声,马跃之再次听到的是三声。

第一声"了不得"是轻轻的。

第二声"了不得"是很轻的。

第三声"了不得"是与空气一起颤动的那种微微的轻。

从很远很远、仿佛是天边传来的三声"了不得",让马跃之拿着两块青铜残片痴痴地站了十几分钟,远远超出原先设计的一分钟。终于明白过来的马跃之赶紧放下两块青铜残片,端坐在沙发上,等着梅玉帛开门进屋。

这种端坐姿势保持了五分钟,又五分钟,再五分钟,仍不见梅玉帛来开门。

马跃之的手机交给了梅玉帛,这是梅玉帛的约定之二。还有约定之三:马跃之不可以在小屋闹出任何动静,包括不可以隔着门大呼小叫。如此约定等于说,梅玉帛不来开门,马跃之不可以以别的方式出门。往后的时间里,马跃之不再保持端坐的姿势,人一放松,加上到了午后一点、人最犯困的时候,马跃之安心地小睡了一场。

迷糊之际,马跃之做了一个梦。

一个年轻男子拿着一块青铜残片，一个年轻女子也拿着一块青铜残片，二人在一处山野间嬉笑奔跑。到一处水渠边，各自将手里的青铜残片清洗干净，然后小心翼翼地拼接在一起。青铜残片上两个残缺的图形，顿时整合成一个字。女子将两块青铜残片拿在手里，说自己认识这个字，男子要女子说出来。女子害羞地不肯说，男子假装生气，伸手要自己的那块青铜残片。女子连忙跑开，边跑边说，要将这个字刻在自己的心上。男子说刻在心里连女子自己都看不见，不如刻在手臂上。

一阵突如其来的干渴堵住了马跃之的喉咙。

马跃之醒过来，随手拿着的矿泉水瓶已经喝空了，便打开沙发旁边的小冰箱，取出一瓶果汁喝了下去。喝完果汁，又开始吃冰箱里的面包和巧克力，对付着将这些当成午餐。又过了一个多小时，都下午三点了，马跃之开始努力控制着自己，不让内心的焦躁变成某种实际行动。好在那些青铜器物的吸引力还在，马跃之再次从那只鼎耳开始，一件件地看下来。

时间过得很快，转眼就是几个小时。

窗口的阳光已偏到不知哪座高楼背后去了，小屋里变得昏暗许多。

有一阵，外面的会客室进来两个女人，像在处理墙上的图片。女人在一起小声说话时，提起梅玉帛，说纪委的人今天发火了，恐怕不是什么好事。有一阵还说到陆少林，在她俩看来，陆副局长的为人要比别的局领导正派好几倍。女人越说声音越低，像是在说某个局长的风流韵事，然后轻轻笑上一阵，就没有任何动静了。

窗外性子急的路灯抢着亮起来了。马跃之站在窗口往外看，他在这座城市生活了大半辈子，此时此刻才发现，宽阔明亮的大道上路灯亮得最早，背街阴暗小巷里的路灯，反而要到天色完全黑下来才不紧不慢地散发光辉。

小屋里的电灯突然熄灭了。有人关了楼层电灯的总开关。幸好空调没关，一般机关都有这种人走灯灭的规章制度，说是为了防止火灾，其实，凡是电线短路引起的火灾都不是电灯的错，只不过明晃晃的电灯太惹人注目。

到这地步，马跃之反而不再着急了。他从小冰箱里寻找食物做晚餐时，发现角落里有几只老冰棒，便取出一只含在嘴里。

老冰棒的味道让他想起与柳琴相恋时的情景，分明各自手里都拿着冰棒，偏要你凑过来含一下我手里的冰棒，我凑过去含一下你手里的冰棒；等到关系更亲密了，索性每次只买一只冰棒，你一下我一下，吮吸完了，再买第二只。有一次，马跃之故意将冰棒咬下一块，柳琴发现后，非要分一半给自己，马跃之只好将咬下来的那块冰棒用嘴唇含着，让柳琴嘴对嘴地咬去一半。想到这些，马跃之忍不住笑起来。他将老冰棒放进嘴里，想再咬下一块。正在用力，忽然觉得咬到一个硬东西了。

马跃之将老冰棒凑到眼前看了看。

大约是没有把握，马跃之走到窗前，借着窗口的光亮又看了看。

马跃之这才确认，老冰棒里面的硬东西竟然是一块上等料子雕成的玉佛。

小屋里光线更暗了。马跃之将装棒冰的小盒子灌了些自来水，再将没吃完的老冰棒放回棒冰盒，依旧放入冰箱。做完这些，马跃之整个人也像掉进一处冰窖。虽然没有第二个人可以说话，马跃之也咬紧牙关大气不出一声。他想来想去，忽然明白其中机巧。难怪卢小材说，这小屋里的东西，既是水务局的，也是陆少林的。换一层意思，就可以这么说，如果纪委追查起来，水务局的收藏室，里面的东西自然是水务局的；纪委没有追查，这小屋的东西就是陆少林的。马跃之因此多了一层联想，被自己放到五号柜上的青铜残片，是项目经理老邓在水务局工地上发现的，老邓将这块青铜残片交到自己手上，自己又将青铜残片放置在水务局的这间小屋子里，不也是为了进可攻、退可守吗？

在水务局工地上发现的青铜残片，交由水务局保管这是错不了的。

老邓将青铜残片交给马跃之，马跃之再将青铜残片送到水务局，马跃之因此说自己没有拿青铜残片也是错不了的。

至于未来谁个有缘对青铜残片进行研究，一看时机，二看运气，顺其自然就好。

马跃之下决心不去想老冰棒的事。

屋内越来越黑，黑到一定程度，马跃之反而可以大致分辨出屋子里各种各样的东西。城市就是如此，大街小巷彻夜亮着灯，若不是有意遮挡，任何一处楼房里，总有几缕隐隐约约的光亮照耀人的眼睛。庄重而安详的青铜哪怕放在最黑暗的地方也不会失色。马跃之有意闭上眼睛，在心里想着相伴自己一整天的青铜残片的模样和感觉。

刚刚过去的这个早上，柳琴离开家后，马跃之急急忙忙地拿起昨天夜里带回家的青铜残片，一番清理过后，将其捧在手里，那种感觉宛如事隔多年后，重新捧起一颗火热的心。之前的许多年，对一切青铜器物的敬而远之，既是内心的需要，也是内心的无可奈何。十指重新触碰在青铜上的感觉，太似走上岔路的命运，终于回归正途。

收藏室的电灯忽然亮了。

高跟鞋跟踩在地板上的声音徐徐而来。

马跃之睁开眼睛，离开沙发，走到五号柜前，准确地拿起一块青铜残片，再准确地拿起另一块青铜残片。马跃之的手指在青铜簋盖残片的边缘细微地游动，仿佛是在狂欢之后屏住呼吸抚摸爱侣的脉络，又像是外科医生在深度麻醉的复杂肌体中找寻一根神经，甚至还像赤着脚在某处无限延长的水线痴情地行走。马跃之的心跳在寂静中加快了许多，他用力所能及的速度将两块青铜残片深深地看上一遍，转身坐到沙发上，等着人来开门。

马跃之看了一下手表，还有半个小时就要转点了。

小屋的门锁被急促的钥匙打开了。

"马先生——"

梅玉帛温情脉脉地轻唤一声。

马跃之从容不迫地抬头看过去。

"你能再晚点来更好。"

"马先生又有奇思妙想了？"

"哪里，本想再睡个小觉。"

拾一

没有绕不过去的事，只有绕不过去的人。

从大学毕业第一个工作日起，梅玉帛就在纪委上班。十几年都没有遇上如此棘手的人和事，弄得她一时间心态失衡，忘了之前的约定，将马跃之在小屋里反锁了大半天。

屁股决定脑袋，这句大俗话更是至理名言。梅玉帛坐的位置决定她习惯用审视的方式琢磨人。马跃之提出来要再看一看水务局收藏室里的藏品，梅玉帛想也没想就答应了。这种情况在她的经历中是罕有的例外。梅玉帛将马跃之送到水务局，亲手撕下收藏室门上的封条。在她分管的处室里，曾经有过刚查封就要启封的先例，当事人按正规程序申请报批，一张印着红字头的纸，从送到她的办公室，到离开她的办公室，用了三个工作日。这一次，梅玉帛只用三秒钟就找到理由，说服自己应该当机立断：考古工作与纪委办案差不多，有些稍纵即逝的线索，不赶在第一时间抓到手里，也许就再也找不着了。梅玉帛收起马跃之的手机，将马跃之反锁在收藏室时，尽显女性温柔本色，凡与马跃之说话，必先称马先生；约定开门请马跃之出来的时间，也留有充分的余地。梅玉帛用既往的经验来判断，水务局这几场约谈，从上午九点钟开始，不会超过十一点。所以，在午餐之前，她预留了三十分钟，打算与马跃之聊聊他们办案时，常常遇见的老玉和古瓷。

小河沟里翻船之事，总是令人意想不到。

根据已经掌握的线索，水务局副局长陆少林的案子不算大，就没有成立专案组，而是与另几个情况差不多的案子合并到综合组，由梅玉帛负责统管。按照相关工作流程，初期的外围工作由一般组员来做。别看他们只是组员，级别都不低，最年轻的一位，入职才三年就已经是正科级。这几年案子多，开会总结说他们身经百战功勋卓著，这种表扬肯定不到位。有一次，梅玉帛不管合不合适，将"千知千不还"的诗句改一个字，变成"千之千不还"来形容综合组工作的繁重。组员们毫不谦虚地表示，这样说来才刚刚好。昨天下午，综合组研究陆少林的案子，大家都对今天上午的约谈对象感兴趣。梅玉帛也不例外，七十二行之外还有一行叫听漏工，真是闻所未闻。在决定派谁来与听漏工谈话的问题上，梅玉帛显出与其容貌、年纪不相符的稳重。一般时候，参加约谈的两个人要形成互补，像老少配、男女配、性格反差配、语速快慢配、相貌美丑配、举止巧拙配、仪表土洋配，甚至在说话声音上也会用标准普通话与相关方言搭配。通过第一印象的不确定性，让面谈对象无法建立心理定式，在反复变换自我感觉时露出端倪或破绽。这一次，梅玉帛出乎意料地派出综合组办案能力超强的老蒯和老华。蒯、华二位，一个是二级巡视员，俗称"二巡"；一个是一级调研员，俗称"一调"。因为是纪委系统有名的"老奸""巨猾"，在纪委工作范围之外大家都尊敬地称之为厅长和处长；到了正式场合，还得按实际情况，称其为"蒯二巡"和"华一调"。梅玉帛通常只会安排蒯、华二位与陆少林这种级别的人谈话、由于担心年轻人天生的好奇心会喧宾夺主，被听漏工的种种新奇弄坏谈话节奏、迷失办案方向，丢下内容丰富的大西瓜、跑去捡几粒可有可无的香芝麻，才让"老奸""巨猾"同时上阵。

与一般通过举报获取线索,以及从案中案发现线索的案子不同,陆少林的案子虽然起于匿名举报,真正引起关注的却是财产申报。

堂堂水务局副局长,竟然上无片瓦、下无寸土。夫妻俩在太子湖边的一个小区租了一套房子,说是方便陪读。他俩的儿子确实很优秀,以前十名的成绩考上武汉外国语学校初中一年级。然而,为了好好培养儿子,陆少林不惜卖掉原来的房子,就有点此地无银三百两。一般观点认为,这样的人要么巨贪,要么绝对清廉。以陆少林的收入,加上妻子在一家金融机构拿年薪,绝对不应该沦落到租房住。陆少林的样子又不像最容易导致家庭财务崩溃的赌棍和毒虫,"老奸""巨猾"二位分别试过,第一次"长谈"持续数小时,若是毒虫早就露出毒瘾发作的迹象。谈到第二天早上,翦二巡取来一盆凉水,让陆少林洗把脸,暗中取出一只摇骰子的小罐,冲着陆少林摇了几下,再放到桌面。如果是赌鬼,这时候,一定会情不自禁地喊一声:开!陆少林没有吱声,一脸疑惑地盯着那只青瓷小罐。接下来翦二巡拿起小罐子,显出两只骰子,一个是三点,另一个也是三点。从头到尾没说一句话的翦二巡,一眼不眨地盯着陆少林。看完平淡无奇的全部表情后,翦二巡说自己有百分之九十九点九的把握,陆少林对赌博一窍不通。一起与陆少林"长谈"的华一调也是这么认为的,内部经验交流加上办案的亲身经历证明,凡是赌鬼,一听到摇骰子的声音,精气神马上变得很兴奋,比吃药还来得快。

有一点,又让人没办法否认。陆少林家里有一些以青铜器物为主的古玩,价值最高的几十万元,价值很低的才几千元,每一件的来龙去脉都记载得清清楚楚,经手的上家是谁,如果转手了,下家又是谁,没有半点漏洞。特别是近年的资金走向,收入靠卖房子和夫妻二人的工资奖金,支出主要用于青铜器物等古玩交易,以及岳父岳母的丧葬费用等,一笔来、一笔去,就像小学生的数学作业那样简明,哪怕是最严谨的老师,也没办法找到可以扣分的地方。唯一的破绽是妻子名下一笔二十几万元的存款,从账面上看却也不是问题,都是妻子单位在薪金之外另行发放的各种补助。在有大手大脚花钱的丈夫的家庭里,类似的私房钱,是妻子必备的功课。反过来,妻子花钱如流水,丈夫就得做这种防备万一的事。

在纪委内部的人看来,对陆少林采取措施也很突然。通常情况下,纪检部门要动某个局级以上的官员,社会上总会有各种各样的风声。一方面是这个人坏事做多了,引起众怒,凭直觉认为这个人会遭报应。另一方面是纪检部门故意放话,迫使做贼心虚的当事人欲盖弥彰而自我暴露。陆少林的情况比较少有:纪委高层在一起开会,有人在发言中信口提及,对为了业余爱好不惜倾家荡产的陆少林这类人,可以尝试预防性审查。从确认问题到决定行动,时间之短促,就算是一起生活二十多年的老夫老妻,也不可能将攻守同盟做得天衣无缝。随后的分别问话,陆少林和妻子都表示,家里的收入都被陆少林当成业余考古的投资。这种说法,相信很难,不相信同样很难。水务局业余时间跑马拉松的跑友有两三位,寒冬腊月到长江里游泳的泳友也有两三位。还有喜欢攀岩的,喜欢骑自行车的,喜欢拉手风琴等乐器的。那些声称自己没有业余爱好的,基本上都是不方便说出来的麻将爱好者。所有这些朋友圈的圈主,不是局长就是副局长。喜欢业余考古的副局长陆少林,每次发考古内容的朋友圈,点的赞与另几位局座一样多,但真正的追随者一个也没有。业余考古收藏说起来很高端,真正做起来十有八九会掉进那吃人不吐骨头的魔窟。这种爱好也让陆少林在水务局成了孤家寡人。梅玉帛他们在水务局询问多时,楼上楼下的人普遍对陆少林敬而远之,只有卢小材与他来往较多。综合组上了技术手段后发现,一年以来,除了春节期间相互打电话拜年,水务局的其他人主动联系陆少林的次数少之又少。那些下班后找过陆少林的人,几乎都是先发信息预报有某某公事,等到陆少林回应一个"嗯"字后,才打电话进行详细的口头报告。

"老奸""巨猾"的蒯、华二位,只好将已经谈过话的卢小材再次列为谈话对象。

这也是马跃之找不着卢小材,好不容易联系上,又迅速从手机世界中消失的原因。

从纪委谈话室出来的卢小材,回到家里,想睡上一觉,再去工地上找马跃之。人还没上床,纪委电话通知又来了,让他第二天上午到水务局继续谈话。卢小材一肚子歇斯底里不敢发作,心里憋着气,说话也结巴起来,好一阵才说清楚,综合组的人已经找他谈过两天,该说的都说清楚了,他实在想不起还有哪些需要再谈。打电话的人让他不要想太多,只需要好好回忆与陆少林相关的事情就行。卢小材实在想不出别的理由,同时也担心被人看成是串供与打埋伏,就将与马跃之约好夜里在工地上见面的事说出来。对方没当回事,让他按正常工作处理就行。卢小材备感压力,电话一打完,就顺手将手机关掉,待在家里哪里也不去,弄得马跃之在工地上白白等了许久。

再次见面的地点换成了水务局小会议室。

这也让卢小材心里略感宽慰。坐下来,说了几句话,卢小材又紧张起来。水务局楼上楼下每间屋子他都熟悉。这间小会议室也附带有一间小屋,与存放青铜器物的收藏室有所不同,这间小屋另有一扇通向走廊的门。从连通小会议室的那扇门里传过来的气息表明,小屋里还有人在旁听。

好在卢小材内心比较坦荡。局里有几位副局长,办公室就有几个副主任,副局长分工负责,副主任分别对接。财权与人事权都在主任手上,主任只听局长的。主任当初提议由他跟着陆副局长,显然是局长的意思。主任数着人头说,办公室诸位只有卢小材跟得上陆副局长的节奏。对接陆副局长这几年,本职工作之外,还要陪陆副局长参观博物馆,找机会去外地看看考古遗址,等。对此,卢小材早就做好防备,每次去外地,当地水务部门若要安排饭局,就以尝尝风味小吃为名,去那种价廉物美的大排档。在卢小材的手机里,保存着在外地吃每一餐饭的影像资料:去潜江看楚灵王修建的章华台,一群人光着膀子在马路边吃小龙虾;去天水看大地湾遗址,一群人围着火炉吃羊肉串;去海南看苏东坡留给当地人的浮粟泉,一群人坐在椰子树下吃老爸茶;去寿县博物馆看只在楚国王公贵族之间流通的一种金币,一群人在农家小院里狂吃因适当发酵被戏称"轻度腐败"与因用酱油量大戏称"严重好色"的安徽土菜；还有在西安未央宫旁边吃裤带面，在洛阳二里头遗址门口喝胡辣汤，在湘西里耶小街上吃臭豆腐，在滇中元谋吃冷冰冰的凉鸡，如此等等，现场背景、参加人员，无一遗漏。至于陆少林负责的相关水务工程，卢小材也如法炮制，所谓请吃，也都在工地旁边的小餐馆，一起吃饭的人除了承包的项目经理，还有工地上的普通工人。

无论"二巡""一调"何等"老奸巨猾"，终归挡不住卢小材为了撇清关系早已准备好的时间、地点、人物一样不缺的活灵活现的照片和小视频。蓟二巡拿起手机，先给一直坐在旁边小屋里的梅玉帛发了微信，用了他们之间常说的两句话：

"桃花潭水深千尺，不及汪伦挖一坑！"

综合组的人时常用李白的故事告诫谈话对象。敢在朝堂之上让皇帝的宠臣为自己脱靴的诗仙，被汪伦以观赏十里桃花相邀，到了汪伦的家才明白，当地一树桃花也没有，所谓十里桃花只是个地名。碍于汪伦好酒好菜殷勤款待，临别之时，口占四句表示感谢。诗仙李白跳不出汪伦挖的那座超过一千尺的深坑，政商之间的大坑十倍于桃花潭，简直是万丈深渊，谁若以为自己有如鱼得水的本事，谁就会落得一个万劫不复的下场。

发完常说的话，蓟二巡用微信续发两句：

"李白若来水务局，方知小材是人精。"

手机随即响了一声，是梅玉帛的回复：

"你们问问小材与少林有什么区别！"

梅玉帛的话将老蓟和老华逗得眉开眼笑。

"老奸巨猾"的"二巡""一调"们果然就这么问起来。

卢小材明显轻松许多，马上回答说："少林局长上任第一天就发现，小材的'小'比少林的'少'少了一撇，小材的'材'比少林的'林'少了一捺。局里分工让我在工作上对接少林局长，所以我就开玩笑回说，一撇一捺加在一起既是人字，又是入字。是人字时则是少了人气的人，是入字时则是少了收入的入。少林局长比我有水平，他说，一撇一捺还可以是两个字，一个是八字，八面玲珑的八，八面威风的八，王八蛋的乂。一个是个乂字,形容安定太平就叫宁乂,反过来言之不从、不能治事就叫不乂。"

说完这些,卢小材补上一句,在能力学识上自己确实比陆少林少一撇、少一捺。仿佛自己的话还没有说到位,卢小材索性再补一句说,水务局领导层也都承认在"少林"面前,他们也像"小材"一样自觉少了一点东西。

与卢小材的谈话本来就是过场戏,半个小时不到,就将他撤下来,换听漏工曾听长上场。

撤下场的卢小材被叫到里间的小屋。正如他的判断,小屋里坐着的是现场指挥梅玉帛。按照梅玉帛的示意,卢小材随手将连通小会议室的门关上,转身坐在空着的那只单人沙发上。

由于卢小材的那番关于撇和捺的说法,原本冲着听漏工曾听长而来的梅玉帛,也对卢小材来了兴趣。她主动表示,这会儿说话,完全是私人之间的聊天,不涉及任何公干。

梅玉帛说:"少林局长来水务局之前你对考古有兴趣吗?"

卢小材说:"莫说之前,就是之后我也没有丁点儿兴趣。"

梅玉帛说:"你对考古这么反感,少林局长就没有反感你?"

卢小材说:"是人都有毛病。我的毛病是做人做事缺少硬气,容易迁就对方。有一次,陪少林局长逛古玩市场,他看中一只青铜爵。我总觉得这东西有些不对劲,见他硬说是真货,我也只好跟着说值。不过,事后我还是说了自己的念头,开价五十万的东西,五千能拿到手,想想都不踏实。少林局长大概也觉得上当了,就说,有时候人苕一点是好事,让自己犯小错,就不会铸成大错。"

梅玉帛说:"这种业余爱好,会不会是明修栈道、暗度陈仓?"

卢小材说:"对对对!考古这方面,明里叫业余爱好,暗里就是与死人争宠。玩死人的东西,以为死人不会说话,我看未必!看看楚学院的马先生,如此数一数二的专家,也只在办公室搞研究,任何从地下挖出来的东西都不带回家。这才叫明暗有别,是真的懂得什么是爱、什么是好!"

梅玉帛明白卢小材偷换了自己说的概念，正要再说什么，神情忽然一怔，两只耳朵像是竖了起来。

从放卢小材出来，换听漏工曾听长进去，都半个小时了，小会议室仍旧一点动静也没有。

事实上，小会议室曾经有过动静，因为与卢小材说话，梅玉帛没有听见。

依照规制，曾听长这样的普通技工，真的犯事也到不了纪委这种层面。综合组找曾听长，理论上是协助调查，其中不乏对听漏工的好奇，当面问问清楚，知道的就说知道，不知道的就说不知道，很快就会过关，不可能为难他。卢小材就是活生生的例子：陆少林与别人有没有经济纠纷他不知道，陆少林与内部或者外部的女人有没有非正常关系他不知道，陆少林身为副局长是安于现状还是在向上积极运作他不知道。卢小材是办公室副主任，纪委查这种级别的干部刚刚合适，卢小材都可以尽情尽兴地说不知道；没有任何级别，勉强与公职人员挂个边的听漏工，就算被问烦了，拍拍桌子、摔摔椅子，纪委的人也懒得当真。

怪只怪蒯二巡和华一调有些托大，在这种太小的小人物面前，不由自主地表现出"扫帚一到灰尘就会自己跑掉"的架势。同时上阵的蒯二巡和华一调，在水务局小会议室坐着的样子就像定海神针。

蒯二巡和华一调的心理优势还没来得及完全表现出来，曾听长倒主动说话了。

曾听长说："我叫曾听长，只是一名听漏工，不是贪污腐败的曾厅长，我每天只能开口说十次话。这是倒数第十次，还有九次。"

"老奸巨猾"的蒯二巡和华一调愣了一下，才由事先商定主谈的蒯二巡说："听漏工很罕见，这种工作有实际意义吗？"

曾听长说："对武汉三镇的现代化建筑实际意义不太大，所以全市只有我一个人。但在十三街坊等特殊地段上的意义还是可以的——还有八次。"

蒯二巡说："来水务局之前，还以为听漏工听的是沙漏什么的。要是让你听沙漏，你能听出沙漏的声音吗？"

曾听长说:"听漏工这行,听到漏水声音就必须说得很清楚明白,其余任何动静,听见了也要当作没有听见——还有七次。"

华一调插进来说:"假如听到杀人放火抢劫强奸的信息,也要装作没听见吗?"

曾听长说:"是的!用听漏棒听到的信息,只有漏水声,其他的一概不存在——还有六次。"

鄢二巡接过话题说:"与自来水管紧挨着的煤气管漏气了,也要装作没听见吗?"

曾听长说:"我在上海时就遇上这事,因为没有报警,差一点被判犯罪。后来他们还是认可了听漏工的行规。你们最好别问这些不相干的问题,免得到时候你我都为难——还有五次。"

鄢二巡似乎中招了,开始直奔谈话主题:"你与少林局长是什么关系?"

曾听长说:"他是领导,我是下属。他叫我去哪里听漏,我就去哪里听漏——还有四次。"

鄢二巡说:"少林局长将你调回武汉,你是怎么想的?不担心武汉的工资比上海少一大截吗?"

曾听长说:"我是个单身汉,一人吃饱、全家不饿,钱多钱少没多大区别——还有三次。"

鄢二巡说:"少林局长承诺给一套房子的事你说说看。"

曾听长说:"他说没说我不晓得,是卢主任告诉我的。房子我只有使用权,没有产权——还有两次。"

鄢二巡说:"大家都晓得少林局长喜欢玩古董。一套房子几百万,你就没有想过送点小玩意儿表示感谢?"

曾听长说:"所以,不上班时,我就去水务局工地上转,看见挖出来的东西有点意思,就送到局里的收藏室,结果被嘲笑了几次——只剩一次了。"

鄢二巡说:"你不要玩这些套路,我们玩套路时,你还在上海滩钻下水道哩!你老实点儿我们就好好说话,你若真以为自己是武汉三镇独一无二的顺风耳,我也可以明白地告诉你,武汉三镇没有这样的顺风耳,只有顺风扯起的帆、顺水推的舟、顺藤摸着的瓜和顺坡下去的驴!"

蔫二巡的一番话似乎是在刻意表现。

曾听长没有对这番话做回应,也是真诚地体现心中善意——没说出口的意思是自己将最后一次说话的机会,留待说出最需要说的话。

从这一刻起,曾听长就没有再开口。

待在隔壁小屋的梅玉帛,正好赶在这个节点上发现小会议室太安静了。

梅玉帛没将卢小材当回事,毫不避讳地点开小会议室的监控视频。

监控视频里,蔫二巡和华一调并排坐在桌子这边,桌子那边的人当然就是听漏工曾听长。梅玉帛用眼角余光扫了一下卢小材,两个年纪差不多的人,眉眼之间展示的东西完全不同。有了这种对比,梅玉帛相信卢小材刚才说的那些话,是可以听信的。仅从屏幕上看,听漏工曾听长太不一样了,那张脸上的任何一种表情,都含有比所看见的样子更为复杂的内涵。当然,这只是梅玉帛的一种感觉,她在有限的时间里所见到的表情,严格说来就只有一种模式。

听漏工曾听长的这张脸蒙着一层三千年的青铜铜锈。

小会议室的三个人像泥塑一样没有任何动静。梅玉帛也盯着监控视屏看了半小时。算起来小会议室里的三个人已经待了整整一个小时。梅玉帛心中有数,"老奸巨猾"的蔫二巡和华一调,曾创下与谈话对象对视五个小时一动不动、一声不吭,终于摧垮对方精神防线的纪录。

一旁的卢小材嘴唇动了几下,像是有话要说。

梅玉帛瞥见了,等了一会儿;见卢小材嘴唇一直在动,这才转过身来,直来直去地盯着他。

卢小材实在憋不住了:"有句话,不知能不能说?"

不等梅玉帛回答,卢小材又说:"你们这样不行,熬不过曾听长!"

梅玉帛扬了扬下巴示意他继续说下去。

卢小材说:"曾听长专门做这种事,可以一整夜待在原地不动,听地底的水管漏不漏水。"

梅玉帛说:"当初就是因为这种本事你才一眼相中了他?"

卢小材说:"前两天谈话时我都说了。少林局长让我带人去上海,人家全市三千多万人,也就十几个听漏工,而且年纪都偏大,只有曾听长最年轻,恰好还是湖北人。那些老师傅都说曾听长是天生的听漏工材料,再疑难诡异的漏水点,他都能听出来。我们将他调回武汉的第三天,他就亮了一手。在十三街坊那里,他从夜里十一点,听到凌晨五点,然后在地上画了一个圈,别人拿起工具往下挖了五米深,果然冲起一股水柱,将二楼窗台上的茉莉花枝都弄断了。"

梅玉帛说:"是满地找,还是原地不动找出来的?"

卢小材说:"开始时满地找了找,后来在有疑问的地方待着不动,才最终确定的。那个漏水点,各种各样的砖石泥土堆了五米厚,再压上一百年,就凭着一根铁棒子,如果不是亲眼所见,我也不相信。"

梅玉帛说:"好哇,今天让你再见识一下。"

也不知是哪根筋搭错了,卢小材回敬了一句:"依本人的愚见,你们这种谈话方式对曾听长是无效的!"

此话一出,梅玉帛的脸色顿时涨得通红。

卢小材想后悔也不知去哪里找后悔药,只得硬着头皮继续说:"我在上海见过其余的听漏工,他们不是一般的人,曾听长也不是一般的听漏工。"

梅玉帛杏眼圆睁,像是在说,这场谈话更不是一般的谈话。

虽然卢小材一直在提醒自己不要心虚,官场上从未做亏心事,经济上也没有机会贪腐,两性关系上除了女朋友和迎来送往时必须握手,再也没有碰过别的女人的手;最大的错误就是有一次开车时抢道,弄得一位女司机的车撞上路边花坛;工作上的最大过失是有一次写材料将陆少林副局长写成了陆少林局长等。然而,梅玉帛的模样还是令他有些胆怯,甚至都不敢问,既然自己的谈话已经结束,可不可以从梅玉帛身边走开。

又等了十几分钟,小会议室的情形没有任何变化。

监控视频中,窦二巡忍不住先动起来。片刻后,梅玉帛收到他的微信:骑虎难下,请指示!

梅玉帛柳眉倒竖,不假思索地回复:换到正式谈话地点!

不用再看监控视频,小会议室里的动静隔着门传过来。"老奸巨猾"的蓟二巡、华一调马上吩咐,将谈话地点转移到纪委的专门谈话室。

事已至此,卢小材索性以心底无私天地宽的样子放开来说:"你们的谈话室对我百分之百有效。曾听长只是个听漏工,就不一定了。"

卢小材显然还不敢也没必要在梅玉帛面前用激将法,这样说话,完全是男人在女人面前的本能表现。女人越是肆无忌惮地表现自己的优越,男人越是要想尽一切办法来体现自身的强劲。反过来,女人只要有一点点优势就以为自己是天下无敌的女王,只要男人表现出丁点不服气便会变得十倍百倍地颐指气使。

梅玉帛后来才意识到,正是卢小材接连说的几句话,让自己忘了被反锁在收藏室的马跃之。梅玉帛随车回到纪委,亲眼看着蓟二巡、华一调将听漏工曾听长领进专门的谈话室,自己则守在监控室里等待这场谈话的结束。

综合组其他成员也在等待。大家表面上没有用语言表示什么,心里其实都在嘀咕,自从综合组成立以来,头一回遇上这种怪人。

谈话地点从水务局小会议室转移到纪委办案专用的谈话室,固定不动的监控视频,比临时安装的移动监控视频效果要好许多。所看到的情形依然没有改变。

在水务局小会议室,听漏工曾听长好歹还按照他自己说的开了九次口,转移到纪委谈话室后,曾听长连哈欠都没有打一次。端端正正地坐在自己的位置上,全身上下看不到一丝一毫的紧张,相反,从里到外给人的感觉十分松弛。

盯着监控视频,梅玉帛记起卢小材所说听漏工在探测漏水点时,独自一人原地不动待上大半夜的情景。刚开始想时,还带有许多好奇心。时间一长,透过监控视频见到曾听长的次数越多,脑子里的思绪越复杂。一想到曾听长可能从综合组谈话室全身而退的样子,梅玉帛心里不由得生出一丝别样滋味。在梅玉帛的率领下,综合组有着攻无不克、战无不胜的成绩。凡是被他们请到这间谈话室的人,即便是最狡猾的"官油子"也挺不过几小时,到头来连上小学时抄同桌作业的糗事都会坦白交代。别的专案组都有攻而不克的纪录,最"惨"的一次,事后由组长亲自拎着花篮上门致歉,还编了一个新闻通稿,称对方为被举报出来的"好干部"。眼前的这位听漏工,有可能打破综合组的不败金身。面对悠悠万事,虽然没有常胜将军,但真的失手于这位其貌不扬的听漏工,至少会令人心有不甘。

谈话室里越来越安静。

蓟二巡偶尔会咳嗽一声。

华一调不时吧吧地吸一口香烟。

听漏工曾听长如痴如醉地望着对面,一双明眸里闪烁着与青铜铜锈般脸庞截然不同的灵秀。

看久了,梅玉帛心态也变了。

出于女性直觉,相比卢小材,梅玉帛对曾听长的这种眼神更有信心一些。这个念头一起,梅玉帛就变被动为主动,不再单纯苦等人家的口供。一半不信邪、一半不死心的梅玉帛,打了几十个电话,花了八九个小时,通过纪委系统找到上海水务局相关人员,得知曾听长不是胡搅蛮缠,也不是装神弄鬼。他们那里的听漏工,人人都是如此。

听漏工这行与现代科技隔着十万八千里,那些独门绝技,完全靠口传心授,其中有诸多不为外人所知的禁忌。在所有禁忌中,听漏工一天只能说十次话,还有点道理。这么做一是担心话说太多影响听力,二怕言多有失,将听漏时听见他人的私密泄露出去,影响自身安全。夜深人静时分,独自在幽暗街巷里摸索的听漏工,本来就惹人生疑;万一得罪了谁,随便哪天深夜里,人家都可以下死手。其他一些个人生活上的规矩,比如听漏工想要结婚,必须上岗二十年或者年满三十六岁;二选一的条件具备了,结婚对象还只能是寡居多年的乡下女人。这还不说,要命的是结婚之后,只许听漏工去乡下探亲,好不容易又能过上夫妻生活的女人,不得以任何理由进城来团聚。至于听漏过程的那些花里胡哨的操作要领,听漏棒要用红绸包裹,放入用骆驼皮做的皮套里,以左上右下式斜挎在胸前,等等,暗含红色辟邪、骆驼善于找水、左上右下离心脏更近的意思,也还说得过去。

时间到了夜里十点。

在没任何结果的情形下,梅玉帛通知蒯二巡和华一调,这场谈话可以结束了。

得益于隔山隔水的许多电话,梅玉帛放下了综合组不能输、至少不能无功而返的心理包袱。

其实,请曾听长来谈话,是出于一种合情合理的判断,希望曾听长能够说出一些有利于案情的线索。至于曾听长说什么、不说什么,其内容有没有价值,本来就是两可之间。如果不是曾听长离不开听漏工的那些特殊习惯,这场谈话可以毫不费力地按时完结。

梅玉帛想到这里时,突然记起反锁在水务局收藏室的马跃之。

差不多同一时间,十三街坊的居民给水务局值班室打了几十个电话,还有两位颇有来头的市民直接给市长打电话。他们那里水压太低,自来水上不到二楼,这么晚了,还没有一滴水,如果今晚没有水洗澡,明天上午的招商活动,他们就不参加了,免得一身汗臭,将其他投资者熏跑了。正在值班的水务局局长急着让局纪检组组长与纪委联系,要听漏工曾听长赶紧上班,查清漏水点,方便抢修。

这场默默无言的谈话,以蒯二巡开口说话宣告终结。

蒯二巡说:"你可以回去上你的夜班了!"

曾听长马上说:"我还留着一次说话的机会,以为你们还有重大事情要问我,看来用不着了。我就用这个机会说一声:谢谢!"

从综合组谈话室出来时,曾听长径直上了卢小材的车。

纪委找人谈话,从来不负责接,也不负责送。但是,一定有人接,有人送,这种接送任务都由谈话对象所在单位来承担。综合组也不例外,卢小材奉命带着水务局的公务车守在纪委办公楼前。曾听长上车还没坐稳,等得太久的司机二话不说便轰了一脚油门,驱车直奔十三街坊。

拾壹

梅玉帛尽量不让自己失去正常的节奏，她先回办公室，脱下制服一样的西装，换上白色的连衣裙，稍事打扮一番，然后乘电梯下到地下车库，上了自己的车，又对着后视镜将口红抹了抹，这才手握方向盘，直接驶到水务局，亲自打开会客室里面的收藏室。

见到马跃之，梅玉帛做的第一件事是递上手机。

马跃之心里不太平静。接过手机后，他一反时下人人将手机当成半条命、至少五分钟刷一次屏的常态，直接放进口袋，用哪怕人机分离整整一天也不要紧的洒脱，透出一种若无其事的神情。

梅玉帛格外过意不去，非要有所表示。

"马先生一整天没吃东西，肯定饿坏了，我请你消个夜！"

"冰箱里有吃的，我都拿出来吃了，只有老冰棒没有吃！"

收藏室被打开，看到梅玉帛的第一眼，马跃之心里比独自闷在没有电灯的黑暗中还要憋得慌，他费了很大的劲才说出这些平平常常的话。

梅玉帛看出马跃之表情异样，以为是对自己的反感，脸上的笑容更加可人。

反映在马跃之身上，梅玉帛越是谦卑，他越是觉得不知如何面对。

藏在老冰棒中的那块上品玉佛，用心去想就像心梗发作，用脑子去想就像脑梗发作。在马跃之的为人准则中，所谓匿名举报是百分之百的蛇鼠行径；至于更加劲爆的实名网曝，往往是用一分事实掺进三分故事，借助围观起哄的势头大张旗鼓地闹将开来，再藏进六分某种未得到满足的个人私欲。马跃之断断不会做出蛇鼠行径，同时也不可以让自己骂自己是鼻屎。将上品玉佛冷冻在老冰棒里面，谁能这么做，这个问题的正确答案，用脚后跟去想，也只需要半秒钟。真正的问题不是答案，而是对这种答案的处理方法。那种用五彩祥云将自身托举在凡尘之上，再以回光返照方式变幻为说你坏你就坏、要你臭你就臭的天使，能让一个人瞬间实现大红大紫，却难逃大红大紫的反噬，最终虚化为从直肠中排放出来的令人掩鼻的气体。被光鲜外表打扮的往往都是乌云，如此欺世盗名的屡试不爽，反过来也让人们看清高尚无邪的正气如何受到妖魅阴邪的戏弄。收藏室小冰箱里的这件高价值的尤物，在当事人之外，大概率只有马跃之知道。然而，只要马跃之胆敢以正义的名义行正气之实，铺天盖地的污言秽语即使不能置他于万劫不复的境地，最轻量级的诋毁，也会将发现并举报的他，丑化成爱打小报告的小人。用奇巧方法暗藏此种尤物的人，反而只是一种公共笑谈。马跃之由自己内心的纠结，联想到一些鸡汤文字，说妈妈不让孩子告诉老师，谁个小朋友丢的铅笔是谁个小朋友拿走了；说老师不许学生告诉自己，哪个学生的作业是抄了哪个学生的；等等。而将惩前毖后的全部责任交给未来的警察，这显然是不可以的。虽然窃笔、窃题确实需要宽恕，然而，那些遭到惩处的窃贼在本质上与这些小事又有多少区别呢？

独自待在小屋里，马跃之想着梅玉帛迟早要来，见面之后自己该如何做？如何说？为此他设计了许多方案，在所有能够想到的方案中，都没有直截了当地说出老冰棒中藏着上品玉佛的选项。马跃之对自己极为不满，甚至埋怨自己，不如也学曾本之就此退休，不再食这些人间烟火。

正如长考出臭棋,所有的深思熟虑,不过是对漏洞百出的自我安慰。

见面后,听梅玉帛说第一句话,毫无准备的马跃之只好口随舌转,将自己吃光冰箱里的所有零食,只留下一支老冰棒的事如实说出来。事情过后,马跃之越想越觉得这是真正的灵光闪现,如果写成文章则是神来之笔。

为了坐实这句话的意义,马跃之答应了梅玉帛的请吃。

临近午夜,梅玉帛开着车绕着十三街坊转了一圈,挑来挑去,最后还是选了第一眼相中的那个路边摊。

马跃之还没坐稳就问摊主:"冰柜里有老冰棒吗?"

摊主笑盈盈地回应说:"冰砖冰淇淋冰镇绿豆汤都有,就是没有老冰棒。"

马跃之扭头问梅玉帛:"你要老冰棒吗?可以到别处买!"

梅玉帛正在埋头点菜:"我要个冰淇淋,草莓味的。"

马跃之说:"是呀,老冰棒有什么好!我也换成冰淇淋算了!"

马跃之有意无意地将老冰棒强调了好几次,直到他暗中认为自己做得足够了,这才摁动手机上的电源键。

手机的开机声还没结束,短信、微信与来电提醒的声音就响成了一片。马跃之还没来得及细看,一个陌生电话就打了进来。他稍稍犹豫一下,还是按了接听键。

"你好!"马跃之习惯地说了一声。

"总算找到马先生了!马先生是不是生气没有及时回复,将我们都屏蔽了?我就用沙璐的手机试试,还真的打通了!"

电话号码是陌生的,电话里的声音很熟悉,一听就知道是万乙。

马跃之不满地说:"有事就先说事,别像个女人只顾唠叨,分不清轻重缓急。"

万乙说:"郭家庙两周墓葬遗址有重要发现,大家都不敢做主,请马先生尽快赶过去拍板把关。"

马跃之说:"都深更半夜了,怎么不早点说?"

万乙说:"我从上午十一点就开始打电话找马先生,可马先生的手机一直关机打不通。柳老师也在找马先生,还说如果过了夜里十二点还找不到人,就要报警。"

马跃之有点不好意思,就问:"你现在在哪里?"

万乙说:"我就在水务局工地附近。老邓说之前发现一块价值连城的青铜残片,转眼又不见了,我就过来和他一起寻找。"

马跃之说:"我也在附近。你到十三街坊这里来吧!"

摊主才送上一碟凉拌毛豆和一盘刀拍黄瓜,一辆红色轿车就轻柔地停在旁边。万乙从副驾驶座位上开门跳出来,见到马跃之旁边的梅玉帛,不由得愣住了。马跃之招手让他坐下,又指着红色轿车,问开车的是不是沙璐,请她也下车来一起坐坐。万乙这才找到话题,边说沙璐在执勤,边挥手让沙璐将那红色轿车开走。

这时候,相邻的一位摊主送来一碗糊汤米粉,梅玉帛让放到马跃之面前。马跃之才喝一口,整个人的样子就如同三两酒下肚后美滋滋的微醺。得知糊汤米粉是梅玉帛专门为马跃之点的,万乙差点惊叫起来。在众多美食中,马跃之独独偏爱糊汤米粉,这个小小的秘密,万乙也是最近才从柳琴那里得知的。相识才几天,梅玉帛这么快就知道,纪委的人实在太厉害了。马跃之真是饿极了,呼呼啦啦几下,就将一碗糊汤米粉吃得精光。

接下来的时间,三个人边吃边说话。

万乙告诉马跃之,郭家庙两周墓葬遗址上挖出一个镏金的青铜器物,现场的人都认不出来,又不能将拍好的照片,发微信咨询其他同行。这也是楚学界不成规矩的规矩,除非本地楚学界达成扩大知情者范围的共识,否则就会疑为专业行为不端,破坏楚学界的学术环境。马跃之不用细问也明白,这是曾本之退休后,楚学界的学术现象。郭家庙那里的同事,心急火燎地非要马跃之第一时间赶过去,等于说马跃之的权威性已经得到大家的进一步确认。

马跃之静静地听着,脸上看不出有特别的表情。

直到万乙说完,马跃之才淡淡地表示,难怪他们这么着急,两周重器,只要表面有镏金,肯定不同凡响。

梅玉帛很有感触地说:"到底是大师级的专家,我这外行听了都心潮澎湃,马先生还像心如止水。"

"天底下哪有心如止水的大师,只有经历时间比较长的老冰棒!"

马跃之逮住机会又一次提及老冰棒,随后狡黠地笑了笑。

"其实,我脑子里在搜索,两周时期的达官显贵,曾经用过哪些镏金的器物。研究楚学的人都是这么开篇,要么是人脑记忆,要么是自然遗留,要么是史料记载,没有哪一样可以凭空虚构,只有无根无系的幻想才能从天上掉下来。"

说着话,摊主将几样小菜上齐了。梅玉帛还要开车,滴酒不能沾,就让马跃之和万乙各自拿上一瓶啤酒对饮。

万乙的断牙处还有些不适,就推却说,如果梅玉帛喝自己就喝。

话虽这么说,到底还是扛不住要陪同马跃之,转眼之间,一瓶啤酒就下去了大半瓶。

梅玉帛刚给他俩打开第二瓶啤酒的瓶盖,放在坤包里的手机响了。梅玉帛看了看后,起身走到路边的花坛旁,这才对着手机说起话来。这个电话接听的时间有点长,梅玉帛回到座位上时,马跃之和万乙已经在喝第三瓶啤酒了。

梅玉帛主动拿过一瓶啤酒,打开瓶盖后才开口说:"我在纪委工作多年,向来不劝人喝那容易误事的酒。今天夜里不一样,我要劝一劝自己,若不喝上一点,才叫误事!"

听梅玉帛这么说,万乙也放开了。

"不就是喝酒不开车吗,回头替你找个代驾!"

梅玉帛举起手来与万乙击了一下掌,真的答应了。

三个人都不用酒杯,一手拿着筷子,一手拿着酒瓶,一连喝了三大口。

万乙正要再说什么,马跃之在桌子底下踢了他一脚。

万乙扫了一眼,这才注意到,梅玉帛的眼睛里像是有泪花在闪烁。

静坐片刻后,梅玉帛忽然说:"非洲那边又发生武装冲突了!"

马跃之小心翼翼地问:"家里有人被困在那边了?"

"嗯!"

梅玉帛随口应了一声,又迅速否认。

"不,是一个朋友。已经被接到大使馆,人身安全没问题!"

"哎哟!"

万乙突然不合时宜地叫了一声。原来他在嚼一颗花生米时,不小心将断牙弄疼了。

见万乙捂着嘴露出痛不欲生的样子,梅玉帛建议用冰镇一下,说着就让摊主去别处代买一支老冰棒。

万乙拿到老冰棒后,咬下一坨含在嘴里镇痛。

梅玉帛的情绪已摆脱非洲那边坏消息的影响,好奇地问万乙的牙齿是怎么回事。马跃之就将万乙摔断牙齿的经过简略说了一遍。

梅玉帛嫣然一笑,就着马跃之的话题说:"古往今来,凡是禁忌,都有道理。为人处世太张扬了肯定不好,给孩子取名太张扬了也是会惹事的,所以才有小孩子要贱养的说法,谦卑做人总是不会错的。"

万乙一听便开起玩笑来:"我们这些人一向是贱养的,肚子里的油水少,胆子壮!有些人一听说去纪委喝茶,就吓得半条命没了。要是听说纪委请去消夜,不知会被吓成吊颈鬼还是落水鬼!"

梅玉帛收起笑意,若有所思地说:"武汉就一个听漏工,上海也只有十几个,全国上下不到二十人,却有那么多禁忌,这有些让人信不过啊!比如每天只能说十次话,若是让听漏工到什么会议上讲话做报告,是不是也只算一次?"

马跃之说:"人家既然能在大会上做报告,就用不着再当听漏工了,当然就可以口吐莲花,说一千,道一万,也没有人敢嫌他话多。"

万乙年轻,脑子反应快:"前几年搞可移动文物普查,从南到北,大大小小的博物馆现存青铜器物一百四十多万件。假如发现一件器物算说一句话,从两周时期到现在,差不多每天只说十句话。所以说嘛,考古这行也就是历史的听漏工。"

梅玉帛又笑了:"依你这么说,纪委工作更像听漏工。"

马跃之也笑起来:"这个比喻好,比说成是啄木鸟更有意思。"

"老实说,我挺佩服曾听长——这个名字让人好气又好笑。"说着话,梅玉帛笑得更起劲了,"能在纪委谈话室一字不吐、一声不吭,也只有这位听漏工了。"

万乙说:"人家光着脚,自然不怕穿鞋的。"

梅玉帛说:"这事可不能那样说。有些光脚的人,能量大如天。算我班门弄斧了,世界上最古老的青铜铜鼓,是崇阳当地一个光脚的砍柴人发现的吧?以我的经验来判断,这个听漏工肯定不一般,那双眼睛总让人觉得有些深不可测。"

"我也有这种感觉。"万乙用自己的啤酒瓶碰了碰另外两只啤酒瓶补充说,"我不是说光脚的人也有能量大的,我是说曾听长的眼神像洛阳铲一样。十三街坊上的漏水点,根本不是听出来的,是用洛阳铲打探出来的。"

马跃之说:"你们什么时候见过面?怎么没听你说过?"

"不是见面,是我见到人家,人家没有见到我。"万乙本来就没有在马跃之面前隐瞒的意思,他将夜里陪沙璐巡查,在十三街坊碰见听漏工曾听长的过程说了一遍。

梅玉帛想起一件事来,就说:"因为他是京山人,在上海待久了,见到湖北人就会不由自主地流露出亲切感。在他那里是很正常的表情,别人见了就觉得不大一样。"

马跃之心里有种异样的东西在涌动,忍不住问:"谁是京山人?"

梅玉帛说:"曾听长的档案里就这么写着的。"

马跃之说:"那他如何去了上海?"

梅玉帛说:"档案里说是小时候被养父领着去的。"

马跃之说:"他养父也是京山人?"

梅玉帛说:"养父是上海人,那一年不知为何跑到京山,赶上刚刚出生的曾听长被人丢弃,便领去做了养子。后来又有一些波折,再后来就接班当了听漏工。"

万乙插嘴说:"按听漏工的行规分析判断,曾听长的养父是不是到京山找乡下寡妇相亲？"

梅玉帛说："千里之隔，相不相亲都是怪事，再领个养子更是天奇地怪。"

马跃之有些走神，任凭万乙与梅玉帛说什么，他都不作声。也不知怎么的二人的话题就扯远了。万乙大着胆，问前些年有一个案子，牵涉面很广，其中凡是男人一个个都是竹筒倒豆子，有的无的都往外说；凡是女人反而一问三不知，没有一个承认所犯错误。

梅玉帛很给万乙面子，没有正面回应，而是重提早前的话题，反问万乙，有没有郭家庙那边新发现器物的照片，让她先睹为快。马跃之不动声色地替万乙回答，各行各业都有各自的规矩，考古现场的照片，在得到确凿无疑的结论之前，不可以用手机发来发去。梅玉帛接着这话，说起了听漏工，按他们自己规定，一天只能说十次话，这种违反人性的规矩是何等的不靠谱。

正在说话，梅玉帛的手机突然响了。

"老蒯，这么晚还不休息？"梅玉帛拿起手机，看了一眼后对着手机说，"什么事这么急，明天上班再说不行吗？"

"水务局这案子，让人心里憋得慌。"

梅玉帛没有开免提，一旁的马跃之和万乙还是听得见手机里的声音。

"你心里再憋能比得上我吗？另外找点事做，分散一下注意力。"梅玉帛说话的样子根本不在乎一旁的人听得见或听不见。

"不过心里憋还是次要的，主要的还是想起另一件事。"

手机那边的蒯二巡果然有一套话术，让人不得不听下去。

"那你说说看，是不是值得你这么晚给女领导打电话。"梅玉帛的话里已经有给对方减压的意思了。

"是这样的，前些时，地铁省博物馆站工地发生漏水现象，幸亏发现及时，没有酿成事故。事故苗头是谁最先发现的，到现在也没查清楚。就在刚才，我脑洞大开，忽然觉得这位名叫曾听长的听漏工，很有可能就是这位发现者。我是这么想的，水务局的听漏工，依靠与众不同的听力判断深埋在地下的自来水管有没有漏水。相比之下,地铁站工地上的漏水动静更明显一些,只要有机会,听漏工完全可以发出漏水的预警。"

梅玉帛似乎来了兴趣,没有打断蔚二巡的话。她拿起啤酒瓶,浅浅地喝了一口。

"地铁站工地漏水那天,我们不是试行提前介入吗,现场安装着很先进的监测仪器,工作状态也没有任何问题,并且已经监测到有漏水现象,只是时间上比那封用甲骨文写的报告信晚了六七个小时。我们去调查这事时,负责监测的工程师十分抵触,说德国和日本有没有更先进的仪器他不清楚,但在国内,这台监测仪是灵敏度最高的,这台仪器发现不了的动静,别的仪器更不可能。工程师咬定有人在挖他的坑,捣他的鬼,人为制造一场工作上的失误,想不让他申报高级工程师。直到邹主任亮出我们的身份他才将信将疑地表示,只有龙王爷派来的卧底,才能了解任何一滴水的信息。之后,我们就沿着甲骨文的线索去楚学院了解情况。接下来,我从两个方面汇报最新发现。"

听蔚二巡在手机里说话,梅玉帛不知不觉地将一瓶啤酒喝光了。万乙替她再开一瓶,她也没有丝毫拦阻的表示。

"首先,楚学院的马先生对那封信的内容既不了解,也很外行,可以说是零线索和零帮助,对用甲骨文写信的人也基本上不了解。之所以用'基本上'三个字,出于一种判断,作为冷僻的甲骨文方面的专家,对入甲骨文这行的人多多少少会有一点了解。这么说就牵涉第二方面了。假设地铁站工地开始漏水是听漏工曾听长凭借自己的特长提前发现的,以此推断这封甲骨文信也是他写的,加上他平时爱去水务局各处工地寻找一些破铜烂铁送给陆少林,这位听漏工的来龙去脉不可以等闲视之。接下来我继续假设,听漏工用甲骨文写信,送到楚学院,摆明了是要让马跃之来接这个单,这种动机无法不令人生疑。如果只是报警,110、119、市长热线,随便哪个电话,动一下嘴皮子就行。如此大费周章,显然是另有所图。简单来看有可能是炫技,告诉人家马先生,天外有天,山外有山,自己的甲骨文水平不比谁差。思路稍稍复杂一些,还可以这样去想,马先生见到这封甲骨文写的信,随后就来到局长喜欢青铜、听漏工也喜欢青铜的水务局,再往后我们综合组就出场了。假如今天上午马先生没有要求进那间小屋,而说这些都是巧合,我也相信。问题是马先生提出了这种破例的要求,说这些都不是巧合,我才更加相信。"

梅玉帛一边听电话,一边拿起啤酒瓶,直到将满瓶啤酒一饮而尽才说:"我猜你的意思是,在水务局陆副局长和下属听漏工,还有楚学院的专家学者之间存在一条利益相关的链条?"

手机那边的翦二巡说:"有没有链条由领导来判断。"

梅玉帛说:"那你这么晚说这么一大堆话是何用意?"

翦二巡说:"我想找个女人用女性的直觉帮忙判断一下,想来想去只能与你说说。"

梅玉帛敏感起来,语气加重了不少:"此话怎讲?"

翦二巡说话的声音也变了:"刚才我与老华在电话里说过,他也有同感。"

大概是担心梅玉帛再有误会,翦二巡马上接着说:"我和老华都觉得,听漏工曾听长与马先生总有一种说不出来的相似之处。"

直到这时,梅玉帛才扭头看了马跃之一眼,然后继续与翦二巡说话:"你俩看人的水准还够得上老奸巨猾吗?马先生生着一副堂堂正正的国字脸,人也长得像青铜重器。听漏工曾听长的脸都快成尖嘴猴腮了,身子骨也很阴沉。这么明显的差别也看不出来,都是什么眼力,是不是只会看美女了?"

翦二巡说:"看人不能只看相貌,要看眼神、看嘴角、看鼻翼,还要看走路的步姿。"

又说了几句话,梅玉帛终于收起手机。

不待梅玉帛开口,马跃之先说起来:"这位下属像是别有用心啊!"

梅玉帛说:"马先生看得很准!有些男士欺负我是单身,深更半夜借谈工作的名义,说些不怀好意的话。所以说,男人像考古发现的镇墓兽,再烂再渣,放在家里镇镇宅子还是可以的。"

万乙诧异地说:"纪委的人也敢招惹?"

梅玉帛淡淡地说:"纪委的人也是肉做的。"

万乙又说:"梅主任还是单身,不会吧?"

梅玉帛轻叹一声:"我这辈子只谈过一回恋爱,还害得人家一气之下跑到非洲去了。有时候,感觉自己是青铜做的,该进博物馆了。"

大约是三个人都有了心事,不由自主地喝了一阵闷酒。

马跃之找到一个话题,主动问梅玉帛:"刚才说起曾听长的名字取得怪,你这'玉帛'二字,好虽好,可也有点怪,一般人都不会取这个名字。"

梅玉帛说:"我原先的名字更怪,叫梅岚芳。不是兰花的兰,是山岚的岚。上小学时,老师都说我这个梅岚芳的'岚'字,比那个梅兰芳的'兰'字好。我自己却一点也不喜欢,小学二年级时,就将名字改成梅玉帛。"

马跃之说:"这么小就会改名字?"

梅玉帛说:"上小学的第一个暑假,我和同学一起去博物馆参观。我都忘了当时为什么与一个不认识的小男生发生口角,小男生的妈妈上前来推了我一把。也怪自己没站稳,当时跌倒在一块展板上,将额头碰破了,有两滴血正好滴在'玉帛'二字上。我将这两个字死死记住,然后就闹着非要用这两个字做自己的名字。"

马跃之说:"你妈妈呢,她没有陪着你?"

梅玉帛说:"我上幼儿园时就没有爸妈了!"

梅玉帛说这话时,语气很平静。

马跃之听了,心里很不是滋味。

三个人都不说话了。不知为什么,马跃之觉得梅玉帛说的这句话,与在水务局收藏室见到那块青铜残片时,轻轻叫的那声"了不得",有一种气息相连。

卖夜宵的摊主上前来搭讪过两次,第一次是问要不要加菜,第二次是免费送上一碟滑藕片。

万乙到底是年轻,沉不住气,率先开口,说自己发现凡是工作狂的女人，个人生活都不太顺利，做起事来，也非常果断，还敢于承担责任。说着话，就回到陆少林的身上，万乙问陆少林犯了多大的事，将来会受什么样的处理。

梅玉帛没有怪罪的意思，挺当回事地回应说，按她的想法，真希望能像陆少林自己说的那样，通过组织还一身清白。梅玉帛办了许多案子，最见不得的是丈夫在外面坏事干尽，妻子完全蒙在鼓里，清纯得像从诗词里走出来的；一旦知道实情，像是现场有人用刀刻的，脸上的皱纹马上一道连一道地显出来，到最后恨不得还要刻在眼球上。

话说到这里，梅玉帛反过来问万乙，其实更像是问马跃之，从专业的角度来看，陆少林是真的热爱考古，还是以考古作为幌子来满足个人私欲。

马跃之明白这一点，不等万乙开口便抢先说，热爱是装不了假的，热爱本来就是一种私欲，所有的热爱全都源于真实，所有的私欲全都是最真的真实。热爱就是私欲，私欲就是热爱，它们互为因果，不分彼此。马跃之来不及细想这里面的逻辑对与不对，纯粹用自己亲眼所见、用老冰棒掩藏上品玉佛的事对陆少林进行判断，即便梅玉帛不可能听懂这些话，也只能如此措辞。

马跃之的话，不仅梅玉帛听不懂，万乙也被绕糊涂了。

也是巧了，一位背着保温箱的老人出现在附近，看样子是卖冰棒雪糕的。马跃之一招手，老人连忙走到身边。问过之后，保温箱里正好只剩下六支老冰棒，马跃之索性全买下，让老人赶紧回家休息。

三人手里各拿一支老冰棒，又都看着各自面前的另一支老冰棒。

梅玉帛想起在水务局带陆少林走时的情形，就问马跃之，什么叫竹筒墓，陆少林为什么要说自己若是坏人，死后就用竹筒墓倒埋倒葬。马跃之回答说，这是随枣走廊一带的民间传说，意思是用这种方法埋葬的人，三千年后才能转世投胎。梅玉帛又问竹筒墓是什么样的墓，马跃之摇摇头说，可能只是传说，谁也没见过。

说完竹筒墓，三个人手里的老冰棒都吃完了，摆在面前的老冰棒也差不多全都融化了。

眼见着自己的良苦用心没有引起梅玉帛的注意，马跃之决定将这事暂时放下。

"听漏工是不是还在十三街坊？让我也去见识一下。"

马跃之突然说出这话。万乙没有任何耽搁，马上回应。

"我有办法！"

说着话，万乙就打通了水务局的热线电话，故技重施，用沙璐前夫老余的住址申报漏水事故，让马上派听漏工来十三街坊查一查哪里漏水了。对方回答说，听漏工早已去了现场，请再耐心等一等。这边才说完，万乙马上主动打电话给沙璐，嘴里同时说，沙璐正在这一带巡察，应当清楚听漏工这会儿在什么地方。

万乙手机的铃声还没响完，那辆红色轿车就出现了，沙璐从车窗里伸出手来摆了几下。

万乙走过去，说了几句话；又走回来，告诉马跃之，沙璐答应带他们去。

说话之际，梅玉帛叫来摊主，连菜带啤酒，一共付了七十五元。万乙还想客气一下，被马跃之拦住了。三人转身上了沙璐的车，绕着十三街坊行驶大半圈。在六小街的巷口，沙璐挂上空挡，提前将车子熄了火，凭着惯性滑行到合适的位置上，悄无声息地停住。

六小街深处，隐约可见一个穿着反光马甲的人影，一动不动地待在那里。从凌晨一点十分到一点四十分，半个小时过去，前十五分钟，车内的冷气消失得一干二净，后十五分钟，车内开始逐渐升温，马跃之、万乙，还有沙璐都有些受不了，梅玉帛就更不用说了。好不容易又熬过半小时，小街深处的人影终于站起来，走了十几步，又变得一动不动了。红色轿车内的梅玉帛用极低的声音感慨，先前卢小材说老蓟和老华熬不过人家，真的是耳听为虚、眼见为实，天底下谁也打不赢这样的心理战。

好在这一次听漏工曾听长的人影只在原地待了二十分钟。

曾听长找到漏水点，在原地打开手电筒，拿起喷筒，喷出一个白色的圆圈，然后收拾好一应工具，迎着红色轿车走来。车上的人纷纷压低身子,趴在车内。曾听长的电动车也停放在六小街巷口,他将手里拿的、肩上扛的几样东西在电动车上放置妥当,忽然转身径直走到红色轿车前。隔着车窗,能听见曾听长用手指在沾满灰尘的发动机盖板上吱吱地写着什么。写完之后,还合掌拍了一下。

终于,听漏工曾听长骑上电动车扬长而去。

沙璐第一个跳下车,确信听漏工曾听长已一去不返,这才请马跃之他们下车。

梅玉帛还记得之前说过的话:"你们看清楚没有,是不是像老翦说的那样?"

沙璐不知此话所指,只有万乙能够回答:"瞎扯淡,一个是葫芦,一个是瓢,一样两般。"

马跃之自己反而来了兴趣:"天太黑,看不清,找机会再仔细看看。"

梅玉帛说:"不用再看了,老翦看事可以,看人肯定不行。不然,他就不会深更半夜给女领导打电话。"

说着话,梅玉帛轻轻笑了笑。

四个人顺着花岗岩石块铺成的滑溜溜小街,走到听漏工曾听长画出的白色圆圈旁。

正在这时,近处三楼的一扇窗户亮了起来,还伴有隐隐约约的说话声。虽然夜深人静,灯光昏暗,这样的响动,却远远比不了小街中央十分显眼的白色圆圈。

梅玉帛小声问:"漏水点就在这里?"

沙璐在黑暗中点了点头:"是的,我见过几次了,从没有画错过。"

四个人都不再说话。刚刚亮起的那扇窗户又暗了下去,紧接着邻街楼道里传来一串急促的脚步声。一个男人急匆匆地钻出来,背对着马跃之他们,快步走向巷口后,闪身不见了。

马跃之和万乙同时认出来,那背影是郑雄。

万乙有点不相信自己的眼睛,董文贝昨天打电话到处找马跃之时,清清楚楚地说过,郑雄人在北京,这会儿竟然出现在十三街坊的六小街,这么鬼鬼祟祟的,在玩什么名堂呢?马跃之倒没有想太多,关于郑雄说一套做一套的人品,这些年见识得不少,人在武汉,却声称在北京的事,发生在郑雄身上,已经是很小很小的把戏了。沙璐本不太认识郑雄,但她认识郑雄的车,之前只发现郑雄的车在这一带出没,这一次,她实实在在看见郑雄的车就停在六小街巷口。以梅玉帛的身份来判断,肯定也认识郑雄,一个正厅级的官员,深更半夜在这一带独自出没,不管从哪个角度去看,都是不太正常的事情。

四个人心里都有数,又都没有说出口。

十三街坊仿佛更安静了。

四个人往回走到红色轿车旁,正要上车,沙璐眼尖,发现发动机盖板上有一行什么字。万乙按了一下手机中的电筒软键,只见满是灰尘的发动机盖板上,有人用手指写了一道数学题:2+4=6。

毫无疑问,这是听漏工曾听长写下的。

别人还没有形成思路,万乙就想明白了。

曾听长用手指在发动机盖板上写下这个加法等式,暗指这台红色轿车前次停在这里时车上有两个人,这一次红色轿车上有四个人。二加四,一共是六个人来此窥探过。

梅玉帛马上说:"如果真是这样,这位曾听长的心事远远不止听漏工这一点,千万不要小看他了!"

梅玉帛说的这些话,好像是从马跃之心里掏出来的。

说话之间,万乙接到吴秋水的电话。

得知万乙正和马跃之在一起,吴秋水要他们现在就出发来郭家庙,还说郑雄正在来郭家庙的路上。

与吴秋水说完不到五分钟,董文贝的电话也来了,说话的意思正好相反。

董文贝要马跃之在家好好补一觉,明天早上再去楚学院会合。

董文贝说,大半年没有欣赏马先生如何进行田野考古,他要陪几位一起去郭家庙。

夜深人静,吴秋水和董文贝说话的声音旁边的人都能听见。梅玉帛夸奖董文贝，没有追在郑雄屁股后面去郭家庙，而是留下来陪马跃之。万乙不以为然，在他看来董文贝一定与郑雄商量好了，让郑雄先行一步，去郭家庙那边，若能看出究竟来，则能证明郑雄是高水平的复合型人才。如果像吴秋水一样，看了也是白看，也可以落得个当了厅官后仍然不辞辛苦深入一线工作的美名。

梅玉帛很好奇，郑雄的专业水平是不是比吴秋水高。

万乙反过来问梅玉帛，半斤与八两难道有区别吗？

拾贰

一大早,马跃之就出门去往楚学院。

地面上还有热气在蒸腾,毕竟到了初秋,大半辈子都在田野考古的马跃之,对这样的天气很满意。从自家门口到公交车站,一路走来,身上正好微微出汗。

一辆六十四路双层公交车停下来,大约是时间太早,公交车站上只有马跃之一个人。马跃之从容不迫地上车后,正在想要不要爬上二层,一个年轻女孩从女司机背后的座位上站起来,冲着他说:"马先生,早上好!"马跃之定神一看,是省博物馆的讲解员王蔗。王蔗一边说好巧啊,一边请马跃之坐在自己身边。正在这时,马路上蹿出一只流浪狗,开车的女司机猛打了一下方向盘。随着车身的剧烈晃动,马跃之顺势坐了下来。

公交车重新稳定下来后,女司机回头说了一声:"对不起!"

王蔗毫不领情地说:"马先生若是摔着了,看我回家后如何收拾你!"

马跃之还没来得及仔细猜想，王蔗又说："她是我妹妹，平时像个乖乖女，开起车来就像开坦克的女汉子。"

马跃之笑了一下，将女司机多看了几眼，随后认出来，让万乙磕断两颗牙齿的公交车女司机，正是王蔗的这位妹妹。马跃之正在想如何对王蔗说这件事，忽然发现王蔗身边也放着一只行李箱，便随口问了一句。

"当讲解员的也经常出差吗？"

"现在的事，都是领导一句话。"

"眼下正是旅游参观旺季，这时候让讲解员出差，一定有重要任务。"

"我也希望天降大任于小女子啊！"

"可领导让我出差时说是对我的惩罚！"

后面这两句话是王蔗连着说出来的。

王蔗说这两句话的声音很不一样，加上出现在眼角余光中的形体，马跃之心里不由自主地动了一下。马跃之还在想着什么，王蔗在一旁提醒说是到站了。从六十四路公交车上下来，王蔗拎着行李箱将马跃之送到横穿东湖路的地下通道入口，这才继续往博物馆方向走。

在楚学院工作许多年，马跃之还是头一回这么早经过这处熟悉得无法再熟悉的地下通道。那位流浪画家来得更早，马跃之从他身边走过时，画板上已经有了晨曦初照的画面。马跃之从东湖路这边进去，再从东湖路那边出来，在地下通道里一下子也没有停留，为的是给门卫许师傅一个小小的意外。

深夜两点，马跃之离开十三街坊回到家里，说好当天从京山赶回来的柳琴，居然不见人影，甚至都没有打电话或者发微信说一声。好在从事考古多年，早已形成默契，有事没事柳琴都会替他备好一只行李箱，里面放置全套外出旅行用品。遇到紧急情况，不用再费时间准备这这那那，拎起行李箱就能出发。马跃之越是睡得晚，越是醒得早，加上心里记挂着柳琴，五点刚过，就爬起来看手机，见还是没有柳琴的任何消息，便决定早点去楚学院，与门卫许师傅见上一面。

自从将马跃之写的书法"香水浓缩一万倍后就会变得臭不可闻，臭气淡化一万倍后也有可能清香扑鼻"拿到手后，许师傅像是做了亏心事，只要马跃之的人影一出现，他就变得格外忙碌，连抬头看马跃之一眼的时间都没有。门卫职责必须代收的快递和信件，许师傅总能找到合适的人，顺便捎给马跃之。许师傅的这种变化，被马跃之看在眼里、记在心里，使得他更想与许师傅聊一聊。

早上七点，马跃之突然出现在楚学院门房里。

正在给茉莉花浇水的许师傅有点措手不及。

马跃之找了把椅子坐下来，说是万乙预约的，八点钟在门口会合，一起去郭家庙，他懒得上楼，就在门房里等一等。许师傅马上打电话给万乙，还有楚学院的司机，说马先生提前到了，让他们也早点来，别让马先生久等。接下来，马跃之有一句没一句地与许师傅说着话。无论马跃之说什么，许师傅都能将回应的内容引到那幅书法上。只要提起那幅书法，许师傅从内到外的表情都会十分真诚，比如许师傅说，他家孩子经常对着那幅书法发呆，想不到书法可以这么写，将科学精神与诗词情感完美结合在一起。

到了某个时刻，马跃之觉得可以问话了，这才露出自己的本意，要许师傅将发现甲骨文书信"马上告之"之前的情形再说一遍。这中间马跃之最想了解，为何许师傅会说"天生就是楚学院的人"。不出所料，许师傅马上重复之前的话，要马跃之千万不要逼他，他说那话是有口无心当不得真，不像马跃之说一句能顶一万句，自己说一万句也顶不了一句。就这样一个软硬兼施地询问，一个东扯西拉地回答，眼看着万乙从地下通道里钻出来，许师傅到底还是透露了一点口风。在许师傅眼里，楚学院都是些看得透古今万物的人，凡事是好是坏自己都惹不起。前些时出现的那封"马上告之"地铁站漏水的信，如果不是鲁丰装出认识甲骨文的样子，硬说是写给马跃之的，哪怕在门卫室放到他退休，他也不会自作聪明主动送给谁谁谁。

许师傅说："马先生千万别多心，就算我老眼昏花看东西不对劲，也与马先生没有半点关系。"

马跃之说："许师傅认为不对劲的东西与谁有关系呢？"

许师傅说："马先生可不能这么问！这么问会将人逼出忧郁症来！"

马跃之也没办法再问了。

万乙在不远处响亮地叫着马先生。

万乙一来,许师傅整个人像是翻身得解放一样说笑起来。这十几年,地方上搞建设,一不小心就会挖出埋藏千年以上的大小墓葬与各种遗址,弄得楚学院的人手都不够用,不得不将行政人员派去顶缸。什么时候也给当门卫的人一个机会,去发掘现场试试身手。曾经的南京大学首席辩手万乙哪在乎这点说笑,张嘴就说,现在的盗墓贼越来越厉害,发掘现场最需要门卫和保安。许师傅装出委屈的样子,说自己好歹在楚学院待了几十年,天天捡个耳朵听说的故事,就比盗墓小说精彩多了;真要是遇上盗墓贼,用不着出手,凭着三寸不烂之舌,让他们跪着叫师爷。

万乙这时开了一个真正的玩笑:"许师傅哪里是想参加田野考古,根本就是去给盗墓贼当导师。"

话说到这里,许师傅反而来了一句双关语:"当了几十年门卫,如果还分不出人模鬼样,那就是白活了!"

马跃之明白这话是说给自己听的,心里反而更不明白了。

马跃之没心思开玩笑,他在暗暗琢磨,许师傅要自己千万别多心的话,听上去还是比较真诚。从周老先生到曾先生,马跃之没少从他们那里听到类似的话,人活到老眼昏花的岁数,看东西不清楚,看人看事反而到了显微镜的级别。马跃之从未如此认真地打量许师傅,他装作踱步,一会儿从左边侧看,一会儿从右边斜观,一会儿正面相对,一会儿背后透视,看来看去,无论哪个角度,都是那种心里有数且永远将自我保护放在第一位的老好人模样。

正在这时,博物馆讲解员王蔗拖着行李箱,从近在咫尺的地下通道里钻出来。

笑起来模样更招人喜欢的王蔗,与大家打过招呼后,也像马跃之和万乙那样,站在门房外面。

万乙有点好奇地问:"你这是等人还是等车?"

王蔗说:"我也不晓得。通知上说,让我早上八点在这里等,然后去郭家庙。"

万乙说："讲解员去一趟考古现场，回头更会讲故事了！"

王蔗说："只要不是真的罚我就好。"

万乙说："谁敢罚你，简直有违天理！"

到底是当过大学生辩论赛首席辩手，万乙一个赞美的字眼没用，就将夸赞王蔗的意思表示得一清二楚。

王蔗瞟了马跃之一眼说："当领导的随口说句话，小老百姓哪里分得清是真是假，总不能每个字都要我们用手捧着不许丢吧。那天他们参观大楚青铜馆，发现九鼎七簋的七号簋掉了一点点铜锈，就随口一说，要我通知馆长将七号簋送到楚学院，请马先生判断一下。这话我当时就转告了，人家当馆长的不当回事，没有照办，怎么好意思怪罪一个小女子？"

院子后面响起汽车喇叭声，一辆黑色商务车从办公大楼侧面驶出来，停在马跃之身边。司机探出头来说，董书记马上就到。万乙问司机怎么不去接一下。司机笑着说，董书记每个月领了一千五百元车贴，就算当司机的敢开车去接，他也不敢上车坐一屁股。说话时，隔着一条东湖路明明白白地看着董文贝从一辆公交车上下来，随着人流钻进地下通道，又随着人流从地下通道钻出来。司机冲着大家挤挤眼，只有万乙笑了一下。董文贝正好看见了，马上问万乙笑什么。万乙将大家议论领导干部可以领车贴的事如实说了，董文贝有点尴尬地回应说，像马先生这样的高级专家，都没有资格领车贴，自己若是一边领车贴，一边还坐公车，就算长着十个屁眼也不够烂。

一旁的王蔗，装作没听见这句脏话。

这种模样，说明王蔗与董文贝比较熟悉。果然，转过身来董文贝就问王蔗接到通知时，是不是吓得小心脏怦怦乱跳。王蔗回答得很得体，她觉得一个普通的讲解员，又不是谁的秘书，一没弄丢文件，二没假传命令，能犯多大的错呢！

"说不怕是假的，说真怕也是假的。"

听完王蔗的话，董文贝有意无意地说了一句。

"郑厅没有错看,是个懂事的女孩!"

一辆挂着绿牌的新能源车停在路边。办公室的鲁丰下车后,转身从车内拎出一只双肩包,头还没有完全扭过来,就已经说了好几遍"对不起"。别人都没什么,唯独董文贝的脸色不太好看,找个借口数落鲁丰,出门只背个小包,不像是参加田野考古的样子。鲁丰也知趣,二话不说,上车后直接坐在后排座。也用不着谁说什么,接下来就该万乙了。接下来由董文贝坐在前排左座,马跃之上车坐在前排右座时,王蔗用手温柔地帮了一把,自己再开前门,坐在副驾驶座上。

夜里睡得晚,早上起得早,商务车驶过长江二桥,马跃之拿着手机看了几次,见依然没有柳琴的信息,就迷迷糊糊地睡着了。万乙与马跃之的情况表面上差不多,实际上还多了一种小两口短暂离别前的欢娱之累,上车后便急着想补上一觉。只有鲁丰没有这种乘车时的早困,大约是玩手机游戏时太忘情了,不小心碰到前排座椅靠背,惊扰了也在瞌睡中的董文贝。商务车上到高速公路后,在第一个服务区停车休息时,董文贝就叫鲁丰与王蔗交换座位,其理由却说鲁丰坐在身后一声不吭像个幽灵。

商务车重新上路,王蔗一扫全车的睡意,与大家说个不亦乐乎。

王蔗在后排坐定后,第一句话就将昏昏沉沉的马跃之彻底唤醒。

王蔗一只手搭在前排座椅的后背上说:"其实,十几年前我就认识马先生!"

车上的人异口同声地回应说:"那时候,你才多大,小学生吧?"

王蔗说:"是呀,我就是上小学时认识马先生的。"

董文贝说:"那么小就有考古天分,难怪郑厅那么看重你!"

王蔗说:"哪里呀!马先生和我都是六十四路双层公交车的爱好者!"

马跃之心中一怔,还没来得及问什么,同样坐在后排的万乙,像是因为离得近更方便说话,抢着要王蔗讲讲其中的故事。王蔗笑着问马跃之,可不可以和盘托出。王蔗说话的表情,好像自己与马跃之真有不为人知的故事。马跃之没有阻止。与万乙他们一样,马跃之也想弄明白六十四路双层公交车爱好者是怎么回事。

接下来王蔗讲了一个很长也很动人的故事。

故事的主角是王蔗自己，那时她还是一个喜欢穿白色连衣裙的小姑娘。因为妈妈是公交车司机，每天放学后，王蔗就去公交车站等候妈妈驾驶的六十四路双层公交车，然后爬上二层，趴在前排座椅上写作业。王蔗不记得第一次遇见马跃之是什么时候，只记得那次她在写作文时卡了壳，脑子里想不出任何要写的句子。旁边的一位伯伯发现她老在咬铅笔，就凑过来给她出主意。从那以后，王蔗才注意到那位伯伯也很喜欢坐六十四路双层公交车，并且也喜欢坐在二层的最前排。所不同的是王蔗必须专心写作业，那位伯伯似乎是坐在车上发呆。那一阵，王蔗写作业遇到难题，就会请教那位伯伯。有一回，王蔗终于开口问那位伯伯是干什么的，怎么可以不上班，坐在六十四路双层公交车上看风景。那位伯伯回答说，自己的工作是考古，一年到头只与从地下挖掘出来的东西打交道，因为太寂寞了，需要到环境比较嘈杂的地方换换脑子，让自己的思想产生激变，并产生奇妙的灵感。王蔗很快就将这些新奇的说法写进作文里，不仅得到老师的夸奖，还被当成范文，在全年级九个班轮流朗诵。王蔗没来得及将自己的作文拿给那位伯伯看，当公交车司机的妈妈就要她放学后直接回家，还说妈妈因违反公司制度，让王蔗在车上写作业，差一点被开除。王蔗大学毕业到博物馆工作后，妈妈才说实话，当初有女同事给公司写匿名信，检举她将六十四路双层公交车二层前排，当成自家女儿的软座包厢。公司经理谈起这事时不仅没有指责，还很同情地建议稍微注意一下就行。王蔗的妈妈这才不许王蔗在六十四路双层公交车上写作业。这些年来，王蔗一直没有忘记那位喜欢坐六十四路双层公交车的伯伯，到博物馆当讲解员后，才从相关资料中认出了马跃之。

王蔗说话时，马跃之就想起来了。自己对小女孩王蔗说过的话，大概意思不会有错。很多年了，只要遇上爱刨根问底的小姑娘，马跃之都会这么说。相反，如果是小螃蟹那样张牙舞爪的男孩，马跃之就要换一种说法，如实告知，大部分考古工作都是进到千年古墓，从死者留下的各种蛛丝马迹中,探索那些能够启迪后人的奥秘。至于自己喜欢乘坐六十四路双层公交车,他与小姑娘王蔗说的话只是一般道理,真正原因,马跃之绝对不会在任何人面前提及。心情郁闷之际,坐上六十四路双层公交车,行驶过程中,左拐弯时车身向右大幅度倾斜,右拐弯时车身向左最大限度地偏出,急刹车时连人带车显现一种飞来横祸的预演,起步前行时连车带人需要极度努力才跟得上去的阵势,随时随地都会发生的意外,迫使自己从内到外爆发出一种与之抗衡的霸气。霸气之下,一切郁闷与不快马上烟消云散。一来二去,如此这般,使得马跃之对六十四路双层公交车有了不一样的感觉。

坐得最远的鲁丰,从副驾驶座上扭过头来说:"我上小学时写的作文也做过一回范文,说实话直到现在,想起那篇作文的内容我都脸红——"

鲁丰话没说完,就被万乙打断了:"我们都上过小学,也都见识过那种假大空的范文。都说文如其人,小时候写什么样的作文,后来基本上会选择做什么样的事情。"

万乙说完,董文贝先急了:"万博士此话怎讲,办公室工作也不全是假大空吧?"

万乙说:"这话可不是董书记说的啊!刚来楚学院时,听曾先生讲过一个笑话:当初成立楚学院时,搞专业的人都不愿意做行政工作,没办法,上面就派了几个纯粹搞行政的人来,那意思就像是大户人家里请了一个管家。想不到时间一长,管家反而成了主人,今天给这个人授予顶级专家称号,明天让那个人做学术带头人。对这种现象,曾先生当时用了一个词:僭越!"

见董文贝一副尴尬模样,马跃之于心不忍,扭头冲着万乙说:"你怎么还不汲取教训,'僭越'二字是随便用得的?当心将下面的两颗牙也摔断了!"

马跃之本意只是针对万乙信口说出来的"僭越"二字,万乙也的确按马跃之的意思不再说与僭越相关的话题,毕竟断牙之痛真的是没齿难忘。万乙舌头一转,让话题重新回到六十四路双层公交车上。大家你一言我一语,围绕六十四路双层公交车说个不停,连不方便开口的司机也忍不住插嘴来上几句。这也难怪,六十四路公交车开通之初,武汉三镇的许多人都曾有过花上两元钱,坐在二层之上,将长江汉水两江四岸的好风光一口气看个遍的经历。

说到后来,用不着马跃之提半个字的醒,万乙就弄清楚了,那天开车摔断自己两颗牙齿的女司机是王蔗的亲妹妹。

明白过来的万乙,冲着王蔗咧开嘴,露出缺了两颗牙齿的黑洞。

"我要你妹妹赔我的牙!"

王蔗嫣然一笑,伸出两个手指做出闭合的动作。

"男人做这个动作丑死了!"

万乙稍微一愣,真的将张大的嘴巴闭上了。

"我妹妹的牙没有我的牙好看。"

"要不我替妹妹还两颗牙给你?"

王蔗一连说出两句话,教人不知如何回答是好。

万乙再次显示出作为大学生辩论赛首席辩手的才华。

"算了吧,一会儿到郭家庙发掘现场,谁发现有某个国君的牙齿,请马先生挑两颗替我补上就行。"

车上的人齐声笑起来。

王蔗笑过了还意犹未尽地说:"马先生又不是牙医,如何补得了你的牙?"

万乙说:"马先生的眼力比仪器还准,让他来分辨牙齿大小,误差不超过十分之一毫米。"

众人说笑之际,马跃之的思绪仍然停留在六十四路双层公交车上。

马跃之对当年的小姑娘王蔗几乎没有记忆,六十四路双层公交车上故事太多,一般的人,平常的事,很容易被湮没。留下来的都是不一般的人和不平常的事。

有一回,一个中年女人上车后径直走到二层第一排,挨着马跃之坐下来。女人表面上很正常,上来就问这趟车是不是从长江大桥上经过。得到肯定回答后,女人显得很开心,在长江大桥站下车时,还满面笑容地说了声"谢谢"。公交车继续行驶到黄鹤楼站时，马跃之忽然发现，女人坐过的座位上放着一封信，信封上赫然写着一行字："请交公安局领导"。马跃之急忙下到一层，将信交到公交车司机手里。司机也怕了，将车停在原地，直到有警察过来将信拿走。再经过将近一个小时的复杂沟通，这辆六十四路双层公交车才继续前行。隔了一天，省报记者采访时，马跃之才知道，那女人是来长江大桥轻生的，但没有成功，被在长江大桥上等了一天一夜的家人及时救下。女人是一所中学的老师，在给"公安局领导"的信中声明，自己的死与任何人无关，只怪自己十分痛恨那僭越之人和僭越之事，万般无奈之下，只好也在生死之间僭越一下，抢先到阎王爷面前占个好位置。

这件事主流媒体最终没有报道。没过多久，发生在六十四路双层公交车上的另一件事，却被写成一篇传奇性极强、据说网上流量过亿的大文章。

那天，因为一年一度的白露节气就要到了，马跃之心里起了波澜，午饭后又上了六十四路双层公交车。从汉口转回武昌，路过长江二桥时，坐在公交车尾部的几个人忽然吵闹起来，一位外地乘客不小心将旁边的密码箱碰倒了。箱子的主人急忙开了密码锁，取出一只楚鼎，捧在手里看了半天，嘴里说表面上没有看到什么问题，却不知有没有内伤。几个似是看热闹的人连忙出主意，说可以到某某研究所用专门的金属探伤仪测验一下，只是相关费用有点贵，按测验时间计费，每分钟收费三千元。外地乘客不知是真有急事，还是只想脱身，三番五次说自己要下车，都被那些人死死拦住。不过所说的测验费，也从十分钟三万元减少到五分钟一万五千元。看看那位外地乘客有花钱消灾的意思，马跃之反而忍不住了，起身走过去，冲着那些人说，看这鼎的样子，不可能是家传的，家传下来的鼎，由于不断使用，有一层暗暗的釉光。像这种表面粗糙还带有黄土的鼎，要么是刚刚从墓室中盗掘出来的，要么是新近仿制的假货。若是前者，虽然价值很高却是犯罪行为；若是后者，那就一文不值，用不着如此大动干戈。马跃之还将所谓楚鼎拿在手里看了一眼，要那些人就近下车，到博物馆买个像样的工艺品，再去乡下找个臭粪坑，埋在里面腐烂半年，之后再取出来做这些勾当——能不能赚钱另说，至少能达到这一行的入门水准。武汉三镇的骗子都是文骗，不像其他地方的骗子，文的不行就来武的。武汉三镇的骗子还有点荣誉感，一旦被当众识破，就会觉得自己水平不够高明，发一声哄笑，赶紧走人。那帮人果然自嘲地大声笑了笑，十分爽快地作鸟兽散。六十四路双层公交车往前行驶刚刚一站，那群人就乘出租车追上来。为首的那个人从怀里掏出一件老玉，非要马跃之帮忙辨别真假。马跃之拿在手里认真看过，就劝那人不要玩这些东西，以武汉三镇之大，真正够格玩老玉的不会超过二十人，这二十个人有一半在楚学界，余下十来个人与考古专业多多少少有些关联，至于二十人数之外的，无非是两种，一种是只骗别人，不骗自己；一种是既骗别人，又骗自己。六十四路双层公交车从长江二桥过来的博物馆站，设在楚学院旁边。马跃之下车走进楚学院时，感到有几道目光长时间盯在后背上。之后的事，是那篇文章透露的。那伙人发现马跃之是楚学院的专家后，私下约见省报的一名记者，感叹他们一天到晚挖坑诱骗人往里跳，差点被人骗进更大的坑；若不是遇上马跃之，那块所谓的老玉，会害得他们全都倾家荡产。文章中的当事人都没有用真名，事情都是马跃之经历过的，一看就能明白。

六十四路双层公交车不知载走武汉三镇多少人和事，自己经历过的自然记得牢牢的，在别人那里只能是车后的一股烟尘。

马跃之只顾沉思，猛地见到路边"李白故里"的巨大招牌，知道离郭家庙不远了。他搓了搓手，让自己回到车内的情境中来，恰好听到董文贝在说话。

"万博士用古人的牙来补自己的牙，这是太有想法的想法。如果用这种方法将有资格享用甲字形大墓的贵族基因移植到自己身上，实现符合科学的僭越，楚学研究就要迈上新台阶了！"

马跃之不想问他们，都走了一百多公里，怎么还在说万乙的牙齿，并且还上升到僭越的层级。"僭越"一词，在楚学院差不多每天都能听人提及。

所谓历史，至少有三分之一与僭越有关。

没有僭越的历史是平庸的，发生僭越的历史是罪恶的。

僭越是让历史变得精彩的捷径，也是让历史变得惊心动魄的歧途。

僭越是让历史人物活出精彩的捷径，也是让历史中人活出狼心狗肺的歧途。

当初那位想跳长江大桥的中年女人，居然也能说出这个词，想必对历史参悟较深。当然，与有些大词一样，有事没事都用，就像对一些特效药有了抗药性，又像掺水太多，将既浓且重的意义稀释了。在楚学院的卫生间里，小便时不对着小便斗，非要去占着抽水马桶，也会被说成是僭越，则是对这类大词无可奈何的消解。

马跃之掏出手机看了一眼，依然没有柳琴的任何信息，便忍不住对自己说了一句："真是奇了怪了！"

坐后排的万乙明白他的意思，马上回应说："是柳老师吧？她发信息问过我，我将马先生的行程都对她说了。"

见到马跃之那副会心的模样，王蔗惊讶地说："天底下真有这心心相印的老师和学生，老师没头没脑地说句话，当学生的就能晓得老师的心思。"

不知为什么，马跃之有点烦躁："我和万博士是同事，他不是我的学生，我也不是他的老师。"

这种时候，只要一冷场，哪怕只有半分钟，就不好周旋了。

董文贝是行政上的老手，眼看着车内气氛就要发生变化，赶紧接过马跃之的话，对王蔗说："你好幸运啊，还没有正式报到，就被马先生上了一课，往后你也是我们的半个同事。"

万乙也说："在楚学院，与曾先生和马先生这样的大师相处，从来都是亦师亦友。无论是谁，只要到了发掘现场，蹲在深坑里挖泥土，连男女老少都不分，其他还有什么好分的！"

说话之间，王蔗察觉什么，突然问："我要正式报什么到？"

经过王蔗这么一问，除了司机，其余的人都将目光投向董文贝。

董文贝只好对大家说："是这样的，郑厅昨天傍晚专门从北京请假回来，准备启动一个与九鼎七簋相关的项目，让马先生领头，万博士当助手。楚学院接手的研究项目多，人手不够，就将王蔗抽调过来，有三个人才能称为队伍。我这里只是先与各位通个气，一会儿郑厅会亲自向马先生请益并说明。"

一听到郑厅和九鼎七簋，马跃之眼前马上浮现出白露节气在博物馆所见所闻：从气宇轩昂的"班长"，到自命不凡的"邓厅""周局""田市""陈院""毕主"，更有那位在九鼎七簋面前为着"嫡庶"二字撒娇放泼的"姜部"。马跃之本可以当即表示拒绝，话到嘴边又缩回去了。

离枣阳收费站还有十几公里时，董文贝接到一个电话：郑雄在收费站外亲自迎接马先生。

与董文贝的惊喜截然相反，马跃之面无表情地问大家："今天早上的太阳是从哪边出来的？"

高速公路上的十公里一会儿就到了。

出了枣阳收费站，就见到郑雄与几个人站在路边的阳光下。

商务车刚刚停稳，郑雄就抢上前来伸手去拉车门。坐在车门边的董文贝很知趣，下车后马上闪到一边，将完全敞开的车门留给马跃之和郑雄。

马跃之嘴里嘟哝："还没有到郭家庙，半路上下什么车。"

话虽这么说，马跃之还是准备下车。

郑雄拦着不让，说外面太热，自己上车来说几句话。

郑雄低头钻进车里，坐在董文贝的座位上，滔滔不绝地说起来。

郑雄的意思是，自己这次连夜赶来郭家庙，原本想亲自见证马先生对旷世器物的鉴识结果，没想到北京那边有个重要活动，这会儿就得赶飞机去机场。郭家庙这边的事，他都安排妥当了。马先生亲自到场加持，更加万无一失。他在北京静待马先生的佳音，一有准确消息，会立即安排相关的新闻报道。

说话时，郑雄还吩咐王蔗，调她到楚学院，最重要的任务是照顾好马先生，悠悠万事，唯此为大。郑雄还对万乙说了类似的话，其中有所不同的内容，是要万乙将自己的事业发展与马跃之的学术旗帜挂好钩。

与他俩说过,郑雄又转向马跃之,说自己正在北京想办法弄一笔用于研究九鼎七簋的专项资金,请马先生千万不要推辞,务必领好这个头,做出重大成果,让楚学院的学术光芒更加灿烂。

郑雄最后说,如果郭家庙这边鉴识顺利,请马先生顺路再去秋家垄看看,就当是九鼎七簋课题正式确定前的调研。

说完这些,郑雄甚至不等马跃之有所表态,就推说赶急去天河机场,顾不上与其他人打招呼,一头钻进路旁那辆黑色奔驰,转眼之间,车和人便消失在收费站后面的车流中。

商务车回到之前的状态,驶出好几公里,马跃之才从晕乎乎的境界里走出来。

马跃之记不清刚才那些话里,郑雄口口声声叫了多少次马先生,他只记得郑雄一次"马老师"也没叫,更没有大名小号直呼老马。然而,马跃之还是没办法从郑雄的这种改变中找到某种感觉。

拾叁

与一般单位不同，郭家庙考古工作站的午餐时间为上午十一点。

其中道理很简单，田野考古与农民下地干活差不多，也得看老天爷的脸色行事。初秋之际，正午的太阳灼烤野地的强度一点也不比三伏天弱，趁着凉爽赶早出工，早点回来吃午饭，可以避免阳光曝晒、烈日炙烤。先期到来的吴秋水他们，将特意多做的几个菜准时端到桌子上，一直等到十二点，还不见马跃之的人影。吴秋水心知楚学院的人不可能弄错田野考古的作息时间，午餐时间过去一小时，还不见马跃之，心里有点不踏实。

上午十点前后，马跃之一到发掘现场，就下到编号为一号墓的墓穴底部。

当时，吴秋水正在相隔不远的两处墓葬坑内做最后的清理工作，没有顾得上见面。等到自己腾出手来，走过去见面时，又被告知马跃之正在沉思，暂时不要打扰。

昨天上午,吴秋水亲手从这两处墓葬中挖出两只青铜鼎,鼎的内壁上分别有铭文"曾子泽"和"曾子寿"。田野考古,能从两周时期的器物上找见文字,就是了不起的发现;像这种表示人名的文字的出现,更容易振奋人心。为此,吴秋水非常开心。下午开工不一会,一号墓中又挖出几样闻所未闻的东西,吴秋水内心的愉悦简直达到了爆表的程度。吴秋水在郭家庙这里当领队,本身就表明了他的学术地位与高度。好像是老天爷有意刁难,第一次出任如此重大项目的领队,就遇上前所未见的东西。吴秋水看了半天也分辨不出一号墓中的几样东西是什么,只好打电话求助,请马跃之过来看看。若说不遗憾那是不可能的!考古之事,三分靠水平,七分靠运气。一个人学富五车又有什么用?运气不好时,每逢发掘,都被盗墓贼捷足先登,面对被扰动过的泥土,满腹经纶顶个卵用!考古的学问,说深则深不见底,说浅能一眼望穿。就影响力来说,首推考古报告,本着谁主导发掘由谁来写报告的原则,一个人能亲手从几米深的墓坑里挖出之前没有人挖得着的东西,相关报告的水准也一定是之前没有人能够达到的新高度。一号墓的曾子泽鼎和十三号墓的曾子寿鼎,写成考古报告没有任何问题。让人摸不着头脑的一号墓中的那些东西,连识别都难,就不要去想如何写考古报告了。如果马跃之能够辨识,如此辨识过程当然是考古报告所不能回避的。对吴秋水来说,值得安慰的是,特地连夜赶来、想抢在马跃之之前出个风头的郑雄,将那些东西死死盯着看了两个小时,以直愣愣开始,最终还是以直愣愣结束,不得不自我放弃,将大好机会留给马跃之。

郑雄的言下之意,他俩加在一起都看不出门道来,马跃之来了也不一定得出什么结果,不如连基土一起整体提取出来,由郑雄带去北京请人鉴识。对此,吴秋水毫不犹豫地表示反对。身为考古队的领队,是考古现场所有事务的最终决策者,领队不同意,国家文物局局长下命令也是无效的。郑雄当然知道这个规矩,他变着法反复说了几次,吴秋水就是不松口。郑雄不死心,在一号墓爬上爬下许多遍后,在罢手之前,连自己都不怎么相信地抛出一个假设:这几样东西,是那个年代王侯贵族家孩童的玩具。郑雄一边说一边摇头,这在考古常识中是讲不通的，在诸如此类的高等级墓葬中，礼制要求比生前还严格，绝对不可以让任何有失身份的器物出现在墓穴中。

马跃之来时，吴秋水没有上前迎着，部分原因也在于此。手拿竹签一点点地清理墓坑，竹签不到，地上的泥土不会凭空消失，耽搁一两个小时，完全没有问题。当然，也不是没有先例。像曾本之就是如此，一旦发现某种端倪，不弄个水落石出，决不放下手里的竹签。很显然，吴秋水还到不了曾本之这种程度，所以，他才想到有必要在形式上进行补救——亲自下到厨房，炒两个拿手菜，以此来展现自己的心迹。

久等之下，吴秋水忍不住走到门口，冲着不远的一堆人叫了一声："开饭啰！"

董文贝从人堆中站起来，冲着吴秋水摆摆手，意思是不要作声。

吴秋水顺势走过去。仅仅只是有点脚步声响，就被董文贝扬起的手臂挥了一下。

一号墓是一座长方形竖穴岩坑墓，墓室长十一米，宽八点五米，在地下埋了将近三千年，表面填土去掉了许多，发掘出来的土坑还有八米深。椁室内没有分室，随葬的礼乐器具摆放在北面，南面摆放兵器，东面摆放的东西都被盗走了，只能依据所留下的痕迹判断为青铜礼器和漆木器，西北角和东南角为车马器。虽然历史上被盗扰多次，出土器物数量依然相当可观。吴秋水他们先前已经报告过，其中瑟、编钟架、编磬架和建鼓，都要早于之前其他地方发掘出来的同类器物。而让各方面特别感兴趣的是那块黑乎乎的像泥团一样的东西，吴秋水认真观察多时后，果断认定这是用来研墨的墨块，一下子将文房四宝中排行老二的墨的发现年代提前了几百年。

马跃之独自蹲在八米深的坑底，一动不动的样子，既让吴秋水心生感动，又让他纠结得肝肠寸断。在吴秋水看来，因为马跃之的出场，之前几项考古之最，全都失去应有的光彩。吴秋水暗自长叹一声，怪只怪自己差了那么一截，认不出最后这几样器物，否则，就是一次难得的满堂红了。

正午的田野上，热风带着青草的芬芳扑面而来。大家都不作声，只有知了、蟋蟀在叫嚣。一只公鸡打过鸣后,一只狗也叫了几声。又过一会,从看不见的地方传来长长的哞叫声。

席地而坐的王蔗低声问:"这是什么牛在叫?"

几乎肩膀挨着肩膀的万乙说:"肯定是水牛。"

王蔗不理解地追问:"为什么不是黄牛呢?"

万乙一本正经地回答:"黄牛只会说——大哥,要票吗?"

王蔗怔了怔后,突然像银铃一样欢笑起来。

笑声惊动了马跃之,他从八米深的坑底站起来。

万乙连忙顺着梯子溜下去,像保镖一样护着马跃之一步一步地回到地面。

吴秋水上前见过面,第一句话就说,自己做了两道菜,欢迎马先生。

马跃之是真的不好意思,再三说一不小心,就将大家的饭点耽误了。

进到工作站,坐到餐桌边,马跃之才说王蔗的笑声好听是其次,笑得及时才重要。然后,接着问王蔗为何笑得那样开心。王蔗忍不住又要笑,一只手捂着嘴,一只手指着万乙。万乙只好将刚才与王蔗说的悄悄话对大家说了,惹得一桌的人全都笑起来。

吃完午饭,说好要休息的马跃之也不休息了。他说笑一笑,十年少,这么难得的机会更要珍惜。大约是察觉众人看他的目光中有太多的期待,马跃之离开饭桌之际,将桌旁的人依次打量一遍,最后盯上了吴秋水。

马跃之说:"是不是有人认为这是过家家用的玩具?"

吴秋水说:"是郑雄提出来的。不过,他自己也是当笑话在说。"

马跃之说:"军中无戏言啊!有人说历史是一本糊涂账,那是因为自己是个糊涂蛋,却硬要将历史说成是蛋糊涂!"

吴秋水说:"马先生这么说,是不是发现线索了?"

马跃之说:"感觉那像纺锤一样的东西下面有蚕丝的痕迹。"

吴秋水说:"这有点说不通,蚕丝与这种东西完全不搭界。"

马跃之说:"你们几位也都想一想,如果真是蚕丝,让它们组合到一起的缘故是什么？"

回到一号墓，马跃之独自一人下到八米深的墓穴底部。

留在地面上的人，只有董文贝堂而皇之地回工作站午休，其他想休息的人，都得另找理由。到最后，只剩下吴秋水、万乙和王蔗三个人蹲在太阳伞下。闲着无事的吴秋水用树枝在地面上画出坑底那几样东西的模样。上午十点，初来乍到时，几个人轮番下到坑底看过，吴秋水画出的图形很像那么回事。除了马跃之说的纺锤一样的木制器物，那根长条形的器物也是木制的。此外还有四只表面镀金的青铜小件，一眼看去有点近似孩子们从古玩到今的陀螺；多看几眼，就能发现小件的平面上多出一个把柄。从大学一年级到博士毕业，整整十年一直泡在考古专业教科书中的万乙，号称读遍世界上所有与考古相关的书籍，包括那些稍有名气的盗墓小说，但在如此简单的三种器物面前，那种束手无策的模样，比只会人云亦云的讲解员王蔗好不了多少。从痕迹上看，一号墓随葬品实在太多了，光是看着打眼的东西，就足以填满一批又一批盗墓贼的贪欲之心，用不着将墓穴翻个底朝天。虽经多次盗扰，剩下器物的摆放还是原模原样，因此，三种器物之间肯定存在相互关系。

世间万物万事，莫不是一通百通，反映在考古这行尤其明显。几万年前到几十万年前再到上百万年前人类祖先的样子，凭着几颗牙齿或者一件头骨的化石一下子就看明白了。一处辛辛苦苦挖了几年仍然云里雾里的遗址，随着半个巴掌大小的甲片的出现，马上变得昭然若揭。相比之下，某个具体器物的来龙去脉，把握起来难度更大一些。比如闻名于世的越王勾践剑，如何出现在楚国都城附近一个下级官吏的小墓中，几十年来，不知多少人在考究，至今也没有得出令人信服的结论。

马跃之说的一点不错，历史绝对不是一本糊涂账，怪只怪后人心胸狭窄、目光短浅、性情粗鄙，不是以小人之心度君子之腹，就是自视清高目空一切，分明一叶障目不见泰山，自己是个糊涂蛋，却硬要将历史说成是蛋糊涂。

此时此刻，一号墓上上下下的几位，还不是蛋，也就不往糊涂方面去想,老的少的中年的,都在挖空心思,力争先于他人找到正确的路径。

太阳偏西的速度越来越快,地上万物的身影越来越长。

睡过午觉,也躲过最热时分的董文贝拖着长长的影子回到一号墓旁。郑雄来电话与发微信问过几次了,董文贝不知如何回答,只好拍下万乙和吴秋水蹲在坑边,低头望着蹲在坑底的马跃之的照片发过去。

耐不住寂寞的王蔗,独自在从一号墓中挖出来的填土土堆上爬上爬下。

董文贝小声问:"你这是干吗,嫌防晒霜搽多了吗?"

王蔗柔柔地说:"这么多的荠菜,我采些回去,晚上给大家炒着吃。"

董文贝说:"这时候哪能吃荠菜,都老掉牙了。"

王蔗说:"是呀,别处的荠菜全都老成了小棒棒,只有这土堆上长的,还是鲜嫩鲜嫩的!"

董文贝走过去看了看,果然都是新长出来的,就说:"敢情是曾侯爱慕美人,用来表示心迹吧!"

王蔗想起什么,便说:"让李白不敢写黄鹤楼的崔颢还有一首荠菜诗——"

大概是没办法想起来,王蔗朝万乙招招手。万乙走过来,听明白她的意思后,才说:"崔颢写的不是荠菜,是写清明时节的景象。"

万乙想背诵出来,然而有什么东西将他的脑子卡住了。

蹲在坑底的马跃之忽然站起来,不等别人下去帮扶,三下两下地顺着梯子爬上来。

"可以了,你们下去将几样器物取出来。我去帮王蔗采些荠菜,今晚我们开个荠菜大会!"

说完这句话,马跃之真的走到土堆那边,一棵棵地采着荠菜。

曾经难住整支考古队伍的器物,个头都不大,虽然做不到信手拈来,但也花费不了多少力气。时间不长,万乙他们就将刚刚取出来的几样器物,临时摆放在工作站的餐厅一侧。

工作站的夏日三餐,早餐早,中餐也早,晚餐真比较晚,一般都在七点三十分以后。

马跃之敢于发话，肯定是心中有数，否则绝对不会贸然行动。由于都想早点知道结果，还不到吃饭时间，手里没事的人都聚集到餐厅里。那几样难倒众人的器物，大的模样都是中规中矩，细节上也说不上别出心裁，埋在填土里半遮半掩与从填土中取出来捧在手里察看，样子也没有太大差异。

别人都在围观，马跃之却在厨房里不慌不忙地与王蔗一道将荠菜洗净，又看着王蔗亲自上灶将全部荠菜炒好，装了满满一碟，用双手捧起来，放到餐桌上。董文贝见了，连忙吩咐提前开饭，并要鲁丰将他特意从武汉带来的两瓶酒拿过来。众人还没完全落座，马跃之就旁若无人地拿起一双筷子，同时叫上王蔗，将那些清炒荠菜风扫残云般吃得一干二净。

"对不起各位，我们吃的不是菜，是自己的灵感！"

马跃之心满意足地放下筷子，表情也有点小小的得意。

这时，鲁丰将董文贝的两瓶白酒拿来了。

"这不是公款买的，是董书记从家里带来犒劳大家的！"

马跃之毫不客气地拿起酒杯，鲁丰赶紧替他满满斟上一杯。

马跃之拿着酒杯走过去，将酒杯递给王蔗，转身冲着满屋的人说了一番话。

"按道理，这第一杯酒应当给吴秋水！秋水不容易，有才华，以往对书本上的东西研究得多，对实实在在的东西研究得少，第一次当领队就干出了轰轰烈烈的业绩。我们都要替他记着，往后每年的今天都是吴秋水的大日子。但是，这顿饭我们必须与初出茅庐的王蔗共饮此杯！"

"不就是炒了一碟荠菜，吴老师中午替马先生炒了两道菜啊！"

考古工作站的几个年轻人故意起哄凑热闹。

"这话是对的，道理却不对。"马跃之有意反问，"你们说，吃荠菜最好是什么时节？"

大家抢着回答说："小朋友都晓得，清明节前后呀！"

马跃之点点头说:"清明节的古称是什么?"

万乙反应最快,抢在前面说:"周朝时称为上巳,直到汉朝都是这么叫的。"

吴秋水稍后补充说:"刚才万博士说崔颢写过清明诗,就叫作《上巳》——巳日帝城春,倾都禊祓晨。停车须傍水,奏乐要惊尘。弱柳障行骑,浮桥拥看人。犹言日尚早,更向九龙津。"

万乙他们开口时,已经预感到马跃之将要破解的一号墓之谜,肯定与吃荠菜和赏清明有关。

果然,马跃之随后说出了谜底:"'清明时节雨纷纷,路上行人欲断魂'是唐朝以后的事。之前一千多年,上巳风俗盛行,每年农历三月,男女老少都要采桑喂蚕、临水饮宴,当中的一个重要环节叫作——司蚕射雁!两周时期,汉水东边的小国很多,麻雀虽小,五脏俱全,人家国度不大,享受王侯待遇的礼数一样不能少。郭家庙一带,是随枣走廊入口,是洛邑到鄀都、中原到荆楚的通关要道,迎来送往的任务很重。那时候,接待达官贵人最好的见面礼是献上一只活蹦乱跳的大雁。在上巳节司蚕射雁的风俗中,就包含一种技术含量很高的职业——弋射!"

说话间,马跃之走到从一号墓取回来的几件器物面前,伸手拿起那根长条状的东西说,所谓弋射,自然离不开弓箭,这根长条状的器物显然就是弓箭的弓。这些年出土射箭用的弓不算多,但也不算少。一般棺椁等大型木质材料耐腐朽的能力强一些,在不同遗址中时有发现。两周时期的一把弓,哪怕强硬到只有养由基那样的神箭手才拉得开,放在干湿交替的地下环境中,能够留下一段因为太短才显得笔直的残片,已经是足够幸运。多数时候,这样的残片也是与其他兵器放在一起,被合理推断出来的。从各自的表情来看,大家对马跃之的判断是认同的。接下来,马跃之拿起那个纺锤一样的东西。因为之前吴秋水他们有过猜测,马跃之也在周围发现了类似蚕丝的痕迹,当马跃之进一步认为这就是用来缠绕丝线的缴线轴,大家也没有提出异议。余下的四件器物大小形状基本相同,马跃之拿起其中一件,放在手心里掂量一下,又让万乙、吴秋水等人也掂量过,都觉得其重量不会超过二十克。关键是这些小东西是镏金的；也正是上面有镏金，才让郑雄等人怀疑是某种可以把玩的玩具。马跃之要大家注意观察，像陀螺的锥体与延伸出来的把柄交界处，有一周凹凸分明的棱。马跃之假设，将那纺锤上缠绕的丝线，牵扯出来系在此处，让二者通过长长的丝线连接到一起，会是什么模样？

万乙他们想了半天，也只能摇摇头。

马跃之继续引导大家去想象，在从锥体延伸出来的细小把柄实际上应当叫作铤，将一根箭杆插上去，再将这一套组合搭在一张完整的弓上——说话时，马跃之做了一个弯弓搭箭的姿势。

"难道这就是传说中的矰矢？"

大约想了三十秒钟，万乙才迟疑不决地小声说。

"万博士声音太小了，我们听不见！"

马跃之有意提高音量夸张地提醒一句。

万乙想再说一遍，又有点犹豫。

冷不防吴秋水重重地咳嗽一声，又咳嗽一声，再咳嗽一声。

"我一激动嗓子里就痒，就会连连咳嗽。"见大家都在盯着自己，吴秋水连忙表示，"万博士千万别提什么矰矢；如果是矰矢，我自己早就向世界宣布了。"

马跃之继续笑着问万乙："你刚才怀疑什么，可以再说一说！"

万乙说："我想说，马先生提点我们的是《周礼·夏官·司弓矢》所记载的用于弋射大雁的矰矢！"

马跃之收起笑容，严肃认真地说："万博士与我想到一起去了！祝贺各位，经过大家的辛勤工作，终于将传说中的矰矢变为实打实的矰矢！"

吴秋水也表现得更加认真："马先生作为曾先生之后楚学院的旗帜，我不敢有异议。只不过田野考古最讲究实事求是，不可以有官大一级压死人的官场规矩。"

马跃之对吴秋水说："难道王蔗采荠菜也是官场规矩？凡事不能不想，也不能想太多。我只是从王蔗采荠菜想到清明踏青，联想到上巳节弋射时用的矰矢。你读的书多,可惜楚学精髓,书中只记录下很少一部分。"

吴秋水不无惋惜地说:"之前我明明在往矰矢的思路上行走,也许是想多了,结果离目的地越来越远,不小心走到隔壁去了。"

听吴秋水说话,感觉他是真的服了马跃之。

一直没有吭声的董文贝这时对王蔗说:"你采一把荠菜就给马先生带来如此关键的灵感,也不问问矰矢是怎么回事?"

王蔗说:"是呀,我正想问问哩!"

万乙接过他俩的话题说:"读研究生时,曾见过相关的文字,可惜都是语焉不详。同学们在一起讨论时,曾经猜测是不是用一根丝线系在箭杆上,箭杆射出去时,将丝线也带出去,箭杆飞到一群大雁中间,拖在后面的丝线正好缠在一只不走运的大雁的长脖子上,被握着丝线另一端的弋射人员拖住后活生生地擒拿到手。这种猜测被导师从田野考古角度否定了。从有考古记录以来,发现的弓箭相当多,从没有一支弓箭上系着丝线,这种现象表明,矰矢一定是另一种样子。听了马先生的论断,我才茅塞顿开。马先生说过矰矢的用法,系在矰矢上的丝线,是由这纺锤一样的缴线轴控制的,矰矢射到哪里,缠在缴线轴上的丝线也被带到哪里。"

万乙怕王蔗没有听明白,拿起矰矢比画几下。

王蔗笑着要万乙别费心,自己还没有笨到听不懂万乙讲述的地步。

与马跃之一起来的人加上吴秋水他们,一共有十几个。说话时,拿着酒杯的礼尚往来一次也没有减少。吃吃喝喝,说说笑笑,人人都表示了对王蔗的感谢。考古这项,与万物万事一个样,灵感不会凭空而来,也是需要有某种契机。

一直插不上嘴的鲁丰,终于逮到一个机会,有意提高嗓门说:"这是我第一次给马先生敬酒,我连敬三杯,马先生可以随便。喝完三杯,我再说理由!"鲁丰真的一连喝了三杯,然后说,"今天也是楚学院的大日子,我这里现场请示董书记,要不要庆祝马先生终于回到研究青铜重器的队伍中来——不知大家有没有发现,就在刚才马先生双手拿着缯矢，缯矢表面镏着金，里面还是青铜的呀！"

鲁丰以为大家会跟着起哄，没想到所有人都没作声。

只有董文贝阴着脸，冲着鲁丰说："你懂个屁！以为大家都是苕，就你聪明，眼睛里看得见事！"

马跃之不让董文贝再说下去，平静地说："我晓得自己该做什么事！"

晚餐完后，吴秋水去写考古报告时，精神、情绪都正常了。这当中既有美酒的作用，也有马跃之许诺的作用。马跃之在餐桌上当着所有人的面表示，自己是来看热闹的，顺手帮了点小忙，用不着写进考古报告里。潜在的意思是，缯矢是吴秋水主导发掘的，头号功臣当然是吴秋水。董文贝认为是鲁丰那话起了反作用，想再骂鲁丰，又不知从何骂起；只好说，马跃之最终还是不愿意署名，再拿鲁丰是问。

剩下来的人，继续看那些暂时摆放在餐厅里的器物。

因为历史的选择，地理上这一带叫作随枣走廊，出土器物一向以青铜居多。郭家庙也不例外，餐厅后面的木架上摆着的几乎全是锈蚀斑斑的青铜器物。随着大家的话题从缯矢转移到青铜器物，不知是不是鲁丰那话的原因，马跃之的面部表情也由之前轻松愉悦变成刻板凝重。马跃之只是看，紧闭双唇，不让自己说出与青铜重器相关的话语。

过程中，马跃之只是在王蔗看不懂两只青铜鼎上的铭文时，才主动说了一句："万博士，你给念一下。"

"曾子泽自乍行器，其永用之。"

万乙用手指抚摸着青铜鼎上的还没有完全清理干净的铭文，一字一顿地念完第一只青铜鼎上的文字，再念第二只青铜鼎上的文字。

"曾子寿自乍行器则永祜福。"

王蔗有些得寸进尺："我在大楚青铜馆讲解时，平均十分钟就有人问，为什么史书上只有随国没有曾国，而青铜器上只有曾国没有随国？"

久等之下，不见回答。

王蔗胆子变得更大了："只要有人再问这个问题，我就让对方假设一下,再逐一进行统计,就像民意测验。一年半载下来,看看哪种假设最多。"

董文贝说:"其实,还有个好办法!你们年轻人不是喜欢看穿越剧吗?你可以穿越回去问问写《史记》的司马迁,还可以顺便问问哪位曾侯!"

王蔗认起真来:"董书记这是不相信小人物,回头我一定要试验一下。"

马跃之说:"常言道,话糙理不糙。随和曾的问题,恐怕只有司马迁最清楚,为什么晋侯就是晋国、齐侯就是齐国、郑侯就是郑国,偏偏对曾侯视而不见,非要白纸黑字地写上随国?"

像是终于逮到机会说话的鲁丰,忽然冒出一句:"历史真是一本糊涂账。"

同样好久没说话的考古队员们齐声回应说:"自己是个糊涂蛋,就不要硬说历史是蛋糊涂。"

说完这话,考古队员们还齐齐地望向马跃之。

马跃之木讷地一点反应也没有。

那一刻里,马跃之正在想,除了司马迁本人,郝嘉当年就曾说过,司马迁的人格与人品,绝对不在董狐之下,司马迁只写"随"而不写"曾",只有一个原因:随枣走廊这一带,本来是"随"的方国,后来的"曾"一定用极为卑鄙的手段上了位,拼命地在一切青铜礼器上镂刻"曾",铸造"曾";偏偏两周时期的读书人,比如屈原等,都是极有风骨的,坚决不许"曾"在典籍中出现。

拾肆

商务车离开郭家庙不久,车上的人就开始昏昏欲睡。

不在郭家庙考古工作站打扰是全车人的共识,连夜去往京山县城是王蔗的想法,而索性直接去管辖秋家垄的湫坝镇则是万乙提出来的。马跃之对各种说法都不吭声,从早到晚的各种行程事务,显然是董文贝提前做的安排,不可能临时起意。到最后,果然还是由董文贝一锤定音说,直接去湫坝镇。

忙忙碌碌一整天,马跃之本来已经睡着了,猛地想起一连两天毫无音讯的柳琴,实在有些反常。这种反常迟不出现,早不出现,自己要去京山下辖的湫坝或者说是秋家垄时就出现了,想来想去,那点睡意便消失得无影无踪。马跃之很清楚,脑子里还有一条思路,然而,他从不让自己顺着这条思路想下去。只要这条思路若隐若现地冒出来,马跃之就会千方百计地碾碎它。

此时此刻,马跃之又在想办法了。

马跃之想找个人说话,副驾驶座上的鲁丰在打着小呼噜,右边座位上的董文贝张着大嘴像是凭空吐纳什么。扭头往后看,后排座上的万乙和王蔗,各自倚着自己身边的车窗,也像是睡熟了。就在这时,商务车超过一辆大货车,大货车上私自安装的侧灯强光射进来,正好照见万乙的左手与王蔗的右手紧紧地握在一起。

马跃之赶紧回转身来,装作什么也没看见。分明是两个年轻人在暗中拉手,在内心里,却像自己正在拉着那只柔软的小手。一股暖流在全身奔流,脑子里也有一种不可遏阻的冲突在发生。年轻人突如其来的一见钟情与一发不可收,既动人心魄,又刻骨铭心。过了一会儿,头脑稍稍冷静下来,马跃之想到一些具体的事。万乙和王蔗,从早上见面到现在,还不到一天时间,儿女之情就发展到非要肌肤相亲不可,这也太快了!王蔗的感情现状如何不得而知,万乙却不一样,他和那位叫沙璐的女警察都在谈婚论嫁了,还要在出差途中来上这一曲,只能表明青春太可爱了。太可爱的青春,走遍天下无敌手。

马跃之记起自己的青春时节,突然盛行的爱情至上学说,像是意大利庞贝火山爆发带来的碎石雨那样砸在每一个人的头上。马跃之是在婚姻爱情的社会性山崩地裂之后才和柳琴相爱的。爱情的狂暴火山正面袭来之际,因为还没有遇上柳琴,马跃之居然毫发无损,因而被同样年轻的同行们称之为庞贝末日的三个幸存者之一。

相同的话,曾本之也曾说过,只不过说话的措辞有些不同。曾本之的原话加了"希望"二字,变成了希望马跃之是庞贝末日的三个幸存者之一。别人都不明白,马跃之已经是了,曾本之为何还要强加上"希望"二字,好像马跃之还不是三个幸存者之一。

这时,董文贝的手机响了。

惊醒过来的董文贝拿起手机说了几句话。

车内的其他人随之也都有了动静。

因为车内太安静,马跃之隐约听到吴秋水的声音,似乎在说发掘报告的事。

片刻后,董文贝将手机拿到胸前,将手机上的麦克风挡住,扭头告诉马跃之，吴秋水已经写好《郭家庙两周弋射器具初探》，特来电话问如何署名。吴秋水的意思不能弄成小孩过家家见者有份，只想将几个主要人物按先来后到的原则排列，他自己的名字排在第一，第二是郑雄，第三是马跃之，第四是董文贝。提到郑雄时，董文贝罕有地直呼其名，没有说郑厅，显然是有意消减如此排名的负面效果。

马跃之想也不想就说，吃晚饭时，自己当着大家的面说得很清楚，发掘报告不要署自己的名字，只需如实写明相关过程就行。

董文贝有些犯难，这种报告的权威性在于署名者是否为业内权威；否则，越是前所未见的器物，越容易引起难以服众的质疑。

马跃之不管这些弯弯绕，只是不肯署名。

一路上，董文贝断断续续地说着这事，到头来还是没有说服马跃之，董文贝只好作罢。在回拨给吴秋水的电话中，董文贝一改客客气气的语言风格，软硬兼施地告诉吴秋水，优先考虑将郑厅放在署名的第一顺序上。提到郑雄时，董文贝又恢复使用郑厅来称呼。

当着车内几个人的面，董文贝还说："考古发掘都是职务行为。"

那没有说出口的应当按职级高低进行署名的潜台词，引来万乙反问："当领导的也是职务行为，为什么将单位所有人做的事都记录成领导的个人功劳呢？"

董文贝说："是呀，天下带长字的人为什么要这么干呢？"

马跃之说："我也想不明白。当领导走的是锦绣台阶，搞业务的是在原始森林中探路，弄不好就会掉进龙潭虎穴。考古之事，是典型的后浪推前浪，前浪死在沙滩上。就说矰矢吧，别看今天的真理掌握在我们手里，不定哪一天，从赵家庙、钱家庙和孙家庙出土一些挑战智商的东西，就会被活生生地打回原形。依我看或者让我说，当领导的在考古报告上署名，实在是对人畜无益也无害的鸡肋。"

董文贝说："我也实话实说，这事你们如何看都不重要，在我这里则是陪太子读书。人家想署名为第一作者，不拉上一个垫背的，只有他自个，没人分担，那吃相就太难看了！"

马跃之明白那个想拉董文贝当垫背的人就是郑雄。

马跃之很想说，人家深更半夜摸黑跑到郭家庙，不就是为了挣一个署名权吗！马跃之到底还是没有将这话说出来，别人更没法说话了。

商务车内重新安静下来。黑暗中，几个人的眼睛都睁得大大的。

在某个时刻，马跃之想起一件事，准备对万乙说点什么。他转过身来，目光下意识地射向后排座椅的正中央。先前十指相扣的位置上出现一件白色的衣物，那是王蔗用来遮挡白昼阳光的皮肤衣，至于白色皮肤衣底下是何种情形，不要说是夜里，就是大白天也看不出来。马跃之突然觉得自己其实是无话找话，顿时了无兴趣，但又不得不掩饰地来上一句，意思是想看看他俩睡着没有。

商务车驶出高速公路，时间不长又由省道转入县道。不要说与几十年前相比，就是与十年前相比，现在县道，也比当年的省道平坦许多。马跃之闭上眼睛，不去想万乙和王蔗十指相扣的样子，更不让自己去想这事不加控制发展下去的情形。

突然间，一个女人不知从哪里冒出来，手拿一块青铜残片，款款地走到马跃之面前，请他辨识上面的铭文。马跃之伸出右手去接那青铜残片，拿到眼前细看，却是女人细嫩的手背。马跃之情不自禁地放到嘴唇上吻了一下，情不自禁地轻轻呼唤一声："小玉老师！"

正在这时，有人在耳边说："马先生，下车了！"

还在做梦的马跃之为之一振，抬眼一看，外面果然出现许多灯火。

时间过去三十多年，在这月光满地的深夜里，马跃之还是一眼认出了湫坝镇！

下车后，住进预先订好的小湫宾馆，马跃之放下行李，站到窗边，望着不远处那道黑不溜秋的巨大山脊，脑子里有一阵完全是空白。等到想起下车之前梦到的那个手拿青铜残片、被自己唤作小玉老师的女人，脑子里又一下子塞得满满的。前一次，在水务局那间小屋里，马跃之就如此梦见过。相隔不到四十八小时，再次梦见，这个叫小玉老师的女人模样与行为几乎完全相同。换作别人，肯定会惊讶不已，甚至还会惊慌失措。马跃之没有这些反应，既不惊讶，也不惊慌，因为那块青铜残片和小玉老师的面孔将他的思路彻底堵塞，就像撑得太饱的胃，没有丝毫余地，哪怕再喝半口汤水，也会被逆嗝打出来。

马跃之轻轻地关上房门，再侧着身子悄无声息地出了小湫宾馆虚掩着的大门。

小小的湫坝镇，还保持着当年夜不闭户的淳朴民风。顺着小街往前走，两边的人家，还没入睡的，大门紧闭，只能看到窗户里的灯光。相反，男女老少已经上床休息的人家，入户门倒是半遮半掩，让昏暗的灯光从门缝里透出来。

马跃之上次来湫坝镇，一个名叫秋风的同龄人向他介绍说，这个时间里，推开任何一扇虚掩的大门，就能看见堂屋的桌面上，放着一壶酒，外加两碟花生米或者炒黄豆之类的小菜，并且一定会有一碟本地特产的白花菜。只要进屋的人愿意，尽管放心大胆地坐下来，可以自斟自酌，也可以与同路人同饮同食。如果夜里没有不速之客，第二天早上，主人家就会自行将摆在桌上的酒菜吃干喝净。天长日久，让湫坝镇一带有了喝早酒的习惯。

一九八〇年，楚学院第一次组队到湫坝镇一带进行田野考古调查。当年的领队是周老先生，郝嘉和曾本之只是普通队员，晚几年入行的马跃之是普通队员中最普通的。名叫秋风的年轻人被县文化馆派来协助工作，秋风的家就在秋家垄。一九六六年夏天，一位年轻漂亮的寡妇，带着她在寡居几年后出生的儿子秋风，给在垄中坳上修水渠的民工送茶水。秋风的小脚丫跑得飞快，赶在母亲前面目睹了一群人用锄头挖出一堆金灿灿的东西，还在一旁快乐地大叫："挖到金子了，挖到好多金子了！"母亲用手指在儿子的额头上戳了一下说："这不是金子，是古人用的青铜器。"回家的路上，年轻漂亮的寡妇牵着年幼的秋风，走进湫坝镇最高领导、县委工作组组长的小屋，将垄中坳水利工地上发现九鼎七簋的消息，告知小屋的主人六大人。十年后，红卫兵运动彻底结束，县文化馆要从秋家垄这里挑选一名亦工亦农的人员负责文物保护工作，在县委组织部副部长六大人的特别关照下，湫坝镇推荐了已经长大成人的秋风。按照调查队内的分工，秋风领着马跃之侧重于口头文化调查，弄清楚当地有没有带有"墩""冢"等字的地名，以及关于地下埋有金银财宝的各种民间故事与传说。问来问去，包含有较高等级墓地信息的"墩"和"冢"都没有，倒是弄清了湫坝镇一带习惯喝早酒的渊源，以及一种名叫竹筒墓的葬俗。

竹筒墓的传说很古老，谁也没有见识过。

同样古老的早酒习俗，男女老少都知道。

很久以前，湫坝镇一带就传说，当年楚王带兵打了败仗，自己也受了箭伤，不得已退回都城。守门官却不准手下开门，非要楚王再打一仗，胜利了才能入郢都。楚王气得不行，又不能下令攻打自己的都城，只好真的再去打仗。第二仗打胜了，楚王班师回朝，一大早路过湫坝，湫坝人早早打开家门，请楚王喝凯旋酒，没想到受了伤的楚王突然一命归西。弥留之际，楚王给每家每户赏赐一坛美酒。湫坝人觉得这么好的楚王，却被胆敢犯上的守门官拒之城外，实在是太过分了。为了纪念楚王的恩典，又为了成为神仙的楚王任何时候路过湫坝都能受到款待，当地人夜不闭户，并预留酒菜在客厅桌上，万一家里人睡着了，楚王进屋后还能吃喝不愁。天长日久，预备款待的对象，由从天而降的楚王演变为不期而至的客人。夜里，楚王不来，客人也不来，这么好的酒，这么好的菜，主人早上起来吃了喝了，带着微醺出门做事，更容易对当下的日子知足感恩。

在田野考古调查队的碰头会上，马跃之讲述的民间故事，可以与历史基本对应。

结合楚史典籍，传说中的楚王可以确认为亲率大军西征，被小小的巴国军队击败，面颊上还中了一箭的楚文王。狼狈大败的楚文王回逃至郢都城下，遭到守门官鬻拳的怒斥，指楚文王有损先王以来战无不胜的国威，作为败军统帅，必须再打个大胜仗，才有资格班师回归国门。又羞又恼的楚文王只好移兵往北，讨伐黄国。楚文王亲自擂鼓助威，士兵披坚执锐拼死向前，像秋风扫落叶那样拿下黄国，将其纳入楚国版图，成为楚国的一个郡。得胜后的楚文王因故箭疮迸裂，血流不止，急忙返国途中，经过湫坝，夜半而薨。

县文化馆派来帮忙的秋风，还讲了对前两个版本进行补充的第三个版本。

《左传》记载有楚文王讨伐黄国的经过,在《庄公十九年》中用"……还,及湫,有疾。夏六月庚申卒……"等极简的话语说明楚文王死在名为湫的地方,这个湫是不是湫坝,谁也没有办法证明。秋风接着《左传》的这段话往下说,鬻拳明知楚文王之死与自己没有太大关系,还是深感愧疚,自行来到湫坝,在楚文王的英魂面前自刭而亡。临终之际,留下两道遗言,一要到地下替文王守墓门,表示自己只有忠烈之心,没有僭越之意。二要他人将自己的肉身用一种名叫竹筒墓的特殊葬俗下葬,在地下苦修三千年后再转世投胎。所以,湫坝这里又有十恶之人三千年才能还阳的说法。

因母亲报信有功、作为奖励才有机会进到文化馆的秋风,那一阵,与曾本之走得非常近,口口声声要同曾本之一道,将九鼎七簋作为潜心研究的目标。曾本之以同一地点同时出土的带有"曾仲游父"铭文的青铜器物为个人理论的支撑点,认为湫坝就是楚文王薨逝的湫的民间传说,经不起历史检验,但在文化上很有意义。秋风跟着曾本之,否认九鼎七簋是楚文王的随葬品,曾引起本地上上下下许多人的不快。后来大家还是接受了这个观点。否则,很难解释带"曾仲游父"铭文的青铜器物,为何与九鼎七簋埋在同一地点。

从那时起,九鼎七簋为何拥有完美的九鼎,却只有七只簋,显然缺失了第八只簋的问题,就成了楚学院每一年年底总结和每一年年初展望之际,必不可少的话题。那种常见的礼崩乐坏之说,无法适用于九鼎七簋,僭越也好,惩处也罢,前者恨不能再多用几个鼎,后者则还想再减几个鼎,如此好坏,与簋数量的关系是间接的,并无直接关系。所以,从秋家垄冒出来的九鼎七簋,并且还是天下第一套完整的体现九鼎之尊的列鼎,自周老先生带队初来湫坝进行田野考古调查那时起,九鼎七簋为何只有七只簋,一直是马跃之他们放心不下的瞄准方向。

在湫坝镇的秋家垄一带,九鼎七簋的出土,不可能是一种偶然。周老先生领着这一队人马在湫坝镇四周反复奔波,不是找人从古到今地聊天,就是漫山遍野看地相、查龙脉,如此种种,都是为了寻找不知埋在何处的两周贵族墓地。在大智若愚的岁月面前,身为泰斗,又算得了什么,三千年前的时光,随便在某个角落里藏一下,就会让人空手而归。

多年后,马跃之再次踏黑行走在湫坝镇的小街上,一种既甜蜜又痛苦、以为很温柔又倍觉凄楚的滋味,在心里隐隐翻动。小街两边的房子有了很大变化,小街的轮廓走向还是老样子,信步走来,丝毫不觉得陌生,每走一步都觉得有人在身边伴随。夜风拂过裸露的皮肤,几乎就是某位同行的异性有意无意间触碰过来的手臂。

从田野上飘来的清香还是那么神秘,要么一点芬芳都感觉不到,要么一旦有所感受,那种绵绵不绝和无微不至,那种醍醐灌顶与肌肤之亲,能使一个人的身心完全脱离本人的掌控,将一切行为举止、情怀意志,完完全全地交付给看上去极尽美妙的欲望,看不到命运的车轮早就锁定在命运的车辙上,听不见爱情的伦理已经宣示于爱情的童话中,宛如一朵白云朝着山崖撞去,又似汪洋大海中的一叶白帆,宁肯信任那摸不着的海风,也要顶着浪涛行驶。

马跃之继续往前走,出了小街,一只萤火虫飞过来,像一盏小小的灯笼,在前面幽幽地照耀着。脚下是用一块块青石板铺成的小路,萤火虫的微光照耀不到的前方,路的那一端就是此行的目的地秋家垄。对这条与众不同的路,当地人很不以为然,在他们眼里,这条青石路与四周的丘陵田野一样近乎天然。有人好奇地询问小路从哪里来、通向哪里时,被问的人总是顾左右而言他,就像电影里的乡亲不肯给下乡扫荡的日本鬼子指路。实在没办法时,才会在两种固定的答案中选取一种作为回应。一种说,自家先祖从明清年间奉朝廷旨意迁徙来此,这青石板就已经铺上了。另一种说,此路是春秋战国时期,连接楚国与汉东各个小国的国道。

秋收过后的田野,依旧存有清纯的稻香。月光弥漫开来,一块连一块的光溜溜的青石板上泛着数不清的萤火虫的幽光,很像从秋家垄出土的摆成一溜的九鼎七簋上的光泽。在马跃之的眼里,这种月下幽光曾经是天地间最美丽的霞照。一块接一块的青石板,胜过一面面刚刚打磨好的青铜镜,青铜镜只能从头照到脚,青石板则可以从脚底透视到头顶。那一年，马跃之正是怀着如此心境从这里走过，青铜镜般的青石板，照见一颗青春泛滥的心。多年以后，再次与这一切相逢，如果还能照见这颗心，就只有战栗般的声音在轻轻呼唤，并用快乐的呻吟作为回应。

飞在前面的萤火虫闪了两下就不见了。

一棵高大的树影出现在眼前，马跃之突然停下脚步。

一阵隐隐约约的呻吟，穿透夜空飘落在耳畔。

马跃之差点将这些来自现实的呻吟与记忆中的那些呻吟混为一谈。

夜风微微，万物轻声，一股娇柔畅快的音响，宛如梦呓却肯定与梦呓无关，分明是女声又绝对含有男性的冲动。马跃之赶紧后退几步。实际效果正好相反，那种男欢女爱的声音愈发响亮起来。透过夜幕马跃之仿佛看见黑黝黝的大树下，男女之情急骤升到浓烈之际，及时出现的长长石凳。这是多么难得的物什啊，就算百米之外铺好了锦被绣衾也等不及去享用。

萤火虫又出现了，不知为什么，从先前的一只变成了几十只，甚至是几百只。宛如盛大喜筵上许许多多的蜡烛。那听来的声音，与这些萤火虫一起不断地在脑子里激荡，分不清的音响中，还有说不完的"爱你爱你我爱你"！

马跃之终于退到可以转身离开的地段，好不容易走到看不见那棵高大树影的地方，他才长呼一口气。回到小街上，看着那些依旧半掩的门户，马跃之再次长长地叹息时，一个声音不受控制地冒出来。

"小玉老师！"

马跃之不敢相信自己的感觉。

狐疑之下，马跃之索性也发出声来。

"小玉老师——"

呼声既出，马跃之赶紧转身进到小湫宾馆。

身后传来一个当地人不满的低吼声，意指谁个这么无聊，学别人说话。

躺在床上的马跃之，心里一直静不下来。乡下房子隔音效果都不太好,加上董文贝的呼噜声特别大,隔着几堵墙都能听见。听了一个小时,才听见隔壁万乙的房间里有洗澡的动静,马跃之于是望着窗外又一次长叹。

天亮时,马跃之觉得自己刚刚睡着就醒了。他爬起来走到窗前,才发现昨夜见到的那棵大树就在窗口的正前方。越过那棵大树是一所小学。当年的校舍没有了,取而代之的是一座三层高的教学楼。马跃之怔怔地站在那里,直到有人在外面敲门。

"马先生,喝早酒了!"

马跃之一听见这声音,立即将门打开。

门外站着的果然是好久不见的郝文章。

马跃之冲着他说:"你不去放养蜜蜂,跑这里来干什么?"

郝文章笑着回答:"听说马先生要来,我就特地从随州转场来湫坝了。"

马跃之明白这是玩笑话,他记得郝文章发微信祝自己生日快乐时,特意注明是在湫坝,便也跟着说笑说:"想不到养蜂养出观天象的绝活,我不晓得的事,你已经提前预测到了。"

郝文章说:"马先生不要小瞧养蜂这行,再过些时,我和小安一定会露两手给大家看看!"

马跃之说:"再过些时,巡视组又要进驻楚学院了。你和小安如此不务正业,再不露两手,那些人是不会怜惜你在冤狱中待过的,绝对要狠狠地整改你俩!"

郝文章说:"正好,我和小安就想找这种自带流量的人发布我们的研究成果!"

马跃之马上转过话题:"小安呢?你怎么不把小安带过来?"

不料郝文章反问起来:"难道柳琴没有告诉你,小安和她在一起吗?"

马跃之有些猝不及防,只得掩饰地说:"也不知她俩在捣什么鬼,一连几天神神秘秘的,让人摸不着头和脑。"

郝文章说:"是呀,小安也不让我多问,弄得像是在替谁抓小三。"

马跃之说:"不会是抓小三,柳琴和小安都不会干这种无聊的事。"

这时候,马跃之已经将自己收拾好了。二人走到宾馆前厅,昨晚同车到来的几位已经聚齐了。大家一起出门,小街两旁,夜里半掩的那些门,全都敞开了。部分人家在门口摆上了桌椅,售卖早餐。

郝文章领着大家在挂着"六妹早酒"招牌的餐馆门前坐下。

郝文章的样子显然是经常来。叫六妹的女主人一见面就问:"怎么这两天与曾老师各吃各的,不一起来了?"

郝文章笑着说:"昨天小安还夸六妹不像乡下女人,今天就露出马脚,与别的乡下婆娘一样,爱打听人家的私事。"

六妹不甘示弱地说:"这事怪不着我,是曾老师开的头,一会儿问这个,一会儿问那个,曾老师能问,凭什么我就不能问?"

郝文章的脸上露出一丝诡异的表情:"秋大队人呢?怎么秋大队不来喝早酒,秋大队不是说每天早上来六妹这儿报到吗?"

六妹大大方方地说:"人家两口子去温州看外孙去了。"

二人说笑时,郝文章从双肩包里取出几瓶蜂蜜,交给六妹,让预约的蜂蜜买主,用微信扫描瓶子上的二维码付款就可以了。看着郝文章如此熟练的样子,大家有些面面相觑。六妹转身忙碌起别的,郝文章才小声提醒,要大家说话注意别露馅,就让当地人将他和曾小安当成四处流动的养蜂人,这样反而更方便。

董文贝忽然表示,自己也有事要提醒大家。

昨天夜里,董文贝与郝文章联系后,郝文章就说要请大家喝早酒。当时觉得湫坝的风俗很新鲜,这会儿坐到一起,才想起那些禁酒的规定。为了不扫大家的兴,董文贝和鲁丰另外坐一张桌子,其余搞专业的人由马先生带着入乡随俗。不过也只此一次,下不为例。

围坐在桌旁的人还没开口,一旁的六妹就笑起来,说湫坝的早酒不是酒,是地方文化。这话是省纪委一位领导在她家喝早酒时亲口说的,早酒不醉人,搭配的都是耐饥扛饿的硬菜,喝早酒的人干事业比没喝早酒的人更加来劲。

董文贝坐到另一张桌子旁,拿起筷子象征性地吃上几口,还让鲁丰用手机拍了几张照片。

郝文章在这边说:"恕我冒犯,董书记是不是觉得马先生不如曾先生,不需要像对待曾先生那样凡事都亲自陪同?"

董文贝顾不上说话,起身回到先前的座位上,也不管是谁的酒杯,拿在手里便自罚三杯。再将第四杯酒用双手捧着,对马跃之说:"公务在身,不是不敬!今天我就不管三七二十一了——"

几杯酒下肚,董文贝开始赞美早酒。在此之前董文贝从没有在早餐时喝酒,感觉十分特别。他将自己的现场感悟说出来,早上人的精力旺盛,对酒精的耐受力强、敏感性也高,一来多喝点没事,二来更能体会其中的妙趣。董文贝意犹未尽地补充说,喝早酒的风俗缘于楚文王,可见湫坝人深得楚国贵族的真传。

马跃之趁空小声问郝文章,刚提到的秋大队,是不是当年的秋大队长。郝文章点点头说,他和曾小安开着养蜂汽车来湫坝选点时,正好碰上了,秋大队很热情,从中帮了一些忙。马跃之要郝文章问一下六妹,秋大队要在温州待多长时间。郝文章回答说,用不着多问,秋大队临走时留下话,最多十天半月就会回来。马跃之显得若有所思,不再多问了。

远远近近的小店门前都有喝早酒的人。不比中午和晚上,喝早酒的人都不闹酒,小街上只有酒香,没有喧嚣,更没有醉鬼。马跃之不怎么说话,内心深处还搁着昨天夜里看到和听到的那些。好在早酒要静静地喝,有董文贝和郝文章说话,别人偶尔插进一两句就足够了。马跃之装得像平时那样,有意无意地看着一个个人,真正的目标却是万乙和王蔗。

作为曾经的大学生辩论赛首席辩手,万乙在这种时候的安静有点不同寻常。

相反,作为酒桌上唯一的女子,不言不语的王蔗坐在马跃之身旁,用双眸不断地传递某种语言则不会令人觉得意外。

在马跃之看来,万乙和王蔗此刻的表现是如此熟悉。黑夜里那场从未有过的偷欢,必定会给年轻男女的身心留下永志不忘的烙印。没有了如幻如梦的夜幕,重新面对现实世界的伦理和清规,四目不敢大胆相对,只能彼一道、此一道地勾来引去。会心会意的人看在眼睛里,要么是好事将成,要么是好事已成。在马跃之的眼际里,则是一眼就能看见结果:如果女子出奇地安静,男人表现得五心烦躁,一定是好事未成。而像现在这样,男人静如处子,女子顾盼流离,只能表示好事已成。

在内心向下十八级处,马跃之大声对自己说,这世界如此多情,为何不让无情多一点呢?

也许是受到内心叫喊的惊扰,马跃之猛地放下酒杯说:"不是还有九鼎七簋的什么事情吗?趁大家都在,好好说一说。"

早酒喝得正高兴的董文贝,愣也不愣马上回应说:"马先生并各位,事情是这样的——昨天在下高速的收费站,郑厅已经简要地说了他的意思,现在我再强调一下。郑厅会从北京弄一笔特别经费,专门研究九鼎七簋。按照所联系单位的意见,给了钱就要尽快见成果。至于什么才算成果,人家肯定对郑厅说清楚了。郑厅暂时只要求我们围绕九鼎七簋做好先期工作。按照我对郑厅的了解,先期工作无非是两点。一是从理论上肯定九鼎七簋,在此基础上发现和整理为什么是七簋而不是八簋的相关依据。二是从实践中否定九鼎七簋,对按照考古发掘的实例必须是八簋为何只有七簋进行实物考证。"

郝文章将酒杯里的酒一饮而尽后,伸手拦住鲁丰,不让他再往空酒杯里斟酒了:"董书记就是董书记,说话做报告必须是放之四海而皆准。只要照着这两条办事,别说七簋,就是七鬼,也奈何我们不得!"

董文贝一听马上说:"这可是你亲口说的,不许反悔。从现在起你就是我们中的一员了!"

董文贝特意将话中的"我们"二字重重地强调了一下。

郝文章眉眼间露出一种坏坏的笑:"我说的'我们'与董书记说的'我们',既不是同一个'我',也不是同一个'们'。若是硬将我拉进去,弄坏了那家伙的'我',弄坏了那家伙的'们',难道董代书记还想将这书记一直代下去?"

董文贝会意地说:"曾侯乙尊盘的事,都过去几年了,人家郑雄也没有为难过你,你又何必为难自己呢?"

郝文章当即变了脸色："你说郑厅就说郑厅，不要在我面前提畜生的名字！"

董文贝说："好歹你也是专业考古人员，成年累月待在外面放养蜜蜂总不是个事呀！"

郝文章说："你的意思是不是要我上法院起诉，讨要坐冤狱的补偿金？"

"错了，错了，完全错了！"这一次轮到董文贝变了脸色，"我是想提醒你和曾小安，这么好的年纪，不钻研专业太可惜。"

马跃之没有跟上郝文章他们说话的节奏，他的思绪还停留在往事上。那一年在湫坝镇喝早酒时的情境太像现在了。当时坐在桌旁的曾本之最引人注目，因为与曾本之并肩坐着的是湫坝小学的小玉老师。别人都在抢着与小玉老师敬酒示意，一句话能说清楚的意思，都要想办法用三句话来表示，甚至还含沙射影地带出几个开玩笑的字眼，捎带上曾本之。唯独马跃之一声不吭，小玉老师也似乎对马跃之视而不见。事实上，小玉老师多次用眼角余光在看马跃之，马跃之能发现这些，说明自己也在悄悄注意着小玉老师。

湫坝镇的气候比武汉舒适多了，早晨的阳光照在身上也不会太热。喝完早酒，离开餐桌，一行人走在去秋家垅的路上，被晨露浸泡过的青石板，铺成一条清凉带。有人汗出得快，有人汗出得慢，看上去都很正常。马跃之的额头上刚刚冒出一层细密的汗珠，他指着路旁大树下的长条石凳，问有没有人想休息一下。见没有人搭理，马跃之自己坐了上去。满脸绯红的王蔗凑过来，递上一张面巾纸。马跃之接过来在额头上擦了两下后，伸手又要了一张。面巾纸上沾有年轻女性特有的馨香，马跃之心里一振，就要王蔗陪自己坐一会儿。王蔗在长条石凳右边坐下后，马跃之又将万乙叫过来，让他坐在自己的左边。不知是对自己说，还是对万乙和王蔗说，马跃之忽然爽朗地来上一句。

"年轻真是好啊！"

此话一出，纠结在马跃之内心里的那些虚虚实实的东西顿时消失了。

时间不长，一行人就到了秋家垅上的垅中坳。

九鼎七簋出土的地方，习惯上叫作秋家垄。秋家垄一带，又被分成更小的地名，分别叫垄头坡、垄尾垱和垄中坳。位于中间地带的垄中坳，方圆一千米，是九鼎七簋最精确的出土地点。两周贵族墓地与小玉老师的墓都在垄头坡上，去年，曾本之带队对两周贵族墓进行抢救性发掘时，前前后后给马跃之发了几十张现场照片。

一条浩大的水渠顺着山势弯弯曲曲地绕过来。秋天将近，各类庄稼为着自身的成熟与丰收，正不分昼夜地大量饮水。受到万物饥渴的影响，水渠里的水波也一阵赶一阵地流动得更快了。

在马跃之的指点下，一行人停了下来，望着水渠上的某一段，人人都在作沉思状。

别看人人表现得煞有介事，实际上，就连楚学院资格最老的周老先生，都没见过九鼎七簋出土的真正位置。当年九鼎七簋乍一现身，周老先生闻讯从武汉赶来，考古发掘的黄金时间已过去了。那些挥舞着红旗标语兴修水利的民工，已将原始地形地貌，挖成一担担黄土，挑到低洼的地方，筑起一道土堤。又过了十几年，马跃之跟在周老先生身后在这一带走来走去。周老先生让马跃之判断，作为国之重器九鼎七簋现身于此，是否预示高居人臣之上的王侯墓地也在此，如果是的话位置又在何处。在他之前，曾本之也曾被周老先生逼着运用全部星相命理知识做过相同的寻找。两位天赋异禀的高足，都没有发现半点能使秋家垄成为某位九鼎之尊的王侯家福地的线索。

楚学院的学术名言，知之者之之，不知者之之，虽然始于秋家垄，开始流传的原因却与学术无关。

再过些年头，人们开始慢慢接受一种观点，九鼎七簋的出现，如同崇阳那位砍柴人在山溪里洗脚，无意中发现一只商周时期、也是世上最早的青铜鼓那样纯属偶然。就在这时，秋家垄这里发生了一起惊心动魄的盗墓案，盗墓贼第一次光临时，挖走了几只鼎。第二次再来，又挖走几只簋。接下来的抢救性发掘，不仅发现一处完整的两周贵族墓地，更发现一批惊世骇俗的青铜重器。

盗墓案发生后，号称读遍两周典籍的吴秋水，没有被曾本之选进抢救性发掘的队伍，便用各种借口私下跑来，花费不少时间，踏勘了秋家垄的每一个角落。回到楚学院，第一时间找上马跃之，半是牢骚，半是炫耀。吴秋水对自己此行的结论是：秋家垄天罡气息稀薄，地煞精神绵厚；凡事宜小不宜大，做人利民不利官。顺风顺水过家常日子，脚踏实地地奔向小目标，躺平了也能心想事成；倘若怀着蛇吞象、猴捞月、舍得一身剐也要将皇帝拉下马那样的人生壮志，十有八九会遭到万劫不复的反噬。作为王侯将相的寝陵，秋家垄这里绝对是十恶之地。

吴秋水得意扬扬地说了许多，马跃之一点也不觉得新鲜。

当初周老先生带队来秋家垄，郝文章的父亲郝嘉就曾说过，秋家垄是十恶之地，如果是有意将此地作为王侯将相的寝陵，操纵这件事的人主观意图，就是要使渴望千秋的王族精气消散、脉断根除。郝嘉就此进一步假设，或许当初事死如事生的计划就是九鼎七簋，而非九鼎八簋，其用意是承认主人位在九鼎的既成事实，同时又深刻表明，你这个九鼎之尊是有问题的，是来路不正、德不配位的，只不过生米煮成熟饭、大姑娘入了洞房，事情没办法回头了；但在簋的数量上做点折损，用来惩前毖后，但不是治病救人。就像给诸侯国的封地，城池土地是划定了，将滋润土地和人民的水源掐断一部分，起到事半功倍的效果。如此方法，也不会破坏两周社会中最为重要的礼制，人家是九鼎的标配，绝对不可以少一个鼎，哪怕少一个鼎足也不行，否则就会将上至贵族、下达庶民的天下人弄得不知所措。减少一只簋，在礼制上不会造成混乱，对相关者的打击也显而易见。

时间接近上午十点，四周的空气变得灼热起来。一群人不约而同地蹲在水渠边，掬起一捧清水，洗洗尘，也去去汗。马跃之洗完脸站起来，正要用手抹去脸上的水珠，王蔗又递上一张面巾纸。

董文贝在一旁称赞说："现在女子没有这么细心的，难怪郑厅亲自点名要王蔗进课题组。"

郝文章从自己口袋里掏出一张面巾纸在脸上擦了擦。他说："一张面巾纸不算什么，若是掏出一只手绢给马先生，那才有意思！"

好久没有开口的万乙忽然说："这时候还在用手绢的人，一定是从春秋大墓里爬出来的,逮着他直接问九鼎七簋到底是怎么回事才更有意思。"

马跃之从口袋里掏出一只洁白的手绢,在万乙面前晃了一下:"你看看这是什么?"

万乙还没有反应,郝文章抢先叫了一声:"说曹操,曹操到!从春秋大墓里爬出来的周朝人也有了,课题组一定能遂某人的意,破解九鼎七簋的千古之谜。"

万乙有点不好意思地说:"我跟着马先生这么多年,从未见马先生用过手绢。"

马跃之冷冷地说:"你没见过的事多得很。"

似乎觉得自己说话的分量还没有达到标准,马跃之又补上几句:"在楚学院做事,哪怕是在大学生辩论赛上当过首席辩手也没有用。不仅是一点用处没有,而且是一点屁用也没有。"

在场的人被马跃之的粗话弄得面面相觑。

只有马跃之心知肚明,自己说的和做的都在模仿曾本之。那一年,在湫坝镇上喝过早酒,也是在这水渠边,曾本之同样借故板起脸冲着马跃之狠狠说了一通,马跃之心虚的样子,就像眼前的万乙。莫名其妙的一通狠话说过了,接下来就该说些化解心结的话。当初曾本之也是这么做的。

马跃之转过身来问万乙:"你会游泳吗?去看看那个地方是不是青膏泥!"

顺着马跃之手指的方向,水渠的水线上有一片乌突突的泥土。

万乙二话不说,脱下旅游鞋和外裤就往水渠里跳。流经秋家垄的这条水渠,灌溉区域为江汉平原东北部大部分丘陵地区,水流量很大,一下子就淹到万乙的腰部。离得最近的王蔗本能地伸手拉了万乙一下。

马跃之随口说:"这样就对了。"

王蔗脸色唰地一下变得通红。

马跃之紧接着说:"这么急的水流,只有千金小姐才能锚住。"

众人会心一笑。时间不长,万乙捧着一坨泥土回到岸上。

马跃之看过后，其他人也一一看过，都说不是青膏泥。

鲁丰也看了，越是看不出门道的人，嘴里的闲话越多："这地方不说楚学院的人勘察过多少次，清华大学考古队的学生和老师，前前后后来过几百人，经过几百双眼睛、几百双手，加上那些说不清、道不明的盗墓贼，要是还有遗漏，那只能说明古人太狡猾、今人太愚蠢。"

郝文章马上反唇相讥："所以，才让你负责监督这些蠢人。在鲁督察的督促下，楚学院的愚蠢线一定会拉高许多。"

鲁丰有点恼羞成怒，正要再说什么，董文贝瞪大眼睛吼起来："没有坐八年冤狱，就不要挑剔楚学院的小先生。"

董文贝不想让不高兴的话题失控，脱口冒出小先生的称呼来。

马跃之显得很开心，大声说："很好，郝文章配得上小先生！"

这时，从野地里传来一个男人的声音："谁是小先生呀？"

一群人同时回过头来，马跃之和郝文章认出来人是清华大学考古队的黄教授。

黄教授老远就将右手伸向马跃之。

二人握过手还嫌不够，还要紧紧拥抱一下。

黄教授解释说，昨天夜里就听说马跃之要来，本想到湫坝镇上陪马跃之喝早酒，不料有人闯进遗址保护区，需要他亲自处理，也就耽误了。黄教授和马跃之年纪差不多，从上半年开始将秋家垄设为田野考古实习基地，之前三番两次邀请马跃之过来交流探讨，都没有如愿。这一次既然来了，一定要马跃之去他们的工作站看看，当面指导一下。

看看水渠这里没什么好勘探的，马跃之就同意了。

按马跃之的意思是自己独自前去，或者带上王蔗，其他人继续围绕九鼎七簋寻找线索。黄教授不经意地使了个眼色，郝文章和万乙明白一定有什么好事，也要跟着去。剩下来的董文贝和鲁丰也就没有别的选择了。

相对于楚学院，秋家垄是活生生的滑铁卢。

秋家垄两周贵族墓地的不被发现，足够他们反省几辈子。

一九六六年因为修建水渠偶然挖出九鼎七簋，二〇一六年因为盗墓贼的盗掘又偶然发现这片两周贵族墓地,半个世纪的时间,涵盖了楚学院全体人员的全部工作经历。以创始人周老先生为开端,楚学院上上下下的人都曾来过秋家垄。其间那位主张全部楚学向欧洲靠拢的书记,采用过土壤中微量元素含量的实验室方法。另一位摘下上校军衔转业来的书记,誓言挖地三尺也要找出九鼎七簋为何葬于此地的缘由。如此人等,最终无不认为,那些青铜重器的出土,不过是打着历史旗号的一场误会。一九六六年那次,事发比较简单,有人用锄头挖出鼎和簋,那金灿灿的模样让人误以为是金子,在场的民工一拥而上,甚至有三五个人共抢一只鼎或簋的。在普遍缺少文物保护意识的年代,幸亏秋风的母亲及时报告。周老先生从武汉赶来,费了不少周折,才从众多民工手里将九鼎七簋找回来。五十年后的二○一六年,情况既简单又复杂。一天夜里,秋家垄一处建筑工地上,负责值守的两名保安被一群闯入者捆绑起来,强行灌下安眠药。睡了一场大觉的保安醒过来,还以为那些人是为了抢劫自己的新手机,就慌慌张张地报了案。警察到场一看,在离保安值守的小屋不到十米的地方,新挖了一个深深的盗洞。警察找来县博物馆的人,县博物馆找来楚学院的人——曾本之亲自赶来,不看不要紧,一看吓一跳,一向只存在猜想中的两周贵族墓地,竟然藏在绝对不可能存在的地方。

这伙发现秋家垄两周贵族墓地的盗墓贼,用并不高超的摸金手法反衬出楚学院一众专业人员的"愚蠢";也使得郝文章听到鲁丰说,古人太狡猾、今人太愚蠢,便勃然变色。

那伙盗墓贼到案后才弄清楚,楚学院的人被他们打了两次脸。

就是说,秋家垄两周贵族墓地已被这伙盗墓贼光顾过两次。

头一次是二○一四年,盗墓贼得手了几只鼎。因为担心被人发现,见好就收,那些与青铜鼎形影不离的青铜簋,一只也没有弄出来。过了两年,见楚学院和公安局都没有动静,作案时的盗洞不仅没被发现,湫坝镇的干部还弄到一笔资金,在那一带动工修建一座绿色食品加工厂。盗墓贼第二次下手时,前后过程都很顺利,只是时间不够用,还没来得及将盗洞回填好,天就亮了。如果像前次那样将盗洞的痕迹完全抹掉,以湫坝镇派出所的办案视野,肯定会将够得上春秋大盗的盗墓贼,认定为抢手机的鸡毛蒜皮的小毛贼。

发现九鼎七簋的地方,与后来发现的两周贵族墓地,处在同一座山岭的漫长坡地上。虽然没有专门的路,蹦蹦跳跳地走过去也只用了二十分钟。短短的一段路,从周老先生到曾本之和马跃之,再到郝文章和万乙等,楚学院的许多人走了整整五十年,最终还是借助盗墓贼的一臂之力才勉强到达。

清华大学考古队就待在已经建成的绿色食品仓库里。

黄教授领着马跃之他们经过用铁丝网围成的大门时,特地将正在值班的两名保安介绍给大家。因为被盗墓贼捆起来灌过安眠药,二位保安竟然成了小网红,随手拍个视频,就有几万的流量。绿色食品加工厂周边成了考古发掘现场,值班室也变成了保安室,位置一点也没变。离保安室不远的那个盗洞,经过正式发掘后,只剩下半个洞口。

黄教授认为那伙人有可能手握两周时期不为人知的秘密,比如写有相关内容的楚简或者青铜器物铭文。黄教授没有细说,但大家都懂得,清华大学之所以在考古界异军突起,正是得益于当初从香港重金购回的那批独一无二的神秘简书。

"曾先生的身子骨还好吧?"

黄教授似乎有意不让人在这方面细想,与马跃之说话的声音大了许多。

果然,郝文章第一个被影响:"黄教授对曾先生太关心了,见一个熟人就问一次。"

黄教授说:"人过七十,年事渐高,多些问候,就少点遗憾。"

马跃之说:"别的都好,就是突然要退休这件事弄得不太好。"

黄教授说:"曾先生退,你接着扛大旗。过十年你七十岁时,再让别人接过旗杆,这是自然规律呀!"

马跃之说:"曾先生如此行事,是不是秋家垄这些盗墓贼对他的刺激太大了?"

黄教授说:"我正想问你。有人说曾先生接到报信电话时,情不自禁地大叫一声,一口鲜血喷到对面的墙壁上,是不是真有此事?"

马跃之说:"夸张了!太夸张了!曾先生放下电话就非常平静地告诉我了,还邀我一起来秋家垄。不过,曾先生的平静有些过头,像是打了半个单位的镇静剂。"

黄教授说:"你为什么不来?这也是楚学界的大发现,机会难得!"

马跃之说:"我要是来了,不就轮不到黄教授您吗?"

黄教授晓得这是玩笑话:"我们是来捡洋落的。不过,秋家垄这里的机会实在太多了,我们本是来做后期,也让学生有个好的实习场所,没想到还是有那么多收获。这也得感谢董书记的大度啊,将这方宝地让给我们。"

董文贝想了想,还是回答说:"秋家垄简直就是楚学院的滑铁卢,黄教授是来替我们纾困解惑呀!"

话说到这里,黄教授已领着马跃之他们进到"清华大学田野考古实习基地"。马跃之虽然第一次来,不用问也知道这就是先前的绿色食品仓库。偌大的空间里,摆满了大大小小的器物,都是近期从秋家垄这里发掘出来的。之前抢救性发掘时发现的鼎、簋、尊、罍、爵、斝、觯、簠等器物,已经在博物馆公开展出,并不在这里。马跃之在楚学院几十年,考古方面的事,能见的都曾见过,还是对眼前的景象表示震惊。

"耻辱,真是耻辱啊!"

马跃之担心自己的轻叹被黄教授误解了,连忙解释一通。

"眼前有景道不得,一心只想着曾先生当时说的话!从周老先生到曾先生,再到郝文章这些小先生,一门心思走正道研究考古,怎么就不如专走邪门歪道的盗墓贼!"

"马先生呀,我们这些人老是自视过高。其实,完全没有必要和盗墓贼争宠。别的不说,就说咱们教的这些大学生,让他们看考古专业书籍,三个月读不完一本,换成盗墓小说,三个月可以读完三十本。人家盗一个墓多不容易,弄不好小命都保不住。像咱们每挖一处,连国家机器都要跟着转。所以,总不让盗墓贼抢个先手,白脸曹操也不答应。"

见马跃之一脸的惶惑,黄教授大笑起来。

"干咱们这行,百分之九十九是用实物说话,剩下的这一丁点,千万不要做正经用途,一定要用来发点牢骚!发牢骚好,可以预防孤独症和老年痴呆。"

听黄教授说话,马跃之和旁边的人全都笑起来。

"就说那么多的青铜重器吧,每挖出来一只,方方面面都要鼓噪一番,曲里拐弯地说什么三千年国宝重现人间,实乃当世之祥瑞。秋家垄这里挖出的青铜重器,从九鼎七簋算起,没有一百也有九十九,看来看去,最祥瑞的事情也就是天天喝早酒。就实物来看,称之为国宝不会有错,可就是不能往深处想。隔壁随州擂鼓墩挖出来的曾侯乙编钟,当初举一国之力进行铸造,这么做为了什么?是开疆拓土,还是造福万民?据说楚学院发明了一个骂人的话——鼻屎。这个发明好得很,很多人和事,其实就是鼻屎。有人可以让鼻屎挂在鼻孔中间,比爱说假话大话的嘴唇还炫耀;有人喜欢用手指捻鼻屎球,开两小时的会也舍不得松手。"

大概是发现稍远一些的学生们在窃笑,黄教授猛地停下来,用手指过去,意思是不让他们听。片刻后,黄教授没有绷住自己的脸,也捂着嘴笑了。笑完了,黄教授不再说青铜重器、国宝和鼻屎。

"我这是在使用属于自己的百分之一的胡说八道权利。话说回来,那年周老先生倡导成立青铜重器学会,我是投了赞成票的。与其让别有用心的人招摇撞骗,还不如我们自己占着茅坑。只有一点,我没想通,是什么原因让青铜重器学会少了马先生你这块招牌?马先生放心,这话点到为止,今天我们不谈这事。请马先生来,是想替这帮年轻气盛的小家伙消消火气。"

黄教授举起一个手指,正在忙碌的十几名研究生,立刻围拢过来。

黄教授介绍说:"这位就是我与你们讲过许多次的马跃之马先生。"

黄教授说过这话后,学生们的表现有些无动于衷。

见惯不怪的黄教授又说:"你们回去准备十分钟,回头见识一下什么叫江南第一捕快!"

学生们都听懂了,转身回到各自的位置上。

马跃之连忙摇手说:"黄教授别让我出丑!"

黄教授不肯听，还说："马先生刚才已看见了，这些小屁孩，只晓得崇拜明星。今天你一定要露一手，就当是替我消消气，免得郁气太久伤自己的肝。"

看看学生们已经准备好了，黄教授也将自己所说的"捕快"说明白了。原来这是黄教授某次与马跃之一起进行田野考古时的特别称呼。说的是"捕快"，其实是"补快"，意思是修补各类器物速度之快无人能及。按黄教授的说法，当时马跃之同三维建模的电脑进行过比赛，并以三比一的结果击败电脑。

学生们准备的东西，是从遗址中挖出的陶片。从理论上讲，这些陶片都不是无用之物，都能通过修补粘连成完整的陶制器物。在实际操作中，难以分清陶片与陶片之间的关系。黄教授之所以将马跃之称为江南第一捕快，是说马跃之具有高超的本领，能从一堆杂乱无章的陶片中，迅速找到相互关系的有与无。

从一开始马跃之就在寻找婉拒的理由，在他看来自己所拥有的超常的"补快"本领，很难成为可供他人复制的常规方法，这种本领甚至都不可以等同两周时期大小事务不可缺少的巫师巫术。历史早已证明，巫师巫术盛行并不可怕，大家都信巫，人人都是巫，巫师巫术反而没什么可怕的。真正令人恐惧的是位高权重的极少数人信巫扮巫，让本来不信巫的人们，成为巫的受害者。马跃之不希望自己的专长被盲目夸大，那样一来，就会对考古专业造成莫大损害。一旦出现某种混球的主导者，以看上去轻而易举的特异方法，替代需要艰辛付出的学术努力，作为一种科学的考古，就离幻灭不远了。

马跃之最终选择听从黄教授的安排，并不是自己被黄教授说服了，而是差不多是在同意与否的那一刻，人群中出现一道久违的目光，目光起处，一种胜过青铜宝镜的深情，俘获了马跃之。

"小玉老师怎么也在这里？"

马跃之几乎就要如此发问，好在他马上回过神来，明白这是错觉，那目不转睛地盯着自己的女子是王蔗。为了分散注意力，不再将王蔗当成了别的女子，马跃之终于迈开步子，走向离得最近的那名学生。

拾伍

按黄教授说话的意思，马跃之具有成为比两名网红保安更红的网红的独特条件，只要马跃之同意，随便哪位学生帮忙拍个视频发到网上便大功告成，坐等收获百万粉丝。黄教授说这番话的原因在于马跃之绝对不会同意，也是因为不想节外生枝。马跃之在走向离得最近的那名学生之前，便要求在场的所有人都不可以拍摄照片和视频。

被黄教授竭力渲染的马跃之的独门绝技，真正做起来简直没办法更简单。

十几名学生，三三两两结合成五个小组，每个小组都有一座小型的操作台，台面上放着形状各异的陶片。有的台面上放着一块较大的陶片，可以看出是坛罐盆碗中的一种。有的台面上放着将两三只陶片黏合到一起，再用支架帮衬，形成某种陶器的抽象模样的。还有将几只陶片信手放在台面上不做任何处置的，用来表明这座操作台的主人还没有主见，还在琢磨这些陶片属于哪一种器物。

对考古专业的学生来说，这是最基本的操作，也是最难的操作。作为基本，这么做是对文物器形的认识进行训练。作为难点，这么做是将今人的思维换成古人的脑回路，尽最大可能去接近两三千年前的社会生活，复原早已失传的古人宠爱之物。在陶器方面著名的事例不多，不著名的事例则数不胜数。比不了青铜器物，比如成都三星堆，在很长一段时间里，人们对那堆从地下发掘出的棍棍棒棒面面相觑，不知是何方神圣使用的何种圣器，直到某月某日，有人脑洞大开，将其想象成一棵神树，这才还其本来面目。

马跃之将五个台面一一看过，有的时间长，有的时间短，但对各位学生先前所做的工作都没有异议。马跃之也不问学生们眼下碰上哪些困难。当然，这也是一个用不着多问、明显摆在那里的问题：好不容易找着了上一块，让人一筹莫展的下一块又往哪里去找？可供选择的大大小小的六千多块陶片平摊在地面上，既杂乱无章，又依据出土位置的不同有序地摆放在不同的方格里。

马跃之离开操作台，在众目睽睽中，弯下腰捡起一块陶片，递给王蔗，让她转交给主管某个操作台的学生。学生跑回自己的操作台，立即欢呼说："真的对上了！"鲁丰和董文贝走过去，刚刚看清楚，又有学生开心地大声说："我这里也对上了！"接下来的相应的速度有快有慢，在场的所有人全都随着马跃之的目光看来看去。黄教授也好，郝文章和万乙也好，都没办法做到马跃之所能做到的。大约一个小时，凭借马跃之选出来的陶片，五个操作台上像是快速生长一样出现五只相对完整的红陶器物。

黄教授说："我说的话你们信了没有？"

被问的十几个学生齐声说："不是信了，是服了！"

"以往说楚学院有个马先生，你们只当故事听。今天当着马先生的面，我还是要说，考古这行，一半靠科学，一半靠奇迹！就说秋家垄这里，都搞了几十年的科学，到头来还是不如几个不懂科学的盗墓贼。"

话一出口，黄教授就意识到不该当着楚学院众人的面提及秋家垄的盗墓贼，便立即转移话题。

"当然,我是个没有奇迹的人,只能在学校教教书。什么是奇迹,你们可以向马先生请教!"

学生们等的就是这句话,他们马上凑到一起,商议问几个什么问题。

一旁的王蔗等不及,抢先开口:"马先生有这么绝的绝活,怎么博物馆的人都不晓得呀?"

万乙说:"天下的博物馆,但凡有一点点可能,哪一家不是以青铜重器为重点。有九鼎之尊在,谁个不想问鼎中原!马先生又一直不沾铜臭,所以,要是连你都晓得马先生的这手绝活,博物馆有可能改成杂货店!"

王蔗说:"马先生不沾铜臭的典故我晓得,那是说马先生高风亮节,将容易出名的青铜重器研究全部让给别人,自己专门研究其他杂项。"

郝文章说:"马先生放弃青铜重器是高风亮节,曾先生专门研究青铜重器是不是小人得志?你这话很不对,是在二位先生之间挑拨离间、搬弄是非嘛!"

王蔗说:"错话虽然是我说的,追根溯源还是你的问题。"

董文贝说:"这就太奇怪了,你说话用词不当,怎么错在郝小先生?"

马跃之说:"我替王蔗说吧。郝文章不该请她喝早酒,酒喝多了才会失言。"

郝文章说:"是不是还有酒后吐真言之说,趁现在将想说的真心话都说了!"

王蔗说:"那我就真的说了,你们可不要后悔——马先生,我好爱你呀!"

众人大笑之际,郝文章说:"我发现一点端倪,王蔗说好爱马先生时,眼睛看着的却是万博士!"

王蔗脸色绯红地说:"你是不是也要我说一声,不过,你得先回头看看谁来了?"

郝文章回头张望时,马跃之说:"你再乱说,曾小安可就真的要出面了!"

说说笑笑一阵,学生们要问的问题也有了。说起来有好几个问题,实际上都是围绕马跃之独门绝活的诀窍来说话,归根结底就是两点:这种出神入化的眼力从何而来?其他人如何训练自己的眼力?

马跃之也坦白地告诉大家,自己每次从堆积如山的陶片堆中选择某一块时,内心都会害怕,不是害怕选错了,而是害怕选对了。真的选错了还好办,可以放弃后重新开始。选对时的害怕大不一样,会引起连锁反应,使得自己产生一种不安全的感觉,像以往的穷人家吃了上顿愁下顿,又像现在的股市炒得越高越担心下一刻会暴跌,说到底就是像担心前途命运那样。如果有诀窍,大概这就是唯一的诀窍,将对残破陶片的每一次选择,都当成一道解答命运的试题。

说话间,马跃之心里升起一股暖流。他一改话风,变得轻松起来:"我再举个你们都能感受的例子,眼前这许许多多的陶片,就是我们天天面对的茫茫人海,一个男子和一个女子,上一秒钟还是彼此毫不相干的陌生人,下一秒就碰撞出火花,开始天长地久永不分离的爱情。黄教授说,考古工作一半靠科学,一半靠奇迹。爱情是不是科学,我不敢乱说;爱情是一种奇迹,我是过来人,敢这么说。如果说这中间有什么诀窍,大概这就是了,带着爱,带着情,做一切事!"

也是年轻的缘故,只要提到爱情,总能得到热烈的回应。十几个学生对马跃之的回答很满意,一同来的人也都跃跃欲试,各自从陶片堆中选择一块陶片,再依次寻找能与这块陶片相吻合的另一片、另另一片和另另另一片。

大家都在热心地试验时,马跃之悄然走出用作田野考古实习基地的仓库,独自一人来到两周贵族墓地正中间的一号墓坑。

一座普普通通的坟墓紧挨着已经发掘过的一号墓坑。

墓碑上刻着"小玉老师"四个字。

对这几个字早已烂熟于心的马跃之,用手指轻轻触摸着墓碑上的文字,嘴里小声叫着,声音轻得不像从嘴里说出来的,而是用手指抠出来的。

周围一切仿佛消失了，眼睛也模糊起来，只剩下马跃之的一字一声的呼唤，以及小玉老师非正常死亡时的情景。

小玉老师的死讯是在中堡岛上得知的，此时白露节气已经过去三天，小玉老师也已入土为安了。收到电报的马跃之坐在水边的乱石滩上，平时像峡江号子一样悦耳的江风中全是哭泣之声。电报是曾本之发来的，收报人第一顺序是郝嘉，马跃之的名字排在第二。马跃之和郝嘉刚来中堡岛时，告知周老先生因车祸去世的电报也是这么写的。替周老先生报丧的电报让郝嘉很难过，替小玉老师报丧的电报却让郝嘉觉得莫名其妙，认为发电报的曾本之自作多情，随手丢给了马跃之。郝嘉说，曾本之这么做完全是欲盖弥彰，想将一两个人的私事，弄成当初参加秋家垅田野考古调查全体人员的公事。郝嘉劝马跃之不要那么伤心，为小玉老师流眼泪的事，都由曾本之负责。那一次，郝嘉还是体谅地说，只有像马跃之这样没有谈过恋爱的处男，才会为毫不相干的女孩伤心落泪。马跃之后来才知道，曾本之得到消息后，从武汉赶到湫坝，亲自操办小玉老师的所有后事。曾本之说，这么好的女子，谁也不能忍心不管。据此，郝嘉又说，曾本之这话根本没人相信，如果小玉老师的双亲在世，肯定不会放过曾本之。郝嘉甚至直截了当地说，一切迹象表明，曾本之与小玉老师是准夫妻关系，小玉老师有事，理所当然要找曾本之负点责。

小玉老师的死，是那柔弱的前额撞在一块石头上造成的。

那块石头是未婚夫秋风的墓碑，他俩原本要在这一年的五一节举行婚礼。因为小玉老师发现自己有孕在身，主动取消婚约；十月怀胎后，生下一对龙凤胎。秋风太痴情，与小玉老师的婚约取消后，将喝早酒的风俗延伸为午酒和晚酒一起来。才半年时间，就因醉酒后吐血被发现罹患晚期肺癌，好不容易坚持到小玉老师生下龙凤胎，终于还是让自己在人间消失了。作为单身母亲的小玉老师，在满月的当天，将两个孩子托付给别人，披上洁白的婚纱，倒在秋风的衣冠冢前。这一天正是白露节气。

临死之前，小玉老师用粉笔在备课用的小黑板上，写下两行字：

知知者之之，不知者之之。

小玉老师没有想到，后来这句话成为楚学院男女老少的口头禅，并且与她没有丝毫关系。

湫坝镇的人风闻小玉老师与楚学院考古队的某个年轻人相好，得到"知知者之之，不知者之之"这句话，才由小玉老师所在生产大队的秋大队长亲自打长途电话到楚学院，要求曾本之赶来湫坝料理后事。在秋家垄，曾本之选好一块墓地安葬了小玉老师，还与湫坝当地的人说好，要将小玉老师所生的孩子带回去抚养，却怎么也找不到那两个孩子。

模糊马跃之双眼的泪水已经干了，四周的景象又清晰起来。清清楚楚的景象中出现一个女子，仔细一看原来是王蔗。

王蔗说："其实，小玉老师死得很幸福！"

马跃之说："你怎么晓得她？"

王蔗说："万乙告诉我的。"

马跃之说："万乙懂个屁！"

王蔗说："万乙这两年常跑湫坝，每次来都能听到小玉老师的故事。没听十遍也听了九遍。人家都说小玉老师与考古队的一个人产生了爱情奇迹，还都暗指这个人是曾先生。连万乙都相信了。可我不信，我要是小玉老师，肯定不会爱上曾先生。所以，我觉得小玉老师爱的是另一个人。"

马跃之说："女人的直觉比九鼎七簋还难说清楚。"

王蔗说："小时候，我在六十四路双层公交车上就猜测，马先生是一个有故事的人，也是一个能创造奇迹的人。万乙说小玉老师的爱情时，我这个蠢脑筋里就被马先生占满了！"

马跃之说："那我也说说你们，你是不是觉得万乙也能创造奇迹？"

王蔗说："不，我不觉得他有这个能力。你们那一代人的爱情能扛起青铜重器，我们这代人的爱情只能背个爱马仕包。马先生放心，我和万乙彼此有言在先，回武汉后，他结他的婚，我结我的婚；将曾经的爱藏到满头白发时再取出来，就像考古发掘一样，看看是烂成一摊泥，还是磨掉锈迹,成为人世间的瑰宝。"

王蔗的这番表白让马跃之不知如何是好。

过了好一阵,马跃之才说:"你们年轻人都是这样想的?"

王蔗说:"是呀,这样的爱情不是更自由吗?"

马跃之说:"人生走过了才觉得苦短,能自由时当自由也不是不对。"

王蔗说:"我好想听马先生说说小玉老师!"

马跃之说:"看样子你们已经将小玉老师当成考古对象了。"

王蔗说:"是啊,我现在就想求证,小玉老师写的那个'之'字,到底是曾先生的'之',还是另外的'之'?"

"人生很多事,知与不知,都不过是之之!"

黄教授这时突然出现在身后,黄教授看着小玉老师的坟墓说了很大一通。

"第一次来秋家垄这里,看过小玉老师的坟墓后,我就觉得考古这门课没办法在黑板上教了。讲台上讲的那些都是鬼话。什么学问,什么理论,不就是你们楚学院用来骂人的鼻屎吗?曾本之曾先生,已经够权威了吧,以武汉为中心,东西南北各八百公里,除了马先生可以与他称兄道弟,其余谁个比得了?曾先生亲自选墓地,将小玉老师埋在这里,只要将墓穴的宽度增加一米,无论是右边还是左边,就立马显出五花土来。一般人还晓得哪壶不开提哪壶,小玉老师的墓,简直就是哪里没有五花土就往哪里挖。越是关键时候,黑板上写的学问和理论越是了无用处。真的了无用处还可以说无错即有功,有时候还会帮倒忙。马先生你也是泰斗级的人物了,自从秋家垄这里变成热点后,你还是第一次来此露脸,就将那几位专门吹嘘电脑建模修复文物的小家伙的脸打得叭叭响。秋家垄在楚学界如此大热,马先生你总也不肯来,这也是考古学问与理论没法解释的。与马先生不一样,曾先生常来秋家垄,每次来,一定要在小玉老师的墓碑前发呆。我真真假假地问过他,这么做是在考小玉老师的古,还是考秋家垄的古?曾先生说,自己要将小玉老师的古和秋家垄的古一起考,这话的意思显然是心理上还没有越过盗墓贼这一关。我与曾先生聊过,说上几句就开始冒粗话,根本无法深入进去,盗墓贼的事情本来就没得商量。文物文物,考古的意义在文,盗墓的目的在物。这跟与贪污犯谈金钱一样,没贪污过的人,完全不晓得对话的开关在哪里。"

马跃之和王蔗都能接受黄教授的长篇大论。

黄教授将话题引到盗墓贼上,马跃之则显得更愿意配合。

黄教授说:"发生这种事,能怪盗墓贼和楚学院吗?"

马跃之说:"考古本无贼,庸人自扰之——是不是?"

黄教授说:"去年下半年路过你们武汉,一个当领导的前学生设了一个饭局,将自己喝多了,才讨教如何科学地选拔文物保护方面的干部。因为他总是听人说,让秋家垄的盗墓贼当楚学院院长,绝对不亚于现在的权威专家。我对他说,考古这行如果真有科学,也就是一只飞鸟从空中飞过,拉下一坨鸟屎,如何才能掉进一位秘书手里拿着的杯子里。除了二者之间不同速度的关系,最重要的还是那个当秘书的必须在这个时候拧开杯盖,递给想喝水的领导。从理论上讲,这种事情完全会发生,实际上这种事情从没有发生。飞鸟拉屎与领导喝茶,盗墓贼和楚学专家,是各自不相干的事,就不要硬扯在一起。考古与盗墓在本质上也是毫不相干,秋家垄这里,就不应该有奇耻大辱一说。"

马跃之说:"你的那位前学生有没有回应?"

黄教授说:"他说,你们负责改变历史,由我们负责改变未来!"

马跃之听着耳熟,知道这是郑雄带人参观大楚青铜馆时,那位叫"姜部"的女人说过的话,就说:"所以,干我们这行就是看历史不顺眼,而与今人过不去。"

黄教授一愣说:"这是前些时回北京给一个培训班的官员讲课时说的一句话,你怎么也学到了?"

马跃之一笑说:"黄教授讲课的效果很好,这么快就传播到四面八方。"

黄教授说:"我想起来了,郑雄当时在场,一定是郑雄在你面前学舌了。既然话说到这里了,我也求证一下,郑雄是不是真的阿谀过某位老省长,说他是二十一世纪的楚庄王?"

马跃之说:"我没听他说过,但事情是真的。"

黄教授说:"听说他在拉马先生成立九鼎七簋课题组,与这种人打交道,起码要设两道防线,一道防阴谋,一道防阳谋。"

马跃之说:"已经设计好了,阴有王蔗,阳有万乙。"

黄教授看着王蔗快意地笑起来。

马跃之没有笑,他想起一件事,就要王蔗打电话给楚学院门卫许师傅,请许师傅转告那位清洁女工,她女儿在作文中引用的话,是清华大学黄教授说的,郑雄不过是在学舌。黄教授好奇地问是怎么回事。马跃之就将清洁女工的女儿写作文引用了这句话,学校想作为范文推一推,但要注明出处,清洁女工不相信这是郑雄的原话,还说狗嘴里吐不出象牙。马跃之还没说完,大家都笑起来,马跃之也跟着笑了。

马跃之顺着一架梯子下到一号墓坑里。由于先前修建绿色食品加工厂的缘故,遗址表层土壤已被取走,考古发掘形成的基坑不太深,站在坑底,还能看见小玉老师的墓碑顶端。黄教授蹲在墓坑边缘,让马跃之拍拍靠小玉老师坟墓一侧的坑壁。马跃之真的试了一下,果然有一种空洞的声音传出来。黄教授曾亲自用探针横着刺探过,两座墓穴中间的隔墙,最薄处还不到一米厚。

在黄教授看来,如此单薄的隔离,稍有一点考古经验的人就会发现端倪,那不知考古为何物的人,也可能因为锄头挥起来再下落时发生偏移,将相隔三千年的时空打通。没有发生这种情况的原因也很清楚,但凡是非正常死亡的人,即便是两周时期的贵族,下葬过程也会因为匆忙难免显得草率。何况小玉老师的父母先她而去,一些对小玉老师教过他家孩子读书识字的表达谢意的人,能使出七八分力气,挖一座叫作墓穴的土坑就很仁慈了。

黄教授认为,小玉老师成年之后,父母才去世,算不上孤儿,受到人们怜爱的资格都没有。这样的身世与死亡方式,令湫坝一带的死者都不愿意与她做伴,使得小玉老师的坟墓成了这面坡地上的孤坟;否则,任何一次丧葬过程都有可能发现后来被盗墓贼发现的这一切。

楚学院田野考古调查队于一九八〇年秋天撤离湫坝,这个时间点与小玉老师怀胎十月,于第二年的立秋那天生下龙凤胎的妊娠规律完全符合。如果小玉老师真与考古队的某个年轻人珠胎暗结,此时此刻,分离的痛苦与不舍,怎不使人通达性情的高潮?

有关小玉老师的这些,从湫坝直接转到中堡岛的马跃之事后才知道。

小玉老师未婚先孕,与秋风解除婚约,之后生了一对龙凤胎。小玉老师听说患肺癌的秋风剩下来的时间不多了,都没有顾得上给孩子喂奶,就上医院照顾秋风。秋风凶狠地问小玉老师来干什么,还说你将那两个野种丢了也没用,我不会上当,想将我发现的九鼎七簋的秘密骗去,向你的之之献媚,前门后门大门小门——什么门都没有!秋风躲着小玉老师,自己给自己安排后事,最终以神不知鬼不觉的方式离开人世,留下三千年不让自己转世投胎的遗言,让小玉老师大受刺激。小玉老师最后时刻在小黑板上用粉笔写着"知知者之之,不知者之之"等,全都来自曾本之的叙述。

从给小玉老师立碑,到发现两周贵族墓地,时间间隔比较长,曾本之来秋家垄的频率呈现前松后紧的特征。经过前后对比可以发现,小玉老师死后的第十七年为重要节点。在那之前曾本之有时隔两三年、有时隔三五年才来秋家垄一趟,在那之后,曾本之几乎每年都要来秋家垄看看,并且时间基本固定在白露节气那两天。不管是借故从熊家家开车绕半圈路过秋家垄,还是因文物调查名正言顺地来到秋家垄,曾本之都会像倾诉一样将小玉老师墓地的情景一五一十地说给马跃之听。

最初的几年,小玉老师的墓碑前总是摆着几束野花,上面的纸条有时写着"小玉老师,我们想你",有时写着"小玉老师你是最美丽的",随着纸条上笔迹的成熟,纸条和野花越来越少,最后都不见了。曾本之说,这是因为小玉老师教过的学生长大了,外出求学或者打工去了。

小玉老师死后的第十七年,曾本之从秋家垄回来时开心极了,他在小玉老师的墓碑前见到一束花,是那种专业花店售卖的真正鲜花。曾本之以为,小玉老师所生的龙凤胎女儿长大了,主动来找妈妈,送鲜花给妈妈了!从湫坝镇到秋家垄,那条青石板路是必经之路,曾本之特意上路边的几户人家打听,谁也没有看见有捧着鲜花的陌生姑娘路过。接下来,在曾本之掐指计算的那位姑娘十九岁、二十岁和二十一岁时,小玉老师的墓碑前都没有出现鲜花。正当曾本之猜测之前的鲜花可能是某种偶然,他所想象的那位姑娘,在二十二岁那年又在小玉老师的墓碑前献上一束鲜花,还点上几支小玉老师生前喜欢的红蜡烛。让曾本之没想到的是,这之后他足足等了十年才见到第三束鲜花。这第三束鲜花也是出现在小玉老师墓碑前、既陌生又神秘的最后一束鲜花。对此,曾本之又有合理的猜想,他觉得小玉老师的亲闺女一定结婚成家为人妻为人母被家务事拖住后腿,不方便来秋家垄了。

事实表明,曾本之的猜想都不对。盗掘秋家垄两周贵族墓地的盗墓贼被抓捕到案后,为了解盗掘真相,曾本之作为专家参加过相关审讯,才知道那些鲜花是这伙盗墓贼为掩人耳目所做的道具。为此,曾本之有一阵好不后悔。假如当初自己将是否有某个姑娘往小玉老师墓地送鲜花的注意力,分出一部分,仔细琢磨路边人家说过的话——曾经见到两个手捧花束的外地男人去过小玉老师墓地,说不定就能判断,这是盗墓贼来探路了。

因为发现盗墓贼和盗洞,曾本之带队来秋家垄进行抢救性发掘。

这一次,曾本之没有在第一时间与马跃之联系。一个月后,马跃之终于沉不住气了,接连三天不断地打电话,直到第四天曾本之才接听。

"叫你来,你又不来。这会儿着急有屁用,早干什么去了?"一开口曾本之就没好话,这在曾本之的为人处世中是极少有的,"我没打电话,就说明没有值得你关心的事。"

"你晓得我关心什么?"马跃之也有些没好气。

"还能是什么哩,不就是想了解有没有挖到高价值的文物!"曾本之故意说,"你的狗鼻子嗅觉真灵敏,隔几百里也闻得到铜臭。我挑几样重要的说说,首先墓主人比较清楚,挖了的青铜器有不少铭文,记有曾伯㡒和他的夫人芈克的一些事;曾伯㡒用的礼器为五鼎四簋,没有达到王侯一级,但他留下来的几百个文字,研究价值远远超过一般的王侯。"

"好了好了！你说得再多，我不会贪功！"马跃之强行打断对方的话，"说点你每次去秋家垄都要说的那些事吧！"

"是不是担心小玉老师的坟墓受到牵连？你早点说嘛，打几天电话就为这点小事，你也太奇怪了！"曾本之这样说话也是有意撩拨马跃之，"来秋家垄之前，还觉得被盗墓贼打了脸，白吃了几十年的考古饭。盗墓贼凭着几把洛阳铲，摸黑都能找到两周贵族墓地。我们这些吃考古饭的人，拉起队伍，明火执仗大张旗鼓地找了几十年还是个睁眼瞎。这些天，打完探方，再试发掘，突然发现自己很了不起，比那些盗墓贼强一百倍还不止。那年白露节气时，小玉老师突然走了，天气还很热，就那么一点时间，要将她的后事全部处理好，多不容易啊！就说选墓地这一项，有准备的人会提前很多时，进行各种各样的对比，才能确定下来。小玉老师的墓地，我只用两个五分钟就选定了，第一个五分钟用来选方向，第二个五分钟用来选地点。这次来秋家垄进行抢救性发掘，不要说外地请来帮忙的同行，就是当地的风水先生，也都赞不绝口。小玉老师的墓地选择的精准度，多一米不行，少一米也不行，正正确确地选在几个两周贵族墓穴的正中间。不用说迁坟，就连坟上的一棵草、一粒沙都不用动，好生生地待在原处，等着想念小玉老师的人有朝一日亲自前去表达思念。这种本领，这样的事，就是全世界的盗墓贼集中到一起也肯定办不到。"

站在一号墓坑中的马跃之对曾本之的话记忆犹新。

马跃之抬起巴掌，在与小玉老师坟墓相邻的坑壁上轻轻拍了一下。

站在一号墓坑边缘的黄教授提醒马跃之加大力气再试试。

马跃之鼓足勇气，用巴掌在坑壁上重重地一边拍了几下，然后迅速侧身将自己的耳朵贴到坑壁上。

"了不得——"

隔着薄薄的坑壁，传来仿佛女子的长叹。

黄教授说："马先生听到什么没有？"

马跃之说："你说的没错，真的听得见地下的回声。"

黄教授说:"马先生真是怜香惜玉,担心吓着王蔗,不敢说听见小玉老师的叹息声!"

马跃之还没来得及回应,王蔗便沿着梯子三步两步地下到一号墓坑内。

紧挨着马跃之的王蔗仰面朝上说:"黄教授也太小看人了,在博物馆工作,谁没有碰见过几次灵异之事。你大概没有听说我们的名言——只有与妖魔鬼怪擦肩而过,才能在恋爱季节一见钟情。"

王蔗学着马跃之的模样,侧身倾听坑壁那边的动静。

慢慢地,王蔗的身姿变样了,整个人全趴在坑壁上。马跃之以为王蔗听得过于专注,过了一会儿才发现有些不对劲。马跃之努力地凑过去,还是看不见王蔗的情形。正当马跃之想要伸手拉一下时,王蔗猛地转过身来,只见她像是刚从泥土下面钻出来,满脸泥泞中夹杂着滂沱泪水。马跃之有些不知所措,下意识地从口袋里掏出那只手帕,递给王蔗。王蔗伸手去接时,不是冲着手帕,而是抓住马跃之的手腕,将那只手和手帕扯到自己的脸上,一下一下地擦着泥泞与泪水。不知过了多久,王蔗脸上的泥泞与泪水擦得差不多了,王蔗不再抓着马跃之的手腕,用几个手指轻轻捏着手帕,并对马跃之说,她听到小玉老师说话了。随之那手帕就像云朵一样飘到王蔗手里。

二人从一号墓坑里爬起来,站到小玉老师的墓碑前。

王蔗将满是泥泞和泪水的手帕平铺在小小的祭台上。

黄教授好奇地问:"是什么事让你如此触景生情?"

王蔗说:"这不是触景生情,这也不是我的泪水,我这是在替别人流眼泪!"

见面时间不长已经开过不少玩笑的黄教授有所感动,也不再开玩笑了。

黄教授认真地说:"我在琢磨,这两天该不是小玉老师的转世灵童来找自己的前世吧!之前我不是说过昨晚遇上意外才没有陪马先生喝早酒——事情是这样的,前天晚上,湫坝这儿开始下大雨,一直下到昨天傍晚才停下来。凌晨三点左右,一个男生起来上厕所,发现附近有奇怪的灯光。我以为是盗墓贼又来了,赶紧带几个男生出来分头巡察。在小玉老师墓碑这里发现一个奇怪的男人,说他是盗墓贼吧,见到我们他动也不动,还伸手示意要我们也不要动。说他不是盗墓贼吧,那种模样实在不像正常人。只见他将一只陶罐埋了半截在土里,再将一根光溜溜的铁棒放进陶罐里,一只耳朵贴着铁棒的另一端。那种神态让人想起汉唐时期的边塞守军,在地里埋上一只陶瓮,用来探听远处敌军的马蹄声。见到他煞有介事的模样,我们就耐心等在一边。过了差不多二十分钟,他才爬起来,收起铁棒,从怀里掏出一个牌牌,上面写的文字说他是武汉市水务局的技师,专门在夜里出来查找自来水管的漏水点。我就照着上面留的电话号码打过去,听值班员一解释,真有这回事不说,对方还吩咐我们尽量不要与他说话。"

马跃之将黄教授说得正起劲的话打断了:"我和万乙都见识过,他名叫曾听长,确实是一名听漏工。"

黄教授说:"对,完全吻合!可我就是想不通,为什么不能说话?难道开口说话的人会死吗?"

马跃之说:"你还没有见过更绝的。前几天,纪委的人叫他去配合办案,他说自己每天只能说十句话,就真的只说十句话,纪委的人耗了十几个小时,最后还是自己找台阶下来的。"

黄教授说:"纪委的人没有我们厉害吧,纪委只能让活人开口,考古能够让死人开口。"

马跃之说:"我们做的事我们还不清楚!外行人才以为考古这行是叫死人说话,实际上,哪一次不是借死人口说自己的话?"

黄教授一怔,明白自己说话太急,让马跃之抓住漏洞了,便解嘲地说:"还是马先生说得有理,自己是个糊涂蛋,却硬要说成是蛋糊涂。"

马跃之也觉得自己说话过于强硬,就主动回到发现听漏工的话题上:"曾听长后来说话没有?"

黄教授说:"如你所说,曾听长一共说了十句话。"

马跃之说:"你们一定也上当了,以为这不是真的。"

黄教授说:"太对了,一开始说的都是废话,等到要问正事时,十句话的指标已用完。"

马跃之说:"一个负责保障自来水供应的听漏工,半夜三更来秋家垄干什么呢?"

黄教授说:"我只晓得肯定不是来装神弄鬼。"

一直静静旁听的王蔗说:"会不会与小玉老师有关啊?"

黄教授说:"我问过了,他是从上海调过来的,如果有关系,只能是在前世。"

马跃之突然想起来,之前听卢小材说过,曾听长是其养父在京山这儿抱养的。如此,王蔗的猜测很有可能是成立的。

马跃之来不及细想,从田野考古实习基地教室里传来一阵欢呼声。

黄教授说:"估计是他们小有成功了,我们回去看看!"

黄教授在头里走,马跃之正要跟上去,王蔗轻轻拉了一下他的衣角。

待黄教授稍稍走开些,王蔗才说:"别告诉万乙。"

见马跃之没有反应,王蔗又说:"我和马先生说过的这些话,不要说漏了嘴。"

马跃之这才明白,王蔗的意思是指刚才间接承认自己与万乙的关系。

王蔗又意想不到地补充说:"我也听见了,小玉老师还在说——我爱你!我真的好爱你!"

马跃之心里一动:"真厉害,只怕上海和武汉听漏工全部加在一起,也比不过你一个人。"

王蔗没有反应过来:"马先生说话带拐弯,是什么意思?"

马跃之说:"你能听见死人说话,别人哪有这功夫。要不回头再有两周遗址需要发掘,先请你来听听!"

王蔗说:"我古文功夫不好,得先拜马先生为师,不然,听到之乎者也都是白听!"

说了几句开心话,王蔗便快步追上黄教授,二人几乎是肩并肩进到考古实习基地那宽敞的大门。

马跃之被王蔗的话搅乱了方寸,很短的一段路被走出漫长的意味。

马跃之迈着沉重的步伐走进大门时,忽然觉得有些不对头。不过他立刻明白过来,蹊跷之处在于偌大的仓库刚刚响起过欢呼声,转眼之间便安静得像是站在月亮上。马跃之眼睛一扫,发现一只用陶片拼成的完美的陶罐,摆在众人面前。虽然罐身上有大小不一的许多裂缝,仍能清清楚楚地看见上面画着一幅弋射图。

"这也算得上半个国宝了!"

马跃之刚刚说过话,立刻又补了一句。

"想不到你们这么快就成了'捕快'!"

说话间,人群闪开了一道缝,露出站在后面的曾小安和柳琴。

与此同时,有几个女生喊道:"考古需要奇迹,爱情是奇迹中的奇迹——谢谢马先生和马夫人,谢谢郝小先生和郝小夫人,谢谢万博士和王姐姐,给我们上了一堂生动的田野考古课!"

黄教授不失时机地站出来说了一通。

马跃之这才知道,他刚离开考古实习大课堂,柳琴和曾小安就来了。她俩觉得陶器修补过程很有意思,禁不住也动手帮忙寻找,恰好找到弋射图陶罐残缺的最后一块。马跃之听后也觉得太神奇了,盯着弋射图陶罐上的那块残片看了又看。

接下来马跃之用一句戏谑之语,引得现场惊呼一片。

连黄教授都说,不是楚学界第一人说不出这样的话。

马跃之说这话时,柔软的目光不离半分地盯着柳琴。

马跃之的原话是说:"考古的学问,有地方学,就用不着问。"

拾陆

"马先生！马先生！你这是怎么啦？"

这天夜里，在小湫宾馆的双人床上，惊喜连连的柳琴欢愉地小声叫喊着。

马跃之自己也惊喜莫名，不敢相信那一年发掘熊家冢后，做丈夫的能力突然变得拖泥带水，这会儿竟然随着秋风重新回到体内。久违的激情过后，柳琴紧紧偎在马跃之怀里，像少女一样羞羞答答不让马跃之看自己的泪眼。傍晚前后，郝文章和曾小安邀请楚学院几位去垄尾垱附近看他们的养蜂汽车。在看到车内摆放的夫妻小床时，马跃之的身子像即将睡醒一样，藏得最深但也最容易动情的那根神经就动了几下。马跃之自己的眼眶也湿润了，他也不想让柳琴看见。柳琴将面颊紧贴在马跃之的胸脯上，马跃之也将自己的脸庞埋在柳琴的头发里。他还不想让柳琴发现自己的泪光正闪动着的其他内容，宁可让柳琴相信小别胜新婚的夫妻真理。在他们的家庭生活中，从熊家冢发掘的那场小别开始,就再也没有胜过新婚了。最初几年,夫妻二人还共同努力去尝试,慢慢地就变得连尝试的兴趣都没有了,干脆放任自流,任其自然,好在这种缺失没有危及他们的婚姻。这一次,夫妻俩得以春风二度,乡村的陌生感带来的刺激不过是很小的因素,最大的动因是王蔗转述的"我爱你!我真的好爱你"这两句话。从事考古工作多年,马跃之绝对不会相信小玉老师在坟墓说话的这种鬼事,然而,通过王蔗之口说出来的爱和好爱,为自己重新打开情怀,起了至关重要的作用。

这一天,马跃之经历的事不少,与柳琴的意外相见,被视为最突出的,可见柳琴对于马跃之的重要性超过其他一切。

中午黄教授请大家吃田野考古实习基地的盒饭。

在一张快餐饭桌旁,马跃之与柳琴紧挨着坐在一起,与他俩坐对面的是郝文章和曾小安。一般情况下,吃盒饭的时间最无聊,大家都在埋头看摆在饭盒旁边的手机,不看那些色味香全无的食物,也听不到锅碗瓢盆的清脆交响;一次性筷子怎么拿都不顺手,唯一的念头是早点将自己的胃打发了,好去应对其他事情。柳琴和曾小安有点反其道而行之,那边的曾小安刚刚夸盒饭做得好,这边的柳琴就羡慕与这多年轻人待在一起不由得胃口大开。说话时,二人还挤眉弄眼,来点小动作。马跃之明知这两个女人肯定有点什么事,却装作没有看出来,有意只与郝文章聊两周贵族墓地。黄教授与董文贝、鲁丰、万乙围坐在相邻的快餐桌旁,话题也没有离开秋家垄。王蔗一个人与田野考古的实习女生坐在一起倒也自在,说说笑笑的动静,大一阵,小一阵。有一会,柳琴和曾小安故意说话给马跃之和郝文章听,她俩小声议论说,王蔗和万乙之间肯定发生过什么,这么长时间,他们目光既没有对视,也没有彼此偷看,只有默契十足的青年男女,才会在公开场合如此掩饰。

马跃之正在想如何回应,郝文章已经开口,说女人到一起总也少不了八卦。曾小安嘴都张开了,想说话又缩了回去。郝文章索性点破,指曾小安肯定想说小玉老师的闲话,还说死者为大,活人没资格对死者说三道四。曾小安怼了一句,说自己即使有话也都是好话,不是闲话,更不是流言蜚语。郝文章就要听听曾小安如何说小玉老师的好话。

曾小安贴着郝文章的耳边说:"假如与小玉老师相好的那个'之之'是我爸,我绝对不帮妈妈生气,一定会替爸爸高兴。"

曾小安看了一眼柳琴,又说:"柳琴也是这么想的,如果小玉老师相好的那个'之之'是马先生,柳琴不仅会替马先生高兴,也会为自己高兴。"

郝文章摇着头说:"你们这是在没有发生的事情面前装大度,真有这事时,准保要大闹天宫。"

柳琴在一旁说:"郝小先生要不要邀上马老先生一起试一把?"

大家都笑起来,这事就算过去了。

下午大家再去一号墓一带看了看。

说是看一号墓,墓坑里再没有人下去,大家都在墓坑四周打转,不时就某人提出来的风水地相观点进行讨论。其间,万乙还打电话给吴秋水,讨教某部典籍里的相关内容。说来说去,大家心里还在为盗墓贼的那点事过不去。通常情况下,盗墓与考古在勘察古代墓葬时,都是从丧葬文化与山川地理入手,通过对这种前人留下的文化密码的破解,来发现藏在茫茫大地上的历史隐秘。偏偏秋家垄这里的历史,没有按常识设置密码,让遵循正途的考古学界无法破解,却对声名狼藉的盗墓贼网开一面。考古这行与基础理论研究不一样,基础理论研究,只要脑子好使,怎么思考都行,天上地下百无禁忌;考古之事需要挖地三尺,却不可能将茫茫大地全部翻看一遍。甚至可以说,最拼命的事情是守着古人留下来的遗址,却两手闲着没事干。对考古来说,最有效的研究不是用笔和脑子,而是用铁锹和竹签。现在这样绕着一号墓坑打转就不能称为闲。

与其他人不一样,马跃之还得照顾柳琴。柳琴想见识一下马跃之搞了大半辈子的考古是怎么回事,安安静静地跟在队伍后面。唯一让柳琴表现得比较积极,不像是看热闹,是有人在小玉老师的墓碑前,提及名叫曾听长的听漏工。柳琴听说后,女人的好奇心立即表现出来,絮絮叨叨地傍着黄教授问了又问,还以女人凡事必要挑剔的习性抱怨黄教授警惕性不够,不应当只打几个电话,就将人放走了。

黄教授笑着回应说，果然同睡一张床的夫妻，问问题都是一样的。

马跃之也笑，初听黄教授说听漏工曾听长的事时，自己说过一模一样的话。

抱怨过后，柳琴说了一句石破天惊的话："人家这么费心费力，是不是想盗小玉老师的墓呀？"

一直跟着柳琴的曾小安顿时笑弯了腰："说你是外行，你还不服，硬要说自己和内行同床共枕几十年，睡也睡会了！天底下的盗墓贼，只会盗古墓，没有超过两百年的墓，鬼都不会来盗！"

柳琴不解地问："这是什么道理呀？"

曾小安戏谑地说："古墓归政府管，盗古墓犯了罪，政府不会要他们的命。新坟不一样，坟主的后人还在，一旦被逮住了，轻则剁手剁脚，重则小命不保。盗墓求财的人，比谁都怕死，当然不会冒这个险。"

柳琴说："小玉老师不是孤单一人吗？"

曾小安说："小玉老师是孤零零一个人，她生的龙凤胎还活着，她爱的那位'之之'还在呀！"

女人的一问一答，显得她们对小玉老师的情况了解很多。

因为提起盗墓，女人们就想去看看那两个成了网红的保安。

一出被围起来的两周贵族墓地遗址栅栏门，就看到因被盗墓贼绑架而成为网红的两个保安，正在一处土坑边架着手机直播。

董文贝有些不满，按照规定考古现场在没有改为遗址公园之前，任何拍摄都是受限制的。黄教授提醒说，在栅栏之外这么做，并没有违反规定。董文贝不好意思地承认，是自己没有想周全。

大家向前走几步后，停下来不动，听听网红保安在说些什么。

网红保安操着一口夹带京山方言的普通话，手指脚下的土坑说，昨天夜里，秋家垄两周贵族墓地，发生了疑似盗墓未遂案，盗墓贼用了比上次绑架保安人员还要野蛮的办法，用自制的黑色火药，做成一个炸药包。从痕迹来看，爆破力相当有限，只在地面上炸出一个土坑，没有任何坍塌。大家看看这像不像放了个大大的响屁？这个响屁还会冒烟，将土坑四壁熏得漆黑。疑似盗墓贼想用定向爆破方式，快速打通盗洞，盗取在地下埋藏千年的文物。只是盗墓贼学艺不精,对定向爆破技术一知半解,一大包黑色火药只炸出屁股么大的一个洞,让附近垸里的狗都笑出尿来了。网红保安最后来了一句正面教育的话:"由此可见,做见不得人的盗墓贼也要好好读书,只要学好数理化,就算盗墓也不怕。"

见到众人,网红保安一点也不怯场,一人收拾器械,一人与黄教授说话,刚才的直播,有十七万人刷屏,三千多元打赏,与当保安的月工资差不多。黄教授数落他俩,已经学会自导自演地编故事赚流量了。网红保安回答说,这么做既满足了普通人对考古和盗墓的好奇心,又普及了保护地下文物的法律知识。两名保安还要黄教授放心,他们说话做事保证不会越过法律红线。

网红保安走远了,王蔗才不以为然地说,她最看不惯某些网红,要气质没气质,要口才没口才,要知识也没知识。董文贝反过来对王蔗不以为然,他觉得网红保安做了专业考古工作者不愿做的事,让更多的人自觉和不自觉地参与到考古工作中来。接下来轮到柳琴对董文贝不以为然了,柳琴问,楚学院是不是想将马先生打造成网红,哪怕这种方法能在楚学界和青铜重器学界上下通吃,自己也坚决反对。董文贝听此一说,马上表示,马先生是学术红,网红只能红三十天,学术红能红三十年。

大家于是默契地丢开网红保安,说起小玉老师的墓地。

黄教授说:"以我的经验判断,那听漏工肯定是在算计小玉老师的墓!"

董文贝说:"小玉老师死得那么凄惨,墓里面不可能有值得盗掘的东西,再说现在也没有陪葬的风俗。"

黄教授说:"那位听漏工,据说今天晚上会出现在十三街坊,你可以去那里当面请教。"

董文贝说:"黄教授对水务局的事这么清楚,是不是兼职了?"

黄教授说:"昨天夜里打电话咨询,水务局的人在电话里要我千万别误会,十三街坊那里的水压又不行了,让曾听长赶回去听一听漏水点在哪里!"

董文贝说:"世上的事真是千奇百怪,仅仅凭着一只耳朵,就能听见地底下的漏水声。如果他想听别人家的私房话,是不是轻而易举呀?"

黄教授说:"人家一不贪财,二不贪官,三不贪美色,听到也像没听到,左耳进,右耳出,耳屎也不会留下一坨。"

马跃之的心思一会儿虚,一会儿实,没有理会这些半真半假的话题。

到了夜里,一场突如其来的激情过后,马跃之不仅没有昏昏欲睡,反而思维空前活跃。就在某个瞬间,马跃之突然闪出一个念头,下意识地想推开紧紧搂着自己的柳琴。推了两下没有推开,正要放弃,柳琴的手臂自动松开了。

马跃之起身下床,站到窗边隔着玻璃望着外面黑洞洞的夜空,满脑子只有一个问题:这个像是从天而降的听漏工曾听长,会是小玉老师留在世上的龙凤胎中的一个吗?

屋子有轻微的动静,是柳琴醒了。

马跃之转过身来,正好迎着柳琴的胸脯。

二人深情相拥了一阵。柳琴用嘴唇贴在马跃之耳边说:"是不是在想这几天我在干什么?我喜欢你吃醋,可我的醋你一次也不肯吃!"

马跃之说:"你对我这么好,我干吗要吃醋!"

柳琴说:"所以,这几天我就想对你不要太好!"

马跃之说:"我还不了解,你越是不想对我太好,做起事来越是为了对我更好!"

柳琴说:"要是我怀孕了,你相信吗?"

马跃之说:"以前我不相信,往后我会相信。"

柳琴说:"不管有没有怀孕,你都要相信我。"

马跃之说:"这是必须的,不相信你就等于不相信自己。不过,你能不能给一点点暗示?比如说,这几天你跟着杨华华音讯全无,是不是被人绑架了?"

柳琴轻轻捶了马跃之一下:"别人总说考古的人,只懂死人,不懂活人。我才不信,我家的考古大师,连死了几千年的人都懂,更懂得大活人。"

马跃之微微一笑:"道德是把双刃剑,小心别伤着自己。"

柳琴说:"这几天,我想好了,一定要做一件对你更好的事。"

马跃之说:"都这个年纪了,还能好到哪个份上呢?"

柳琴说:"从今往后,我也要叫你马先生!"

马跃之说:"难怪刚才你这么叫,还以为你只是开心。"

柳琴说:"我是开心,越叫越开心。"

马跃之说:"马先生是别人叫的,我就喜欢你叫我老马!"

柳琴说:"我就是要叫马先生,要叫到你像听到我爱你三个字那样能舒筋活血!"

马跃之说:"还是不叫吧,安静也没有在家里叫曾先生。"

柳琴说:"难道安静做不到的事我就不能做?难道我家的马先生就不能超过她家的曾先生?"

马跃之说:"话不能这么说,别弄得都没办法开口了!"

柳琴说:"放心,我已经在曾小安面前称马先生了。曾小安听得很顺耳,说她最不爱听别人喊郝文章为老郝,还辩解说称老郝是尊重。曾小安往后也叫郝文章为郝先生,连小字都不带。"

马跃之说:"你是不是还听到别的什么闲话?"

柳琴说:"马先生!马先生!马先生——这就是我想听的闲话!"

二人回到床上,无声无息地躺了一阵,彼此手拉着手,即将重回梦乡时,柳琴含含糊糊地嘟哝了一句:"小安,你别拦我,这事我一定要弄清楚!"

马跃之心下疑惑,便小声说:"小安不在这儿,没有人拦你。"

柳琴说话的声音越来越小:"这事先不要让马先生晓得,等有了眉目再说。"

说完这话,柳琴就完全睡着了。躺在一旁的马跃之睡意全无,他一遍遍地回味柳琴的梦呓,可以肯定,柳琴在近乎催眠状态下说的这两句话,是百分之百的真心流露。只是柳琴所说的人很具体,事情却很缥缈。马跃之在卧榻一侧折腾半夜,天都要亮了才睡着。这边的人刚睡着,那边的柳琴却醒了。柳琴以为马跃之一夜好睡,想起夜里梦到的一些事,就想将其弄醒。手都抬起来,忽然又想起睡梦之前的那场欢娱,一种心满意足的感觉,让柳琴不由自主地收了手,还将自己的胸脯紧紧贴到马跃之的后背上。柳琴对自己的睡姿很满意,也很享受,直到马跃之醒了,也不肯有所改变。见马跃之睁大眼睛看过来,柳琴反而不想与他说自己的梦了。

时间不长,二人就将自己收拾好了。

一出门柳琴就挽上马跃之的手臂,走至"六妹早酒"门前,各自都坐下了,柳琴还不肯松开。

跟在后面的王蔗忍不住说:"马先生和柳老师这是在给年轻人做榜样啊!"

柳琴有点自满地说:"婚姻恋爱是最不能学样的,既不要羡慕别人的好,也不可预防别人的不好。"

马跃之心里记着王蔗嘱咐过的话,有意将站在一旁的万乙指向王蔗,说年轻人坐在一起好说话。万乙还在犹豫时,鲁丰一屁股坐过去,嘴里说好位置必须竞争才能上岗。没想到董文贝不同意。

董文贝指着鲁丰的鼻子说:"到一边去,马先生都发话了,就不存在竞争与上岗的问题!"

鲁丰很会自找台阶,马上回应:"鄙人确实外行,参加九鼎七簋课题组的活动,却忘了一言九鼎指的就是马先生。"

郝文章他们有养蜂的事要做,不来喝早酒。待马跃之他们的早酒喝完之后,曾小安再过来陪柳琴跑几个地方。

拾柒

早酒还没喝完,柳琴就拿着手机,一遍接一遍地问曾小安到哪里了。一开始曾小安说不想过来,柳琴急了,说她不讲闺门大义。曾小安只好答应,但要她多等半小时。柳琴冲着一群陪同的人发牢骚,女人都是这种德性,说半小时出门,能在一小时左右搞定就算是身手敏捷了。马跃之在身边轻轻笑了一声。柳琴也笑起来,说马跃之笑个鬼,自己比曾小安好多了,半小时出门的约定最多只需要五十分钟。等到望见曾小安款款而来的身影,柳琴果然足足等了一个小时。好在预约的出租车也是这时候到,曾小安让出租车在不远不近的地方停下来,挥手让柳琴过去。

马跃之心疑地问:"怎么叫上出租车了,你自己的车呢?"

柳琴娇嗔一笑说:"大老爷们少管女人的闲事!"

大概是想起昨晚说过要改称呼的话,柳琴马上补一句:"马先生,你就留着脑容量,好好思考九鼎七簋的事吧!"

柳琴让马跃之替自己看着包包,独自一人走过去。

才两分钟时间,柳琴就笑着快步返回来,一边拿包包,一边告诉大家,曾小安的脸让马蜂蜇了,肿得像俄罗斯大列巴。董文贝和几个年轻人听见了就要上前去慰问,曾小安一边摆手一边后退,不想让熟人看到她的丑样子。柳琴告诉大家,曾小安早上发现一只马蜂钻进蜂箱里偷吃幼蜂,便拿着捕蜂网捕捉。在旁边望风的马蜂见干坏事的同伙被逮住了,便从斜刺里俯冲下来,在曾小安脸上狠狠蜇了一口。才半个小时,一张脸就肿得有两张脸那么大。

柳琴替曾小安拦住想上前观看的人,扭头冲着马跃之说:"马先生,记得照顾好自己,别让人担心!"

对这种事情女人的反应是最到位的,王蔗马上说:"马先生是我们叫的。柳老师这么叫,是什么兆头啊?"

万乙说:"夫妻恩爱达到最高境界,妻子才这样称呼丈夫。"

董文贝说:"怎么我听着,像是妻子对丈夫的鞭策,要丈夫更加努力。丈夫可以称为先生时,自己就有资格被别人称为夫人了!"

柳琴嫣然一笑说:"只要能叫马先生就行,至于别人怎么叫我,堂客呀,贱内呀,婆娘媳妇呀,我都不在乎!"

说完这些话,柳琴没有再回头,径直走到曾小安身边,一前一后钻进出租车里。

县城的情况各地都差不多,说是到处都可以停车,实际上到处都没办法停车。京山这里也一样,多数时候,能停四五台车的地方,只停着两三台车,那些胡乱摆放的私家车,就像极漂亮的高铁车厢内来了几个没有教养的熊孩子,或者倚老卖老为老不尊的老人家,由着性子胡来,谁也奈何他们不得。柳琴不敢开自己的那辆香槟色越野车,一是开车办事不方便,二是因为医院里里外外找不到停车位。这一点与武汉不同,就说离柳琴家最近的中南医院,大白天想停车简直比买彩票中大奖还难,天黑之后百分之八十的停车位就空出来了。县里的医院完全不同,一个人生病,家人、亲戚、同事和朋友都会跑来看望,不到晚上九点,不会有空地方。柳琴将车停在医院楼下就不敢挪窝。然而,县里的出租车价格只有武汉的一半,柳琴和曾小安像捡到大便宜,包了一辆车,司机开口一整天要价四百元,她俩再加一百,给五百元。不过她俩也提了两个条件,县城的出租车都不爱开空调,她俩租的车上的空调要一直开着,在车上休息说话时,司机不能坐在车内。为此,司机要她俩再加五十元空调费。

出租车行驶到镇外的小学校附近,柳琴让司机停车。

车门打开后,柳琴领着曾小安来到一处残垣断壁旁。

柳琴说:"我就是在这里将那人跟丢的。我原本以为他会原路返回,想不到他钻进这些破砖烂瓦里,居然说不见就不见了。"

曾小安捂着肿得亮晶晶的脸,开不了口。

二人在这一带待了十来分钟,为了避免引起当地人的好奇,柳琴装作采野花。一个过路的中年女人果然没有放过她俩,停下脚步看了一会儿,竟然看出曾小安的脸是被马蜂蜇的,就给柳琴出主意,要她不要只顾采花,不如采几片丝瓜叶,搓出绿汁,连汁带叶敷在曾小安的脸上。曾小安一听,比被马蜂蜇了还恐惧,说马蜂蜇的肿用不了几天就消退,用这种绿汁涂在脸上,那种鬼样子,是要吓死人的。

柳琴本想往残垣断壁中走一走,听曾小安这么一说,马上站着不动了。

离残垣断壁不到一千米的地方有一棵高大的银杏树,曾小安和郝文章的养蜂汽车就停在那一带,紧挨着那片略显低些的山坡就是垄尾垱。

那天黄昏,柳琴悄悄跟踪的那个男人在这一带徘徊好一阵,天色越来越暗,浓密的植物深处不知什么东西怪叫了一声,地面上忽然刮起一阵旋风。柳琴一开始还觉得这股凉风来得正好,很快就发现这风也太凉了,吹得身上冒起厚厚一层鸡皮疙瘩。更加不可思议的是旋风在柳琴的前后左右转了几圈。柳琴也是听过乡下黄昏鬼魂驾驭旋风干各种坏事的故事,说不怕肯定是假的,说吓得几乎要喊救命也不符合事实。旋风好不容易散去,柳琴哪管其他,撒腿就往镇内人多的地方跑。等到想起自己来湫坝镇的目的时,连那个男人的影子都找不见了。

回到出租车上,柳琴告诉司机,下一站去京山县城那条专卖老旧物件的小街。

在小街口,曾小安先去一家药店,想买点治马蜂蜇伤的药。一个看上去年龄有点大的女人,一口气推荐了三种药,口服、涂抹和喷洒的都有。曾小安正在犹豫,一个过路的年轻女孩说,自己上个星期也被马蜂蜇过,什么药也不用,忍上几天就自动好了。年龄有点大的女人,略带威胁地说,万一发炎化脓这张脸就毁了。曾小安一听卖家用这种语气说话,反而下定决心不买这些药,转身到隔壁的商店买了一条纱巾,将整个脸包裹起来。

见曾小安打扮停当,柳琴就开始顺着卖老旧物件的店铺与摊位逐一询问起来。

大约问到二十家时,之前问过的一位摊主追上来说:"我想起来了,上个月曾经有人在我手里买过一本《湫坝镇文史资料》(第二辑),当时他还问有没有《湫坝镇文史资料》(第一辑)。"

第二十家是卖旧书的小店,男店主一听马上跟着说起来:"这事我也记得。"同时还问旁边的摊主,上个月去湫坝喝早酒扭伤脚踝是不是正好立秋。得到肯定回答后,店主接着说,"上个月立秋那天,一个长得不像读书人的男人,在店里翻了好久,临走时才问,有没有《湫坝镇文史资料》(第一辑)。说话时,还怕我不清楚,将手里拿的一本《湫坝镇文史资料》(第二辑)亮了一下。"

柳琴说:"你确信没有记错吗?"

男店主说:"我在这里卖了二十年旧书,就他问过这书。我还建议他上孔夫子旧书网上查一查,不过能买到这本书的可能性微乎其微。我的一位高中同学,写的一篇文章被收进《湫坝镇文史资料》(第一辑)里,他都没见着那书长什么样。因为与组织部相关的一个什么人发脾气,责怪书中那首三句半'提起六大人,好吃是个病,一餐吃条狗——不剩'是当年的红卫兵写的,用来侮辱自己。书记镇长吓得屁滚尿流,亲自点火,将已经印好的《湫坝镇文史资料》(第一辑)烧成了灰。"

柳琴说:"书里都收录了哪些文章,你那高中同学晓得吗?"

男店主说:"我敢打包票,他肯定不晓得。"

柳琴说:"是不是已经不在人世了?"

男店主说:"武汉女人果然是在花楼街长大的,人人都会读心术。我那同学的名字印在书上时肯定加了黑框。真是最毒妇人心,那对奸夫淫妇硬是用农药将他毒死了。"

曾小安不喜欢听这种恶毒的语言,拉着柳琴就走。

柳琴不死心,继续沿着小街一家家地问,不仅没有任何收获,还碰到一伙人做笼子,拿出一只青铜镜来诱骗柳琴,死缠烂打不让离开。曾小安不方便露出自己的身份,就转了一个弯,抛出"老三口"的诨名,问他们见过没有。那伙人明显愣了一下,为首的那人假装没听说。曾小安就说,你们没听说不要紧,我家有人与他在一间牢房里关了两三年。此话一出,那伙人立即换成一副和事佬的模样。

曾小安拖着柳琴没走多远,一个五短身材的女人当街向她俩推销清代春宫画屏,还举例说,年前县里有人从她手里买了一套送给市里的领导,开春之后就升官了。这一次,曾小安换了一个法子,她将手机打开,输入马跃之三个字,然后让五短身材的女人看网上显示的内容,并说"著名考古专家马跃之"就是柳琴的好朋友,这条街的旧货,马跃之若来,只要走个单边,就能将真假美猴王看得一清二楚。好不容易从这边脱身,刚走几步,就发现前面有几拨人已摆出"拦路打劫"的架势,单等她俩自投罗网。柳琴和曾小安硬着头皮往前走了几步,忽然发现那些准备拦截的人纷纷将张牙舞爪的态势收敛起来。柳琴无意中回头看了一眼,发现那个五短身材的女人正在身后拼命朝同行们挥着双手,想必这是他们之间的某种暗号,提醒大家别招惹柳琴和曾小安。

走完卖老旧物件的小街,时间已接近正午。二人在一家面包店买了些甜品,然后去一家奶茶店找个座位坐下,就用甜品和奶茶当午餐。二位闺蜜,边吃边聊,连京山这里准备县改市的事都说过,就是不提为何看这些莫名其妙的地方。聊得最多的还是曾小安与郝文章开着养蜂汽车四处周游的事,无论曾小安说得多么美妙,在柳琴看来,最大的乐趣,同时也是最方便的事情就是两口子天天夜里在床上的那点事。按柳琴的说法，床笫之欢，不存在对之前损失的弥补与补救，哪怕守了十年空房，只要欢乐来了，一个小时就可以补足十年之缺。看到柳琴说这话时笑逐颜开的样子，曾小安就明白这些话完全是柳琴的心声。

曾小安不想说这些，看准机会开始反问柳琴，与她一起来京山出差的杨华华得了什么病，是不是真的在医院里住着。柳琴不让曾小安问这些，曾小安偏要问，你来我往打了几个回合的嘴巴官司，柳琴就服软了。其实，女人都是这样，只要心里有事，就一定要找个人说一说，说的时候，看似被动，从心理上看仍属于主动性质。

柳琴开始说实话后，声音压得极低。杨华华拉柳琴来京山出差，是处理一个女人的隐痛。杨华华的丈夫在市里的一个部门当副部长，二人空有夫妻之名，少有夫妻之实。当丈夫的肯定有别的女人，只不过还没有露出狐狸尾巴。心知肚明的杨华华本来很守妇道，也不知脑子里哪根神经出了差错，前不久去俄罗斯考察养蜂产业链时，糊里糊涂地与一位同行的男士玩了一夜情。一夜情的事，很多人有经历，睡到天亮，爬起来再在自助餐厅里碰见，彼此点点头，说一声早安，一点波澜也看不出来。杨华华只玩一次便中了彩，像她这种年纪和身份，哪敢在武汉处理，幸好她妹妹在京山医院工作，便以出差的名义过来了。为了不让杨华华的丈夫起疑心，柳琴用杨华华的名字办了肾结石发作住院的手续。柳琴也确实有肾结石，进院与出院按需要分别用替身和真身，经得起一般性的检查。

曾小安马上想到一个问题："杨华华是用你的身份登记住院做人流吗？"

柳琴说："是呀，帮人就要帮到底。"

曾小安说："你不怕马先生起疑心？"

柳琴说："你和郑雄一张床上睡几年，郝文章都没有怀疑，马先生就更不会了。再说，我也防着这一招，所以昨天才专门到秋家垄看马先生，夜里还和马先生爱爱了。"

曾小安捂着嘴笑起来："你也太老奸巨猾了！"

说了一些闲话，柳琴还是回到正题上："我先前说的话，你还不相信吗?"

曾小安说:"跑了一上午,虽然没见到《湫坝镇文史资料》(第一辑),但确实很有说服力。我在想,如果你说的那个人是真的,那你还得弄清楚,他找这本书的目的是什么。"

柳琴说:"我也是这么想的,只是人还没找到,又要去找人家都没找到的一本书,有点难上加难。"

曾小安站起来说:"有你替别人顶缸的事难吗?走,不休息了,我们下一站去哪里?"

柳琴说:"文化馆。"

二人在原先下车的地方又上了出租车。

柳琴计划中的文化馆,还有接下来的博物馆,与上午到过的湫坝镇旁的那座房屋废墟和县城里旧货一条街不一样,这两个地方,既没有值得看的,也没有可以问的。柳琴曾经远远跟着那人,看着那人在文化馆门口来回转了两圈,然后就在一个擦皮鞋的小摊前坐着。摊主三下两下就将两只皮鞋擦光亮了,那人还坐着不走,直到摊主要接待下一个顾客时才起身,继续到文化馆门口转上两圈。来文化馆之前,那人在博物馆门口的表现也差不多,在博物馆的展厅里,那人好像只对秋家垄出土的器物有兴趣,凡是标签上写有秋家垄字样的器物,都会停下来看一看。县博物馆馆藏文物挺多的,品级也比较高,若只看秋家垄出土的器物,反而令人失望,因为秋家垄早先出土的高等级器物,像九鼎七簋等都被上级博物馆调走了。新近出土的曾伯桼壶等还在整理之中,没来得及布展。柳琴带领曾小安沿着那人在博物馆走过的路线转了一遍。

曾小安继续用纱巾包着脸,既遮丑,也免得被同行认出来。

离开文化馆,再到博物馆。

离开博物馆,再到汽车站。

柳琴让出租车司机下车到路边抽烟,她和曾小安要在车上眯一会儿。其实,柳琴是要和曾小安说些不能让外人听去的私房话。

那天柳琴开车来京山,半路上,杨华华说出此行的真实目的,禁不住对方的哀求，柳琴只得同意在医院里与杨华华互换身份。杨华华的妹妹在京山医院门口接着她们，按预定方案直接安排柳琴用杨华华的身份信息住院治疗胆结石，杨华华以柳琴的身份信息做人工流产。柳琴的肾结石是体检查出来的，从来没有发作过，为了病历的完整，柳琴还是做了与肾结石相关的全套检查，然后也像模像样地挂上那种人畜无害的成分是中药的吊瓶，还将治疗肾结石的药明明白白地摆在床头上。虽然无聊，柳琴也不敢开手机，她从没有经历这种事，担心会在无意中露出马脚。住院的第二天，假扮杨华华的柳琴就表示，肾结石不疼了。这种情况也是常有的事，某颗造成疼痛的小结石随尿液排出体外，自然就没有疼痛感了。在医院吃过早餐，柳琴不想憋在病房里，便开着车在京山县城里兜风，路过汽车站时，正好碰上从武汉开来的一辆长途大巴在路边下客。

柳琴跟车跟得太近，大巴停下时，柳琴的车头几乎贴着大巴尾，没办法变道，只得耐心停在大巴后面。可以坐五十几个人的大巴，慢腾腾地下来四个人。路边的行人信口评议说，这么跑长途岂不是要赔血本。另外一个人好像了解得多一些，就说长途汽车又不是非得进站上下乘客的火车，到京山的长途汽车是到整个京山县，沿途几十公里，这里下几个人，那里下几个人，真正进站下车的基本上都是不熟悉京山情况的外地人。听着这些闲话，柳琴觉得挺有意思。

突然间，柳琴意识到什么，一拧车钥匙，将车熄了火，拉开车门，紧走几步，追上一个三四十岁的男子，然后超过他，再假装回头看什么，仔细打量那位男子。

接下来，柳琴变换各种跟踪方式，跟着那位男子到博物馆，到文化馆，到卖老旧物件的一条街，直到在湫坝镇外的断壁残垣处，将那位男子跟丢了，这才开车返回医院。

当天晚上，杨华华姐妹俩请柳琴吃饭。杨华华的妹妹喝了两杯啤酒，就开始骂自己的姐夫是半人半兽，硬是将自己的姐姐逼成这种样子。又说姐姐做得对，傻瓜才想给自己树一个道德模范的牌坊，往后再有绿帽子，就多往姓钱的头上戴几顶，只要别让自己的身体吃亏就行。

正骂着,姓钱的姐夫来电话了。

杨华华的妹妹不愧为超级人精,骂人的舌头还没缩回去,就用极甜的语音说,主宰半城干部前途命运的钱大部长怎么想起给乡下的小女子打电话,还说钱大部长的夫人小女子没有能力照顾,只能照顾患肾结石住院的姐姐。对方在电话里说,楚学院的马先生一直联系不上妻子柳琴,他们的董书记知道柳琴与杨华华一起来京山出差,出于对老专家的关心,就将电话打给了他,请他出面问一问安好。对方三言两语说过,杨华华的妹妹撒娇带放泼地说了许多,指钱大部长是借替楚学院马先生查铺之名,行查自家夫人行踪之实。姐姐在婆家当牛做马伺候丈夫,好不容易生病住院,这几天就不要那个一年三百六十五天,有三百五十五天在外面吃饭的丈夫操心了,一切事情交给小女子就好。杨华华的妹妹最后说,自己故意将她俩的手机收起来,就是不想姐姐受到打扰,楚学院马先生若有事也可以给自己打电话。

没过多久,董文贝真的打来电话,请杨华华的妹妹转告柳琴,马先生今晚住在小湫宾馆。挂断电话,杨华华的妹妹意犹未尽地将马先生几个字重复说了几遍,然后感叹地说,马先生三个字得由楚学院的人来说,自己怎么开口也说不好,没有先生二字与生俱来的那种感觉。杨华华的妹妹要柳琴叫几声马先生给她听听。柳琴如实回答说,自己一向只叫老马,从没叫马先生。杨华华的妹妹就说,柳琴这么做太不对了,先生是用来尊敬的,不能用来搞平均主义。柳琴就将这个提醒当成是杨家姐妹对自己的真诚感谢,在饭桌上,她还要杨华华的妹妹想办法替自己查一下几个地方的监控。杨华华的妹妹不仅满口答应,离开餐馆、返回医院的路上,就将相关的几段视频发给了柳琴。

坐在出租车后排的柳琴拿出自己的手机,调出几段视频,放给曾小安看。

视频中的京山县城满是烟火气息,街道两边密密麻麻全是各种各样的摊点,形形色色的人夹杂其间。若不是柳琴在一旁指点,曾小安完全找不到重点。柳琴每指点一次,曾小安都嗯嗯地点头示意。等到看完全部视频,曾小安还是一头雾水。柳琴又将自己用手机拍摄的视频和照片调给曾小安看,无奈这些图像都是从背后偷拍的,曾小安还是看不出头绪。

曾小安有点不耐烦了:"我的柳姐姐,你都神秘兮兮地闹了两天,到底是什么事?我不是福尔摩斯,也不是狄仁杰,你就明说了吧!"

柳琴很紧张地说:"那我就明说了,你不要大吃一惊啊!"

曾小安说:"你快说,看看我能不能小吃半斤。"

柳琴脸上的肌肉抽搐了一阵,嘴角也歪了几下,话却出不了口。

曾小安一把扯下自己脸上的纱巾,露出一张魔鬼脸来,嘴里说:"我来帮你放松一下。"

柳琴怔了怔,果然说出一句惊天动地的话:"难道你不觉得这个人很像马先生吗?"

曾小安将柳琴看了又看,终于明白这话的意思:"原来你在追查马先生的私生子呀!"

曾小安转过身来,又将那些视频看了一遍,之后像是陷入某种冥想。

柳琴急切地问:"怎么样,我的判断不错,是很像马先生吧?"

曾小安摇摇头说:"我这眼力,好像没有看出来。"

柳琴说:"我在很近地方见过,可惜视频没有拍下他的面相。不仅像马先生,更像马先生的母亲。我突击学了一些遗传方面的知识,奶奶的隐性基因,可以隔代传给孙辈。马先生的母亲和我们一起生活过十来年,我太熟悉她的音容笑貌了,这个人的长相简直就是一个模子印出来的。"

曾小安说:"那这个人长相到底像谁?"

柳琴说:"基本像马先生,特别像马先生的母亲!"

柳琴又说:"我和马先生谈恋爱时,楚学院的人都争着往京山这儿跑。马先生像是一只孤雁,一个人待在盘龙城搞田野考古,当时我还好奇怎么马先生这么愿意坐冷板凳,曾先生替他解释,说是为了方便和我谈恋爱。去年,盗墓贼挖出秋家垄两周贵族墓地,楚学院都闹翻天了,我记得有一次曾先生说笑话,因为没有及时安排吴秋水来秋家垄,这家伙竟然休年假,冒充当地民工,到了发掘现场。偏偏马先生像一潭死水,没有任何动静。当时我就想,秋家垄这里是不是有什么往事,让马先生不得不回避。这次我来京山,也带着这个小目的。想不到,我前脚到京山,马先生后脚也到了京山。小安,你要是劝我相信这些都是巧合,我是绝对不相信的。"

曾小安说:"我不是劝你,我是在劝自己。"

柳琴不解地说:"你不是搞什么心理战吧?"

曾小安说:"我哪有这么重的心事。因为你说当年马先生在秋家垄一带搞田野考古,我就想到我家的曾先生那一阵也在这里。只是后来的做法与马先生相反,马先生见到秋家垄就绕,我家的曾先生见到秋家垄就上。一人一个极端,让我们太费思量了。"

曾小安顿了顿又说:"依我看,你这视频上的人更像我家的曾先生!"

柳琴揪了揪自己的耳朵,意思是没有听错,才说:"曾小安,这种事不值得争呀抢的!"

曾小安说:"我说的是心里话!你再看看视频,那个人走路的姿势是不是有点内八,我家里的曾先生不正是这样,你平时不也笑话我是小罗圈吗?"

柳琴有点不高兴了:"我特地叫上你,从尾到头跑一整天,又从头到尾将所有秘密都说给你听,可不是让你来闹着玩的。"

曾小安也来劲了:"你这个人怎么就不相信别人,我说的这些话像是闹着玩的吗?夫妻之间容易彼此猜忌,曾先生可是我的父亲,我的老爸,我一辈子的偶像,天下有过女儿猜忌自己最最崇拜的父亲吗?"

余下的时间里,柳琴和曾小安坐在出租车内,都没有再开口。

外面的天色渐渐暗淡下来,出租车司机敲了敲车窗,隔着玻璃大声说:"车子怠速运行时间太长,发动机会受不了。"然后拉开车门,坐到驾驶座上,"咱们之前说好了,晚上七点以前结束。这会儿出发往湫坝,再回到县城,估计时间上刚刚好。"

见二人都不作声,出租车司机就按照自己的意思,将车开出县城,一路狂奔，眼看就要进到湫坝镇内，曾小安终于伸手指向一条机耕路，几分钟后，出租车在一辆养蜂汽车旁停下来。

离养蜂汽车不远处，戴着防蜂头罩的郝文章正在用木桶摇蜂蜜。

出租车司机见他们是一家人，就改了主意不收车费，让他们给几斤蜂蜜就行。曾小安煞有介事地与其几斤几两地讨价还价。出租车司机心满意足地拎着一只装满蜂蜜的塑料桶离开后，曾小安也像个小老板娘那样笑开了花。柳琴笑话她，是不是觉得用几斤蜂蜜抵五百五十元车费，占了小便宜。曾小安回答说，这叫劳动价值的体现。曾小安将柳琴领进养蜂汽车，从冰箱里取出一团新鲜蜂巢直接放进嘴里，用力嚼了几下，便囫囵吞下去，并对柳琴说，待会儿临睡觉时再嚼服一次，明早起来被马蜂蜇肿的脸就会好很多。

二人在养蜂汽车内坐下来，一直没有说话的柳琴忽然捂着嘴笑起来。

不待曾小安询问，柳琴主动说，自己是在笑之前曾小安出过的主意，曾小安明白过来后也情不自禁地笑了。

原来郝文章从监狱里出来后，通过柳琴借到一辆养蜂汽车，在黄州城外的禹王城一带，过了一段甜蜜的小日子，随后索性将那辆养蜂汽车长租下来，同曾小安一道，过着专业养蜂人的生活。柳琴在羡慕他俩的浪漫时，将马跃之做夫妻实事能力很差的情形告诉了曾小安。曾小安在尝到养蜂汽车内夫妻之乐后，曾倒过来劝柳琴和马跃之也弄一辆养蜂汽车，日日夜夜上接九天甘露的灵气，下喝最新鲜的蜂王浆和蜂蜜，什么毛病都能自动痊愈。

笑过之后，曾小安好奇地问，柳琴用什么方法恢复了马先生的雄风。

柳琴说自己真的什么也不知道，昨天夜里，好像天降神兵一样，马先生便又变回了大丈夫。

曾小安有点迟疑但还是说了一句实话，之前她也相信传言，从牢里放出来的人个个如狼似虎，郝文章刑满释放时，却是心有余而力不足，后来她想了个办法，特意去东湖老鼠尾——他俩还没有成为夫妻，但做了夫妻实事的那片小树林,才让郝文章满血复活。曾小安说这话的意思,暗指马跃之是不是也这样,秋家垄这里隐藏着一段让他刻骨铭心的情事。

柳琴听出这话的意思,当即坦率地表示,自己用一整天跟踪那人,正是因为心里有这种念头,如果马跃之真的爱过秋家垄的某个女人,他们的孩子恰好是这种岁数。

听过柳琴的真实想法,曾小安说:"万一是真的,你打算怎么办?"

柳琴毫不犹豫地说:"这个年纪能当继母也挺好,我也用不着背那断子绝孙的骂名了。"

曾小安说:"话可以这么说,事情可不容易做。"

柳琴说:"那你刚才为什么还要与我争,说那人像曾先生的小罗圈!"

曾小安说:"你没有看到我马上就后悔了吗,到现在我这心里还在打哆嗦!"

柳琴说:"男人的事女人都说不准,万一这事是真的,你准备怎么办?"

曾小安有点不愿意回答,过了好一阵才说:"我相信我爸不是我和我妈都说不准的男人。"

柳琴说:"所以,下次再请你做伴时,你就不要干扰我的思路了。"

曾小安想起什么,便问:"你是不是说过马先生很少做夫妻实事?"

柳琴说:"我只告诉过你。是不是你透露给别人,人家不相信?"

曾小安说:"怎么会哩,我比曾侯乙编钟还坚强,就是拿棒槌敲一千下也不会吭一声。"

柳琴说:"那你为何问做没做夫妻实事?你这话里有话呀!"

曾小安说:"算你聪明,夫妻之间,未必除了床上的那点事,别的都不是实事!"

柳琴说:"郝文章一回来,你的智商至少增加五十。"

曾小安得意地说:"那是自然而然的事。道理你都明白了,还赖在我这里干什么,赶紧去找马先生,让他多点滋润!"

车外的郝文章不知喊了一声什么，曾小安连忙跳下车去，原来是地上出现一只小猫头鹰。柳琴跟了出来，见到小猫头鹰好不喜欢，正要伸手去摸，曾小安拦住她，说小猫头鹰身上沾了异味，猫头鹰妈妈会嫌弃，要被饿死的。说话时，近处传来猫头鹰的叫声。曾小安伸出一根树枝，让小猫头鹰抓牢了，将其送到一棵小树上。

柳琴见近处有一棵银杏树，就从曾小安手里拿过树枝，准备将小猫头鹰放到那棵大树上，方便猫头鹰妈妈寻找。曾小安明白过来，赶紧追上来，拉住柳琴。

曾小安说："我爸特别嘱咐，没事不要接近那棵银杏树。"

柳琴说："是不是有故事，或者有什么忌讳？"

曾小安说："我爸说，银杏树下本来有一块墓碑，是一个名叫秋风的人的衣冠冢。考古的和盗墓的，都怕衣冠冢，凡是衣冠冢，总会出怪事。"

柳琴说："银杏树下平展展的，没有墓碑呀！"

曾小安说："之前有，后来不见了。我爸觉得这事有点反常，就要我们离银杏树远点。"

柳琴想起一件事，就说："看样子曾先生身体挺好的，干吗对马先生不理不睬呢？"

曾小安连忙说："你误会了，这话是我爸以前说的。"

听曾小安这么说，善解人意的柳琴也不再往下问了。

在一棵小树上放好小猫头鹰，柳琴便要去小湫宾馆与马跃之会合。

柳琴走了两百步左右，到了银杏树下，正在张望，猛地听到曾小安在背后大喊大叫。一听声音不太对，柳琴想也不想就往回跑。离养蜂汽车还有一段距离，就看见曾小安掀开自己的上衣，露出白花花的腰肢，一边狠命地抓挠，一边大叫痒死我了。柳琴上前抱住曾小安，见她身上冒出一块块红色疹子，连连问发生什么事情了。这时，郝文章也摘下防蜂头罩，跑过来与柳琴说了几句话后，认为是皮肤过敏。二人还没商量好，曾小安情况就变得更加不妙，两只手不再抓挠身子，而是在喉咙附近不停地动作，并且脸上也出现缺氧所导致的青紫色。

郝文章赶紧打急救电话，听对方说最快要半个小时才能赶到。郝文章正要改打董文贝的手机，柳琴在一旁提醒说，人命关天，就不要管什么蜜蜂和蜂蜜了，赶紧开上养蜂汽车，送曾小安到京山医院。郝文章听了，真的将妨碍养蜂汽车的那些东西胡乱扒开，开上养蜂汽车就往县城里跑。

天色渐渐黑下来，养蜂汽车跑得飞快，看看远处天空露出一片光亮，县城就要到了时，曾小安也缓过劲来，冲着大家说，我没事了，不用去医院。郝文章哪里肯听，养蜂汽车亮着双闪，开到医院门口。杨华华的妹妹提前收到柳琴信息，早已安排一辆担架车等在那里，直接将曾小安推到急救室。

做过几项检查，结果还没出来，曾小安已经彻底没事了。大家在一起分析，估计是上午被马蜂蜇过，下午再吃一大块蜂巢，引发一过性过敏症。后来的诊断结果正是这样，一般的过敏症多表现在皮肤上，也有内脏过敏的，比如胃痛和拉肚子，最可怕的是曾小安这种，喉咙里面出现疹块，引起呼吸道堵塞甚至窒息。

虽然虚惊一场，杨华华的妹妹建议曾小安在医院里观察一晚，凡事得防着万一。

看看没事了，郝文章才问柳琴，刚才在走廊上碰到的一个人，为何称呼她为杨华华。

柳琴故作惊讶，说自己怎么没有听见，一定是对方认错人了。

郝文章还要继续问什么，曾小安赶紧说，女人的事你管得过来吗，赶紧将养蜂汽车开回去，看看刚才一时忙乱弄坏什么没有。

曾小安留在医院里主要是想看看杨华华，她很好奇，都四十多岁，快到更年期了，说出轨就出轨的女人，长着什么模样。郝文章一走，曾小安就要送柳琴回病房。柳琴看出她的小心思，路过杨华华的病房时，特意进去打了个招呼。见到曾小安，杨华华苍白的脸上出现两坨桃花颜色。曾小安很喜欢，一点反感也没有，上前抱着杨华华，一连说了几句"姐姐多保重"。

柳琴领着曾小安回到自己的病房，靠门口的秋老太太从病床上坐起来说，下午四点钟，县里的组织部副部长带了一袋水果来看"杨华华"，还问了问"杨华华"的病情。秋老太太不仅认识，还和这位副部长打过口水仗。前几年，这家伙为了当部长，三天两头敲她邻居家的门。邻居家养了一只性情温顺的大狗，不知为什么那只大狗特别不喜欢这家伙，只要他一敲门，大狗就狂叫不止，非得主人吼上十来遍才能镇压下去。秋老太太心脏不太好，大狗叫得太凶，秋老太太的心跳就会急剧加速。有一次，秋老太太实在忍不住了，用两根手指塞着耳朵，冲着正在敲门的副部长发火，问他，人家不过是在省里当个小秘书，你这位大部长犯得着天天上门来孝敬人家父母吗？秋老太太敢说这话，一是因为自己的丈夫三十多年前就是组织部副部长，二是因为对门邻居也很烦这家伙，但为人处世不可以伸手去打笑脸人，况且人家还是父母官，由秋老太太出面发一回飙，恰到好处。副部长进病房后，假装没有认出秋老太太，只说受杨华华丈夫之托，代为看望，让秋老太太转告一声，便溜之大吉。

曾小安看着柳琴悄悄扮了一个鬼脸。

柳琴借口有事，出门去到杨华华那边，将秋老太太说的话重复了一遍。杨华华赶紧将妹妹叫过来。三人当面商量了一阵，决定明天一早就出院，免得夜长梦多。县里的这位副部长与杨华华的妹妹很熟悉，这种事本应该先打电话来说一声。既然副部长不按常理办事，那就说明另有深意，必须防患于未然。

这边的事刚商量好，曾小安那里又有事。

柳琴刚刚离开那边的病房，就有一个人闯进来，说是找到曾小安想要的东西。一头雾水的曾小安直到听见《湫坝镇文史资料》几个字才明白，那人将她和柳琴当作一伙的，特地跟踪过来推销她俩想要的这本书。柳琴一路小跑地回到自己的病房，一看果然是在旧货一条街上见过的那位摊主。摊主解释说，事情很凑巧，上午她俩离开后，自己忽然想起印刷厂的规矩，凡是本厂生产的任何印刷品都要保留几本样品。于是就试着打听，没想到真被他打听到了。九十年代初，国营印刷厂倒闭时，全部资产折价卖给了一位个体户。后来几经转手，印刷厂转没了，印刷厂留存的那些样书被一个爱读书的人按废纸的价格全部买下了。摊主上门去问过,《湫坝镇文史资料》(第一辑)还在他手里,只是人家现在年纪大了,家境也不太好,也知道外面的行情,这种绝版的孤本书,人民币两万元,少一分都不行,多一分用不着。

　　面对这突如其来的好事,柳琴没有乱方寸。

　　因为与马跃之做了一家人,这些年虽然没有特别留意,仅仅是今天听一句话,明天再看一张纸,天天耳濡目染,对旧书行情也有所了解。凡是三十年左右的旧书,如果是孤品,价格确实在两万上下。假如开出来的价砍到五千,就表明是假做的,因为这是假做旧书的最低价位,否则就没有钱赚。又假如价格低到一千以下,反而说明这旧书是真的,但不是孤品,卖家手里可能还有一定数量的存货。柳琴耐心地与摊主讨价还价,曾小安也在旁敲侧击,摊主口中的价格从两万降到一万,再从一万降到五千。柳琴心里暗想,只要摊主再降一千,她就应承下来。虽然价格高了些,毕竟书是真的。

　　柳琴和曾小安说了半天,摊主再也不肯降一分钱。

　　柳琴明白是怎么回事,正要找借口推辞掉,同病房的秋老太太忽然开口说,卖书又不是卖生鲜,放几十年也不会烂,病房里马上要关灯休息,明天上午医生查房后,再来接着谈。秋老太太说着就将电灯开关按下,病房里顿时变得一片昏暗。

　　摊主悻悻地走后,秋老太太又将电灯打开:"你们两个武汉人,怎么对《湫坝镇文史资料》(第一辑)那么有兴趣?"

　　柳琴一听,原来秋老太太将他们说的话全听进去了。

　　柳琴心里很讨厌有人偷听自己说话,但还是忍着没有发作:"听人说那上面有篇文章介绍湫坝当地如何用蜂蜜酿酒,我在养蜂协会上班,这些都是我们的工作。"

　　秋老太太眨眨眼睛说:"那家伙一进门,我就看出是来骗你们的。武汉人真是太厉害了,能说和不能说的都说了,硬是没有上当。旧货一条街上的人,坑蒙拐骗各占四分之一,剩下四分之一是在等着天上掉馅饼。"

曾小安说："那不叫四分之一，是五分之一。"

秋老太太掐指一算说："是我算错了。我年轻时算术就不好，才乱编了那个三句半——提起六大人，好吃是个病，一餐吃条狗——不剩！天下哪有这么大饭量的人，一餐吃得下一条狗！这都怪我算术没有学好。"

柳琴一听，这正是旧货一条街上的人提起的那首民谣三句半，刚想问话，秋老太太拦着不让她开口。

秋老太太继续说："这几句顺口溜是一九四九年说的，那时候大家遇见什么事都高兴。六大人没文化，听不懂唐诗宋词，我是地主家的娇小姐，和他结婚后，为了培养感情，只好在家里编顺口溜，顺便教他识字。他高兴都来不及，经常笑着告诉外人。过了差不多二十年，别说一条狗，就是一只兔子六大人一餐也吃不下去。哪想到那些戴袖章的红卫兵，不管三七二十一，硬说六大人多吃多占，让他站在台角上，嘴里叼着一根狗骨头，批判得日落西山，他还自此落下一个毛病，只要一听到有人说三句半，腿就发软，走不动路。六大人重新工作后，当了组织部副部长，听说印刷厂在印《湫坝镇文史资料》（第一辑），书中有这首三句半，便大发雷霆，逼着人家将印好的书，一把火烧干净。我对六大人说，这叫焚书坑儒。六大人还强词夺理，说自己只是焚书，没有坑儒。秦始皇焚书坑儒，花那么大的力气也做不到完全和彻底，像湖南里耶出土的楚简，清华大学从香港高价买回来的清华简，还有离京山这里不远的郭店楚简，都成了十分珍贵的历史资料。我不想让六大人成为湫坝镇的秦始皇，便将人家送来给六大人审读的那本《湫坝镇文史资料》（第一辑）偷偷地藏了起来。"

柳琴几乎要跳起来，却被曾小安抢在前面。

曾小安一惊一乍地说："您老晓得里耶楚简？"

秋老太太认真地点了点头。

曾小安又说："还晓得清华简？"

秋老太太继续点了点头。

曾小安再说："郭店楚简您老也晓得？"

秋老太太说："我还晓得楚学院现在的一号人物叫曾本之，二号人物叫马跃之,还有一个比他俩都强的人名叫郝嘉,可惜自己早早就跳了楼。我不仅晓得,年轻时还见过面。我是说他们年轻,不是说我年轻。那几个小伙子见到我就老老实实地叫秋老师。从省里下来的那些人,只有老周不叫秋老师,只叫秋馆长。"

"当时您老是文化馆长?"

话说到这里,柳琴将自己迫切要问的问题丢在一边。

秋老太太望着柳琴说:"我是六十整退休的,到现在快四十年,连文化馆的人都不记得他们的老馆长还活在世上了。考古队的人不一样,老周死了,郝嘉也死了,给他们帮忙的秋风也死了,没死的人肯定还记得我。因为我和他们有个故事,考古队到湫坝的那一年,有个从河南来的民间杂技团,在湫坝停留了十几个月。有一天,那个天天背靠门板挨飞刀的河南女人,在考古队住的房子旁边生了一个男孩。河南女人连件衣服都没留,丢下孩子就走了。考古队的人就要我将这孩子收养了。那时,我都快退休了,哪有这个精力。刚好有一对外地夫妻来看九鼎七篡出土的地方,两口子人到中年,还没有孩子,便答应带回去当儿子养。因为曾本之对这孩子最上心,人家问情况时,我就说,孩子的父亲姓曾。"

柳琴说:"您老真的那么肯定,曾本之和马跃之会记得您?"

秋老太太说:"人可以被忘记,因为人会死。去年这个时候,好不容易有个人到医院来看我。他欺负我老得不像样子,要我猜他是谁,我猜他是考古队的老周。其实,他是考古队的小曾曾本之,只不过他已经老成了老周的样子。因为我这里有小曾的故事,那些故事还没死,小曾才会来看我。"

柳琴看了曾小安一眼,才问秋老太太:"小曾的故事好听吗?"

秋老太太勉强抬了抬眼皮说:"故事好不好要由听的人来确定,我讲得再好,小曾不爱听又有什么用!"

估计秋老太太要睡觉了,柳琴抢着又问:"那马跃之呢,他有故事吗?"

秋老太太说:"你说小马呀,他还是个仔鸡,见到老太婆都脸

263

红——"

正说着话的秋老太太突然不吭声了,仔细看过去,人已经睡着了。

人活着岁数太高,多说几句话都觉得累。柳琴和曾小安在一旁站着,每隔一阵就有意咳嗽几声,试着将她弄醒。十几分钟后,秋老太太也咳了两声,随后眼睛又睁开了。柳琴用开水瓶里的热水将杯子里的凉水掺成温热,递给秋老太太。秋老太太嘴里说不用,一只手却伸出来,接过水杯缓缓地喝了两小口。

秋老太太想起什么,扭头问柳琴:"我睡着前和你说了哪些话?"

柳琴就将秋老太太说过,曾本之当年可能有故事,马跃之见到老太婆都脸红的话复述了一遍。

秋老太太像小女孩那样开心地笑起来:"那个小马马跃之呀,我最喜欢他。有一回,我故意撩他,说他老是偷看湫坝小学的女老师,他羞得一个星期不敢见我的面。小马越这样,我就越撩,要他向小曾学习,要找人家说话,就大大方方去人家的教室,这话让小马急得差一点要流眼泪。唉,想一想,可怜女人真不经老,朝如青丝暮似雪。感情上的事,只要一个夜晚,就会将一个人变成两种形。"

柳琴很想将自己的真实身份告诉秋老太太,但还是强忍住了,她回转话题说:"刚才您老说不想让六大人成为湫坝镇的秦始皇,将人家送给六大人审读的《湫坝镇文史资料》(第一辑)偷偷地藏了起来,是真的吗?"

秋老太太说:"我这大一把年纪,未必还会说假话。"

柳琴说:"您也听见了,我在找这本书,能不能给我——"

秋老太太说:"为什么要给你,因为你想要,就得给你吗?"

柳琴说:"不是直接拿走,我就在病房里看一看。"

病房里,三个人的时空忽闪了一下。有点像近年电力公司切换系统电,满屋电灯中的某一盏闪了一下,正在观看的电视似乎卡顿了一下,诸如此类的动静合在一起时,使得整栋楼房连"咔"的声音都不带,直接"嚓"了一声。从前可不是这样,每换一次系统电,半个城市都要闹出动静来,轻则突然一片漆黑,再转一片光明,重则一条街的家用电器都因为电流过载而烧毁。也不知是什么时候突然进步了,一向最怕系统换电的台式电脑,开始变得毫无反应,只有专注于某件事的人才会发现。对《湫坝镇文史资料》(第一辑)不是百分之百上心的曾小安没有注意,比曾小安专注许多倍的柳琴感觉到了。

果然,秋老太太眼睛眨也不眨就变换了话题:"你不是杨华华,我听出来了,杨华华是别人,你干吗要冒名顶替,是想揩国家的油,用别人的姓名报销医药费吗?"

曾小安瞟了一眼挂在床头的病历卡:"您老九十七岁了,就不要关心这些事了,好好关心自己,健健康康地活到一百岁!"

秋老太太越说越严厉:"我昨天看电视了,中央纪委又抓了一个人,这说明什么?说明腐败问题很严重,我们每个人都要高度警惕,提防身边的腐败分子。"

秋老太太大声说话,将医生护士都惊动了。

两个穿白大褂的年轻人走进来,看看情形后,对秋老太太说:"您老该睡觉了!"秋老太太马上张开嘴,护士拿出两片安眠药放进去,她自己拿起水杯喝下一口水,转身钻进被窝时,用手指了指电灯。护士关了电灯开关,秋老太太也像关掉清醒功能,转眼之间就睡着了。

护士也不问之前发生什么事,很职业地告诉柳琴和曾小安,高龄老人都这样,小脑严重萎缩,说话时容易前言不搭后语,做事更是丢三落四。

护士走后,曾小安也要回自己的病房。柳琴将她送到走廊时,用曾小安的手机给马跃之打了个电话,告诉他自己夜里就不过去了,明天回武汉后在家里等着他。马跃之正在养蜂汽车里与郝文章聊九鼎七簋的事,两天时间,跑了不少地方,马跃之感觉自己快要找到九鼎七簋的关键点,却又像影子那样,明明就在眼前,就是抓不住它,伸左手时影子从右边溜走了,伸右手时影子又从左边溜走了。马跃之因此说,自己可能要在湫坝这里多待几天。

夜里,柳琴睡得不算好,可也没有做什么梦,只是醒了三四次。

天刚刚亮,柳琴觉得床边有人,睁开眼睛一看,是杨华华。

杨华华还没来得及刷牙，嘴里有股熬夜之人常有的味道。杨华华小声说，自己一夜没睡，担心老钱会突然搞一次长途奔袭，来京山看个究竟。所以，医院里一分钟也不能多待。杨华华让柳琴起床后收拾好行李，同自己一道去外面吃早餐，这边的出院手续让妹妹办好后送给她们。

二人正在说悄悄话，同病房的秋老太太似乎醒了。

秋老太太躺在床上一动不动地说："我早就看出来了，你不是杨华华！"

柳琴原本还想在出院之前与秋老太太说说《湫坝镇文史资料》（第一辑），听到这话，哪敢再多嘴，连忙拿起自己的行李，跑到曾小安那儿，刷了牙，洗过脸，三人一起去医院外面吃早餐。

等到上午九点，杨华华的妹妹终于带来出院手续。她人还没有坐下，手机就响了，一看正是杨华华丈夫打来的，便将手机递给杨华华。刚才还慌里慌张的杨华华，忽然变得像正常人一样冷静，慢条斯理地告诉对方，自己身体恢复得差不多了，肾结石发作就是这样，石头卡在尿道时会疼死人，石头一掉出来人就好得像假装的一样。大概对方问要不要开车来接，杨华华回答说，如果能接当然最好，柳琴家的马先生正好在京山这里考古，如果能不用她的那辆香槟色越野车，他们两口子就能在这里一起住上几天。说到最后，对方决定不来京山，辛苦柳琴继续当司机，将杨华华送回家。

拾捌

九鼎七簋课题组的名称,从到秋家垄的那一天算起,已经出现整整五十天了,课题组还没有正式成立。

表面上的理由是上报省里批准,真实情况是郑雄没有空出时间。

有两次董文贝将相关事项一一安排妥当,事到临头,郑雄却另有安排。

郑雄声称的另有安排,都不是在北京,一次是在武汉,另一次还是在武汉,时间就在这两天,据说都是为楚学院谋划大事,至于事情大到何种程度,作为代理书记的董文贝半点风声也没听到。

董文贝像点名一样,每天都要上到六楼,看一看,问一问,了解万乙和王蔗手头上在干什么事。董文贝从不问马跃之,每次来看马跃之,都会用不同的理由,比如这次问地铁站工地上的打桩机有没有吵着马先生,下一次就会问关上窗户噪音打扰会不会轻一些。

多数时候,董文贝都是没事找事。

只有两次，董文贝是真的有事来找马跃之。

一次是因为《郭家庙两周弋射器具初探》的署名问题。马跃之现场将不明之物鉴定为矰矢的那天，文章还没有写出来，吴秋水就要求将自己的名字排在第一，当即就被董文贝否定了，理由是郭家庙田野考古是楚学院的集体工作，对个人则是职务行为，决策者和领导者自己想不署名为第一作者都不行，都有可能被巡视组认定为没有担责。吴秋水很固执，坚持要按自己的意志行事，将写好的考古报告放在董文贝面前，要他签字同意，再盖上公章，《考古》杂志确认无误之后才会正式发表。董文贝来找马跃之，还有一层意思。当初董文贝也曾明确要求在党组会上形成自己不署名的决议，集体决定的事，巡视组就不会追究。可惜，此类文章郑雄从不放弃署名，郑雄偶尔会谦虚带诚恳地说，某某文章署名没有经过他同意，然而熟悉郑雄的人不会苕到真的当面问他可不可以不署名，甚至有人投其所好，将曾本之或者马跃之排在郑雄后面，他也会厚颜地说下不为例。到了下一次，郑雄还会故伎重演，再说一次"下不为例"。事情至此，董文贝若不舍命相陪，会被认作是故意将郑雄放到光天化日之下曝晒。毕竟自己才是纯粹的行政人员，万一有人说闲话，肯定首当其冲，相当于给郑雄当防火墙。董文贝想请马跃之出面发个话，让吴秋水不要再闹了。还想请马跃之屈一回尊，答应作为考古报告的第一作者。马跃之没有答应，反而建议让董文贝去请曾本之，吴秋水可能不给自己面子，但不会不给曾本之面子。至于署名第一作者的问题，马跃之回答得更绝，如果非要这么做，文章中连鉴别矰矢的过程都不要提及"马跃之"三个字。谁署名为第一作者的事，折腾了一个星期，终于安静下来。最终结果，还是将郑雄的名字排在第一位，甚至董文贝自己都排到了第二位。马跃之当然没有署名，对外说起来，用的还是马跃之不愿触碰青铜的说辞。

排在第三位的吴秋水有一天来找马跃之说话。谈及董文贝是如何摆平的，吴秋水笑而不答。反而劝马跃之，有机会坐楚学院第一把交椅时，千万不要谦让，马跃之如果甘做千年老二，别人就只能当老三和老四了。

吴秋水来找马跃之说话,是希望自己的办公室能从五楼搬到六楼。

这就导致董文贝真的有事再次来找马跃之。按马跃之的意思,既然有了课题组,成员的办公室就应当相互挨着,马跃之的"楚才晋用",对门是万乙的"楚乙越弓",旁边的"楚璧隋珍"正好给王蔗。马跃之发话之前,分别问过万乙和王蔗。问万乙时,马跃之装作不知道万乙与王蔗的情事,故意说两个年轻人在一起,工作上相互照应,学术上万乙可以多多帮助王蔗。没想到万乙断然拒绝,说自己习惯一个人待着,只要身边有人就无法思考。回头再问王蔗时,马跃之明明白白地表示说,你现在就去告诉董文贝,与万乙同在一间办公室太不方便了。王蔗一刻也没有耽误,从六楼下到二楼,再从二楼回到六楼,前后只用五分钟。王蔗形容自己站在二楼"楚囚对泣"门口,任性带撒娇地告诉董文贝,自己不想在"楚乙越弓"办公,如果不能安排在"楚才晋用",那就退而求其次,反正"楚璧隋珍"空着也是空着,自己将就着用吧。董文贝反问她,"楚璧隋珍"算得上是凶宅,一个人待着不怕吗?王蔗回答说,上班时间是朝九晚五,大白天里阳气正盛,再说有马先生这样的吉星高照,处处都是吉屋,哪里还有什么凶宅。董文贝来"楚才晋用"谈"楚璧隋珍"谁用更合适时,马跃之毫不迟疑地表示,王蔗就是最合适的人。

董文贝离开不到十分钟,吴秋水就来了。

对于"凶宅"一说,吴秋水是认同的。他也明白"楚璧隋珍"的特殊性,再说,还有一个分明是子承父业,却借故在外面放养蜜蜂的郝文章,那才是"楚璧隋珍"的真正接班人。吴秋水的真实想法是让王蔗在"楚璧隋珍"办公,再将万乙也挪过去,腾出"楚乙越弓"给自己用。

马跃之如实相告:"人家只说王蔗,没提万乙半个字。"

吴秋水咬着牙说:"董文贝真是个老狐狸。"

马跃之说:"当老狐狸可以,当狐狸精不行。"

吴秋水问:"此话怎么讲?"

马跃之说:"老狐狸再老也是狐狸,狐狸精当面扮人,背后当畜生,就是货真价实的坏东西了!"

说完这些，马跃之就将万乙和王蔗叫到"楚才晋用"，告诉他俩，吴秋水有事要与他们商量。吴秋水马上转移话题，轻描淡写地表示，没有什么大不了的事，自己是希望二位年轻人，不要只跟着马先生学专业，其他非专业的东西，比如书法等，也要趁早下手，争取将马先生的书法真传学到手。

万乙和王蔗走后，吴秋水对马跃之说，自己这种年纪，绝对不可以与晚一辈的人争办公室，万乙如此，王蔗更不用说了，能在六楼办公室，不能说明他们就真的与楚学院大师级的人物平起平坐了，未来马跃之像曾本之那样退休了，一切调整方案皆有可能。吴秋水在学校当过老师，习惯说话时暗含机锋，话一出口，才发现不妥，又想往回退一点。

吴秋水略带讨好的意味说："郑雄回武汉却不来楚学院的原因马先生晓得吗？"

见马跃之没有作任何表示，吴秋水就说："马先生要是不感兴趣我就不说了。"

话音刚落，马跃之的嘴唇就动了两下，吴秋水明白，这时候若让马跃之发出声来，虽然不会是又脏又粗鲁的话，很有可能冒出"鼻屎"来，他赶紧抢在前面说："郑雄这么辛苦来回跑，可不是为楚学院，他想自己再进一步。"

马跃之说："跑官的事，是从明清故纸堆里翻出来的吧？"

吴秋水说："马先生这么说也有点像，郑雄还和熊达世搞到一起去了，人家用刘伯温的独门绝技帮他算过时运，一口咬定百分之百的副省级命相，连百分之一的破绽也没有。"

马跃之说："看不出来，秋水兄是在东厂上班呀！"

吴秋水说："马先生也不要太小瞧人，马路对面的报社大楼里，有我的十几个学生，真要让他们去打听什么事情，绝对比纪委请人去'喝茶'还要准。"

说起纪委请人去"喝茶"，吴秋水好像来了劲，一口气说了几个疑似被请去"喝茶"的人名，都是厅局级以上的官员，其中一个还是副省级的热门人选。

马跃之对那些人毫不熟悉,他想起自己亲眼看见被纪委带走的陆少林。

吴秋水越说话越多,也没有表明消息来源,一口咬定这位副省级热门人选,正是吃了将要晋升副省级的亏。吴秋水说话带劲的原因还在于话里有话,他不想明说,又希望马跃之能够听懂,他的本意是说郑雄,这么不择手段地为自己谋取"副省级",不是什么好事,稍有不慎就会遭到同僚的群殴。

马跃之对这些话充耳不闻,便拿起手机,给万乙发了一条微信,随后又打了一个电话,隔着半条走廊,能听到万乙手机的铃声,却无人接听。马跃之心里嘀咕,刚才还在这儿露过面,怎么转眼就没有动静了,于是站起来走到走廊上,冲着"楚乙越凫"叫了一声。

"楚乙越凫"里没有丁点回响,倒是王蔗出现在"楚璧隋珍"门口,说万乙下楼取快递去了,问马跃之有什么事,自己可以帮忙做。马跃之就让王蔗打电话问问水务局办公室副主任卢小材,近期水务局在十三街坊一带有没有新开工的工地,是否需要考古专家去现场看一看。马跃之还在说话,王蔗细细的手指就在手机屏上舞蹈起来。马跃之说完要说的,王蔗的手指就完成任务停止动作了。马跃之有些疑惑,自己还没说对方的联系方式,王蔗凭什么就能将信息发过去?马跃之正在自己的手机上查找卢小材的电话号码,王蔗的手机就响了。王蔗对着手机说了几声后,就将手机递给马跃之,说是卢小材的电话。

马跃之接过手机后,卢小材果然在那边说:"怪不得陆副局长说与马先生有缘,听漏工曾听长在十三街坊那边找出两个关键的漏水点,地上地下全是老东西,我们设想不是下午,就是明天联系马先生,请马先生再来现场指导,想不到马先生主动打来电话。能在上班的第一天与马先生共享好时光,陆副局长会很开心的。"

马跃之下意识地反问:"你们的陆副局长回来了?"

卢小材说:"昨天下午就回来了。"

马跃之说:"纪委让他回来的?"

卢小材说:"是的,梅玉帛还说,该干什么继续干什么!"

马跃之突然语塞，说不下去了。他将手机还给王蔗，让她与卢小材说，这几天随时都可以去水务局。王蔗将马跃之的意思转达过去，得知明后两天陆少林先要去医院做一次全面体检，根据体检结果再约见面时间。

到这时候，马跃之才问王蔗，什么时候学会窥心术，自己还没有开口，就知道卢小材的电话号码。王蔗本想笑而不答，想想似乎觉得不礼貌，就说当初水务局的人组团参观大楚青铜馆时认识的。

电梯到达的铃声响了一下，有人上到六楼来了。

片刻后，万乙从电梯里走出来，手里拿着两杯奶茶。

"谁让你买的？"王蔗忽然脸红了，"我不喝奶茶，容易长胖。"

"谁说是给你买的？"万乙反应很快，接着就说，"自作多情了吧！"

"未必是给马先生？"王蔗眼睛瞪得又大又圆，"马先生这大年纪能喝奶茶吗？"

"我说过给马先生买吗？"万乙扮了一个鬼脸，"我一个人喝两杯不行吗？"

马跃之记得吴秋水还没走，就说："我为什么不能喝奶茶，说实话，我还真的喜欢这种奶香奶香的味道。"

马跃之从万乙手里拿过一杯奶茶，看了看，又说可惜自己喜欢的不是这种牌子。他接连说出几种奶茶名牌，比如巧克你、慢骆驼和白眉鬼等，还简单分析了其中口感的差异。说着马跃之一挥手，让他俩回自己的办公室，自己也转身回了"楚才晋用"。

吴秋水果然没有闲着，一直在听他们说话。

马跃之坐下后，吴秋水特地凑过来，看了看奶茶杯的外表，闻了闻奶茶的气味说，没想到马先生这么时髦，连奶茶都懂得这么多。之后吴秋水话锋一转，谈起水务局副局长陆少林，昨晚到今天，水果湖一带的部委厅局都在传，纪委办案这么多年，头一回心不甘情不愿地将关了几十天的人放出来。

吴秋水说："天下乌鸦一般黑，这个陆少林简直成了传说中的白乌鸦。"

马跃之说:"好像有不少先例吧,比如某某某进去时,手下副职和亲信一个接一个被叫去纪委说清楚,事情说清楚了,就万事大吉!"

在楚学院,马跃之说的某某某,是尽人皆知的代名词。

吴秋水说:"我的马先生,某某某是'被带走',别的人是'被叫去',这可是一样两般!再说,现在不是两周时期,那时候有专门的说客,哪怕犯下五马分尸的重罪,只要说得过人家,就能化险为夷。比如齐国上大夫晏婴,奉齐景公之命出使楚国,受尽屈辱,几乎丧命,凭着三寸不烂之舌,反而变为座上宾。现在讲的是证据链,一旦形成,弄到谁头上,谁就会生无可恋。"

马跃之说:"据你得到的消息,为什么会放过陆少林?"

吴秋水说:"我只是听说,可能很不准确。"

马跃之说:"你刚刚还说有十几个跑新闻的弟子。"

吴秋水说:"这么说吧,反正是小道消息,据说陆少林有重大立功表现,捐献了一件从文物市场上淘到的青铜重器。"

马跃之笑了起来:"真有这种事,还会将我们蒙在鼓里?"

吴秋水也认真起来:"马先生这话说得太对了,他们不相信我们,就是想将我们蒙在鼓里,才直接找清华大学田野考古队,马先生若不相信,打个电话问问黄教授不就清楚了?"

马跃之想起梅玉帛,心里就涌起一种好感,于是说:"纪委工作最讲规矩,我看是时机未到,到时候还会找我们的。"

说话间,马跃之忽然问吴秋水:"你是不是想和黄教授认识一下?"

吴秋水马上回答:"好哇,怎么说我也是教书匠出身。"

马跃之二话不说,拿起手机拨弄了几下,然后与口称黄教授的对方寒暄几句,并提醒对方,自己从秋家垄回来快两个月了,野外天气不比室内,特别是这个时节,既不是彻底凉,也不是完全热,凉症、热症、凉热混合症都有可能伤到人。说完这些,马跃之就开始介绍吴秋水,请他俩先在电话里认识一下,有机会再在现场见面并合作。

马跃之将手机递给吴秋水。还没拿稳手机的吴秋水赶紧开口叫了一声,黄教授好!黄教授也不是食古不化的书呆子,几句客套话过后,就开始虚虚实实地说，自己经常听马跃之赞美吴秋水，本来想请吴秋水来实习基地给学生们上上课，因为返校的时间快到了，有机会时，欢迎吴秋水去清华大学搞一次讲座。

吴秋水回应说："我的本行是教书，搞考古完全是误打误撞，不过先有书本知识，再来结合实践，体会确实不一样。"

黄教授说："所以，别人都发现不了的赠矢，才会等着你吴秋水来发现。"

吴秋水听出这话的味道不对，只能马上改说别的，一时间又想不出可以与黄教授说一说的话题，情急之下脑子里冒出什么就说什么："我们这边也听说省纪委要请黄教授帮忙鉴定一件青铜重器，可有此事？"

黄教授说："我才听说，湖北方言将传播小道消息叫作挖古。古有象形字，今有象形词。往后呀考古就不叫考古，田野考古的信息来源大部分是小道消息，有了信息后就得靠锄头去挖，直接叫挖古更通俗易懂。从昨晚到今天，北上广的娱记们来过十几次电话，说是盗墓贼又在秋家垄发现楚学界没有发现的青铜重器，那种幸灾乐祸的语气，似乎又可以将主流文化的脸狠狠打几下。听到这些，又不好骂他们，我就用了楚学院骂人的那两个字——鼻屎！"

吴秋水说："应当不是盗墓贼，是被纪委带走的人——"

黄教授说："你还是去问马先生吧！马先生若说是什么人就是什么人，马先生若说是什么鬼就是什么鬼！"

吴秋水只好将手机还给马跃之。黄教授主动与马跃之聊了几句九鼎七簋的事，他提醒马跃之，考古之事值得信赖的法则只有一条，那就是顺其自然，最近说得很盛，典籍中的随国，就是青铜重器上的曾国，不过是一只强扭的瓜儿，容易使人产生这这重复一千遍就变成了那那的逆反联想。

吴秋水终于知趣了，趁着马跃之与黄教授说话之际，做了一个告辞的手势，真的下楼去了。

至此，马跃之的心性也被完全搅乱了。他将摊在桌面上准备抽空修复的《楚湫时地记》用宣纸覆盖好，关上门，走进"楚璧隋珍"。双手抱着奶茶杯的王蔗，连忙站起来。马跃之很想问王蔗这么快就变得不怕长胖了，一转念，就让王蔗将万乙叫过来。

王蔗走到门口，叫了声："万博士，你过来一下！"

万乙跑得比燕子还轻盈，进屋来第一眼看到马跃之时还有点发愣。

王蔗在一旁说："你刚才不是说想问问马先生，哪里能买到巧克你、慢骆驼和白眉鬼，赶快问呀！"

万乙会意地说："是这样的，马先生，沙璐是个奶茶控，我也被改造得差不多了，前几天我向沙璐求婚，她提出的唯一条件是蜜月期间陪她喝遍武汉三镇的奶茶。刚才听马先生报出三种奶茶名，我马上与沙璐说了，沙璐就要我问清楚哪里有得卖，她马上下单叫跑腿儿去买。"

马跃之先问王蔗："你不会这么快就变成奶茶控吧？"

王蔗笑着说："我是在回味青春期的逆反，越不让喝越要喝一大杯。"

马跃之这才回答万乙："哪里有什么巧克你、慢骆驼和白眉鬼，是我临时瞎编的。"

王蔗说："马先生壮心不已，瞎编的也这么有韵味。"

马跃之收起笑容不说这些了："你们两个再与卢小材沟通一下，陆少林到底有没有问题，约我们周五去水务局会不会有麻烦？"

王蔗说："刚才除了喝奶茶，我一直在与卢小材联系。按他的说法，陆少林是真的没事了。卢小材去纪委接人，梅玉帛还特地出面吩咐陆少林，别一朝被蛇咬，十年怕井绳，业余时间可以继续保持对考古的爱好，而且还提起马先生的大名，要他们发自内心地尊重马先生您。"

马跃之扭头问万乙："你对陆少林这个人怎么看？"

万乙想了想说："不太像一般官员，就说那天，当官的到他们工地上作秀，连卢小材都晓得点头哈腰，陆少林却将头昂得高高的。"

马跃之又问："你觉得他会不会像某些人，为了保全自己就像疯狗一样乱咬人？"

万乙毫不犹豫地说："我觉得不会。"

马跃之又转向王蔗："被纪委带走的人，能立功的办法就是检举他人。如果他不乱咬人，又能凭什么立功呢？"

王蔗回答时不知为何变得怒气冲冲："凭什么？就凭替人家的孝子贤孙取名为千岁万岁！"

马跃之听出来，王蔗这话是冲着万乙来的。

一头雾水的万乙自己也听出来了："新媳妇的脸，二四八月的天，你还没有当新娘子呀？"

王蔗说："谁个像你，只晓得学哈巴狗摇尾乞怜。"

万乙明白过来："原来你是帮卢小材生气呀，我不就是说他点头哈腰吗，他是你的什么人，值得你这样吗？"

王蔗说："他是谁？他是你舅舅！"

万乙说："那我的舅妈在哪里？"

王蔗说："你瞎眼啦，我就是舅妈！"

万乙怔了怔才说："是我不对，有眼不识舅妈和舅舅！"

王蔗生气的样子，在马跃之看来颇为熟悉。因为熟悉，马跃之恍惚间觉得万乙就是年轻时的自己。见万乙没有跟着发作，马跃之在心里说了好几遍，这样做就对了，不这样做就对不起人家。

走廊上响起电梯到达的声音，有脚步声走到"楚才晋用"门口，停了一下，又到"楚乙越兔"门前，再停一下，就往"楚璧隋珍"这边来了。万乙和王蔗的表情刚刚恢复正常，董文贝就出现在门口。见到马跃之，董文贝就说自己猜对了，马先生果然在小美女这里。

董文贝亲口通知了两件事。

第一件事，下午两点，召开楚学院全体人员参加的大会。会议分为两项议程，一项是曾本之先生荣退恳谈会，另一项是九鼎七簋课题组启动仪式。

董文贝还没说第二件事，就表示虽然是全体大会，马跃之不用参加。马跃之很奇怪，曾本之荣退恳谈会自己不参加，于情于理都说不过去。董文贝解释说，曾本之自己都不参加，马跃之若是参加了反而显得很不合适。马跃之还没想出其中道理，万乙先明白过来，觉得董文贝的考虑太正确了，这些年，在重大事情上，曾本之与马跃之向来是共进退，曾本之真的退休了，马跃之出面说任何话或者不说任何话，都会给人以多年媳妇熬成婆的幸灾乐祸的观感。至于九鼎七簋课题组启动仪式，本来就是鸡肋，课题组都运作快两个月了才来这么一下，对课题组的人来说无异于画蛇添足，唯一的用处就是让那些有权对课题组指手画脚的人，利用制度的优势获取舆论优先权。

第二件事是下午两点，派专业素质高超的人去一趟纪委，帮他们排忧解难。董文贝的原话是说，这件事甚至不用说清楚，能帮这个忙的人只能是马先生。原来吴秋水听到的传言是真的，纪委方面从他们的途径发现一只两周时期的青铜方壶。关于此事，马跃之的判断非常对，纪委直接点名请马跃之去把关，根本就没有清华大学黄教授什么事。马跃之正要说话，董文贝抢先开口了，他明白马跃之很多年没有碰青铜重器，但人家是纪委，不相信那些理由，只相信马先生这个人，同时也得到一位重量级人物的极力推荐，人家一口咬定整个中南地区，只有马跃之马先生才能解决这个问题。说话时，董文贝贴着马跃之的耳朵，用最小最小的声音说，这件青铜重器是水务局副局长陆少林捐赠的，陆少林因此破了天荒，既没伤筋，也没动骨，回水务局继续上班。

说完悄悄话，董文贝又用正常语音说，下午两点，梅玉帛在纪委大楼门口迎接马先生。

事实证明，董文贝的官方消息比吴秋水的小道消息要靠谱。

下午一点半，楚学院办公室的鲁丰就在六楼电梯口候着。马跃之刚刚走出"楚才晋用"，鲁丰就迎上去，什么事也不需要他做，但他非要做出这种姿态。到了楼下，早有公务车等在台阶前。上了车，不一会儿就到了纪委办公楼前。

梅玉帛站在大门口，满脸笑容如见到久别的亲人。

梅玉帛示意鲁丰不要等，回头有车送马先生回去。

电梯上升得很快，还没顾得上说话，电梯就停下来，门也自动打开。马跃之之前来过一次，但不是这个楼层。梅玉帛在前面领路，二人穿过长廊时，每处门口都站着人。一开始马跃之以为是站岗，之后发现有的门口站着两个人或者三个人，梅玉帛冲着大家笑，大家也冲着梅玉帛笑。马跃之这才明白原来大家是在看热闹，想看看只与死人打交道的考古专家是什么模样。在走廊尽头的会议室门口,站着"老奸巨猾"的蔄二巡和华一调,他俩不卑不亢地冲着马跃之点了一下头,待梅玉帛和马跃之走进会议室,二人随手拉上门,将自己也关在外面。

会议室里只剩下马跃之和梅玉帛。

见到董文贝所说的青铜重器,不用谁来开口,马跃之便将半个身子倾倒过去。

梅玉帛在一旁说:"这是一尊青铜方壶,年代应当是两周早期,就器物本身来说,算不上罕见,但是壶身这么完整,没有丁点损伤十分难得。最最难得的是被壶盖封得严严实实的壶体内部,可能有方壶主人极为看重的简牍。"

说完这些,梅玉帛拿起青铜方壶轻轻摇了摇。

一阵青铜重器特有的金属响声回荡在会议室。

受到感染的马跃之也将青铜方壶抱着摇了几摇。

马跃之说:"看这样子,之前已经有人尝试过。"

梅玉帛说:"实在不好意思,一开始我就说要请马先生,有个叫熊达世的所谓高人推荐了你们那里的郑雄,领导信了他们,弄了整整两天,仍束手无策。他俩在一起小声商量,要不要请教一下马先生,被同事听见了。我再去与领导说,领导这才同意请马先生。"

马跃之心里明白,楚学院传说郑雄在忙的大事原来是这个。

梅玉帛又说:"其实,陆少林也说过,只有像马先生这样心胸开阔、心地纯净的人,才能打开方壶的盖子!这个陆少林呀,几乎所有人都怀疑他有很大的问题,可他自己每天饭照吃,觉照睡,别的人一天能掉一斤肉,陆少林一星期下来反而长了几斤肉。说实话,我最瞧不起那些一带进纪委就哭得鼻涕眼泪满天飞,不分男女老幼胡乱举报,为自己脱罪的人。陆少林说马先生的话,我也有同感。"

马跃之说:"周五我要去水务局工地上看看,陆少林说,你要他们多与楚学院合作,有这事吧?"

梅玉帛说:"是我说的,我觉得陆少林能帮马先生,马先生也能帮陆少林。"

马跃之说:"陆少林是怎么发现这只方壶的?"

梅玉帛说:"我就简单说说吧!那天在水务局时,马先生也在场,也听见了陆少林说自己是清白的。我在这里待了十几年,头一回听到有人敢大声说自己是清白的。查了几十天,真的像是很清白。马先生也晓得,考古的事,故事讲得越完美,故事中的对象越有可能是假的。在这一点上,纪委办案也像考古,某些人为了将黑钱洗白,越是将细节编织得天衣无缝,越是显得心里有鬼。陆少林做的事,凡是可能出现疑问的事情,音像资料一样不缺,文本档案更加齐全,从当科长、处长,直至局长,事无巨细都有日记,就连每天上厕所几次,都要写上去,都用不着我们走遍武汉三镇去寻找。"

梅玉帛喝了一口茶水,继续说:"与马先生初次见面他也没有漏掉,写马先生自己乘六十四路双层公交车来工地,虽面如黑炭,身形有大家风范,看上去好似前世故旧,比早先水务局请来的曾先生多一层天然的信任感。"

见马跃之想将青铜方壶倒过来,梅玉帛伸手帮了一下,再接着说:"可以这么说,无论是高科技还是原始手法,我们都用尽了,陆少林还是一张白纸。那天,两位'老奸巨猾'的同事,非常真诚地与他谈心,希望他有点立功的表现。一向能吃能睡的陆少林,忽然变得吃不行、睡也不行,到第三天,陆少林提出来要和我面谈。然后他就说要捐献一个国宝级的文物给国家。"

梅玉帛摸一摸青铜方壶:"我们再去陆少林家时,这东西就放在那些收藏品中间。当初去清查,因为这东西的价钱低得不可思议,这么大的青铜器,几千元就弄到手,百分之百是赝品,就没有注意它。一听说这是国宝,陆少林妻子的眼泪就出来了,说这东西在她看来都是假货,就别说专家们如何看了。陆少林一定是疯了,想早点回家,病急乱投医,几千元买的破铜烂铁,敢说是国宝,她要我们千万别相信,免得还要加上一项罪名。"

青铜方壶拿来纪委时,能够管着梅玉帛的领导自作主张,叫来了郑雄和熊达世,让他俩看个真假。

在梅玉帛看来，郑雄看到青铜方壶，目光与神情很平常，说起话来也没什么分量，轻描淡写地表示，东西是个真东西，既没有纹饰，也没有工艺，随便哪个小财主都有得用。直到抱起青铜方壶，摇出阵阵音响，郑雄的眼睛里才发出鉴宝者的光芒。郑雄摇了三遍，那摇出来的声音，第一遍被形容为两周时期的历史回声，第二遍被形容为是世间最美妙的重金属音乐，第三遍被形容为贤人大士的谆谆教诲。不过，郑雄还是挺谨慎的，一般密封的器物，如果能摇出声音来，就表明里面还有别的东西。郑雄当场说了一个事例，一九九几年，曾经有人花几百元在黑市上买了一只带响的普通青铜方壶，打开壶盖后，里面竟然放着一枚汉代金印，一下子赚大发了。在郑雄的建议下，蒯二巡和华一调专门将陆少林带到这间会议室，按照郑雄开列出来的几个问题，让陆少林一一说清楚。

江湖上的人都懂得，密封带响的青铜重器，不说身价百倍，起码也是身价几十倍，为何陆少林能够用低到近乎白送的价格弄到手？陆少林的回答没有任何破绽，青铜方壶的前主人手头有点紧，需要现金周转，好东西又舍不得出手，就挑了几件平常的器物让他选。陆少林选了青铜方壶时，前主人特地说明，这东西不一定是真货，东西换了手就不要反悔。陆少林心里就想着这壶盖从没打开过，万一有什么东西藏在里面，不就捡到宝贝了。陆少林拿到青铜方壶，一开始也不响。因为坚信这是一件无价之宝，陆少林天天抱着把玩，还要妻子没事时也抱起来摇一摇。夫妻俩玩了一些时，刚好纪委的人带走陆少林的头天晚上，忽然听见青铜方壶里面有了响声。陆少林使劲摇了半夜，那响声越来越明显，之后躺在床上又想了半夜。天亮之后，起床洗漱，用牙刷在漱口杯里涮了几涮，突然想出一个道理：青铜方壶里面发出木木的响声，应当是简牍之类的器物。竹木做成的简牍，可以在方壶里面卡得很紧，但在地下埋了两三千年，出土后又在不同人手里转了许多次，不再像当初那样纹丝不动，摇来摇去地发生松动，就能发出声音来。

"陆少林的话得到郑雄的认可，领导就拍板，认为陆少林立下较大功劳，加上这些时'喝茶'的效果不错，可以回单位继续做市民的公仆。"

说完这些，梅玉帛很努力地笑了笑。

马跃之的眼睛始终盯在青铜方壶上,见梅玉帛不作声了,就说:"你问过陆少林的业余爱好是怎么来的吧?"

梅玉帛说:"我问过,陆少林说可能是天生的。"

马跃之觉得口渴了,示意给自己来一杯热茶。

不一会,梅玉帛就拿来一杯香喷喷的红茶,同时还有一支老冰棒。

梅玉帛笑得很开心,还特地声明,马先生来之前自己就到街上买好了老冰棒。上次将马先生困在水务局的小屋里,出来后马先生一直说要吃老冰棒。随后梅玉帛便忽发奇想,试着一边喝红茶,一边吃老冰棒,发现这种吃喝的口感比市面上的冰红茶好十倍还多。现在不仅她自己喝红茶配老冰棒,这栋楼内的女性至少有一半人跟上了她的口味。

马跃之喝了一口红茶,再咬下一小块老冰棒含在嘴里,的确比冰红茶多一种芬芳,更有一种舒适的渗透感。梅玉帛甚至都不用问,马跃之的表情将她想知道的内容全说了出来。马跃之一连吃了几口冰冰凉的老冰棒,同时一连喝了几口热乎乎的红茶,脑子里涌现出从小玉老师,到柳琴,再到眼前的梅玉帛等一系列女子,很想用古人最爱用的尤物二字来形容她们,想来想去又觉得这个词不太严肃,也不太真诚,对她们来说是不合适的。

马跃之便又问起别的:"青铜方壶的前主人是谁,陆少林说没说?"

梅玉帛说:"问过,陆少林先不肯说,后来又怕不放他回去,便又主动说了。不过说了也白说,那人在江湖上只有个诨名三少!"

马跃之若有所思的表情,引起梅玉帛的注意。

梅玉帛正要开口,马跃之主动说:"只要有鸟飞过,天空中就会留下痕迹。江湖上的事情,比纪委办案要容易些,三少是谁,谁是三少,迟早会弄明白。"

梅玉帛说:"江湖上的事,怎么就比纪委办案容易些?"

马跃之说:"江湖上的人,需要讲道义,否则寸步难行。纪委经手的那些案中人,要道没道,要义没义,所以才有人将再狡猾的狐狸也斗不过好猎手反过来说,再好的猎手也杀不完狡猾的狐狸。"

梅玉帛说:"这话我心里也在说,比如陆少林,要么真的是清流,要么是比浊流还要浊的臭水沟,可我就是看不透。"

马跃之再次抱着青铜方壶,摇了摇,听听里面什么东西的磕碰声。又要梅玉帛也抱着青铜方壶,用力摇一摇。放下青铜方壶后,两个人将杯子里的红茶喝完,将剩下的老冰棒吃完。也不知马跃之受到什么东西的影响,突然像老顽童那样,要与梅玉帛打赌。

马跃之说:"就将陆少林当成这只方壶,是真是假,打开方壶壶盖就晓得了。方壶若是真的,你就当陆少林是真的。方壶是假的,你就当陆少林是假的。真的当真的办,假的当假的办,再也不要与自己纠缠不清了。"

马跃之说这话时,语气里有种怜爱。

梅玉帛觉察到这种怜爱了,她说:"我听马先生的,可马先生你得先替我们打开青铜方壶的盖子!"

马跃之难得自诩一回:"如果连我都不能打开方壶壶盖,那些'鼻屎'就更加欺行霸市了!"

说着话,马跃之从随身带着的双肩包里取出一包粉末,一支小刷子,一只带盖的塑料碗,还有一只小喷壶。先将粉末倒了一些在塑料碗里,用纯净水调成糊状,用小刷子将糊状的粉末仔细地涂抹在方壶上,然后拿过办公桌上放着的面巾纸,一张接一张地贴在涂了糊状粉末的方壶壶体,如此密不透风地贴了三层。

马跃之看了看时间,正好下午两点三十分。

也就是说,从两点整进入纪委大楼,马跃之做完这些事,用了半个小时。

接下来,马跃之要亲自守着这只被自己做过手脚的青铜方壶,直到第二天下午的同一时间才能揭晓。

见梅玉帛有些迟疑,马跃之索性放开来说,当初周老先生到青铜修复站挑选人,别人都以为是看上了自己的劳动态度,私下里周老先生说得很明白,劳动态度只是及格线,真正达到标准的是自己琢磨出来的这包除锈粉末。想要达到百分之一百二十的效果不敢保证,只要求百分之百有效,自己绝对敢百分之百负这个责。

拾玖

给陆少林记了一笔大功的青铜方壶让人看不透。

除非打开壶盖,青铜方壶发出悦耳音响的秘密才能揭示。

第一个断定壶盖与壶体之间的锈蚀,是在岁月中自然形成的人是郑雄。在郑雄之前,看过青铜方壶的人都认为这是有些年头的假货,做假的人故意添加某种特制的胶水,让壶盖与壶体锈蚀得死死的,没有超级绝活的人,想要打开它,很有可能造成硬伤。因而形成一种圈套,不打开无法证明它是假货,强行打开万一是真货,却被弄坏了,就会造成重大损失。

马跃之是最后一个认定这种锈蚀为天然形成的人。

从下午两点到两点半,马跃之一直在观察,直到确认没有任何人为痕迹后,这才将自己调制的粉末,涂抹在青铜方壶上。做完这些事,马跃之就要梅玉帛离开,此后二十四小时任何人不得进入,直到二十四小时满,再请梅玉帛或别的什么人当面见证。马跃之这么做,既不是担心自己摸索得来的除锈蚀秘方轻易外泄，也不是担心这种除锈方法虽然使用过多次，万一有意外事件发生会连累别人。真的说起来，无非还是想继续守着自己对自己许下不碰青铜重器的诺言，尽管他心里很明白，这诺言的堡垒已经被那两块青铜残片弄崩塌了。

梅玉帛离开后，马跃之拿起小喷壶，将包在青铜方壶外面的面巾纸小心翼翼地喷湿，然后坐在一旁，看着面巾纸慢慢被风干。也许是纪委办公楼用了更严格的隔音标准，一层楼有几十个人在办公，门一关就听不到外面的任何动静。屋子里极其安静，只有空调机的出风口在呼呼地吹着微风。

就在这时，万乙用微信发来信息。

"曾本之先生荣退恳谈会"在楚学院六楼"楚馆秦楼"开始了。

在郑雄的亲自主持下，"荣退恳谈会"变成了"荣休致敬会"。

从手机上读到这些字样时，马跃之觉得有些气喘。他看了看左腕上的手环，自己的心率突然升至一百五十多次。马跃之当然明白，导致心跳加速的问题，正是曾本之退休由一种说法，变为尽人皆知的事实。像这样心率飙升的情形，前不久出现过一次，而且持续的时间还比较长。

那一次，如果不是犹豫，马跃之完全可以同曾本之聊一聊，顺口说出来自己心率不正常的原因。曾本之也许可以不负所望、三言两语地指出症结所在。正如问题一派生出问题二，问题二又使得问题一变本加厉。还有更加难以言说的情形，问题一和二表现在马跃之身上，根源却在曾本之那里。早上准点来楚学院上班的马跃之，破天荒没有在门前的台阶上碰见曾本之，随后在一楼大厅正中间的公告栏，看见了"曾本之先生光荣退休"的告示。那一刻，马跃之觉得那张烫金红纸，贴在自己脸上，觉得满脸红得发烫，这种又红又烫的感觉消失后，那张烫金红纸又像铜墙铁壁似的扑面而来。站在前排的鲁丰，没注意到身后的马跃之，冲着并肩看那张烫金红纸的吴秋水说，曾先生一退休，六楼的地位至少要下降到五楼半了。也不知吴秋水是有意为之，还是真的没有注意到周边环境，他颇为轻蔑地哼了一声。这种明显带有挑衅意味的声音，让马跃之的心率变得有点疯狂。一般身体康健的人，以感觉不到心跳为佳,只有出现特殊情况,比如心跳频率超过正常值的三分之一,才有可能不用摸胸口、掐手腕,凭着肚脐至喉结一带的肌肉神经就能察觉出自己的心跳。马跃之没有用房颤来形容内心的不平静,他感到自己的心在狂跳,接下来还出现了第二和第三阵。马跃之忍耐了几分钟,吴秋水进一楼电梯,他也进一楼电梯,吴秋水出五楼电梯,他出六楼电梯,开门进到"楚才晋用",不等推开关了一夜的窗户,就掏出手机联系曾本之。

正是那一次,马跃之在电话里问曾本之,怎么也搞起突然袭击那一套。曾本之反问过来,上个月就说退休,有三十多天的心理缓冲,算不上突然,更算不上袭击。曾本之还说,你想将青铜重器研究全盘接过去,我这里不会有任何障碍,你那里除了一点心理障碍之外,其他任何事情都拦你不住。马跃之马上回敬一句说,我这里只有两周重器,没有你所说的这这那那。马跃之再次问曾本之,你这就真的退休了?正是这句话,让曾本之发出灵魂之问,青铜永远是青铜,青铜重器永远是青铜重器,什么两周重器,难道还不能算是自欺欺人吗?曾本之数落马跃之的语气,一半像依依不舍,一半又像幸灾乐祸。马跃之下意识地回敬一通,说曾本之年龄本来就比自己大一轮,曾本之熬到七十岁退休,就算自己六十岁退休,至少还能撑两年,二十四个月,七百三十天。

还是那一次,说完想说和不想说的话,马跃之就将手机收起来,放回口袋。接下来的时间里,马跃之盼着曾本之会将电话打过来,眼看下班时间到了,不仅曾本之没来电话,一整天居然也没有任何电话找过他。若是一天还说得过去,第二天,第三天,曾本之仍旧没来电话,当然,马跃之也没有再打电话给曾本之。第四天下午,看看曾本之还没有来电话,马跃之再也忍不住发了一条问候短信,曾本之马上回了八个字:古稀生活,得享安宁!

与上条微信发送时间相隔十五分钟,万乙发来第二条微信,实时报告"楚馆秦楼"的情形。

在"荣休致敬会"上,吴秋水抢过话筒第一个发言,竟然说马跃之用两周重器通称青铜时代的青铜器物,看似幽默,实际上有点高级黑的意味。吴秋水的话当即被郑雄堵了回去，郑雄还随口说了一句："大水冲垮水务局，楚王搞臭楚学院，马先生这话说得太巧妙了。"万乙要马跃之看看微信，楚学院所有人，包括董文贝，都用这句话发了朋友圈。之前颇有微词的吴秋水也在朋友圈里说，自己不能不佩服，这句话既有艺术含量，又有思想深度。一口气发来好几条微信的万乙认为，马先生的这句话，在楚学院电梯间里流传得有多广，在楚学院的卫生间里同样流传得有多广。

马跃之没有按万乙说的那样翻看微信。相反，马跃之将手机放到一旁，拿起微型喷壶，用恨不能数清楚多少水雾的精细态度，往包着青铜方壶的面巾纸上喷了一些水雾。假如有人看到这番景象，必定又会说：知知者之之也，不知者之之乎。

在楚学院，关于马跃之的自我控制能力，曾本之最有发言权。即便只有他俩四目相望，没有第五只耳朵，坦诚地讨论一年一度的"国内考古十大发现"，该说"青铜"时，马跃之的牙缝里也不会露出"青铜"二字的痕迹。

去年白露节气的上午，曾本之抽空从秋家垄两周贵族墓地发掘现场回楚学院，主动到"楚才晋用"串门。室内的空调开得正合适，外面的世界也在由酷热转清凉，让楚学院的两颗玲珑心更加通透。马跃之回忆起来，正是从这天开始，曾本之明确表示，希望自己解开三十几年的心结，释放郁积，理直气壮地回归青铜重器研究行列。曾本之不知从哪里听说的，马跃之曾经对某个姑娘许诺，如果娶不到自己想娶的姑娘，这辈子决不再提青铜二字。那位姑娘笑着回答说，世事难料，万一不如人意，半辈子不说"青铜"就可以，下半辈子就可以说"青铜"了。人这辈子，很少有活过一百岁的，马跃之已五十几岁，早过完上半辈子了，可以按那姑娘说的，用下半辈子好好说一说"青铜"。马跃之于是说起两只著名的老鼋，一个是作册般青铜鼋，一个是通天河老鼋。马跃之还是直接称作册般鼋，不提青铜二字。作册般鼋，只是一件物证，证明两周典籍记载的那段史实正确无误，个体意义远不如八百里水面的通天河老鼋。唐僧师徒骑在通天河老鼋背上，好不容易上到对岸。唐僧合手称谢，老鼋坚辞不受，只托其带话给西天佛祖，自己在此地修行整整一千三百年，已经会说人话了，但身上硬壳壳还在，希望佛祖给个准信，几时能脱掉硬壳壳，得一个真正的人身。马跃之说，通天河老鼋修行一千三百年，还得不到一具人身，一副臭皮囊都难得到手，能够使人谈情说爱、爱美嫌丑的人情人性更难修行，半辈子哪能够呀！曾本之接过马跃之的话轻声细语地说，秋家垄小玉老师半辈子都没有好好活，我们这些人是不是应当替她好好活下去呢？马跃之心里稍一犹豫就错过了，直到曾本之宣布退休，再也没有找到回应这些轻声细语的最佳时机。

每逢谈人说事，曾本之的声音轻重与其内容总是成反比。声音越重，越是表示其轻描淡写。声音越轻，其中的意义越是相当了得。这种反其道而行之的习惯，在楚学界只有达到泰斗级别的人才能做到。郭沫若曾经针对王羲之的字平平淡淡地说，他还写不出那么成熟的行书，使得流传一千多年的《兰亭序帖》，成为一桩到底是东晋王羲之真迹，还是唐朝和尚智永伪作的考古悬案。贾兰坡对元谋当地一百七十万年前的焚烧痕迹与牙齿化石随随便便地说，这是人类的老家，人类源起便开启了新的篇章。还是郭沫若，越王勾践剑刚出土时，根据对剑身鸟篆字体的识读，也认为是越王邵滑。几年后楚学界出现不同见解，说与郭沫若，面对之前的大错误，他还是平平淡淡地回应说，确实是越王勾践。再有误以为是曾本之说的，事实上是周老先生最先提出"曾随一家"论，总归都叫曾先生的那位，当初见到曾侯乙尊盘上的铭文，抬起右手挠一下左边额头，又抬起左手挠一下右边额头，然后说，原来曾就是随，随就是曾，曾随两国本是一家呀！楚学院的人当时都在说，老祖宗留下的曾随之谜难倒了多少读书人！与众不同的曾先生说，这是老祖宗给四体不勤、五谷不分的我们来点小恩小惠，一字之差养活了多少闲人啊！此话一出，吵吵嚷嚷的楚学院，顿时鸦雀无声。世上的事情全都是这样，老虎狮子吼声震天，吼叫声越厉害，原野上越是躁动不安。画眉杜鹃啼鸣宛转，又高又大的峡谷顿时静若无物。

人前人后语不惊人死不休，动不动就要弄出一些震耳欲聋动静，三天两头非要跳起来找谁商榷论战，要么恭称伟大，要么鄙其渺小，要么学贯中西，要么不学无术，论事非白即黑，看人非美即丑，诸如此类，都是爱哭的孩子有奶吃，会叫的狗有骨头啃，这种小伎俩，何止是等而下之，而是下下等的下下之，楚学院的垃圾桶宁肯空着，也容不下这种人。省里的文化单位，除了电视台，基本上都在东湖路一带，像文联、作协、报社、社科院、文化厅，有意无意地以楚学院为中心围绕开来。大家嘴里说楚学院只与死人打交道，显得最安静。之所以楚学院是这一带最安静的，关键是这栋楼里有说话只有逗号、句号、问号，从不用感叹号的周老先生、曾先生和马先生。楼上楼下，室内室外，大家习惯以晨风为处世作风。当初，万乙赶早前来报到入职时就承认，自己一只脚往院门里跨时还带有几分孤傲，待双脚都进到院子里，就被这股既是作风，又是晨风，既是晨风，又是作风的气氛所感染，举止言谈立即收敛了许多。

没有心虚就没有犹豫。

没有犹豫就没有后悔。

去年白露节气，马跃之听曾本之说话后流露出来的犹豫，证明了楚学院六楼的两大特点：

马跃之的超强自制力。

曾本之的超强控制力。

万乙又来微信了。放在青铜方壶附近的手机在不停振动，在纪委会议室里来回踱着步的马跃之，将一个来回走完了，才拿起手机。万乙这次发来的是小视频，打开一看，拍摄对象是吴秋水。

"别看现在是凡夫俗子，不定哪一天就会成为楚学界的泰斗！"

"外面的人经常这么说楚学院，楚学院内部只要是有点模样的人，哪个不是这么想的？"

小视频中的吴秋水说这几句话时，用力挥着手，嗓门也放得大大的。从小视频中可以看到，成为背景的几个人不是皱着眉头，就是玩手机，还有人做了一个抠鼻屎的小动作。

万乙发来小视频，又发来一段文字：曾先生退休关他什么事？从他嘴里说出来的泰斗二字，至少贬值三分之二。

马跃之不能不想,这个吴秋水,敢于明明白白地要求搬到六楼办公,原来是在惦记曾本之之后,谁为泰斗!事情虽然不大,却显现出一种楚学院从未有过,但在其他文化单位屡见不鲜的苗头,从争办公室,到争座位,再争各种排名和职级,到后来甚至连乘电梯、上卫生间都要排先后顺序。如同楚学院六楼的玻璃窗,一点缝隙没有时万事大吉,只要有一点缝隙,让东湖上的风吹进来,不管是东风、西风、南风和北风,屋子里都不得安宁。追究起来,这些变化始于青铜重器学会会长的位置爆冷给了郑雄。当初在背后操弄的"老省长",被"监视居住"近两年后,表面上没有大碍,他自己似乎心知肚明,对外说是身体不佳,不再在公开场合露面,连最为看重的"名誉会长"的头衔,也不让青铜重器学会引用。少了这棵大树,本来就底气不足却好这一口的郑雄,为了将既成事实弄成铁板钉钉,一有机会,就将自己的名字排在最前面。别的人自然会投其所好,半年时间不到,就让这类操作成为楚学院的"社会文化"。风气之下,甚至连马跃之也偶尔受到影响而心生涟漪。

考古考古,考的是古,答的是今。

当年,鲤鱼跳龙门的马跃之从青铜修复站调到博物馆工作不久,那时还没有楚学院,就随周老先生一道,到秋家垄进行田野考古调查,中途临时抽调到随州,集中力量,对一处正在进行抢救性发掘的楚墓突击攻关。因为墓穴里满是积水,年轻气盛的马跃之,等不及将水抽干,趴在横跨墓穴的木板上,倒头下去,伸手在积水中摸索。往往还没有将器物拎出水面,马跃之就凭手感冲着站在墓穴边上的记录员大声喊出:青铜鼎一只或青铜簋一只或青铜尊一只等,待青铜器物出水后细看,果然一样不差。马跃之字正腔圆地越喊越来劲时,周老先生轻声问了一句,干吗要喊,是想让古人听得见,还是怕死人听不见?那次发掘活动结束时,周老先生在工作总结之外,额外说了"考的是古,答的是今"这句话。从那以后,马跃之就开始默默训练自己,努力做到事情越大越是要不惊不乍,情缘越好越不能额外投入。一二三次容易,四五六次连着来就难了。

说起来,也是考古工作的常态。当兵打仗,挖战壕,炸堡垒,占领一处阵地，官兵上下都得齐心协力，冲天呐喊，拼死冲锋。考古工作，不仅要挖壕沟，还要挖出用几架梯子接龙才能爬上爬下的巨大土坑；不只要炸堡垒，还在将小山一样的土丘，或者是真正的山岭全部挖开，挖成一座几千年前的城池。当某件在地下埋了数千年的器物，露出一丝痕迹，在场的人无不小心翼翼，大气也不敢出一口，生怕化成的风，将眼前的痕迹吹不见了，弄得前功尽弃。面对千年器物，需要每一秒就是千年的耐心，缺少这种耐心，就有可能让千年功绩毁于一秒。世界上最大的玉戈，差六厘米就是整整一米长，两面光溜溜如同真刀真枪，上边刃口与下边刀背都是一条直线，在长江与汉水之间的盘龙城出土时，也只能用竹签挑，用毛刷刷，一天弄不完弄两天，两天弄不完弄三天，宁肯夜里派人值守，也不能摸黑多挑一竹签，多刷一毛刷，等到完全出土，弄好了放在展柜里，连跳广场舞的大妈们见了，也恨不得将自己的大嗓门填上半斤堵漏剂。盘龙城大玉戈不是马跃之他们挖出来的。周老先生对马跃之说的那些轻声细语，胜似盘龙城大玉戈将要离开陪伴几千年的黄土时，聚在旁边的考古人员的相互提醒。去年白露节气，与曾本之闲聊，提及通天河老鼋后，曾本之还说了一通话，一只老鼋都晓得修炼人身很不容易，我们这些人，自己的身子，若不多当几文钱，今生今世越是过得称心如意，越是对不起前生前世的苦苦修行。人活着就要像盘龙城大玉戈，少了你地球照样转，多了你对别人来说就多了一种活着的样本。

楚学院六楼"楚馆秦楼"里肯定还在开会。

如同现场直播的万乙有半小时没来微信了。

曾本之先生的"荣休致敬会"，本人没有露面，女儿曾小安和女婿郝文章也待在秋家垄不回来，任由被驱逐的前女婿郑雄大张旗鼓地作秀，允许吴秋水充当主讲人，大谈特谈凡夫俗子与学界泰斗，想要达到的是什么目的？不在现场的马跃之，拿起微型喷壶准备再次喷水时，脑子里忽然冒出一个念头：是不是有比正式成立"九鼎七簋课题组"更重要的事情，在最合适的时候宣布？

马跃之想到这一点时，手指多动了一下，喷出来的水雾有点多，他赶紧抽出两张面巾纸,贴在有可能形成水滴的青铜方壶腹部。从将除锈粉涂抹在青铜方壶上算起,已经整整两个小时了,贴上去的面巾纸开始显出一种不太招人喜欢的浅绿颜色。

马跃之轻轻地松了一口气,他知道除锈粉肯定不会令人失望,可事情总得提防万一。古人的事情,今人很难完全说清楚。就说越王勾践剑,凭什么都是差不多的青铜器物,唯独这一件历经千年腐蚀,仍旧灿烂如新。万一碰上这种由刀枪不入、油盐不进的家伙制造出来的器物,马跃之也不敢担保这除锈粉会百分之百起作用!

马跃之松了一口气,还有一种原因。楚学界的人都知道,马跃之既不说青铜,也不碰青铜已经很多年了。这一次,董文贝上楼来一说就准,不用说别人觉得反常,马跃之也很难对自己做出解释。待在纪委小会议室,面对自己使尽浑身解数想要打开壶盖的青铜方壶,马跃之不想让别人觉得,因为曾本之退休了,自己才这么做,目的是想接过曾本之头上的桂冠,一举打破楚学界多少年来的传统,将尊曾改为尊马。这种自己破坏自己规矩的事,必须百分之百成功,否则就不是自己打自己的脸,而是自己要自己的命。在来纪委的路上,马跃之就想过这个问题。在"楚才晋用",董文贝开口说事时,马跃之下意识地准备拒绝。哪想到,董文贝说着说着就出现了梅玉帛的名字。片刻后,听到万乙和王蔗小声欢呼,马跃之才明白自己居然点头应允了。万乙站在原地只是笑,蹦蹦跳跳的王蔗凑到马跃之的耳边轻声说:"欢迎马先生回到青铜重器队伍中!让二苕与二货统统见鬼去吧!"

这时,手机屏亮了一下。

不等手机振动,马跃之就拿起手机,一看又有微信,不是万乙,而是柳琴。

柳琴说,曾小安回来了,约晚上在相忘湖茶餐厅聚一下,自己待会儿先回家做好晚饭,马先生若能准时回家,用不着再用微波炉加热,直接吃就行。马跃之回复说,自己正好有事要加班,晚饭不在家里吃,觉也不在家里睡。柳琴再说,马先生昨晚约今晚加个班,怎么加到外面去了。柳琴这话,是自秋家垄那晚宛若新婚之后,夫妻之间的一种默契语言。马跃之就说自己正在纪委,但要柳琴别担心,她的马先生哪怕是受到纪委传唤,也只是帮他们打开一只青铜方壶的壶盖。

柳琴很敏感,马上发了一串微信。

"马先生终于说青铜,不说两周重器了?"

"这比回家加班更让人开心!"

"不是手误吧,再发一遍,好吗?"

马跃之按要求写了"青铜"二字发给柳琴。

柳琴高兴极了,十分罕见地唠叨说,自从做了考古专家的妻子,第一次从丈夫嘴里听到青铜重器四个字,比听到"我爱你"三个字更让人动情。柳琴还说,一会儿与曾小安见面,一定要与她说一说,让她也跟着自己高兴一回。

柳琴不再来微信时,万乙的微信终于又来了。

不仅是万乙,王蔗也有微信来,像写文章那样,一条微信就占据了手机的整个屏幕。

万乙的微信,一条条地依照会议进程,逐步进行报告。荣休致敬会开始由董文贝进行总结,充分肯定了曾本之五十年来为楚学和楚学院所做的贡献。董文贝说完,才由郑雄发表讲话。这样的安排也算巧妙,一个讲话,前半部分讲曾本之,后半部分讲九鼎七簋,从上一个致敬会自然而然地过渡到下一个动员会。

王蔗的微信只写郑雄讲的一个故事。那是郑雄进楚学院后参加的第一个重大考古发掘活动,地点在枣阳的九连墩,因为要进行电视直播,而且还是国内考古发掘活动的第一次现场直播,凡是有可能出现在镜头里的人和事先都有预案。大墓掘开后,墓穴里满满的全是水。与马跃之当初伸手到水里去摸的情形不同,这一次是电视直播要求的,电视编导一再说,现场镜头里不能长时间只有抽水机抽水,那样就成了抗旱排涝,便设计一幕从深水中盲取青铜重器的壮举。电视编导要安排一些特写镜头,需要比较上镜的人脸,选来选去,最后选中了郑雄。郑雄没有辜负大家的期望,每摸到一件青铜器物,先冲着摄像机镜头报出名称,制造一点小小的悬念,再由随后出水的器物来证明之前的判断正确无误。说完自己的经历，郑雄终于提到马跃之，说自己没有赶上观摩当年马先生从水中盲取青铜重器的精彩场面，但马先生的形象一直牢牢印在自己的脑海里。郑雄没有重复当初周老先生对马跃之的告诫：考古考古，考的是古，答的是今，如果不是叫嚷给古人听，也不是担心死人听不见，就没有什么好声张的。王蔗在微信中说，郑雄哪里是颂扬马先生，简直是自己在那里臭美。王蔗后来还补上几句，鲁丰最近多次提醒，要王蔗牢牢记着自己是郑雄亲自选到九鼎七簋课题组的，无论发生什么事，都不能忘记自己是郑雄的人。王蔗实在忍不住，就对鲁丰说，你家姐妹才是郑雄的人。

看完万乙和王蔗的微信，马跃之放下手机，目光刚刚回到青铜方壶上，平放在桌上的手机屏幕一亮，竟然是董文贝发来的微信。

"马先生辛苦了，这会儿还在操劳吧，连纪委的人都如此信赖马先生，可见马先生的学问已影响到楚学界之外了。就在刚才郑厅有一段重要的发言，也是我本人的理念。曾先生退休后，楚学院的学术大旗上就要写上一个大大的马字，由马先生来做楚学界的泰斗与权威。在这里我表个态，请马先生放心，楚学院全体人员，会像尊敬曾先生一样尊敬马先生。"

马跃之向后一仰，将身子紧贴在椅背上，无意中将手机碰落到地上，也懒得起身去捡，仰面朝向天花板，不由得想起柳琴说过的话。

曾本之声明退休时，柳琴在第一时间说，接下来就该考验楚学院那位千年老二，是真超脱，还是假超脱，是真老二，还是假老二了。柳琴的话，听着很戏谑，道理是真道理，没有丁点不真实。这几年，考古发现越来越重大，考古工作越来越繁重，很难设想，楚学院没有扛大旗的旗手，没有一呼百应的带头人。所以，才有马跃之只对柳琴说过的那句话：

"曾本之呀曾本之，你就不能再晚些退休吗，你撑几年再退休，索性将我们这一茬人完全屏蔽了，直接从下一茬人里找领头羊，就会少许多折腾，你这样做将要累死一排人！"

这话里的一个个字，灵动起来，只有清晨时分，一个个露珠从天而降的声音可以相比。作为专攻古丝绸兼顾其他杂项，在楚学院稳居第二把交椅的专家，马跃之更熟悉这种境界，在青铜重器面前大气不敢出一口的形容多少有些夸张，然而，对于更加难得一见的古丝绸，根本没机会出口气，必须戴上厚厚的口罩才能与其面对面。正如打网球，最理解头号选手费德勒的是二号选手纳达尔，在篮球界最理解头号球星乔丹的是二号球星皮蓬，而在足球场上对历史上最伟大球王贝利理解得最透的是历史上次伟大的球王马拉多纳。在生了二孩的家庭里，最理解姐姐的是小妹妹，每当聚万千宠爱于一身的小妹妹无理哭闹，爷爷奶奶爸爸妈妈全都无计可施，只要小姐姐一露面，小妹妹立刻放下身段，该做什么就做什么去，身为老二，小妹妹深知小姐姐若说揍她时，肯定用拳头，不会用巴掌拍，若说踢她时，肯定用双脚，不会用眼睛瞪。在楚学院，最理解曾本之的人当然是马跃之，大家这么说，等于间接承认了冠和亚、主与次，是对一人之下、众人之上的这一位的认可。

掉在地板上的手机接连振动起来，马跃之先挺起腰，再弯下腰，捡起手机一看，是几位同事在发微信，有人写的字数多，有人写的字数少，内容都差不多。有一个人说，是郑厅反复强调的。另几个人只将郑雄说过的话，用自己的语言重复一遍，意思是说，从今往后，马先生就是楚学院的大纛和帅旗，是理所当然的一号专家，有什么需要服务的尽管吩咐。马跃之甚至不用细想，就知道说这些话的人肯定不是在二楼办公的人。按照一般道理，在二楼办公的行政人员最喜欢祝贺别人升官发财，他们没有任何表示，也就表明郑雄口称的大纛和帅旗是纸糊的。同样的道理，马跃之能迅速认清形势，表明他没有被这些人的话弄得头脑发热，分不清东西南北，还记得二楼的那些人，只会针对明确写着谁当什么官的红头文件表达个人情感。在确认过这些微信的出处后，马跃之心里总算有了些许窝火。在任何有明显专业属性的单位，行政人员与专业人员是一对天生的矛盾体，在这样那样的矛盾中，行政人员无一不是最终的获利者。面对获利者的高高在上，作为失利方的专业人员，也没有什么好丧气的，毕竟自己的专业才是关键所在。

此时此刻，马跃之在独处时表现出来的窝火，也只是一连骂了三声:鼻屎!鼻屎!鼻屎!

在平时,能骂一声鼻屎就很厉害了,三声鼻屎骂出来,足以显得这件小事的不同寻常。

当然,发生在马跃之身上的这种不同寻常,只有马跃之自己清楚:即便大纛、帅旗和一号专家等名头是由郑雄说出来的,也没有代表官本位,指的还是楚学院专业氛围里的霸气。没有这样的霸气,二楼的那些人,越是折腾,越会应了那句话:大水冲垮水务局,楚王搞臭楚学院。

任何时候,任何情况,用自然数一作为标记的准则,就像先有九鼎七簋,才有七鼎六簋、五鼎四簋和三鼎两簋,一以下的二,是一与三的过渡,二和三又是一与四的过渡,二和三和四又是一与五的过渡。从一的位置排下来,这样的过渡,理论上可以达到无限。实际应用中,需要过渡的只有挨得比较近的这些。一个在天涯,一个在海角,中间隔着的太平洋,就不是过渡了,而是屏障。还有万人马拉松比赛,跑第一位与跑第一万位,中间九千九百九十八位,能好意思称为过渡吗?天下人事,好就好在三以后都有过渡地带才联系到一。

在一和二的关系中,最直观同时也是最惊心动魄的正是竞技体育,百米赛跑第一和第二相差只有零点零零一秒,看录像回放,第二名的脑袋先于第一名越过终线,只因胸部不太挺,晚撞线一丁点,这种样子如何让第二名心悦诚服?足球场上争冠,最后一秒射入一球绝杀对方还说得过去。篮球场上,零点一秒之前还是胜利者,零点一秒之后却成了失败者,这短得不能再短的过渡期,还不如没有。没有过渡期还能用认命自我安慰,出现这不想要的过渡期,莫非让人不得不削足适履,不得不俯首帖耳?

考古这项工作,有点像一和二的关系。要么确认,要么否定,不存在任何过渡性中间地带。成都三星堆文物刚出土时,对那些像外星人的脸谱谱系,有些人认为源于西域和更西的地域。之后才发现的天门石家河遗址,最浅的文化沉积层也比成都三星堆早五百年,往下深处的文化沉积层还要早一千五百年,从天门石家河发掘出来的各种文化图腾,与三星堆那些引人注目的文化元素如出一辙,就连不知考古为何物的乡下老奶奶,也能看清楚二者长相,比如爷爷与孙子。在历史顺序上,三星堆文化是对石家河文明的接续,曾经是一的三星堆,自然而然地排列到二的位置,将一让位给在社会上名气不大的石家河。

用一的眼光来看,用不着过渡,和和气气地与二共事时的好处倍增。在二看来,一就是一,二只是二,任何有意无意的举动,都有可能弄成欲盖弥彰和画蛇添足,所以,若是不和谐,坏处也会倍增。一个只配得上七鼎六簋的侯,非要搞一套九鼎八簋摆在面前,不是地容天不容,就是天容地不容,祸起萧墙不过是迟早的事。在史料相对较多的两周时期,有太多的"二小姐"顺势而为最终成为"大小姐",比如齐桓公小白,晋文公重耳;也有太多的"三小姐",明明没有那个命,硬要逆天行事,弑父杀兄,用尽极恶手段,到头来没有一个是有好下场的。

这时候,马跃之的手机又响了。

"出土时间最早的九鼎七簋,相较于十几年后出土的九鼎八簋,因为先天不足,少了一只簋,不得不在青铜重器中退居第二。只要是闻听过的人,都觉得遗憾,都会问那本该有的第八只簋现在哪里,为何就不见了呢?"

视频通话显示的是董文贝,接通后,出现在手机屏幕上的人却是郑雄。

"要解决这个问题,楚学院唯一的希望是马先生。别看东湖一带大学林立,那些校园里多半是魏晋时期的狂狷气象,扪心自问,扳着手指,有一说一,有二说二,令人心旷神怡的大唐景象,很难数得出来。魏晋遗风有余,大唐气象不足——我记得有一回马先生在一个会议上这么说时,现场有人接着说,楚学院还是不错的,做的那些学问很有春秋范。相信马先生也一定能够成为我们的青铜英雄!"

到这一步,马跃之当然是想好了,他不紧不慢地对着手机屏幕说了几句话。

"考古研究,最有效的方式是拿起铁锹和锄头,找准一块地方,挖一个底朝天,是烂泥黄土,还是青铜重器,用不得半个虚词,事情就这么定了!"

手机里传出一阵轰轰烈烈的声响。

正要用手指触碰手机屏红色软键的马跃之怔了一下,马上听出来,这是"楚馆秦楼"里的人在惊呼。

马跃之在一连串平平淡淡的话语中,自然而然地说出"青铜重器"四个字,如果是从别人嘴里说出来的,绝对不可能受到关注,更别说高度关注。以青铜重器为研究重点的楚学院,无论是在电梯间还是卫生间,人人都有可能像见面打招呼那样,在不经意间随口说出青铜重器四个字来,久而久之都听麻木了。此时此刻,大家都像柳琴那样听出来,多年视青铜重器为无物的马跃之,终于在楚学院全体同事面前说出"青铜重器"四个字,是出于对马跃之的关注,而不是青铜重器本身。

手机里再次传来郑雄的声音。

"曾先生真的是咱们楚学院的神人,曾先生主动要求退休时,对今后工作的唯一建议,就是成立九鼎七簋课题组,所以说,今天这两个会,都是为曾先生召开的。曾先生在建议中说,九鼎七簋课题组必须由马先生全权负责。当时我还不敢相信,这么些年,从来不碰青铜的马先生,能够做出这么重要的改变吗?知知者之之,这话真的不是乱说的,曾先生确实很了解马先生!"

听得出来,郑雄也很兴奋。

电话那边,趁着"楚馆秦楼"的热烈气氛还没消失,董文贝代替郑雄宣布,接下来楚学院要在学术成就上更上一层楼,争取在短时间内,实现院士级专家零的突破。

董文贝宣布散会的声音消失了好一阵,马跃之还没有回过神来。

那次去郭家庙鉴别此前从未出土过实物的赠矢,顺便将九鼎七簋课题组搭起一个架子时,马跃之就曾想过,是谁决定或者推荐由自己来牵这个头的,从道理上讲,如此重要的课题,只要曾本之不出面,就该轮到自己了。事情过后的话可以这么说,可是这话总得有人率先提出来。马跃之不方便问,自己只要一开口,就显得有失身份,甚至都不方便授意万乙去打听。万乙早就说过,课题组首席专家非马先生莫属,真要是换上吴秋水之流,那就表明此事不过是在做表面文章。

能够在"楚馆秦楼"对楚学院全体人员说话,特别是涉及曾本之和马跃之,百分之百不会掺假。以郑雄与曾家两代人关系的微妙,更是一个字也不敢乱说。剩下的问题只有一个:曾本之建议成立九鼎七簋课题组,并推荐马跃之为牵头人,都对郑雄说了,为何只字不肯吐露给马跃之,难道是想否认知者之之,不知者之之的共识吗?

这个问题的突然出现,甚至影响了马跃之的心态。

在"楚馆秦楼"召开的"曾本之先生荣休致敬会"和"九鼎七簋课题组启动座谈会"结束后,马跃之接到梅玉帛的问候电话,在电话里梅玉帛随口问,晚餐想吃点什么。马跃之下意识回答说,来一碗白花菜蛋炒饭就行。刚好六点整,梅玉帛就在外面敲门。敲了好一阵,马跃之才将门打开一条缝,也没看清是谁,开口就说,不是说好了,明天下午之前,任何人不可以进这间屋。梅玉帛反问道,马先生自己说要吃白花菜蛋炒饭,她找了半个武昌,终于在一家京山人开的餐馆里找到了,怎么转眼之间就不记得呢?马跃之没奈何只得让梅玉帛进到小会议室。

梅玉帛进屋后,一边好奇地望着被面巾纸蒙得严严实实的青铜方壶,一边说:"我是外行的外行,不会泄露马先生的技术秘密。"

马跃之只顾吃白花菜蛋炒饭,头也不抬地说:"技术秘密不是秘密,文化才是最大的秘密。"

梅玉帛说:"马先生的话太难懂了。"

马跃之说:"凡是出土的有盖子的青铜器物不能轻易示人。"

梅玉帛说:"是不是怕里面藏着妖魔鬼怪?"

马跃之说:"一分为二吧,也有藏着有害气体或液体的可能。"

梅玉帛说:"明天开盖时还是我来陪着马先生吧,楼上楼下的人全晓得,大家都在等着结果,老蒻和老华在互相打赌,一个说是金印,一个说是虎符。"

马跃之没有当即回答,低着头只顾吃饭。

梅玉帛带来的是两份白花菜蛋炒饭,一份给马跃之,一份留给自己。都快吃完了,梅玉帛才拐着弯问马跃之,为何喜欢京山小吃,人对食物的偏好,往往是记忆的需要,马先生是不是有京山的特殊记忆。马跃之反问梅玉帛是哪里人。听梅玉帛说是江夏人,马跃之就说,两周后期的四君子春申君也是江夏人,可惜这家伙晚节不保。二人说了一些家常话,马跃之记得梅玉帛说过上幼儿园时就失去父母,就问她江夏老家还有些什么人。梅玉帛看了看马跃之,像是不肯回答这个问题。

马跃之只好转而回答之前的问题:"明天揭盖子时,你来看看吧!"

答应梅玉帛可以现场观看如何揭开青铜方壶的盖子后,马跃之的心里非常平静。当着梅玉帛的面,马跃之用微型喷壶往蒙在青铜方壶的面巾纸上喷了几下,然后将喷壶交给梅玉帛,让她也试了几下。等到梅玉帛脸上那些因为提起父母而出现的乌云完全消失,马跃之才请她离开,自己要继续工作了。

独守空室,不闻世风,眼界只有一物,唯有用身心与之交合。这种工作,在这座城市里,能做到尽职尽责,尽善尽美,除了马跃之,真的不清楚还有几人。放在一旁的手机不时地发出信号,提醒有人发来微信或打电话来了。马跃之不再随来随看或者随来随接,他将看微信或接电话的时间预定在半夜一点。那个时间段如果还有电话,一定有要紧事。那个时间段看过微信,可以不用回复,以免打扰别人。

夜深人静之际,马跃之才看到万乙和王蔗后续发来的微信。

王蔗的微信比较简洁,不过是表表态,要跟着马先生好好学习,哪怕天资不足,能学多少算多少,那也是足够这辈子消受的幸运。万乙的话有很多,合到一起,无非是两个方面,一方面是觉得曾先生太了不起了,有点像未卜先知,策划好青铜研究方向的重大选题,还断定马先生同意接手。万乙说马先生同样了不起,在小事情上不与人计较,将有限的能量留作大事情上的敢作敢为。另一方面是说楚学院上上下下对马先生突然放弃将青铜称之为两周重器,回到的青铜就是青铜的正常表述后的反应,从卫生间到电梯间,大家基本上都用正面说辞,少数人略有议论,也是说这太难为马先生,口口声声说了这么多年的两周重器,换了别人真不知道心态会多么扭曲。

此外,万乙还提及董文贝代表郑雄宣布要争取实现院士级专家零的突破之说。

在微信中提及实现院士级专家零的突破之说的还有吴秋水。吴秋水用难以置信的形式表示,坚决支持马先生代表楚学院实现院士级专家零的突破。

万乙提及此事时,用的是门卫许师傅的话。万乙下班走路回家,出办公楼就碰上一阵雨,在门房避雨时,许师傅见屋内屋外没有别人,就主动开口说,用一个大俗人的眼光来看,楚学院似乎有些流年不利,谁当出头鸟,谁就有可能掉进陷阱里。万乙就问许师傅知道谁会替楚学院实现院士级专家零的突破。许师傅说他哪里知道,因为马先生人太好了,他才将心里想到的话说给万乙听。

马跃之没有搭理这些微信。

相反,马跃之倒给好久没有任何动静的曾本之发去微信。

发微信之前,马跃之特意看了看时间,见是午夜一点四十分,他在心里说了一声,这时候正好,打扰的就是你!

马跃之发给曾本之的是楚学院流行的那句话。

"知知者之之也,不知之者之之乎!"

不一会儿,手机上有了动静,马跃之以为是曾本之回微信了,一看,却是柳琴。

柳琴和曾小安闲聊的时间有点长,才回家不久,想睡又想不着,就和马先生说几句话。

马跃之问是什么事,柳琴又改主意,要等马先生回家后当面再说。马跃之却不依了,非要柳琴现在就说。

柳琴只好告诉马跃之,自己送曾小安回家时,发现有个男人猫在曾家楼下。

柳琴和曾小安上前查问,那人既不逃避,也不说话。她俩装作报警,却将电话打给沙璐。刚好就在附近的沙璐出现后,那人才从怀里掏出一个工作牌,说是水务局的听漏工,名叫曾听长。沙璐认识这个人,问清楚对方来东湖边随便走走时,由于是职业习惯,发现这一带自来水管有些漏水,就选了几处最有可能漏水的水管听了听。马跃之明白这事在电话里说不清,便暂时作罢,待将纪委这边的事情忙完回家后再细说。

余下的时间里,再也没有别的动静。

第二天下午,刚好二十四小时满,马跃之开门放梅玉帛进屋。

当着梅玉帛的面,马跃之轻轻揭去蒙在青铜方壶壶盖上的面巾纸,然后用两根手指捏着壶盖上面的小把手,小心翼翼地摇了一下。见壶盖没有动静,马跃之加上一根手指又摇了一下。摇到第三下时,壶盖与壶体的缝隙里冒起些许锈水。又摇了几下后,见壶盖明显松动了,马跃之用三根手指向上一用力,一只青铜壶盖完好无损地脱离方壶壶体,露出圆乎乎的壶口。马跃之放下壶盖,将三根手指变回两根手指,伸进壶口,缓慢地取出一件竹制器物。

不待马跃之开口,梅玉帛抢先叫了三声。

"折扇!"

"怎么是折扇呢?"

"谁在骗谁?想找死吧!"

贰拾

"陆父之风,子孙永宝!"

这句模仿两周时期青铜礼器铭文的话,被人用毛笔写在一把用皮纸做成的折扇上。

一九八几年以前,这种折扇非常流行。聪明一点的人都能自己动手做——先将竹子表面的青皮取下来,根据想要折扇的大小,做成七支、九支和十一支数目不等的骨架,又用冬天可以糊在窗户上抵御北风的皮纸裁成扇面粘在上面,需要一点风雅的就用毛笔写几句话在皮纸上,往皮纸上洒上几十滴桐油,再口含清水喷在扇面上,滴在皮纸上的桐油会自动渗透扇面的每一个角落,等到皮纸晾干,一把纳凉神器就大功告成了。

马跃之将两根手指伸向青铜方壶敞开的壶口时,充满崇拜与渴望。怀着对待两周时期简牍的敬畏之心,马跃之先用食指与太像简牍顶端的竹木器物微微接触几下,确信不会有意外,可以控制在手指力度范围之内后,这才加上大拇指,合力捏住那黑乎乎的顶端,一点一点地向上提起。原以为会被证明的简牍,在几秒钟之内,变成三岁儿童也能分清楚的折扇。

"啊哟,原来是个骗人的小东西!"

马跃之像是拿错袜子那样随口说着。

从心心念念的简牍变成实打实的折扇那一刻,马跃之心情是平稳的。梅玉帛近在咫尺的惊叫,也没有形成影响。因为马跃之还需要将折扇打开,一板一眼地读出不知是谁写在上面的八个简体字。

随枣走廊这里发现两周时期的青铜礼器,只要是以"曾"开头的铭文,几乎都用"子孙永宝"作为结束语。其他地方青铜礼器上的文字就不是这样,比如著名的秦公墓出土的列鼎,铭文都很简单,基本上都是"公乍宝用",意思很豪横,相当于说,这东西是老子我自己做自己用。再有晋侯酥鼎,上面有十三字的铭文,意思也只说,我做这个了不起的鼎,我自己要永远享用下去。与"曾"字头的青铜礼器,动不动就祈求"子孙永宝"的气质截然不同。

这种现象,马跃之和曾本之讨论过很多次,马跃之觉得铭刻在青铜重器上的"曾侯"似乎底气不足,好比生活中的怨妇,越是不如意的事情,嘴里越是喋喋不休没完没了。青铜重器上的寥寥数语,是"曾侯"最想说的话。在"曾侯"最放不下的心愿背后,是不是还受着某种不方便说出来的东西制约,使得"曾侯"如此提心吊胆,不得不用这种祝福来保佑自己的子孙呢?曾本之认为这个观点很新鲜,只是考古不能靠哗众取宠立世,必须有实打实的证物立在面前才可以形成定论。

折扇上,八个字组成的句子,明显含有戏谑的成分,同时也有用戏谑掩盖不切实际的祈愿。只是前面"陆父之风"四个字,有点像说陆家父辈的风范。出土于秋家垄,更小的地名为垄尾垱的九鼎七簋上面没有铭文,同时出土的其他青铜器物上,有几件刻着含"曾仲"或"曾仲游父"的文字,结尾都是"子孙永宝"。如果折扇上的八个字,是对这些青铜器物上文字的完全模仿,"陆父"自然指父亲,后面的"之风",就是其儿子。

至于青铜方壶本身，肯定被人做了手脚。

甚至是梅玉帛这样的外行，也能一眼看出壶盖和壶口处用于粘连的某种胶水痕迹。

马跃之将折扇轻摇了两下，确信没有丝毫损坏，这才放在桌面上，腾出手来拿着壶盖仔细辨认，随后将那去除铜锈的秘制粉末，用水调了一些，涂抹在壶盖内。

梅玉帛匆匆离开会议室时，马跃之明白她想干什么，连说几声要她再等一等。

恼羞成怒的梅玉帛哪里听得进马跃之的话，出去了大约二十分钟，再回来时，脸色似乎更加难看了。

马跃之说："挨批评了？"

梅玉帛说："活该，是我自讨的。"

马跃之说："明明怪不到你头上！"

梅玉帛说："在这栋楼里上班就是这么着，只要有问题，就得有人担责。"

马跃之说："是不是要将陆少林弄回来？"

梅玉帛说："这个是肯定的，先弄回来，再谈下一步。"

马跃之说："听我一句劝，说话做事，先留点余地。"

梅玉帛说："难道这青铜方壶还能变回到楚国去？"

马跃之说："两周时期的事，诸侯都没搞明白，我们更要多点耐心。"

梅玉帛说："姓陆的父亲，要他的子孙，永远坐在宝位上——这事还不明白？"

马跃之说："两周的王侯如果能做折扇，就没有秦始皇一统天下的事。"

梅玉帛盯着马跃之看了好一阵才说："马先生，你怎么一点也不生气？"

望着梅玉帛气急败坏的样子，马跃之心里冒出一种念头，很想像父亲那样好生安抚地摸摸她的头，但他知道这么做不合适，只能表示一点爱怜。

"常在河边走,哪能不湿鞋。魔高一尺,道高一丈;道高一尺,魔高一丈,道与魔斗了几千年也没有分出胜负,我们都是凡人,要容得下自己的错误,也要容得下别人的错误。"

"这事得想个好办法,若是找不到出路,我难办,马先生也难办。"

梅玉帛有点撒娇带耍赖的样子显得很可爱。

"曾先生退休了,我接着退休就是,有什么难办的?再说,那些在黑市上大行其道的器物,有几件是真的?外面的人不清楚,我还不清楚吗?"

"这话是对马先生个人说的,没有说楚学院,也没有说这器物那器物。人家都在往院士方向考虑人选了,这种时候,上上下下要做的事不是摆好,而是查错,越是在节骨眼上,为人做事越是不能有丁点瑕疵。马先生年纪也不小了,这样的机遇是不等人的。人家曾先生满七十岁退休了,都没能给他一次机会,多么可惜呀!"

梅玉帛很少用这种掏心掏肺的方式说话,埋得太深的柔情,好不容易得到机会,像三四月的春光那样,通过目光一波接一波地往外弥漫。听着这些话,马跃之心里挺暖和的,特别是提及曾本之的那些话,能感觉亲人般的体贴。但在嘴上,马跃之仍打算说梅玉帛想得太多。

就在这时,董文贝的电话来了。

从青铜容器内部弄出当下正用着的小玩意,这种糗事以往只会发生在假货盛行的地下文物市场。每每使人笑掉大牙的故事,偏偏让楚学院的顶梁柱遇上了。

不到一个小时,江湖上就沸腾起来。

正如三人成虎,故事传到董文贝的耳朵里,折扇上的八个字变成——陆仲游父,子孙永宝,与当年出土的青铜器物上八字铭文,只有"曾"与"陆"的不同。某些不明不白的人开始嘲笑,楚学院更加高光的时刻到了,刚刚从地下挖出一个"曾国",又想再挖出一个"陆国"。

纪委这边还没有正式信息传过去,董文贝就接到郑雄的电话。郑雄则是从熊达世那里得到消息的。熊达世打电话时,郑雄乘坐的高铁正好驶入北京西站,乘务员半是提醒半是催促,让所有人尽快下车,腾出空间给清洁工打扫车厢。熊达世的电话响个不停,郑雄又不好不接。得知自己鉴定过的青铜方壶内藏着一把折扇,郑雄一时间像个二苕。直到熊达世说,青铜方壶属于国宝级文物的话已经放出去了,高层的人该知道的都知道了,都表过态,认可郑雄是又红又专的人才。熊达世将高层认可这话反复说了三遍,还说这事也关系到熊某本人的声誉,这些年来,凡是经熊某本人预测的事物没有不灵验的,因此郑雄必须找到能够挽回局面的办法。

郑雄打电话给董文贝,其中意思说得明白且强硬。董文贝再打电话给马跃之就不可以这么做了,只能啰里啰唆地反复强调,青铜方壶太重要了,一定要想千方设百计地加以挽回。郑雄也好,董文贝也罢,话虽如此说了,大家也都心知肚明,至少在楚学院这条线上,真的青铜重器假不了,假的青铜重器更真不了。软话硬说,硬话软说,无非是想将死马当作活马医。

在董文贝之后,郝文章、万乙和王蔗分别来过电话。年轻人的想法单纯,一般青铜重器都在两千年以上,马跃之从昨天下午开始接触,到现在也才二十几个小时,用这一点时间来分析研究两千多年前的事物,比盲人摸象好不了多少。

最后一个来电话的黄教授,其身份与楚学院无关,说起话来更客观一些。黄教授了解到这边的情况后,替马跃之作了具体分析。黄教授认为,某个不明身份的人有意用胶水将壶盖与壶口粘连到一起,也许就是很俗的想法,想学两周贵族,荫佑子孙,一代比一代有出息,很有可能将电影里拿着一把折扇的唐伯虎当成模仿对象。

黄教授的电话刚说完,让梅玉帛恨得咬牙切齿的陆少林就到了。

陆少林捂着脸说:"我正在口腔医院拔牙,得到消息就赶来了。"

陆少林张开嘴,露出塞在牙床上的一团染得通红的棉花,接着又说:"我家夫人还在楼下,是让她继续等,还是让她先回家?"

梅玉帛看了看马跃之,说:"就按马先生的意思,让她先等会儿吧!"

马跃之有点奇怪,自己并没有作任何表示,怎么就变成自己的意思了?一转念,又觉得这是做好事,就没有吭声。

趁着一同进到小会议室的蒉二巡和华一调在做准备工作,梅玉帛与陆少林拉了一会儿家常。陆少林也很放松地回答了自己离开纪委回到家中,进门见到妻子的那一刻,恨不得大喊三声,说自己是这个世界上最幸福的男人。水务局的情况似乎没什么好说的,大家都将他当成外出学习一段时间,才回来上班似的,有事说事,没事说一两句不冷不热的话。只有那位以往工作上有些摩擦的副局长,故意装出二苕的样子问陆少林感觉如何。陆少林也装二苕,说等你进去一回就晓得是什么感觉了。听陆少林这么说过,梅玉帛的脸色反而缓和下来,嘴里还说,陆少林这一阵表现不错,不再动不动就要组织还自己的清白,人也变得有趣了。

也许陆少林真的变得有趣了,梅玉帛临时改变计划,不将接下来的谈话作为正式询问,这样马跃之可以留在现场,还可以参与相关谈话。

转入正题后,梅玉帛单刀直入地问:"你敢玩青铜,是不是挺自负?"

陆少林一点停顿也没有,马上回答:"我只是觉得自己与青铜有缘。"

梅玉帛说:"请你再说一遍,这青铜方壶是从谁手里得来的?"

陆少林说:"江湖上都叫他三少,真名不晓得。"

梅玉帛说:"你在安徽寿县那边的亲戚有玩古玩的,我们都很理解,所以,我再问一遍,青铜方壶是从谁手里得来的?"

陆少林目光下垂一会,说:"是监狱管理局的老沙转给我的。我不想连累老沙,之前没有说实话。"

梅玉帛说:"'三少'原来是沙字呀,这会儿说,还不算迟。谁告诉你老沙有青铜方壶要出手?"

陆少林说:"朋友圈里传了好几圈,别人不敢相信。我是比较晚才见到的,但我敢于相信。"

梅玉帛说:"马先生和郑雄都有看走眼的时候,你连房子都卖了,怎么说也不是财大气粗，还敢将青铜方壶当赌注，这说不过去呀！"

陆少林说："男人有的赌性我都有，但我从来不赌，连麻将都不玩，我只赌自己的眼力。"

梅玉帛说："这把折扇怎么说，你还相信自己的眼力吗？"

陆少林说："几千年前的古东西，现在的人有几个真的能分清楚？无非凭点经验，再凭点运气。青铜重器赌的真不是钱多钱少。"

梅玉帛说："除钱财，别的东西还能赌吗？"

陆少林说："我觉得还能赌文化，赌人格。"

梅玉帛说："这种赌法，谁是对手？"

陆少林说："当然不是纪委，我想赌一把时，脑子里还没有纪委的概念，我赌的是这个俗世！我赌的是自己的亲人！"

陆少林用很复杂的心情重复说了两遍亲人。

梅玉帛的眼睛里闪过一丝异样的光亮，稍微停了一下才说："冲着这句话，我暂时保留之前对你的好感！"

梅玉帛与陆少林说的话并不多，有实质性内容的更少，所花费的时间一点也不少，这是因为梅玉帛说话的节奏很有条理，需要让说出来的每句话、每个字都保持应有的弹性与渗透力。

在一旁只听不说的马跃之，悄然发了一条微信。

梅玉帛听到手机有动静，拿起来看过，又对陆少林说："我建议你与马先生单独聊一聊青铜重器，有些话不方便与我们说，可以说给马先生听。"

梅玉帛连眼色都不使一个，她刚起身，鄢、华二位马上跟着站起来，一个抢先几步走过去开门，一个拖后几步，置身于梅玉帛与陆少林之间。临出门时，梅玉帛又回过头告诉马先生，这间会议室平时只用于接待上面来的领导，偶尔也在这里召开内部的小型会议，可以放宽心说话。梅玉帛对着马跃之说话，真正听这话的人是陆少林。

"陆局长有亲戚玩古玩？梅玉帛怎么晓得？"

"他们就是做这种事的，分分钟就能查出来。"

马跃之和陆少林说话时，梅玉帛他们已经不在会议室了。见陆少林回答的话带有些许负面情绪,马跃之有点替梅玉帛说话的意思。

"听刚才说的那些话,梅玉帛对你挺和善的。"

"她对我的出身挺关心,先前在这楼上喝茶时,就问得很仔细。她还算出来,我的生日那天正好是秋分。尽管她没有说,肯定就晓得我与寿县那边早就没有任何联系。"

听到这话,马跃之嘴唇动了几下,一转念又忍着没开口,转身用微型喷壶向蒙在青铜方壶的面巾纸上喷水。

陆少林说:"马先生要谈什么?是不是青铜方壶?"

马跃之说:"从专业的角度谈一谈,你觉得如何?"

陆少林说:"你这样子,不像是江湖上传说的那个马先生。江湖上说,有本事让马先生吃十颗药,马先生也不会说青铜二字。可是,马先生刚才说过青铜方壶。"

马跃之说:"事情只要发生了,就要当成是正常。人活着只有几十年时间,哪有什么真正的反常,无非是发生在时间线上的事,提前或者延迟了。"

说话间,马跃之轻轻地打开折扇,露出写在扇面上的八个字。

马跃之说:"平时我研究的东西没有一样能说话,但必须是看得见的。梅玉帛他们刚才让你看过这些,你说从没见过。我就想,那你是不是听过呢?"

陆少林说:"马先生,纪委的人让我们只谈青铜方壶,不谈别的。"

马跃之说:"以我的理解,青铜方壶里面的东西也可以谈一谈。"

"我晓得这折扇。"陆少林象征性地抵抗一下,便非常奇怪地说了实话。顿了顿后,陆少林又说,"也听说过这八个字。"

马跃之说:"这就对了,没见过不等于没听过。"

陆少林说:"八个字是伯母写的,伯父叫陆达仁。伯父要伯母这样写,伯母还笑话伯父在痴心妄想。"

马跃之说:"折扇是谁的?"

陆少林说:"伯父的,伯母用的是蒲扇。"

马跃之说:"折扇上的字是你伯母写的?"

陆少林说:"是伯父要伯母写的。"

马跃之说:"你伯父的折扇是哪里来的?"

陆少林说:"伯父亲手做的,后来不见了。伯母一直在追问,伯父总说不晓得在哪里弄丢了。有一回,听到伯母问伯父是不是在外面有皮绊,皮绊就是现在的情人,伯母疑心伯父将折扇送给那位皮绊情人了。"

马跃之说:"你能不能再解释一下,折扇怎么藏在青铜方壶里?"

陆少林说:"马先生难道没看见,我一进门,看到折扇和折扇上的字,人都变成木头了。马先生不要以为我怕进这栋楼,武汉三镇像我这种身份的人,敢昂着头进这栋楼的哪怕只有一个人,一定就是我。我将青铜方壶拿出来,说是立个功表现一下,其实是找个大家都能下台的台阶。没想到这把折扇,将我惊呆了,一下子变成木头人。我真的不清楚,折扇怎么在青铜方壶里。如果让我猜,这事一定是伯父干的。"

陆少林犹豫了一会儿,似乎选择了对马跃之的信任,才继续说:"这青铜方壶是伯母的上辈传给伯母的。小时候,我在伯母家见过,后来突然就不见了。伯母当时很生气,认为是伯父在捣鬼,又不敢发作。伯父心脏病很严重,没过多久,就去世了。那次,有人在朋友圈发照片,我一眼就认出来了,这才下狠心买下来,不然,谁会冒这个险。"

马跃之说:"看来梅玉帛是真了解你。这么长时间,你还有这么重要的事情藏在心里不往外说。"

陆少林说:"不是不想说,是不能说,因为这些太像编故事,容易引起深度怀疑。"

马跃之说:"我们再回头来说,你伯父将折扇放在青铜方壶里,再偷偷将青铜方壶拿到别处藏起来,由于某种原因,近来被人发现,重现江湖,你是这样猜想的,对吗?"

陆少林说:"不错,我基本上是这么想的。"

这一次,马跃之没有用微型喷水壶,而是直接用手指触摸青铜方壶上的面巾纸,又拿起一只放大镜,不知在面巾纸上看些什么。马跃之示意让陆少林凑近一些,意思是有什么东西让他也看一看。陆少林将身体向前弯曲一些,二人的脸颊几乎贴到一起了。

透过打湿后的面巾纸,陆少林看到一点隐隐约约的绿色,正要问是不是铜锈,冷不防马跃之小声说了一句话,让他觉得心里一紧。

马跃之说:"这口渴的,真想来根老冰棒!"

马跃之又说:"用老冰棒配上红茶,口味更好!"

说着,马跃之拿起手机打电话给梅玉帛,问她能不能送两份冰红茶来。

五分钟不到,梅玉帛就拿着一杯红茶推门进来,后面跟着一个被称为万科长的女孩手里也拿着一杯红茶,二人手里还各拿着一只老冰棒。梅玉帛将自己拿的一份给了马跃之,万科长拿的那一份给了陆少林。

见梅玉帛一双眼睛在看陆少林,马跃之就说:"我们还有些话要说,不过要不了多久,十分钟到二十分钟就差不多了。"

梅玉帛和万科长走后,马跃之才开始教陆少林如何将老冰棒和红茶喝出冰红茶的味道来。他有意夸张地用嘴唇含住老冰棒,又深又长地吮吸了好几次,再轻轻地呷一口红茶,又重复之前吮吸老冰棒的动作。见陆少林在那里发愣,马跃之又告诉他,将老冰棒咬下一坨含在嘴里,再喝一口红茶,味道比冰红茶还带劲。

听到马跃之第一次提及老冰棒,陆少林还以为是偶然。

第二次听马跃之说老冰棒,陆少林就明白马跃之知道什么了。

等到马跃之一连三次围绕老冰棒说话,还顺便带出梅玉帛的名字,陆少林虽然还能强作镇静,眼睛里已经出现接近乞求的泪光。

马跃之忽然想起来,提醒陆少林,拔牙后咬一坨老冰棒含在嘴里,相当于做冰敷。

看着陆少林真的咬下一坨老冰棒含在嘴里,马跃之小心翼翼地揭开一张面巾纸的边角,露出指甲大小一块青铜原色。

手里干着活,马跃之嘴里一刻也没有停:"你说你喜欢赌,我觉得你肯定不会同我赌。只要你不同我赌,我就有办法将青铜方壶弄个水落石出。说实话,我都替你想不通,人家将折扇连同青铜方壶曲里拐弯地交到你这个侄儿手上,为什么呀,这样做到底是为什么?你说出来,我也好帮你分析一下。"

陆少林像是受尽委屈的孩子一样说："都是曾听长操作的！"

马跃之反问道："就是那个听漏工？"

陆少林说："曾听长刚从上海调来不久，那天在十三街坊听完漏，一大早就在我家楼下候着，说是发现一只属于不义之财的青铜方壶，要送给我，作为一点谢意。马先生不要不相信，伯父死后，我老做同一个梦，梦见伯父将青铜方壶往我怀里塞，我不敢要，害怕伯母骂我是家贼。结婚之初，我就与夫人说过这事，后来每次做这个梦，我都要告诉夫人，所以她才没有反对我玩青铜。曾听长找到的青铜方壶，我只看了一眼，就认出来这正是我小时候在伯母家见过的。心里想要，又不敢直接收下。然后就想到由监狱管理局的老沙过一下手，我再从老沙那里得来，这事就说得过去了。"

马跃之当即说："这话可不可以求证一下？"

陆少林说："当然可以，我夫人是水晶心，事情一到她那里就变得百分之百透明，一点瑕疵也容不下。纪委的人肯定问过她，你可以问问专案组的任何人，他们肯定有记录。"

马跃之走到门口，将门拉开一道缝，做出要叫梅玉帛的架势，再看陆少林的样子不像是说假话，就改变了主意。马跃之正要将门关好，梅玉帛已快步走来，问谈话是不是结束了。马跃之点点头说，还有几分钟，让梅玉帛不要走远，一会儿再开门叫她。

二人重新开口说话后，陆少林主动问马跃之："要不要问问曾听长？"

马跃之说："人家惜字如金，一天只能说十句话，还没说到正题，指标就用完了。"

陆少林说："马先生相信我，我也相信马先生。别看他们表现得人五人六的，可惜头发下面缺点东西，还敢自称老奸巨猾。"

马跃之说："既然相信我，我就再问问，这个听漏工，你们在使用时有没有觉得哪些方面不对劲？"

陆少林说："要说不对劲，也就是青铜方壶的出现。当然，这也是刚才发现折扇后倒回去想象的。"

马跃之说："也是啊，小时候见到的青铜方壶和折扇，失踪这么多年，一下子又出现了，再不将想象弄丰富点，太可惜！"

陆少林说："马先生帮忙出个主意，下一步，我该怎么办？"

马跃之说："回去后，找机会我们一起与听漏工见上一面。"

陆少林说："我这样子，还能回去吗？"

马跃之说："应当没问题吧，你牙不好，回去后记得再冰镇一会，你那收藏室的小冰箱里，放了很久的老冰棒效果更好。"

马跃之盯着陆少林，让他去门口，将梅玉帛他们请进来。

陆少林不敢看马跃之，低着头去请梅玉帛。

梅玉帛一进屋就亮了一下手表，说马跃之时间观念太强了，说是几分钟，就几分钟。马跃之一句闲话也不多说，直截了当地告诉梅玉帛，经过与陆少林的交谈，他重新相信青铜方壶是真的，不可能是假货。

说着，马跃之就开始揭那贴在青铜方壶上的面巾纸。

别人想帮忙时，马跃之也不阻拦，面巾纸被完全揭掉了后，他退后两步，别人不知道发生什么了，也跟着往后退。马跃之只是想拉开点距离将青铜方壶整体再看一遍。几分钟后，马跃之重新回到青铜方壶近前，眼睛盯着青铜方壶，一只手伸向侧旁。离得最近的梅玉帛和被众人挤到最远处的陆少林，同时将自己的手伸向那包面巾纸，还同时问了一句一模一样的话。

"是不是要擦铜锈？"

马跃之真的是用面巾纸擦青铜方壶上的铜锈。经过不知多少年的腐蚀，铜锈俨然成了青铜方壶壶体的一部分。在马跃之的所谓专门去除青铜铜锈的秘制粉剂作用下，那些斑斑锈痕恰到好处地液化了，用面巾纸轻轻擦上几下，真正的青铜原色就显露出来了。这一次，马跃之拦着不让别人插手，只许梅玉帛和陆少林不间断递上一团团面巾纸。小会议室里的两盒面巾纸用完后，其他人赶紧跑到别的屋子里，找来更多的面巾纸放在最方便拿取的地方。

第三盒面巾纸即将用完时，马跃之的手不由自主地抖动了几下。

旁边的人看上去，那样子不是因为紧张喘息，而是全神贯注憋着不敢呼吸所导致的。马跃之伸手要了几张洁白的面巾纸，在刚刚擦过的地方再擦上几下。面巾纸稍微有些脏，便随手扔掉，再要几张一点也没有污染的。其他人离得较远，看不见青铜方壶上细小的变化，都知道肯定出现什么了，又都不敢上前半步。

"有台灯没有？拿一盏过来！"

听见马跃之说话的人，全都下意识地准备转身去拿。之前送老冰棒和红茶来的万科长第一个跑出去，转眼间就拿来一盏台灯，还主动带上一只接线板，让马跃之顺顺利利地用上了台灯。

被台灯加强过的光亮，照在擦去锈蚀的青铜方壶中部，露出一点似有似无的异样色泽。

马跃之拿过喷壶，往面巾纸上轻轻喷了喷，再用面巾纸去擦那出现异样色泽处。大约擦了几十下，半块指甲大小的翡翠一样的东西出现了。

在马跃之的示意下，陆少林拿起手机开始拍摄视频。

屋子里突然变得极其安静，人人都在尽力屏住呼吸，有两个女人甚至用手捂着自己的嘴巴。会议室的门没有关严实，不知从什么地方传来一个女人的叫屈声，声音很小，也不太连贯，像是从千里万里之外传过来的。梅玉帛和几位下属肯定也听见了，大概不是他们管的案子，所以没有任何反应。马跃之将手指的力量略微加大一些，用不断擦拭青铜方壶的咝咝声盖过所有其他的音响。

随着青铜方壶壶体锈蚀的不断除去，壶体上的翡翠色泽也在以手指粗细的线条形式开始扩展。

屋子里的安静终于被打破，有人悄然进来，冲着天花板比画了一下，意思是要梅玉帛去一趟楼上某领导的办公室。梅玉帛离开时，随手做了一个要大家回办公室的手势。如同上一班与下一班作交接，有几个人离开，就有几个人进来，大家都想亲眼见证青铜方壶从真到假再到真的逆转再逆转过程。

很快翡翠色泽的线条就变得不仅仅是一种颜色了。

换了别的办公楼内,可能还有人不认识。在纪委工作的人,那些来历不明的黄金宝石,谁没有亲手查没几次。在马跃之面前,虽然没有人敢率先将绿松石三个字抛出来。经过马跃之的手,越来越长的翡翠线条,开始显现出一种惊人的可能,让旁观者越是分明认识越是不敢将内心所想张口说出来。

面向青铜方壶的人注意力太集中,没有发现梅玉帛又回来了。

梅玉帛站在人群后面踮着脚看了好一阵,忍不住小声说话了。

"壶体上面是绿松石呀!"

"还镶嵌成一条龙!"

梅玉帛一说话,前面挡着的人向四周纷纷散开。

趁着小小的混乱,大家纷纷表达自己的诧异与惊喜。说起来,大惊小怪的言语各有不同,意思却差不多,无外乎说,考古工作太神奇了,一会儿将国宝变成废物,一会儿又将废物变成国宝。

时间不长,一条镶嵌在青铜方壶壶体上的绿松石龙,完完整整地出现在众人面前。

事情至此,马跃之仍旧一声不吭。从表情来看,其他人口口声声必称国宝的说法马跃之心里是认同的。梅玉帛他们好不容易等来马跃之开口说话,听到的却是吩咐陆少林,可以叫妻子回家做几样下酒的好菜,晚餐时,两口子一起小酌几杯。马跃之如此说话,相当于宣告青铜方壶确实是国宝级青铜重器,这样一来,陆少林捐献青铜方壶的表现继续有效,纪委这边就没有理由将这样的功劳一笔勾销。即便马跃之将话说得如此拐弯抹角,所有的人也都听懂了。

梅玉帛有意当着马跃之的面,打电话向领导报告,说是鉴定结果出来了,青铜方壶上有一条同类器物上从未见过的绿松石镶嵌龙,是名副其实的国宝。梅玉帛有意将语速放慢,让旁边的人能预先判断即将要说的意思,如果觉得她说的不对,马跃之等人可以很方便地提前打断她的话。

梅玉帛按照自己的想法说完要说的话。

马跃之什么也没做,那意思等于承认梅玉帛说的全对。

这时，陆少林提醒马跃之，青铜方壶壶盖内部还没有弄好。

马跃之拍了一下自己的脑袋，就要去揭蒙在上面的面巾纸。

梅玉帛问，难道这个不需要二十四小时。马跃之点点头，说壶盖里面是凹陷的，上面的铜锈比较软，容易去除。说着话，马跃之三下两下就将里面的铜锈弄干净了，在凹面上，铭刻有两行八个字。上面一行，头两个字还是原先的，后两个字，原先的被早年的谁凿掉了，重新刻上两个字。下面的四个字原封未动，形成新旧搭配的八个字：

曾仲秋吉，子孙永宝。

贰壹

青铜重器上的铭文一字值千金。

青铜方壶壶盖中的八个字,更显奇异。

青铜方壶一侧镶嵌有一条绿松石龙,大家以为另一侧肯定会有一只绿松石凤。壶体上的锈蚀全部擦拭干净后,马跃之微笑着说,梅玉帛给领导的电话打早了,说只发现一条绿松石镶嵌的龙,现在的通信联系高度发达,领导上面还有领导,这么好的事情,肯定会一级一级地汇报上去了。如果再在青铜方壶壶体上发现什么,岂不是犯了欺瞒之罪!所以,大家心心念念的绿松石凤,从青铜方壶壶体另一边飞走了。

笑话归笑话,马跃之心里也不无遗憾。

青铜方壶一侧镶嵌有绿松石龙,按照从石器时代以来的文化传统,比今人更讲究对称之美的古人,一定会在青铜方壶的另一侧镶嵌一只绿松石凤,至少也会再镶嵌一条绿松石龙。梅玉帛急急忙忙打电话向领导汇报后,马跃之所做的只是替青铜方壶除尽锈蚀,还以青铜本色,壶体的其他部分再也没有丁点纹饰。

幸亏最后时刻在青铜方壶壶盖中发现八个字。

依据秋家垄一带，从一九六六年至今，整整五十年的考古发现，马跃之推测，青铜方壶出土后的某个拥有者名叫秋吉。新主人秋吉将原先的字凿掉两个，换上自己的名字，这种方法也不是秋吉本人的发明。随州擂鼓墩大墓里出土的曾侯乙尊盘上，相关文字就是如此替换上去的。作为青铜方壶最早发现者的秋吉，最有可能凿掉的是"游父"二字。遍观出土于秋家垄的青铜器物，用铭文标记"曾"的比较多，在"曾"的后面续写文字，那些以"曾仲"开头，然后形成的句子中，只出现过"游父"二字。根据考证，游父是曾仲的儿子，所以，壶盖中原先的"曾仲游父，子孙永宝"八个字，意思是父亲将传家宝交给了儿子，曾姓家族的子孙要永保这份荣华富贵。经过秋吉的凿改和重刻，成为"曾仲秋吉，子孙永宝"，前面四个字的意思变成曾仲赐秋吉以宝物，后面四个字的意思还与从前一样。

到这地步，对多数人来说，只有好奇，不再有遗憾了。

"这个胆敢篡改青铜方壶铭文的秋吉是什么人？"

趁着大家纷纷议论，马跃之悄悄告诉梅玉帛，自己有一个心愿，希望他们能体谅，并给予满足。梅玉帛以为马跃之要为某位正在接受审查的人求情，抢先表示，只要不是涉及办案的事，都好说，自己能解决的一定替马跃之解决，自己解决不了的马上向领导请示。

马跃之说："我想将这把折扇带回去作个纪念。"

梅玉帛说："这么做行吗？折扇会不会是文物呢？"

马跃之说："这种事我们见得多，类似这种追缴回来的青铜容器中，有发现电池的，有弄出烟头的，还有跑出一只小乌龟的，无非在相关资料上记一笔，然后还不是随手扔了。"

梅玉帛说："既然这样，我就做主，将折扇送给马先生作为纪念，回头也记一笔就行。"

马跃之又找梅玉帛要了一个文件袋，将从青铜方壶里发现的折扇装起来。

梅玉帛突然问:"马先生,听说两周后期,秦国军队打仗时,将杀死的对方士兵耳朵割下来,别在腰里,拿回去作纪念,真有这回事吗?"

马跃之说:"事情是真的,但不是拿回去作纪念,而是秦军有论功行赏规定,为了防止有人冒领军功,才想出这么个法子。"

梅玉帛说:"长平之战二十万秦军杀死四十万赵军,那要割多少耳朵呀!"

马跃之说:"换做正常人,宁肯不要天下,或者晚几年再夺取天下,也不可以这么做。所以,秦朝虽然一统天下,却只有短短十五年的寿命,就被项羽烧了阿房宫。"

梅玉帛莞尔一笑,正要说什么,陆少林在旁边冒出来说:"下班时间也到了,你们先发个话,是让我回家,还是怎么的?楼下还有一个人在等着哩!"

梅玉帛想也不想就说:"我们一起下楼,将你这个大活人交到贵夫人手里!"

几个人将马跃之待了快三十个小时的小会议室收拾一下,重点是青铜方壶。按以前的规定,从审查对象家查没的东西,比如古玩字画等,一律先由纪委有关部门保管,等待上级的文件精神再作最后处理。事实上,因为一直没有见到这样的文件精神,这些东西只能与其他赃物一起封存在某个储物间里。一般古玩字画还有机会拍卖,真正的文物却没办法处理,只能日复一日地继续存放在储物间里。马跃之让梅玉帛给领导捎个话,这件青铜方壶,很有研究价值,一定要想办法在政策法规层面上实现通融,尽快将其交付给楚学院,最好能还给京山当地的博物馆。

二人只顾说话,没怎么理睬陆少林。到了办公楼外,只见门口的花坛上,坐着一个表情麻木的女人。陆少林也不管不顾了,径直快步走上前去,女人也腾地起身,飞快地扑到陆少林怀里。马跃之动了恻隐之心,主动表示,都这个时间点了,干脆一起吃晚饭。梅玉帛没有反对,与陆少林说时,也没有反对。

马跃之马上打电话给柳琴,让她在相忘湖茶吧订几个座位。

柳琴在电话里说,她和曾小安正在相忘湖茶吧。

梅玉帛开上自己的车,将马跃之和陆少林两口子载到东湖边的相忘湖茶吧门前放下,待找好位置停好车,进到茶吧时,柳琴和曾小安不仅已和陆少林熟悉了,还谈得热火朝天,反而将马跃之冷在一边。梅玉帛打过招呼后,在马跃之身边的空位上坐下来,听了几句话,就明白他们在说听漏工曾听长。

听马跃之介绍说,陆少林是水务局副局长,柳琴马上来劲了,和曾小安一起,要陆少林将听漏工的情况仔细说一说。陆少林说完听漏工的工作性质和特点,柳琴便将听漏工曾听长在曾小安楼下的表现过程说了一通。这些都是表面现象,关键是她俩不太相信听漏工曾听长的辩解,总觉得还有其他内容。曾小安还说,自己看得一清二楚,听漏工手里的金属棒,不是搭在自来水管上,而是搭在煤气管上。现在自来水管都不是金属的,对声音的传导性很差,煤气管还是金属的,传导性要好很多,所以,曾小安怀疑曾听长不是在听漏,而是在偷听别的什么动静。陆少林一点偏袒意思也没有,如实告诉大家,全武汉市也就一名听漏工,干这一行的人,有些神神秘秘的行为,一般人很难理解,且不论听漏工做事是不是太越格,外地的也好,本地的也好,有一点可以肯定,想要听见别人听不见的漏水声,绝对不能做任何坏事。因为心思一坏,心里就有杂音,就会对听漏工产生重大干扰。

柳琴说:"真做坏事我们还不想管,也管不了,平白无故地有坏心眼就不行。"

陆少林说:"回头我来查一查,再将结果告诉你。"

柳琴略微放心后,索性放开,将在京山县城发现一个人有些像马先生,便一路跟踪调查,为了看得比较准确,还叫上了曾小安,等等,一五一十地说了出来。曾小安当时没有看到真人,只看了柳琴用手机偷拍的照片和视频,然后就说根本不像马先生,反而像她家的曾先生。在京山没有找到,没想到昨天晚上在曾小安家楼下碰上了,经过查问才知是水务局的听漏工曾听长。

柳琴说着就笑起来:"还真别说,我在路灯底下看了好一阵,越看越觉得是有几分像曾先生。后来沙璐来了,沙璐是警察,最会看身形相貌,她也认为听漏工曾听长走路的姿势很像曾先生。"

到这时,马跃之才明白过来:"我一直在想,某人从京山回来后,就像中了邪,说话不对,做事也不对,原来如此。"

曾小安马上站出来帮柳琴说话:"没有原来,就不要说如此了。人家就是觉得两个人长得有些相像嘛,又没有往别处想。"

马跃之笑着说:"反正在京山时,你俩交头接耳的样子有点可疑。"

曾小安说:"马先生这样说话,太像柳琴同病房的那个秋老太太了,人家可是快一百岁了——"

柳琴伸手拦着不让曾小安往下说。

陆少林却接了上来:"你们说的秋老太太,是不是京山人?"

曾小安说:"是呀,在京山医院待着的当然是京山人。"

陆少林说:"她是不是爱说自己当过文化馆长?"

曾小安说:"没错,你怎么知道这一点?"

陆少林说:"她就是我的伯母,早些年就老糊涂了,见人只说两件事,一是当过文化馆长,二是会写三句半。"

见几个人都用诧异的眼光看着自己,陆少林索性敞开了说:"我还晓得青铜方壶壶盖里刻着的秋吉是谁。这事夫人也晓得,我不说,请夫人说,免得你们不相信,以为我在编故事。"

陆少林的妻子正要开口,梅玉帛示意她不要说话,然后去吧台拿来两张便笺,让陆少林和妻子分别写出来。转眼之间,两张便笺就写好了,陆少林妻子的便笺上写着:秋吉是伯婆的父亲。陆少林的便笺上写着:伯母的父亲名叫秋吉。

梅玉帛冷冷地问陆少林:"刚才在会议室你怎么不说?"

陆少林小心翼翼地回答:"那么多人,不适合说这种事。"

马跃之插话说:"那时候,你见过这八个字吗?"

陆少林摇着头说:"伯母平时都用柜子锁着,清明祭祖时才拿出来摆三天。"

梅玉帛缓过劲来说:"凡事太巧,必有蹊跷。"

柳琴马上接过去说:"茶吧里说的话,千万不要上升到'不是诡计,就是阴谋'的高度。"

马跃之从文件袋中取出那把折扇,让柳琴和曾小安看了看,并告诉她俩,下午在纪委楼上的小会议室,陆少林就说过,折扇上的八个字是他伯母按伯父的要求写的。马跃之心里还有小小的念头,想看看陆少林的妻子对这几个字有何反应。柳琴和曾小安凑在一起看时,陆少林的妻子也凑过去看了一会儿,从脸上好奇的神情判断,应当也是之前毫不知情。

马跃之扭头对陆少林说:"既然青铜方壶和折扇都是你伯母家的,青铜方壶没办法了,这折扇你干吗不要回去,作个纪念应当没问题!"

陆少林说:"我这种样子,能平安落地就万事大吉,哪敢有别的想法。"

马跃之一语双关地说:"也罢,放我这里比放你那里更保险!"

柳琴忽然抬起头来说:"这种奇事,肯定有人写文章,说不定就发表在《湫坝镇文史资料》(第一辑)上。"

曾小安笑起来:"马先生,我提个建议,这些时你还是暂时将财经大权收回去为妙!"

马跃之说:"此话怎讲?"

曾小安说:"当心有人用《湫坝镇文史资料》(第一辑)将你家的金银财宝换走了!"

大家明白曾小安是在说柳琴过于痴迷寻找《湫坝镇文史资料》(第一辑),一起开心地笑了。

相聚到此,大家都觉得可以结束了。

梅玉帛想到一件事,就问马跃之,陆少林捐的青铜方壶如何处理最为妥当,如此珍贵的文物,放在纪委的库房里,实在令人放心不下。马跃之将这个问题推给陆少林。陆少林想了想才表示,马先生之前已经建议了,青铜方壶最好的归宿是京山县博物馆。对陆少林的说法大家都觉得好,梅玉帛也表示,自己尽快请示领导,将这事落实下来。

说完这些,彼此开始道别。

陆少林的妻子忽然独自笑起来。

在场的人很好奇,陆少林的妻子从头到尾一声不吭,临分手时,突然冒出一句话。

"刚才你们说谁像谁时,我突然发现,其实陆少林与梅玉帛长得挺像的!"

相忘湖茶吧里灯光比较暗,陆少林和梅玉帛相互看了看,不约而同地表示,大家还是赶紧回,再聊下去,就全成一家人了。

贰贰

不知不觉中，九鼎七簋课题组正式成立已经一个月了。

所谓研究，针对的当然不是现成的九只鼎和七只簋，而是没有任何踪影的第八只簋。具体的思维逻辑，比如，到底有没有第八只簋，如果有第八簋，为何没有一起出土。如果没有第八只簋，值得研究的东西就更多了，是不是刻意打破礼制，就是很大的问题，里面还有礼制是如何打破的诸多小问题。

忙忙碌碌的日子过得很快，加上之前空口无凭嘴巴上说成立的五十天，虚虚实实都八十天了，所得到的成果十分有限。

私下里马跃之会在万乙和王蔗面前来点冷幽默，声称最大的收获是将那本明版《楚湫时地记》修补得差不多了，虽然还无法研读，在修修补补的过程中，九鼎七簋四字已经出现两次。马跃之所说的九鼎七簋，不是作为词组，而是单个字。万乙和王蔗也拿这话与董文贝逗乐。

在修补过程中，湫坝二字作为名词出现过一次，马跃之没有声张。搞研究和做学问,不可以见到风就以为是雨,在对全书面貌有所了解之前,哪怕是闪着金光的一鳞半爪也没有任何意义。

现实中的一切肯定要针对现实发出某种信号,前提是能找到相关的频道。

每天上班,王蔗的脑子里总在浮现一段新近创作的话:管他是不是最爱的人,只要是最在乎的人就行。最爱的人只存在于理想里,最在乎的人才会活在现实中。万乙不一样,他将济南城子崖出土的一块陶片照片放在手边。陶片上刻着十一个文字,因为比甲骨文还要早一两千年,至今无法辨识,给人的感觉却是每一个字都似曾相识。马跃之更不一样,他的电脑屏幕上,自始至终都在滚动播放陆少林帮忙录制的青铜方壶视频。虽然三人三个样,大家心里想的全是九鼎七簋,都认为相关线索肯定存在,所缺少的只是一个既能看见,又能把握的契机。

只要不出差,马跃之每天上班下班,从门房经过,都会习惯地朝站在门口或坐在窗后的许师傅看上一眼。许师傅有时也看他一眼,有时顾不上回看,马跃之不再多疑,都当成是正常不过的表现。经过柳琴与曾小安还有沙璐三人一起,在曾小安家楼下与听漏工曾听长的那场遭遇后,马跃之对先前许师傅疑神疑鬼的表现释然了。很明显,只有听漏工才能听到地下深处的漏水声;也只有像曾听长这样对考古工作有着别样兴趣的人,才会用甲骨文写信并通过楚学院及时向地铁站工地发出预警。至于听漏工曾听长为何盯上了曾家,是针对曾本之或曾小安或郝文章,那是另外的问题。在马跃之这里,能排除掉与白露节气的关联就行。

在相忘湖茶吧的相聚,似乎给类似的事情定了调。

偶尔有人提起听漏工曾听长,不管是谁,也不管是有意还是无意,马跃之不再像患心理过敏症那样立刻就有反应。万乙陪沙璐夜巡时,遇见过几次,其中一次仍旧是在曾家楼下。曾听长一个人坐在花坛的边缘上,望着楼上的窗口出神。对这样一个什么也没做的人,别说警察,就算是爱管闲事的邻居老太太也不会随意干涉。听漏工在花坛边安静地坐了差不多两个小时,才起身离开。

由于不再像先前那样，将曾听长同白露节气联系到一起，马跃之听见万乙说了，也就过去了，内心不再有那挥之不去的纠结。

　　有天夜里，马跃之从书房里出来，心情很好地告诉柳琴，今晚超额完成任务，一口气修补了两页《楚湫时地记》。柳琴说难怪自己往书房里送茶水时，听到马跃之在哼着"妹妹找哥泪花流"的小曲。马跃之说，今晚像有神助，那两页纸上的虫眼和纸屑，想让它们到什么位置，都能精准到位，一点返工的情形也没有。为此夫妻俩还用茅台酒包装盒里附送的小酒杯，一人喝了一小杯茅台酒。洗完澡上床，睡了不到两个小时，马跃之无缘无故地猛醒过来，脑子里什么事情也没有，可就是再也睡不着，慢慢地水务局收藏室里的青铜残片，那既熟悉又陌生的"了不得"的轻轻叫唤，还有虚虚实实的白露节气又浮现出来。

　　马跃之明白事情不是那么轻而易举就能过去的。

　　睡在另一个枕头上的柳琴，却是彻底不再将谁长得很像马跃之当回事，连在马跃之面前说笑时，都不用这事作素材。

　　有一回，夜里关灯上床，夫妻俩各司其职后，二人仍沉浸在那份浓得化不开的情意中。随着花样翻新的甜言蜜语，柳琴一不小心说漏了嘴，为了自证清白，不得不将自己在京山医院与杨华华互换姓名的经过一一说给马跃之听。

　　黑暗中，马跃之好久没有作声。

　　柳琴以为马跃之生气了，一再解释说："我是觉得杨华华太可怜了才答应帮忙。女人到这种年纪才第一次出轨，要么是生活太乏味，要么是家里的男人太坏，用阴招损人。"

　　见马跃之还不作声，柳琴又说："如果我怀了孕，才不会偷偷摸摸地做人流，我还要挺着大肚子，让所有人都晓得。一个女人能当妈妈，比当世界冠军还骄傲！"

　　柳琴将话说到这个分上，马跃之才开口解释，自己不想说话是因为找不到合适的话。马跃之将自己想到了却没有说出来的话告诉柳琴。果然，柳琴的脸庞马上被泪水打湿了。柳琴后来睡着了，还在梦里说，自己这辈子最不好受的事情就是没有生一个马跃之的孩子。

马跃之想说的正是这些。

诸如此类的内心感受，在相忘湖茶吧定了一种基本的调。

青铜方壶和从青铜方壶中取出来的折扇，定的是第二种调。

已知青铜方壶线索中的听漏工曾听长，定的是第三种调。

内心的事在内心处理就行。青铜方壶，从青铜方壶中取出来的折扇，以及很可能掌握青铜方壶线索的听漏工曾听长，两件事与一个人，是实打实的，需要逐个探究。就像登山，最终登顶当然是最重要的目标，所经过的路上，一只蚂蚁，一块石头，都有可能影响最终目标的实现。

受这事那事的影响，真正安排起来，还是相当费周折，主要原因还是时间上有问题。这一阵十三街坊一带的投诉忽然又多起来，后来的事实证明，大部分投诉是有道理的，原因却不在十三街坊里面，却让唯一的听漏工夜里的正班忙不过来，十分罕见地需要白天加班。说好与曾听长见面谈话时必须在场的陆少林同样忙得不可开交，在纪委"喝茶"期间，陆少林分管的业务开展得很不理想。最麻烦的是几项工程的招投标，明明有问题，又不能说有问题，那样就会将代为负责的同事弄得很不堪。不说清楚问题在哪里，这些问题又很难得到纠正。若不纠正，将来会产生一系列涉及民众生活的问题。通过去纪委"喝茶"，陆少林的思想水平确实"提高"了。放在以往，凡事只分是非对错，对背后的盘根错节一概不管。现如今，陆少林也开始使用各种计策与权谋，一个人能解决的事，也会拉上三五个人；一个会能解决的事，也会分解成三五个会；一个文件能解决的事，也会拆零为三五个文件。如此一来，与马跃之约定的一个电话解决的事，也变得三五个，甚至是十几个电话也没办法解决了。

好在九鼎七簋课题组还有别的事情可以做。

比较顺利的事情是与监狱管理局沙海副局长又见了两次面。

之前，沙海就因为自己收藏的青铜器物与马跃之见过两次。

相加起来，一共见过四次面。第一次见面，是到江北监狱见一个盗墓贼。在沙海亲自安排下，一点曲折也没有，头天下午打电话，第二天上午就安排妥当了。狱警将赫赫有名的"老三口"带到马跃之面前时，马跃之却连连摇头。"老三口"是青铜重器造假的超级老手，马跃之想要见的只是一个初出茅庐的盗墓贼。那家伙在荆州纪南城附近盗掘一座中下层级的汉代墓葬时，发现一些丝绸织物。用盗墓贼的眼光去看，在地下埋了两千年的丝绸织物就是一堆垃圾。事实也是如此，如果不及时加以保护，任其暴露在空气中，就会很快氧化变质，在考古专家眼里也成了垃圾。马跃之要见此人，目的是想让对方回忆那些被抛弃在淤泥中的丝绸织物，最早看在眼里的颜色与花样。只要是考古方面的消息就一定会联想到自家藏品的沙海，理所当然地认为马跃之要见江湖上人尽皆知的"老三口"。马跃之心里有数，沙海如此安排，八成是有意为之，目的是趁着与"老三口"说话的机会，打探青铜重器的求真与作假的有关信息。从送走"老三口"后，沙海果然满脸失望地表示，耳听为虚，眼见为实，没想到马跃之开口闭口之间真的没有青铜这个词。

第二次见面与第一次见面，相隔只有一个星期。真要公事公办，隔一天就可以，推迟的原因是沙海要带队去上海进行监狱管理工作考察。楚学院提供的公函上写得明明白白，马跃之只与盗墓贼谈汉墓中的丝绸织物，不会涉及其他内容。专门收藏青铜器物的沙海还是不想放弃与马跃之再见一次面，一定要待在一旁专心倾听。与盗墓贼面谈约定为两个小时，马跃之只用十分钟就得出结论，被楚学界视为远远胜过黄金宝玉的丝绸织物，没有给盗墓贼留下丝毫记忆。盗墓贼口吐莲花，说丝绸上绣着黄色的寿字，还有鸳鸯戏水、龙凤呈祥等图案，不过是信口开河，胡编乱造，目的是拖延时间，能在牢房外面多待一分钟，就多六十秒人间享受。马跃之正要提前结束此次谈话，一旁的沙海接过话题，提醒盗墓贼也可以谈谈盗掘出来的青铜器物。余下的时间，沙海成了主角，马跃之变为倾听者。

盗墓之事，从来真真假假，虚虚实实，既当不得真，也不能不当真，就连盗墓贼自己都是云里雾里，鬼话当人话说，人话当鬼话讲，只要肯开口，那些自带流量的玄玄乎乎，没有不引人入胜的。况且盗掘坟墓，得罪的是死人，能恨他们的死人又没有办法恨了。所以，相对活人的听觉系统，行走在阴曹地府与快乐人间的盗墓贼，举手投足都是那么神秘而刺激，不必担心做事太过负面了会遭人鄙夷。马跃之在楚学院工作几十年，说起盗墓和听人说盗墓，从来没有厌烦的时候，道理就在于此。哪怕事关某座楚王大墓，说一说，听一听，也还是挺过瘾的。回头转换角色，以考古专家的身份，再来表示惋惜也不迟。秋家垄两周贵族墓地被盗就是很好的例证，刚听说时，楚学院人人都很震惊，同时也对这群盗墓贼暗自钦佩。从九鼎七簋无意中被发现开始，历经周老先生、郝嘉和曾本之等领头的几茬人，大规模普查踏勘，小规模钻探试掘，该找的地方都找了，不该找的地方也找了许多，财力物力人力消耗了不少，却不及几个外地来的盗墓贼，一找一个准，一挖一个准。如此黑白颠倒、人妖错位、正邪混淆的过程，甚至不需要人去讲，那些与众不同的故事就会自动生成，像暗河一样在人们心中涌动。

近期的一次见面，是第三次见面。因为不涉及盗墓，马跃之又预先从陆少林那里了解到沙海是如何得到青铜方壶的，此次见面与对话，分明是例行公事，还要装出一无所知的样子问来问去，而显得索然无味。马跃之原本打算去沙海的办公室，沙海已经对负责联系的万乙说过欢迎来访，还顺口问起万乙和沙璐的婚礼日期是不是定在元旦。后一件事的意思还没有完全说出来，沙海便迅速回归正题并改口表示，不劳马先生大驾，自己上门来讨教更加合适。沙海说来就来，人还没进门，就将"楚才晋用"的门牌猛夸了一番，落座之后，更是反客为主，大惊小怪地提起青铜方壶。沙海很相信自己的第一感觉，初次见到青铜方壶便咬定是假货。沙海还自嘲地解释，因为爱好青铜器物，自己交了不少学费，越到后来越是宁信其假，不信是真，所以，第一感觉总是往假货上做判断。关于青铜方壶的来历，沙海的说法也符合私人收藏的潜规则：是真是假，都不可以追究其出处；既然看出来是假的，更不要多问，人家也不可能交代造假的作坊是在河南、陕西或甘肃的什么地方。马跃之不希望沙海看出自己知道青铜方壶内情的破绽，话说到此，便切换主题，果断地表示了自己的怀疑：光秃秃的一只方壶，没有任何纹饰，这也太不符合造假的逻辑了。青铜器物上纹饰越复杂价值越高，这么普通的方壶，即便是真的，放在江湖中也值不了几个钱，花费老大的力气，假做这么一件，太不值了。合理的怀疑，在发现真相的占比中至少为百分之九十。这也是马跃之将自己的怀疑说出来后，连沙海都认为自己掌握的那一点点真相已经变得无足轻重了。沙海只好如实告诉马跃之，自己还没有下定决心收下青铜方壶时，陆少林就来电话，询问有没有转手的可能性。沙海当即开了一个价，陆少林竟然答应了，这种转个手就能赚一笔的好事，做了并不等于见利忘义，不做也不是什么高风亮节。

　　与马跃之一心只想弄清楚青铜方壶的来龙去脉不同，沙海关注的重点是青铜方壶如何从自己眼中的假货，摇身一变，成为国宝级青铜重器。对此，沙海表现出前后矛盾的心理，一方面庆幸自己将青铜方壶转手让给了陆少林，陆少林更是直接交给纪委，一来一去，相当于完璧归赵，否则，将这种国宝级青铜重器纳入个人收藏，这时候只怕也要被梅玉帛请去"喝茶"了！另一方面，不太了解背景的沙海又感叹，青铜方壶在自己手里的停留时间不到二十四个小时，来不及辨真识假，但他坚持认为自己的第一感觉没有问题，青铜可以作假，绿松石可以作假，将绿松石镶嵌在青铜器物上的假，将当今世上所有作假高手聚集到一起也做不了。沙海说，谁能料想到在那斑驳的青铜锈蚀之下藏着绿松石呢？

　　天底下从不缺少顶级的好东西，缺少的是发现比秘密还要秘密的好眼力。沙海还在叹息谁也不想错过这种顶级的好东西时，马跃之忽然说自己想了又想，觉得还是应当对沙海说句实话。马跃之轻描淡写地预告，接下来所说的内容，自己会百分之百地负责任。马跃之换了一种斩钉截铁的语气说，毫无疑问，沙海是青铜方壶的第二经手人，将青铜方壶交到沙海的那个人就是第一经手人，此前再无其他人经手。否则，经手的人越多，想试着局部除去青铜铜锈以探究壶体原形的人越多，那么发现青铜方壶上镶嵌有绿松石的概率就越大。沙海睁大眼睛露出一副不敢相信自己耳朵的模样。马跃之见了不禁暗自点头，在心里说，这正是自己想要达到的效果。从如此念头的出现，到对着沙海和盘托出，马跃之一直没有完全想明白，自己这么做的目的何在，只是觉得内心深处存在某种暗示：这么做是必须的，至少可以倒逼沙海，将自己的话转述给听漏工曾听长，倒逼听漏工曾听长，回到无人知晓的青铜方壶的真正源头，假如青铜方壶真的与九鼎七簋存在某种关联，岂不是天遂人愿？

马跃之趁热打铁，马上问沙海，以他爱好青铜器物多年的经验来看，秋家垄出土的九鼎七簋，为何少了一只簋。从礼器规制来分析，多一只鼎或者少一只鼎，所包含的东西更有意义，无缘无故地少一只簋，说轻不轻，说重不重，痛不痛，痒不痒，让人摸不着头脑。沙海两手一摊，说研究九鼎七簋属于重大事情，所以才会成立专门的课题组，自己只是业余爱好，提不出有益的建议。从本质上讲，无论沙海与九鼎七簋有没有关系，马跃之第三次见沙海，围绕青铜方壶说的许许多多，不过是在挑选解决问题的合适工具。青铜的问题只能用青铜来解决，最终的目的还是冲向那扇巨大的九鼎七簋之门，有可能的话能从沙海这里撬开一丝缝隙，就是了不起的收获。

按照前后顺序算起来，马跃之与沙海的第四次见面，是在江北监狱的会客室和会见室。在会客室见面的头几分钟，沙海的表情不太好看，盯着随行的万乙和王蔗的目光，像是在看两位判了重刑的罪犯。还在楚学院与马跃之第三次见面之际，沙海为了自证清白而主动提及梅玉帛时，同样的目光就在负责沏茶的王蔗和负责记录的万乙之间来回移动。从楚学院六楼的"楚才晋用"来到江北监狱会客室，沙海终于将内心的不满说了出来。

沙海一边递茶给马跃之，一边说："楚学院的课题组，是不是都要选一对金童玉女当吉祥物呀？"

沙海说话时，恨不能将两道目光变成锤子砸在万乙和王蔗身上。

马跃之如实回答说："课题组的人都是郑雄选的，但也挺合我的意。再说楚学院的人年纪偏大，忙的时候，将博物馆的年轻人借用一阵也是常有的事。"

沙海扭头故意问万乙："你和沙璐的婚礼还是定在元旦吧？"

王蕉看出沙海的心思，抢在万乙前面说："这也太巧了吧，元旦我也要当新娘子！万博士接新娘子时千万要小心，别接错了人啊！"

聪明伶俐的王蕉有意将话说得朦朦胧胧的。

沙海却是听懂了，马上说："这样也好，不需要相互送红包。"

王蕉说："那可不行！女人送五百元，男人就得送一千元，谁让我们只是半边天！"

万乙说："回头董书记给我们发奖金，也按这样的标准办理。"

听过此话，沙海释怀地笑起来："如果按照在监狱服刑的性别人口比例，男的是一整块天，女人也只有半边天。"说话时，沙海想起什么，再次扭头对万乙说，"你们楚学界有没有也统计过，如果没有统计，最好想办法统计一下，假如发掘过的女人墓，只有男人墓的一半，那就太有意思了！"

万乙正要回应，马跃之抢先说："有万博士当佳女婿，沙局长的底气富足了许多，索性放开手脚试一试，由业余选手向专业选手进步嘛！还可以向组织部申请，平调到文化厅当副厅长分管考古工作。"

在官场泡了这么多年，沙海自然听得懂这话的弦外之音，当即说了几句服软的话："马先生饶了我吧，能和盗墓贼打些交道，我就觉得很不错。让我去领导连王侯将相都敢冒犯的大师，被伍子胥鞭过尸的楚平王都会笑掉大牙。"

自己的某种不满表达给万乙和王蕉后，沙海也需要转移话题，他冲着门口叫了声某人的名字，一个穿警服的女子款款走进来，将王蕉的眼光全吸引过去。沙海问那女子，怎么人还没带来。女子柔柔地说，还差三分钟。女子看了看屋子里的人再转身离去，又用去一分钟。

沙海用剩下来两分钟问王蕉："是不是有种说法，女人穿制服才更有魅力？"

王蕉想也不想就回答："那也不一定，我妈和我妹都是公交车司机，我妈穿公交制服就没有我妹穿着好看！"

沙海的话暗含女人不要滥情的劝诫，却被王蕉几句实打实的话，弄得红尘滚滚，烟火纷纷，一点境界也没有了。

恰好三分钟，门口出现一男一女两名服刑人员。

一见那女子的模样，王蔗忍了几下后，还是笑了。

这一次，年纪最大的马跃之最先反应过来，不由自主地跟着王蔗笑了笑。稍后，沙海和万乙也都咧开了嘴。原来大家心里还搁着沙海之前说的女人穿制服如何有魅力的那些话，眼前一男一女正好都穿着像制服一样的服刑人员专用服装。

那身着服刑人员专用服装的女子以为大家在笑话自己，不等发问，便主动说："报告干部，我就是盗墓团伙中的'军卿'，实在对不起，让干部见笑了，我也没想到自己会成为有史以来第一位盗墓女贼，也没想到自己会成为盗墓贼的'军卿'！"

稍早出现的女警察顺着"军卿"的话介绍说，与"军卿"一起来的那一位在盗墓团伙中被称为"军师"。然后又将马跃之一行三人向他俩作了介绍。沙海皱着眉头，等女警长介绍完，才当面指责她，怎么会犯这种低级错误，先介绍罪犯，再介绍领导，放在两周时期，这叫违反规制，属于僭越大罪，一不小心就会被拉出去砍头的。说着话，沙海一直在看马跃之。马跃之自然懂得沙海的意思，无非是通过这种小手段镇一镇二位盗墓贼。

别人在思考大事时，王蔗没有控制好自己的好奇心，忍不住问，为何盗墓团伙中的女人被叫作"军卿"。万乙告诉她，这种叫法挺有来头，一般水平的人达不到这种文化程度，卿字既可代指女人，又能表示比较高的官家身份。盗墓者被叫作摸金校尉，盗墓的女人并且还是管事的女人，用"军卿"称呼，是一举两得。当着"军卿"和"军师"的面，万乙没有用盗墓贼的贼字，自称"军卿"的女人反过来笑嘻嘻地说盗墓者三个字文绉绉的，不如盗墓贼说起来痛快。

马跃之心里在想，"军卿"话里提及的这事，的确有不同寻常之处。

自古以来，各行各业都有各自不同的忌讳，盗墓这一行，忌讳是最多的。这也难怪，别的行当中，也有与死人打交道的，比如赶尸人和入殓师。所谓赶尸人，传说很盛，但无人真正见识过。入殓师则属于正当职业，且工作对象中有一部分是没有完全咽气的半死半活的人。盗墓这一行，比赶尸和入殓古老许多，然而，哪怕在最糟糕、最险恶的年岁里，也没有丁点好名声。正因为如此，盗墓贼办事时的讲究多，忌讳更多。自从成了专业考古工作者，马跃之一直在直接和间接地与盗墓贼打交道，仅是他所了解的盗墓贼的忌讳，就得用一本专著，才能说个八九不离十，如此，还只限于在昔日楚国地界上干此营生的那些人。若是到了秦晋齐鲁之地，情况又有很多的不同。

以马跃之的了解，东西南北各地的盗墓忌讳，无一例外都有不盗回头墓这一条，不仅自己挖过的墓地不能再去动土，同行之间也绝对不可以有任何沟通。楚学院成立这么多年，发掘过大大小小的墓葬有几百处，要么从没有被盗扰，只要盗墓贼光顾过，少则两三次，多则十来次，从没有哪座墓葬仅仅只被盗扰过一次。然而，这些盗扰相隔时间都在一两百年，甚至几百年、上千年，不可能是同一伙人在盗回头墓，也不可能是同行之间在分享信息。马跃之每次见到不同时期的盗洞，精准地打在同一地点，甚至后来的盗洞就打在先前的盗洞里，便怀疑盗墓贼不挖回头墓的忌讳是否真的存在过，同时心里也很明白，如此巧合不过是"英雄"所见略同。

"让女人盗墓确实有点破天荒！"听"军卿"说自己是有史以来第一位盗墓女贼，马跃之便问："这么做是不是为了打破不盗回头墓的忌讳？"

"看来我们是同行了。""军卿"明知马跃之的身份，故意这么说，"他们拉我入伙时就是这么说的，我也是鬼迷心窍，进了监狱之后才想起来，当初他们说的根本不是什么好话。"

说完这些，"军卿"还用眼睛狠狠瞪着同伙。

马跃之说："以邪制邪，用忌讳忌——是这两句话吗？"

"军卿"说："对对对，就是这八个字，如今真的成了我的苦命八字。"

按"军卿"的说法，他们几个人头一回搭班子盗墓，就在秋家垄挖出几只鼎，运气太好反而让人怀疑是不是故意布置的陷阱。几个人将盗洞填平后，带上青铜鼎，开着车连夜从湖北跑到安徽，回到各自家中。

过了些时,见京山那边一点动静也没有,几个人又开始蠢蠢欲动,认定这是天官赐福,就想将与鼎搭配的簋也挖出来,结果真的挖出鬼来了。前几天,趁着放风,"军卿"对关在江北监狱的几个同伙说,如果不是开张大吉,而是收效甚微,他们就不会这么叛逆。为什么有狗胆包天的说法,因为狗只要吃到骨头了,就一定会发了疯似的想着吃肉。那些人想要挽回当时的遗憾,将来不及取出来的青铜簋拿到手,这才找上在家倒卖古董旧货的"军卿"。盗墓这行的基本规矩"军卿"是知道的,比如,头一条禁忌就是不能有女人到场,第二条禁忌才是不盗回头墓。经不起三番五次的讨论,"军卿"被他们说服了:在理念上,正和邪相克叫作犯冲,正和正相左叫作冲突,邪和邪相斗就变成了对冲。作为女人的"军卿"现场入伙,事情就会变成像数学上的负负相乘得正。这么牵强的一番话,与其说是将"军卿"说服了,不如说是将"军卿"的欲望激活了。"军卿"说,自己原以为盗墓很神秘,没想到就这么一次,没有任何前科的规规矩矩的小老板,就被弄得与既不神、也不秘的梁上君子和性工作者同住一间牢房。

"军卿"刚说完自己的不满,"军师"就说:"负负相乘得正,改邪归正的正,百分之百应验了呀!"

"军卿"说:"正你的头!正你的脚!"

"军师"说:"对呀,身正不怕影子歪!"

沙海想尽快切入正题,正要制止时,马跃之递了一个眼色过去。马跃之看过他们的简单资料,知道"军卿"和"军师"不是夫妻,胜似夫妻。二人说了几句话后,马跃之借口"军师"的安徽话听不太懂,让他坐到离自己近些的位置上。不等沙海他们发话,"军师"便站起身来,换个位置后,刚好坐在"军卿"身边。看得出来,这么调整一下后,"军卿"原本有些苍白的脸色马上泛起一层绯红。

马跃之有意问沙海:"听人说,你有个形容考古与盗墓关系的妙论?"

沙海哈哈一笑:"我是说过一句话,考古与盗墓,就像夫妻和情人。"

马跃之笑着问对面坐着的两个人："沙局长能想得出这种话,你们奇不奇怪?我说个理,大家分析一下对不对。监狱里的人,哪个不盼着有人来看望自己,真正愿意来见面的不是丈夫,就是妻子。关系再好的情人,到了这地步,没有人用棒打,那一对对的鸳鸯,自然而然地变成一只只的孤雁。考古像夫妻是因为二者心里都怀着理想与目标,才可以做到不计一时一地的得失。盗墓像情人是因为二人骨子里不过是贪图眼前的享乐,一旦有不如意的事情发生,分分钟就会变脸。沙局长管理监狱多年,这种情形见得多,才有了这么个说法。"

一旁的沙海还没来得及评价,"军卿"就抢着开口说:"我收回刚才的话,到了这里,谁还不想改邪归正,那一定是投错了人胎。"

如此不痛不痒地说了一会儿,身份完全不同的两拨人为何坐到一起,问话的人就不用明说,被问话的人也是心知肚明。这些年,楚学院每隔一阵就会组织十来个人,去那些没有考古发现的空白地区进行田野调查,希望能够无中生有,大多数时间里看上去一无所获,用总结材料中的话说——用这种方法进行文物保护与考古知识的普及教育也是值得的。按照事先约定,这次面谈如同田野调查,能发现线索更好,找不到线索也没关系。在博物馆当讲解员的王蔗说话声音好听,由王蔗来问第一个问题,至于问题的内容,可以依据现场气氛相机而定。

"盗墓时,你化妆吗?"

"当然要化妆,盗墓是盗墓,女人是女人。"

"盗墓都在夜里,又是在地下,遇见人也是千百年前的死人,化不化妆,都没有眼睛看。"

"怎么会呢,只要化过妆,就觉得到处都有人在看。"

因为先前闲话说得太顺溜,王蔗居然用女人最常见的事来问"军卿"。"军卿"的回答也很干脆,一定也不像是在监狱里说的话。

王蔗说:"道理好像是这样。有时候太忙了,顾不上化妆就出门,上了公交车,感觉谁都瞧不上自己。"

"军卿"说:"这叫换位思考,只要晓得不化妆没人理睬,就能推算出化了妆有多少人在暗中欣赏。"

王蔗说:"我算是找到原因了,楚学院的女人除了防晒霜,都不用化妆品,这才将最爱化妆的讲解员借调到课题组。看来考古与盗墓也可以取长补短。"

"军卿"说:"我虽然是第一次参加,平时也还听说一些事,凡是摸金的老手,人人都有一肚子的不服气,从北上广到汴汉蓉,那些大名鼎鼎的博物馆,哪一座少得了他们的重大贡献?最不服气的是有考古队将国家的钱不当钱,动不动就组织起百把几十人,搞大兵团作战,将良田熟地翻一个底朝天,如此铺张浪费,还打着学术研究的旗号。反过来,盗墓贼做事,讲究的是艰苦朴素,花钱是自己的,卖命也是自己的,在地上打个洞,损坏不了几棵庄稼。最憋屈的是,他们认为自己奉行的是用巡航导弹进行精准打击,某考古队还是用越战时期的地毯式轰炸。"

趁"军卿"说话太多需要喘口气的间隙,马跃之顺风顺水地接过话题说:"确实如此,你们在秋家垄干的这一票,让楚学院男女老少包括老马我全都狼狈极了。是谁这么聪明,楚学院的人找了几十年也没找到的大墓,他一眼就看准了呢?"

"军卿"果然没有在意,与自己说话的人,由王蔗变成了马跃之,她朝"军师"瞟一眼,随口答应:"他们若是真聪明,就不盗这回头墓了。我也不聪明,不然也就不会当这天下第一号女盗墓贼。都是他家九爷,说句不好听的话,就因为盗墓的事干太多,损了阴德,九爷前前后后找了三个老婆,一个香屁也没有放出来。自己看上去也活得好好的,不知是哪根神经受到刺激,有一天,非要跑到合肥旁边一个挺邪门的地方,那里常年演盗墓贼的什么京剧,回来后,天天在家门口吊嗓子。有天早上,九爷吊嗓子时,口渴了拿起茶杯,一口水喝下去,竟然被呛死了。九爷是万事皆休了,却留下一个什么寻宝秘籍,一招不慎就将我们弄成现在这样子。"

沙海对涉及秋家垄盗墓案的几个人很关注,相关情况了解得比较仔细。听过"军卿"的话,沙海很不客气地说:"这些事,你们之前怎么不作交代?"

"军卿"理直气壮地说:"这事怪不到我们头上!被你们审过几十

次,人都审糊涂了,你们不问,叫我们从何说起?"

马跃之担心说话气氛被弄坏,赶紧将说话对象引向"军师"。

马跃之说:"你家九爷叫什么名字,如果真是个传奇,我可能也知道。"

"军师"说:"姓陆,同行都叫他陆无为,碌碌无为的意思。"

马跃之想了想后如实相告:"没听说过这名号,可能还不够传奇。"

"军师"说:"九爷从前常说自己在这里挖出一堆金子,在那里挖出许多玉器,特别像是吹牛。秋家垄这一次,按九爷留下来的秘籍,却挖出了青铜鼎和青铜簋。"

话说到此,马跃之突然问"军师"和"军卿",有没有听说九鼎七簋什么事,或者其他盗墓同行有没有关于九鼎七簋的议论与动作。"军师"和"军卿"分别作了回应,内容都差不多。当初做秋家垄这个案子,也是因为有九鼎七簋出土的事实,否则,仅凭那个秘籍,鬼才跑这么远来冒风险。他们在一起时,经常说起九鼎七簋。盗墓贼不管历史,也不讲文化,只关心有没有自己想要的东西。在他们看来,九鼎七簋肯定不对,一定还有第八只簋。为此,他们还达成共识,如果有幸得到这套九鼎七簋之外的第八只簋,无论是谁的运气和手气,都必须放弃,将第八只簋赠给省博物馆,让九鼎七簋凑齐了,成为天下第一套九鼎八簋,也给自己在青史上留个名。

马跃之本想接着这些话说点什么,见王蔗在跃跃欲试,示意由她先说。

王蔗也不客气,说:"听你们这么说,我也受感动了。难怪马先生说,不是所有盗过墓的人都被别人称为盗墓贼,做一名真正的盗墓贼,比在社会上混个正高职称还难。盗墓贼心里是不是真有好多不能跨越的底线?"

在沙海面前憋了好久的万乙,终于逮着机会与王蔗说上话:"从没见过如此说话的,一边表扬人家,一边当着面称人家是盗墓贼。"

王蔗用眼角看着万乙说:"难道你没听出来,我是用省博物馆有史以来最好听的语调说这三个字,绝对不比对你家沙璐说的那三个字差!"

"军卿"接过此话说:"我听出来了,确实比'我爱你'三个字还好听!"

说话时,"军卿"含情脉脉地看着"军师"。

"军师"听出"军卿"说话的弦外之音,目光中也透出一种深情。

见此情境,马跃之便对"军师"说:"以你们这行的经验来看,这九鼎七簋的第八只簋,是真实存在过,还是只存在理念中?"

被"军卿"口中的三个字弄得情绪膨胀的"军师"说:"考古讲究的是科学,盗墓看重的是气场。九爷和我们的看法一样,秋家垄的气场十分了得,再多的鼎和簋都承载得了。不过,有一点特别奇怪——"

"军师"欲言又止时,马跃之说:"是不是还有一种反气场的东西?"

"军师"惊诧地说:"马先生前辈子也是干这一行的吧,怎么知道得这么清楚?"

马跃之笑着回答:"这辈子的事都弄不清楚,哪管得了上辈子的事。秋家垄那地方,我与你们一样,也只去过两次。一到那里,自己的意识就变得与平时不一样,所以才想到反气场。"

"军师"有点忘乎所以了,一拍大腿说:"先生到底是先生,一下子就说出道理来了。就说我们,如果第一次就将事情都做了,只怕多少年后,不知哪支考古队才会发现我们打的那个洞。结果呢鬼使神差,做半截,留半截,第二次再来,就进了火坑。"

沙海一听马上严厉地说:"你进了哪个火坑?天网恢恢,疏而不漏,都这长时间了,居然还心存侥幸!"

马跃之赶紧拦住沙海:"今天我们只说考古和盗墓,别的道理先放一放。"

然而,事情已经来不及了,重新说几句话后,马跃之发现"军师"和"军卿"都不愿意开口了,实在没办法必须回答时,能用一个字就不用两个字,能用两个字绝对不用三个字。断断续续又聊了十来分钟,马跃之见无法挽回,只好作罢。

"军师"和"军卿"离开时,马跃之坚持要送到标有"禁止入内"的红色警戒线附近，还说，回头再来与他俩聊考古与盗墓。看着他俩的背影，马跃之免不了有些遗憾，很好的局面，被沙海一句话给破坏掉，即便真的再来一次，估计再也不会有之前说话的气氛了。落在后面的"军卿"忽然停下来，与一直跟着他们的那位警长说了几句什么，得到允许后，"军卿"转身走回来，脚尖踩着红色警戒线的边缘与马跃之说话。

"九爷活着时说过，他的寻宝秘籍是在秋家垄得到的。"

"九爷是哪一年到秋家垄的？"

"具体哪一年不清楚，只记得他说过，一路上看到的告示尽是给地主富农摘帽子，听到的广播全是给一些大人物平反。对了，九爷还说，他要是早去大半年，就会遇到省里的考古队。"

"那应该是一九八一年。"

"那一年还让搞包产到户，家里的人分田回来，我妈一高兴，要做点好吃的，就在厨房里生下了我。"

"还有个事，当时秋家垄有两个弃婴，被安徽人带走了。那时候，人口很少流动，乡镇上几乎见不到外地人。九爷到过秋家垄，是不是他带走了两个弃婴？"

"军卿"瞪大眼睛看着马跃之，嘴唇动了几下，心里有话却说不出来。

马跃之还想问一问，警长开始催促，说这里的监控探头，远在北京的司法部都能看得一清二楚，弄不好这里人还没有回到号子里，上面就会打来电话进行追责。

马跃之站在警戒线外，目送"军师""军卿"走向一扇仿佛坚不可摧的铁门，情不自禁地冲着二人的背影大声说了句："'军卿'的称呼特别好，让人记着那句话——卿本佳人，奈何做贼！"

"军卿"的反应稍快一些，肩膀轻轻抖动过后，"军师"的脚步才跟跄一下。

看他俩头也不回地消失在那扇铁门后面，马跃之刚刚转身来，迎面走来一个人。

马跃之一愣，对方也跟着一愣。

双方擦肩而过后，马跃之才反应过来。按之前的习惯，这人应该被称为汪副秘书长。汪副秘书长被抓之后,曾经传闻要将郑雄从文化厅副厅长任上调去顶缺。后来经过运作,郑雄还是提拔成正厅,却是所有厅官里最没有厅官派头的青铜重器学会会长。汪副秘书长由一位警长陪着跨过警戒线,走到之前"军师""军卿"消失的地方,忽然不轻不重地叹息一声:"我的好好先生,当初你只要说一声假的就行,为什么要说是真的呢,悔呀,问世间悔为何物,直教人生死相许!"

马跃之明白汪副秘书长在后悔什么。

有一回,董文贝说有一个工作性质的饭局需要马跃之参加,餐桌上的主宾就是这位汪副秘书长。所谓工作上的事,就是觥筹交错之际,说几句请对方多支持楚学院工作,争取在政府工作报告中写上一句与楚学院有关的话。一桌人喝到脸颊发烧、耳根通红时,汪副秘书长从口袋里掏出一只玉蝉,推说是一个好朋友收藏的,听说有此雅聚,特地让他带来,请马先生判断一下真假,是不是价值十台奔驰车。马跃之看了几眼便告诉对方,东西是真的,而且还是汉代以前的,至于价值,则不好说,放在博物馆,也许价值连城。如果是个人把玩,有可能是负价值。汪副秘书长不能理解为何有如此天壤之别。马跃之毫不客气地回答,从来玉蝉都不是供人把玩,而是人死之后放进口腔,压在舌头上,取一个金口玉言的寓意,其实更像江湖上流行的封口费。一个人都用到玉蝉了,哪里还有说话的机会,更不要奢谈官场上一句顶一万句的权势了!马跃之还进一步说,楚学院的每个人从进大门那一刻起,就对玉蝉心存忌惮,连看门的许师傅都晓得轻易不要用手碰这东西,自己就不明白,为什么有些人总是拿玉蝉当传家宝,再好的玉也得靠上好的气场来养,在死人嘴里放了两三千年,说句不算吓唬人的话,见到这样的玉蝉,不说退避三舍,起码也得敬而远之。汪副秘书长听后相当不高兴,找个机会当场发泄一通,说现在在社会上混的人,有几个不是大学生?凡事需要尊重他人,不能总将别人当成屁事不懂的文盲。弄得董文贝很尴尬,从此以后,凡是这种俗务,再也没有马跃之的份了。

望着汪副秘书长消失的地方,马跃之很想回一句,谁说世上没有后悔药,监狱里就有得卖,只可惜价钱贵得离谱。

从警戒区的会见室来到办公区的会客室，马跃之将这个故事说给沙海。

沙海心有余悸地表示，自己见过那只玉蝉，有人曾经上门兜售过，玉蝉的玉质极好，让人爱不释手，但是人家开出来的价格之高，真的要吓坏一大批人。

沙海说："好在我只玩青铜，爱归爱，该撒手时就要果断坚决地撒手。"

马跃之说："谁让你是后悔药的总经销商！"

沙海没明白过来："马先生说话又带拐弯了。"

马跃之只好略加解释："刚才那位前副秘书长不是说问世间悔为何物吗，那后悔药难道不是你卖给他的？"

沙海笑着说："马先生来这里之前，有人与我说，没当成副秘书长的郑雄正在北京学习三个月，实际上，只要来我们这里安排一间屋子待上三天，效果要好上十倍二十倍。"

马跃之说："你就明说了吧，除了郝文章，不会有第二个人说这样的话。"

沙海说："就算是这样吧，你们来电话预约时，正好郝文章也在问，他自己想见见'军师'，又不想这里申请，那里批准，弄得满城风雨。我告诉他，只有一个办法，就是再犯个事，然后发配在江北监狱，天天放风时都能见面。"

马跃之说："我就不信沙局长没有其他办法，比如外出就医什么的。"

沙海说："马先生就不要提这事了，当初让'老三口'外出就医，后来至少检讨了一百次。当然，如果是为了青铜重器什么的，我还是想滥用一下权利。"

马跃之笑了，然后问："你这里关了多少厅官？"

笑而不答的沙海反过来问："马先生猜一猜，汪副秘书长刚才出来见谁？"

见马跃之没有流露出任何兴趣，沙海只好主动吐露："马先生问我这里关了多少厅官,我当然知道人数,但是不能说的。马先生若是真有兴趣,可以去问问这些人最爱结交的熊达世。"

马跃之心领神会地说:"你是说刚才来见汪前副秘书长的人是熊达世,这两个人有什么必要非得在这种地方见面?"

沙海说:"实话对马先生说吧,让汪副秘书长后悔的那只玉蝉,就是熊达世转让的。生意的事,一个愿打,一个愿挨,从人家的手,过到自己的手,是死是活都是自己的命,怪不得别人。"

马跃之说:"那我就明白了,熊达世一定是来给人家掐算时运的。"

沙海说:"马先生果然是明白人。除了掐算时运,熊达世的主要目的是要人家将玉蝉拿出来,放到哪座庙里供养一阵。熊达世的理由与马先生的意思差不多,说是计算这只玉蝉的前世今生时,在劫数上略有误差,让汪副秘书长受了这场无妄之灾。熊达世计划将这只玉蝉拿到青海循化的一个活佛那里供养起来,时间一到,与这玉蝉相关的所有劫数就会一一化解。马先生能猜出来,汪副秘书长如何回答吗?汪副秘书长反过来问熊达世,某某时间,你不是来我办公室拿回去了吗?"

沙海将熊达世与汪副秘书长见面的情形说得活灵活现。

江北监狱这里,以沙海的地位,想要知道什么,都不过是分分钟的事。

沙海说,汪副秘书长上过一次当,就不会再吃第二次亏,半辈子积攒下来的资源说没有就没有了,唯独这只玉蝉死也不肯交代。兵来将挡,水来土掩,从纪委到检察院,不管审问的人是谁,他始终坚称,玉蝉是从熊达世那里借的,玩过一阵后,就还给人家了。见到熊达世时,汪副秘书长仍旧咬紧牙关,死活不肯改口,继续这么说。别的人都不清楚他俩曾经达成什么样的交易,熊达世想要拿回玉蝉与汪副秘书长不肯拿出玉蝉,肯定各人有各人的理由。熊达世离开时有些气急败坏,偏要继续装出一副大师模样,料定汪副秘书长撑不过六十天,到时候就会百分之百地按照自己的路线图行事。

说完玉蝉,沙海又提起九鼎七簋。

沙海所说的话全是熊达世说过的。

沙海没有弄清楚熊达世是不是要他传话给马跃之。

沙海只是觉得,熊达世得知马跃之正在这里调查九鼎七簋的相关线索,才说出这些话,就理解为这些话也是说给马跃之听的。

熊达世说话的意思是,郑雄就是想提拔,九鼎七簋课题组的成果,是郑雄精心预备的向上进步的关键台阶。

沙海要马跃之细细揣摩一下熊达世的话。

马跃之皱着眉头,连听完这些话都觉得不耐烦。

正在这时,送"军师"和"军卿"回监狱的警长给沙海发来一条微信,并请沙海转给马跃之。

"军卿"说,那次九爷来秋家垄本意是探亲,九爷的哥哥在京山当组织部副部长,当时正在下面蹲点,一些事都是无心碰上的。包括从湫坝带回安徽的那个婴儿,算不上弃婴,是人家不想养,通过九爷的哥哥白送的。九爷没有孩子,带回老家当儿子养。九爷被一口茶水呛死后,九爷的哥哥回家奔丧,又将那孩子带回京山。

马跃之向"军卿"询问两个弃婴。

"军卿"回答时,只说一个婴儿,还是抱养的。

马跃之有点恍惚,似乎摸不着头脑了。

贰叁

年底的日子过得非常快。

郑雄从北京弄到的经费到位后,九鼎七篇课题组移师湫坝镇,拉开的阵势越大,日光流年的感觉越发明显。

在王蔗和万乙的眼里,因为都要在元旦举办婚礼,这对将时间当成宠物的年轻男女,突然觉得二十四个小时也不够用,恨不得将每一天都延长为三十六个小时,而这多出来的时间,全部用在晚上。前次到湫坝镇时,王蔗和万乙身上燃起来的男欢女爱之情,回到武汉后,似乎被理智彻底压制住。为了防止死灰复燃,从来湫坝镇的第一天起,马跃之就作了防范,只将万乙留在身边,而让王蔗待在县城,名义上要她在县档案馆和博物馆查找资料,实际上是将二人之间的距离尽可能拉大。

也许是各自的婚期临近,两位年轻人更加珍惜婚前的自由时光。

来湫坝镇刚好一个星期,马跃之夜里做梦,没有睡好,天还没亮就睁着眼睛无法再睡,就在这时,一阵摩托车的声响由远而近,之后消停在小湫宾馆附近。又过了片刻,隔壁万乙的房门轻轻响了一下,那种动静与前次住在小湫宾馆时听到的一模一样。马跃之忽然明白,向来不用闹钟的万乙,这几天也用起了闹钟,且将时间定在七点五十五分,只给自己留下五分钟起床洗漱的时间,八点钟准时开门陪马跃之到小街上去喝早酒。马跃之用不着询问就明白,万乙夜里驾驶不知从哪里弄来的摩托车去县城了,望着万乙满脸幸福的倦意,马跃之甚至不知道自己是羡慕,还是担心!

偶尔,马跃之会不经意地冒出一句"到底是年轻人""年轻真好啊"之类的话。表面上,王蔗和万乙看上去一切正常,包括心知肚明的马跃之,越想看出他俩之间的那种不同寻常,反而越难以发现越轨男女的那些破绽。特别是偶尔因为工作上配合不当而发生的口角,完全符合男女同事从互相埋怨,到各自后退半步,重新达成世俗的平衡。

有一回,万乙正在指挥几个临时雇用的当地人,在当初发现九鼎七簋的垄中坳上打探方,王蔗来电话,她在一个资料上发现一段话,九鼎七簋出土时,曾就近存放在附近的一座红薯洞里。王蔗要万乙在垄尾垱看一看,是不是有这么一座红薯洞。万乙回答说,他知道这事,也问过几位健在的当事人,修水渠的那一年,红薯洞就被挖掉了。王蔗坚持要万乙亲自看一看,万乙正忙着手头上的事,不肯答应马上就去。放下电话,王蔗就叫了一辆出租车,从县城跑来秋家垄,自己去垄尾垱,仓促之中来不及换下来的长裙,被荆棘划破两个窟窿。千不该,万不该,万乙不该忘记提醒王蔗应该穿牛仔裤。话音刚落,王蔗就大吵起来,怒指万乙目中无人,以为当讲解员的人只会复述现成的资料,不尊重他人辛苦工作的成果。在不远处踏勘的马跃之闻讯赶过来,王蔗已经哭过好几场。看样子,王蔗是真生气了,万乙脸上的愤怒也一点不掺假。马跃之就让万乙带着王蔗在附近转转,或许真有这么一座红薯洞没有被发现。

有些事情很难说清,万乙和王蔗在垄尾垱上转了不一会,真的发现一座人工洞穴。

以发现九鼎七簋的一九六六年为时间轴的零点,往前往后各十几年，在包括随枣走廊的江汉平原周边一带，普遍开挖这种人工洞穴，用来贮存冬去春来时节赖以充饥的红薯。万乙和王蔗发现的这座洞穴与一般的红薯洞不同，没有记载在王蔗所见到的资料中。新发现的人工洞穴，距离九鼎七簋出土地点有一千几百米，不是"附近"二字所能代指的。

如果不是彼此都在生气，二人也不会走出那么远。一开始是王蔗在前，万乙在后。慢慢王蔗走不动了，变成万乙在前，王蔗在后。二人都不再生气后，在荒坡上漫无目标地继续行走，忽然发现一只刺猬。受惊吓的刺猬全身缩成一团，待在草丛中一动不动。万乙捡起一根枯枝，要去拨弄那只刺猬，刺猬打开身子，猛地蹿向王蔗，万乙赶紧伸出枯枝进行拦阻。一场小小的兵荒马乱过后，厚得如同地毯的枯草中现出一块墓碑。

看得出来，墓碑是被人从别处移过来遮挡什么的。

万乙弯下腰，双手用力一掀后，黑乎乎的一个洞口，以及洞内残存的稻谷和红薯，经过不知多少年腐烂发酵，形成的劣质酒糟气味扑面而来。

爱情是最了不起的生产关系。

爱情也是最了不起的生产力。

万乙和王蔗没有贸然行动，他们将率先钻进人工开挖的秘密粮洞的机会留给闻讯赶来的马跃之。马跃之在能够容下二三十人的秘密粮洞里，情不自禁地想起这两句话，而这两句话在马跃之心里贮藏了三十多年。为了保护可能有用的痕迹，马跃之在废弃的秘密粮洞内待了三十几分钟，才让万乙和王蔗进到洞内。

秘密粮洞底部，有一个水坑，马跃之他们站在那里说话时，仍旧有一滴滴水珠从洞顶滴下来，掉进水坑里，发出幽幽柔柔的滴答声。地面上一处隐隐约约的痕迹，马跃之让万乙和王蔗判断是如何造成的。

王蔗说，此处曾经放过什么东西。万乙进一步说，只有金属之类的东西，才有可能挤压出由四根直线线条组成的棱角分明的方形痕迹。

马跃之嗯了一声，又点了点头，这才下定决心告诉他俩，如果自己的判断没有错,也希望自己的判断没有错,这方形压痕的尺寸,长是二十四厘米,宽是十七厘米。马跃之将卷尺递给万乙,让他再量一遍,确信没有误差才继续表示,与那只表面镶嵌有绿松石龙、里面藏着一把折扇、壶盖内有铭文的青铜方壶的底部尺寸完全相同,也就是说,这隐隐约约的压痕是那只青铜方壶在此长时间放置后留下来的。

万乙和王蔗心里都很明白,只等马跃之亲自说破。

马跃之指着刚刚滴下一滴水珠的水坑说:"他的耳朵比我们的眼睛管用!"

这一次大家的耳朵也很管用,一下子就听出来,马跃之说话所指正是听漏工曾听长。

万乙不再迟疑了,直来直去地说:"听漏工虽然稀罕,这样神出鬼没,到底想干什么呢?"

王蔗说得更具体一些:"人家好不容易发现一只青铜方壶,既不图名,也不图利,总还是要图点什么吧!这样子,有点像是引蛇出洞,这里面的意思不会大,但也不会太小。"

三个人将秘密粮洞上上下下仔细看了一遍,又发现摆放青铜方壶的位置旁边,有一处木质材料腐烂的痕迹。经过仔细察看,在木质材料腐烂的痕迹中,还有两只精细的铜质合页,因而确认先前放置的是一只木匣子。又根据肉眼可辨的少量绿色铜锈,断定木匣里曾经装有某种青铜小件。除此之外,再无任何其他值得留意的地方,他们才退到洞外。

重新盖上那块墓碑石时,看到刻在上面的四个字——秋风之墓。

马跃之有点吃惊,那字迹太熟悉了,与"小玉老师之墓"一个样,都是曾本之写的。曾本之自己也曾说过,秋风去世时,曾经按小玉老师的要求写了这四个字。

陷入沉思中的马跃之久久不语。

王蔗了无痕迹地回京山县城去了。

万乙也回到那些还在打探方的人群当中。

对这一带已经很熟悉的马跃之,沿着牛羊踩踏出来的密密麻麻的蹄印,来到郝文章和曾小安的养蜂汽车旁边。

秋意越来越浓，原野上难得见到有成片的花朵。这种时节，专业养蜂人，都会开着车，拉上堆成小山的蜂箱驶向仍是鸟语花香的南方。也有一年四季待在原地寸步不移的，这样的养蜂人无一不是将几只蜂箱置于自家房屋附近，得空时取些蜂蜜供自己食用，除此之外不对蜜蜂进行任何干扰，让蜜蜂们在无花可采的季节，凭着预先贮存的蜂蜜营养自身，等待春暖花开。郝文章和曾小安是介于专业和非专业之间的第三种养蜂人，一台养蜂汽车，可搭载三十几箱蜜蜂，花开时节，每月取一次称为老蜜的蜂蜜，用不着拿到市场上去，除了留一部分给楚学院工会发福利，余下来的那些仅仅是慕名专程跑来的人就不够应付。

穿过一片树林，就见到郝文章和曾小安坐在养蜂汽车旁看书。季节非常好，天上的阳光，四野里的微风，落在人身上都很舒适。野地最令人不堪的小咬们，都在忙着张罗自身过冬之事，轻易不去骚扰人。有从车厢里伸展出来的遮阳布帘挡着，马跃之还要再走一段距离才看出来，二人手里捧着的是那不太常见的老旧版本的典籍。曾小安位置背对太阳，郝文章则相反，二人对面坐着，相隔的距离使得彼此刚好将自己的双脚抬起来，搁到对方的大腿上。

山坡上极其安静，一只蜜蜂飞过都能引爆巨大音响。

察觉到有人走近，正在看书的郝文章和曾小安同时放下双腿，并正了正身子。

马跃之看了个正着，索性响亮地叫起他俩的名字。

大约觉得还有一些尴尬没有消除，马跃之还补上一句："郝小先生和少夫人，好雅致呀！"

见到马跃之，郝文章赶紧将藤椅转过九十度并起身让座，嘴里回应说："我们是落难秀才，雅什么致！"

马跃之环顾四周，羡慕地夸他俩过的是神仙日子，还随口说了一句，自己想不明白，什么都要管一管的巡视组，在楚学院待了三个月，只放过大家公认的不务正业的郝文章。也不用郝文章回答，马跃之就问郝文章在看什么书。郝文章不肯正面回答，只说是一般人不会看的闲书。还没说上几句话，曾小安就已经从养蜂汽车内捧出一杯热乎乎的咖啡，还特意说，不是速溶的，是现磨的。

马跃之喝了一口，说："难怪柳琴总在夸你们的小日子过成了世界级的，用不了多久，就会将先前耽误的好日子，全部过回来。"

曾小安没说什么，倒是郝文章有话说："这些事，说多了也没甚意思，再说我们也是愿打愿挨，没有这番经历，我也不晓得自己这么爱她，她也不晓得自己这么爱我。"

马跃之正想着要说点什么，曾小安接过去说："我们这算什么，马先生和柳琴才是神仙伴侣。每天三个电话，没有一个字是问身在荒郊野外的闺蜜有没有遇上豺狼虎豹，而是要我去看看她家糟老头马先生好不好。"

马跃之笑着说："一个中年妇女待在家里闲得慌，不过是找点说辞。"

曾小安马上说："马先生这么说就不公平，柳琴心里一直搁着帮你的想法。水务局的陆少林不是说过，京山这边的秋老太太是他的伯母吗？柳琴计划再来京山，见见秋老太太，说不定能问出一点你们问不出来的内幕。还有，柳琴老是放不下那本《溇坝镇文史资料》（第一辑），说是念念不忘必有回响，她还想从秋老太太手里拿到这本书，给马先生帮个小忙。"

马跃之说："有句话，拿不得轻，负不得重，有些女人听了不高兴。却不晓得，不拿不负，不轻不重，才是女人中的极品。"

曾小安说："这可是马先生自己说的，我这就打电话叫柳琴来京山。马先生可不要疑心生暗鬼。"

马跃之说："放心吧，就算让她叫曾小安，让你叫柳琴，都是可以的。"

曾小安心知柳琴已将杨华华曾经与自己互换身份做人工流产的事说给马跃之了，便将眼睛一瞪："连柳琴都如此搁不住心事，难怪窗外那只老狼叹气说，女人话不能信。"

马跃之想起那个女人吓唬孩子，说是扔到窗外喂狼，害得窗外的老狼空等一夜的笑话，轻轻松松地笑了笑。

一旁的郝文章听出曾小安话里有话,才开口问了半句:"你和柳琴——"

曾小安用手指在自己嘴唇上比了比,要郝文章断了这个念想:"这事你一个字也不要多问,我才不会像柳琴那样没骨气,自从将老公改叫先生后,说起马先生整个人就变得骨软心酥。我的这颗芳心,是用两周时期最先进的铜铁合铸工艺制造的,软的够软,硬的够硬。"

见曾小安故意夸张地说话,郝文章也学样说:"我才不问,哪天你实在憋不住了,主动来说,我都不想听。"

说笑一会,马跃之见养蜂汽车旁放着一只折叠桌,上面铺着毛毡,文房四宝,一应俱全。马跃之有点手痒,一想到那年,因为曾侯乙尊盘的事,与曾本之用笔墨争锋的场景,心里更是痒痒的。马跃之不说话,起身走到临时摆放的书写台面前,向砚台里倒上墨汁,润开毛笔,依旧将宣纸裁成斗方。

马跃之朝郝文章看了一眼。

郝文章会意地站到马跃之身边。

马跃之略想一想,挥笔写下:志不可满,乐不可极。

郝文章接过毛笔,同样写道:傲不可长,欲不可纵。

马跃之不再犹豫飞快地又写:人而无信,不知其可。

郝文章不假思索用其意写下:车若无辕,其何以行?

马跃之浓墨重彩地来了一笔:良医不用,无典之药。

郝文章潇洒飘逸地一挥而就:大药不生,无良之地。

马跃之听到一声鸟鸣便写道:鹦鹉学舌,不离飞鸟。

郝文章在犬吠声中来了一句:猩猩能言,依然禽兽。

在你来我去的书写过程中,马跃之注意到,郝文章一直戴着蓝牙耳机,曾小安拿起墨汁瓶,似是在问要不要继续写,若还要写下去,就往砚台里添些墨汁。见马跃之和郝文章各自拿着笔没有放下的意思,便用墨汁将砚台注满,并且按先前的样子再将宣纸裁出八张斗方。

马跃之想到什么长吁一口气:圣人不死,大盗不止。

郝文章倒像胸有成竹地回应:以大结小,必有奸谋。

马跃之下笔的速度慢了许多：孤阳不生，独阴不长。

郝文章也不急不慢徐徐写来：透彻人理，心地雪亮。

马跃之左臂高举，右手疾书：成大事者，不恤小耻。

郝文章得曾小安耳语才落笔：知小谋大，位尊德薄。

马跃之看看四周才一挥而就：有缘怪石，三生求证。

郝文章只顾低头也写八个字：无种奇花，四季常开。

终于，马跃之不再往下写了，随手将毛笔在砚台上重重一放。

相较之下，前几年，为了曾侯乙尊盘，马跃之与曾本之如此这般地舞文弄墨时比较轻松，这一次，面对晚了整整一辈的郝文章，马跃之感到前所未有的疲惫。与曾本之一起肆意挥毫时，相互之间只是展现各自的境界。轮到与郝文章你一句、我一句地来来往往，自己和郝文章写出来的每个字，仿佛都有具体针对的对象。

马跃之盯着郝文章的蓝牙耳机说："你在这山野中遇上位高人了吧，文采恰似曾先生，我可是不敢再在你面前拿毛笔了。"

郝文章躲开马跃之的目光，不好意思地说："哪里哪里，曾先生向来都说，马先生才是楚学院当之无愧的第一才子。"

见曾小安与郝文章将二人写出来的三十二幅斗方收拾得差不多了，马跃之忽然冲着曾小安问，安静一向在这时候去超市购买蔬菜食品，这个习惯是不是还没改变？见曾小安点头认可了，马跃之马上拿出手机，当着曾小安和郝文章的面，拨打曾本之家的座机电话。

电话铃响十几声，终于被接通了。

马跃之对着手机说："这时候能接电话的人就不要再装神弄鬼了，也不要否认自己不是曾先生，更不要一声不吭地挂断电话。哪怕不能或者不愿开口，就这样听一听我马跃之对一些事情的看法，顶多浪费一点精力，绝对不会有其他方面的损害。两个小时前，我找到秋风的墓碑了。也不知曾先生在捣什么鬼板眼，居然向郑雄建议成立九鼎七篇课题组，墓碑就是课题组的两个年轻人发现的。'秋风之墓'四个字，与小玉老师的墓碑一样，华丽的楚简字体，肯定是曾先生的拿手绝活。曾先生当年按小玉老师的要求亲自刻写了这四个字，墓碑竖起来才大半年就凭空消失了。秋风墓碑下面不是墓穴,而是一座废弃的秘密粮洞。曾先生曾经说过,秋风是乡镇级的考古高手,假如秘密粮洞内的青铜方壶是秋风放进去的,假如青铜方壶里的折扇也是秋风放进去的,难道秋风会在死后将自己的墓碑,放在秘密粮洞口上作为遮挡吗?"

手机里忽然传来安静的声音:"你这小东西,又在淘气,让你别接电话,是不是挨打没有挨够?"

随着一声"喵喵"的猫叫,电话被挂断了。

马跃之没有往猫身上想,一边收起手机,一边问曾小安和郝文章:"今天是星期二,孩子怎么没上学?"

曾小安笑着说:"这孩子永远也上不了学。"

说话时,郝文章打开手机上的监控软件,用手指点了一下回看:客厅里电话铃声在响,一只黑白相间的小猫蹿出来,跳到茶几上,用爪子按了一下免提键,马跃之说话的声音立即响起来。听到说接电话的人不要装神弄鬼,端坐在电话机旁的小猫晃了几下脑袋。

马跃之不想看手机视频,就问曾小安:"你也俗里俗气地将猫狗当儿子来养?"

曾小安嘟着嘴说:"如此看来,马先生至少七个月没上我家了。"

马跃之说:"话不是这么说的,是你们家升级成为金屋,将曾先生当成了阿娇,不让外人一睹尊容。"

听到这话,曾小安的脸上现出几丝愁云。

郝文章很默契地岔开话题:"马先生,这秋风和小玉老师是怎么回事,你们说起来总是含含糊糊!"

曾小安便顺着这话往下说:"不是与你说过吗,你在江北监狱时,爸爸悄悄讲秋风和小玉老师的爱情故事给我听,弄得我都想为你殉情!"

很显然,曾小安抢着说这番话,是想排遣内心的某种不快。

马跃之不想再被人抢先了,他说:"这世上,真有一个人同时深深爱着两个人的爱情吗?"

郝文章说:"不是说大千世界,无奇不有吗?"

曾小安说:"一点也不奇怪。爱情常见的形式是两种,一种是疾风骤雨,一种是细水长流。那些恩爱半辈子的夫妻,相濡以沫,甘苦与共,没有哪一点不对劲,一夜之间,就有可能山崩地裂,产生另一段刻骨铭心的感情。"

马跃之说:"一段情已了,再起另一段情,哪能叫作同时?"

曾小安说:"我懂了,马先生的意思是说在同一时间段里,同时爱上两个人。这种事在男人身上发生的概率要大一些,燕瘦环肥,各美其美嘛。让一个女人同时用心用情地爱两个男人,我的眼界还没有这么开阔。"

郝文章说:"你也太谦虚了,玩婚外情女人不比男人少!"

曾小安说:"俗了!太俗了!玩婚外情的女人,如果只能二选一时,肯定会头也不回地丢掉一个。马先生的脑子里哪会装着这些俗务,马先生是指女人同时爱两个男人,一个叫海誓,另一个叫山盟;一个叫海枯,另一个就叫石烂。就像爱一枚硬币的两面,没办法分开的。"

郝文章说:"小时候听我爸说过,不知是楚学院的哪位之之叔叔,在湫坝这儿,有过一场要死要活的爱情。"

曾小安说:"肯定不是我爸,我爸那个老学究,只配得上我妈那样的算盘精。"

马跃之说:"知知者之之,不知者之之,不是曾本之,就是马跃之,这倒也很好猜,你们是不是这样想的?"

不等他俩再说什么,马跃之一转话题,将发现秋风墓碑和秘密粮洞,以及秘密粮洞中留存的青铜方壶痕迹与他俩细细说了一遍:"你们也帮忙推理一下,这里面有哪些暗道机关、迷宫密码?"

郝文章和曾小安你一言我一语地分析起来。

慢慢地,就梳理出一些有用的头绪。首先,依据那把折扇上用毛笔书写的文字"陆父之风,子孙永宝",以及青铜方壶壶盖内錾改的铭文,可以判定,一九六六年之前,青铜方壶就已经出土,并在人间悄悄流传。因为,红卫兵运动兴起后,没有人敢在折扇上写这种表现坏思想的文字。其次,一九六〇年前后三年生活困难时期,乡村中人将向来当作辅助食物的红薯升级为主要粮食，大量红薯从地里挖起来，贮存很不方便，才由农技人员发明了这种洞藏的形式。到了一九八一年，包产到户全部落实后，一家一户的红薯产量有限，贮藏在家里就行，不需要放在野外的洞穴里。同理，作为人民公社、生产大队和生产队等集体生活才需要的红薯洞藏方式，因为实行联产承包责任制而被彻底废弃，这些人工洞穴也被人们所遗忘，才会有人将青铜方壶藏进洞内。以他们多年接触青铜重器的经验来估算，在非封闭的自然条件下，需要三十年以上的时间，青铜方壶才可能锈蚀到连镶嵌上面的绿松石龙都无法辨认的程度。也就是说青铜方壶藏进洞内的时间下限为一九八七年以前，上限为一九八一年以后。再结合陆少林所说小时候见过青铜方壶，以及其伯父陆达仁的死亡时间，其时间范围可能缩得更小。至于盖在洞口的"秋风之墓"墓碑，参考意义不大，青铜方壶藏进洞内，随便什么时间都可以将墓碑拖过去将洞口盖上，但也不能排除其他可能。

从考古研究角度来看，将青铜方壶藏在秘密粮洞的缘由，完全可以忽略不计，这种与考古研究藕断丝连的故事，忙的时候没有人顾及，若是闲下来弄出一两段，茶余饭后说一说也是雅趣。

正是这个原因，马跃之努力让自己闲下来。

见郝文章和曾小安觉得再也没有值得分析的东西了，马跃之就说："有一点，我想了好久也没有想明白。如果将秘密粮洞比作墓穴，在那位发现并取走青铜方壶的人进去之前，可以说没有发生任何盗扰。里面的浮土与淤泥，几乎原封未动，地上有一行往外走的脚印，只有特别仔细地察看，才能看出那人是踩着自己进去的脚印出来的。这样也好，能够从取走青铜方壶后留在原地的痕迹，断定这一次青铜方壶是从这里问世的。我要问的问题是，这种方式已经超出专业人员的行为规范，对方这么做肯定不是随意的，他的主观意图是什么？"

郝文章说："能不能假定取走青铜方壶的人就是名叫曾听长的听漏工？"

马跃之说："反正是推测，当然可能预设一定的前提。从洞顶滴下来的水滴声，也只有他听得见。"

郝文章说:"曾听长是将青铜方壶当成一把锁,他还不清楚这把锁锁住的是自行车、电动车和摩托车,是仓库、会所或办公室。"

曾小安说:"对!将青铜方壶转手给了陆少林,看样子也不像是贿赂人家,听漏工做的事虽然特殊,到底还是普通的技工,每天又只能说十句话,行这么重的贿,实在没有必要。我要是梅玉帛,一定会在这个关键点上下死力追究。"

郝文章说:"再好的女人也会说话跑题,说着说着就扯远了。这时候你就不要提梅玉帛,只分析听漏工,分析曾听长。"

曾小安说:"因为女人擅于制造曲线美!我绕这一下,是要说明,听漏工曾听长是不是想将陆少林作为诱饵,来钓藏起来的那条大鱼?比如说我家的曾先生?"

见马跃之频频点头,还想说话的郝文章,收住了嘴。

又等了一会儿,马跃之才说:"曾小安的猜测很有新意。"

曾小安说:"也是被逼的,凭什么老是鬼鬼祟祟地听我家楼下自来水管和煤气管里的动静?我和郝文章商量好了,下次回武昌时,找人将我家的管道全部用隔音材料包裹起来。"

马跃之说:"你们就不要白费劲了,没用的,就说那秘密粮洞里的青铜方壶,隔着几米厚的砂岩,他都能听出动静,何况其他!"

曾小安说:"青铜方壶又没长嘴,躺在秘密粮洞里,不吵也不闹,哪来的动静让他听,难道他有本事让青铜方壶满地打滚?"

马跃之说:"我看过,秘密粮洞内有多处渗水点,存放青铜方壶的位置,刚好就有一处,从洞顶渗下来的水滴在青铜方壶壶体上,会发出不一样的叮当声。"

曾小安说:"说好只是假定,怎么越说越真了?"

郝文章说:"假定能不能站住脚,要看进一步的推理。"

曾小安突然柳眉倒竖,开口就要郝文章站到一边去,还用手指着几十米远的那棵银杏树,让去那里,她不开口叫就不让回来。郝文章有些摸不着头脑,但还是照着曾小安的意思头也不回地走到那棵银杏树下,才回过头来看着这边。

曾小安低着头，一副心里有话却说不出口的模样。

马跃之便主动问："你是不是对听漏工、对曾听长还有别的假定？"

曾小安好不容易鼓起勇气问："马先生是我爸最信任的朋友，我爸有没有对马先生说过一些没有人知道的事情？"

马跃之随口就说："没有哇，曾先生为人坦荡，眼睛里容不下一粒沙子，从曾侯乙尊盘的铸造方法，是范铸法还是失蜡法这事就能看出来。"

曾小安提心吊胆地说："我爸是不是另外有个儿子？"

马跃之惊讶地说："你怎么会有这种奇怪的念头？"

曾小安说："是的，这些时，我总在想我家的曾先生是不是偷偷生了一个我哥哥？"

马跃之说："你得好好解释给我听，不然我会听不明白的。"

曾小安说："前几个月，在京山医院时，听与柳琴同病房的秋老太太说，我爸和马先生第一次来漱坝考古时，考古队驻队门口有一个弃婴，被两个外地人领走时，秋老太太告诉对方，男婴的父亲姓曾。从那时到现在，已经三十几年，正好与听漏工曾听长的年纪差不多。那次在京山时，柳琴发现一个人，认为他长相很像马先生，就拉着我帮忙辨认，我一看，觉得不像马先生，倒是更像我家的曾先生。后来才弄清楚，这个人就是听漏工曾听长。马先生你说说，世上哪里会有这么凑巧的事情？所以，这事我只能问马先生了。"

马跃之说："你刚才还说别人越说越真，你自己说得更真了！"

曾小安说："我只是不想让郝文章听见，不想有损我爸的形象！"

马跃之沉思一会才说："假定就是假定，只能当成方法，不能认为事已成真。我也有个问题，曾先生为何要成立一个九鼎七簋课题组，这不像是突发奇想，突兀行事也不符合曾先生为人做事的性格。这里一定有一个为什么，你能告诉我点线索吗？"

曾小安说："课题组的事我和郝文章肯定知道得比马先生晚，但是，我俩来秋家垄驻扎，是我爸要求的。我爸还说，希望我们到时候能有机会帮马先生一把。具体帮什么，怎么帮，我爸没说，我们也没问。"

听完这话，马跃之说："你将郝文章叫回来，看看你们还有没有可以假定的事情，如果没有可假定的，就请你们帮忙做件实事。"

曾小安一招手，站在银杏树下的郝文章飞快地跑过来。

三人到一起继续说话时，曾小安特地进到养蜂汽车内，端出一杯咖啡，还在表层的牛奶泡沫上用咖啡粉末画出一个心形图案，递给郝文章，抚平刚被驱逐离场的小小委屈。见马跃之在一旁微笑，曾小安娇嗔地说，自己这么做都是柳琴手把手教导出来的。马跃之回应说，曾小安与柳琴是两朵女人花，天生丽质，用不着谁教导谁。

接下来，马跃之开始说要他俩帮忙的一件实事。

原来是要曾小安想办法查找京山当地，特别是湫坝一带从去年到今年，气象台预报雨情的所有记录。曾小安和郝文章对了一下眼神就明白其中道理，只有天上下雨，地上才会有水，地上有了水，才能向地下渗透，遇到秘密粮洞一样的洞穴，就会形成水珠掉下来，滴滴答答地发出声响。可是，一场雨落下来，连猫狗鸡鸭都知道，如何将他们假定的听漏工曾听长进行锁定呢？

马跃之不慌不忙地掏出手机，当着二人的面打电话给王蔗，让她马上回武汉，去水务局找卢小材，查一下听漏工曾听长从上海调来后，因故没有上班的情况，然后全部抄录下来。马跃之的电话还没有打完，一旁听他说话的曾小安和郝文章，就露出一副恍然大悟的表情。马跃之挂断电话，先是郝文章问，马先生如此吩咐，是不是要将听漏工曾听长没有上班的时间，与湫坝这边预报下雨的时间，相互对照，看是否存在关联。

见马跃之点头认可了，曾小安才说："马先生太狡猾了，这种只有老警察才设计出来的连环套，你肚子里居然也有，难怪我爸说你比七窍玲珑心的比干只少一个心眼。不过，这一次马先生只怕是智者千虑，终有一失了。"

马跃之说："你说说看，这一失，失在哪里了？"

曾小安说："楚学院的人，不是老古董，就是新古董，再差也是半个古董——我爸也老犯这种不食人间烟火的常识性错误。不要说人家大小也是局级单位,就是楚学院,谁谁的上班记录是可以随便查的吗?王蔗说话的声音的确很好听,那也是在博物馆解说青铜重器,别人专心听出来的效果。水务局可不吃这一套,人家要的是红头文件。我给马先生出个主意,纪委的梅玉帛对马先生特别器重,不如请她打电话给陆少林,陆少林肯定会安排得妥妥的!"

马跃之就将王蔗是卢小材的未婚妻,二人定好元旦期间举行婚礼的情况简单说了。

曾小安一听,马上大惊小怪地说:"王蔗难道不是在与万乙谈恋爱吗?"

马跃之说:"他俩向你们坦白过?"

曾小安说:"都什么年代了,哪怕谈一百场恋爱也不犯法,坦不坦,白不白,谁还在乎!再说,连郝文章都看出来了,这种普及程度,相当于在武汉三镇的公交车上做过广告!"

郝文章接着曾小安的话说:"我只是说过他俩是天生一对,没说过他俩在谈恋爱!"

马跃之说:"当初楚学院有不少人说,曾小安与郑雄是天生一对,我就不同意,说那还有地生一双哩!曾先生问我这样说话是什么意思?我说,天上掉下来的可能是块无用的乱石头,地上生长出来的哪怕是一棵有根有脉的草才能靠得住。"

曾小安说:"所以我才说我爸是个老古董,肚子里连半寸儿女情肠也没有。"

马跃之说:"曾先生若是老古董,怎么生出你这个浪漫到天上的女儿?"

曾小安说:"我的浪漫是自学成才的,与我爸没关系!"

曾小安被自己的这话逗得笑起来。

马跃之说:"你俩玩瞒天过海的局,一个宁愿坐牢,一个将假妻子当真婚姻来做,不是常人之事,所以,你们和曾先生的浪漫是一样的,只有自己懂得!"

曾小安说:"王蔗和万乙会不会也在布偷梁换柱的局呢?"

马跃之说:"他俩不会来这一套,只会真刀真枪来真的。"

曾小安说:"这话的意思是天生一对和地生一双都不假?"

郝文章拦着曾小安说:"打住,再说下去就有失体统了。"

曾小安不听他的:"我还有最重要的话要说,马先生研究的项目比我爸多,娶的夫人也比我妈漂亮浪漫,马先生与柳琴是地生一双,还有没有天生一对?"

郝文章再次阻拦曾小安说:"越来越没有尊卑了!刚才还在哀求马先生,害怕从天上掉下一个哥哥,喘过气来就欺负马先生,万一那个真假莫辨的哥哥闹出什么事,小心马先生趁机打击报复。"

曾小安说:"真的有那事时,我才不找马先生,我只找柳琴!"

三人会心地笑了笑,又说了一阵闲话,郝文章忽然要曾小安回到养蜂汽车里,再磨两杯咖啡,自己要再续一杯,马先生也可以再喝上一杯。曾小安明白这是要自己回避,一边走一边嘀咕说,想要报复为何不让人也去那银杏树下罚站。

一会儿,养蜂汽车内就传来咖啡机的嗡嗡声。

郝文章这才说,将养蜂汽车开到秋家垴,的确是曾本之的意思。

去年秋天,他们策划将养蜂汽车开到秋家垴时,曾本之单独与郝文章说,让寻找一个叫秋风的当地人的墓,并简要说了说秋风的情况。郝文章以为秋风的事过于凄迷,养蜂汽车又是停在荒无人烟的地方,让曾小安知道后,会有心理阴影。在秋家垴待上一段时间后,郝文章觉得事情并不简单。曾本之没有提及秋风的死因,只谈秋风下葬的情形。实际上,曾本之也不清楚秋风是如何死的,只知道是死于晚期肺癌。那些年,社会上还不太注重从法律层面来认定生命个体的死亡,所谓秋风之死,放到现在只能算作是人口失踪。

那年夏天,湫坝小学的小玉老师给曾本之和马跃之发了一封电报,因为曾本之的名字在前,楚学办公室的人就将电报转发给正在黄州禹王城打探方的曾本之。那时,因应三峡大坝的修建,马跃之在西陵峡的中堡岛上对即将淹没的石器时代遗址进行抢救性发掘。当时的长江三峡,滩险流急,唯一供进出的船只,一不小心就会倾覆。办公室的人知难而退，没有将这种最终还要由邮递员亲自送达，况且收报人可以二选一的电报转给马跃之，也是正常的选择。几个月后，马跃之回武汉休整，才见到小玉老师的电报。电文中也没有说明事由，只说收到电报请立刻赶到漱坝镇，处理紧急事情。

当年的交通情况比较糟糕，曾本之从黄州出发，转三次车、一次船，晚上十点钟才到京山，又去县文化馆借一辆自行车，下半夜终于赶到漱坝。见到有孕在身的小玉老师后，才知道患晚期肺癌的秋风死了。怎么死的小玉老师不知道，死在哪里小玉老师也不知道。小玉老师手里只有一份秋风亲手写的遗书，上面写得清清楚楚，却让看的人怎么也看不下去。

曾本之看了好一阵，才看明白，甚至可以说，是相信自己终于看明白了。

秋风在遗书中，详细写出自我设计的死亡过程。在生命的最后关头，秋风努力挖出一座深度五米、见方一米的竖式墓穴，俗称竹筒墓，用来埋葬自己的朽骨。在历史上崇信巫术的楚地，特别是随枣走廊一带，有一种专门用于对付恶人的严厉方法，在地上挖一个秋风所说模式的竹筒墓，将需要惩治的恶人遗体倒过来，剥光全身衣物，头朝下，脚朝上，直直地塞进竹筒墓里，再掩上黄土。按一尺等于两百年，五米就是一丈五尺，算起来需要三千年，埋入地下的恶人才能转世投胎，重新做一场儿女情长事。也就是说，两周时期，作为西周最后一代的周幽王，因烽火戏诸侯而招致杀身之祸，如果是用此种竹筒墓倒埋倒葬，直到现在才有机会再次与美人褒姒在人间重逢。至于东周时期那些杀人如麻、淫乱纲常的恶棍，假如都是这般头朝下、屁股朝上入土稍安，只怕还得一些日子，才可以享受初次轮回。这个叫秋风的男人，要用何等的毅力才在病入膏肓时刻，亲手挖出倒埋倒葬自己的竹筒墓，实在难以想象。秋风心里有何等的委屈与怨恨，才会令自己三千年不得脱离暗黑地狱，从好死不如赖活的光鲜人间彻底销声匿迹！

即将临产的小玉老师陪着曾本之读完并读懂那封遗书，又及时阻止曾本之，不要徒劳无功地四处寻找。小玉老师太了解心灵手巧的秋风了,只要秋风愿意,将一座山伪装起来,也没有人能辨别真和假。那几年,湫坝镇与外面其他地方一样,说是搞承包责任制,在那些以耕种为生计的男男女女心里,无异于又一次分田分地,人人动手将界桩钉牢了,便在各自的土地上奋力深耕,也有一部分人,在这属于自己的土地上凭着一身力气弄些花样翻新的活计。大地之上,到处是被扰动过的黄土流沙。假如真想找出秋风安葬自己的墓穴,放眼望去,那些被扰动过的黄土流沙,就成了数不清的疑冢,或者是盗墓贼留下的无数盗洞。

小玉老师不惜将曾本之从几百里之外的黄州叫过来,又不让曾本之施展考古发掘的本领,找出秋风自我埋葬的地点,只要曾本之替秋风刻上一块墓碑。之后,又求着曾本之日后也给自己刻一块大小与形式全都一模一样的墓碑。

郝文章指着曾小安刚刚到过的位置说:"曾先生告诉过我们,那棵银杏树是小玉老师出生时,她父亲亲手栽下的。小玉老师以树代人陪着秋风,将秋风的墓碑安放在银杏树下。后来,不知什么原因,突然不见了。"

马跃之说:"这就是了,作为楚学研究的后起之秀,将养蜂汽车停在一个地方老是不挪动,在道理上就说不过去。"

郝文章说:"银杏树的事,曾小安是晓得的。"

马跃之说:"你的意思是说还有曾小安不晓得的事!"

郝文章说:"是还有事她不晓得,过些时再说吧!"

马跃之说:"我猜郝小先生已经找到秋风的竹简墓了!"

郝文章说:"马先生就不要这么吓人了,一说一个准。"

马跃之说:"是你自己透露的消息。"

郝文章说:"还没有说起这事,怎么会呢?"

马跃之说:"刚才写书法时,我才写孤阳不生,独阴不长。你就接着写,透彻人理,心地雪亮。我写的那句是唐人研究墓葬的典籍《雪心赋》里的话,你写的则是作者卜天应自诩心肠雪亮,透辟地理,才取了个《雪心赋》的书名的来由。还有,刚才我过来时,你手里拿着一本从旧货市场上淘得的破书,不正是《雪心赋》吗?将这前前后后联系起来一想,就估摸着你已经得手了。"

郝文章说:"我也不瞒马先生,秋风的竹筒墓确实找着了。"

马跃之说:"在哪里,不会就在桌子底下吧?"

郝文章说:"哪有这么巧,不过也离得不远,就在马先生身后那只蜂箱底下。"

马跃之腾地站起来,下意识地往对面坐着的郝文章这边走了几步,才转过身来,紧紧盯着那只蜂箱。

太阳偏得很西了,地面上各种各样的阴影变化越来越快,加上秋风吹动落叶的窸窸窣窣声,野地里的气氛立刻染上许多肃穆。

马跃之终于坐下来打算继续问些问题,见咖啡车里忽然又有动静了,便飞快地说了一句:"找机会再讨教,怎么才能发现老家伙们发现不了的竹筒墓。"

曾小安拿着两杯咖啡走出来,嘴里说,刚才回了几个朋友的微信,一不小心将时间耽搁了。说过一些带歉意的话,曾小安马上颠倒回去说,咖啡不是用来解渴的,不用着急,越急越喝不出品味。除了餐后当饮品,其余时间,不过是用作消磨时光,有朋友相陪时,给口舌润滑润滑,没有朋友做伴,就给唇齿找点事做,早一点、晚一点,都没有什么要紧的。所以,哪怕走遍全世界的咖啡馆,也不会遇上因为咖啡端上来太晚,出现行为失态的男人和女人。

见郝文章将一杯咖啡喝掉半杯还没有开口说话,曾小安便好奇地问:"你们两个大男人,说什么悄悄话,弄得像新闻联播里念讣告一样严肃!"

郝文章说:"没那么严重,马先生问那棵银杏树,我说了来历后,也就叹了一下气。"

曾小安说:"马先生的样子不像是被感动得一塌糊涂,反正我是很感动。这养蜂汽车停在别的地方,夜里睡觉不知要惊醒多少次,自从到了这里,就算是野猪跑来捣乱,我也总睡不醒。小玉老师亲手栽的夫妻树,自然是要保护恩爱夫妻。"

郝文章说:"是相思树,不是夫妻树。小玉老师不是秋风的妻子,秋风也不是小玉老师的丈夫。"

曾小安瞪着眼睛说："不是夫妻,那龙凤胎是从天上掉下来的?"

郝文章赔着笑脸说："那也只能说是生物学父亲,就像我们的孩子,如果我还在江北监狱,没办法与你结婚,只能是我们孩子的生物学父亲。"

曾小安说不过,便上前一步,将郝文章手里的咖啡杯夺过来,一饮而尽。

马跃之原本一句想说的话也没有,到这时,也不得不开口说:"曾先生对这些事,了解得比较多,这前前后后的,有没有对你们特别吩咐什么?"

曾小安说："说吩咐又不像吩咐,不是吩咐又很像吩咐。我们将养蜂汽车转场到秋家垄后,我爸有一次提起来说,小玉老师就是站在银杏树下,告诉秋风,预订的婚礼再也没有了。小玉老师对我爸表示很后悔,见面时不该接受秋风的让先,将取消婚礼的事先说了。情绪失控的秋风,无论如何也不肯再说本来要对小玉老师说的什么话。"

马跃之说:"这事我晓得,小玉老师去世那年,曾先生就在我面前提起过。"

郝文章说:"过了三十多年,马先生还记得一清二楚,这事很刻骨铭心啊!"

马跃之说:"这话就不用你来说了!"

曾小安说:"我爸说过,小玉老师是那种只要看上一眼,就永远也忘不了的女孩。那年在湫坝镇,从小学门前路过,小玉老师正在带学生做广播体操,考古队的人都被惊艳了,说小玉老师肯定得了两周贵族美女的遗传。从体质人类学和历史文化两方面的研究成果来判断,两周时期是贵族文化的鼎盛时期,连中下层的普通妇女,都或多或少的有些贵族气质。有些女人,什么都学得会,就是学不会那种与生俱来的高贵。马先生,我说得对吧,小玉老师是不是直接从两周时期轮回转世过来的美人?"

马跃之说:"你先说说自己的前世是在哪个朝代?"

曾小安说:"哪个朝代也不是,我是楚学界老古董与财务处算盘精捣鼓出来的莫名其妙的怪物。"

女人一笑,说话就会跑题。

曾小安将自己说笑了后,什么两周美人、贵族气质的话就不再说了,转而说起小玉老师的龙凤胎儿女。

掐指算来,那两个孩子差不多是第三个本命年了,从托付给不知名的人以后,就再也没有任何消息。马跃之猜测曾本之可能知道一些事,只是不愿意说出来。曾小安和郝文章同时作证,在这一点上,曾本之也不例外,真正一点消息也没听说。偶尔说起来,曾本之还请曾小安和郝文章多多留意,无论有没有价值,只要是相关的信息,都要好好记着,回家说来听听。可惜他俩春夏秋冬各种风声听了无数,湫坝镇一带的人,百分之九十几都不曾听说小玉老师,剩下的百分之几,也要经过提示,才能想起来——那年中秋节刚过,小玉老师的龙凤胎儿女满月的当天黄昏,还有人看见两个婴儿,在小玉老师的两只臂弯里张着小嘴笑个不停。隔了一天,小玉老师就倒在秋风的墓碑上。小玉老师屋里的两个婴儿也不见了,一同消失的还有小玉老师替两个孩子置办的一应生活用品。闻讯赶来替小玉老师选好墓地、挖好墓穴、刻好墓碑的曾本之,亲眼看见,小玉老师的东西,都被小玉老师自己提前烧为灰烬了。

曾小安突然提高声音说:"总是这么误打误撞的听漏工曾听长,会不会就是被小玉老师悄悄送走的那个龙胎?"

马跃之叹了一声:"这种念头,有点大胆!"

曾小安听不懂是批评还是称赞,就说:"马先生,你让王蔗找她的未婚夫,顺便问一下听漏工曾听长的生日。"

马跃之正要回答,微信铃声响了一下。

马跃之拿起手机看了一眼,出乎意料地说:"王蔗回话了,听漏工曾听长的身份证生日,与小玉老师龙凤胎的生日只相隔几天。"

"情况有点不妙!"曾小安愁眉苦脸地说,"小玉老师若是真的生出这样一个儿子,那该如何是好?"

马跃之只是不停地摇头,一个字也没说。

曾小安想到一件事,便没头没脑地说:"马先生帮纪委解决青铜方壶难题那天,在相忘湖茶吧见到梅玉帛,我的女人心开始蠢蠢欲动,那种小妒忌让人不想看她,又忍不住老是偷眼看她,我用古典美这个词形容她肯定不到位,但又没有别的词可用。这会儿说到小玉老师,我就想到梅玉帛,如果她俩是母女关系,是不是就能够相互对标了?"

郝文章忍不住将刚刚含进嘴里的一口咖啡笑喷了,手指着曾小安说:"你这不叫客观想象,是一点水分也不掺的抽象思维。"

曾小安说:"你不要打岔,像与不像,马先生最有发言权。"

过了这么久,马跃之似乎还在独自摇头,见曾小安又在问话,就说:"小安这话很能提醒人啊,我也觉得好看的女人,都似乎相识。"

曾小安说:"马先生不要环顾左右而言他,我要听一句实打实的话。我爸说过,那年考古队的年轻人见到小玉老师时,马先生第一个停下来挪不动脚。"

马跃之说:"曾先生说我,我还没有说他哩!要不是曾先生说,好美丽的女老师呀,我们哪里会发现。小玉老师一向不带学生做广播体操,那天是替同事顶班,才站到操场中间的。"

曾小安说:"这事我爸怎么不晓得?看来马先生对小玉老师比我爸更熟悉。"

马跃之说:"要说各方面情况,还是曾先生最熟悉。他来得多,小玉老师的后事都是他处理的。"

曾小安说:"是呀,我就是不理解这一点,凭什么要管八竿子打不着的闲事!非要这么做,那我就怀疑,是不是在替某人背锅!我爸在家很听我妈的话,只有这件事,从来不让我妈多说一个字,只要发现我妈要开口了,就先用手指着自己的鼻子。"说着话曾小安将手指放在自己的鼻尖前面,"说来也奇怪,我妈就怕我爸这招。小时候,问过我妈,爸爸又没有指着你的鼻子,怎么就怕了,再说自己指着自己的鼻子是什么意思?我妈说,就因为没有弄懂意思,所以才让着我爸。反正我妈也没有让几回,小玉老师就去世了。"

曾小安像是刹不住车,一口气说了许多。

马跃之的表情本来有点不对头,听到后来,居然轻松自若地笑起来。马跃之先用手指指着自己的鼻子,让曾小安和郝文章感觉一下后,又让他俩分别也这么做了。无论三人中的哪一个在做,立刻就让旁边的人不知如何是好。这还是心知肚明的小试验,真的突然发生这样的小变故,对当事人的主观影响更加明显。

马跃之说:"这叫移魂大法,通俗一点说,就是转移注意力。"

曾小安说:"马先生不要太深奥了,再说具体一点嘛!"

马跃之说:"安静本来只注意小玉老师的事,曾先生这么一指,安静的注意力就被转移到曾先生的身上了。曾先生在我面前提起过,还很得意地要我学着点。"

曾小安说:"真没想到,我爸还有如此狡猾的手段。"

郝文章说:"曾先生总是将小玉老师的事揽到自己身上,是不是也有转移别人注意力的意思?"

马跃之刚说这事只有曾本之本人知道,手机又响了一声。

是王蔗来微信了。马跃之以为是弄到听漏工曾听长没有值班的相关信息了。打开一看,他想的相关信息不仅有了,还有关于听漏工曾听长生日的补充信息。卢小材之前发给王蔗的信息,是听漏工曾听长档案中白纸黑字写着的,卢小材去上海联络听漏工时,曾听长第一时间就声明清楚,自己的实际生日要早一年,当年入行拜师当听漏工学徒时,按照行规不能超过十岁,养父就将曾听长的年龄减去一岁。

听到后面这话,曾小安像是如释重负,长长地出了一口气。

马跃之也有点激动地拍了几下手机,说这才符合天理。

贰肆

　　立冬前后,野外的气温一天比一天高,一度飙升至三十摄氏度。欣逢小阳春,之前已经做好过冬准备的金银花,赶紧重新开放起来。这种时节,最忙碌的是曾小安和郝文章养殖的三十几箱蜜蜂,数不清的小东西一齐奔向这些重放的鲜花,一只蜜蜂趴在花朵之上还没飞起来,另一只蜜蜂就在附近排队等候,前一只蜜蜂刚刚扑打小小翅膀,后一只蜜蜂便迫不及待地猛扑过来,在金银花小喇叭一样的长长花管上方,来一个急刹车式的悬停,然后一头扎进花瓣中央。是风吹起的,也是蜜蜂飞来飞去捎带出来的,飘浮在山野之上的芬芳,令人沉醉的程度胜过山花烂漫的春天。这有点像那美妙的歌声,让几个人同时唱几首歌,音符与音符的相互干扰,乐句与乐句的彼此冲突,再好听的歌也要变成烦恼人的噪音。深秋时绽放的金银花,俨然是独占整片山野的抒情歌手,悠扬得让各种各样的鸟叫,全都成为抒情旋律的构成部分。太多的芳菲挤在一起,肯定要引起馨香们的冲突。就像城市中那些深得女人偏好的场所,说起来相当有名气,一年到头各种各样的新闻和传说从未有过间断,一旦深入其中,反而觉得实在没有东西值得欣赏。过头一点的,还会生出盛名之下其实难副的感慨。春天里的花朵们也是如此,自顾自地争奇斗妍,红杏枝头的那些闹过了反叫作红杏出墙,出水芙蓉的清秀弄得不好就成了花貌蓬心,人们最爱形容的拈花一笑和繁花似锦,到头来莫不是化作花泥。秋天里,趁着三五七日的一时花开,抵得上整整一个季节的春光。

早上,曾小安去京山县城查找气象资料,都要上网约车了,还转过身来,冲着郝文章撒娇说,能不能将这事暂缓两天,既不是救火,也不是救命,等过了这小巧玲珑的开花季,再去查找也不迟。既往的气象资料,若在档案局就会一直在那里。深秋时节灵光乍现的这些芬芳,早上出门还在,晚上回来就有可能消失得无影无踪。说归说,做归做,撒娇归撒娇,曾小安离开时带起的那股晨风,让单一的金银花香达到诱人的最高境界。一个女人从男人身边走过,会留下心旷神怡的女人香;一群女人从男人身边走过,留下来的反而是婆婆妈妈的醋酸味,大概就是如此。曾小安后来发微信说到了县档案局,从县城出发相向而行的王蔗也到了湫坝镇。王蔗一来就要求与万乙换岗,自己在这里打探方、挖断面,让万乙去县城的各个角落里查找资料。当然,王蔗的这些说法是在表达对淡淡幽香原野的爱恋,不会真的这么做。在楚学院,从没有让女人打探方和挖断面的先例。马跃之让王蔗去将万乙叫过来,王蔗就不再提这些话了。王蔗从县城里跑来,说是送听漏工曾听长休假的相关资料,其实用微信发一下就可以。让王蔗去叫万乙,同样是发一条微信就做得到。马跃之同意王蔗来湫坝,又主动让王蔗跑路去叫万乙来养蜂汽车或是银杏树这里,无外乎是每个人内心深处总有那点情同初恋的感觉。自己身上没有了,就从别人那里寻找诸如此类的感受。

王蔗后来夸张地说,一个女人如果一辈子都能徜徉在眼前这种芬芳的环境里,再好的男人都可以让他见鬼去,让自己的身心在没有丁点邪念的氛围里自由飘浮,才是女人真正需要的爱情,也是女人的爱情观的最高境界。

万乙采了一把金银花，做成一只花环递过来。

王蔗没有伸手去接，要万乙亲手戴在自己头上。

马跃之没有说，郝文章也没有说，是王蔗自己说，做不到爱情的最高境界，初级或者中级境界也可以接受。否则，如果没有爱情，女人就失去活下去的意义了。

王蔗找来万乙之前，郝文章已与马跃之单独谈论过，如何发现秋风自我埋葬的竹筒墓。

郝文章领着马跃之来到养蜂汽车近处的两只蜂箱旁，在一块自然生长的草地中间，有一小片草丛长得格外茂盛，而且还是比较单一的四叶草。郝文章选择将养蜂汽车停放在这里，一眼发现这丛四叶草，在以茅草居多的山野里，单纯的四叶草丛显得与周边的环境格格不入，像是额外得到某些关照而独立生长。从进楚学院以来，所接触的墓葬，几乎都是亡羊补牢的被动方式，但这并不等于说郝文章缺少主动探寻与发掘的才能。曾本之要郝文章留意秋风的竹筒墓，初出茅庐的郝文章，想要达成目的，最大的优势就是不拘一格，用经典经验解决不了的问题，或许表明这个问题本身就是超越经典的某种另类。

郝文章强调，是曾小安设身处地对自己进行了启发。曾小安假设，如果自己背叛了郝文章，让郝文章走上秋风这条不归路，郝文章会怎么来安排自己的后事？于是，郝文章就按照自己的想法，将一对恋人初订终身的银杏树，当成可望而不可即的目标，将了结自身的地点控制在舍不得离开、又必须离开的范围内。找到这棵作为目标的银杏树，往下的事情只会更简单，不会更复杂。范围说小点是随枣走廊，范围说大点是整个长江中下游的昔日楚国地域，没有人会将坟墓选在密不透风的森林里。银杏树周围长着密密麻麻的树木，只有这片草地是可选之地。一般人只知道兔子不吃窝边草，不知道兔子还有不吃坟头草的习惯。草地上的这丛四叶草，应当是兔子最喜欢的美食，这一带有大大小小十几只野兔，哪怕与四叶草擦肩而过，也从不伸出三瓣嘴闹上一口。没有立碑的坟头，人不知道，聪明伶俐的兔子全都知道。看起来很复杂的事,经过三下五除二的分析推理,马上变得一目了然。接下来,趁着曾小安不在时,郝文章用洛阳铲试了试,不仅其形制完全符合秋风遗书所描述的竹筒墓的形状,用洛阳铲取出来的土壤也以流沙为主,还在流沙中发现一块左小趾趾骨,这些全都符合秋风设计的不用棺木的自我埋葬方法。

这一天,马跃之特意将万乙和王蔗拢到一起,加上不是课题组的郝文章,四个人在养蜂汽车、银杏树和发现秋风墓碑的秘密粮洞之间,来回奔波了三四次,最有收获的人是万乙和王蔗。因为各自婚期临近,二人抓住一切机会用来表现明目张胆的暧昧。有一回,王蔗脚下一闪,身子差点摔了出去。万乙伸手拉住她后,紧紧握在一起的两只手,像是找到合理合法的理由久久不肯松开。马跃之不得不提高音量问他俩,如何判断秋风在九鼎七簋课题研究中的作用,在秋风身上是不是藏有关于九鼎七簋的巨大秘密,逼着他俩松开牵在一起的手。

马跃之让郝文章从手机中调出秋风的左小趾趾骨照片,递给万乙和王蔗,要他俩多看几眼。郝文章用洛阳铲取出这枚趾骨后,只拍了几张照片,依然通过刚打出来的探方放回原处。王蔗看了一眼就不肯再看,还说三千年的遗骨叫文物,三十年的遗骨叫残骸,不要浪费研究九鼎七簋的宝贵时间。

万乙认真看了好几眼,然后若有所思地说:"没想到秋风是个六趾。"

听到这话,郝文章马上来了兴趣:"万博士,你说说这么判断的道理。"

万乙解释说,读研究生时,自己选修过体质人类学。有一次上课,不知为什么,学生都没有来,教室里就只有自己一个人。导师懒得正经八百地上课,就和万乙对面坐着聊天,让万乙尽可能问一些稀奇古怪的问题。万乙刚好在游泳时见有人长着六趾,就问古人如果是六趾,有没有方法通过遗骨进行辨认。万乙刚才所见秋风左小趾趾骨一侧有个小孔,正是导师当年教自己辨认的第五趾外侧生长出来的第六趾留下的趾骨管孔。

马跃之点点头说:"这也是考古法则中的反证法。"

郝文章高兴地说:"天生我材必有用,这时候的这种发现,肯定不是无缘无故。"

马跃之让万乙看一看秋风左小趾趾骨照片的本意,是要分散万乙在男女情事上的注意力,没想到歪打正着,发现秋风左小趾比正常人多一趾的畸形特征。更重要的是马跃之意识到,曾本之要郝文章和曾小安将养蜂汽车停在秋家垄,尽量找到秋风的竹筒墓的吩咐,肯定不是对那段往事的留恋与追忆,而是与曾本之建议研究九鼎七簋的事密切关联。

就在这比较分析、比较、再分析、再比较的循环中,马跃之脑子里突然闪出一个隐隐约约的念头。马跃之试了几次,每次想锁定下来时,那个念头却消失得无影无踪。等到马跃之想放弃时,那魅影一样的念头又闪将出来。马跃之想试试这不知所以的念头,是不是与藏过青铜方壶的秘密粮洞有关,便去红薯洞里待了一会,除了多少年前稻谷和红薯发酵后遗留下来的劣质酒的刺鼻气味,什么也没感觉到。马跃之以为是与养蜂汽车和银杏这边被判断为埋葬秋风的竹筒墓有关,又返回来对着那木桶口大小的一片四叶草发呆,这一次他所闻到的气味是那席卷山野的金银花香。为了验证自己脑子里确实存在某个念头,马跃之还带着万乙和王蕉去了秋家垄两周贵族墓地和小玉老师的小小坟茔。

跑来跑去,还是一无所获。马跃之索性越过最早发现九鼎七簋的垄中坳,来到垄尾垱,拿起铁锹与十来个雇来干活的本地人一起铲那地表上的黄色土壤。

一道水渠从远处山坡逶迤而来,在较近的地方躲进山谷深处,然后又不请自来地从山谷深处钻出来,哗哗啦啦地淌过马跃之他们脚下的大片山坡,向着更远的方向流去。与上次来秋家垄时相比,眼前的地形地貌有着天壤之别。大约一千米见方的坡地被掀了个底朝天,所有绿色植物都被连根拔起,负责向这些绿色植物输送养分的腐殖土层,还有几十年乃至上百年辛勤耕作,得以改良的深色熟土全部搬运到别处堆积起来，袒露在万物面前的是一大片崭新的黄色土壤。

从理论上讲，从垄头坡到垄中坳再到垄尾垱，这一带早被楚学院各路人马用洛阳铲探查了一遍，再用这种方式进行探查肯定是徒劳的。在实际操作中，用洛阳铲打探方，适合有规律可循的墓葬。相对散落在山野之间的单个器物，洛阳铲就显得无能为力。对九鼎七簋的研究可以落到实处的事情，同时也是九鼎七簋课题的核心，是九鼎七簋之外的第八只簋，如果那只孤单的青铜簋真实存在，用洛阳铲来打探方寻找，无异于蜻蜓点水，其效果堪比来世再相聚的情人之诺。

为了一劳永逸地解决这个疑团，马跃之十分罕见地与清华大学的黄教授通过几次电话，叙谈自己的想法，并希望得到黄教授的建议。这种大揭顶式的探查，一般只用于已探明的某座大墓，是为了精准确认墓葬各个部分的位置，顺便查看有没有盗洞。去年秋天，郭家庙遗址刚开始发掘时，马跃之就在那里揭过一次顶，众人齐心协力揭去一座已知大墓上方的地表土，趁着太阳正好晒上几天，便清清楚楚地看见，不知是五百年前，还是一千年前，就被盗墓贼盗扰过。两次盗扰的洞口，像俄罗斯套娃一样极其准确地套在一起，先期进行盗扰的那些人盗墓本领差一些，洞口就开得大一些。后来的盗墓贼水平提高了不少，在盗墓前辈挖出来的盗洞正中心再打的盗洞直径减小了一半。有如此高水平的盗墓贼先动了手，就算后来的考古人员将那座大墓挖了个底朝天，也只在填土里找到一些无法分辨的青铜器物残片。黄教授对马跃之的设想基本赞同，同时提醒马跃之不要抱着不切实际的幻想，弄不好这一番神操作，不过是给当地人提供一笔数量可观的劳务费和土地补偿费。商量到最后，二人还是形成共识，最终没有任何收获其本身也是一种收获，如此一来，就可以下结论，在九鼎七簋出土的原址，没有关于八号簋的任何线索。

当然，黄教授对自己的一些看法还是很坚持的。

直到昨天，黄教授还在给马跃之发微信，将这段时间想到的一些疑问，形成一个比较系统的大问题：对九鼎七簋的重新研究，要么是演一场戏给谁看，要么是涉及某种文化根本的风暴眼。

黄教授云里雾里的一番话，单独听来没有太特别的地方。将这话与曾本之关于成立九鼎七簋课题组的建议结合起来分析，马跃之才觉得或许这事真的不是一件普普通通的考古研究工作。

马跃之的最终决定由董文贝报到郑雄那里，得到郑雄的支持。临近年底，楚学院的经费使用起来有些紧张，郑雄兑现了自己说过的话，也不知动用了什么关系，从北京弄到一笔专款，及时划拨到楚学院的财务账号上。考虑到这件事需要动用较多的民工，郑雄还主动提议，像电影拍摄现场那样，对参加演出的群众演员，采取劳务费用每天一结的方法。这种方法极大地调动了当地人的积极性，只要对那位叫秋大队的带头人说一声，要多少人就会来多少人。

此时此刻，整座垄尾垱的表层土壤就已经全部揭开，露出下面的原生土层。

秋日阳光将刚刚裸露出来的原生土层表面晒干后，绝大部分没有被人类活动打扰的土壤颜色，与局部被人类活动扰动过的土壤颜色，出现明显差异。接下来要动手做的事情，就是对受人类活动扰动的地点进行发掘。

上午开始的发掘，挑选了三处扰动非常明显的地点。很快就发现第一处是一座挖了半截的红薯洞，另半截因为人民公社和生产队的消失，也跟着一起烟消云散了。第二处是一座半自然、半人工形成的土坑，一棵大树被砍倒，留下来的树蔸子被人挖起来晒干了可以架在堂屋正中用于冬季烤火，于是就在地面上形成人称树洞的土坑。第三处是一座不同寻常的弹坑，抗日战争时期随枣会战那一仗，日本人的炮弹射偏了，落在垄尾垱上，形成一座口小肚子大的鼓形弹洞，据说，只有毒气弹才会炸成这种形状。是不是真的毒气弹不清楚，清理弹坑的几个人无缘无故地咳嗽了好一阵却是真的。

马跃之从养蜂汽车那边过来没多久，就动手发掘第四处土层颜色异常的地点，也是最接近九鼎七簋课题的一处小型墓穴。按照规制来判断，死者应当是某个贵族的贴身随从，简陋的墓穴里，别的东西全部化为泥土，只剩下一些压得粉碎的陶片。马跃之花费二十几分钟，就在原地将这些陶片拼凑成一只陶鼎和一只陶簋，惹得在场的民工齐声喝彩。

见大家有兴趣，马跃之就作了简单的讲解。陶鼎和陶簋一类明器的出现，多在两周时期的东周末段，也就是通常所说的战国晚期。随着楚国的没落，连带随枣走廊一带的汉东小国跟着衰败。可是瘦死的骆驼比马大，用不起青铜重器，就用陶制明器作替代。这种李代桃僵的两周晚期的陶制明器，与青铜重器所代表的两周鼎盛时期相去较远，同时也表明了两周贵族社会正在走向没落。

负责组织当地民工的秋大队不想听这些，有点故意找歪，凑过来问："马先生手艺真好，像女人绣花一样！这一堆破瓦片拼成的鼎，能有多大价值？"

万乙在一旁说："价值大小没法说，重要的是看得见两千多年前的天理良心。"

秋大队说："人都化成了烂泥巴，哪里还有这些东西？"

万乙面无表情地说："人烂了，人心烂不了。像这样僭越之人，不知要转世投胎几次，才能心想事成！"

秋大队说："帮你们干了几天活，手上没起老茧，耳朵却被僭越二字磨起茧了，有什么大不了嘛？"

万乙脸上露出一丝狡黠的微笑说："确实没什么大不了的，就像你当大队长时，腰里别着一枚钢印在前面走，有个小混混刻一个萝卜印别在腰上，悄悄地跟在你后面。"

秋大队说："那时都用木头印，县公安局才用钢印。"

明白这话的人听了，一哄而散，回去继续铲土。

秋大队装出很内行的样子，帮忙将碎陶片用包装纸包好放进塑料箱里，嘴里说："趁着好天气，再晒一晒，这地面上说不定还会出现奇迹！"

天气很好，自天而降的秋光，洒在垄尾垱还显得平平常常，一旦碰上那些上下翻飞的铁锹，这一处小小的天地就变得灵动而厚实。向来锈蚀斑斑浑身泥垢的铁锹，扛到垄尾垱，摇身一变，要精美有精美，要古朴有古朴,仿佛成了专门供人把玩的尤物。椴木把柄出现一层黑漆古那样的包浆,照得见人脸上的每一滴汗珠,又像是马跃之、郝文章和万乙等楚学院的人,长年累月在田野上探索发掘,而固定在脸庞上的那种日月星辰的本色。至于钢铁锻造的铁锹锹板,其晶莹剔透也非比寻常。在湫坝镇,在京山县,在整个随枣走廊,一些家境殷实的人家,无不对女子万般宠爱,在直观效果上,这一带的女子肌肤普遍柔嫩如水晶。那些没有见过水晶的人,就将这样的肌肤比作此时此刻用在垄尾挡上的那些铁锹。一把从别处粪坑里打捞出来的丑陋破落的铁锹锹板,被这里的沙土一遍遍地打磨后,压缩在钢铁内部的柔情蜜意,从看不见钢铁分子的缝隙中钻出来,像灵魂一样与人打着招呼,谁见了都会心动不已。有了这样的铁锹,就得适配同等的土地。在一把把铁锹的作用下,长满杂芜植物的表层土壤被剥得干干净净,露出原生大地的本色。铁锹终归还是铁锹,因为目的不同以往,实际效果才完全不同。平时的劳作,为了保证肥力均匀,提高土壤透气性,铁锹要斜着插到土壤深处,用力一撬,让还没有达到熟土标准的底层土壤裸露出来,将肥沃的表层土壤翻压下去。身为领头人的秋大队,年轻时就与马跃之他们打过交道,见识过田野考古的作业方式,有秋大队带领,雇请的当地人很快就学会将手里的铁锹摆平,与地面形成零度角,在肉眼可见的原生土壤上,平平展展地铲去薄薄一层。锋利的铁锹削过黄土,如果含水量正好,就会留下如同陶瓷一样的光泽,釉闪闪,油滑滑,这是在近处看;在较远的高处看,就成了连成一片的巨大漆器的某个侧面。

被揭去表层土壤的垄尾挡上,一共有三十五处受到扰动的痕迹。

马跃之亲自数了一遍,比昨天万乙报告的数目,又多出了几处。

听见马跃之数完数,正在歇息的秋大队说:"不是三十五,应当是三十六,马先生少数了一个数。"

秋大队拿起身边的草帽,指了指被草帽遮挡的地面,意思是这里还有一个。

马跃之他们走了几步,上前细看,果然是一处草帽大小的圆形扰动痕迹。

几个人会心地笑了起来，郝文章还要秋大队站起来，看看屁股底下是不是还藏着一处痕迹。秋大队也开玩笑说，就是有痕迹也不能算，一定是自己放屁吹出来的。秋大队其实另外有个名字，他当大队长时生产大队改名为村民委员会，三十多年过去了，大家还在这么叫，稍有不同的是将大队长的长字去掉了。到底是当过大队长的人，说丑话时也还记得给自己画一条底线。说完这话，秋大队看了一眼站在一旁的王蔗，不好意思地向下耷了一下眼皮。

随后大家就谈论起天气。

马跃之说："再有五六天的好天气就行了！"

万乙说："我查过天气预报，再多就不好说，五六个好天气不会有问题。"

秋大队又插话说："今天是农历初十，邻居家初十二办喜事，要借我家门口搭棚子摆喜酒，他家的老人不相信天气预报，非说这两天就要下雨。"

大家在一起合计了一阵。

眼下发现有三十六处被扰动的痕迹，再过几天，随着铲出来的地面进一步干燥，说不定还有增加。秋雨到来之前，肯定无法全部发掘，新发现的这些扰动痕迹，必须按规定用石灰画线标记好，给下一步考古发掘提供可靠保证，同时也给那些心怀鬼胎的人指明了方向。秋家垄两周贵族墓地两次被盗就足以证明，针对那些丧心病狂铤而走险的盗墓贼，再严密的防范措施也不为过。这些扰动过的痕迹下面有没有盗墓贼想要的宝贝另当别论，让人可恼的是，一旦被他们得了手，又不知是什么器物，就会生出一辈子也挥不掉的遗憾。马跃之本来不用标记仅凭脑子就能记下这些痕迹，但那些僵死的规定，谁也拗不过，否则，历尽千辛万苦才取得的考古发掘成果，就会因为缺少某个环节而遭到学界的质疑。一方面要应付合理不合情的规定，另一方面要应对合情不合理的盗墓贼。万一让他们得手，并且正好就是花这么大的气力所要寻找的九鼎七簋之外的第八只簋，岂不是连肠子都要悔青了！

商量到最后，也只有那最笨的办法，由他们几个人再带些当地人夜里轮流值守。

接下来是如何排班的问题，几个人还没开口，马跃之就表示，夜里带人值班的事就交给他，值班到天亮，上午回去休息一会，将近六十岁的人，睡五六个小时就差不多了。垄尾垱没有弄明白之前，别的事情也不方便开展，假如上午有什么事，万乙和王蔗多做点就行。九鼎七篡课题组这边的人很顺利地定了下来，与之配合的当地人选也没费什么周折。

夜里第一个来与马跃之会合的人正是秋大队。

秋大队的年龄比马跃之稍大一些，两个人绕着弥漫着土壤新香的垄尾垱转了两圈，回到休息用雨阳帐篷，各自拿着一把巡逻用的强光手电筒，断断续续地往四周照射。半小时后，马跃之又起身再转两圈。前后四圈转下来就到了下半夜，刚坐下来不到五分钟，就听到附近有动静。二人用手电筒照过去，秋大队断定是野猪。马跃之不放心，非要过去看看。还没走到发出声响的地方，一个黑影迎着灯光蹿过来，走在前面的马跃之一边躲闪，一边顺手拉了秋大队一把，紧挨着秋大队蹿过去的黑影，果然是一只野猪。这事虽然达不到受惊吓的程度，二人再说话时，相互间表达的语气明显亲密起来。

黑灯瞎火时，特别容易敞开心扉。

原来秋大队当大队长时就与马跃之见过面，秋大队甚至还追过小玉老师，只可惜成了秋风手下的败将。秋大队后来发现小玉老师在与考古队的一个人暗中见面，他没有向秋风告密，却因此反感考古队的每一个人，每逢有事需要沟通联系时，自己都不出面，任由大队支部书记做主。秋大队主动说，其实自己也没有见过，是自家姑姑与姑父关起门来吵架，一不小心听见了。姑父认为姑姑与考古队的什么人，在湫坝镇外的大树下面进行男女幽会。姑姑很生气地表示，一个快六十岁的女人，再不要脸，也不会与二十多岁的男人纠缠不清。姑姑那时年近六十，再三辩解也没有效果，不得已才说姑父看错了人，将小玉老师当成了自己。秋大队还说，自己小时候常去姑姑家，姑姑没有孩子，有一阵，都想将自己过继当儿子。

马跃之试探了几次,确信秋大队真的只是听说,并没有亲眼见过,才将话题转到秋风的死因上。秋大队毫不犹豫地将秋风的死怪罪于考古队的那个人,秋风和小玉老师已经在谈婚论嫁,湫坝镇上的人都见过他俩肩并肩走路的甜蜜样子,突然有第三者插足,坏了他们的好事。

秋风与小玉老师谈了几年恋爱,连吻都没有吻一下,别人才来没几天,就让小玉老师怀上双胞胎,一下子就将身体气坏了。那时候生产大队有位赤脚医生,总说秋风这么年轻不会有事,无非是失恋后心情不好,将秋风的肺癌拖成了晚期。秋风快咽气时,曾经找过秋大队,声称自己手里有一件文物,原本打算与小玉老师结婚后,好好研究一下,写篇论文,拿去发表,只要引起重视,就能成为省里来的考古队员那样的人,让自己与小玉老师更加般配。

听到这里,马跃之有些迫不及待地打断秋大队的话,追问道:"秋风手里是一件什么文物?"

秋大队有点不高兴地反问:"是人命要紧,还是文物要紧?考古队的人全都一个样,几十年了也没有改变,只认东西不认人。其实,当初姑父一点也没乱猜疑,前几年,我去医院病房给姑姑过九十岁生日,姑姑还在叹气,说下辈子再不来湫坝投胎,在湫坝做女人太容易为情所困。考古队别的人我不记得,那个姓曾的老头,哪怕再死三次我也忘不了。曾老头爱干净,天天要换衣服,姑姑每天都要我去曾老头那里拿回脏衣服,洗好晒干后又要我送回去。有一次,我在曾老头的上衣口袋里发现一张纸条,上面写的都是些甲骨文,文字我看不懂,可我看得出来,那些象形文字是什么形状。从此以后,我再也不给他们当地下联络员了。"

马跃之对这事是有记忆的,就说:"你姑姑就是县文化馆秋馆长吧,秋馆长那时候正跟着周老先生学习甲骨文哩,你是不是误解了?"

秋大队说:"我当大队长时,没谈过十回恋爱,至少也有九回半。只要男人和女人眼光碰一下,我就知道是怎么回事。"

马跃之说:"你谈的不是恋爱,用现在话说,那叫权色交易。"

秋大队说:"马先生不了解情况就不要下结论,我不当大队长以后,那些女人反而对我更好。马先生不相信,一会儿就等着看。另外,我今晚陪马先生巡查,是想趁没有别人时,与马先生聊一件事。"

正在用强光手电筒在垄尾垱上扫来扫去的马跃之,听到这话,马上将手电筒收起来。

秋大队说:"我对马先生当年的样子印象最深,考古队还有一个姓曾的年轻人,我也记得很清楚。秋风死的时候,小玉老师挺着大肚子和小曾一起,忙上忙下,刻墓碑,修衣冠冢。姑父是县里的组织部副部长,他非常生气,那时湫坝镇上还没有派出所,就要县公安局派人将姓曾的按流氓罪抓起来,但被姑姑拦住了。姑姑说,等人家小玉老师将孩子生下来,看看是不是小曾下的种,再抓人也不迟。大家都等着看这出戏,没想到小玉老师生的双胞胎不知送给谁了,不然,一看面相就很清楚。有一年,曾先生来给小玉老师扫墓,被我碰上了,那时姑父也死了好几年,说起这事,曾先生竟然一点也不惊慌,人读的书多,见识广,真是一点也不怕事啊!"

听到这里,急切想了解情况的马跃之有点不知说什么好。

秋大队故意顿了顿,将话题扯远一些:"姑姑说了,自古红颜薄命,一句话就能管总。马先生别不高兴,我这就说说秋风手里的文物。其实也没有什么好说的,当时我还以为秋风拿到手的是金器或者玉器,没想到连青铜器都不是,具体是什么东西,我也没有问出来,秋风只说那件东西上有很重要的文字。我问秋风在哪里发现的,秋风用手指了指,好像就是我们现在挖的这座垄尾垱。我又问秋风是怎么发现的,秋风说在给自己挖竹筒墓时发现的。吓得我不敢再多问了。"

马跃之忽然站起来,让秋大队继续休息,自己一个人去巡查一遍。

不等秋大队回应,马跃之就拿起强光手电筒离开了。这一次,马跃之独自绕着垄尾垱转了三圈,回到雨阳帐篷里,秋大队正在打着呼噜。

马跃之看着熟睡的秋大队自言自语:"我想出一个头绪,你看对不对——秋风对秋大队说的不是真话。那件有文字的器物,之前就发现了。秋风约小玉老师在银杏树下见面,原本是想将这个好消息告诉小玉老师,却被小玉老师取消婚约的那些话堵了回去。秋风之所以说是自掘坟墓时发现的,是因为秋风已经不想再让自己与小玉老师有任何关联。"

看似睡得很熟的秋大队突然惊醒了,还没看清站在面前的马跃之,张口就说,自己看到秋风了,秋风要他别想入非非,寻找根本就不存在的第八只篦。湫坝与秋家垄这里的风水,载不起也留不住真正的九鼎八篦,大家安安心心地过自己的小日子,反而不会有事。秋风自己当初就是起了野心,又没有得到地气的营养和托举,才落得一个凄风苦雨做伴的下场。

秋大队清醒过来后,要请马跃之提前喝点早酒压惊。

马跃之说:"荒山野岭,天又没亮,哪来的早酒?"

秋大队说:"我不是说过让你等等看吗,如果没有早酒喝,我说的所有话就当是放的黑狗屁!"

说过这话,秋大队便扭头往山坡下面张望,像是在找什么人。

几分钟后,不远处真的出现一个人影。又过了几分钟,随着碎碎的脚步声越来越近,一个五十来岁的女人站到他们面前,秋大队将她称作六妹。六妹的身影在手电筒的光亮中闪了几下,马跃之认出来,秋大队口称的六妹,原来就是他们常去喝早酒的"六妹早酒"店的女主人。六妹从篮子里取出一包花生米,一碟白花菜,还有一碟热乎乎的小炒肉,放在小桌上。

马跃之知道六妹不是秋大队的妻子,故意说谢谢嫂子。

秋大队在旁边颇为得意地冲着六妹暧昧一笑。六妹也不怎么避嫌,笑盈盈地将酒菜摆好,低头贴着秋大队的耳朵说了几句话,便离去了。

马跃之禁不住说:"真像是遇到田螺姑娘了。"

秋大队不无得意地说:"明天晚上再值班,还有别人要送酒菜来。"

马跃之说:"难怪秋大队敢打赌,你这底牌张张都是王后。"

秋大队说话的语气忽然变了:"人家六妹跑这一趟,可不是为了我,而是为了马先生。"

马跃之很惊讶:"该不是六妹家里藏着宝贝,要我帮忙鉴宝吧?"

秋大队说:"这一次,六妹才是鉴宝专家,特地来欣赏马先生。"

马跃之说:"就算我脸皮再厚,也当不成白马王子。"

秋大队说:"现在不行,不能表明当初也不行啊!"

马跃之一下子愣住了,过了片刻,他拿起酒杯,与秋大队碰了一下,也不管秋大队喝不喝,自己先将满满一杯酒喝干了。

秋大队说:"我认识的女人就数六妹最特别,别人都认为当年考古队的小曾应当对小玉老师负责,唯独六妹,一口咬定另外一个年轻人才是小玉老师的责任人。说来很奇怪,六妹是小玉老师死后才嫁到这边来的,从没见过考古队的人,考古队的事也都是听别人说的。她脑子里是如何产生这种念头的,让人实在想不明白。"

马跃之说:"秋大队这是揣着明白装糊涂,六妹的这种念头当然是秋大队教导的结果!"

秋大队说:"说反了!说反了!女人认定的事,谁也教不了,男人反而是可以教,也可以改变的。我敢与你说这些话,都是六妹教的。"

隔了一会,见马跃之不再作声,秋大队才说:"马先生觉得六妹教的是对还是不对?"

马跃之盯着秋大队看了好一阵,才冒出一句话:"你姑父是姓六,还是姓陆?"

秋大队说:"是姓大陆的陆,不是四五六的六。京山这儿的土话,六和陆不分,六都念成陆,陆都念成六。"

马跃之说:"那首三句半——提起六大人,好吃是个病,一餐吃条狗,不剩——为什么要叫他六大人?"

秋大队说:"马先生算是问对人了!我那姑父是南下干部,别的南下干部,是从河北、河南、山东来的,还有从东北来的,姑父是从安徽寿县来的,也叫南下干部。姑姑虽然嫁给姑父,却一直嫌姑父太土气。后来又发现姑父一只脚长着六根脚指头,害怕家里再有一群长着六个脚指头的人,说什么也不肯给姑父生孩子,还开玩笑称姑父是六大人,后来就传开了。"

马跃之说:"秋风也是六根脚趾,秋大队晓得吗?"

秋大队说:"晓得。小时候秋风从不打赤脚,三伏天也要穿着鞋,别人说他在学城里人,其实是怕别人说他是怪物。"

马跃之说:"你姑姑呢,她也晓得吗?"

秋大队说:"当然,所以她才不给姑父生孩子。"

马跃之说:"秋大队的意思是,大家都知道秋风和你姑父之间有遗传关系?"

秋大队突然提高声调说:"是的,是这样的!姑父埋怨姑姑不生孩子,偷偷与一个姓秋的小寡妇好上了,生下秋风。秋风长到十八岁时,生他的寡妇在自己家门口晒粮食,被一头发了疯的牛撞死了。小玉老师一开始不晓得这些,后来晓得了,小玉老师也没有嫌弃秋风,还帮他辩护说,六指和六趾的人格外聪明。小玉老师说过,和秋风结婚后生的孩子,都是他们的宝贝。但是小玉老师说话不算数,后来生的孩子不是秋风的。"

马跃之说:"小玉老师家有这样的故事吗?"

秋大队说:"难道小玉老师没有和你说过悄悄话?人家父母从前在姑姑家当花匠,一辈子吃斋念佛,伺候花草,感动了花仙子,都人老珠黄了,才有了如花似玉的独生女。老两口幸亏死在小玉老师变心之前,秋风还能像女婿那样帮忙举孝子幡。"

这场提前开始的早酒,大约用了五十分钟。因为说话很多,也很深入,不知不觉中酒菜就被一扫而尽。趁着酒兴,秋大队也像马跃之那样独自在垄尾垱上转圈巡查。

黎明到来之前,寒气将山野压得十分低矮。

马跃之仰坐在椅子上,望着那些伸手就能摘下来的星星。

只要有流星出现,马跃之就会情不自禁地轻唤一声。

天色微明,秋大队绕着垄尾垱转了两圈,回到马跃之身旁,还没坐下来就说:"我听到了,马先生叫了好几声小玉老师!"

马跃之半躺在那里动也不动地说:"六妹刚才离开时,在你耳边说了什么?"

秋大队摇了摇空酒瓶,将最后几滴白酒倒进嘴里:"六妹说,男女之情,她从没有看错,这一次还是没有错。"

383

马跃之有点恶毒地说："六妹像是阅人无数,这种事对她来说不过是小菜一碟。"

秋大队也有点恶毒地说："又不用婚迎嫁娶,只要懂得夜里送酒送菜来,管她阅人有数还是无数!"

天亮之前的一段时间,实实在在成了黎明前的黑暗。

垄尾挡上的两个男人,站在太阳底下时,看起来差距那么大,偶尔搭搭话,给人的感觉是阳春白雪与下里巴人,完全不在一个频道上。换到星月满天,那种体现差距的面孔见不着了,说人说事,一点隔阂也听不出来。眼看天就要亮了,太阳就要出山,二人都觉得没有话说。

一向最能克制的马跃之,破例主动找话说："你和六妹她们相好,有孩子吗?"

秋大队摇摇头说："人家都有丈夫,有孩子也算不到我名下。"

马跃之反问说："你不是说看看面相就清楚了?"

秋大队说："生男生女的事,不是俄罗斯套娃,小的非得像大的。一粒种子下到女人肚子里,十个月后,谁也不敢保证会变成自己想要的模样。我是单眼皮,六妹是单眼皮,六妹的丈夫也是单眼皮,她家的孩子都有双眼皮。你是不是在想小玉老师生的双胞胎长成什么样了?"

马跃之说："难道你就没有想过?人都长着脑子,想一想总是可以的。"

秋大队说："谁说不可以呢?最近我学了两句话,百善孝为先,论心不论迹,论迹世间无孝子;万恶淫为首,论迹不论心,论心古今无完人。这话的意思就是说,有些不能做的事情想一想是可以的。"

说话间,就到了五点半,远处的东山上露出了鱼肚白。

马跃之的手机突然响了,拿起来一看,是柳琴打来的。

马跃之按了一下接听键,柳琴的声音就传过来。

柳琴在电话那边形容自己一整夜都没合一下眼,想打电话又怕打扰马跃之休息,只好等到天亮,想着马跃之该起床了,才打了这个早就要打的电话。说了一些铺垫的话后,柳琴才说,不管湫坝这边有没有事,马跃之都必须在中午以前赶回家,如果十二点钟见不到人,柳琴就会于十二点零一分时出发来湫坝抓人。

柳琴说话从没有像现在这样不讲道理,说完自己要说的话,就将电话挂断了。

秋大队以为自己刚刚说的那些事传到武汉了:"你家夫人也知道小玉老师的事了?"

不等马跃之回答,秋大队又慌忙解释说:"湫坝这里都是老实人,秋家垄的人更老实,绝对没有人向柳琴打小报告。六妹心地善良,更不会做这种事。"

马跃之有点底气不足地数落秋大队:"小玉老师的事都是你在说,我可是一声没吭。"

稍微停顿一下,马跃之又说:"你和六妹这样,也叫老实?"

说这话时,马跃之的底气明显提起来了。

想不到秋大队回答时比马跃之更有底气。

秋大队说:"我喜欢她,她喜欢我,两个人心甘情愿地到一起,这不叫老实还能叫什么!如果我喜欢她,她不喜欢我,或者她喜欢我,我不喜欢她,两个人还是到了一起,那才叫不老实!"

马跃之过了好久才回应:"这种老实话一般人会不爱听的!"

说这话时,马跃之已经在回武汉的高速公路上。

听马跃之说话的是一起拼车的年轻女孩。女孩妊娠反应很严重,仍然要去武汉寻找失联一个月的男朋友,一路上不是呕就是吐,弄得马跃之不得不出手帮着点。女孩不好意思地表示,男朋友能有马跃之三分之一的体贴自己就心满意足了。马跃之劝她不要这么说时,才说了这句本是回答秋大队的话。

贰伍

年岁不饶人，这话年轻时没人相信，等到相信时人已不年轻了。

夜里巡查耽误的瞌睡，终于在临近武汉时发作了。同车女孩妊娠反应又一次呕吐，马跃之帮忙用垃圾袋将吐出来的黄水处理完，自己往椅背上一仰便睡着了。女孩下一次呕吐时，车窗外面已出现武汉的街景。女孩有气无力地交涉，要司机先送自己到汉阳。司机不愿意，一定要先到武昌，理由是马跃之年纪大，车费也比她出得多，实际上是在盘算，先到武昌，再到汉阳，然后回京山，要少跑几十公里路程。马跃之见时间还早，附近正好有六十四路公交车站，就让司机靠边停车，自己下车，让司机专心送那女孩。司机照着马跃之的吩咐做了，女孩晕晕的还没反应过来。

因为接下来还要回湫坝，马跃之随身只背着一只双肩包，在街边站了一会，就有一辆六十四路双层公交车开过来。马跃之看了一眼，见驾驶员是个五大三粗的男人，便迟疑地没有上车。等到下一辆六十四路双层公交车开过来时,驾驶员恰好是王蔗的妹妹。马跃之本想主动打招呼,因为身后还有人要上车,话到嘴边又放弃了。

马跃之像以往那样上到二层,在最前面位置上坐下来,然后开始思索柳琴一反常态勒令自己回家的背后原因。脑子一开动,马跃之就想起夜里巡查时,听秋大队说的许多话。由那些话产生的画面反复不断地出现,甚至还显出白露节气时湫坝镇外那棵大樟树,以及树荫下面的一对青年男女景象。六十四路双层公交车驶上长江大桥时,马跃之突然想起,昨晚与秋大队说了那么多,偏偏忘了听漏工曾听长,像秋大队这种在地方上有特殊影响力的人物,不能说无所不能,离无所不能也差不了多少,只要有不明身份的人出现,一定会传到秋大队的耳朵里。

马跃之不无遗憾地重重拍了几下座椅。

好在身旁没有别人,马跃之静下来后,在脑子里反复对自己说,一回到湫坝,就去找秋大队。这种念头挤占了马跃之的脑子,别的事就很难再进来了。

就在这时,王蔗来微信了。

王蔗说,马先生还在我妹妹的车上?

马跃之说,还在六十四路公交车上。

王蔗说,马先生上车时我妹妹认出来了,人多就没有打招呼。她告诉我了,让向马先生致敬,感谢马先生还敢坐她的车。

马跃之说,没错,我是特意选女司机开的公交车。

王蔗说,万博士要我报告,挨着炸弹坑的地方发掘出一些有趣的东西。

马跃之说,谁让你来湫坝,你应当在京山县城!

王蔗说,就这一次了,往后一定百分之百听马先生的话。

马跃之说,你这是要将小玉老师当榜样,还是作为教训?

王蔗说,小玉老师是小玉老师,王蔗是王蔗。

马跃之说,说说发现什么有趣的东西。

王蔗说,一只青花瓷罐,里面藏着用油布包着的纸质东西,表面上看是民国年间的地契和房契,还有一些账本。万博士认为这是一九五〇年土地改革前后,被土地和房产的主人有意埋在地下的。

马跃之说,能看出主人是谁吗?

王蔗说,主人姓秋。据说他家女儿还活着,已经九十多岁了。

马跃之说,秋大队看过吗?

王蔗说,秋大队只看了头一页,就咬定是他姑姑家的。秋大队想看后面的,万乙不让,说这是文物,先要进行研究,研究结果出来,若要公开也要履行正式手续,将秋大队镇住了。

马跃之说,赶紧登记造册,下午下班之前,送到"楚才晋用",我等着。你要亲自送,不可再经过别人的手。

王蔗说,能不能明天再送?

马跃之说,纸质的东西很容易氧化,拖到明天,说不定只剩下一堆粉末。

王蔗说,民国年间的纸品还不会这么脆弱。

微信聊到这里时,柳琴的电话打进来了。

柳琴问清楚马跃之正在六十四路双层公交车上,穿过汉口,到了武昌,还有三站路就可以下车步行回家后,反而不急,改口要马跃之别下车,直接去楚学院。柳琴还说,自己临时有事,中午没时间回家做饭,马跃之也不用掐在十二点进家门,将工作上的事情忙完了,回家见面再说事也还来得及。

听柳琴说话的语气,不像是来了母老虎的性子,马跃之也就放心了许多。要是六妹和秋大队说的那些话让柳琴知道了,以女人那种掺不得一粒沙子的婚姻观,肯定比早上打的那个电话要厉害一千倍。

六十四路双层公交车到了省博物馆站,马跃之没有急于下车,等到十几个上车的人全部上车后,正要与驾驶员打招呼时,才发现不知什么时候,把握方向盘的人,已经由女汉子变为真正的男子汉。马跃之随手给王蔗发了一条微信。五分钟后,王蔗才回复说,她妹妹的闺蜜也是公交车司机,前些时出了一起交通事故,将水务局的工程机械撞坏了,人也撞伤了几个。水务局那边正好由卢小材负责协调。妹妹想替闺蜜减轻点责任,答应帮忙跑一下水务局。刚才卢小材打电话让妹妹马上去一趟,公交公司就临时调了一名司机上车替换妹妹。

下车后,照例由地下通道横穿东湖路,来到马路另一边的楚学院大门前。

门卫许师傅见了,隔着门窗说一声什么话。马跃之没听清,就多绕几步,站到门卫室的门槛前,听许师傅小声再说一句:"马先生,你总算回来了!"马跃之只觉得许师傅说话太过小心,没有在意这话的内涵,顺手接过许师傅递过来的几封信就离开了。

马跃之又走了几十步,进到楚学院一楼大厅,见到之前曾本之贴过退休声明的位置上,贴着一张用三号宋体字在A4纸上打印出来的告示。标题为《关于在楚学院试评资深专家的公告》,标题字体用了比较显眼的一号黑体。告示的内容极为简明,无非是说,上面对楚学研究极为重视,将楚学院的学术层级提升到与重点高校等同,增设一名相当于文科院士的资深专家。至于如何评出,则一个字也没提。

马跃之在告示前站了不到两分钟,刚好看完告示上的文字,便转身走开。四周分明没有他人,马跃之仍觉得有许多双眼睛在盯着自己。从进一楼电梯,到出六楼电梯,沿着走廊往前走到"楚才晋用"门口,掏出钥匙打开门锁,同样一个人影也没见着。放在平时,只要马跃之出现在楚学院,总会有人上前来打招呼。多数时候,对方并没有什么事,也不是要表达那些常见的口碑不太好的小情感,就像见着盛开的牡丹花无法不多看一眼,闻到满树的桂花香会下意识地多嗅一下,纯粹是为了打招呼而打招呼。眼前的寂寞如同独自一人闯进王侯级别的大墓里,明知不可能有威胁,还是觉得上有泰山压顶,下有火山爆发,四面八方全是威胁。

趁着打开窗户换一换屋内空气时,马跃之隔着窗户,深深地看着博物馆侧后方的那片屋顶。

曾本之的家就在那肉眼隐约可见的树梢之下。

一想到自己前次见到曾本之的日期,马跃之忽然记起来,自己虽然看过告示内容,却没有注意告示发布的时间。这也是从周老先生到曾本之,再到马跃之,从事考古工作的人,特别是青铜重器这一"流派"

的通病：重视朝代，轻视岁月。在青铜重器研究中，动不动就是一百年、两百年，区区数日，不足挂齿。换作一般人，最简单的方法就是乘电梯下到一楼大厅，朝那白纸黑字再看一眼。马跃之不让自己这么做，而是采用反证法，根据董文贝最近一次打电话了解课题进展的时间来判断，试行资深专家制度的公告张贴时间上限，只能是董文贝给自己打电话的次日。马跃之认为，董文贝作为楚学院行政负责人，有责任将已经公告的事情，告诉出差在外的同事。用这种逻辑算下来，董文贝打电话的次日至今的五天里，没有任何人以任何方式，将如此重要的事情告知马跃之，说奇怪也奇怪，说不奇怪就不奇怪，在这件事情上，没有谁负有相互告知的责任。

马跃之让自己静下来，拆开路过门卫室时拿到的几封信。信的内容几乎相同，都说有传家宝，并附上照片，希望马跃之帮忙看一看。信封里连回信用的邮票和信纸都准备好了，却没有说明要马跃之帮忙看什么。只有一封信不同，马跃之一看信封上写着"九鼎七簋课题组"就将其放到一边，等别的信全看完了，才拿起来开拆。不出所料，果然是一位经常关注楚学院相关工作，动不动就要与曾本之商榷的"青铜大师"写来的。对方知道曾本之退休了，这才写信给马跃之，并且也不是"商榷"，而是邀请马跃之去他那里，他会提供九鼎七簋的重要信息，能使马跃之有百分之百的机会确定第八号簋为何消失，消失在哪里，用什么方法可以找回。在信的最后，这位"青铜大师"还破天荒地衷心祝福马跃之，能够顺利地晋升为资深专家，成为楚学界有史以来的第一位文科院士。对方还说得有鼻子有眼，夸奖有关领导务实，一看向上申报院士行不通，就变换手法，搞一个同等待遇的内部粮票，不需要再看上面的脸色，自己想同意谁是资深专家，谁就是资深专家。马跃之丝毫不会将这类邀请当回事，心里却不免感叹，这位局外人比自己更熟悉楚学院。

马跃之将所有信封都写上"交办公室存档"几个字，然后给办公室打电话，让鲁丰到六楼来一下。马跃之刚放下电话，就听到电梯铃响，正想鲁丰这速度也太快了点，董文贝就在门口出现了。

一阵寒暄过后,董文贝问起课题组的进展。

董文贝说:"我晓得,不应当这么问马先生,可是职责所在,实在没有别的选择。"

马跃之说:"有没有进展我也不清楚,只是有种踏破铁鞋的感觉,希望不用太费工夫了吧!"

董文贝说:"太好了!郑雄周末就能回来,说是上班第一天就去秋家垄两周贵族墓地看看,到时候马先生会在那边吗?"

马跃之说:"我不在两周贵族墓地那边,我在九鼎七簋课题组这边。"

董文贝说:"马先生,得罪了!郑雄原话是这么说的,我也不晓得他这么说话的意思,只能转告一下。"

马跃之正想说话,董文贝抢在前面,又来了一句:"听说郑雄的副省级,被他自己活动得差不多了。"

马跃之没好气地说:"该不是将楚学院升格为副省级吧!"

董文贝说:"这可是全省上下从没有过先例的情况。当然,郑雄的活动能力太厉害,只要他肯下力做,也不是不可能的。"

说了一会儿话,见董文贝只字不提一楼大厅告示的事,马跃之就将那封信拿出来,让董文贝看。董文贝看那信的开头部分,脸上露出的是讥笑,等看到后半部分,就变成了冷笑。

收起信,董文贝问:"还是按惯例,让办公室存档?"

马跃之说:"我已经给鲁丰说过了,他一会儿就来拿。"

董文贝说:"真是好事传千里呀,这么快外面的人就知道了。"

马跃之说:"湫坝那儿,一点风声也没有传过去。"

董文贝说:"不瞒马先生,贴公告的糨糊都没有干,我就已经里外不是人了。具体怎么做,其实都是郑雄在操控。不过,马先生放心,关键时候,哪怕不能多说一个字,但我也不会少说一个字。"

见马跃之不作声,董文贝继续说:"楚学院三六九个人,谁有几斤几两,大家都心知肚明,以往大家都认为曾先生是学术领头人,曾先生退休了,继续带领大家搞学术研究的,除了马先生,谁也不敢夸这个海口。"

马跃之突然说:"曾先生到底是怎么回事,退休不等于退隐,干吗连人影也见不到?"

董文贝说:"这事只怕是曾先生的个人隐私,他家的人都不想说,我们最好不要问。"

马跃之说:"回头要过年之前,总该上家里去慰问一下吧!"

董文贝说:"到时候,肯定要去。不过,依我的看法,马先生若是觉得奇怪,也只有马先生解得开这个疑团。"

董文贝来"楚才晋用"这一趟,说是有事,又没有明确交代,说是没有,十分具体的事情已经说了八九分。董文贝刚刚离开,"楚才晋用"就热闹起来,先是六楼各间屋子里的人轮番来与马跃之说话,六楼的人还没完全来过,五楼到六楼的电梯就开始忙碌起来,仿佛有谁在暗中安排,四楼、三楼和二楼的人也都闻讯行动起来,虽然,极少有人在马跃之面前说出自己的想法,通过各种各样的肢体语言还是很明确地解读出来。其中又以一些女人的表现最明显,除了表达崇拜,别的解释都不合适,不管是最爱茉莉的,还是最爱兰花的,还有将普通月季当成宠物来养的,竟然一个个拿着花盆,亲手送到"楚才晋用"。时间不长,就将窗前一带摆布成一处小小花圃。

只有吴秋水一个人将话说得明明白白,他首先表明,自己这一次不是不够资格,而是与马先生相比,还略差一些,人家说愿赌服输,自己是不赌服输。按照新近的规定,资深专家不再是终身制,到了七十岁也得退下来,所以,吴秋水赤裸裸地表示,这一次自己会无条件支持马跃之,等到下一次马跃之退休后空出名额时,希望马跃之能够毫无保留地支持自己。

吴秋水还没有将要说的话全部说出来,马跃之就想对他说:你不应当这样做人做事,如果你没有说这些话,我有很大可能会支持你,现在的问题是,你说了不该说的话,我也就不得不做我必须做的事,不然,我就没有办法面对之前的自己。所以,我只好坦白地说,因为这事,我将对你吴秋水持保留态度,也就是说,既不支持,也不反对,只能弃权!

按照以往的脾气,马跃之一定要如此这般当场驳斥回去。

此时此刻,马跃之罕有地犹豫了,想说的话没有说出口。

吴秋水将自己的意思用不同说法说了两遍。

正当吴秋水等待回应不肯离开时,鲁丰进屋来了。

马跃之拿出之前收到的那些信件,递给鲁丰,让他登记后保存好。说话时,马跃之使了一个眼色,鲁丰心领神会,马上对吴秋水说,自己有点工作上的事要与马先生交流一下。吴秋水只好悻悻地出门去了。

剩下两个人时,鲁丰直截了当地提前恭贺马跃之。鲁丰恭贺的重点不是院士,而是资深专家享受的待遇比正省级低一些,相当于副省级的待遇,还说,将来评议结果公示时,有梅玉帛在纪委那边把关,也不怕那些乌龟王八卑鄙小人无中生有匿名举报。

很显然,鲁丰提起梅玉帛,是事先设计好的。鲁丰岔开要说的内容,额外说,因鉴定青铜方壶,送马跃之去纪委,认识梅玉帛后,他们又在开会时见了几次面。每次都是梅玉帛主动过来,在人群中找到鲁丰,说是关心九鼎七簋课题研究方面的进展,实际上是关心马先生。昨天下午,又在会上见了一面。得知马先生在湫坝进行田野考古发掘,梅玉帛挺着急地表示,这种事让万乙和王蔫这些年轻人去干就行,不可以让马先生这种国宝级的老专家,上到第一线去拼老命。鲁丰半开玩笑地说,可不能再将马先生称为老专家,楚学院正要开评资深专家,一个老字,弄不好就会将马先生画在红线外面。梅玉帛也正色地提醒鲁丰,凡是评奖晋级,再清静的单位也有沉渣泛起,一定要将整个评议过程做得天衣无缝,不能有一点瑕疵,能不能评上资深专家事小,像马先生这样的大学者的名节才是大事。鲁丰说,梅玉帛居然知道楚学院骂人最厉害的话是鼻屎,梅玉帛要鲁丰多准备一下喷鼻子的药水,必要时,可以去中南医院的五官科,将爱长鼻屎的鼻腔用激光烧一烧,烤一烤。

鲁丰将话题转回来,说了自己前几天的担心。告示出来后,楚学院从一楼到六楼,人人摆出一副心如止水的样子,没有人打听,也没有人询问,好像那告示上一个字也没有,就是一张普普通通的A4白纸。马先生一露面,楼上楼下就立刻动起来,这也算是活生生的用脚投票,大家用实际行动表明马先生就是民心所向众望所归的资深专家。

说到最后,鲁丰要马跃之有机会在梅玉帛面前替自己美言几句。

听到这话,马跃之便暗暗将鲁丰与吴秋水视为同类人。马跃之很奇怪,这个鲁丰,平素在自己面前大气也不敢出一声。评选资深专家的告示一出来,倒像是给鲁丰一下子添加了虎豹狮熊四只胆,不仅敢说从前绝对不敢说的话,还说得那样心安理得,理直气壮。

"有些人是不是将资深专家评选当成拿捏对方的把柄?"

想到这里,马跃之心里不禁一紧。

鲁丰临走时,特意说了一件小事,评选资深专家的告示贴出来后,楚学院的人表面上都不提这事,但是在谈笑之间,忽然变得爱用马跃之先前说的一句话:大水冲垮水务局,楚王搞臭楚学院。就连吴秋水都这么说了,还是当着董文贝的面说的。

屋子里终于安静下来后,马跃之在心里将梅玉帛请鲁丰转告的话品了品:凡是评奖晋级,再清静的单位也会有沉渣泛起,能不能评上什么其实是小事,如何活着才是关乎名节的大事。马跃之本来就对梅玉帛印象很好,有了这话,之前的好印象又增加了一些分量。

一早从湫坝出发,再将武汉三镇绕了两镇,回到楚学院,也就与一些人说说话,就到了中午。柳琴发来微信,让马跃之就在单位食堂将午餐解决一下,晚上回家再做好吃的犒劳他。收到微信时,马跃之正在食堂里,大口大口地喝着紫菜蛋花汤。隔着一张餐桌,那边有人不知为何又在说,大水冲垮水务局,楚王搞臭楚学院,引得旁边的女会计轻轻地笑起来。正在寻找位置的吴秋水本想坐在女会计旁边,一扫眼见到马跃之,便拿着饭盒走过来。吴秋水刚在对面坐下,还没来得及说话,马跃之就将几样菜吃完,拿着几乎没有动筷子的米饭,站起来说是要带回家去,晚上让柳琴做蛋炒饭。回到"楚才晋用",马跃之关上门,将米饭吃得一粒也不剩,一边吃还一边摇头,对自己在食堂里的表现表示不满。

就在这时,放在办公桌上的手机响了,屏幕上显现的是一个陌生号码。

马跃之犹豫了一下，还是接听了，没想到是早上一同拼车来武汉的那个女孩。

女孩已经找到自己的男朋友了，对方在工地上受了伤，住在医院里，因为怕女孩着急影响胎儿，才不肯接女孩的电话。女孩从司机那里要到马跃之的电话，不仅仅是感谢一路上对她的关照，还要感谢马跃之对她的男朋友的关照。马跃之正疑惑不解时，女孩的男朋友接过电话说了一番，马跃之才明白，那男孩就在水务局的工地上打工，还是项目经理老邓手下的小包工头。那天他找老邓要前一阵的工钱，老邓生气了，当众打了他一耳光。男孩也生气了，就回敬了一巴掌。老邓当即就要男孩走人。马跃之正好在现场，就将老邓叫到一旁，好好地数落了一顿。老邓也真给面子，当场付了拖欠的工钱，还让男孩多管了十几个人。男孩也不错，这次受伤，部分原因是为了救老邓，当时老邓站在挖掘机旁接电话，没发现一辆公交车失控冲过来。男孩见势不妙，连忙冲上去将老邓推开，自己却被撞歪的挖掘机压伤了。

马跃之听后，主动打电话给卢小材，要他与陆少林说一下，对在他们工地上受伤的男孩多关照一些。五分钟后，卢小材就回电话了，与马跃之说话的人变成了陆少林。

陆少林说话显得有些急迫，开口就问马跃之现在有没有时间来水务局一趟。马跃之想了想，觉得自己这里没有急着要办的事，本想一口答应，话到嘴边，又想起来先问，是不是有自己必须到场的事。听陆少林说，梅玉帛下午要到水务局，也不知为了什么，就想着如果马跃之能来，顺便一起再看看收藏室里的藏品。马跃之听出陆少林话里有话，就答应了，并且拒绝派公车来接，说自己乘六十四路双层公交车，一个小时就能到，不会耽误与梅玉帛的碰面。

中午时分，所有的公交车乘客都不多，六十四路双层公交车也不例外。唯一例外的是马跃之上车不一会儿就睡着了，本来就是午休时间，加上昨晚彻夜巡查，马跃之这一睡竟然睡过了头，迷迷糊糊中，听到耳边有人在说一个老笑话，说一个外地人有事要找武汉市的江二桥市长投诉。市政府负责接待的人说，武汉市没有姓江的市长，更没有叫江二桥的市长。外地人说,他坐车经过长江时,看到两座桥塔中间用很大的字写着:武汉市长江二桥。随着一阵笑声,马跃之睁开眼睛后发现车窗外的长江景色不对,再一看,才知长江大桥早已过了,六十四路双层公交车已经绕着圈行驶到下游的长江二桥上。好在出门的时间足够,马跃之乘着六十四路双层公交车,从江南到江北,再到江南,再到江北,绕着武昌和汉口转了五百四十度,下车来到水务局时,也只晚了二十分钟。

马跃之进到那间熟悉的会客室,看了一眼先到的梅玉帛,也不管之前这屋里发生过什么事,忍不住将自己嘲笑了一通。

得知马跃之坐在六十四路双层公交车绕着武昌和汉口转了一圈半,众人也笑了,但不是嘲笑,而是认认真真地开玩笑,要让公交公司年底将马跃之评为最迷糊乘客。梅玉帛还补充说,马先生还想乘坐六十四路双层公交车兜风,一定要叫上她。说笑的话一结束,梅玉帛就正儿八经地问马跃之,上半年参加省人才办安排的高级专家体检时,有没有做脑部CT。

陆少林一听,就说:"马先生是聪明一世,糊涂一时,不是脑子有病。"

马跃之也赶紧说:"楚学院搞专业的人,个个是体力劳动与脑力劳动相结合,从没有谁患过阿尔茨海默病。"

梅玉帛说:"我怎么听说,曾本之曾先生已经有这方面的倾向了!"

卢小材插嘴说:"可能不太确切,曾先生不像是能患这种病的人。"

梅玉帛盯着卢小材,那意思是说,轮不到你乱叫乱嚷。马跃之就将王蔗是卢小材的女朋友,元旦就要举办婚礼的情况说了说。梅玉帛有点诧异地看了看面前的几个人,说这也太奇怪了,好像大家都在想方设法要与楚学院发生点关系。

说着,梅玉帛一抬手,指着那扇小门说:"前次来是公事公办,今天来不完全是因公,多少也还有一点因私,想欣赏一下水务局收藏的破铜烂铁,看看能否对自己的工作学习和业余兴趣有所启发。"

陆少林和卢小材各拿出一把钥匙,将那把有两个锁眼的门锁打开。

马跃之坐在沙发上没有动,陆少林和卢小材陪着梅玉帛进到收藏室,两分钟不到,就听到梅玉帛问小冰箱有没有放老冰棒。卢小材回答说有。梅玉帛就要他们按自己的喜好,用老冰棒和红茶,现做几杯冰红茶给大家尝尝。卢小材响亮地答应后,马上从收藏室出来,回到会客室。卢小材刚用一只玻璃茶壶将红茶泡好,陆少林就拿着几根老冰棒出来了。当着大家的面,陆少林将老冰棒的外包装纸撕掉后,全部放进玻璃茶壶里。转眼之间,老冰棒就消融得无影无踪。玻璃茶壶里红茶也因老冰棒的化入,由琥珀色转变成咖啡色,颜色虽然深了不少,看上去还是晶莹剔透,既没有任何杂质,更没有任何杂物。陆少林拿起玻璃茶壶,倒了一杯自制的冰红茶,递给马跃之。马跃之伸手去接,见那精细白瓷茶杯里冰红茶在微微颤动,心里明白是怎么回事,便有意问陆少林是不是两餐中间的血糖比较低。陆少林会意地回答,说自己最近两次体检都没有测血糖。

马跃之拿起茶杯,先慢慢地喝一口,再快快地喝一口,然后说:"水务局的冰红茶味道比上次在纪委会议室喝的要绵长一些。"

梅玉帛也学着慢慢快快地品尝一下说:"马先生说得对,水务局的冰红茶内容比较丰富。"

陆少林不敢接话,又不能不接话:"前一阵,我读了十几本书,读来读去只读懂了一句话,人活着的一切滋味,都是由对死亡的看法生出来的。"

梅玉帛轻轻一笑说:"这些时,我也读了一些书,大都是考古方面的,有两本还是马先生写的,我最喜欢马先生说的一句话,一个人的全部质量加在一起就是灵魂。"

卢小材在一旁也说:"今天早上王蔗给我发微信,也用了马先生书中的一句话,以考古形式发现的东西,如果没有进一步完善人的精神生活,就与挖出来的破铜烂铁没有太大区别。"

马跃之站起来,别人都以为他会就这些话再表个态,他却拿着茶杯走进收藏室,指着陈列柜说:"看看它的样子,还是此时无声胜有声最有意义。所以,哪怕将世界上的话全说出来,也还抵不过灵魂。"

马跃之手指的是一块和田玉。

那次马跃之被关在这间屋子里,看遍每一件器物时,这块和田玉还不存在。

梅玉帛上前一步,一只手拿起通体没有一点瑕疵的和田玉,另一只手在上面轻轻抚摸,然后说:"这块玉凉凉的,有点老冰棒的感觉。"

陆少林说:"试玉要烧三日满,辨别老冰棒,舔一口就知道了。"

梅玉帛说:"有些玉用不着烧三天就能看出真假,比如你这一块,马先生都看过了,再有谁来看也假不了。"

说到这里,梅玉帛不再说玉,也不说老冰棒了。

梅玉帛拿起一块青铜残片,转身问马跃之:"前次纪委来这里检查登记时,好像没有这个,马先生记得吗?"

马跃之有点狼狈,悄然咬了一下牙说:"这是施工队邓经理在工地上发现的,他拿给我看时,附近的居民突然跑来不让夜里施工,现场一乱,没有按程序登记保存,就出了点差错。事情过后邓经理还问过我,我再一查,才发现被自己揣进口袋里了。之后,再来这屋,我就将青铜残片放在这里了。"

听马跃之说话,梅玉帛的眼睛里掠过一丝欣喜的光泽。

马跃之正好看见了,就说:"想不到你也能对这间屋子里的东西过目不忘。"

梅玉帛答非所问地说:"帮你们做事的那个邓经理,命里只有一朵桃花,硬要养什么小三,老婆闹不说,连小三也一起闹,有的事,无的事,都写信往外说,将工地上发现的破铜烂铁都说成是金银珠宝,有的还被说成是国宝级文物。称他为邓经理,是为了说话好听,也就是个包工头嘛,就算纪委人人都是手眼通天的孙悟空也管不过来。"

听这话的几个人,心里都明白,梅玉帛这是在暗示,邓经理的老婆和小三联起手来,给纪委写信告状,将邓经理平时在家里闲聊时说的只言片语当成证据,找邓经理讨说法。

卢小材不无惊讶地说:"邓经理昨天还吹牛,将老婆和情人都搞定了,从此以后一个是大姐,一个是二姐,就在一起过日子。"

陆少林不动声色地看了卢小材一眼。

卢小材马上明白过来:"信走得慢,不如人跑得快。估计这两个女人还要写信,说自己只是想打击一下邓经理,瞎胡闹地编造一些事。"

马跃之这时已经从梅玉帛手里拿过那只青铜残片,指着上面的纹饰说:"你们看看这像不像是文字,起初我也以为这是个残缺的文字。两周时期的青铜重器,只要有文字,就会身价百倍,邓经理这么对家里人说也是有道理的。但邓经理想到的肯定没有别人想到的东西多。我一拿到邓经理发现的青铜残片,脑子里就出现收藏室的这只青铜残片。"

马跃之伸手从展示柜里取出另一块青铜残片,找准角度,将两只青铜残片拼到一起,再让大家看。果然,两只青铜残片拼接得天衣无缝。

陆少林几乎要叫起来:"这也太不可思议了!这后一块是去年我从旧货市场淘到的!天下哪有这么巧的事,这么点小东西,隔了两三千年,竟然还能凑到一起!"

梅玉帛说:"你也太没诗意了,什么凑到一起,这叫珠联璧合,破镜重圆!"

马跃之说:"你们再看仔细点,这上面还有些什么?"

马跃之退后两步,让梅玉帛和陆少林凑到一起,用四只眼睛尽情细看。只见二人盯着青铜残片看一会,又相互对视一会,回头再看了看马跃之。

二人再次对视时,目光中有些茫然。

刚好这时,有人来向卢小材报告,听漏工曾听长要请三天假。

梅玉帛听见后,就说:"这是陆副局长去我们那里'喝茶'临时规定的,怎么还没有改回来,水务局的技工有事得向局办公室请假,这事说出去会让人不好理解。"

陆少林正好反过来说梅玉帛:"纪委只通知了其一,又不通知其二,我这个当事人,更不好理解。"

梅玉帛说:"当时是口头通知的吧!现在我再口头通知,对听漏工曾听长在工作上的管理——"

马跃之赶紧打断梅玉帛的话:"这事可能关系到九鼎七簋课题研究,还是让听漏工曾听长有事继续向卢小材报告吧,万一有什么事,方便及时沟通。"

梅玉帛看了陆少林一眼,示意由他说了算。

陆少林马上说:"那就这么办,马先生,这三天假你说给我们就给。"

马跃之拿出手机,要查湫坝一带的天气预报。梅玉帛眼疾手快,马跃之还没打开手机页面,她就查到结果了。据京山县气象局预报,从明天起,湫坝一带要下三天雨,同时还有这个季节十分罕有的雷暴。马跃之不放心,昨天还说未来几天是晴天,怎么说变就变。他亲自查了一遍,结果是一样的。

马跃之就说:"可以让听漏工这会儿来局里说明一下缘由,再准这个假。"

见陆少林点头同意,卢小材当即用微信联系了听漏工曾听长。

趁听漏工曾听长还在来水务局的路上,梅玉帛将小屋里的藏品,从头到尾看了一遍,遇到不懂的器物就向马跃之讨教。与马跃之一样,梅玉帛也很喜欢看各种青铜器物上的铜锈,在她的理解中,青铜铜锈的颜色,与人的性格一样,明明是天生的,又处处显得是修炼出来的。

由此他们的话题又转移到陆少林身上。

梅玉帛很好奇,一般的人很难对青铜重器有收藏兴趣,青铜重器价值太高,因而假货格外多,还很难辨别真假。又有一种说法,从殷商到两周,王侯贵族普遍寿命较短,与他们钟鸣鼎食的生活习惯有关,长期用青铜器物烹饪煮食,造成慢性铜中毒,所以,有些人心里有念想,真正付诸行动的少之又少。偏偏陆少林要特立独行,爱好这种常人不敢有的爱好。

陆少林的回答十分简单,前些年,有个老人说陆少林身上的阳火太旺,需要用大阴的东西来平衡一下。想来想去,就想到了青铜重器。无论谁将故事讲得多么玄乎,表明家里的青铜重器是祖辈传下来的,都是想在重复一千遍后变为真理的谎言。两周时期的东西,经过两千多年,就算是一座山,也会变得面目全非。一件青铜重器,只要不是深埋在地下,哪怕是摆放在神龛上,也会腐蚀成粉末,八百年前就灰飞烟灭了。只要是两周时期的青铜重器,肯定是从墓穴里挖出来的,这样的东西当然就是大阴。

梅玉帛说:"这个理由你先前好像没有说过。"

陆少林说:"你换个角度帮我想一想,在你那里'喝茶'时我要是这样说,不就等于承认自己的思想根源已经坏透了?"

梅玉帛说:"我也说点实话,过去查案子是论心不论迹,只要主观动机是好的,出现差错在所难免。现在查案子是论迹不论心,只要客观事实出了问题,思想理论提都不要提。"

说完这句话,听漏工曾听长就到了。曾听长住的地方离水务局办公楼很近,从打电话时算起,不到十分钟就来了。曾听长进门时,他们还没商量好,由谁来主导问话。好在梅玉帛早就习惯了询问别人,见大家都不开口,便不客气地说起来。

梅玉帛说:"曾听长最近很忙吧?"

曾听长说:"我是听漏工,不是厅长。曾厅长是白天工作,夜里休息。曾听长是夜里工作,白天休息。"

说着,曾听长竖起九个手指,意思是还能说九句话。

梅玉帛说:"一回生,二回熟,什么时候,让我们跟着曾听长一起体验一下听漏工工作的特殊性。"

曾听长说:"曾厅长是靠嘴吃饭,曾听长是靠耳朵活命。"

说着,曾听长竖起八个手指,意思是还能说八句话。

梅玉帛不高兴地说:"曾听长总是昼伏夜出,黑暗面见得多,阳光下感受少,是不是想换工作岗位了?"

曾听长说:"习惯走夜路的人,对一颗星星、一盏路灯都万分珍惜。"

说着,曾听长竖起七个手指,意思是还能说七句话。

梅玉帛怕耽误余下的七次机会,有点不敢问了。

陆少林于是接着问:"这一阵,十三街坊漏水多吗?"

曾听长说:"天冷下来了,用水量减少,漏水的压力没有那么大了。"

因为是水务局的领导,曾听长说过话后,没有竖起手指示意。

陆少林说:"就要到年底了,上面要搞窗口单位服务质量评比,这时候漏一次水,就会少几个评分。"

曾听长说:"我晓得,这个星期我将经常漏水的地方预查了一遍,尽量防漏于未漏。"

陆少林说:"到底是听长,听漏的水平是不是又见长了?"

曾听长说:"漏水的地方总漏水,不漏水的地方总不漏水。就像贪官到哪里也要贪污,清官到哪里也是青天,做人和做事的道理是一样的。"

梅玉帛忍不住插嘴说:"原来曾听长心里有一杆秤,难怪上次请陆副局长去喝茶,你一点也不配合。"

曾听长说:"这不可能,我每一次都配合了,是你们不讲规矩。"

梅玉帛说:"这就奇了怪了,从来没有人说我们坏了规矩。"

紧接着这话,梅玉帛又说:"你不用回答,我晓得你只会再说两句话了。"

曾听长说:"这不行,谁也不能只许自己说话,不让别人说话,明明晓得别人有别人的规矩,却非要将自己的规矩强加给别人,人只能说人话,鸟只能讲鸟语,四条腿走路是四条腿走路的规矩,三个轮子走路是三个轮子走路的规矩,不尊重别人就是不讲规矩。"

说完,曾听长将左手食指举起来。

其余的人都望着马跃之,马跃之看了看卢小材,意思是说,还有最后一个提问的机会,你们有正经事要说,就先将正经事办好。卢小材哪敢开口,躲着马跃之的目光,不肯对视。

马跃之将目光转向梅玉帛:"小梅,不就是只能说十句话吗,第十个问题给你,你想问什么问题都可以。"

梅玉帛于是再对曾听长说:"你一个人吃饱全家不饿,好好的休什么假,还一请就是三天,干吗不都攒着,年底一起算加班费?"

曾听长说:"寻死上吊的人也会先喘口气,我就是想休假。"

此话一出,曾听长先闭上嘴,紧接着连眼睛也闭上了,如同在纪委谈话室的表现,虽然没有达到视死如归、宁死不屈的地步,那种倔犟的劲头一模一样。

过了十来分钟,见耳边还没有任何动静,曾听长才睁开眼睛,只见周边的人都在面带微笑地盯着自己,再也没有在纪委时见到的那种怒不可遏与无可奈何。在所有微笑中,一直不曾开口的马跃之笑得最神秘,也最深奥。屋子里极为安静,以曾听长的超常能力,肯定听得见连同自己在内五颗心跳的动静;也肯定明白,大家还有话要说,特别是在楚学界人人皆知的马跃之,绝对不是无事也要玩手机,而是无事不登三宝殿。

曾听长在揣测。

梅玉帛、陆少林和卢小材也在猜想。

大家都在等着马跃之说出哪方面的话。

久等之下的马跃之终于开口了,马跃之不是找一个问题问曾听长,而是对着曾听长自说自话。

"我喜欢这个千奇百怪的世界,喜欢这个世界有十几位听漏工用特殊的方式劳动和工作。我曾经不晓得在我们的身边还有听漏工,更不晓得听漏工里有人名叫曾听长。这个名字好,如果生下来取的名字就是这样,那可真是天意。好在我还有点怀疑,觉得曾听长的听,是入这一行时,从师尊往下排的辈分,也就是听字辈。几个月前,省博物馆前面的地铁站出现渗水现象,工地上的仪器都没有监测到,却被一个不知名的人发现了,还用甲骨文写报警信,放到楚学院,碰巧被人错送到我手里。后来我碰巧到水务局,又碰巧知道有个爱好考古的听漏工,心里就猜测,这用甲骨文写信到楚学院报警,十有八九就是这位听漏工干的好事。听漏工如此故弄玄虚也是有原因的,是不是想用这种方式与楚学院的某人发生联系,再找机会弄清楚自己的身世。我这样说话是有道理的,纪委请曾听长去了解情况时,事先看过人事档案,知道曾听长是孤家寡人一个,否则就不会费老大的劲,一层层地找上海那边的人,了解听漏工的相关情形。"

马跃之说的这些话，弄得听漏工曾听长好几次想说话，费了很大劲才控制住自己，没有开口。白露节气前后，曾听长开始显示出来的一些踪迹，将马跃之近年来对这个节气的关注推向高潮。当发现这些踪迹全都指向听漏工曾听长后，马跃之就在精心准备二人面对面时的谈资。将听漏工一天只与别人说十句话的机会让给在场的其他人，则是灵机一动定下来的。马跃之口若悬河，话说得很痛快。曾听长一个字也不敢说，没有人插嘴强行打断，听起来也觉得过瘾。

马跃之告诉在场的人，听漏工成为一种行业的历史不长，入行的人数也不多。一个行业的形成，规矩是少不了的，刚刚兴起时，规矩不仅多，还格外严。马跃之宁肯相信曾听长的说法，一天只能说十句话，如果哪天多说一句话，听漏的功力就会减退一截。曾听长自己信不信这种行业魔咒，用不着别人替他担心。信则有，不信则无，这话人人都懂。据马跃之考证，听漏工这行，历史不长，大约是八国联军攻入北平，逼迫清王朝在沿海城市开埠后才有的。对听漏工的研究，说考古有点不配，用考证应当正合适。事实上，有些事也用不上考古。比如盗墓这行，将曹操奉为祖师爷，既没有官方授印，也没有入典入籍，怎么去考古？梨园这一行，将唐玄宗李隆基当成祖师爷，人家皇帝老儿自己肯定没有同意过，唐朝几百年也不敢这么狂野。汉赋唐诗宋词元曲明清小说，按照这样的归纳排列，这事大概是元朝那些唱曲的人弄出来的，大家口口相传，越往后传得越真，传成风中有朵雨做的云，也是没办法考古的。大多数行业的祖师爷，都是一目了然，一说就明白的，钟表行的利玛窦，茶叶行的陆羽，豆腐店的刘安，旅行社的徐霞客，铁匠铺的尉迟恭，捕快房和警察局的秦琼，屠户店的张飞，兽医行的伯乐，膏药店的铁拐李，雕塑业的女娲，水果店的王母娘娘，都是有口碑的。诸葛亮七擒孟获时不忍心用人头祭河神，改用馒头替代，成了馒头店的祖师爷。忽必烈忙于征战又想吃羊肉，一不小心发明了涮羊肉，成了火锅店的祖师爷。比干将九尾狐狸精剥皮抽筋，做成了皮筒，成为皮匠们的祖师爷。帮助齐桓公成就春秋霸业的管仲，率先大规模设置官妓，成为烟花柳巷里的祖师爷。说到这里，马跃之来上一句，说有点不好理解的是水产海鲜行业将龙王当成了祖师爷，难道龙王爷会保佑店家将虾兵蟹将一网打尽卖个好价钱吗？马跃之形容自己都快想破脑袋了，才明白干这些营生的人用阿谀奉承来蒙蔽龙王的双眼，这才方便行那些苟且之事。人这一生，不明不白的事情太多，真正弄明白的事情少之又少。

在这番话的最后，马跃之终于向曾听长发问，听漏工这行，曾听长十来岁时一边读书，一边开始学艺，离三十年也差不了多少，能说说这一行的祖师爷是谁吗？

马跃之的问题，将曾听长弄得眼睛睁得大大的，嘴巴闭得紧紧的，再也没有任何想说话的意愿了。

"可以这么说，听漏工的行业再小，也有祖师爷。可惜祖师爷知道手下有多少听漏工，听漏工却不知道去哪里找自己的祖师爷。有一句人人都说得来的宋词：大江东去，浪淘尽，千古风流人物。用不着问，都晓得这是苏东坡写的。一般人以为这是眼界，其实是上上等的听见功夫。长江流到黄州这一段，谁要是说自己看见大浪淘沙了，百分之百是在闭着眼睛说瞎话。在苏东坡之前到过黄州的李白、杜甫、杜牧和王禹偁，早就见不着人影，只有淘尽这些风流人物的浪涛之声还能听见。又有一句大家比较少知道的宋词：谁道人生无再少，门前流水尚能西。这又是苏东坡写的。人生亦老，华年已去，别人都用花容月貌来形容，比如说春花秋月何时了，往事知多少。黄州周边有著名的鄂东五水——蕲水、浠水、巴水、举水和倒水，五条河全是向西流入长江。快五十岁的苏东坡耳朵尖，听得见向西流去的河水仍在发出天真无邪的声音。还有两句，一句是明月几时有？把酒问青天；一句是会挽雕弓如满月，西北望，射天狼，都是苏东坡留下来的句子。他将月亮写得那么奇葩，关键词是月光如水，听见的东西，总比看见的东西要美妙。仅凭这几句诗，将苏东坡确认为听漏工的祖师爷，肯定是没道理，硬要说有道理也是强词夺理。馒头店选中诸葛亮，火锅店认定忽必烈，都不是一两句说辞，苏东坡也是一样的。不知道曾听长去过海南岛没有，别看海南岛四面环海，年年刮台风，发水灾，实际上缺水缺得可怜兮兮。因为那岛上的土壤全是火山石，雨下得越大，流失得越快，昨天下一场雨，今天没事,明天就得四处找水喝。一贬黄州,二贬惠州,三贬儋州的苏东坡,一到海南岛就发现宛如人间仙境的岛上竟然旱得地上冒烟。海南岛最有名的古建筑叫五公祠,是为了纪念因故在岛上生活的五位达官显贵。后来去五公祠的人,往往视五公为无物,直接去参拜与五公祠本义无关的金粟庵。初到海南岛的苏东坡,在这庵内住了二十多天。那个年代,地方上基本没有客栈,人员过往经常借住在寺庙里。一座金粟庵,收留过许多宾客,当地的男女老少只记得苏东坡,是因为东坡先生帮他们在火烧之地找到甘美怡人的浮粟泉。岛上的人几千几百年来一直在不停地找水,求神拜佛,舍身献祭,能做的事全都做了,一遍做了不行,又从头再做一遍,做了十遍不行,又从头再做十遍。苏东坡一来,就在金粟庵门前画了一个井口样的圆圈,让人对准圆圈往下挖,真的挖出一眼清泉,清甜的泉水一直流到现在。曾听长,你与上海那边的师傅说一说,是考古发现的也好,是研究发现的也行,就将苏东坡拜为听漏工的祖师爷吧!"

马跃之的话音一落,曾听长就应声回答了。

曾听长说:"太好了,师傅们会高兴——"

话没说完,曾听长赶紧打住,还用手捂着自己的嘴巴。

梅玉帛说:"破戒了吧,今天说了十句半话。"

曾听长正在不知所措时,马跃之对着大家说:"曾听长若是去湫坝休假,那我们明后天在湫坝再见,到时候可能需要见识一下你的特异才能。"

贰陆

人生在世,是张牙舞爪虚张声势,还是掘地寻泉润物无声,此中辩证关系,值得后人深思。

在水务局半真半假地说过苏东坡是听漏工的祖师爷后,马跃之尝试着将曾本之拉进九鼎七簋课题组的微信群,发现自己根本拉不动曾本之,从微信功能方面来说,这就意味着自己已被对方拉黑了。马跃之想不明白,明明什么事情也没有,为何成了这种一塌糊涂的样子,便在微信朋友圈写了这句话。这也是马跃之使用微信以来发的第一条朋友圈,短短十分钟,就获得近百条点赞的话,其中一半左右的人用了"没想到"三个字,在使用"没想到"三个字的人里面,有一半人的意思是没想到马先生赶上时髦了,另一半人的意思是没想到马先生这么亲近草根。

人生之事,意想不到的十有八九。

离开水务局时,有些事马跃之提前想到了,没有想到的也有几件事。

梅玉帛执意要开着自己的私家车送马跃之回家，是提前就想到的。在车上梅玉帛说自己与柳琴通过电话，是马跃之没有想到的。柳琴一早打电话要马跃之赶回楚学院，是为了评资深专家的事。一向不爱打听的柳琴，得知楚学院要评资深专家，这个消息竟然是梅玉帛专门打电话说与她的，更是马跃之无论如何也料想不到的。王蔗没有按照要求，将刚刚发掘出来的纸质账本等东西送回楚学院，马跃之一见到湫坝一带从明天起连续三天下雨的天气预报，就有所预料。为了防止雨水将好不容易晒出来的土壤扰动痕迹毁掉，必须用宽大的塑料布将暴露无遗的垄尾垱遮盖起来，这种看上去很粗放的活，真正做起来得十分心细才行，作为女人的王蔗，这时候的作用要超过十个万乙。所以，王蔗后来说自己没办法赶回武汉时，马跃之一点脾气也没有。马跃之没有想到的还有，让曾小安在京山县城查找相关天气预报资料，原本是小菜一碟，做起来也的确没什么难度。曾小安辛辛苦苦从天亮忙到天黑，又从天黑忙到天亮，却还没将这点小事处理好。马跃之极其准确地想到，作为武汉三镇唯一的听漏工，曾听长坚持要休三天假，其目的是再去湫坝，继续找寻曾听长认定的某种秘密。却没有想到楚学院并青铜重器学会最高行政负责人的郑雄，从北京学成归来，直接在随州高铁站下车，一头扎向九鼎七簋课题组的发掘现场。

还有一个想到了和没想到的都是柳琴。

离开水务局，马跃之没有直接回家，梅玉帛将私家车开到楚学院，正好碰到还没到下班时间就提前开溜的鲁丰，鲁丰正要上那台网约车，见到马跃之和梅玉帛，连忙让网约车司机白拿车费走人，转身上前恭恭敬敬地与梅玉帛打招呼，又不离左右地将马跃之送到一楼大厅。几个小时前，在六楼"楚才晋用"室，因为与马跃之说了几句体己话，就显出可以拿捏别人的那种气势又不见了。

回到"楚才晋用"，马跃之见时间不早，做不了别的事，便拿出手机联系曾小安，才知道县气象局管资料的人因病住院，恰好与秋老太太同在一间病房。曾小安去探视时，被秋老太太缠住了，非要曾小安带自己去武汉看看先前的室友"杨华华"，还说"杨华华"邀请过，自己也想趁有生之年去武汉拜访一个老朋友，去年曾托老朋友办一件事，她要看看事情办得如何了，顺便去中南医院检查一下，看看还能活几年、几个月，或者几天。马跃之要曾小安先将秋老太太安抚好，气象资料的事，缓十天半月，甚至找不到都没事。马跃之将在水务局与听漏工曾听长见面的情形说了，曾小安听后也认为，事实已经证明，湫坝这里一下大雨，曾听长就要休假。

马跃之又打电话连珠炮似的问王蔗，天都要黑了，还没见到动静，是不是湫坝那边的天气变了，原先预报的好天气，变成了三天大雨，她要留下来帮万乙照顾现场。王蔗在那边用小女人的羞怯认同了马跃之的说法，还说拉了大半天的塑料布，手上划破了好几道口子，又因为没时间搽防晒霜，脸上晒出黑斑来了。说完所有闲话后，王蔗才透露，郑雄直接打电话给她，明天上午乘高铁到随州站，然后直接来湫坝。郑雄特别强调，这叫微服私访，事先不要与任何人说，包括马跃之。

后来，马跃之在下楼时遇见董文贝，便有意问这一阵是不是有人对九鼎七簋课题组特别关心过。董文贝矢口否认，楚学院上上下下都在盼望九鼎七簋课题组早些出成果，平时问寒问暖的话，大家都说过，具体业务上，基本上是敬而远之。董文贝不失时机地恭维马跃之，称马先生是楚学院的九鼎，马先生的高度和厚度就是楚学院的高度和厚度，马先生的地位也就是楚学院的地位。真正关心九鼎七簋课题组的方法，就是让九鼎七簋课题长期化，只有这样，才能确保马先生永不退休，不再弄得像曾先生那样，不时来点动静，让人觉得风雨飘摇心神不定。

确认连董文贝都不知道郑雄会直接去湫坝，马跃之走路的速度加快了些。刚走到门房门口，就被许师傅拦住。

马跃之笑着说："是不是又有人用甲骨文写信给我？"

许师傅递上一封信，看似平平常常的，拆开一看，里面的内容却有点吓人——你做的那件没良心的事，别以为没有人知道，良心债，良心还，良心是不能喂狗的，总骂别人是鼻屎，抠鼻屎的小指头没办法，会捏笔的食指不会放过的——前后一共几十个字，既无头，也无尾，干巴巴的五六句话，就像电影里用飞镖钉在谁家大门的无头帖子。

马跃之从未收到过这样的信,他将上面的内容迅速再看了一遍,确信无疑后,随手将信和信封重新装到一起,放进口袋中,与许师傅说了几句关于下雨降温的话。听许师傅说今天早上开始用电暖器了,马跃之若有所思地回应说,昨晚到今早,自己在湫坝那边的垄尾垱上值班,还不觉得冷,果然是一夜秋梦就入冬。

许师傅忽然用极低的声音说:"是匿名信吧?"

马跃之猛地警觉起来:"你怎么会这样想?"

许师傅有点尴尬地说:"干门卫几十年,经手的信件至少有十万八千封,多少能看出些奥秘,越是不安好心的信,信封上越是写得一本正经。"

见马跃之不作声,许师傅又说:"咱们院子,这一年也不知怎么搞的,夜里进到楼内巡查,总觉得有股邪气。我这人从不信鬼,有时候也弄得心慌慌。大白天里,只要谁有好事,马上就会收到这种不安好心的信。这次评选资深专家的告示一出来,我就猜到,那不安好心的人肯定要写匿名信了。"

马跃之不想听,都走开好几步远了,许师傅仍追上来,补上几句:"以往靠的是曾先生,曾先生退休了,马先生你不能太超脱了,这栋楼只有马先生才能镇得住呀!"

一说冬天,冬天就来了。马跃之沿着东湖路迈开大步向家里走,马路上很干净,一片落叶也没有,马路两边有草长出来的地方,就一定会铺满金黄的枯叶。临近下班时间,来东湖边漫步与快走的人越来越多,在大部分时间里,马跃之必须专注于路上的各种情形,偶尔轻松下来,免不了想那匿名信的事。很显然,匿名信出自熟悉楚学院的人之手,寥寥数笔,就将楚学院内部骂人的鼻屎二字,写得如此传神,如此形象。关于机关单位的那些破事,人们普遍认为,外人可能不知道,当事人心里一定清清楚楚。那些达不到竞争对手资格的人,一般都是隔岸观火,绝对不会贸然下场裸身肉搏。至于处在同一水平线上还有谁谁谁,如果心里没得数,不用谁谁谁下手,就等于无形当中自己将自己灭掉了。眼下,楚学院的情形显然不符合这种机关人事定律。曾本之退休了,剩下马跃之一枝独秀,那个颇有愣劲的吴秋水,放眼十年之后,将现在的自己否定了。走过双湖桥，走过放鹰台，在洪山礼堂对面，马跃之站了一会，还是想不出楚学院还有谁会包藏如此祸心。

往前再走一会，就到了自家楼下。几位邻居正在楼梯口抱怨小区物业什么的，马跃之绕过他们，一口气上到家门口，正要掏钥匙，门就自动打开了，柳琴站在门后，咧着嘴朝马跃之笑。二人轻轻一拥时，马跃之闻到一股藕汤香味。

不到半小时，柳琴就将一应事情说得清清楚楚。

首先，打电话要马跃之回来，是梅玉帛的意思。昨晚九点，梅玉帛打电话给柳琴，要柳琴当时就去办公室。随后，梅玉帛用自己办公室的座机，打电话到柳琴办公室的座机上说，楚学院要评资深专家，都公告五天了，马先生一点动静也没有，连在家的柳琴都没有听到任何风声，梅玉帛就觉得太奇怪了。既然是公告，出差在外面的人没有长千里眼，就需要用顺风耳的方式告知，若不告知，不是性质有问题，就是方法有问题。梅玉帛用自己日常工作接触到的事例来提醒柳琴，马先生必须以最快的速度回到楚学院，在所有人面前平静地露一下面，达到一种无言自威的效果就行。梅玉帛没有明说，从一些话的余音里能听出来，评资深专家是学术专业上的大事，一旦相关程序正式启动，纪委那边肯定不会袖手旁观只看热闹。

接下来，就该马跃之说话了。马跃之从早上由湫坝出发说起，说到午后去水务局时，突然记起同车女孩请他帮忙说说话的事，连忙拿起手机给卢小材打电话，请卢小材出面协调一下，将那女孩男朋友的医疗费和误工费尽早支付出去。放下手机，马跃之埋怨自己脑子有些不好使了，将本来要说的内容精简一些，重点放在匿名信上。柳琴接过纸条一样的匿名信，好奇地表示，这是自己头一回见到匿名信，之前，听别人说匿名信时，还觉得很神秘，仿佛在匿名信后面藏着一位足智多谋的什么人，想不到真正的匿名信是这么无聊。

柳琴将匿名信颠来倒去看了好几遍，看一回，笑一回。柳琴如此开心，倒不是匿名信写得过于无聊，而是透过写匿名信的动机，证明了马跃之是资深专家的最佳人选，否则人家就不会这么迫不及待，只有看准了对象,比对出自身差距的无法弥补,才会将最具毁伤性的下三烂手段,在第一时间里使出来。笑到不能再笑了,柳琴才对马跃之说,自己最需要的是称职的丈夫,不是这教授、那教授,只要马跃之活得自在快乐,像许师傅那样当个门卫也会令她心满意足。

柳琴对丈夫的宽谅,马跃之是能想得到的。

为了评资深专家的事,柳琴将马跃之急忙急促地叫回来。见到马跃之不久,柳琴就将评资深专家的事置之脑后,还劝马跃之千万不要掉进这种专门吞食人格的无形陷阱不能自拔。从日出到日落这点时间,柳琴的表现如同日落到日出,让马跃之完全没有想到。

小别重逢之际,夫妻二人的表现都让对方感到前所未有的满意,在体感之上的层级也是如此。不需要马跃之问话,柳琴就主动说,进家门的前十分钟,自己还在替楚学院未来的资深专家操心,看完匿名信,她就想,如果马跃之真是匿名信写的那种人,头上戴着十顶资深专家的帽子又有什么用?

"不晓得的人只看得见光彩和光鲜,了解内情的人看到的却是满脸的鼻屎!"

柳琴这句话将马跃之逗笑了,脑子里顿时浮现出红卫兵运动时,那些叫红小鬼的孩子,大冬天在大街小巷里打倒这个、打倒那个时,一手挥动着小旗,一手扯着衣袖揩那拖得长长的鼻涕,干冷的北风一吹,迅速变成鼻屎粘在脸上的古怪模样。

柳琴不知马跃之在笑什么,以为自己的话让马跃之想到楚学院的某某人。马跃之就对她说了小时候的事。柳琴年轻一些,没有见过当年的情景,但她在街上见过流浪儿童的模样,柳琴也想笑,却没有笑出来,就问马跃之小时候是什么模样。

"那时候,一天到晚在青铜修复站捡煤渣,脸上全是煤灰,就算流鼻涕也看不出来。"

"我要是见过你小时候的样子,后来长得再帅,我也不会嫁。"

"女大十八变,越变越好看。女人小时候长什么样,男人不会关心的,只要现在好就行。"

"男人实点,女人虚点,日子才过得和谐。这些时,不如就待在湫坝,只要人不在楚学院出现,再多的鼻屎也粘不到马先生的脸上。回头有需要我的时候,只要一个电话,立马驱车去看我的马先生!"

"这是个好办法!以往每次起风起浪,会和曾先生一起顶着。曾先生突然玩起消失,我一个人稀里糊涂地顶在前面,总觉得怪怪的!"

"要不要我送你去湫坝?现在就出发,正好赶着喝早酒!"

大概是自己的想法太刺激了,也不等马跃之答应,柳琴便掀开被子,开始穿衣服。在平时,柳琴和无师自通的女人们一样,无论如何都得先将上身打理好,哪怕是穿了一两年的衣服,也要像初次试穿一样,在镜子里来回验证几遍,确信与自己身上的曲线没有冲突后,才开始审视自己的下半身。这一次,也有睡到半夜突然起意的缘故,柳琴将整个穿衣的程序丢在一边不顾,哪样衣物顺手,就先穿哪样。眼看着就要穿戴整齐了,才发现马跃之还在被窝里躺着,柳琴就说一会儿自己下楼去暖车,让马跃之再睡十分钟。

听到这话,马跃之赶紧爬起来,嘴里还不停地说,自己以为柳琴只是说着玩的,想不到真要夜袭湫坝。

夜袭湫坝的话,在去湫坝镇的路上被柳琴重复了好几次。

柳琴端坐在方向盘后面,身上有种难以掩饰的兴奋。

夜行的车辆又不多,路上一点意外也没有,顺顺利利地下了高速公路。转到普通公路上,车子就开得不那么流畅了,经过两次急刹车后,一直在副驾驶座睡觉的马跃之彻底清醒了。一看时间已是早上四点,马跃之才告诉柳琴,自己相当于连续值了两个夜班。听到这话,柳琴有些后悔,责怪马跃之预先没有说明,早知如此,不用说连夜赶回湫坝,就连床上的事也不让马跃之做了。说话间,柳琴将车速降下来,要马跃之再睡一会。公路上的车辆越来越多,大多是赶早进县城做开门生意,虽然也是轮子在跑,除了轮子,车上的其他零部件没有一样经得起正规检验。看着那些没有车灯的三轮车,在轿车车灯的光照下跑得比轿车还快,马跃之哪里睡得着,双眼紧盯着路面,内心比柳琴还紧张。又行驶了一阵,前方的天际线露出一片灯光,马跃之正要说,快到京山县城了,几滴水珠掉在前挡风玻璃上。半分钟后,前挡风玻璃就被雨水淋透,不得不启动雨刮器。

马跃之拿起手机,试着给王蔗发微信说,湫坝下雨了吗?

才十几秒钟,王蔗就回复说,下雨了,刚刚开始的。

马跃之说,防雨布都铺好了?

王蔗说,也是刚铺好的,忙了整整一晚上。万乙正在请秋大队他们喝早酒,大家都在说,咱们不能辜负马先生的信任。

马跃之说,你和万乙都是好孩子。

王蔗说,在马先生面前当然是,换了别人就不一定。

马跃之说,郝文章来帮忙没有。

王蔗说,上半夜在这儿帮忙,后来曾小安从医院来电话,郝文章什么也没说就跑了,还让秋大队和万乙替他看一下养蜂汽车。

马跃之说,是不是他也知道郑雄要来?

王蔗说,是万乙告诉他的,他只说了一声鼻屎,没有特别的反应。

马跃之说,郑雄来后,一定有他的想法,你们不用报告,直接按他的意思去做。

王蔗说,我与万乙商量好了,会有办法的,马先生放心,好好睡个回笼觉!

马跃之说,我在来京山的路上,暂时不到湫坝,在县城里找找郝文章和曾小安,看看他们是不是遇上事了。

王蔗说,马先生不要操心这事呀,句号已经快画圆了。

马跃之收起手机,将郝文章和曾小安的情况告诉柳琴。

不用马跃之多说一个字,柳琴就冲着手机导航说:"修改目的地,到京山医院!"

等手机导航修改完毕,马跃之才说:"难怪我俩是夫妻,用不着开口,就想到一个点上了。"

柳琴说:"曾小安与我说过,那个秋老太太缠着她,咬定曾小安才是真正的杨华华,非要曾小安将顶替杨华华的人,也就是我交出来,否则就要如何如何!"

马跃之说:"我算是明白了,你急着送我到湫坝,原来想为闺蜜两肋插刀!"

柳琴说:"凭良心说,刚开始时,的确只想着马先生。后来才想到杨华华和曾小安,一举两得不是更好吗?"

马跃之说:"你和曾小安太让人费解了,论辈分,我和曾先生差不多是一辈,你是我妻子,曾小安是曾先生的女儿,她得叫你师叔母才对,可你们却相处得像是姐妹。"

柳琴说:"女人事男人肯定不懂,这种不懂就是女人的秘密武器!"

早上六点过后,柳琴的车终于跟着望不见头的大小机动车进到京山县城,又走了二十多分钟,才到达京山医院。柳琴将车停好后,让马跃之在车上好好睡一觉。

马跃之也觉得必须这样,大清早的,女病人要起床收拾,容不得有男人在旁边。柳琴离开后,马跃之反锁车门,将手机调成静音,蜷缩在后排椅上,呼呼大睡起来。不知过了多久,忽然觉得有人在敲车窗,睁开眼睛一看,雨蒙蒙的车窗外有张人脸。马跃之用手擦了一下车窗,那张脸马上变成了郝文章。

马跃之打开车门,让郝文章坐进来。郝文章将一份早点递给马跃之,说是柳琴规定的,让他九点以后买好送来。马跃之才知道这一觉睡了足足两个小时。见马跃之拿起筷子就吃,郝文章鬼笑起来,说柳琴吩咐,一定要让马先生洗脸刷牙才能过早。马跃之也笑,要郝文章回头如实告诉柳琴,否则她还会追问牙膏、牙刷、毛巾和洗脸水在哪里弄的,若有一项对不上茬,这耳朵根都要被嚼出茧子来,还不如让她狠狠嫌弃一回,过去了也就过去了,不留后遗症。

早点吃得差不多了,马跃之才问曾小安是怎么回事。

郝文章摇了摇头后,忍不住长长地叹息一声,说秋老太太其实什么事也没有,主要问题是假痴呆和真阿尔茨海默病,让身边那些不太熟悉的人,弄不清楚秋老太太说话做事,哪些是真,哪些是假。

自曾小安告诉马跃之,自己来不及查找京山湫坝一带何时下过雨的气象资料时起,曾小安就没办法离开秋老太太的病房。主要原因还是大家的同情心，九十多岁的秋老太太，说话不行，行动更不行，没有丁点拦阻的实力。之前，大家只知道那唯一亲近的侄儿，在武汉工作，偏偏前些时犯了事，让纪委带走了。后来才弄清楚，原来就是陆少林，但也不好明明白白与秋老太太说，担心又惹出什么事情来。曾小安真要离开，抬抬腿就行。还有一个原因，杨华华的妹妹在这家医院，她不想闹出什么事故，一旦有任何人插手调查，将姐姐的事抖搂出来，那种拖泥带水的后果，令人不寒而栗。这就需要暂时由曾小安出面应付，其余的人只能藏在背后使劲。

郝文章的说法，间接证实柳琴来京山的目的，是为了践行与曾小安有难同当的诺言，同时也是对帮杨华华帮到底的责任担当。

柳琴一进病房，就帮秋老太太梳头、描眉，还抹了口红。

闹了几天几夜的秋老太太，马上表现出假痴呆的一面，乖得像个小女孩。两人说了一会话，秋老太太就问柳琴收到自己寄的东西没有。柳琴心里发愣时，看到病床旁边的小柜子上放着一瓶白花菜，想起自己住在这间病房里时，早中晚三餐都要蹭秋老太太的白花菜，秋老太太当时就说过，以后想吃白花菜时只管找她要。柳琴灵机一动，就试着赌一回，说收到秋老太太寄的白花菜，因为快递上只写了手机号的后四位数，自己没法回电话表示感谢。秋老太太当即变了脸，说柳琴终于露馅了，果然不叫杨华华。柳琴急中生智，又说可能是自己弄混了，白花菜是别人寄的，秋老太太给自己寄的是一本书。秋老太太于是追问，寄的是什么书。柳琴只好再赌一把，说秋老太太寄给自己的是《湫坝镇文史资料》（第一辑）。这一次，秋老太太没有立即做出反应，而是反问，柳琴曾经讨要自己手里的那本《湫坝镇文史资料》（第一辑），自己当时没有答应。柳琴现在是不是觉得这个顽固的老太婆终于想通了，改变主意，用快递寄书给她。柳琴不知是计，连忙顺着秋老太太的话，夸奖秋老太太是位通情达理的好老人家。九十多岁的秋老太太比徐娘半老的柳琴狡猾很多，一点不像阿尔茨海默病患者，又问柳琴，书中写"提起六大人，好吃是个病，一餐吃条狗——不剩"的那篇，有没有对六大人不恭敬，惹六大人生气的意思？柳琴顺着这话说，文章写得很好，有几句调侃的话，也是两口子之间的戏谑，更能说明夫妻恩爱，感情比山高，比海深。秋老太太顿时像青春期的少女一样，柳眉倒竖，杏眼圆睁，将保养得挺不错的食指点在柳琴的额头上说，毛主席说假的就是假的，伪装应当剥去，隐瞒是不能持久的，总有一天会暴露出来。说完毛主席当年说过的这两句话，秋老太太的阿尔茨海默病就犯了。

  阿尔茨海默病发作时的秋老太太，仿佛回到青春时期的恋爱季节，每一丝、每一缕的娇羞，从深深的皱褶中渗透出来，一样的眉来眼去，不一样的顾盼生辉，更令人动容。秋老太太看样子是对着柳琴，其实是在自言自语，说的都是年轻时的话，讲的都是年轻时的事，表达的对象也是年轻时的六大人。秋老太太举起一对巴掌，说六大人虽然没有正儿八经地读书，心里也有几个锦绣文字，很会形容人，将读过书的女人手指，比喻成写了字的竹简，说写了字的竹简，比女人的手指差了许多神采，可惜没有玉做的玉简。六大人要用这些竹简做成折扇，自己拿着折扇，就像牵着爱人的手，让人觉得做六大人的爱人好幸福，这才敢在折扇上写上那首三句半的民谣。说着说着，秋老太太就变得愁眉不展，开始说少读一本书就少一份做人的本钱，六大人心里的锦绣文字太少，一遇到事就不够用了，只好找些肮脏的文字来填补。一来二去就坏事了，好东西看不见，坏东西当作宝贝，好言好语半个字也听不进去，流言蜚语一撇一捺都记得死死的，爱护他、心疼他的人成了仇人，损害他、侮辱他的人成了割头换颈的拜把兄弟，将好好的自己变成了六趾魔头，还不知和哪个女人生出一个小六趾魔头。秋老太太还叹息，若是早知道六大人在外面养了小六趾魔头，自己就不会在那折扇上写"陆父之风，子孙永宝"。

  到这里真阿尔茨海默病的秋老太太，又变回到假痴呆的秋老太太。

  马跃之吃完最后一口早点，将各种废弃物塞进塑料袋里，抬起头来，拦住想继续说话的郝文章。

  马跃之说："你们有没有听错，六大人亲手做了一把折扇送给秋老太太？"

  郝文章说："错不了，在京山一带待了这么久，听得懂他们的方言。"

马跃之说:"秋老太太真的说过,折扇上还写了'一餐吃条狗——不剩'?"

郝文章说:"柳琴和曾小安都听到了,秋老太太还说,砚台里的墨是六大人亲手研磨的,开头两个字不够黑,六大人让秋老太太停下来,重新研磨一会,再写时墨迹显得又浓又黑。六大人说,就像竹简上的字,一千年也不会褪色。"

马跃之说:"你们是不是已经断定,这就是青铜方壶里的那把折扇?"

郝文章说:"我没见过那把折扇,柳琴和曾小安在相忘湖茶吧,见过马先生刚刚发现的折扇,她们认为这也太巧了,合二为一,旧扇重摇。"

马跃之若有所思地说:"如果真是这样,那折扇上怎么只有'陆父之风,子孙永宝',没见到那首三句半呢?"

停了一会儿,马跃之说:"借你们年轻灵活的脑子想一想,该不该将那把折扇给秋老太太看看,或者索性还给她?"

郝文章说:"如果真是人家的心爱之物,还给人家是理所当然的。就怕万一引出什么伤心事,这么一大把年纪,若承受不起,岂不是害了人家?"

马跃之说:"人到九十,一切过往,都活成了故事,伤不伤心都是故事里的人,与活着的人没有关系。"

在郝文章的提议下,马跃之同意上楼看看这位秋老太太,如果秋老太太真是县文化馆的秋馆长,那也是当年在湫坝一带进行田野考古时的老熟人。

马跃之跟在郝文章后面,进到一间病房,房间里一共有三个女人,脸朝里躺在病床上的肯定是秋老太太,背对房门站的是曾小安,面向房门坐在一只塑料凳子上的女人面相不熟,猜测是杨华华的妹妹,她用一根手指比在嘴唇上,意思是别惊醒秋老太太。

柳琴不在,不知躲在外面的哪个角落里给杨华华打电话。

几个人退到门外，继续说折扇的事。曾小安同意尽快将折扇拿给秋老太太，医生刚查过房，建议找点事情分散秋老太太的注意力，不让秋老太太死死盯着某一件事。医生说的某一件事，既指柳琴没来时秋老太太闹着要去武汉看朋友，又指柳琴来后秋老太太咬定真假杨华华不肯松口。马跃之觉得就算自己现在出发回武汉，拿上折扇，最早也得明天才能让秋老太太看见，还不能百分之百断定，此折扇就是彼折扇。

因此，马跃之提出一个新方案，让郝文章回湫坝一趟，将万乙他们昨天发现的"变天账"拿过来。杨华华的妹妹当即叫好，这样一来，至少暂时不会牵扯上自己的姐姐。郝文章表示反对，但不是不同意，而是不愿意。郝文章不想见到郑雄，从监狱出来后，他就有意无意地拒绝与郑雄碰面，让他去取"变天账"，湫坝地方那么小，路也那么窄，一不小心就遇上了。与郝文章的反对不同，曾小安反对的基础是不同意，她说直接打电话，让万乙或者王蔗送过来省心又省事，甚至还顺便来点比较恶毒的设想。

曾小安说："就叫万乙送，让那个披着人皮的狼与王蔗单独相处，说不定会暴露出畜生的真面目。"

马跃之说："这么去想郑雄，那也太小看人家了。"

不等别人再说什么，马跃之就拿起手机，给王蔗发微信，让她现在就出发，将昨天发掘出来的秋家账本送到京山医院来。

王蔗很快就回复说，一会儿见。

曾小安刚说完马先生如此怜香惜玉，柳琴就出现了。

见四周没有外人，柳琴就说，与杨华华联系上了，杨华华怕得要命，也后悔得要死，真假杨华华的事只要走漏半点风声，杨华华这辈子就完蛋了。在电话那边，杨华华恨不得都要跳楼了，只求柳琴和曾小安一定要想办法挽救，此生报答不了，来生做牛做马再报答。柳琴好不容易将杨华华安抚住，这才问寄书的事。原来秋老太太一边说柳琴是假杨华华，一边又给冒名的杨华华寄去一本书。书中写的全是女人如何修身养性驻颜，杨华华以为是京山养蜂协会的人寄给她的，有一回闲聊，杨华华曾与柳琴说起过书中的一些内容，见柳琴都知道，以为对方也给柳琴寄书了,就没有在意。哪想到,九十多岁的秋老太太这是虚晃一枪。柳琴想赌一把却没有赌对,立即暴露出假杨华华的真面目。叹息归叹息,大家都很佩服秋老太太活成真阿尔茨海默病了,还能趁着假痴呆时,将自己的计策实施得如此完美。只有郝文章不以为然,他在监狱里见过比秋老太太更厉害的高龄犯人,坐了大半辈子牢,还不肯认罪,经常计算出了冤狱后,自己能够获得多少国家赔偿。在他脑子里,儿子女儿都分不清楚了,每个月的十号,他都记得,算出来的赔偿金额,不管法律上对不对,在逻辑上,一点破绽也没有。

杨华华的妹妹好奇地问郝文章:"你出狱后,国家赔偿了多少?"

曾小安听不得这话,马上怼回去:"你在背后运作这档子事,弄不好也会蹲冤狱的,真有这种机会,你就明白赔偿的账应该怎么计算!"

杨华华的妹妹委屈地说:"不想回答就不回答,干吗这么凶!"

大概是说话的声音大了,惊动了秋老太太,病房里响起一声苍老的咳嗽声。柳琴连忙走了几步,抢在最前面进到病房里。见秋老太太已经坐起来了,柳琴上前帮忙拍拍后背,让她咳得舒坦一点。

秋老太太望了望众人,突然抬起手臂,用还有几分风韵的手指,指着病房门口,嘴里连说几声:"你?是你!马——"

恰好这时陆少林出现在门口。

陆少林拨开众人后,上前来冲着秋老太太叫一声:"伯母,是我,我来晚了!"

听到秋老太太连说几声"你?是你!马——"的人,自然而然地觉得,这是在对侄儿说"是你吗",再也不会去想其他。

秋老太太似乎没有听见陆少林的话,继续将目光投向门口方向,马跃之正好站在那里。

陆少林拉着秋老太太的手,将自己这一阵遇到的事情简单说了一遍,还表示自己懂得伯母这辈子最痛恨为官不廉,昨天下午纪委负责人找个借口到水务局看望,借此表明这场误会全部消除了,自己便在第一时间赶回来,否则哪有脸面见伯母。无论陆少林说什么,秋老太太的目光都不肯收回来。让人以为这一次秋老太太是真的痴呆和真的阿尔茨海默病发作了。

只有马跃之心里清楚，秋老太太认出自己来了。

同时，马跃之也一眼认出，眼前的秋老太太，正是当年协助考古队工作的县文化馆秋馆长。

陆少林以为秋老太太不相信自己的话，转身将马跃之拉到病床前说："昨天下午纪委的领导亲自到水务局时，马先生也在场。马先生说，这等于是用私人人格作担保，比公开宣布的文件还过硬，从现在起，我又是清清白白的一个人了。"

秋老太太的目光收回来了，但还是没有落在陆少林身上，而是盯着马跃之喃喃地说："你是小马，怎么老成这个样子？"

马跃之弯下腰说："秋馆长，我是小马，我也快六十岁了啊！"

秋老太太眼睛里闪过一道光彩："周先生来没有来？"

马跃之明白秋老太太说的是周老先生："周老先生前些年出车祸先走了。"

秋老太太似乎没听见，只顾自说自话："周先生说过要来我家看青铜方壶，六大人也答应了，还要我将菜做好点，他俩要比比酒量。"

马跃之说："六大人的酒量是用古井贡练出来的，湫坝镇上没有人能喝得过他。"

"小曾呢？小马，你们一起的那个小曾来了吗？"秋老太太正说着，忽然间神情一振，"小玉老师，你终于来了，年轻漂亮也不能这么大架子呀！"

几个人相互看了看，发现秋老太太指的是柳琴，就一齐用力，将柳琴推到病床前。

秋老太太一把抓住柳琴的手说："我曾经也是湫坝镇最漂亮的姑娘，要不是闹土改，我早就嫁到北京上海去了。在湫坝这儿，就不要傲气了，能在学校教书已经很不错了。"

柳琴急了，连忙说："我不是小玉老师，我是柳琴，不对，我是杨华华。"

秋老太太抓着柳琴的手不放，又将陆少林的手抓住，并努力将两个人的手拢到一起。

"好了,这就好了!"秋老太太说,"要是小曾也在这里就更好了!"

这天晚上,在县城的一家宾馆里,柳琴对马跃之说,秋老太太无缘无故地将自己称为小玉老师,也太奇怪了。马跃之有些心不在焉地回答,记得自己与柳琴说过,柳琴的样子与小玉老师有几分相像。柳琴无法确定马跃之是否对自己说过这话,马跃之有点脸盲却是事实,好几次说某某明星长相很像柳琴,其实一点也不像。虽然说得不对,柳琴还是很享受马跃之的各种各样的赞美之词。

在京山医院的病房里,秋老太太将柳琴和陆少林两个人的手拉到一起后,又有气无力地放开了。

随后,秋老太太像是换了一个人,又开始指责柳琴是假的杨华华,让柳琴将真正的杨华华交出来,看看她有没有与县里的贪官进行利益交换。柳琴就将与杨华华通电话了解到的情况,说给秋老太太听,并夸奖秋老太太很有眼光,寄去的那本书太好太有用处了,自己照着书中的方法做了一阵,先是例假正常了,接下来脸上的黄褐斑消失了,身材也变苗条了,可以说什么都好,唯独一条不好,自己只要出门,丈夫就不放心,每小时都要打一次电话,假装问这问那,其实是怕给他戴绿帽子。秋老太太像少女一样放肆地笑起来,边笑边说,自己家也是这样,在湫坝陪周先生搞考古时,世界上还没有发明手机,仅有一部电话也被锁在镇政府办公室,六大人不管有事没事,天天都要骑着自行车,从县城跑到镇上来看看,第二天早上再骑着自行车赶回去上班,惹得大家都笑话,说别人的车子烧汽油做动力,六大人的车子靠吃醋做动力。

见秋老太太精神状态正常了,柳琴抓紧时间说:"老人家说过,要将《湫坝镇文史资料》(第一辑)送给我,这话还能算数吗?"

秋老太太说:"算数,当然算数,我这人没有别的长处,一辈子就是说话算数。"

秋老太太将陆少林招呼到身边来:"只有一件事没有算数,你小时候很喜欢那件青铜方壶,我说过,等黄土埋到我的胸口时就送给你,后来青铜方壶不见了。别以为我不晓得,你伯父做的事每一件我都晓得,他在外面生了个儿子,将青铜方壶藏了起来,想传给那个小六趾。"

世上的事,全都是踏破铁鞋无觅处,得来全不费功夫。之前一起通过六趾的畸形特性,猜测秋风与六大人存在血缘关系的人,除了万乙和王蔗不在场,其余马跃之、郝文章和曾小安全都听得一清二楚。

九十多岁的秋老太太,说起死去多年的丈夫的私情,就像手机上的电子语音,不带任何感情,那些足够平地起风雷的风流韵事,到了如今,已变成从嘴里吐出来的一个个发音不同的字。情人变成了情、人,寡妇变成了寡、妇,私生子变成了私、生、子。句子长一些,或者将几句话组织在一起时,则变得像是在读字典和词典。

秋老太太还是新娘子时,作为新郎的陆达仁,就是时间一长变成诨名的六大人,亲手做了一把折扇,让新娘子在上面写一句带喜气的话。新娘子提笔在折扇上写下"提起六大人,好吃是个病,一餐吃条狗——不剩"。新娘子很喜欢这把折扇,夏天最热的时候,用大蒲扇扇风吹凉,折扇只拿在手里表示夫妻恩爱,用来对冲外人对他俩为何生不出孩子的怀疑。后来折扇上的皮纸破了,六大人将旧皮纸撕下来,换上新皮纸,让秋老太太写上"陆父之风,子孙永宝"八个字。多年之后,六大人与寡妇情人,还有已经长成玉树临风的私生子秋风就暴露了。想着丈夫有了日思夜想的血脉传人,秋老太太也就作罢,不料秋风命薄,死在六大人前面。几年之后,小小年纪的陆少林,被秋老太太从六大人的老家安徽寿县接来京山抚养。六大人对这个侄儿毫无感情。随后,秋老太太发现作为传家宝的青铜方壶,连同折扇都被六大人藏了起来。任凭秋老太太如何威胁利诱,六大人就是不肯将青铜方壶拿出来,还因为秋老太太给《湫坝镇文史资料》(第一辑)写了一篇文章,逼着湫坝镇有关的人,将刚刚印出来的书一把火烧得精光。

关于秋老太太的病情,主治医生使用相关仪器进行物理探查,通过对相关数据的分析判断,秋老太太每隔一阵就会相对清醒五到十分钟。自从马跃之他们来到病房后,秋老太太已经将这种规律当众实践过三次,第一次和第二次,秋老太太清醒的时间正好在五到十分钟的区间。第三次,秋老太太将柳琴认作是小玉老师后,像正常人那样毫无破绽地足足说了二十分钟。

前十分钟,秋老太太重点说青铜方壶的消失,附带说了说那把折扇。青铜方壶是秋老太太的父亲从地里挖出来的。那一年侵华日军沿着随枣走廊西进,合围宜昌,湫坝镇上的人要去大山里躲避,过多的金银珠宝带在身上会惹出额外的事情。秋老太太的父亲找了一个僻静的地方,亲手挖了一个坑,将一只沉甸甸的箱子埋进去。随枣会战结束,秋老太太的父亲再去原地取那只箱子,挖了半天也没找见。那些金银珠宝虽然不是秋家的全部身家,但也是极其重要的部分。秋老太太的父亲挖了一整天,连地上的千百年来没有动过的石头都挖出来了,依然没有找见,看看只得放弃,就当是蚀财消灾时,一只青铜方壶从地底下冒出来。秋老太太的父亲曾经找古董商人看过,说是年代到不了乾隆,上面又没有任何纹饰,既不值得收藏,又没法作为家用,当个摆件又不美观,只比废铜烂铁强几分。秋老太太的父亲也曾跑过江湖,古董商人的话越是轻描淡写,秋老太太的父亲越是认作奇珍异宝,索性不再找人鉴定,而是找来一个铜匠,将壶盖里的铭文改掉两个字,变成"曾仲秋吉,子孙永宝",作为秋家的传家宝。自从丢失了那些金银珠宝,秋家的时运就变了,到土改那年,从前富甲一方的大财主,只能勉勉强强地算上小地主。秋老太太的父亲临终前说了一番话,称青铜方壶是秋家福器,假如当初取回了那些金银珠宝,就不会遇上青铜方壶。假如家道没有中落,到这时候,岂不是成了众矢之的。秋老太太出嫁时,家里也没有哥哥弟弟与她争,理所当然地带上青铜方壶作为陪嫁。

后十分钟,秋老太太附带说起秋风的生死,重点放在陆少林的身世上。关于秋风的死,秋老太太觉得最重要的原因不是小玉老师怀上了别人的孩子,而是不知就里的秋老太太拉上同样不知就里的秋风一起寻找青铜方壶时,秋老太太发现秋风是私生子,秋风也发现自己是私生子。自卑到极点的秋风,不肯说出得知自己是私生子的前一天发现的一件器物。秋风只透露说,这件器物的横空出世,一定会石破天惊!秋风带着可以石破天惊的秘密离开人世不久,秋老太太家门口出现一个弃婴。正好六大人的弟弟来看哥哥,秋老太太就说服他将弃婴带回安徽寿县抚养。没过几年,六大人的弟弟去世,秋老太太就将孩子接回京山,亲自抚养。六大人去世后,秋老太太更是将这孩子视为己出。这孩子挺争气,顺利地考上大学,顺利地在武汉参加工作,然后顺利地做到水务局副局长。

"但——是——"

秋老太太还要接着往下说时,突然没声音了。

九十多岁的秋老太太一口气说了二十分钟,终于撑不住了,想喘口气,眼睛一闭,嘴唇还没合拢,就睡着了。

贰柒

王蔗带着"变天账"进到医院病房时,最尴尬的情形已过去了。

形容为最尴尬,是别人对于当事人陆少林的揣度。活到一生中最好的年纪,在武汉三镇也算是有头有脸的男人,突然成为别人家丢弃的孩子,并且十有八九还是生父生母不肯认领的私生子,这种遭遇落到任何人的身上,都会压得人抬不起头来。九十多岁的秋老太太说完想说的话,径直睡去,站在病床前的陆少林,眼皮向下耷了几十秒,就努力使自己的神情恢复正常。

陆少林说:"其实,在安徽寿县那边上小幼儿园时,我就晓得自己不是陆家的孩子。"

说着,陆少林伸出左臂,将衣袖用力向上拉了半截,露出一个奇怪的文身符号,符号像大半个田字,但没有右边一竖,已有的左边一竖和中间一竖,又突破了最下面的一横,这些横竖,本身也不工整,给人的直觉不是文字而更像符号。

大家都是在看那文身符号，无人发现，马跃之无缘无故地咬着自己的嘴唇。

陆少林坦然地告诉大家，小时候，自己总是逮着长辈问这文身符号是什么意思，长辈们都说这是胎记，没有特别的意思。只有一个叔父，有一次上街买彩票，中了一台冰箱，一高兴，多喝了几杯酒，才说了实话。这个文身符号是湖北京山的生母亲手用绣花针刺出来的，为了将来母子相认时不会将张三弄错为李四。明白这件事后，陆少林就拿着小刀要将这块皮割下来，逼着伯母将自己接回京山这边上学。开头几年，哪怕冬天零下六七度，只要出门在街上走，陆少林都要学少林寺的和尚，将左手衣袖挽起来，让文身符号露在外面，希望生母有机会看见，将自己认领回去。等到上了高中，陆少林的行为又反过来了，哪怕三伏天，也穿着长袖衬衣，不想让别人看到手臂上的文身符号。

陆少林说："这些事，我对谁也没有说过。前些时被纪委弄得迫不得已了，才与梅玉帛说，我自己曾经天天对着文身符号发誓，要清清白白地做人，将来有机会与生身母亲见面时，可以说她没有白白生我一场。梅玉帛的眼圈当时红了一阵，答应一定替我保守这个秘密，我也答应她，绝对不说一个字的假话。"

曾小安好奇地问："你也像刚才那样卷起袖子让梅玉帛看了？"

陆少林说："是的，我让梅玉帛看了。"

陆少林犹豫一下，又说："梅玉帛还用手指蘸了点水，在上面擦拭几下。"

柳琴说："她想看看你是不是用的文身贴。"

陆少林说："当时，我很想说，原来梅玉帛的心也是肉做的。"

大家听后，你看看我，我看看你，都不知说什么好。

只有郝文章谁也不看，只看着马跃之。

马跃之一次也没有回看，只顾直盯盯地看着陆少林。

在马跃之的脑海里，第一次去水务局，在收藏室里见过的青铜残片上的图形，与陆少林左手手臂上的文身符号，几乎一模一样。

马跃之再次咬了咬自己的嘴唇，不使内心的声音冒出来。

王蔗这时成了一个善解人意的天使，不早不晚地进到病房，将一只油布包递给马跃之。

柳琴摆出一副内行的架势，让杨华华的妹妹从护士站拿来两双医护手套，交给马跃之和郝文章。

二人戴上手套，揭开一层油布，再揭开一层油纸，又揭开一层油布，又再揭开一层油纸，露出一本宣纸做成的账本，和十几张带有民国字样的地契和房契。马跃之小心翼翼地打开账本，在第一页上，赫然画着的青铜方壶，与听漏工曾听长拿出来、经过沙海的手、再经过陆少林的手，最后到了纪委那里的青铜方壶实物一模一样。在青铜方壶图案两旁，竖写着两行字：

曾仲秋吉，子孙永宝。

图案下方，简要记着青铜方壶的来历：

民国二十八年五月倭寇犯本乡，幸我军大胜，返家之日，掘地寻家财不着，偶得此件宝物。取出之际，姿势正向直立，为私训所传之纠正，与本乡往日青铜重器显露之座相异反。天赐吉兆，湫野大业可期。

从内容上看，与秋老太太说的完全相同。再往后翻看，差不多都是记物兼记事，家里值钱器物的来龙去脉都有记录，就连何人打碎一只玉镯，何人索要一只宋瓷，也都写得一点不差。再看地契和房契，真的如秋老太太所说，以青铜方壶的出现为分界，没有青铜方壶时，各类物件多列为进项，有了青铜方壶后，各类物件多写在去项里。将账本上那些曾经拥有的部分减去，实打实是一个不够当出头鸟、也就不会被镇压的小地主。

曾小安要王蔗用讲解员的嗓音，将账本上的内容读出来，刺激秋老太太的听觉神经，让她醒过来再说说话。王蔗读了好一阵，秋老太太仍旧没有动静。杨华华的妹妹将医生叫来，用听诊器听心音，又将眼皮翻开看看瞳孔，再上下打量一番，什么也没说就走了。杨华华的妹妹跟过去，再回来时说，医生也觉得老人家不应当睡得如此深沉，假如再过半小时，还没醒，就要做一个脑电图，防备万一。不过，医生又说，人活到这种境界，不管什么时间离世，都是最好的选择。

柳琴在秋老太太耳边试着叫了十几声，仍然不见动静。

专程送来"变天账"，打算用家族史激活秋老太太记忆的做法，暂时还没有效果。

大家暂时将注意力放到王蔗身上，王蔗一进病房就说过郑雄已到了湫坝，这时候需要她将相关情况说得仔细一些。

郑雄在垄尾垱现场，将附近地形看了一阵，就在对照标记扰动痕迹的地形图上，选定十三号和十九号两处，让人搬来一些钢管，搭起简易的防雨棚，再将刚刚盖上的塑料布掀开，冒着雨进行发掘。王蔗离开时，十三号坑已经挖得差不多了，是早前放牧牲畜时积肥用的一座粪坑。快到京山县城时，王蔗在微信上问过万乙，十九号坑的情况也不怎么样，像是乱葬坑，几具尸骨胡乱堆放着，一些颅骨和腿骨上有遭刀砍的伤痕，都是非正常死亡后埋葬的，连棺椁都没使用，残存的随身物件，表明这场杀戮发生在清末民初。万乙说，郑雄这会儿正让人回到十三号坑，再往深处挖。万乙想不明白的事，大家也想不明白。

郝文章忍不住说："姓郑的这是想干什么？"

曾小安鄙夷地说："想出名想疯了呗！"

马跃之摇摇头说："千万不要小看郑雄。"

看着郝文章，马跃之又补了一句："这话是曾先生说出来的。"

郝文章不作声了，曾小安也安静下来。马跃之于是谈了自己对十三号坑的分析，郑雄这么做或许有几分道理，那种荒山野岭的地方，既没有耕地，也没有住人，正常的情况下不应当有粪坑，既然无可辩驳地出现了，背后一定有着更复杂的原因。王蔗跟着补充，若不是突然下雨，马先生也准备优先发掘十三号坑。

郝文章又开始嘟哝说，事实是事实，动机是动机，按正常程序，遗址中的每个点位至少要三天才能发掘完,郑雄不到半天,就发掘完两个点位,这不叫考古,而是盗墓。

病房里站着七个人,因为大家都在盯着秋老太太看,不太在意其他,小小的病房也不觉得拥挤。四个人说的话,陆少林、柳琴和杨华华的妹妹并没有用心听。陆少林在想自己的身世,柳琴和杨华华的妹妹也在想陆少林的身世,三个人的核心想法也一样,陆少林的生母是谁,生父又是谁?实际上,一直在说郑雄的郝文章他们,在心里,最想知道的也是陆少林的事。几乎每个人都有打开话匣子的欲望,又都不知道这话匣子的锁扣在哪里,如何才能打开。

王蔗最年轻,城府最浅,习惯抢着说话,见大家都不作声,就说:"这两年,卢小材总是鬼鬼祟祟地往文身店跑,问他在干什么,他说要保密,弄得我差一点要与他分手。这下子我算是明白了,一定是替陆副局长找文身线索。"

陆少林说:"我只让卢小材下班后帮忙查这个文身图案,他也不晓得这个文身是谁的。"

柳琴关切地说:"查到线索没有?"

王蔗说:"后来卢小材拉着我找过几家文身店,有人说,这是某种联络暗号,一般人不会纹这么稀奇古怪的符号。"

柳琴忽然做了一个手势,要大家都别作声,意思是自己来了灵感,不要吵吵嚷嚷地打扰。病房里立即安静下来,只听见秋老太太的呼吸声。不到一分钟时间,柳琴就从冥想中回过神来,冲着陆少林做了个似笑非笑的表情。

陆少林说:"有话请直说。"

柳琴说:"你要先表态,不会生气,也不怪我说的话难听。"

陆少林说:"我生气,千错万错都错不到别人头上。"

柳琴说:"那我就说了,你想过秋老太太用溢美之词说过的小玉老师吗?小玉老师未婚生子,孩子却不见了。大家也帮忙想一想,秋老太太当文化馆长时,配合考古队的工作,发现驻地门口有个弃婴,她二话不说,就让一对路过的外地夫妻领走了,还给那孩子赐了一个曾姓。

人都知道秋老太太不会收养别人家的孩子,偏偏会有人将亲骨肉准准地放到她家门口,连门槛上的露水都没沾几滴,就被秋老太太发现了,并当成侄儿抚养。这太像是一环套一环地设计好的。"

一番话说得大家频频点头。

只有马跃之没作任何表示。

柳琴就将目光盯上去说:"马先生认为我分析得对不对?"

马跃之只好说:"夫人的话永远是最正确的。"

曾小安故意说:"柳琴这话说得很真切,好像这事就是自己干的。"

柳琴说:"我若能生下一团骨肉,管他是怎么来的,也是天大的幸福。"

大家都在心里笑了,脸上的表情还是挺严肃的。

王蔗这时说:"小玉老师生的是龙凤胎,是一对,不是一个。"

柳琴说:"一对等于两个,大苕二苕都懂。人是一个一个分开送的,现在也得一个一个分开来找。"

王蔗被说服了:"如此看来,刚才秋老太太没有说完的'但是'二字大有文章,会不会打算再说另一个婴儿呢?"

柳琴像是有意岔开话题说:"马先生,你这徒弟真可以呀,有这么多的奇思妙想!"

大家的注意力都在秋老太太和陆少林身上,只有柳琴发现马跃之脸色不太正常。柳琴以为这是连续两个晚上没有好好睡觉的缘故,便故意用言语刺激一下,让马跃之振奋起来。

有关陆少林的身世,终归不是别人能随便讨论的。很快,大家的话题又回到秋老太太身上。

主治医生又来检查了一阵,秋老太太仍没有马上醒来的迹象。

杨华华的妹妹从护士那里得到一个信息,秋老太太这种样子,有可能是弥留之际的前兆。杨华华的妹妹当然高兴,这样一来秋老太太就没机会继续纠缠真假杨华华了。柳琴还惦记着那本《湫坝镇文史资料》(第一辑),秋老太太醒着的时候,总是提及这本书,自然暗含着赠送的意思。柳琴与大家说了,人人都觉得,好好的一本书,被烧得只剩下秋老太太暗中藏起来的唯一一本，可见书中一定有非同寻常的文字。假如秋老太太就此撒手离开人世，往哪里去找这本书呢？当然，最想让秋老太太醒过来的还是陆少林，但凡有一点点头脑的人，都不会让自己糊里糊涂地活在世上，何况陆少林的身世，就剩下最后一层窗户纸没捅破，到了这种唾手可得的地步，假如功败垂成，活着的意义都要对半打折了。

陆少林突然说："我要找梅玉帛，将青铜方壶要回来，伯母看到后，也许会清醒过来。"

王蔗在一旁补充说："还有那把折扇，这时候，用折扇往脸上扇风，也能让人清醒过来。"

柳琴说："要么还是先考虑青铜方壶吧！折扇虽小，要拿过来，这来回几百公里，马先生不跑，就得我来跑，王蔗出这种主意，既坑师傅，又坑师娘！"

曾小安数落柳琴，爱护马先生爱过了头，人家梅玉帛哪能做这个主，轻易答应将青铜方壶拿出来！按以往的规律，凡是古玩字画，只要上了纪委的另册，就拿不出来了。不是纪委不想拿出来，其他有定价的奢侈品可以进行公开拍卖，古玩字画很难定价，定不了价，就没办法拿到台面上吆喝。曾小安也不知从哪里听说的，当即举了一个例子，谁谁谁家里有一件说是祖传其实是来历不明的青铜鼎，也鉴定过，是两周时期的，但在量刑时，只作了三万元的价。真的按这个价拍卖，肯定会让了解内情的人曲里拐弯地弄到手，这就弄成了二次腐败。可这东西又不能按黑市上的流通定价，那样的话，贪腐金额会变成天价，判死罪的标准也够了。

这一次，马跃之格外主动。

曾小安才说完闲话，马跃之就当着大家的面打电话给梅玉帛，将秋老太太的病情，还有刚刚发掘出来的秋家账本等情况说了一遍。梅玉帛要马跃之将有手绘青铜方壶图案的账本首页拍照发过去。马跃之照做了以后，想再作些解释，就说秋老太太是陆少林的伯母。梅玉帛毫不客气地打断马跃之，一边提醒拉三扯四的话少说，一边声称自己这就上报，看领导如何批示。

马跃之心里有一丝不快,从开始接触以来,梅玉帛第一次对自己使用这种带有贬义的词语。

好在事情办得还不错,仅仅十分钟,梅玉帛就回电话说领导批准了,但是需要京山这边去一个函,内容是希望能将这只青铜方壶捐赠给京山,由县博物馆永久收藏,函件弄好后,先发传真过去,方便的话明天上午就可以送过来。在场的人都很惊喜,没想到这种国宝级青铜重器的去向,一个电话就搞定了。最高兴的还是陆少林,他要杨华华的妹妹带着王蔗跑一下县政府,尽快将报告起草好。陆少林不放心,又给分管的副县长打电话。对方一听,竟然有这么好的事情。之前为了九鼎七簋,不知写了多少报告,希望按原地收藏展出的原则,由省博物馆返还给县博物馆,不是无人理睬,就是用顾全大局的话变相批评。对于天上突然掉馅饼的喜事,哪有不配合的道理,副县长答应中午下班之前就办好,还约了晚上的饭局,要请陆副局长一起坐坐。

杨华华的妹妹领着王蔗离开后,病房里显得空旷许多。

一直没有说话的郝文章终于开口对陆少林说:"陆副局长捐献青铜方壶立的是二等功,纪委转手再捐赠一次,就变成一等功了,坏事变成没事,没事变成好事,之前的不愉快,再也形不成威胁了。"

陆少林说:"坏事经历一回,才懂得平安二字的重要。"

郝文章说:"这个梅玉帛,不像纪委的人,倒是挺像你的家人!"

陆少林说:"怎么说呢,刚开始接触时,心里挺恨她,以为自己会冤死在她手里。慢慢地就发现,在她面前,由审问变成了询问,到最后听她说话时,甚至能感到几分慰问的意思。"

郝文章要陆少林伸出左手,将那只文身符号从前后左右多个角度看了半天,还用手机拍照下来。

郝文章说:"我在想,马先生的夫人说小玉老师那话,值得好好思索。"

陆少林说:"京山县城四通八达,为什么必须是湫坝的小玉老师呢?"

郝文章说:"我只对湫坝有所了解,别的地方更不敢胡言乱语。如果这话伤着你了,我这就说声对不起。"

陆少林说:"不要紧,我没事。我都发了一百回誓,只要找到生身父母,哪怕是一头猪,我也认了!真的是小玉老师,简直要超出我预料的一万倍!"

似听非听的马跃之觉得一阵眩晕,身子不由自主地晃了几下。

柳琴连忙伸手扶住,曾小安反应也不慢,转眼之间就将秋老太太的管床医生叫过来。经过简单的诊断,管床医生判断问题不大。听说马跃之接连两个晚上没睡,医生以为是连打两天两夜的麻将没下桌,有点鄙夷地说,这种毛病只有进戒毒所才治得好。曾小安就将马跃之介绍一番。管床医生居然知道马跃之,她奶奶当年在湫坝给考古队当炊事员,考古队的人,就数马跃之最讨人喜欢,湫坝镇上的女孩子将马跃之当成电影《追捕》中的高仓健,常借口喝早酒,想方设法坐到马跃之的旁边。说着话,管床医生建议马跃之做个胸部CT,看看心脏有没有问题,有问题就赶紧治疗,没问题也得到一个放心。柳琴觉得马跃之的状况不会有问题,上半年省直单位专家体检时,马跃之已查过一次胸部CT,如无必要,这种带放射线的检查还是少做为好。

柳琴刚说能不做就不做,马跃之就表态说应该听医生的。

一向言听计从的马跃之,突然自作主张,让柳琴有点措手不及。

柳琴将马跃之看了好几眼后,只好带着马跃之离开秋老太太的病房,拿着管床医生开的检查单,去放射科排队。任何医院的放射科一年四季都在排长队,管床医生给马跃之开的是急诊单,可以优先的。马跃之一到放射科就被推进检查舱,才十几分钟就从检查舱内推出来。马跃之不无责备地说柳琴,武汉人跑到县城里开后门,说出去太不好听了。柳琴回应说,这是医生的善意,是对楚学院首席专家的尊重。马跃之不让柳琴这么说,自己在家里都排不上首席,何况群英荟萃的楚学院。柳琴还记着资深专家的事,说马先生若不是首席难道还有别的首席,无论如何,这个首席必须当仁不让,不可以让资深专家变成煮熟了还能飞的鸭子。

负责引导的护士这时走过来,请马跃之到旁边的医护休息室休息一会儿。

马跃之进到一间只有沙发的屋子里,一个穿白大褂的中年男子迎上来,自我介绍说是放射科主任,刚刚在检查单上见到马先生的姓名,便亲自上机器仔细看了看,马先生的心脏好得像年轻人,瓣膜、主血管和毛细血管,一点毛病也没有,十年之内不做检查也不会有任何问题。放射科主任还说,上次在秋家垴,只差十分钟,与马先生错过了。当时,清华大学考古队的黄教授,托自己给一团锈死的青铜器做CT扫描。自己将扫描结果送过去时,黄教授说马先生前脚刚走。

放射科主任尽量将话往远处说,连柳琴都看出对方是在拖延时间,就面对面用手机发微信,提醒马跃之,对方在设套子,估计是想请马跃之鉴宝。若是平时,马跃之会连借口都不找便拂袖而去,这一次,马跃之表现得很例外,端坐在那里听凭对方唠叨,说自己医院的检查设备比省里落后不止一代,但服务质量可以说领先一代,等等。

二十几分钟后,一个男人急匆匆地走进来,将手提包交给放射科主任。放射科主任有点羞涩地取出一只瓷瓶,请马跃之看看是不是元青花。马跃之一眼看去就知道不是真货,他将瓷瓶拿在手里装出在看的样子,还问放射科主任这件瓷器是怎么得来的。放射科主任坦白地说,是一位肺癌患者的谢礼,患者从武汉跑到北京,再跑到上海,全中国最好的医院都去过,都认为是晚期,最多只能活三个月。回京山后,患者听信民间偏方一日三餐喝财鱼汤,不小心被财鱼的硬刺卡住食道,来放射科拍片,顺便拍了个胸片。放射科主任看过片子后,随口说你这种肺再活二十年没问题。患者不相信,就将手机里留存的各家医院诊断结果翻出来,弄得放射科主任也不敢相信自己的眼睛,又看了好几遍后,放射科主任还是坚持自己的说法。半年之后,患者活蹦乱跳地跑来表示感谢,放射科主任要对方过了五年再来。这件瓷瓶就是患者五年后亲手送来的。听完这个感情色彩很浓的故事,马跃之觉得休息得差不多了,将瓷瓶往放射科主任手里一放,说,只要感情真,就是无价之宝。又说,真的元青花,像这么完好,没有一点残损的小瓶,可以换一台协和医院正在用的那种CT机。

柳琴听出这话里有话,回秋老太太病房的路上,对马跃之说:"马先生今天像是葫芦僧判葫芦案。"

马跃之说:"我只会考古,不是鉴宝专家,不能说假话。元青花真品,手里没有上千万,是见不着的。"

柳琴说:"只要马先生这颗心不假,别的东西,谁有闲心去管它值不值一千万!"

没走多远,柳琴又说:"今天的好多事,马先生都显得和平时不一样,是不是当年与秋老太太有什么过节?管床医生的奶奶都记得马先生当年的样子,秋老太太好歹是考古队的专业合伙人,上次我在这医院里碰上秋老太太的事,过后不是都说给你听了吗,马先生好像没有什么反应啊!"

马跃之说:"你才与平时不一样,一句话叫三声马先生,说得人舌头都打结了。"

柳琴明白马跃之是在搪塞,不想说这事,就不再勉强。

刚好万乙来电话报告,重新发掘的十三号坑,竟然是传说中的竹筒墓。万乙他们继续向下挖时,先发现人的遗骨,而且是倒埋倒葬。整个墓穴呈竖直形,深达五米,直径一米左右,完全符合传说中的竹筒墓特征。从墓底找到的唯一一件陶鼎形态来判断,应当是两周后期遗物。郑雄对此很重视,将回武汉的行程改了,要亲自主持,将十三号坑发掘的所有细节全部落实到位,作个完美了结再走。

万乙很不服气,按理说,垄尾垱这里所有的事都是马先生带着课题组实施的,临到出成果了,郑雄却跑来摘桃子,想贪天功为己有。在"国家大事,在祀与戎"的两周时期,丧葬殡仪是天大的事情,竹筒墓的出现,对楚学界熟知的两周时期的楚地文化,虽然不是彻底颠覆,但也从另一个侧面丰富了楚学研究内涵。甚至可以说,这项成果一旦公开,所引起的轰动效应绝对小不了。

马跃之只是听着,一个字也不多说,心里却颇不以为然。竹筒墓果真如传说的那样,是用来倒埋倒葬十恶之人,由郑雄来做率先揭秘者,或许是一件将坏事变成好事的机会。

万乙像是感冒了,说话时鼻息声很重,还不断地打喷嚏。问时才知道,湫坝那边雨一直没有停,万乙身上的衣服淋湿了一次,回住处换过一回,又被淋湿了。郑雄不让大家休息,他自己也不休息,亲自下到坑里用手捧勺舀,往外排水,衣服也湿了两套。郑雄没有随身带衣物,都是临时到镇上去买的。见郑雄都这么拼,其他人很感动,加上郑雄答应一天付两天的工钱,那些比秋大队还年长的民工也争先恐后帮忙干活。

听到最后,马跃之才说了一句,要万乙当心点,别弄得发起烧来。

回到秋老太太的病房,郝文章和曾小安都在,陆少林不知去了哪里。马跃之正说陆少林是不是去了秋老太太家,柳琴就呸了他一声,说马先生一天到晚与古人打交道,完全不了解今人的心理。秋老太太九十岁那年就将家里的房子卖了,然后长年累月住在这间病房里,说得难听点,老人家的全部家当就剩下一只漱口杯和一只茶杯,加上几件内衣,住在医院里,连外衣都不用,天天穿病号服就行。

马跃之很敏感,马上反问:"家都没有了,那本《湫坝镇文史资料》(第一辑)会藏在什么地方呢?"

柳琴说:"马先生说对了,秋老太太心地很善良,银行卡就放在枕头下面的绣花布包里,碰到家里特别困难的病友,就拿出来,请护士去银行取出现金帮助人家。绣花布包里原先还有不少照片,秋老太太每帮一回人家,就送一张照片给人家作纪念。秋老太太自己预测,等到照片送完了,银行卡里的钱数也就归零了,自己也就不再活了。"

为了让人相信,柳琴伸手从枕头底下拿绣花布包。

陆少林正好回病房,说:"我已经看过了,布包是空的,只有一张银行卡,卡里也是空的。"

见柳琴疑惑地看着自己,陆少林说:"伯母的银行卡关联着我的手机号,昨天夜里我就收到短信欠费通知,卡里若是有钱,会自动划走。今天是十四号,明天一早社保局发养老金,卡里又有钱了。"

柳琴说:"你是唯一的侄儿,秋老太太怎么不给你留点作遗产?"

陆少林说:"伯母是有这个意思,但我没有要,我不是他们家的血脉,伯母能将我养大就很感激了。我只找伯母要过一次钱,就是从沙海手里买青铜方壶,当时手头上确实太紧张了。对了,伯母用银行卡转账给我,我再转账给沙海,梅玉帛应当能查到这些记录,所以才突然转变态度。"

这时,马跃之插了一句:"秋老太太晓得你在交易青铜方壶吗?"

陆少林说:"晓得,我与伯母说了,伯母只说你想买那就买下吧!"

马跃之说:"你再想想,秋老太太真的没有说其他的话?"

陆少林说:"不用想,我每次都是打电话到护士站,值班护士再去病房,用自己的手机让伯母与我说话。伯母不好意思花别人的通话费,总是三言两语说过就挂断了。"

柳琴说:"不对,秋老太太现在有手机了,上次我在这里住院时,上街替她买的。我还见过秋老太太连人带手机蒙在被子里打电话,不信可以问护士。护士不让她这么做,怕缺氧坏事,当时还与我商量,让我在秋老太太想打电话时,出门到走廊上回避一下,免得她又要蒙着被子。"

陆少林说:"这也太奇怪了!伯母活得太久,同事和朋友全都作古了,有联系的亲戚只有我,县老干局也只有过年时翻花名册才晓得她,还能打电话给谁呢?"

一旁的曾小安说:"你们还是先看看手机在哪里吧!"

这句话提醒了柳琴和陆少林,既然枕头下面只有绣花布包,剩下的地方想都不用想,肯定是在衣服口袋里。柳琴伸手摸了几下,果然在内衣的小口袋里。因为都是柳琴帮忙弄的,柳琴很熟悉地打开手机,先看通话记录,只有几条被自动拦截的"诈骗"电话,来电、去电和未接三项全是空白。再看号码簿,里面只有两个座机号码,一个是武汉的,一个是京山本地的,还都是升位之前武汉是七位数、京山只有六位数的旧号码。陆少林记得京山的旧号码是伯母家里的,马跃之则认出来,七位数的武汉旧号码是楚学院整个六楼共用的,当时的电话机是放在走廊上的。最后看短信,基本上也都是空的,只有一条未发出的草稿,所写的文字像是遗嘱:我死后,让我带上手机,我要去那边找他们!

几个人怔了好一会,陆少林才说:"伯母所谓打电话,是拿着手机做样子,说些自己想说的话,再说些自己想听的话!"

马跃之也说:"有人越老越糊涂,有人越老越聪明。能和秋老太太说说心里话的人,都去了那边,她能想出这种联系的办法,我也差不多老了,却远不如她!"

柳琴警觉起来:"马先生难道也没有说心里话的人?"

马跃之只好说:"人家也就是顺口替秋老太太感叹一下!"

柳琴还要说话,曾小安上前拦住说:"你这是干吗,未必还要吃秋老太太的醋!"

柳琴心有不甘地嘟哝说:"老马从不乱说话的,我觉得他话里有话。"

曾小安说:"怎么又叫回老马了,赶紧叫马先生!"

柳琴一愣,马上笑起来,丢开自己的敏感,将手机放回到秋老太太的口袋里,顺手将秋老太太的被子仔细披了一遍。曾小安忽然想到一个主意,可以拨打一下秋老太太的手机,听到铃响,秋老太太说不定就会醒过来。旁边的人都说这个主意好。陆少林掏出自己的手机,才发现不知道秋老太太的手机号码。陆少林转身问柳琴要,柳琴有点迟疑地说,当时她替秋老太太弄好手机,准备试着拨打自己的手机,秋老太太赶紧拿了回去,说剩下的事情自己会做。陆少林也不同意,说秋老太太肯定想让这手机成为和谁谁谁的专线电话,不希望有别的打扰。大家也都认可这种猜想,一致认为,冲着这一点,陆少林这侄儿当得到位了。

吃午饭的时候,王蔗和杨华华的妹妹回来了,县政府办这事的效率很高,梅玉帛已收到传真了,说是争取下午出发,将青铜方壶送过来。马跃之马上追问,是不是说梅玉帛亲自送过来。王蔗被问住了,想了想才回答,从回话的语气中听不出来,应该是派别人护送。

由于马跃之不相信梅玉帛会亲自护送青铜方壶来京山,才着重问这个问题。

当梅玉帛出乎意料地到来,特别是直接出现在秋老太太的病房时,认识的人都不免大吃一惊。

午饭后,郝文章和曾小安原本打算回湫坝,听说青铜方壶已经在路上,临时改变主意,留下来想零距离看看青铜方壶。别的人也都有这种想法:借重秋老太太的贵气,看看国宝级的青铜重器。

楚学院也好,博物馆也好,虽然一天到晚说话做事都离不开青铜重器,真正摆脱防护玻璃的阻隔,没有丝毫障碍的接触,一年当中也难得碰上一次。哪怕是亲手从地底下发掘出来的青铜重器,只要登记入库,一切都要依法依规行事。比如崇阳那位砍柴人,后来专程去国家博物馆,与自己在山溪里洗脚时发现的世界上最古老的青铜铜鼓面对面时,也要隔着厚厚的防护玻璃。夸张点说,青铜方壶放置在纪委会议室时,每一个铜分子都被马跃之摸到了,只要今天下午进到京山县博物馆,明天上午,就再也不能随便看了。

下午四点,一辆警车停在医院门口。几分钟后,另一辆警车作为先导,领着一辆公务车直接开进医院大院。一直下个不停的蒙蒙细雨,突然变成大雨。从警车上下来的两名警察冒着雨抢先走到公务车前,伸手拉开车门,车门的缝隙里出现一只高跟鞋,然后是女人的两条秀腿,接下来是女人的侧背。女人慢慢转过身来,双手捧着一只系着红绳的纸箱。替女人打伞的警察将手中伞举高一些,早就等在住院部门口的陆少林等人,马上认出了梅玉帛。

梅玉帛的出现,让青铜方壶到达京山时的气氛显得更加特别。

从某种程度上说,在病房里,梅玉帛亲手打开纸箱,取出青铜方壶后,旁边的人对梅玉帛的关注,超过青铜方壶本身。

"老人家,您看看,这是不是年轻时放在您家的青铜方壶?"

梅玉帛捧着青铜方壶,贴近秋老太太,说话的声音比亲人还要亲。

说话时,梅玉帛还用手指轻轻弹击青铜方壶壶体,发出一缕幽悠的响声。

秋老太太的眼皮动了一下,又动了一下,似乎要动第三下,又停下来了。

"我姓梅,叫梅玉帛,特地从武汉来,为您老祝福,祝您老再活九十岁!"

梅玉帛用极温柔的声音说了些老人们最爱听的话。

病房里什么东西轻轻地响了一声,秋老太太的眼皮叭的一下睁开了,直盯盯在看着梅玉帛。目光深处闪烁着一种神秘的亮点,像遥远天空中的一颗星星,暗黑夜晚里的一粒烛光,还像那种掌心镶嵌着一颗金星的圣手,在无声地招呀招的。时间不短,但也不长,秋老太太的眼皮又开始闭合。看得出支配眼皮的那点力量仍在竭尽所能地支撑，每下坠一丝，就会努力拉起半丝，不让眼皮下坠得太快。与此同时，病房里的人都在暗暗用力，要帮助秋老太太撑住，不让眼皮向下耷拉。连一向只替姐姐担心的杨华华的妹妹，也在用双手攒着劲，不让那苍老的眼睛完全闭合。

陆少林不是最先意识到秋老太太要出事的人，却是最早扑上前去试图阻止不让出大事的人。就在那对眼皮还剩下最后一丝缝隙时，陆少林上前来捧住秋老太太的脸，将手指压在眼角上，直接撑住多年前就变得松松垮垮的眼皮。

无论大家怎么做，秋老太太还是将眼皮彻底合上了。

病房里没有哭泣的动静，只有静默的声息。

有人低声说道："这样走最好，认识的人差不多都来了！"

马跃之用同样低的声音接着说："只可惜曾先生来不了！"

九十多岁的秋老太太，能认识的人绝大多数是医护人员，认识秋老太太的人，同样绝大多数是医护人员。房子早就卖了，银行卡的钱都送给急着要救命的人了，唯一要交代的事情也写在手机上了，秋老太太走得如同眼皮耷拉下来般轻巧松弛，没有任何遗留问题。至于陆少林想知道的个人身世，柳琴想得到的《湫坝镇文史资料》（第一辑），还有大家心存疑惑的小玉老师留下的龙凤胎孩子，都是烟火人间中继续烟熏火燎的问题，与秋老太太活着或者死去，没有直接关系。

因为没有任何羁绊，陆少林拿着医院开的证明，又到派出所开了证明，赶上殡仪馆下班之前，就将秋老太太的遗体火化了。既是风俗，也是道义，目睹秋老太太离世的几个人，一起守在殡仪馆，一起见证陆少林按秋老太太的遗言将手机放进骨灰盒里，再随同捧着骨灰盒的陆少林去到湫坝。这边的秋大队已经在发现青铜方壶的秘密粮洞附近新挖了一个墓穴，趁着雨停的间隙，敬请秋老太太入土为安。旁边就是六大人的墓。

秋老太太的葬礼简单而喜庆，符合四乡八邻对这种年纪的逝者的吊唁礼仪。

陆少林亲手将骨灰盒放入墓穴时，骨灰盒里忽然传来手机铃声。

明知是有人打错电话了，几个女人还是齐声说："到底是旧相知，这么快就联系上了！"

女人们的话一出口，所有人的心情就突然变好了。

葬礼刚结束，下了一整天的雨就停了下来，天上的云层也在飞跑似的散去，被雨水洗过的星星，从云缝里露出来，明亮里透出晶莹。

梅玉帛忽然说："我们去小玉老师的墓地看看吧！"

梅玉帛突如其来的提议，让大家有些反应不及。

梅玉帛继续说："老听说小玉老师，我还没有见过她！"

大家明明看着梅玉帛张口说话，仍然表现得很错愕，不相信这话是从梅玉帛嘴里说出来的。

类似这样的话，女人的兴趣总是比男人来得快。柳琴和曾小安，还有一直没有落下的杨华华的妹妹，马上响应说，她们也没有见过小玉老师，只怕将来也得学秋老太太，带着手机入土，才能与小玉老师联系上，不过，这时顺便去小玉老师墓地上看看也很有意思，相当于提前站在地上往地下打声招呼。

去往小玉老师的墓地途中，尽管大家都很小心，还是有人不时踏空或摔跤。

走在前面的王蔗忽然想起来，大声问："马先生来没来，这雨兮兮的，要是没来就不要来了！"

柳琴在人群的最后面回应说："哪有你这种当徒弟的，人都摔了两跤，才想起要保护！"

马跃之在黑影中说："有人没见过秋家垄这儿摔跤的样子，不打个滚，破一块皮，戳个窟窿的，只能叫趔趄。"

穿过一片树林，一盏孤零零的电灯将前面的空地照得亮堂堂的。

王蔗又在前面介绍说，郝文章和曾小安两口子的养蜂汽车到了。梅玉帛和陆少林都没见过养蜂汽车，陆少林的兴趣似乎更浓一些，说等到工龄满三十年自己就申请提前退休，也去买台这样的车，与妻子一道周游全国，哪里有考古发掘就将养蜂汽车停在哪里，玩也玩了，又学到知识,个人兴趣也满足了。

曾小安打开车门正说邀请大家轮流进到车内观看,眉头忽然皱得老高,转身毫不客气地问王蔗,是不是在车内待过。王蔗脸色通红地表白,今早还没下雨时,一个人来替他们看看养蜂汽车和蜂箱,一到这里就开始下雨,只好用郝文章留下来的钥匙打开门,进到车内拿了一把伞,别的什么也没做。王蔗说着话时,将手里的伞扔给曾小安,让看看是不是她家的伞。临下车时,王蔗嘟哝着抛下一句话,意思是曾小安有什么资格装纯洁。好在这话曾小安没有听见,站在车门口的柳琴听见后,连忙招呼梅玉帛她们上车来看了看。

离开养蜂汽车再往前走,这事就算过去了。

离小玉老师的墓地越近,星月光芒越动人。

看守两周贵族墓地的还是那两个保安,秋家垅这里也就那么点事,时间一长,网红也不红了,两个保安就改行写盗墓小说。见到马跃之他们,一个保安惊讶地说,自己正在写考古专家,考古专家就出现了。保安二话没说,就将栅栏门打开。

第二天,几个参加完青铜方壶移交捐赠仪式的人,回忆起头天夜里,一同去到小玉老师墓的都有哪些人,已经没有谁能说全了,只记得头上半天星斗,面前半坡明眸,空中一轮残月,地上两行泪痕。当时,是梅玉帛站在最前面,姿势放得最低,用手指沿着墓碑上"小玉老师"四个字的笔画,轻轻抚摸一遍,嘴里轻轻地说:

"你还这么年轻啊!"

这也是所有人在小玉老师墓前唯一说出来的一句话。

一行人离开小玉老师墓地后,陆少林也说了一句话。

有人发现遗址围栏边上蹲着一个人,以为是盗墓贼,便大吼了一声。那人影待在原地动也不动。保安闻讯赶来一看,用手电筒在空中划了两个圈,大声说是没事,人家有点私事,提前打过招呼。待走近了些,保安又小声说,自从清华大学考古队撤走后,这地方夜里太寂静,只有这个人,有证件,是水务局的,叫曾听长,一下大雨就会来,将一根铁棒子插在土里,有点像勘探地下水。马跃之他们心知是怎么回事,没有与保安说破。陆少林也不想说破,但他还是说了实话。

"曾听长是我的同事,他有点个人爱好,不会干坏事。"

累了一天,深夜两点才上床休息的一些人,凌晨四点左右,先后收到一条微信。

远在武汉的沙璐头天晚上办案,同样忙到深夜两点才回家,睡下不久,就被手机的响声惊醒,打开手机一看,是万乙转发的。万乙很想到马跃之这边来与大家聚一下,无奈郑雄白天死死盯在发掘现场,天黑后还意犹未尽,要将竹简墓内受到扰动的土壤,一锹一锹地发掘到底。连秋大队都被惹烦了,天黑之后,跑回家好一阵,因为有协议在身才不得不返回来,继续按照郑雄的意思,将相关痕迹乱挖一通。事实证明,这些额外的付出毫无价值。郑雄却瞪着眼睛教训万乙,考古发掘就是要将手里锄头铁锹用到完全是做无用功时,现场发掘工作才算完成。万乙明白,这话不仅不错,还很有道理,甚至仅仅说是有道理还不够,准确地说这是考古发掘的绝对真理。忙到晚上十点,竹简墓的事情完全结束之后,郑雄带着万乙去县城的京山宾馆,让万乙在宾馆房间里将这一天所有发掘资料整理好,再将有关竹简墓方面的文字检索一下,自己却随县接待办的人不知去了哪里。

万乙的微信来源是卢小材,卢小材是从陆少林那里收到的;陆少林的来源是梅玉帛,梅玉帛是从柳琴那里收到的;柳琴的来源是曾小安,曾小安还顺手写了一条微信,提醒柳琴别吃醋。柳琴回复说,只有这样的文字,才配得上小玉老师。曾小安的来源是郝文章,郝文章的来源是王蔗。王蔗那么晚,或者说那么早,就在发朋友圈。郝文章当时听到养蜂汽车外有小动物在活动,起来观察时,顺手刷了一下手机,刚好看到王蔗一分钟前贴出一篇赋文。郝文章还没读完,就被感动得一塌糊涂,等不及读那最后两句就随手转给曾小安。回头想接着读时,发现王蔗已将刚发的这条朋友圈删除了。被郝文章转发的赋文点对点地流传到沙璐那里时,王蔗重新发朋友圈,这一次她设置了指定观看,恰好也是这几个人。

第一时间读到这篇赋文的人还有郑雄。

王蔗第一次发朋友圈,忘了设置相关权限。郑雄与县里几个人外出,回到京山宾馆,一边给自己营造睡觉的气氛,一边研究王蔗近期发过的所有朋友圈,如果发布朋友圈的时间不是用分钟而是用秒钟来计,郑雄看到赋文的时间,绝对在十秒钟以内。郑雄只看了一眼赋文的标题,就判断王蔗写不出这种文字,还没看正文,便将赋文下载到手机上。郑雄仔细读后,认定其真正的作者是马跃之。以马跃之的年纪,还能写出这种文字,内心深处一定藏有不能言说的私情。

王蔗删掉了朋友圈,重新再发,所设置的相关权限对郑雄已经无效了。

沙璐在这批人中最后收到这篇赋文,沙璐只往自己身上想,觉得这些文字,既说了前面那段婚姻,又重点是说后面与万乙的爱情。沙璐很高兴地将赋文读到第三遍时,幸福地睡着了。

重新发出的赋文还加上作者马跃之的名字,收到这篇赋文的人,都没有继续转发,也没有任何评议,只有柳琴当面对马跃之说过一句话:"既无赌债,也无沉疴,噩梦较少,活得小可,这样的人生,马先生达标了。"

这篇赋文名叫《冰心三百字》。

  白露品露,立秋惊秋。春分难分,清明未明。
  前世相欠,今生痴情。今生相见,来世痴心。
  命浅命薄,这错那错。一生有幸,何必三生。
  花草满山,荒凉满岭。半根断肠,半句天问。
  君不见君,心且留心。有重重惊,无悠悠恨。

得幸我对我的不弃,既无赌债,也无沉疴,噩梦较少,活得小可,日出不怕坑坑绊绊,灯下没有龌龌龊龊。此心非铁,无须国色天香;居心莫欺,哪管鬼怪妖魔。移山作海,移不走相思痛。插柳为荷,结不出相思果。凭秋风寻消息,闻落叶知嫉恶。月圆忆花之蕊,月缺念花之朵。若闻芳菲,愿赴碧落。

尘满面,霜满鬓。风又阵阵,雁又阵阵。一朝落尽江城雪,三镇全是负心人。两江尚可同帆去,四岸空对水流云。问这山望见那山高,明知那山无柴可烧。今朝有酒,醉卧昨夜。明日黄昏,零落今晨。为何?奈何!霞魄虹魂,雪影冰心!

贰捌

上午，大家都去京山县城参加青铜方壶捐赠仪式。

像梅玉帛和陆少林是必须参加的，其余的人一部分是参加一下也可以，反正又不摆席位卡，另一部分是完全可以不参加，非要去不过是凑热闹，还有替马跃之做见证人的意思。马跃之不去，是柳琴提出来的。柳琴不希望马先生成为郑雄演戏作秀的道具。从小玉老师的墓地返回的路上，梅玉帛就接到通知，郑雄将以领导和专家的双重身份，出席青铜方壶的捐赠仪式。不熟悉的人都想当面见识一下郑雄的嘴脸。"嘴脸"二字是柳琴说的，马跃之拦着不让柳琴说第二遍，免得让不知真相的人听了还以为自己心胸狭隘，压制年轻人，不让年轻人出头。不出柳琴所料，郑雄在县博物馆举办的捐赠仪式上，对马跃之极尽赞美之词。梅玉帛当场没有任何表示，私下发微信给柳琴说："此人心术不正。"隔了好久，梅玉帛又发微信给柳琴，补充说："郑雄肯定有所企图。"郝文章和曾小安没有在捐赠现场露面，二人想仔细看看青铜方壶，提前在县博物馆库房里等着。仪式结束后，在文物入库时的检测台上，郝文章和曾小安以特邀专家的身份，与青铜方壶零距离接触两个小时，才在相关表格下面签上自己的名字。鉴定意见完全由郝文章执笔，其中写到马跃之的除去青铜方壶锈蚀的方法，未见对壶体有任何损伤，同时提到青铜方壶的意义：

"反奢侈繁复其道，而用质朴无华造就，彰显古代文明的至尊，为目前诸多青铜重器之仅见。"

说过要下三天的雨，还在认认真真地下着。

马跃之不去京山县博物馆，还有一个原因是想见一见听漏工曾听长，有机会时，二人好好聊一聊，问问曾听长是否在湫坝某处有所发现。马跃之认为，既然曾听长能将青铜方壶找了出来，就有可能发现别的青铜重器。

马跃之上午多睡了一会，起床后，在湫坝镇上转了一圈，就来到"六妹早酒"餐馆。与之前来喝早酒或者吃早餐明显不同，六妹说话送餐的模样都有改变。马跃之心里搁着秋大队先前说的话，眼前这个六妹为何会断定小玉老师所说"知知者之之，不知者之之"中的之之，肯定不是曾本之，表面上还是表现得丝毫不受这种说法的影响。

正吃着早餐，马跃之忽然听到有人在议论。

一个将头发染成黄色的女人对刚露面的六妹说："一大早有人在店里喝早酒，自称是厅长。那人长相连乡长都不如，还敢吹牛皮，欺负湫坝的人没见过世面。"

估计有什么虫子落在女人的黄发上，六妹用手指在女人的黄发上弹了一下，随口告诉对方，这人背着印着"武汉水务"四个字的包，这会儿，已上了一辆去京山县城的面包车。马跃之推测那人是听漏工曾听长，就对她们说，人家没有你们说的那个意思，他的名字叫听长，不是厅长，是你们听错了。马跃之还说自己认识这个人，他的职业比名字还古怪。马跃之简单说了说听漏工的事。六妹只是听。染黄发的女人惊讶地说，如果曾听长在湫坝待上十天半月，岂不是要将大家的私房话全听去了？马跃之要六妹她们放心，听漏工的职业道德非常严格，不可以偷听别人的隐私，万一不小心听到了，也只能烂在心里，绝对不可以对任何人说，连纪委的人都不例外。

六妹这时说了一句很奇怪的话："只怕他还会求着我，将有些话烂在心里，不对外人说！"

马跃之信口回应说："彼此彼此！"

话一出口，马跃之就觉得不妥。秋大队前天夜里就说过，六妹凭空猜测，小玉老师的后事，看上去是曾本之在张罗，藏在背后的是别人。马跃之的话，不只是回应六妹此刻的说法，还有暗指六妹早前与秋大队说的那些话的意思。

了解到曾听长的踪迹，马跃之便打着伞走上垄尾垱。

从坡下到坡上，被塑料防雨布遮盖得看不见丁点黄土，仅从这一点就能判断出来，昨天冒雨进行的发掘，非常专业，各个环节统筹得十分科学，该运走的土运走了，该留下来的土留了下来，用不着将塑料防雨布掀起来看，就能放下心来。垄尾垱旁边，茂密的林木，被深秋时节的雨，将上面树叶浇落了一半。剩下来的一半不是洗成红色，就是洗为黄色。透过变得稀疏的树枝，可以看见垄头坡那边的两周贵族墓地。小玉老师的坟丘太小，附近又有一些遗址发掘取土形成的土堆，只有像马跃之这样熟悉的人才能看得见并分得清。

马跃之站在高处看了一阵，绕着垄尾垱转了一圈，又回到高处继续看小玉老师的坟丘。

也不知看了多久，身边突然出现一个人，马跃之定睛一看是秋大队。不知为何，秋大队的神色相当紧张，张口结舌地说不出话来。

马跃之主动问："你不是去县城看秋家的青铜方壶吗？"

秋大队摆了几下手："别提青铜方壶了，我们是同病相怜，心里乱成了一团麻！"

马跃之说："真是奇谈怪论！我们同的是什么病，相的哪个怜？"

秋大队说："六妹不是说小玉老师的龙凤胎与曾先生无关吗？六妹现在又指天指地发誓说，有个姓曾的人，自己称自己是曾厅长，百分之九十九与我的遗传有关。这话前些时六妹就与我说过两回，有个来她店里喝早酒的男人，长得很像我儿子，当时六妹说得没有这么认真，还以为是在开玩笑。真要是当厅长的，管他是家养的，还是野生的，都是秋家的福分。"

马跃之说："早餐时六妹与我说过这事，我告诉六妹，不是曾厅长，而是曾听长，是秋老太太侄儿陆少林手下的一名听漏工。"

秋大队说："不是厅长啊，那还说个屁！"

秋大队叹了一口气，将六妹早上又看到曾听长，如何大惊小怪地打电话，说曾听长绝对是来给秋家传宗接代的种，形影动静太像秋家的人。秋大队坦白地告诉马跃之，那一年，放在考古队驻地门口的那个婴儿，其实是秋大队与那个河南女人的私生子。河南女人是随一个民间杂技团来湫坝，与秋大队好上的，为了给孩子一个好出路，有意将婴儿放在那里，希望能被吃公家饭的考古队员收养，没想到被一对上海夫妇带走了。

马跃之说："现在你才晓得六妹的话是多么不靠谱！"

秋大队说："哪里呀，六妹看人看事，从来不错！我刚刚在博物馆捐赠现场看到那个人，错不了，说话的样子，笑的样子和走路的样子，太像当时的我了！肯定是我的儿子，秋家的种。"

秋大队从口袋里拿出一个矿泉水瓶，说是曾听长喝过的，瓶口肯定有曾听长的口水，自己特意收起来的，准备再找机会弄几根头发，然后去武汉做个亲子鉴定。说过做亲子鉴定的想法，秋大队的神情轻松下来，目光一闪一闪，似乎表示脑子里的想法多起来了。马跃之看出端倪，便有意打岔，说秋大队的脑子这时候肯定在想，既然要做亲子鉴定，索性悄悄拿上六妹亲生儿子的头发，一起做了。

秋大队大声笑起来，说："天下乌鸦一般黑，有儿子不能相认的人最理解想认儿子的人。"

出乎意料，马跃之没有对秋大队的话进行反驳，即使接下来的话有此种意思，也是柔性的。

马跃之说："湫坝这儿，非正常婚姻出生的孩子，是不是真的比别处多？"

秋大队说:"谁晓得呢?!有人说,湫坝的风水不好,也是针对王侯将相,不影响普通人家过日子。六妹家的长辈一直是看风水的,六妹也跟着学了些本事,会看地相和人脉。六妹曾经说过,那些刚生下来就被丢弃的孩子,如果生在别处,将来一定会成大气候。可惜生错了地方,弄得命运倒挂,明明是个厅长,只能当个听长。明明是个翰林,只能成为少林。"

秋大队很精明,这么快就将曾听长和陆少林两个人的名字派上用场。

马跃之用略带佩服的语气说:"湫坝这儿如果真的利民不利官,那些享有九鼎之尊的人,为何选择湫坝这一带,作为升天与再生之地呢,难道他们不想来生继续升官发财吗?"

秋大队说:"要是由我来研究九鼎七簋,我就要换个角度。"

马跃之说:"用减少一只簋的方法,假装穷人,蒙混过关吗?"

秋大队说:"阎王爷不见得那么好骗!这鼎是装肉汤的,簋是盛米饭的,人要是只喝汤,不出三天就会脚酸手软,长智力和体力主要靠米饭。我要是天子,惩罚下面的诸侯,让人家保留喝汤的权力,但是不让人吃饱米饭,一方面没有借口造反,另一方面也没有力气造反。"

马跃之说:"难怪当年让你当土皇帝,真有一肚子妙招!暗地里将煮饭的簋拿掉,却大明大白地用大鼎,将鸡鸭鱼肉熬成香喷喷的汤汁,大口大口地喝,既好看又光鲜,转眼之间就饥肠辘辘,还没办法在外面抱屈,偶尔斗胆说些牢骚话,也没有人相信。"

说这些话时,马跃之脑子里想到自己见过和经历过的一些事情,特别是在专业机构里,执掌行政权力的人员运用这种手法差一点,也够得上炉火纯青,水平再高一些简直就是出神入化。那些不需要任何成本与资源的虚名,最高档的头衔如世界级大师、旗帜性人物,最低端的说法是楚学院几十号人的饭碗全仰赖您,都可以在大会小会上毫不吝啬地说给谁。然而,一些实实在在的好处,学术成就越高的人似乎越没有资格享受,反而是与学术研究毫不沾边的那些人,都能心安理得地按照所谓政策,月月按时领取。想到这里,马跃之拍了一下脑门,还在心里冲着自己尴尬地笑了笑。这九鼎七簋是天子级的事物，怎么可以与庶民生活扯到一起呢？难怪曾本之这两年总爱说，到了这个年纪，如果再不超脱出来，大半辈经历过的俗务，会将人缠绕得走样变形，连刚入社会的年轻人都会鄙视的。

马跃之的脑子突然短路，落入俗套的这段时间里，秋大队的嘴一刻也没有停歇。马跃之回过神来时，正好听见秋大队又在说六妹，还从六妹说到马跃之。

秋大队说："那天晚上，天太黑看不清楚，今天早上才看清楚马先生的面相，六妹让我带个信，要马先生近期多留个心眼，别让小人暗算了。"

见秋大队一脸认真，马跃之也严肃起来："此话怎讲？"

秋大队说："小人嘛，当然是身边比你差，却特别妒恨你的人。最近是不是有好事轮到马先生？"

马跃之本不想说资深专家评选的事，都已经摇了一下头，因为不习惯说假话，嘴一张，还是说了出来。秋大队此前只知道院士是最高水平的专家，得知资深专家相当于院士后，秋大队几乎叫喊起来，接连表示，六妹的话，一定对应着这件事。

秋大队叫了几声，忽然有些垂头丧气。

马跃之说："六妹还说了什么事吗？"

秋大队说："六妹是说了，马先生这次是煮熟的鸭子也会飞。"

马跃之说："煮熟了还能飞的就不是鸭子，那叫行尸走肉。"

秋大队说："马先生快点将九鼎七簋的重大成果研究出来，就什么也不怕了。"

马跃之说："考古的事既不能靠天，也不能靠地，更不能靠人，唯一能依靠的是灵魂。"

秋大队说："这个观点太正确了，曾本之曾先生前几年每来一次湫坝，就要叹息一回。当初替小玉老师选墓地，曾先生亲手用石灰在地上画白线，只要偏一米，这两周贵族墓就挖出来了，却非要等着让盗墓贼来揭秘，这肯定是孤魂野鬼在作祟嘛！"

马跃之明白,秋大队说这些话,是将灵魂与鬼魂混为一谈了。不过,即使在楚学院、青铜重器学会,乃至整个楚学界,人人都在说考古要用灵魂,具体到某些个案,基本上会被解释或者理解为运气。在马跃之和曾本之之间,也是如此,一个人说考古要用灵魂,另一个人马上无条件表示赞同,仿佛是心照不宣,二人都不再往下说。实则彼此对灵魂的定义都没有把握,此时无声胜有声,反而更加契合各自的思想。

既然灵魂没法谈,马跃之就开始聊些别的:"为什么要发掘垄尾垱,你晓得吗?当然,这里离九鼎七簋出土地点很近,找到与九鼎七簋有关线索的机会很大。让我下决心的还是秋风那时说,垄尾垱这里藏着一把钥匙,可以彻底解决秋家垄的问题,秋家垄的问题解决了,湫坝的问题也就迎刃而解。"

秋大队疑惑地说:"秋家垄这里有问题我怎么不知道,家家户户都活得好好的,用不着他来替我们操心。"

马跃之说:"他说的应当是为何会差一只簋,将九鼎八簋弄成了九鼎七簋吧!"

秋大队说:"依我看,这事一点也不复杂,就是六妹说的,不是被人算计了,就是想算计别人。"

雨雾浓一阵,稀一阵,看看已经十一点,坡下的小路上出现一群人。

远远看去,在山野中挪动的不是人,而是一片雨伞。最前面的雨伞在坡下停下来,马跃之想,是不是参加青铜方壶捐赠仪式的那些人又转回来了,不是说好,能回武汉的全回武汉去吗?这个念头一起,柳琴的电话就打来了,马跃之用大拇指抹了一下接听键,柳琴果然在坡下对他说,听漏工曾听长要带大家去秘密粮洞那里,让马跃之也一起去。

得知曾听长就在坡下,秋大队拔腿就往山下跑,半路上又停下来,等马跃之走近了,才央求说,暂时不要将六妹的话告诉任何人。

到了坡下,马跃之一看,秋老太太去世时在场的人,只少了杨华华的妹妹,但多了一个不在场的曾听长。曾听长答应带大家到发现青铜方壶的秘密粮洞,梅玉帛和陆少林只起到次要作用,起了关键作用的人是柳琴。

捐赠仪式结束后,陆少林有些失落。

梅玉帛见了,就说愿意陪陆少林,到发现青铜方壶的地方看看。

梅玉帛这么做,如同一石二鸟,既照顾了陆少林,又对青铜方壶的来源作了实地验证。陆少林就将一直在附近转悠的曾听长叫到面前,哪知曾听长不听吩咐,说自己还有别的事情,而且这三天是请过假的私人时间,陆少林和卢小材的话都可以不听。也不知此前曾听长已为何事说过一句话,说完这些还习惯性地伸出八个手指,意思是只能再说八句话了。见曾听长还是那副不能多说话的架势,柳琴就挑明了,说曾听长无非是想寻找《湫坝镇文史资料》(第一辑),当年这书被六大人一把火烧得精光,只剩下秋老太太手里还留了一本作为纪念。秋老太太一死,这唯一的样书哪怕还没有彻底毁灭,也离彻底毁灭差不了多少,没人知道放在哪里了。柳琴还将秋老太太带着手机下葬的事告诉曾听长,他若有本事让秋老太太重新开口说话,可以打电话,亲自询问。

或许是赌气,曾听长真的拿出手机,按照柳琴给他的号码,拨打秋老太太的手机,还固执地等到远处传来的最后一声回铃。曾听长还没来得及收起手机,铃声又响起来,是那种经过专门设置,因为电话不通而回复的短信息。曾听长打开一看,短信息内容竟然说:我是秋老太太,正在前往天堂的路上,沿途信号不太好。如果你想寻找《湫坝镇文史资料》(第一辑),等到了目的地,我再回复你!曾听长吃了一惊,失手将手机掉在地上。柳琴在一旁大笑起来,指着曾小安说,这都是曾小安的主意,如果有人想找这本书,就会想办法找秋老太太,所以故意在秋老太太的手机上设置了这个自动回复。

到了这地步,曾听长才同意和大家一起去秘密粮洞看看。

曾听长在前面带路,秋大队有意超过别人,跟在曾听长后面,让马跃之悄悄判别一下,二人之间的相似度有多大。

马跃之认真看了好一阵,不仅在心里暗暗称奇,之前觉得曾听长有些面熟,后来曾小安半真半假地说,曾听长有点像曾家的人,这些都不如眼前的情形,以两人略微有些内八的走路姿势为核心,摆手、出腿、身体前倾的幅度,再加上整个外形轮廓,实在太相像了。

忽然间,秋大队停在路边,转身对马跃之说:"有些话,我实在憋不住了,要说一说。"

马跃之以为秋大队这就要父子相认了,就说:"你肚子里的话,说不说,由你自己决定。"

秋大队说:"那我就说了。不知道刚才我有没有听错,柳老师你再说一遍,《湫坝镇文史资料》(第一辑),是我姑父六大人逼着别人烧毁的吗?"

柳琴也站住了,说:"没错,秋老太太亲口告诉我和曾小安,是她丈夫六大人下令,只焚书,不坑儒。"

听到这话,曾小安连点了几下头。

一旁的秋大队激动起来:"反了!反了!完全彻底地说反了!"

在众人惊讶中,秋大队详细地介绍了烧毁《湫坝镇文史资料》(第一辑)的经过。烧书的命令的确出自六大人之口,印好的书,还有相关手稿,让人全部烧掉,一张纸也不许留。六大人那么做,是被秋老太太逼的,那些书由秋老太太按照印刷厂的实际印数,一本一本地清点过,现场的第一把火也是秋老太太亲手点燃的!秋大队只知其一,不知其二。秋大队只见过秋老太太当时蛮横不讲理的模样,至于秋老太太逼着六大人焚书的背后原因,就连瞎猜乱想,也不知从哪方面猜想起。

柳琴和曾小安,将第一次与秋老太太聊起《湫坝镇文史资料》(第一辑)的情形复原了一下。秋大队再次表示,秋老太太又说反了。那首说六大人"一餐吃条狗——不剩"的民谣三句半,不是秋老太太写的,而是新婚之夜,六大人喝醉酒后,自我调侃时写出来的。二十世纪八十年代前期,社会上太自由了,湫坝镇也赶时髦编文史资料,在县委组织部当副部长的六大人,自告奋勇要写一篇自我经历的文章。六大人写完这一段,还念给秋老太太听。秋大队有事去他们家,正好听见了。秋老太太还用"丑要自己揭,好要别人夸"的说法,表扬六大人,没有白挨红卫兵运动的整,思想境界提高了一大截。

听过秋老太太原始说法的柳琴和曾小安,被秋大队一番完全颠倒的话弄糊涂了,不敢相信秋大队的话是真的,也不肯将秋大队的话当作假的。她俩小声商量一阵，以自己的女人心来对比秋老太太的女人心，觉得还是应当多相信秋大队一些。从出娘胎开始，只要是女人，就认定凡是有事男人必须让着自己，不好的事活该由男人兜底。秋老太太的丈夫早就不在人世了，那也得担起这个责任。

柳琴和曾小安被自己的悄悄话逗乐了。

在这种乐观态度的鼓励下，柳琴告诉曾听长，秋老太太人不在了，她收藏的《湫坝镇文史资料》（第一辑）肯定放在什么地方，时机一到，就会出现的。曾小安接着问曾听长，对《湫坝镇文史资料》（第一辑）中哪方面内容感兴趣，若方便说出来，并且与九鼎七簋课题有关，这里的人都可以帮助出力。

秋大队抓住时机问曾听长："湫坝这儿风水有点特别，有父有母的孤儿比较多，是不是有这方面的需要呢？"

秋大队这话，听着是问别人，细想一下也有问自己的意思。

见曾听长没有理睬，陆少林告诉秋大队尽量不要与曾听长说话，费尽口舌，也是白说，人家不会回答。

曾听长带大家去的地方，果然是郝文章和曾小安带马跃之看过的秘密粮洞。一行人轮流进去看过，都觉得平淡无奇。秋大队记得当初搞联产承包责任制时，这片山坡分给了秋风家。那时，秋大队刚当大队长不久，多年前也当过大队长的老人暗示说，从搞合作化人民公社时起，生产大队就瞒着上级修了一个粮洞，每年秋收藏进一些粮食，到青黄不接时再悄悄分给各家各户。秋大队还没顾上这事，实行集体分配的生产队就名存实亡，只有集体分配才需要的秘密粮洞再也无人提及。老一辈的生产队干部全都去世后，连秘密粮洞在哪里也没有人知道了。秋大队想起这些事，认为六大人一定知道秘密粮洞的事。那些年，六大人从县里下来，在湫坝镇蹲点。别的地方也曾有过秘密粮洞，因为被蹲点干部盯得死死的，最终都暴露了。六大人在湫坝镇很受老百姓欢迎，肯定与他暗中保护秘密粮洞有关。如果六大人不是当初就知道这些，后来田地山林都分给各家各户，纵然拿着秋老太太陪嫁的青铜方壶，能到哪儿去找这早就废弃的秘密粮洞？

关于这些往事，秋大队说的最后一句话引起了郝文章的注意。

郝文章说："秋大队为何这么肯定青铜方壶是六大人藏在这里的？"

九鼎七簋课题组的几个人也意识到这一点，跟着郝文章后面纷纷说："是呀，你有证据吗？"

秋大队说："这种事要什么证据，都是明摆着的。秋风是姑父的亲骨肉，姑姑又没有生下继承人，放着现成的传家宝不传给秋风还能传给谁？可惜秋风死于非命，连尸骨都找不到。姑父就打主意将青铜方壶放在这座秘密粮洞里，又将秋风衣冠冢上的墓碑扛过来盖在洞口上，就成了一座可以将富贵气息带到来生的高等级墓葬！"

这时，大家都已经知道秋风是谁。眼看着无法质疑秋大队的猜测，有人就将话题转向听漏工，追着问曾听长，这墓碑是原先就在这儿，还是取走青铜方壶后，为了掩盖洞口，从别处搬过来的。

曾听长好不容易又说了一句话，承认发现青铜方壶时，墓碑就在这儿。

为了证明自己所言属实，曾听长从包里取出那根磨得锃亮的听漏棒，一头放在墓碑上，一头贴在耳边，人的表情和身子摆出一副倾听状。在场的人，都露出恍然大悟的样子。只有秋大队的神色略显不正常，这种不正常，只有马跃之才能看出来。

突然，曾小安说："养蜂汽车那一带你听过没有？"

曾小安这样说话也是一种技巧，假如是从头说起来，娓娓道来，对方有了准备，有些话反而不好说，远不如突如其来的单刀直入。

果然，金口难开的曾听长一边摇头一边说："我是想着要去的。"

曾小安说："就现在吧，也让大家见识一下听漏工的神奇。"

临走时，几个年轻一点的男人动手将刻有"秋风之墓"的墓碑翻过来，端端正正地摆在洞口上。

秘密粮洞、垄尾垱和养蜂汽车三处，正好形成三角形，从哪到哪，距离都差不多。三十多箱蜜蜂摆在一起，虽然是雨天，蜜蜂几乎不在外面飞，那种嗡嗡声还是挺大的。曾听长表示不会有影响，夜里的虫鸣比蜜蜂的声音还厉害,这些自然界的动静对听漏工的工作没有干扰。从曾听长拿出听漏棒那一刻起,在场的人就不好意思发出任何动静。原本抱有十分的好奇心,很快就被过于单调的寂寞消磨得只剩下两三分了。有人提出先去镇上吃午饭,再回来看结果,马上得到多数人的响应。

留下来陪曾听长的只有马跃之和郝文章。

比起在十三街坊初次见到听漏工的模样,山野中的曾听长显得更加专注。曾听长选择倾听地点与田野考古打探方的道理差不多,或许因为能听到地下的动静,点与点之间的疏密关系,可以依据相关情形而定,考古探方的选点要求要机械一些。下午一点左右,曾听长的听漏棒终于放在之前发现秋风趾骨的地方。很快,曾听长就将听漏棒挪开了,好在试了一圈后,又将听漏棒放回到最初的位置上。马跃之和郝文章都看过手表,从这一刻起,到曾听长最终从那个点上拿起听漏棒,冲着他俩点头示意,整整用了九十分钟。其间,郝文章忍不住贴着马跃之的耳朵说,这不是干工作的样子,而是打坐修行,想做神仙。

曾听长起身站立,望向马跃之和郝文章,似乎在说,还要继续吗?

不等马跃之有所表示,郝文章颇为佩服地一连说了几声,不用了。

马跃之没有作声,要说的话,全浮现在面部表情上。

大约是好久没说话了,也有可能是想说的话有点重要,导致心情紧张,曾听长咳嗽一声,说:"你们这是搞测试吧,我有十二分的把握,你们想要的东西我已经找到了。这东西有点奇怪,金银铜铁锡都不是,也不是草木竹纸棉,有点像瓷器,又有些像泥土。我一共听了两百多下滴水声,还是听不出门道,应当是我当听漏工以来,从没遇见过的东西。马先生见多识广,除了这十种,还有没有其他陪葬用的材料?"

曾听长还没开口时,就先将手指伸出来了。一边说,一边减少伸出来的手指数。一番话说完,伸出来的手指已经全部缩回去,意思是今天开口说话的指标用完,不能再说话了。

马跃之没有直接回应,而是绕了一个大弯作为回答。

马跃之说:"听漏工这一行有苏东坡作祖师爷,别人不可能不相信,不然,大江东去浪淘尽、千古风流人物这样的诗也没有人相信了。请你来是因为这件事只有你能帮上忙,我先将你晓得和不晓得的事情梳理一遍。大致情况是这样的——这地底下的人名叫秋风,死的时候很年轻,只有二十来岁,是自己挖好墓穴,再亲手将自己埋葬下去的。秋风的生父是生母的情人,秋风是生父和生母的私生子。秋风长大后,与湫坝小学的小玉老师相恋,婚期都确定了,小玉老师突然爱上来湫坝考古的一个年轻人,还怀上了这个年轻人的孩子。为此,秋风借酒浇愁,忧郁成疾,眼看时日无多,就瞒着所有人,挖了这座深五米、直径一米的竹筒墓,头朝下直挺挺地倒着钻进墓穴,同时请一个绝对信得过的人帮忙,将备好的流沙填进墓穴,倒埋倒葬于地下。秋风这么做,是一种此前只是语言流传的习俗。古时候,在崇信巫术的楚地,特别是随枣走廊这一带,曾经有过这种竹筒墓,地方上的恶人死后,将其遗体倒过来,头朝下,脚朝上,塞进墓穴。需要再过三千年,埋在地下的人才能转世投胎。两周时期,那些淫乱纲常的恶人,都是这样埋葬的,现如今才有机会离开地狱重新做人。一个人内心的苦痛要累积到什么程度,才会如此绝望,留下遗书告诉心上人,自己宁肯在暗黑地狱待上三千年,也不想再转世轮回!你找到的青铜方壶,是秋风的生父藏在秘密粮洞里。秋风的生父是你们水务局陆少林副局长的伯父,其实是养父,名叫陆达仁,人称六大人。六大人藏起青铜方壶,或许是想借助青铜重器的瑞气,帮助自己的亲生骨肉早日脱离苦海,重新回到人间。秋风生前本想将自己发现的一个秘密告诉小玉老师。我曾经猜想,秋风发现的秘密就是青铜方壶上的绿松石龙,后来又否定了。我们亲眼见识过,秋老太太对待秋风的态度,既不冷,也不热。有人说,秋老太太晓得六大人在外面有私生子,这个判断多半是正确的。秋老太太家的青铜方壶是秋风死后才不见的,这么重要的东西丢失后,却没有到公安局报案,可见秋老太太心中有数,看破不说破,日子才好过。所以,想请你帮忙,用听漏工的神奇本领,判断一下,秋风有没有将他所发现的重要器物带进墓里!按你的说法,我是否可以这么判断——这底下肯定埋着某种器物,材质不是金银铜铁锡草木竹纸棉,是用介于瓷器与泥土之间的某种材料做的,这种材料是不是陶?"

马跃之这一番话，确实将九鼎七簋课题组成立以来，遇到的一些非专业问题基本梳理清楚了，同时又将眼下最想弄清楚的东西，回抛给曾听长。

迄今为止，只干过听漏工的曾听长，对泥土之下的滴水声，只要听见了，就不会判断错误，这一次，他所听见的滴水回声，超出二十多年经验积累的范围。就像只听过狗叫当然分不清哪是狼嗥，只听过枪响当然不知道哪是炮声，只听过拖拉机的轰轰隆隆当然不了解小轿车的咻咻呜呜。

马跃之和曾听长互相看了几眼后，不约而同将目光转向郝文章。

郝文章此前也没闲着，可惜脑子里不来信息，除了摇头，他也作不了其他回答。

下午三点，一起去湫坝镇上吃午饭的人又一起回来了，还带回来三份口味各不相同的盒饭。

柳琴拿了一份递给马跃之，嘴里说这是马先生最喜欢的糍粑鱼。

曾小安拿了一份给郝文章，也说了一句这是郝文章最喜欢的卤香干。

曾听长的那一份，不知什么时候到了秋大队手里。

秋大队怯生生地将手里的盒饭递到曾听长手里，声音颤抖地说："六妹说你总是去她店里吃麦酱烧肉，这是她特地为你做的麦酱烧肉饭。"

吃过午饭的人和正在吃午饭的人，都在养蜂汽车旁的雨阳篷下站着。大家有一句没一句说着闲话，暂时都没有问曾听长听出什么动静。

忽然间，梅玉帛朝柳琴使了一个眼色。

顺着梅玉帛的目光看过去，只见曾听长在那里大口大口地吃着麦酱烧肉，脸上全是泪水。

其他人还没来得及反应，秋大队早已上前抓着曾听长的双臂，问他哪里不舒服，要不要去看医生？曾听长一边继续吃盒饭，一边继续流眼泪。快四十岁的男人，哭成这种样子，既少见，又动人。郝文章小声与身边的人说，刚才马跃之说了秋风的遭遇，很感人，听漏工工作和生活都很孤独，容易被感动。曾小安也小声说，男儿有泪不轻弹，这种模样的感动,不是一般的触动,是碰到最柔软的心尖尖了。

秋大队从口袋里掏出一包餐巾纸,抽出几张来。

曾听长接过去擦了几下,泪水反而越擦越多。

到这地步,曾听长索性不管泪水是横流还是竖流,埋着头将饭盒里最后一粒米饭咽了下去,又在众目睽睽之下,伸出舌头将剩下的一点点汤水贪婪地舔得干干净净。做完这些,曾听长才平静下来。

曾听长说:"这辈子头一回有人记得我爱吃什么!"

话一出口,刚刚平静下来的曾听长,又开始泪眼双流。

大家还在想,曾听长这话是对秋大队所说,六妹记得曾听长爱吃麦酱烧肉的回应。自从来到湫坝后一直很少开口说话的梅玉帛发现情况不对劲,冲着陆少林耳语一阵。

陆少林愣了一下说:"曾听长,今天你说的话已超过十句了!"

这一次,曾听长真正平静下来了,只见他伸手从口袋里掏出一张纸,缓缓地递给陆少林,嘴里还说:"请陆局长替我做主!"

陆少林接过去看了一阵,一时间不知如何是好,又将那张纸递给梅玉帛。梅玉帛看过后也显得不知所措,犹豫一阵后,又递给了马跃之。马跃之不敢相信自己的眼睛,一连看了两遍,才看清楚上面的内容。马跃之将目光投向曾听长,又从曾听长那里挪向秋大队。见曾听长没有表示反对,马跃之才将那张纸递给秋大队。

秋大队只看了一眼文件名,双手就剧烈地颤抖起来。

那张纸竟然是"亲子鉴定证明书",上面标记送检材料A和B的DNA相似度为百分之九十九点九九九,可以确认为亲子关系。

曾听长这时已双膝跪在秋大队面前,低着头喃喃地说:"实在对不起,没有经过您的同意!我找了您几十年,我实在受不了一个亲人也没有的日子!"

事情发生得太突然了,在场的人都显得不知所措。

虽然马跃之先前听过秋大队的猜疑,真正与事实面对面,该惊讶时还是惊讶不已。

时间像是凝固了,只有从九天飘落下来的雨丝,还在冷风中如痴如醉地摇摇摆摆。

不知过了多久，马跃之率先清醒过来，对秋大队说："你想做的事，曾听长已经做了。"

秋大队上前一步，抓住曾听长的手说："孩子，我总算找到你了！"

曾听长跪着前行几步，抱着秋大队腿说："我也终于找到你了——爸爸！"

最后这一声爸爸，于喜悦中渗透出许多苦涩与辛酸。

柳琴悄悄碰了一下马跃之，让他往旁边看一眼。被陆少林挡在身后的梅玉帛，正在那里偷偷流泪。

这个下午，一群人都在听曾听长说话。

在漫长的叙说中，曾听长澄清了好几个问题。关于曾听长的身世，童年时期被酷爱青铜重器的养父母带到上海后，过得还算快乐。但在十一岁那年，养父母不知何故，双双跳入黄浦江。曾听长再次成为孤儿流浪街头，被夜里出来工作的听漏工师傅收留，将年龄改小一岁后带着入了行。对于自己之前的情况，养父母生前并无隐瞒，让曾听长记住湫坝这个地方，记住自己本来姓曾，有可能与曾姓考古队员有关系。至于陆少林无意中从广播电台里听到的关于听漏工的新闻特写，是曾听长寻找亲人行动的第一步。那一年，曾听长独自一人回到湫坝，为了方便寻找亲人，路过武汉时，他特地绕到与上海石库门差不多的十三街坊看了看，然后打电话联系电台记者，谈了自己，以及对解决十三街坊等老旧街区自来水管网漏水问题的建议。电台报出这则新闻时，事先与水务局沟通过。别人没有当回事，只有陆少林认真听了，然后才有卢小材来上海考察并引进特殊人才。从上海回到武汉，曾听长便从楚学院姓曾的人开始寻查。最初的时候，曾听长认定曾本之就是自己要找的亲人，便想方设法接近曾本之，没想到曾本之没套牢，却来了马跃之。陆少林被梅玉帛带去"喝茶"之前，曾听长发现自己的所谓身世有常识上的错误，考古队去湫坝才半年，自己就出生了，这与人类生育常识不符。从那以后，曾听长才将考古队以及楚学院的人丢开，开始在湫坝一带探寻各种墓葬，然后去有关机构进行鉴定，前前后后，一共鉴定了十二次，才像公安局破案那样，锁定了一个家族。上个月，曾听长来湫坝，在六妹开的餐馆喝早酒时，从秋大队的帽子上拿到几根头发，终于得到最好的结果。

因为惭愧和激动，之后秋大队说的话有些语无伦次。别人听来，秋大队只是在反复强调拿到了曾听长喝过的矿泉水瓶，想去医院，没想到曾听长年轻腿快抢先去了。只有马跃之听明白了，秋大队是想告诉曾听长，自己已经有所发现，本想也偷偷地做个亲子鉴定，连曾听长喝过水的矿泉水瓶都拿到手了，没想到曾听长年轻反应快，捷足先登了。

经过一段时间的适应，大家都从心理上接受了这一对父子的事实。曾听长迫不及待地想知道生母的情况，秋大队还有些不好意思，要曾听长先不要急，有些话还得慢慢说。

这时，陆少林对曾听长说："你今天说的话，远远超过十句话的指标了！"

曾听长说："那天马先生替听漏工这一行找到祖师爷的事，我向上海的师傅报告了，师傅说，既然苏东坡是祖师爷，那就听苏东坡的。苏东坡因言获罪，说明祖师爷喜欢说话，从今往后，大家可以随便说话了。"

大家正在笑，曾听长又说："也不是什么清规戒律都不要，听漏工只听漏水的漏，不听走漏消息的漏，这一点不会变。"

马跃之笑得格外开心："我就说嘛，这一点不能改变，否则，就成了旧上海的包打听。"

被郑雄带在身边，一直没有在这边露面的万乙，这时候突然出现了。

郑雄原本还想去屈家岭遗址那边看看，突然接到一个来电显示为"未知号码"的电话，是关于提拔的事。郑雄没听完电话，用手指着车门，将万乙撵下车，让车子原地掉头，径直返回武汉。万乙愤愤不平地说，让一只猫狗下车，也会使唤两声，这种态势，说明在郑雄眼里，自己连猫狗都不如。

万乙不得不用楚学院的院骂来发泄一下。

"鼻屎！真是个鼻屎！"

贰玖

有人说,这辈子做得最恐怖的噩梦,也没有自己最熟悉也最热爱、曾经视为安身立命的工作单位可怕。

还有人说,学术单位越小,蝇营狗苟风气越盛;鸡毛蒜皮的小官,越爱玩政治手腕。

前一种说法的人相对多一些,因为谁谁谁都会有上班做事吃饭拿钱的单位。后一种说法的人就少得多,就算将茶余饭后才听说的"纪念孙悟空三打白骨精一千三百五十周年学术研究会"一类的学术单位加在一起,数量上仍然少得可怜。

元旦之前,看似宁静的楚学院,从门房到电梯间再到卫生间的所谓俗文化气氛里,漂泊着一种事不关己,自己又不能不有所表示的喜乐因素。

资深专家评选之事,进展很顺利。民主海选时,马跃之是全院几十人写在各自推荐表格上的唯一人选。有着副高以上职称与处级以上职务才能参加的专家评议环节，收拢来的表格上依然如此。在此两项投票之前，最有可能被某种心理的人投上一两票的吴秋水，在电梯间和卫生间里放话，假如有人将吴秋水三个字写在选票上，自己一定要与对方急。但凡在诸如此类的投票中，有人故意写上绝无可能者的名字，一半是搞笑，一半是因为不可告人的私仇。两项投票的详细结果，粘贴在一楼大厅的公告栏上，这也是楚学院由周老先生开创，再由曾先生传承下来的风尚，只要是与学术相关的民主投票，必须将投票过程与结果一并公布。依照武珞路上几所大学的经验，此两项工作一完成，资深专家评选就成了"煮熟的鸭子"，不可能出现湫坝镇上开小餐馆的六妹预判"飞了"的情形。通常情况下，一个人所获得的荣誉与头衔，与本单位没有直接关系，更别说分享其中好处。唯独院士是个例外，一个有院士坐镇的单位，重要性到位了，相关利益就会源源不断地流进来，基本上等于一人得道，鸡犬升天。大单位都是如此，更别说楚学院这种玲珑小巧的单位了。正因为这样，楚学院上至董文贝，下至门卫许师傅，在马跃之面前人人以"院士"尊称，提前表示祝贺。

九鼎七簋课题组的两个年轻人为各自的婚礼忙个不停，同样也受到同事们的恭喜。每次听人问起喜事办得怎么样了，或者说早生贵子最好一炮两响生个双胞胎时，王蔗或者万乙，就会显现出一种清纯的羞涩。特别是王蔗，那种与生俱来的羞羞答答，宛如还未尝过禁果滋味的少女。对背后情形有所了解的马跃之，既没有不以为然，也没有大惊小怪，而是将其归纳为人性之光的不同颜色，红有红的意义，绿有绿的目的，只要不被灼伤就好。

终于到了举办婚礼之时，最忙碌的不是两对新人，而是必须同时参加两场婚礼的马跃之。一向对前夫极尽刻薄言语的沙璐，这时候变得退缩了些，为了避免万一出现的尴尬，万乙和沙璐将举办婚礼的酒店选在江南的武昌。百无禁忌的王蔗和卢小材，加上亲戚朋友都在江北，理所当然地找了江北汉口的一家酒店。两对新人都邀请了马跃之，马跃之也再三再四地答应一定到场祝贺。事到临头才发现，婚礼开始的时间都是中午十二时十二分十二秒，虽然是不同婚庆公司承办的，开场仪式都一样,都要从十二时十二分开始全场倒计时,从一秒呼喊到十二秒。经过反复协商,马跃之作为最重要的嘉宾,在江南这边开场介绍并致辞,江北那边作仪式结尾的祝福讲话。腾出一个小时的时间差,方便马跃之在江南江北之间奔走。

就在马跃之从江南出发去往江北时,梅玉帛打来电话,让他不要坐别人的车,自己这就来接马跃之去江北,说完,便挂断电话。等待的时间,马跃之正好看到婚礼上最好笑的一幕,新人接吻后,司仪从地板上捡起两颗牙齿,一脸惊愕地说新娘沙璐,接吻时太用力,将新郎万乙刚刚镶好的假牙吻掉了。在司仪的引导下,万乙张开嘴,果然露出两个黑洞。正当新娘沙璐不知所措时,司仪上前一挥手,从万乙嘴里掉出两块黑色纸片。这时再看,万乙的牙齿,一颗颗全长得好好的。一时间,参加婚礼的来宾全都开怀大笑起来。

婚庆典礼上的笑声还在回响,马跃之就坐上了梅玉帛的车。

马跃之本想坐副驾驶座,梅玉帛不让,说乘客坐后排座安全一些。车上一如既往,没有其他人。马跃之坐稳当后,将万乙和沙璐婚礼上搞笑的一幕说了一遍,梅玉帛不仅没笑,还将武汉三镇婚庆公司的套路冷嘲热讽一番,说单位的年轻人结婚后,将婚纱照影集和婚礼录像拿给她看,全都像博物馆摆着的列鼎,也就分一分大和小,其余的全是同一种道道,弄得挺没意思。

见车内气氛没有先前轻松,马跃之只好说:"元旦放假,怎么不好好陪一陪家人?"

梅玉帛轻叹一声说:"马先生也晓得关心我的个人生活了。我没有家人,一个人吃饱,便万事皆休。"

马跃之愣住了:"这怎么可能?"

梅玉帛说:"马先生,人世间没有不可能的事啊!"

马跃之说:"不知听谁说过,你好像有未婚夫吧?"

梅玉帛说:"都是我的问题。那天在湫坝,秋大队和曾听长父子相认时,我都快妒忌死了!"

马跃之说:"柳琴看到你哭了!"

梅玉帛说:"我也有过养父母,却是在汉口一家孤儿院长大的。也不知道是什么原因,从能开口说话那一刻起,自己就不肯喊爸爸妈妈,任凭养父母如何哄劝打骂,就是不说爸妈两个字,我本来就是养父母从孤儿院领养的,人家实在气不过,就将我还给了孤儿院。"

马跃之说:"真没想到,如此优秀的女子,身世这么凄苦!"

梅玉帛说:"日子过得倒也不苦,就是觉得孤独得要命!说出来马先生别笑话,那天曾听长跪在地上叫爸爸时,我也差一点冲着柳琴叫妈妈了!"

马跃之正不知如何回答,梅玉帛左手握住方向盘,腾出右手从手提包里取出一张纸条,递给马跃之。马跃之接过来一看,上面写着:

那天六妹提醒要防范小人之事应验了,具体事情节后上班有相关函询文件送达。不要生气,郁气伤肝;不要发火,怒火伤神;不要计较,与小人计较只会降低大师品格。

马跃之将纸条看了两遍后,梅玉帛伸手拉开驾驶座与副驾驶座中间的杂物柜,取出一只玻璃瓶,瓶子里有半瓶水,还有一只打火机,向后递给马跃之。马跃之明白过来,用打火机将纸条点燃,待烧成灰烬后,投入玻璃瓶中。这时,梅玉帛再次反手递上一包速溶咖啡。马跃之二话没说,将其撕开后倒进玻璃瓶内,使劲摇了一阵,拿起咕咕噜噜地全喝了下去。梅玉帛想阻止已经来不及了。

马跃之将玻璃瓶还给梅玉帛。

梅玉帛拿在手里看了看说:"摇匀了就行嘛,谁让你喝下去?"

马跃之脑子也转过弯来了:"年轻时,演地下党的电影看多了。"

梅玉帛禁不住扑哧地笑出声来。

随着这一声笑,梅玉帛说:"马先生一个中午赶两场婚礼,是不是在用实际行动向年轻人表明自己的心迹呀?"

马跃之说:"那我也问问你,在纪委工作久了,是不是凡事都要打上大大的问号呀?"

梅玉帛说："不会吧，我们认识以来，小女子什么时候对马先生不恭敬？"

"我不是这个意思。"马跃之顿一顿，又说，"也不知为什么，最近一阵，心里像是憋着东西，像气球一样，稍一碰，就反弹得很厉害。"

"我也发现自己有点反常，老想着马先生——"梅玉帛在说马先生时停顿了一下，显得后面的半句话是硬加上去作为掩饰，"和九鼎七簋课题组的事。"

马跃之没有察觉，继续说："你的那份工作能用完全不同的业余爱好来平衡会好很多。"

"这可是马先生亲口说的，往后我要是将业余时间全用来学考古，可不许您觉得烦人嫌弃我！"马跃之还没回答，梅玉帛又说，"我与曾小安说好了，郝文章哪天有事必须离开时，我就过去陪她，一起打理养蜂汽车。"

马跃之说："真没想到，你还浪漫得像个青春期女孩！"

天底下的女人，只要听到这句，都要做出反应，一直在说话的梅玉帛反而静下来一声不吭了。梅玉帛驾驶自己的爱车从长江二桥桥头的出口下到沿江大道上，在一家酒店门口放下马跃之时才说了一句，自己先去找停车位，等马跃之从酒店出来，再开车来接。说完，也不听马跃之的谦让之词，径直开车离开。如此一来，马跃之站在王蔗和卢小材的结婚典礼的舞台上，代表女方单位说完祝贺、祝愿和祝福的吉利话后，连王蔗当新娘的模样也没有仔细看一看，喜酒更是不喝，就告辞离开。

马跃之重新回到梅玉帛的车上时，车内温度相当高，梅玉帛问要不要开空调，不等马跃之回应，梅玉帛就决定还是不开为好，忽冷忽热，很容易让人感冒。梅玉帛说的是实话，武汉这地方，即便是三九严寒，只要有太阳，正午时分汽车在外面晒上一个小时，车内温度也会让人热得难受。梅玉帛一直在驾驶座上待着，外套是肯定要脱的，这会儿车内若没有别人，只怕连毛衣也会脱掉，因为有马跃之，梅玉帛只能卷起衣袖，将娇嫩的小臂露出来降温。

回武昌的路上，马跃之将新娘王蔗的谢意告诉梅玉帛。梅玉帛说自己又没送一分钱的红包,有什么好感谢的。马跃之解释说,梅玉帛作为纪委干部,身份特殊,凡是直系亲属之外的人,既不能送礼,更不能参加婚宴。这些王蔗都能理解,梅玉帛亲自当司机,接送婚礼主宾马跃之,这比送别的礼物更加重要。

梅玉帛突然说:"没有这些规定时,我也不参加别人的婚礼。"

马跃之很奇怪:"不是说,女性最喜欢参加婚礼的吗?"

梅玉帛平静地说:"从小我就下了决心,除非有父亲牵着手,将我交给新郎,否则,我就不结婚,也不看别人怎么打扮成新娘子!"

马跃之不由得暗暗吃惊,一个女孩子既不让自己当新娘子,也不去欣赏别人如何成为新娘子,这太反常了!马跃之虽然坐在后排座,也不好盯着梅玉帛的背影看,只能稍稍偏一些,装作透过挡风玻璃看前面的路况,用眼角来注视。

车过长江二桥后,正常情形下应当继续直行,上徐东路高架桥。一个脸上生出一堆横肉的女人,开着一辆白色X3从右后侧冲上来。马跃之听到动静,扭头向右看了一眼,心里说又是这个女人。这个女人和她的座驾经常在这一带出没,让马跃之记住的是那次在六十四路双层公交车上,这个女人与人吵架引起众怒后,灰溜溜的两堆横肉变成两块死皮的样子。这个念头刚在马跃之的脑子里闪过,这个女人大概是觉得走中间的车道才不吃亏,就猛地让白色X3越过白实线向左变道。不承想,一个容貌端庄的少妇,开着一辆同一品牌的白色X5,从左后侧冲上来,打着转向灯往右变道。两辆车就在梅玉帛车头前五十米左右的地方,碰到一起后,在各种力量的作用下,迅速弹开,紧接着又反转回来,发生第二次碰撞后,死死地贴在一起,停在三股道的正中间。危急之下,梅玉帛猛地向右一打方向盘,避过险情后,索性继续向右打方向盘,不走高架桥上,改走高架桥下。

忽然间,一个文身符号在马跃之的眼角里闪了一下。

马跃之赶紧用正眼看了一下,一点不错,梅玉帛猛打方向盘时,左手往上,右手向下同时用力,衣袖卷起,露出右手小臂上的一个文身符号。向右变道的汽车开始在高架桥下正常行驶,梅玉帛的双手端端正正地扶着方向盘,右手小臂上的文身符号不见了。

然而,马跃之用不着再看第二眼,心里已经深深地记下了。

几个月前,在水务局收藏室见到青铜残片上面像是"豕"字的图形,与梅玉帛右手小臂上的文身符号几乎一模一样。

在自然界中,巨大的海啸到来之前,海面会向下塌陷。人心差不多也是如此,当过于激动、震撼太强烈的事情袭来,情感的最深处反而变得心如止水。偏偏在这时,梅玉帛又抛出一句话,更让马跃之眼前的世界坍塌得一无所有。

这时,梅玉帛的车子来到了岳家嘴。住在武昌的人都知道,逢节假日,非必要别走东湖路,否则,百分之百会被四面八方涌来的车辆游人堵塞在紧邻东湖景区的这段马路上。想要避开严重塞车的东湖路也很简单,只需要在岳家嘴这里向右直行,走上中北路就万事大吉。梅玉帛的车子顺着徐东路高架桥下面的辅道行驶,到了岳家嘴后,只要顺道一拐就到了中北路,梅玉帛已打了右转灯,却向左猛打方向盘,强行插进主道上的车流,慢慢吞吞地上到岳家嘴高架桥,再用更慢的速度往东湖路上走,然后开始在那段宛如停车场的道路上龟速挪动。

马跃之感到梅玉帛如此选择是有意的,就没有提醒。

不久之后,在梨园转盘路口,所有的车子都一动不动时,梅玉帛说的话,印证了马跃之的判断。

车窗外,一阵风吹落路旁大树上的许多枯叶,天空立即阴暗下来。靠右边的一辆厢式小货车上,车载电台正在播送天气预报,说是今晚到明天武汉地区将有雨夹雪。厢式小货车上的司机嘴里不干不净地骂着,武汉这鬼地方,下雨不像下雨,下雪不像下雪,非要搞什么雨夹雪。

风一起,不用打开车窗,车内温度很快就降了下来。

趁着车子寸步难行时,梅玉帛放下衣袖,像是若无其事地说:"马先生知道吗,陆少林的生日是一九八一年的立秋节气,满月那天正好是白露节气!"

很久没有人提白露节气了。

自从弄清楚听漏工曾听长身世的来龙去脉,马跃之自己也将白露节气从脑子里撤销了。听梅玉帛如此一说，马跃之一下明白过来，果真之前的平静是海啸到来之前的沉沦，梅玉帛送自己回家，不走中北路而选择极其拥堵的东湖路，就是想找机会说出陆少林的生日。

梅玉帛继续说："陆少林让我看过他左手臂上的文身符号后，我有点好奇，就利用工作之便，查了湫坝那边的人口档案。"

一九八一年的立秋节气，是小玉老师生下龙凤胎的日子。

小玉老师的分娩时间与陆少林的出生日期是一模一样的。

梅玉帛特意强调这两点，并且还有第三点要强调，说是陆少林的身世脉络可以理清了，龙胎的陆少林，左手臂上的文身，是小玉老师用绣花针亲手刺上去的，是一个字的上半部分，下半部分肯定纹在凤胎的女孩身上，方便将来姐弟相认、父子相认和父女相认。

梅玉帛还在说话，马跃之已拉开车门，跳到马路中间，通过停滞不前的车流缝隙后，有一句话也跟了过来。

"父亲还活着，我们却成了孤儿！"

马跃之走到人行道上。刚好一辆六十四路双层公交车驶过来。马跃之紧走几步，追到前面的公交车站，赶在车门关闭之前跳了上去。车上的人很多，必须等到下一站有人下车后才能挪动一些。挤在人缝里，听到有人与女司机说话，意思是女司机的姐姐今天结婚，干吗不请假在家里陪着姐姐。女司机说，昨晚陪姐姐哭了一晚上，眼泪都流干了，没什么可以再陪姐姐，只好来上班。对方说，你姐姐平时挺开朗的，出个嫁竟然哭成这种样子，让人好意外。女司机说我也想不通，问了好久，姐姐才说，原以为过去的事能一刀两断，想不到是抽刀断水水更流。马跃之连扭头的动作都不想做，在心里也不去想女司机是不是王蔗的妹妹，只盼着早一分钟，上到二层，在最前面一排坐下来。

六十四路双层公交车从楚学院门前经过时，马跃之习惯性地朝六楼看了一眼，因为天阴了下来，有一处开着灯的窗口格外明亮，再看一眼，原来是郑雄办公的"楚越之急"。元旦是大节日，节前的防火防盗工作做得很严格，这种样子一定是屋内有人，不会是放假之前忘了关灯。郑雄这时候还将办公室弄得灯光通明，应当有比较紧急的事。

马跃之没有往深处想这些，好不容易上到六十四路公交车的二层，又好不容易坐到最前排的座位上，身子一松下来，脑子里纠结的那些事就全部涌出来。

发掘完垄尾垱，九鼎七簋课题组暂时从湫坝撤回来，马跃之就待在"楚才晋用"，查文献，翻典籍，几乎没有见到郑雄。偶尔在电梯间或卫生间听人小声议论，戏称郑雄为郑副省长，意思是这事有七八分的把握了。一般情况下，都是先说马跃之，认为马先生十拿九稳将成为院士级的资深专家，因为院士享受副省级待遇，这才说起郑雄。说话的人和没说话的人，想法基本一致，小小楚学院，一下子出现两个副省级的人物，往后做什么事都会比别的单位牛气。

在一片纷乱中，马跃之奋力抓住了需要优先分析的梅玉帛。

二人在水务局的收藏室正式见面时，梅玉帛如果只是凭直觉冲着那块青铜残片上的残缺图形叫了一声"了不得"，没来得及将那个很像现代人写的"豕"字，与自己右手臂文身图形联系到一起；接下来，按陆少林说过的，在纪委谈话室，梅玉帛看过陆少林左手臂上向来秘不示人的像大半个"田"字的文身符号，如此，梅玉帛再也不可能不与自身发生联系。而将其合二为一，拼接成完整图形后，对一个有大学学历的人来说，释读起来基本上没有难度。加上梅玉帛作为办案人员的特殊身份，从一开始就了解到陆少林的出生年月日是一九八一年的立秋节气，只要梅玉帛的生日，也是一九八一年的立秋节气，甚至用不着像听漏工曾听长那样去做亲子鉴定，就已经对自己与陆少林的血缘关系心知肚明。众所周知，当年的小玉老师生下一对龙凤胎，作为领养过程中的当事人，秋老太太临终之际说得再明白不过，小玉老师是陆少林的生母，这就等于说，小玉老师也是梅玉帛的生母。这些都是主要脉络，更有一些难得的细节，在纪委谈话室，陆少林谈自己的身世，令梅玉帛眼圈红了，接下来情不自禁地触摸那文身符号；自己曾经不厌其烦地暗示"老冰棒"，梅玉帛从宵夜时的真不知道，后来再去水务局收藏室，当发现小冰箱里的老冰棒已是正常食品，梅玉帛表情的那种释然，显然已经知道老冰棒的秘密；最让人过目不忘的是梅玉帛在小玉老师墓前的那种静默，两只眼睛像是成了两颗巨大的泪珠；再有今天是大过节，梅玉帛突然跑来要送自己参加江南和江北两处的婚礼，故意绕行到水泄不通的东湖路上，借说陆少林的事，实际上带有某种暗示的意思；此后，自己趁堵车时，在马路中间下了车，梅玉帛在身后喊一声"父亲还活着，我们却成了孤儿"，之后既没有打电话，也没有发信息问马跃之为何要这么做，这也太像家里女人的任性带撒娇了；最关键的还是第三次去水务局收藏室，将两块青铜残片合到一起后，清清楚楚地显示出来的那个辨认难度不大的钟鼎文文字，像梅玉帛这样的女人，若是没往马跃之身上想，那才是咄咄怪事。

将梅玉帛的脉络理得差不多了，再来看陆少林，就简单很多。甚至只需要一句话、一种判断，就能将陆少林的行为举止说得明明白白，在秋老太太说出陆少林的身世之前，陆少林所做的一切，除了青铜方壶，其余都是无意识的。被伯母兼养母秋老太太点醒后，陆少林的模样也没有多大改观，这也是陆少林与梅玉帛最大的区别，不过这种情形也怪不得陆少林。俗世之事，往往一夜之间就变得面目全非，唯独在男人和女人的认知能力上，从未有过改变。女人可以从针鼻大小的地方里发现可疑迹象，男人非要等到天快塌下来时才会恍然大悟。或许这是分工的不同吧，女人发现问题所在，解决问题却是男人的职责。

想到男人职责，马跃之心生一阵隐痛。过去的事情，还可以说就当过去了。现在问题正在发生着，不可能招之即来，挥之即去。比如，梅玉帛是从何时知道这一切的，除了她自己的判断是不是还有别的消息来源，今天在车上的那种态度是后期风暴的先期反应，还是点到为止，然后像她的名字那样化干戈为玉帛。再者，陆少林很快也会知道这些，一旦知道了又会作何反应？

六十四路双层公交车一直在向前行驶。

马跃之坐在二层的最前排一直没有挪动。

至于座下的车轮是从上游的长江大桥滚到下游的长江二桥，从江北的解放大道滚到江南的东湖路，如此绕了一圈或者两圈，马跃之几乎没有记忆。

天黑了下来,六十四路双层公交车所到之处,霓虹灯格外璀璨。二层车厢里什么也没发生,马跃之突然觉得心里一怔,随之人也清醒过来。一看车窗左侧的景物是解放公园路口,下意识地扭头往后看了一眼,这才发现身后第二排坐着两个人,分别是万乙和沙璐,第三排也坐着两个人,却是王蔗和卢小材。

马跃之吃惊地问:"你们这是捣什么鬼?"

王蔗说:"马先生先说说你是怎么回事?"

马跃之说:"我就是坐下车,我喜欢坐六十四路双层公交车。"

沙璐说:"但也不能喜欢过头了。马先生知道自己坐着这辆车绕了几个圈吗?"

马跃之说:"可能是两圈吧,不对吗,难道是三圈?"

万乙说:"向马先生报告,这会儿,已经是四圈半了。王蔗妹妹当班开这趟车,发现马先生坐在二层老不下车,就打电话告诉王蔗,王蔗再打电话告诉我,我与沙璐说了,以沙璐当警察办案的经验来判断,一个人的行为到了这种状态,百分之九十九会出事。我们都觉得,马先生绝对不会在长江大桥或者长江二桥上做那种让人痛心的事,可能是遇上什么清官难断的家务事了,就来坐车相陪。"

马跃之很想说他们是瞎胡闹,放在大喜的小日子不过,在那里替别人胡思乱想。想好的话没有说出口,就想到更加重要的话,可惜这些话无法对别人言说。马跃之发现,前些时,沉浸在热恋中的王蔗和万乙,这会儿都在享受各自的珠联璧合。自己之前猜想的电光石火的过程,完全白费脑筋。新婚燕尔的甜蜜动人,才是事情的关键所在。爱情的风风雨雨,最终都要凝聚成花蕊上的甘露。

在两对新人面前,镇静下来的马跃之,说了一句出乎意料的话。

马跃之对卢小材说:"帮我问一下,听漏工曾听长今晚在哪里值班?"

水务局那边很快就有反馈,听漏工曾听长今晚还是在十三街坊一带值班。

从六十四路双层公交车上下来,马跃之没走多远,就碰上了柳琴。

柳琴和杨华华早就约好了,元旦这天陪杨华华上美容店。杨华华说的美容,比通常年轻女子所说的概念更进一步,属于中年女人最关心的那些私密,美容后的效果,既有利于女人,也有利于女人的配偶。

柳琴走过来,挽起马跃之的手,身子还想尽可能贴紧一些。

马跃之明白自己该说些什么:"徐娘半老,偏要弄得像个大姑娘。"

柳琴的回应话里有话:"谁像谁,我还瞧不起大姑娘哩!女人半老,就像喝酒,喝到半醉时最有魅力,就像月亮,半圆不圆时最为忘情,就像花朵,半开不开时最能勾人魂魄!"

马跃之有点惊讶地说:"你这是从哪里学来的话术?"

柳琴得意洋洋地说:"为了教育杨华华,逼着自己用脑子想出来的。"

说着,柳琴马上转过话题:"梅玉帛下午打电话,问以后能不能叫我柳妈,不叫柳阿姨了。"

马跃之说:"都是为了表示尊敬,我觉得可以。"

柳琴说:"你不怕她将我叫老了?"

马跃之说:"刚才你还说半老的女人好上了天。"

柳琴说:"可我才比她大十一二岁呀!"

马跃之说:"她是依着你的马先生来称呼的。"

柳琴说:"我觉得,梅玉帛的样子越来越不像纪委干部。"

马跃之说:"她还说了些什么,让你这么猜疑?"

柳琴说:"女人嘛,就爱说闲话。梅玉帛说的闲话一点也不闲,虽然从不主动提马先生,说话的内容,总与马先生有关。"

在柳琴温婉的絮语中,马跃之得知,梅玉帛特意问起一九八一年湖北省内考古有没有重大发现。幸好柳琴听马先生说过,那一年,因为葛洲坝工程截流,马先生和郝文章的父亲郝嘉一起被抽调去宜昌,对将被淹没的中堡岛进行地下文物的抢救性发掘,整整忙了十几个月,直到葛洲坝工程截流后,中堡岛被彻底淹没,相关工作结束后才回武汉。积压在楚学院门房的私人信件,装满了一只纸箱。梅玉帛年轻,只知道三峡大坝,听过柳琴的解释,才知道三峡大坝就建在中堡岛上,修建葛洲坝工程是为了降低三峡大坝截流难度。柳琴还告诉梅玉帛,马先生的一条腿差点丢在中堡岛上,当时是夏天,因为事情太多,考古队员们,个个手脚都有这样那样的伤,发点炎,化些脓,都没当回事。马先生也是如此,脚背上的伤口,是怎么弄出来的,自己都说不清楚。别人不在意,马先生也没有在意,后来发炎化脓越来越厉害,连路都走不了,吃药打针都不见好,才怀疑是不是被墓穴中复活的古代病菌感染了。若不是碰上一位在三峡驾船的老船工,用一种祖传偏方治好了,都准备回武汉做截肢手术。

在这番话的最后,柳琴说:"我想起来了,梅玉帛还问了我和马先生是哪一年认识的,我也如实说了,一九九一年我们认识时,别人都当我们是大龄青年。"

说这些话时,二人已经回家了。

新年第一天,柳琴在厨房里弄了几个别致的菜,吃饭时,又情意绵绵地与马跃之喝了三杯酒。十点刚过,就关灯上床,在二人世界里漂漂亮亮地欢乐了一场。很快,柳琴就进入了梦乡。马跃之只睡到零点时分,就醒过来,然后悄悄起床,穿好衣服。临出门时,写了一张纸条,放在床头柜上,告诉柳琴,自己去十三街坊,找听漏工曾听长有点事,还要柳琴别做早餐,自己会带些她爱吃的糊汤米粉回来。

武汉的冬夜,格外湿冷。这个时候,六十四路双层公交车停运了,马路上跑来跑去的全是出租车。马跃之拦住一辆,说过去汉口十三街坊,就闭上眼睛,思索即将与曾听长见面的情形。

去十三街坊走长江大桥是正道,出租车司机有点不太老实,走的是长江二桥,差不多要多走四公里。到了十三街坊一带,又从长江二桥过来的下游方向横穿整个十三街坊,直到上游方向才放马跃之下车。马跃之心里有事,懒得计较这些。下车后,从上游的第一街坊开始找,慢慢找到下游方向的第九街坊,才发现搁在巷口的"水务技工,正在检查"的警示牌。

如同第一次见到听漏工时那样,曾听长将自己变成狭窄小巷中间的一尊雕塑像。冬夜的穿堂风,掠过小巷时,如同十万枚钢针齐齐扎向身上所有裸露的部位。马跃之很想轻轻走近曾听长,然而,不由自主地寒噤偏偏弄出很大的动静。曾听长身子动了一下,随后从旁边的工具包里取出一只喷壶,在刚刚用听漏棒听过的地点,喷上一个白色圆圈,又在圆圈旁喷上"3T"字样。马跃之听过介绍,听漏工不仅能听出地下的水管的漏水点,还能判断出漏水规模,"3T"的意思代表每小时漏水量为三吨。

曾听长将用过的工具收拾好,不待马跃之开口,便主动说:"我也正想找马先生。"

说完这话,曾听长便迈开脚步在前面走。出了九小街,越过八小街和七小街,曾听长不声不响地走进六小街。在一处临街楼梯间口,曾听长停下不走了。马跃之跟在后面,见曾听长不像是要在此处重新开始听漏,心里正想着要不要问个为什么,忽然发现临街的楼梯间有些眼熟。不到一分钟,马跃之就记起来,那次去枣阳鉴别矰矢之前,曾经看着郑雄从这处楼梯间里出来,抢在他们前面去了郭家庙考古工作站。

马跃之低声说:"郑雄又来这里了?"

曾听长大概就是要马跃之明白这一点。

说过这话后,曾听长便领着马跃之出了六小街。

回到停放电动自行车的第九街坊巷口,曾听长骑上电动自行车,示意马跃之坐在后面。电动自行车七弯八绕后,来到汉口江滩。被称为都市奇观的大片芦苇在寒风中瑟瑟作响。此时此刻,这地方不可能再有第三个人。

曾听长依然小心翼翼地说:"我爸和六妹婶婶说的话,是真的了!"

马跃之反问道:"是指要防小人使坏那话?"

曾听长在黑暗中点了点头:"马先生发现苏东坡是听漏工的祖师爷,祖师爷多次被贬,都是因为有人打小报告,所以,听漏工只能将无意中用听漏棒听来的事烂在肚子里。"

马跃之说:"你就是想明说,我也不想明听。否则,你和我都会变成品行不好的人。"

从六小街出来时,马跃之就在猜想,曾听长劳神费力地多走几条巷子,是想暗示某件与郑雄有关的坏事。加上秋大队和六妹说话的提醒,梅玉帛让看后即毁的纸条,马跃之对曾听长只能烂在肚子里的话基本明白了。

曾听长说:"马先生,现在的坏人都是东周时期的坏人转世的吗?"

马跃之一愣说:"这是我说的话!但我没有在你面前说过呀?"

曾听长说:"当然。但我不是听漏听来的,是我爸说的。"

马跃之说:"你爸也不可能晓得!我从没和秋大队说过!"

曾听长说:"我爸怕我不了解湫坝,这些时一直在给我补课。"

马跃之说:"你爸人不错,所以,这么多年了,大家还叫他秋大队。"

曾听长说:"有件事,是关于九鼎七簋的,湫坝人都晓得,外人都不晓得。我爸说我是湫坝人,就告诉我了。"

秋大队告知曾听长的秘密,曾听长听了也就听了,只是当作一种记忆留在脑子里,情绪上没有起伏,也没有波澜。

曾听长平静地转述后,马跃之却大吃一惊。

马跃之失态地大声说:"不会吧?"

当年九鼎七簋从水渠工地上挖出来时,不是端端正正放在墓穴里,而是口朝下,底朝上,倒过来扣在墓底的泥土中。秋大队向曾听长描述的细节,太不符合两周时期的葬制习俗了,将范围放大一些,遍览青铜时代的各种典籍,同样没有这种彻底颠覆经典葬制的记载。

九鼎七簋出土时,只有挖水渠的民工在场。第三天下午,周老先生才赶到湫坝,进行考古调查。当年在现场的每个人,被反复询问过许多次,都说九鼎七簋一个挨着一个摆得很整齐。从九鼎七簋出土的一九六六年至今,一应文字资料,都按顺序编号,存放在楚学院档案室里,一个字也没有丢失。马跃之反问一句"不会吧",也是有底气的。

曾听长说:"我爸说,这事连小玉老师都不晓得。小玉老师要是姓秋,肯定会晓得,也许就会告诉马先生。九鼎七簋挖出来时,还有一大坨硬泥巴,与七簋摆在一起,大家只顾着抢青铜器,那坨硬泥巴,不知是被打碎了,还是被人拿走了。我爸小时候听谁说过,那硬泥巴上,刻有意思是倒行逆施的什么字。"

对此，马跃之心生不屑的感觉。演绎故事是盗墓贼和古董商的拿手戏，考古不靠讲故事，只认实实在在的器物。马跃之告诉曾听长，倒行逆施的说法，是司马迁创作的，专门用来写伍子胥将楚平王从坟里挖出来鞭尸的典故。九鼎七簋可是两周时期的国之重器，这时候的司马迁，还没有出生。

曾听长倔犟地说："我爸记忆力好，不会有错。考古不就是靠证据说话吗，只要找到那坨硬泥巴就知道错没错。我爸还说，这几个字与九鼎七簋倒着放是有联系的。"

在这个节点上说来道去好一阵，马跃之想起秋老太太的父亲写在家业账本上，关于青铜方壶的那段话里，有一句好像是说青铜方壶出土时的状况。马跃之手机里存有当时拍摄下来的图片，不过这事不急，可以随后再求证。

想到青铜方壶，马跃之就将深夜来见曾听长的原因作为首先要说的话题。

刚好曾听长提到要靠证据说话，马跃之就顺着这个意思换到自己想说的话题上："你在秘密粮洞里发现青铜方壶时，是不是还发现了别的东西？"

曾听长坦率地说："是的，还有两件青铜残片。"

马跃之说："那你怎么不一起说，非要等别人来问？"

曾听长说："我怕直接说出来会惹陆副局长生气，就耍了个小阴谋。"

马跃之说："陆副局长生气事小，祖师爷生气事大。"

曾听长说："这事与祖师爷没关系。"

马跃之说："难道你用的不是听漏的功夫？"

曾听长说："好吧，我说不过你。其实也不值得大惊小怪，我对青铜重器一窍不通，只晓得陆副局长很有兴趣，可是我又不想被人看作是跟屁虫和马屁精。"

青铜方壶如何到陆少林手里的过程，马跃之已经知道，那种样式，一般人都认为是清朝末年民间使用的普通摆件，没有多大价值。陆少林还算有点眼光,也有点心思,既同意曾听长的说辞,当成民间俗物辗转拿到手里,又敢于认定为两周时期的青铜重器最终捐献出来。曾听长夸奖陆副局长为人也不错,也是说得过去的。青铜方壶之后,曾听长再说手里还有东西时,陆少林以为又是某种完美的青铜器物,就不高兴了。这种不高兴,一方面是自己兜里没有钱了,另一方面是不想落入上下级之间的贿赂陷阱。曾听长只好将两块青铜残片,一块放到旧货市场陆少林常去的摊位上,果然被陆少林选中。另一块则交给水务局工地项目部的邓经理,后来经过马跃之的手,也进到水务局的收藏室里。

曾听长说了半夜的话,不全是马跃之想听的。

见曾听长没有再说话的意思,马跃之才问:"那两块青铜残片,在秘密粮洞里怎么样放着的?"

曾听长不假思索就说:"就在青铜方壶旁边,猛一看以为是一块,拿起来后才发现从中间断开了。另外,青铜残片应当是装在一个小木匣里,我伸手去拿时,上面有一些像木头腐烂的烂泥。"

马跃之又问:"你有没有发现青铜残片不一样的地方?"

曾听长说:"有哇,不然我也不会生出想法,送给陆副局长。"

马跃之说:"你是不是早就晓得陆少林手臂上有文身符号?"

曾听长说:"马先生千万不要追问这事,就算被我看见了,也是天上鸟拉屎落到头上百分之百属于无意。"

马跃之说:"那我问点别的,你是两块残片全在一起时发现上面有图形吗?"

曾听长说:"是的。我还想,放在一起多好看,干吗要分成两块呢?"

马跃之说:"我再问点别的,合在一起的图形你认识吗?"

曾听长说:"刚开始我哪里认得出来,后来十三街坊这里办书法展,我闲着没事,到展厅里瞎逛,碰巧就认识了。"

马跃之说:"你们的陆副局长是不是也认识了?"

曾听长说:"按道理,陆副局长应当比我这个局外人更认识。"

马跃之说:"你真的认为,第一块青铜残片上的图形,与陆副局长手臂上的文身符号很相像?"

曾听长说："马先生是做学问的，连苏东坡是听漏工的祖师爷都能研究出来，但在人情世故的事情上，马先生比我爸差了不止一大截，而是两大截、三大截！"

临近黎明，江滩上的风一阵比一阵紧。马跃之沿着被人踩出来的小径，往芦苇深处走了一阵，让他感觉到似乎又回到年轻时，走在湫坝山野之中，所缺少的是一只牵到一起就不想分开的温柔的手。

突然间，手机铃声响了。马跃之看也不看，拿起手机就说，自己留了纸条，这会儿正与听漏工曾听长在一起。电话那边的柳琴说，纸条看过了，还是不放心，才打电话的。这时，曾听长在不远处大声地提醒马先生，天要亮了，该回家了。曾听长的声音通过手机传到柳琴的耳朵里，柳琴放心地说，自己要睡个回笼觉，让马跃之进屋时动静轻一点，别吵着人了。

从江滩走回到沿江大道，马跃之问曾听长，可以送自己回武昌吗？曾听长说，只要马先生不怕冷，送到哪里都行。说着，二人就骑上电动车。快到沿江大道上长江二桥的辅道时，一辆警用摩托车迎面驶过后，在马路上来了个急刹车，强行调过车头，迅速追上来，示意曾听长停车。曾听长说，一定是因为马先生没有戴头盔。警用摩托车与电动车并排停好后，骑摩托车的年轻警察没有搭理曾听长，而是向马跃之敬了一个礼，然后说，果然是马先生，昨天中午马先生在沙璐婚礼上的讲话说得太好了。年轻警察随即背诵道："一朝落尽江城雪，三镇全是负心人！两江尚可同帆去，四岸空对水流云。"年轻警察说，自己和十几个参加婚礼的同事都明白马先生是居安思危，正话反说，原本想好了要用他们的方式提醒一下新郎万乙，听过马先生的话后，大家都觉得用不着替沙璐担心了。年轻警察说完，一拧油门，将摩托车原地转了一百八十度，向着远处的武汉关疾驰而去。

曾听长的电动车在马跃之家楼前停下时，天色已微微发亮了。

马跃之下车后口称谢谢时，话音里含有多重意味。

新年的第二天，马跃之在柳琴的陪伴下，从早上睡到午后。下午两点，柳琴约了曾小安在相忘湖茶吧喝茶聊天，马跃之和她一起出门后,半路上下车,自动到楚学院加班。进大门时,许师傅主动上前来问新年好,并说自己上完元月的班就要退休回家了。

许师傅飞快地朝四周看了一遍,小声说:"郑雄和鲁丰上午就来了。"

许师傅又说:"反正我要退休了,在马先生面前说点心里话没事。鲁丰当上新成立的研究所所长才三天加一早上,整个人就变了,连董文贝都要让他两分。马先生遇事还是多留个心眼为好。"

马跃之说:"放心,我也快要退休了。"

许师傅说:"那可不行,曾先生一退,你再一退,楚学院就剩下花架子了。"

马跃之说:"没事,瘦死的骆驼比马大。"

许师傅说:"听吴秋水说,六楼有人在研究人死后如何倒着埋、倒着葬,这还叫楚学院吗?就叫殡仪馆好了!"

马跃之没有接话,伸手拍拍许师傅的肩膀,还用了点力,这么做是什么意思,自己心里也不清楚。

乘电梯上到六楼,"楚越之急"的门关得很紧,里面有鲁丰和郑雄说话的声音。马跃之迈着惯常的步子,走到"楚才晋用"门前,掏出钥匙打开门锁,进屋后随手拿起"请勿打扰"的小木牌挂在门外。

"楚才晋用"的窗口一直亮灯到晚上九点以后才熄。

马跃之比较满意地给九鼎七簋课题组的新郎和新娘发微信,告知他俩,度完蜜月,回来上班,可以敲定相关工作报告了。万乙和王蔗都将蜜月旅行安排在上海,在马跃之面前就差没有发誓,说他俩真的没有私下沟通,然而,事情就是这么巧,两对新人的蜜月旅行目的地都是上海,而且都预订了石库门内的小酒店,都想看看正宗的上海市的听漏工。马跃之为此还笑着问过沙璐,不是说好蜜月期间要喝遍武汉三镇的奶茶吗。沙璐笑着回应,等马先生的巧克你、慢骆驼和白眉鬼等几个品牌上市后,再让万乙带着自己补上这个环节。

出了办公楼,正要下台阶,马跃之才发现外面又下雨了。正在犹豫,不知从哪里伸出一把伞,护在头顶上。

马跃之还没看清楚何人所为,就先笑着说:"马某人何德何能,找着这么好的夫人!"

替马跃之打伞的果真是柳琴。柳琴也笑了:"算你有良心,闭着眼睛也能认出老婆!"

二人随后上了停在楼下的车。许师傅见了,也走过来说,天刚黑时,柳琴就来了,见楼上窗口灯还亮着,不愿打扰马先生的思路,一直坐在车内等。许师傅夸奖柳琴是武汉三镇最漂亮、心地最善良的女人。

马跃之响亮地回答:"这个秘密我早就知道了!"

叁拾

新年的第一个工作日。

大街上的过节气氛被假日消费精光，又变回到年前的老样子。

六十四路双层公交车上人还不太多，马跃之上车时，王蔗的妹妹在驾驶座上咧着大嘴笑过来。马跃之点点头，算是对元旦那天在这辆车上环游武汉三镇的会意。因为路程不远，马跃之就在后门旁站着，到博物馆站下车，穿过地下通道，进到楚学院大门，一看手表，刚好比上班时间提早半小时。许师傅探头打了个招呼后，办公楼内再无他人。打开"楚才晋用"的门，将柳琴在家里泡好茶的茶杯往写字台上一放，马跃之就开始奋笔疾书。

在京山医院秋老太太的病床前，人人都大意了，没有深究秋家家业账本首页上的那些文字。元旦之夜，在十三街坊，马跃之与听漏工曾听长谈青铜残片，由此引出九鼎七簋出土之时，一个个摆放很整齐，却是全部倒扣在墓穴中的往日情景。

昨天下午，郑雄与鲁丰在"楚越之急"不知密谋什么。马跃之脑子里灵光一闪，马上掏出手机，找出前些时王蔗拿着秋家账本念给秋老太太听时，随手拍摄的照片，账本首页上，秋老太太的父亲亲笔所写文字，果然说青铜方壶"取出之际，姿势正向直立，为私训所传之纠正，亦与本乡往日青铜重器显露之座相异反"。二十世纪四十年代，在战略要地随枣走廊生活的乡下财主，没有理由，也没有谋略，在这种事情上作假，特别是这种事关子孙后代的文脉，作一分假等于造十重孽，罪过远比离经叛道、忤逆不孝来得严重。德高望重的秋家老人，将这些文字郑重地写在首页上，自然是字字重千斤，容不得一笔一画有所亵渎。因为发现青铜方壶放置的态势正向直立，就以为前辈训导的那些终于是得以纠正。那句"与本乡往日青铜重器显露之座相异反"，则清楚地说明，湫坝当地之前偶然也有青铜重器出现，而且全都是与正向直立相反倒着放置的。

想清楚这些后，马跃之打开上了锁的抽屉，取出那本残缺的《楚湫时地记》。二十天前，马跃之终于将残缺的《楚湫时地记》一页页地修补好了，之后从家里带到办公室，用楚学院的专业设备作了防蛀处理。为了不影响人体健康，需要放上一个月左右，才能用手触摸。正常情况还要等上十天。马跃之心里着急，顾不上许多。

天子不灭天灭，礼器似享非享。

至晚上九点，马跃之已将这句话反复读了十几遍。

刻印于万历年间的《楚湫时地记》，剩下来的文字不到三千字，马跃之通读一遍，从研究九鼎七簋的实用性来说，上面这句话最有意味。书中明确记载，湫坝地下，多有青铜重器，每每用颠倒姿势出露，此乃周天子敕令缘故。因曾氏篡随，虽然李代桃僵，方国治理相当得法。周天子敕令仍有褒有贬，其言曰：天子不灭天灭，礼器似享非享。意思是说，天子我就不灭你们了，但天会灭你们；你们渴望的鼎簋等礼器可以按规制摆设，但没有尊贵德行的你们不可以真的使用。放到现实里，就是将鼎簋倒扣过来摆放。这么做是社会制度的要求，该给的鼎簋等东西一定给。作为警示不配拥有的意思一点也不含糊，曾氏篡随已是既成事实，代表方国王族地位的青铜重器，生前该怎么使用就怎么使用，死后就得按原则办事。《楚湫时地记》书中，反复出现"荣华二十载，倒扣三千年"的句子，说的是作为方国王侯荣华一世，要用三千年苦役来赎身。不过，也有遗憾，两周时期大小方国僭越篡权的事时有发生，周天子发威时，会号令诸侯前往讨伐；周天子式微时，睁只眼闭只眼只当没有看见，唯独对待篡随的曾侯大不相同，揣度起来，或许是曾侯们行径之恶劣超乎寻常。

昨天晚上九点，确信《楚湫时地记》书中相关内容已经烂熟于心，在回家的路上，马跃之打电话给人在上海、正准备去看石库门的万乙和沙璐，让联系江北监狱管理局。到家后不久，沙海就回话说，自己亲自问过"军卿""军师"，秋家垄两周贵族墓地的青铜重器及一般青铜器物，无一例外，也是口朝下，底朝上，颠倒放置在墓室的边厢里。如此相互印证的铁证，相当于这项考证已经锁死，不会有任何疑义了。

沙海还说了一件马跃之没有想到的事。"军卿""军师"前次提到的所谓秘籍，其实是一本名叫《楚湫时地记》的明版书。"军师"像挤牙膏似的又交代一件事，说这本《楚湫时地记》是九爷从湫坝领养一个男婴那次得到的，九爷生前不敢拿着这本书按图索骥，是因为心里有愧疚，不应该为了得到这本所谓的秘籍而做了一件亏心事。湫坝那边的一个叫秋风的年轻人患了绝症，不想再活受罪了，便以这本秘籍相赠为条件，在钻进自己挖好的竹筒墓后，请九爷帮忙用沙土将墓坑填满。这事九爷只与"军师"说过，"军师"拉"军卿"入伙时又对"军卿"说过，别人都不知道。第二次盗掘得手，匆忙逃离的途中，在随州吃午饭，"军师"还拿出那本《楚湫时地记》看了看，计划再过一阵，情形若还好，就来个凤凰三点头，第三次来秋家垄实施盗掘。餐后"军卿"到服务台结账付款，随身带着的小包被偷了，那本《楚湫时地记》也在包里。

马跃之就将自己手里的《楚湫时地记》拍了几张照片发过去，让沙海问问"军卿""军师"是不是这一本。马跃之以为沙海会等到明天再去问。想不到沙海比自己更好奇，当即就让相关人员问过，在不同房间的"军卿""军师"看过照片后，毫不犹豫地表示，这就是他们丢失的那本《楚湫时地记》，可惜破损得大不如先前了。听到这话，马跃之长叹一声说，人在做，天在看，人不明白的事，天早就明明白白地安排妥当了。

马跃之写了几十年考古报告，九鼎七簋课题，要写的东西不多，却是最复杂的，关键在于重点研究第八号簋分明是无，还要当作有来写，其中分寸很难把握。这也是马跃之不放心万乙，亲自动手写初稿的原因。考古中人，与其他行业不同，其他行业，入行的时间越长，越容易受到虚无主义的影响。考古中人，年轻时想法太多，一不小心就掉进为否定而否定的陷阱，等干到三十年左右，反而变得没有实物不说话，像电影《地雷战》中说的那话，不见鬼子不挂弦。九鼎七簋课题报告，要写的内容比较虚，马跃之还是挺有信心，只用一个小时，就将百分之九十的内容写了出来。

走廊上有人走动，稍后董文贝敲门进来，一屁股坐在沙发上不说话，还一反常态，也不问马跃之可不可以抽烟，便点起香烟深深地吸了一口。

马跃之只好放下手里的事，走过去相陪。

董文贝将一张刚印出来的报纸放在茶几上，下面还压着一只大信封。马跃之拿起报纸，翻到第四版，见头条位置是郑雄的文章《垄尾挡竹简墓墓葬文化与当代社会生活片谈》。

马跃之平静地说："这么快就将考古成果，与社会现实挂上钩了！"

想了想，马跃之又说："由他来谈竹简墓，感觉怪怪的！"

董文贝说："今天就不谈这个了，马先生，先看看这份公函！"

马跃之这才注意到放在《楚学研究》下面的不是普通信封，而是纪委的公文袋，上面写的收件人是"马跃之同志"。马跃之拆开信封后，看过头几行字就想起元旦中午梅玉帛要自己看后烧毁的纸条。

公文袋里装着的是一份《函询通知书》。

通知书一开头就直截了当地说：马跃之同志，经研究，现将举报你的有关问题摘要转你，请你对以下问题如实做出说明。接下来分别罗列一些被人举报的问题：一、有人举报你在九鼎七簋课题组冒领差旅费和野外考古作业补助，小计约四千六百元。实际上，大部分时间都在家里,并没有出差,也没有上班。二、有人举报你在秋家垄考古发掘时,聘请过去的旧友担任包工头,聘请的会计为旧友包工头的情人,用空白人头和打白条的方式拿回扣。三、有人举报你聘请没有专业能力的女业余考古爱好者作为九鼎七簋课题组组员,并安排在全省各地讲课,强行索要两千、三千元不等的讲课费。四、有人举报你用九鼎七簋课题组的公款购买香烟和名酒,打点各级领导,并由旧友的情人帮忙走平账目。五、有人举报你违规越级乘坐飞机商务舱。六、有人举报你学术不端,名利思想严重,某某某同志未退休之前,从不参与青铜重器业务,说话从不带青铜二字,某某某同志刚退休,就四处插手青铜重器专业业务,擅自成立九鼎七簋课题组,并自任组长。七、有人举报你钻不同行业之间的空子,将名为折扇,实际上是楚简的珍贵文物私自占有。八、有人举报你违反外事纪律,在办公室公开用毛笔书写很大的字,称"街上有几千个日本人和韩国人,大部分都在卖白粉贩毒"。《函询通知书》最后要求马跃之在十五个工作日内,将相关说明的材料按《函询通知书》要求的范围,报有关人员签署意见后,再报纪委。

马跃之越看越平静,然后随手放回原处。

董文贝很诧异:"马先生怎么一点也不生气,节前有人举报吴秋水,将他气得血压飙升到一百七十。"

马跃之说:"我只生这个鼻屎水平太低的气。"

董文贝说:"好吧,那就公事公办。"

所谓公事公办,是指《函询通知书》上注明唯一抄送人是董文贝,董文贝可以就《函询通知书》的内容,与马跃之逐一对照确认。一、二、四、五、六这五条,应当由楚学院来核定,让财务翻一下相关单据,再拿出有关会议记录就清楚了。第三条或许暗指王蔗,虽然不值得一驳,用的"女业余考古爱好者"一词,暴露出举报者本人用心淫荡肮脏。前面这六条,马跃之接受了董文贝的建议,一律用"不实"二字作为回复。关于第七、第八两条,马跃之留了个心眼,没有当即表态,只说自己要好好考虑一下。

商量至此,董文贝冲着马跃之长叹一声:"到现在我才明白,鼻屎二字,是楚学院最大的学问,也是楚学院最大的政治。"

马跃之说:"董书记何故有这种感慨?"

董文贝说:"有些事,我也没有证据,不知如何说好。不过,我还是想看一看,做学问的人,一旦玩起政治,能够坏到什么程度?"

马跃之没有答话。

董文贝又说:"某人与我谈过话了,书记前面的代字马上就会去掉,某人说,为这事他做了大量工作,用尽了千方百计才运作成功的,意思是要我对他千恩万谢,真是岂有此理!我是组织派来的,不是谁的恩惠。马先生放心,在这件事情上,我这一票永远投给马先生。"

这天晚上,马跃之在家里说起《函询通知书》,出乎意料,柳琴不仅没有生气,还高兴地拥抱马跃之,称自己太有眼光了,一出手就找到了世界上最好的丈夫,那些鼻屎挖空心思往马先生身上泼污水,特别是违规乘坐飞机商务舱的荒谬指控,简直是反证马先生的清白。天下人都知道马先生有恐高症,这些年来,唯独被曾本之强拖着去宁波开会那次,是坐的飞机,还是普普通通的经济舱。那也是因为曾先生年事渐高不方便坐火车,不得不迁就他。反过来,这事如果公开闹起来,相信世人都会站在马先生这一边。

凌晨时分,半梦半醒的马跃之突然感到一阵心悸。睁开眼睛,微光之下,柳琴睡得正香。马跃之悄悄爬起来,喝了几口温开水,回到床上,本应最香的睡梦消失得干干净净,脑子里全是一些乱七八糟的事情,从年轻时第一次去湫坝参加田野考古,到昨天见到的纪委《函询通知书》,在所有事情中,出现频率最高的人是梅玉帛和陆少林。马跃之一次次地要求自己确认其中的原因,又一次次强行让自己从思维中抹去二人的痕迹。

回到床上不久,马跃之又爬起来,从手机中找出秋大队的号码,刚刚拨打出去,又急速取消了。马跃之正在想要不要给梅玉帛发微信,手机忽然响了,一看来电显示,竟然是境外打来的,便毫不犹豫地挂断了。不到一分钟,手机又响了,屏幕上显示的还是境外电话。马跃之再次拒绝接听后,就收到一条公益短信,提醒本机机主,近期境外陌生来电大部分是诈骗分子所为,为了个人财产安全,非必要不要接听境外电话。马跃之刚看完短信,手机又响了,依然是已经打来两次的那个号码。

马跃之正在犹豫,柳琴醒了,问了几句后,一把拿过电话说:"我是公安局反电信诈骗中心,你有什么事情需要帮忙吗?"

不料电话那边传来一个男人略带沙哑的低音,反问柳琴:"马先生什么时候变成女人了?"

柳琴只好再反问对方是谁。对方说:"我是梅玉帛的未婚夫,想和马先生说几句话。"

柳琴像是被吓着了,不知如何是好,连忙将手机还给马跃之。

因为头挨头躺在床上,对方的说话声,柳琴不拿手机也听得清清楚楚。

电话那边略带沙哑的男低音说,自己名叫周济,是华中农业大学动物科技学院的副教授,也是梅玉帛的未婚夫。当初梅玉帛许诺,三年后一定会做他的新娘。为此周济报名参加援非专家团队。三年期满,周济准时归国,梅玉帛又要他再等三年。周济二话没说,转身再赴非洲。这些年,周济守身如玉,只为成就命中注定的好姻缘。眼下第二个三年又要满了,周济已经订好了大年初一经香港返回武汉的机票,不料前几天与梅玉帛联系,梅玉帛又说可能还要再等三年。反复问过许多次,梅玉帛都不肯说原因。元旦夜里,梅玉帛将自己喝醉了,才在电话里透露,自己的婚姻大事,一定要听马先生的意见,马先生没有表态,自己谁也不嫁。周济托朋友打听,知道梅玉帛认识的人中,姓马的只有唯一一个,而且马先生很是德高望重,自己才下决心打电话,向马先生一诉衷肠。说到这辈子非梅玉帛不娶,电话那边的周济已经泣不成声。

听周济在遥远的非洲说话,马跃之心里不断地浮起梅玉帛的话——这辈子只有牵着父亲的手,才会做别人的新娘——语态中包含着怨恨与渴望。到最后,马跃之对着手机说,机票订好了,就按时回来,要相信梅玉帛,也要相信梅玉帛说的那些话。

放下手机,马跃之才发现自己被柳琴搂得紧紧的,胸前的内衣也被柳琴的泪水弄湿了。

不等马跃之开口说话，刚刚放到一边的手机又响了。

这次来电话的是郝文章。

一个小时前，郝文章听到养蜂汽车外有动静，正要开门看看，曾小安提醒他戴上安全帽。郝文章拿着一把取蜜刀下车没走几步，从黑暗中冲出一个人来，照着头顶就是一棍子。幸好有安全帽扛着，郝文章只觉得脑子嗡地晕了一下，与此同时手中的取蜜刀，也抛了出去，扎在对方的腰腹处。稍待一会儿，郝文章就没事了，那人见势不妙也跟跟跄跄地跑开了。郝文章给马跃之打电话时，湫坝镇上的警察已经来过了，养蜂汽车顶安装有感应灯和监控探头，调看实时录像时，郝文章认出来，跑掉的那人白天曾来偷蜂蜜，被曾小安呵斥走了。警察很快找到那人，那人回答说，自己是想报复白天的那顿呵斥。警察征求郝文章的意见，郝文章虽然认作一般口角，放过那人，却给马跃之打电话说，这事肯定没有这么简单。近几天，常有陌生人借口参观养蜂汽车，在附近转来转去。也有湫坝当地人跑来捣乱，说是被郝文章养的蜜蜂将对方养的蜜蜂咬死了，要郝文章开着养蜂汽车滚到别处去，被闻讯赶来的秋大队一顿好骂才罢休。郝文章想来想去，唯一的理由是秋风临死前说自己发现宝贝的话被人传开了，有人在打秋风墓穴的主意。郝文章建议，赶紧与各方商量，以迁坟的方式，将秋风的墓穴挖开看个究竟。

新年伊始，九鼎七簋课题组的其余二位还在度蜜月，就遇上一连串的事情，马跃之决定先将纪委的《函询通知书》做个了断。上午，楚学院按惯例召开新年恳谈会，在家的人齐聚六楼的"秦楼楚馆"。

马跃之发言时，开头就提九鼎七簋课题的事，他说在楚学院这多年，从没有哪件事比九鼎七簋课题更有趣，比如，湫坝地方上的文献记载，两周时期有一种人，三千年后才能转世，现在差不多是三千年了，难怪某些人做起事来，带着两周时期某种人的作风。在接下来的说话中，马跃之只字未提纪委的《函询通知书》，却按照《函询通知书》内容的顺序，幽默地说了一通。新的一年，自己每次因公外出，一定会发朋友圈，公开接受大家的监督，外出回来，哪怕是深更半夜也要先来楚学院对着监控探头咳嗽几声。考古发掘需要聘请民工，会要求他们宣誓，保证自己没有情人,与考古队的人素不相识,也对考古知识一窍不通。又希望大家能通力合作并忍痛割爱,推荐合适的女专业考古爱好者,免得只有女业余考古爱好者可用,拉低了楚学院的专业水平。同时,自己还打算学习抽烟喝酒,免得将买到的好烟好酒,拿去贿赂董书记和董书记的上级。马跃之还打趣说,自己已经做好准备克服恐高症,往后出差,无论是去恩施、宜昌、荆州,还是襄阳、十堰、随州,乃至去黄冈、黄石和鄂州,也要求坐飞机。上飞机之前,先吃四片安定,让人用担架抬上飞机,既克服了恐高症,还可以将经济舱当成可以躺平的商务舱。打完趣,马跃之更加戏谑地要求在场的人,举手同意自己在新的一年继续开口说"青铜"二字,再举手同意自己继续出任九鼎七簋课题组组长,经过现场清点,在场的所有人全部举手同意。

有消息灵通的人,明白马跃之这些话是指鸡骂狗,指桑骂槐。比如吴秋水,便故意举起双手,然后大声说本次选举本人有违规行为,为什么没有人举报呀?甚至还指着鲁丰说,你不是很喜欢张罗举报的事吗,应当站出来主持公道呀!

在场的人大部分都笑了。

新年的第一场会议,有人出面搞笑,表面上是一件好事。

接着吴秋水的话,马跃之也指名道姓地说鲁丰以往读报纸的声音非常好听,就请鲁丰上前来读一段文字。鲁丰没办法不上前,满脸通红地从马跃之手里拿过一本书,将上面用笔勾好的一段文字朗诵出来:"……街上有几千个日本人和韩国人,大部分都在卖白粉贩毒。"马跃之拿回那本书,撕掉包书的纸,露出《京华烟云》的封面。马跃之说,这是林语堂先生的大作,有人说是堪比《红楼梦》,前些时,自己练书法,随手找出这段文字写了一通,林语堂先生在列强轮番欺负中国时,还敢这样写,太有骨气了。

眼看着只剩下最后一个问题,董文贝有点坐不住,又不得不强作镇静,还要时不时看一看坐在旁边的郑雄。

果然,马跃之从怀里取出那把曾经藏在青铜方壶里的折扇,问大家折扇扇骨像不像这些年陆续出土的楚简。会场里一半以上的人说像。

马跃之说,海关人员也曾破获过文物贩子将一些楚简做成折扇,企图偷运出境的案件。当初从青铜方壶中取出这把折扇时,自己只用了两秒钟,就断定其扇骨与楚简是风马牛不相及。留着这折扇原本是想作为学术上的一种警示,现在看来,即便是警示,也要与大家分享才对。说着就请郑雄当众将折扇上的皮纸撕下来。

郑雄不知马跃之葫芦里卖的什么药,没奈何只好照着办。

在楚学院几十双眼睛的注视下,郑雄撕掉折扇上的皮纸,显出光秃秃的扇骨,以及写在扇骨上的几行字。郑雄大声念道:"提起六某人,好吃是个病,一餐吃条狗——不剩!"话音未落,现场的笑声冲天而起。

散会后,马跃之回到"楚才晋用",飞快地将纪委《函询通知书》后面的附表,针对八个问题写上相同的八个"不实"。马跃之正要打电话通知董文贝,走廊里响起一串急促的脚步声。

门还没被完全推开,董文贝就慌慌张张地将身子挤进屋子说:"湫坝那边来电话,郝文章和曾小安出事了。有人开着铲车,故意将养蜂汽车撞了。"

毕竟凌晨就接到过他俩的电话,马跃之的表现还算镇静:"人伤着没有?"

董文贝说:"说是见到血了,具体情况还不清楚。"

马跃之不与董文贝说了,拿起手机,直接找秋大队。

电话通了后,马跃之还没开口,秋大队猜到要说什么,就在那边说:"马先生不用担心,这边的事有我呢!那小子,夜里受了点气,早酒又喝多了,就撒酒疯。我刚踢了他几脚,他还没醒,等醒过来了,让他请郝文章喝早酒道歉!"

马跃之逮着机会,才问:"有没有谁受伤?"

秋大队说:"没有,是误会了,将曾小安砸在人身上的番茄当成了血。不是我多管闲事,这事来得太蹊跷,马先生,你要查一查内鬼。有人私下告诉的我,那小子是拿钱办事!"

放下手机,马跃之狠狠地看着董文贝。

董文贝搪塞地说:"要不,还是让郝文章回来上班吧,在外面漂了两年,人情债和时间账,应当两清了。"

马跃之正色说:"人家秋大队可是要我们查内鬼,是谁给的钱,要办什么事?"

董文贝也严肃起来:"人家是农民乱说没事,我们是国家干部,说错一个字都要犯错误。"

马跃之说:"那好,我们一起去看看现场,弄清楚到底是怎么回事。"

董文贝说:"马先生千万不要捡了芝麻丢了西瓜!这评资深专家的事,就像发掘王侯大墓到了椁室,得在现场死死盯着,谁离开了谁后悔。"

马跃之说:"董书记说的不是考古,而是盗墓。只有将盗洞挖到椁室的盗墓贼,才不敢离开半步,不然就会被黑吃黑!"

董文贝说:"匿名诬告的信都写了,不是黑吃黑又是什么?"

马跃之说:"这叫黑吃白好不好!"

说着,马跃之指着门口,请董文贝出去。

剩下一个人时,马跃之给柳琴打电话,问她能不能请假送自己去潋坝,柳琴答应后,马跃之才说有人开着铲车冲撞郝文章和曾小安的事。柳琴急了,多一个字也不肯说,就将手机挂断了。马跃之拿起写字台上的几页稿纸,还有那本残破的《楚潋时地记》往外走。

在电梯口,碰见神色不太对头的鲁丰。鲁丰的样子既顾不上与马跃之说话,也不太愿意与马跃之说话,迎面相遇时,迅速向外一侧身,像泥鳅一样贴着马跃之的肩膀滑过去。路过门卫室时,许师傅做了一个手势,马跃之以为有自己的信件,紧走几步走过去,才知道许师傅只是打个招呼。马跃之想起一件事,就问许师傅想不想返聘几年,如果有这个想法,自己试着与董文贝说一说。许师傅马上表示愿意,马跃之于是当面打电话给董文贝。董文贝一听,说这个建议好,当门卫的人必须熟悉可靠才行。

许师傅还在道谢,柳琴的车到了。

在去京山的路上,马跃之将自己随手做的好事说给柳琴听。柳琴有点心不在焉,她只想着曾小安的人身安全,不断地催马跃之打电话联系。马跃之分别给曾小安和郝文章打过几次,电话通了,但没人接听。马跃之再与万乙和王蔗联系,手机里传出的声音都是"对方已关机"。只有打给秋大队的电话一拨就通,问起郝文章和曾小安的情况,秋大队也很疑惑,他俩没有理由不接电话呀。秋大队嘴里说,马上去垄尾垱看看。听电话里的声音,是在麻将桌上,肯定一时半会离不开。马跃之因为常去吃早餐,留有六妹的电话,便试着打过去。

听见马跃之的声音后,六妹很惊喜地回答,马跃之算是问对人了,曾小安不知道自己怀着孕,夜里和上午闹了两场,弄得流产了,出血比较多,这会儿正在镇医院躺着。两口子不让人说,还在打麻将的秋大队也不知道,只有六妹一个人在旁边照顾。

马跃之不想让正在开车的柳琴分心,车到湫坝镇时,才告诉柳琴先去镇医院看看曾小安。

镇医院条件比较简陋,收拾得还算干净。曾小安脸色有些苍白,别的都还正常。按医生说的,观察一两天就可以回家。柳琴拉着曾小安的手不放,嘴里反复说,回去好,但不要回家,先去中南医院检查一下。

马跃之与郝文章说了一会话,得知郝文章也联系不上万乙和王蔗,马跃之觉得哪儿不对,也不去想从元旦那天自己在半路上下车,之后再也没有任何联系的尴尬,直接给梅玉帛打电话,将一应情况说了,重点是请她帮忙查一下两对新人的下落。梅玉帛二话没说就答应了。时间不长,梅玉帛回电话说,他们四人都在回武汉的飞机上,因为天气原因,飞机一直在武汉上空盘旋,等待可以降落的时间窗。

马跃之觉得很奇怪,这四个人怎么约的,竟然一起提前回武汉?

梅玉帛没有替马跃之释疑,只提醒马跃之一定要注意安全。

马跃之也没有直接回答,说起另一件事。

马跃之说:"上午开会时,我让郑雄当众将那把折扇撕开了。"

梅玉帛说:"扇骨确实不是楚简,也不是玩投壶游戏的掷简吧?"

马跃之说:"百分之百不是。你连玩投壶的掷简都知道,很专业嘛!"

梅玉帛说:"我也是这几天才知道,掷简用于游戏,楚简用来书写。不是楚简就好,我也放心了。"

放下电话的那一刻,梅玉帛再次提醒马跃之一定要注意安全。

因为梅玉帛的反复提醒,马跃之也反复问郝文章,闹事的那个男人,是不是有某种来头。郝文章摇摇头说,只有失去理智的疯子才会与这种早酒都能喝醉的人交往。马跃之要郝文章思索一下秋大队的话,如果真有内鬼,那么内鬼最有可能是谁,其目的又是什么。郝文章毫不犹豫地说,他和曾小安是人畜无害,对谁都没有威胁,如果有内鬼,目标肯定是冲着马先生。

二人说到这里,似乎没有办法再往下说了。

天黑之前,曾小安的出血情况略有反复,医生再三说这是流产后的正常情况,不会有问题。郝文章是丈夫,不肯离开。六妹家里有事先走了,作为闺蜜的柳琴自然不能离开。只有马跃之最不方便待在妇产科,便拿上郝文章的钥匙,去替他们看守养蜂汽车。

为了让柳琴放心,马跃之嘴上说,回头叫秋大队做伴,实际上并非如此。马跃之预感到有特殊的事情即将发生,想在事情发生之前独自待上一阵。马跃之刚到养蜂汽车旁,陆少林就来电话,说梅玉帛邀请自己一同赶来湫坝,陆少林特地打电话,问自己该不该来。马跃之说,梅玉帛让你去哪里就应该去哪里。

接下来,万乙和王蔗分别来电话。果然如梅玉帛所说,他们所乘的航班飞到武汉上空了,又不得不往南飞,正要备降到长沙,武汉这边天气又行了,便又掉头北返,快到武汉时,天气又不行了。好在这次等的时间不长,终于能够落地了。一出天河机场,他们就包了一辆车赶来湫坝。

马跃之不明白为何要如此折腾。

万乙和王蔗也不明白,曾听长给他们打电话,又不肯说为什么,非常坚决地要他们在夜里十二点之前赶到湫坝。放在几个月前,他们是不会相信的,现在的情况不同,他们懂得曾听长一定是在听漏时听到某种极不正常的事情,所以就按照曾听长的意思赶回来了。

养蜂汽车这里,从附近专门拉来一根电线,不用发动汽车,就能解决照明等问题。冬夜的野外,枯草、枯叶和枯枝的动静比较大。随枣走廊这里,最凶猛的野生动物只有野猪,有电灯的照耀,野猪轻易不敢靠近。换了别人,对传说中的鬼魂当然不会相信,害怕之心还是有一点。在考古专业的人面前,最不值钱的东西就是鬼魂。马跃之在养蜂汽车外的小桌旁坦然地坐了一会,到底还是扛不住冬日的夜风,不得不起身回到车内。小小空间里,每一处布置都显得那么得体。马跃之忽然想起来,如果当初就有这样的养蜂汽车,小玉老师会跟着自己心爱的人浪迹山林吗?

寒风吹得更急了,车窗外的一切都在呼呼作响,将蜜蜂的嗡嗡声彻底压了下去。"这样子,怕是要下雪了!"马跃之自言自语地说。话音刚落,车内车外的电灯一齐熄灭了。几秒钟后,车内车外的应急灯自动开启,亮度却暗了许多。马跃之打开车门,想看看是怎么回事。一只脚刚刚沾地,一道黑影闪过来,马跃之本能地躲闪一下,失去平衡的身子重重地摔在地上,有什么东西重重地磕在额头上,发出一声闷响。与此同时,马跃之看见天边的云缝里出现半个月亮。

不知过了多久,迷迷糊糊中,马跃之觉得小玉老师的小手正在抚摸自己的额头。听那轻柔的说话声又不太像,一个女人说:"再往下一点,这只眼睛就没有了!"马跃之大概明白了,眼睛睁不开的原因是受了伤。过了一会儿,眼睛终于可以看事了,只见面前站着的是梅玉帛,搁在自己额头上的手也是梅玉帛的。

见马跃之醒了,梅玉帛连忙将手缩了回去,嘴里说:"大家都来了!"

随着梅玉帛点名一样的介绍,站在近处的万乙和王蔗,还有卢小材和沙璐,马跃之都看见了。在那看不见的地方,还有陆少林、曾听长、秋大队和六妹。

马跃之看了看四周说:"这是医院吗?"

梅玉帛说:"是镇医院妇产科。"

马跃之说:"我又不能生孩子,怎么进了妇产科?"

梅玉帛说:"是大家商量的,别处也没有床位了。"

说着,梅玉帛让大家闪开一道缝隙,显出一张被围幔围住的病床。梅玉帛将围幔拉开一半,曾小安在那边病床上躺着,还伸出手来与马跃之打招呼。

马跃之重新将屋子里的人看了一遍,问:"柳琴不在这里吗?"

屋子里静了一会,万乙才回应说:"柳阿姨有急事,回武汉去了。"

马跃之又问:"郝文章呢,是不是在车上陪柳琴?"

那边病床上的曾小安说:"知妻莫如夫!我们料到马先生醒来会担心,就让郝文章陪着她。"

马跃之像是对自己说:"蛰死人又不用养蜂协会管,有什么急事呢?"

屋子里的人都不说话。片刻后,曾听长上前两步,将手里的一本书递给马跃之。马跃之一看封面,正是几个人一直在寻找的《湫坝镇文史资料》(第一辑)。马跃之没有打开,只是拿在手里,问曾听长是不是看过陆达仁写的那篇文章,曾听长点头说是看过了。马跃之笑着问曾听长是不是彻底放下心结来了。曾听长再次点了点头。

接下来,马跃之问陆少林相同的话。

再下来,马跃之问梅玉帛相同的话。

陆少林和梅玉帛全都一样地点点头。

陆少林点头后一句话也没说。

梅玉帛不一样,她有很多话要说,有些话也只有她来说,才说得清楚。

听漏工曾听长在京山县城旧货一条街上开始寻找,引得柳琴也跟着寻找的《湫坝镇文史资料》(第一辑),是元旦前一天下午由快递员送到梅玉帛手里的。昨天夜里,在来湫坝的车上,陆少林从梅玉帛手里接过这本书。马跃之遭人暗算后,昏昏沉沉地躺在病床上,众人待在医院里不肯离开,曾听长也看到了这本书。他们都用第一时间仔细读完其中的《湫坝来了考古队》,文章的作者果然是陆达仁也就是六大人,而不是秋老太太。可见秋老太太说自己写文章,惹得六大人雷霆震怒,下令焚毁《湫坝镇文史资料》(第一辑),是不真实的,秋大队后来说"反了,反了,完全反了"的话,是可以相信的。读过这篇文章的人,对秋老太太都没有丝毫埋怨,人活到这种年纪,与其说是将自己往好处说,不如说是将活在世上的标准划定在尽善尽美的范围内。

六大人的文章,只写考古队初次来湫坝时的各种见闻,这也非常符合文史资料的行文体例。文章用三分之一篇幅写考古队为了找到九鼎七簋之外的第八只簋,在当地闹出的几个笑话。又用三分之一的一半来写考古队的工作如何与当地风水迷信纠缠不清,另一半写考古队驻队门口的弃婴。再用三分之一篇幅写了一场皆大欢喜的暧昧和一场酿成悲剧的爱情。皆大欢喜的暧昧暗指秋老太太与周老先生,酿成悲剧的爱情明写考古队的年轻队员和当地小学的小玉老师。六大人笔下的爱情观有点陈旧,但也过得去,从头到尾只写遗憾。文章用点睛之笔写了少女时代的小玉老师,在地里捡到一块青铜残片,上面有奇妙的图形。考古队来湫坝后,年轻的考古队员在野外散步时,发现一块青铜残片,恰巧与小玉老师发现的青铜残片凑成密不可分的一对,两种图形拼接到一起,正是与甲骨文差不多的"曾"字。当然,这是县文化馆秋馆长后来释读的,年轻的考古队员和小玉老师当时是如何释读的,别人并不知道。小玉老师和年轻的考古队员为这般天作之合欣喜不已,虽然说好要将青铜残片交给考古队,小玉老师却一直不舍得交。考古队撤走之后,小玉老师发现自己怀孕了,毅然取消与未婚夫秋风的婚约。说好要与小玉老师结婚的秋风死后,患有产后忧郁症、情绪极不稳定的小玉老师,亲手将两块青铜残片上的图形,用绣花针在刚刚满月的龙凤胎儿女身上刺成文身,被六大人认作"曾"的上半部分纹在男孩手臂上,"曾"的下半部分纹在女孩手臂上。希望将来姐弟能有机会骨肉团圆,也希望年轻的考古队员,能有机会凭着这个"曾"字,认领自己的亲生骨肉。小玉老师将女婴送给武汉的一家孤儿院,将男婴和两块青铜残片,托付给县文化馆秋馆长,请秋馆长以此作为凭证,将来让他们父子、父女和姐弟相认。在文章后面,六大人写了一段对青铜残片上的"曾"字存疑的话,但是文化馆秋馆长比自己内行,她说是"曾",

就只能当"曾"对待。六大人最后还对"曾"的形状作了简洁的描述，一块像半个"家"，一块像半个"田"。

青铜残片的故事，也要分成三个部分，刚捡到时，只有小玉老师和年轻的考古队员知道。小玉老师将男婴和青铜残片托付给秋馆长也就是秋老太太的前前后后，小玉老师、秋老太太和六大人都知道。青铜残片和青铜方壶一起藏在藏粮洞的过程和原因，只有六大人知道。前面两部分，六大人在文章中写得很清楚。第三部分还没发生，六大人的文章就已经印在《湫坝镇文史资料》（第一辑）上了。心有怨恨的六大人，瞒着秋老太太将青铜残片与青铜方壶一起放进形同墓穴的秘密粮洞里，是想让秋风知道曾经有这样一个疑似"曾"的人，夺走了秋风的心上人，有朝一日，在地下相见时，可以作为阎王殿上理论的证据。大家都在暗暗猜想，谁也没有将这话说出口。

读完《湫坝来了考古队》，陆少林从怀里掏出两块青铜残片，这是梅玉帛打电话要他一起来湫坝时，特意叮嘱他带上的。秋老太太还在做文化工作的年代，在湫坝镇这种小地方，能认识篆书文字的人几乎没有，碰上略有一点私密的文字，不愿意请教专业人员，连猜带蒙的情形不在少数。现在的情况大为不同，两块青铜残片合到一起时，在场的人都能一眼认出，一块青铜残片上的图形正好是马头，另一块青铜残片上的图形正好是马身，合在一起便是"马"，而不是"曾"。

一阵疼痛袭来，马跃之下意识地伸手去摸额头，眼疾手快的梅玉帛连忙拦住了，并问要不要上点止痛药。马跃之摇摇头，意思是这点痛自己能顶住。

于是，大家说起马跃之受伤的情形。参加袭击马跃之的共有三个人，从人数上看，是盗墓贼的基本配置。他们没有动手伤人，马跃之头上的伤是自己跌倒造成的。见大家七嘴八舌没个重点，沙潞就表示还是由她来说吧。作为警察，沙潞对案情的叙述简明扼要。那三个人先将照明电路切断，之后的做法与关在江北监狱的"军师""军卿"等盗墓贼一样，将倒在地上的马跃之强行灌服安眠药后抬进养蜂汽车，并在伤口上贴了几块创可贴，表明他们并没有伤害马跃之的意思。幸好万乙和沙璐、王蔗和卢小材,还有曾听长同时赶到,人多势众,将那三个人赶跑了。根据留下来的线索,抓到这些人并不难。

马跃之长吁一口气:"我倒希望是秋风从地下钻出来敲了一闷棍!"

事情进展到这一步,一连串事情大家都看明白了。

马跃之伸手要过青铜残片,捧着看了好一阵才说:"秋老太太说错了,六大人的疑问是对的,青铜残片上的字不是'曾',而是'马',就是我这个为人做事欠考虑,辜负了小玉老师的残缺不全的马!"

见没有人接话,马跃之伸手拉着梅玉帛,另一只手伸向陆少林。陆少林有些局促,但还是将手放到马跃之的手里。

马跃之说:"小玉老师不是希望我们能父子、父女和姐弟相认吗?"

梅玉帛和陆少林相互看了看,转过脸来冲着马跃之同时叫道:"爸爸!"

一声既陌生又熟悉的呼唤后,梅玉帛轻轻补上一句说:"爸爸,您知道我找您有多苦吗?"

马跃之说:"我一直恨自己为什么不敢找你们,心里的苦,比苦还要苦!谢谢孩子们,你们敢找爸爸,比爸爸活得有意义!"

这话一出口,好像骨肉重逢必须有的泪水,哗哗啦啦地流淌出来。

那边围幔里的曾小安这时叫了起来:"马先生,我家的曾先生为您背了不少骂名,看您怎么表示感谢!"

马跃之还没开口,梅玉帛抢在前面说:"曾先生肯定不是做一点好事就要别人三天两头磕头谢恩的人——"

梅玉帛话没说完,曾小安又叫起来:"天啦天啦,才叫一声爸爸,就这么护着马先生!"

这一次是同在围幔后面的六妹,还有沙璐和王蔗一齐说:"人家为了叫这一声爸爸,都等了三十几年!"

话音刚落,所有人的眼眶全都湿润了。

天亮之后,马跃之不顾额头上的伤痛,执意带上梅玉帛和陆少林,去到小玉老师的墓前烧香磕头。别的人都在六妹餐馆备好早酒等他们回来。也许是有太多话要对小玉老师说,直到镇上其他喝早酒的人都散了,马跃之、梅玉帛和陆少林才出现在小街上。梅玉帛挽着马跃之的右手,陆少林挽着马跃之的左手,任谁拿着手机拍照,三个人都满脸笑容,不作任何回避。

几杯早酒喝下去,刚开始还有点不适应的几颗心才放开了。

梅玉帛自己也开玩笑,又将对马跃之的称呼改回去说:"马先生,你还没有看过我们手上的文身,就不怕遇上骗子?"

马跃之说:"世上最大的骗子是自己骗自己,只要是真情实感,就不存在骗子。"

话虽这么说,马跃之还是让梅玉帛和陆少林将各自的衣袖挽起来,然后并到一起。陆少林手臂上的马头与梅玉帛手臂上的马身,刚好凑成一个马字。马跃之又将青铜残片摆在旁边,那种一模一样的马字,让在场的人啧啧称奇。

早酒喝完,梅玉帛和陆少林要去京山县城,将青铜残片捐给县博物馆,再从那里直接回武汉,销假上班。

梅玉帛上车后,摇下车窗,问马跃之:"还有一个问题,是谁看得这么准,将《湫坝镇文史资料》(第一辑)寄给我呢?"

马跃之说:"你应当能想到这人!"

梅玉帛说:"难道是曾先生?"

马跃之笑着说:"在找到你们之前,这世上只有两个人最关心我,一个是柳琴,一个是曾先生。柳琴想找却没找到,那就只有曾先生了。"

梅玉帛说:"我明白了,曾先生去年主持秋家垄两周贵族墓地的抢救性发掘,肯定与秋老太太见过面。九十多岁的老人家,心里有事,再不说就没有机会了。"

梅玉帛发动汽车正在离开,马跃之追上去问:"柳琴是不是也看了六大人的文章?"

梅玉帛说:"大家都看了,我没办法不给她看。"

马跃之挥挥手,让梅玉帛开车载着陆少林离开了。

这时候,梅玉帛从梅玉帛的途径,沙璐从沙璐的途径,马跃之他们则是通过公安部门的正式途径,得知趁着风高月黑图谋不轨的那伙人已有一个落网了,据其供认,有人要他们盗挖秋风墓穴,无论随葬的是什么东西,都会出很高的价。

马跃之不肯在病床上躺着,和大家一道来到养蜂汽车旁。夜里被弄翻的蜂箱在一旁重新摆放好了。之前发现的秋风的竹筒墓,只被那伙人挖出一个浅坑。马跃之在一旁观看,具体事情都由郝文章和万乙负责安排。

楚学院一帮人,要用考古发掘中最为妥当的整体取出的方法,将竹筒墓完整地打包取出来,以期得到死者不被打扰的效果。秋大队从镇上叫来一台挖掘机,将竹筒墓四周的土全部挖走,再用几块预先做好的厚木板,将孤零零的竹筒墓严严实实地包装好,然后,上边用吊车轻轻用力拉起,底下用挖掘机配合着缓缓托起来。这种迁坟一样的劳作,与真正的考古发掘相比,实在太容易了。竹筒墓完全吊起来,横陈在空中时,郝文章退到后面,让九鼎七簋课题组的万乙上前,用竹签和手铲,轻轻拨动竹筒墓底部的沙土。

很快,一只用于制作青铜簋的完完整整的陶范,出现在众人面前。

最激动的人是万乙,旁边的人还以为是发现楚学界好久没有发掘出来的陶范。马跃之在不远处做了一个平静下来的手势。万乙将郝文章叫到一起,二人指着陶范商量了一阵,万乙用虽然努力控制,仍旧有点发抖的声音向马跃之报告说,陶范上有文字。

马跃之不让他们搬动陶范,自己缓步走上前来,看着陶范,一个字一个字地念了一遍,又断句念了一遍,再连起来念一遍。

"天、子、不、灭、天、灭。"

"天子不灭,天灭!"

"天子不灭天灭!"

念完陶范上的文字,马跃之仰望天空发出一声长啸。

"替我转告曾先生,有这句话,九鼎七簋的课题值了!"马跃之回过头来对郝文章说。趁郝文章还在发愣,马跃之又说,"还有一句话,也给捎上,谢谢曾先生的良苦用心!"

郝文章稍有尴尬，借故与马跃之讨论陶范上的那句话。郝文章释读的意思与马跃之在《楚湫时地记》上看到这句话时想到的一样——很显然，周天子下了敕令，用最不堪的手段窃得随国的曾侯，将生米煮成熟饭了，除非灭此方国，否则就连周天子也没办法违背其享有九鼎之尊的礼制。然而，如同俸禄一样的八簋就不同了，周天子敕令七簋之外的八号簋上，须有铭文"天子不灭天灭"，这是这位曾姓王侯不愿意做，又不得不做的事。到头来，唯有用拖字诀，拖到一命呜呼，将做好的陶范一起下葬。至于，为何那么多人没有发现陶范，只有秋风有些机遇，除了秋风自己，再也没有其他人知道了。

想到这里，马跃之拿出手机，将周老先生生前说过的话和曾本之说过的话，并在一起发了一条微信朋友圈：

不完整的九鼎七簋才是两周时期的政治文化的集大成者。

九鼎七簋课题，要探究的不是第八只簋，是天下文人的魂灵。

按照大家商定的，听从秋大队的建议，将整体取出来的竹筒墓，搬迁到千米之外，平躺着放入秘密粮洞中。秋大队说，这么做肯定符合六大人的意愿，这么好的年轻人，应当早点转世，重回人间，好好过日子。

将这一切处理好后，马跃之他们要带着陶范去县博物馆。秋大队拉着马跃之问，曾听长是不是真有特异功能，听得见有人要伤害马先生，抢走秋风墓里的宝物，这才及时通知万乙和王蔗他们，从上海赶回来救护。马跃之不置可否地提醒秋大队，曾听长不肯开口的事，就不要追究，问得再多也是白问，想当初，连纪委的人都问不出什么，何况其他人。秋大队想一想，还是为曾听长有非同寻常的本领高兴地笑起来。

马跃之他们没有去成县博物馆，闻风而动的楚学院派了一辆商务车，带着防震设备来接马跃之和这只十分罕见的陶范，其中还打着小算盘，防着万一进了县博物馆就拿不出来的风险。

半路上，马跃之接到梅玉帛的电话。

梅玉帛羞答答地叫了一声爸，然后说，我们家认亲的事，被人连照片带故事发在网上,纪委和水务局那边都知道了。梅玉帛和陆少林都不怕,没有爸妈的孩子找到爸妈了,任凭别人如何炒作,也伤不了他们的一根汗毛。梅玉帛和陆少林担心马跃之,这事一闹开,评选资深专家的事十有八九会变成煮熟的鸭子飞掉了。梅玉帛的意思是要不要上点技术手段,将这些文字图片屏蔽掉。马跃之说,就是将全世界的最著名的头衔都给我,也比不上做父亲的重要性。

接下来的行程里,开车的司机几次开口说资深专家评选的事,都被坐在副驾驶座上的马跃之拦了回去。与沙璐一起坐在后面第一排的万乙,与卢小材一起坐在第二排的王蔗,每次想开口,马跃之就威胁说,如果敢说这事,自己就下车,走回武汉。

商务车终于进到武汉市区,马跃之按照自己的习惯,中途下车,独自上了六十四路双层公交车,绕着武汉三镇转了大半圈。路过家门口时,马跃之接到万乙的电话,他们一回楚学院就将陶范仔细测量了,再将得到的数据与九鼎七簋的七只簋,从小到大的递进规律进行换算,理论完全符合,也就是说,用这只陶范做出来的青铜簋,就是九鼎七簋所缺失的,但不是八号簋,而是最大的一号簋。

错过下车回家的机会,马跃之索性再坐几站,到省博物馆门前下车。在地下通道入口,迎面碰上那位流浪画家。流浪画家正在打电话,听声音对方肯定是个漂亮的女孩。流浪画家告诉她,那幅以听漏工为素材的新作《隧道里的都市·听见尘埃》终于画好了。马跃之好奇地跟在身后听了几句后,索性不再穿过地下通道去楚学院,沿着地面走了一百多米,像普通游客那样由正门登记进到博物馆院内,再来到有一阵子没来的大楚青铜馆。马跃之像一名游客那样站在九鼎七簋面前,眼睛盯着的不是九鼎七簋,而是那只并不存在的一号簋,以及世人还不知道的那句话:天子不灭天灭!

不知过了多久,马跃之忽然觉得身后站着一个人。

马跃之回头一看,忍不住叫了声:"曾先生!"

被叫作曾先生的曾本之笑着回应:"马先生!"

怔了一阵,马跃之说:"我很想说一声感谢,可这两个字一说出口就会变得很俗气！"

曾本之不让马跃之说这些："也不全是你想的那样，我也想这两个俗气的字，若不是马先生，我们去哪里找那句话——天子不灭天灭！"

马跃之说："考古考的不是古，是在考验人心！"

这时，博物馆开始清场了。

二人随着人流往外走，在"曾伯克父簋"前曾本之停了下来。

曾本之指着那铭文最后一句"子子孙孙永宝用"说："马先生的发现不可谓不重大！从周老先生那时起，大家就觉得费解，凡是带曾字头的青铜重器铭文，不厌其烦地说'子孙宝''子孙永宝'。青铜重器是'曾'家自己铸造的，上面只有'曾'没有'随'。读书人写的文章里，只有'随'，没有'曾'。研究起来，只能认为'曾'做的事太无耻了，引起天下文人公愤，都不肯将'曾'写到自己文章里。'曾'也觉得自己底气不足，便一代接一代地乞求不要祸及子孙。"

马跃之说："是这个道理！"

曾本之说："天子不灭天灭——这句话，不仅是九鼎七簋课题了不起的收获，也差不多解决了周老先生假设'曾就是随，随就是曾，曾随是一家'的命题。也能理解司马迁的《史记》为何只有'随'，没有'曾'的问题。一个男子汉被无端地施以宫刑，自然比任何人都憎恨王朝内外的邪恶势力，既然'曾'是那样的令人不齿，司马迁就只好写一写'随'了。"

一名安保人员大概是新来的，上前来催促曾本之和马跃之快些离开。

另一名安保人员赶紧走过来，小声说："二位先生可以继续看到五点半。"

二人同时做了一个表示感谢的表情，离开"曾伯克父簋"，来到展馆外面的高台上，望着街对面的楚学院，二人又同时叹了一口气。

马跃之说："没有曾先生的日子太难过了。"

曾本之说："马先生过得挺好嘛，没出丁点差错。"

马跃之说："差太多啊，连鲁丰这样的货色都浮起来。"

曾本之说："洁癖再重的人，鼻腔里也有几坨鼻屎！"

马跃之说:"曾先生还会回来吗？"

曾本之说:"我就给你当一名男业余考古爱好者吧！"

二人会意地相视一笑。突然，马跃之觉得脚下的台阶在微微颤动，紧接着博物馆内警铃声响成一片，听动静，像是地震预警。很快警铃声就消失了，有安保人员在说，是附近地铁站的打桩机动力过载，触发了警报。

曾本之接着刚才的话题说:"很抱歉，我犯了错，只想着都这个年纪了，再不与亲生骨肉相认，晚了就来不及了。没想到半路上跳出程咬金，搞什么资深专家评选，这时候，给马先生弄出一个天大的绯闻，又会便宜那个鼻屎。"

马跃之说:"前次，有人让曾先生申报院士，不是也搅黄了吗？"

曾本之说:"我是黄土埋到胸口了，最重要的申报是去九峰山。马先生还算年轻，除娶新娘子，别的事都应该努力争取。"

马跃之说:"曾先生已经小看我一次了，可不许再小看我。"

曾本之说:"真不是小看谁，好多事情，不将来龙去脉找出来，就弄不明白。"

马跃之说:"是啊。我也总算明白，之前自己太小看自己了！"

曾本之说:"我们这些人，只关注学问，连自己是什么样子，都快忘记了。去年下半年，在秋家垄时，听说秋老太太还活着，我就去医院看望。秋老太太还像当年那样，认定我是小玉老师的恋人，告诉我小玉老师生的龙胎叫陆少林，当了水务局副局长。秋老太太很怕陆少林走上贪污腐化的绝路，要我认下这个儿子，带在身边好好管教。秋老太太还要我找一找小玉老师生下的凤胎，还将那本《湫坝镇文史资料》(第一辑)送给我。秋老太太当时还没有糊涂，一心想趁自己还活着，将小玉老师的两个孩子还给他们的父亲。我也不知如何是好，思来想去，只有自己彻底退休，让你站到前台，去经受所有的东西。"

马跃之说:"你怎么找到梅玉帛的？"

曾本之说:"一点不难。秋老太太只晓得梅玉帛离开了孤儿院，不晓得梅玉帛后来又回到孤儿院了。"

马跃之说:"让梅玉帛去查陆少林也是你的主意?"

曾本之说:"我可没有这本事,是他们正好有事找我咨询,应当如何看待少数干部玩文物古董。我给的建议是尽快来一次专项清查,发现问题就赶紧查处,没问题的人可以正确引导。当时我是这么想的,如果陆少林真有问题,经过及时教育,可悬崖勒马,浪子回头。如果没有问题当然更好,总之是想将一个清清白白的儿子交给马先生。至于后面的事,恰好让梅玉帛去查,全是天意!"

马跃之说:"这样的天意真好!"

曾本之说:"是呀,那天,我借故去水务局看退休的自来水管,其实是想看看陆少林长什么样,想不到马先生也闻风而动到了现场,于是就顺水推舟,将陆少林交到他爸爸手上。"

正说着,万乙的电话来了。马跃之拿起手机,还没来得及说什么,万乙就在那边一声声叫着马先生,说大事不好,那只刻有"天子不灭天灭"的陶范碎成一堆粉末了。

马跃之不相信,好生生放在那里的陶范,又没有安装自毁程序,怎么可能碎成粉末。

万乙知道马跃之就在马路对面的博物馆,要他回楚学院看一眼就相信了。

说话间,马跃之抬头看过去,果然看见万乙正在六楼"楚壁隋珍"窗口远远地挥着手。

万乙继续在电话里陈述,当时,鲁丰先来通知,说郑雄要陪着一位叫作"姜部"的客人过来看看用来铸造八号簋的陶范。不到两分钟,郑雄就带着客人过来了,就在郑雄和"姜部"跨进"楚壁隋珍"的那一刻,楚学院整座楼轻轻颤动起来,刚刚还是好生生的陶范似乎晃了一下,然后,就在众人的眼皮底下,无缘无故地变成了一堆粉末。万乙初步判断,有可能是附近打桩机工作时引起共振造成的,究竟如何处理才好,迫切需要马先生当面指教。

听语气马跃之明白郑雄就在旁边,便说自己这会儿正在与曾先生说事,况且这种事自己也没有更好的办法,由在场的人视情况而定才是最稳妥的。马跃之说话时,曾本之在一旁频频点头。挂断电话,二人对视好一阵,然后不约而同地说了两个字:天意!

与曾本之别过不久,马跃之就进了家门。屋子里的气息显示柳琴就在家里,马跃之往卧室看了一眼,柳琴果然躺在床上。卧室里温度比客厅低很多,这也是柳琴的习惯,不到夜里睡觉的时间,就将暖气片关着。马跃之将暖气片上的阀门拧开,转身摸了一下放在床头柜上的水杯,见是凉凉的,便到客厅里换上一杯热水,再放回来。马跃之在床边坐了一会,想说说话,又不知从何说起,只好起身进了书房,打开电脑,写上"天子不灭天灭"几个字后,往下要写的文字有很多很多,像街上塞车那样,都想往前行驶,结果全都动弹不得。

突然间,柳琴在卧室叫道:"死老马,你还活着吗?"

马跃之赶紧跑过去说:"我还没死,也还不想死哩!"

柳琴看了一眼水杯,马跃之连忙拿起来,递到柳琴手上。

柳琴喝了一口水说:"看在这杯温水的情分上,我放你一马。我给玉帛和少林打过电话,让他们明天回家来陪爸爸吃晚饭!"

马跃之说:"你真的这样说了?"

柳琴说:"也不全是这样。还叫他们回来陪妈妈吃晚饭!"

马跃之说:"他们答应没有?"

柳琴说:"玉帛说纪委有个活动,但她会请假的。少林说本来明天出差,他也准备推迟一两天再出门。"

马跃之说:"少林家还有两个人哩!"

柳琴说:"晓得,忘不了。孩子放学回家,得留一个人陪着。"

马跃之说:"这么好的夫人,我该怎么感谢呢?"

柳琴说:"只要告诉我,你和小玉老师最关键的一件事。"

马跃之说:"是这样的,刚开始小玉老师根本就不搭理人。那天从教室外面路过,听她给孩子讲课文《火烧云》。第二天在镇上喝早酒时碰上小玉老师,我就说课文讲得不好,讲掉了三个字。小玉老师说课文就这么短,不可能讲掉三个字。我告诉她,这是《呼兰河传》中的一小节,不信可以看看小说。当时,我就将身上带着的小说给了小玉老师。

小玉老师傍晚就来考古队,也不说对错,只说萧红的小说写得真好。之后,就成了关键。"

柳琴说:"你也是这么对付我的!"

马跃之说:"不会!诸葛亮说此计不可二用,是你自己对付你自己的。第一次见面,你自己说是农历七月十五的生日,我就开玩笑,按女作家萧红的说法,那是前世受了冤屈的小鬼,提着白莲花灯到你妈妈家托生的。第三天你就写信给我,说读完《呼兰河传》才相信,自己是坐在河灯上漂到妈妈家托生的,这样的女子天生就得嫁给专门考古的男人。"

柳琴只记得白莲花灯,不记得火烧云。

马跃之从书架上找出一本《呼兰河传》,翻出那一段来念给柳琴听。

修改过的小学课文这么写道:"晚饭一过,火烧云就上来了。照得小孩子的脸是红的。把大白狗变成红色的狗了。红公鸡就变成金的了。黑母鸡变成紫檀色的了。喂猪的老头子,往墙根上靠,他笑盈盈地看着他的两匹小白猪,变成小金猪了,他刚想说:你们也变了……"马跃之所说掉了三个字的就属于最后这句话。

小学课文《火烧云》少了三个字的原文是——

"他妈的,你们也变了……"

二○二四年二月四日暴雪之际定稿于斯泰园